무림세가 천대받는 손녀딸이 되었다

무림세가 천대받는 손녀딸이 되었다 5

마루별 장편소설

초판 1쇄 찍은 날 | 2023년 2월 27일
초판 1쇄 펴낸 날 | 2023년 3월 6일

지은이 | 마루별
발행인 | 이진수
펴낸이 | 황현수

기획 | 정수민
편집 | 윤수진

펴낸곳 | 주식회사 카카오엔터테인먼트
등록번호 | 제2015-000037호
등록일자 | 2010년 8월 16일
주소 | 경기도 성남시 분당구 판교역로 221 6(일부)층

제작·감수 | KW북스
E-mail | cl_production@kwbooks.co.kr

ISBN 979-11-385-8786-0 04810
979-11-385-8781-5 (set)

무림세가 천대받는 손녀딸이 되었다

마루별 장편소설

5

目次

三部
3부

第四章 下

"네년이!"

눈이 뒤집힌 좌사가 내게 덤벼들었다. 나는 좌사의 검을 피하고자 몸을 뺐다. 그 순간, 쏴아아- 빗줄기가 폭포처럼 굵어졌다가 다시 줄어들었다. 신호탄이 터질 때까지 내가 붙잡고 있던 빗방울들이었다. 그리고 그 빗방울들은 분노한 좌사의 검격에 흔적을 감췄다.

좌사는 지금까지는 애들 장난이었다는 듯 공격을 쏟아부었다. 여기가 밀림이라서 매우, 매우 다행이었다. 넓은 이파리, 엉망으로 얽힌 사람 팔뚝만 한 넝쿨, 하늘을 뚫을 것처럼 높고 빽빽하게 자란 나무들. 물론 좌사의 공격이 막힐 정도는 아니었으나, 찰나의 순간을 만드는 데 기여는 했다.

그리고 그 찰나가 나의 목숨을 연장해 주고 있었다. 이대로 버티기만 하면 되겠다 안도하는 순간.

스각!

'아니, 저걸 어떻게 한 번에……!'

나는 눈을 부릅떴다. 좌사의 대검이 성인 남성 다섯 명은 손을 잡아야 끌어안을 만한 나무를 단번에 베어 냈다.

쿵, 쿠쿠쿵!

지지대를 잃은 나무가 기울어지다 사선으로 멈춰 섰다.

"나무꾼이 꿈이신가?"

"닥치거라!"

"아주 산천초목을 다 베어 내겠네! 아, 아니면 농부가 꿈? 이 자리에 화전이라도 하게?"

마교? 무림맹? 과연 누가 먼저 도착할까?

순간, 무슨 명령을 받았는지 숨어서 지켜만 보던 좌사의 수족들이 움직이기 시작했다.

쾅-!

그리고 이를 야율이 막아섰다. 좌사의 직속답게 저들 한 명 한 명도 매우 강했다. 이미 좌사와의 싸움에 힘을 다 쓴 야율이 불리했다.

바로 그때였다. 드디어 기다리던 지원군이 모습을 드러냈다. 빠르게 가까워지는 사람 형체와 함께, 좌사도 어떻게든 빨리 결판을 내려는 듯 내게 검을 휘둘렀다.

쿠르릉.

벼락이 내리치는 듯한 굉음이 울리고 좌사가 황급히 검의 방향을 틀었다.

콰아아앙-!

좌사가 이를 아득 물며 소리쳤다.

"남궁완!"

쿠릉- 쾅! 쿠쿠궁- 콰앙!

가공할 만한 기파의 격돌에 빗방울이 물안개처럼 피어올랐다. 밀림 한복판에 생긴 공터의 영역이 끝도 없이 넓어져 갔다.

“천마의 혈육을 보호하다니! 네 누이가 구천에서 원망하겠구나.”

“뭐라는 거야? 자기소개 하시나?”

좌사와 검을 나누는 남궁완 아저씨는 나를 돌아보지 않았다.

“아니면 개새끼라 그런가? 개소리를 지껄이고.”

품위라고는 하나도 없는 시정잡배 같은 말투였다.

내게, 그리고 남궁완 아저씨에게 연달아 농락당한 좌사가 폭발할 거라 예상했지만 좌사는 오히려 담담하게 자신의 검 끝을 정돈했다. 머리끝까지 화가 치솟으면 차분해지는 성정인 모양이었다.

“아주 가련하구나. 겁에 질린 개새끼가 짖는 것과 다를 바 없어. 얼굴조차 마주하지 못하면서.”

“무슨 소리를 하는지 모르겠군. 무림맹의 구조 신호탄을 보고 왔더니 네놈이 있었을 뿐이다. 여기 누가 더 있다는 거지?”

나는 어떤 반응을 보여야 할지 몰라 딱딱하게 굳어 있었다. 그때 남궁완 아저씨가 말했다.

“뭐 해? 당장 안 꺼져?”

좌사는 우리를 쫓으려 했으나 남궁완 아저씨에게 가로막혔다. 대신 좌사의 수하들이 좌사를 뒤로하고 우리를 쫓았다. 그러나 남궁완 아저씨를 따라온 아저씨의 수하들에게 곧 저지당했다.

위험한 상황은 모면했으나, 신호탄을 보고 달려온 것은 남궁완 아저씨만이 아니었다. 내 존재를 알아챈 이들이 우리를 뒤쫓기 시작했다.

그 후로 이틀 동안 잠도 잘 수 없었다. 몸 한 번 제대로 누이지 못하고 쉴 새 없이 쫓겼다. 간간이 다시 내리던 비가 그치고 뿌연 안개가 주변을 둘러쌌다. 그러다 어느 순간 주위가 짙은 안개로 완전히 둘러싸였다. 제대로 찾아가고 있다는 증거였다.

안개 속을 걷다 보니 곳곳에 시신이 널려 있었다. 마치 지옥으로 들어가는 입구처럼 느껴졌다.

안개 속에 들어온 후, 나를 쫓는 대다수의 기척은 떨어져 나갔다. 하지만 딱 하나, 끈질기게 떨어지지 않는 기척이 있었다. 이렇게 짙은 안개 속에서 어떻게 쫓아오는지 알 수가 없었다.

절대 포기하지 않을 기색에 나는 발을 멈추고 눈을 감았다. 피로감이 몰려왔다. 미간을 꾹꾹 누르다 다시 눈을 뜨고 야율을 보았다.

"안 되겠어. 이대로 가다간 우리가 피로로 기절하든지 정신이 나가든지 둘 중 하나야."

야율이 나를 보고 고개를 끄덕였다. 나는 헛웃음을 흘리며 말했다.

"특히 네가 쉬어야 해."

"나? 괜찮아."

"아니. 안 괜찮아."

나는 야율의 소맷자락을 확 걷었다. 팔뚝이 새카맣게 변해 있었다.

"……."

좌사와의 전투.

야율은 암경에 당한 상태였다. 겉으로 보기에는 상처가 크지 않지만, 내부에 중상을 입히는 공격이었다. 좌사에게 당한 부분이 이제는 새카맣게 변하여 점차 그 면적이 넓어지고 있었다. 외상이 없어서 다행이라고 여겼지만, 이대로 방치하면 어떻게 될지 몰랐다. 지금이라도 휴식을 취해야 했다.

"이러고 괜찮다고? 습관적으로 괜찮다고 하지 마. 네 몸을 제대로 돌보지 않는 것도 나한텐 방해야."

"……."

다소 말이 심했지만 어쩔 수 없었다. 이렇게 말하지 않으면 부득불 따라오려 할 테니.

눈을 깜박이던 야율이 고개를 숙이고 말했다.

"알겠어."

"……."

화아아악!

경공으로 나는 듯이 달렸다. 축축한 땅이 파이며 깊은 발자국이 남았다. 나를 뒤쫓던 이가 순식간에 시야에 어른거리기 시작했다. 흐릿한 사람 모양의 진기. 내게는 익숙했다. 상대도 눈치챈 듯 경공을 펼치며 나를 향해 올곧게 다가왔다.

우리는 순식간에 서로를 마주하고 우뚝 멈춰 섰다. 펄럭이던 옷자락과 머리칼이 나를 따라 천천히 가라앉는 게 느껴졌다. 짙은 쪽빛 무복에 하나로 묶은 머리카락. 단단한 체구와 곧은 자세. 맑은 눈빛에는 한 번도 누군가에게 고개 숙인 적 없어 보이는 기백이 엿보였다.

남궁류청이 입을 열었다.

"드디어 만났네."

"대체 어떻게 쫓아온 거야?"

그때 남궁류청의 품속에서 새카만 족제빗과 동물이 어깨로 올라왔다가 몸을 타고 내려갔다. 나의 시선이 그 동물에게 향한 걸 눈치챘는지 남궁류청이 알아서 설명했다.

"사천 당가에서 빌려줬어. 어떤 상황에서도 천리추향을 추적할 수 있다고."

천리추향은 독특한 향으로 물건이든 사람이든 한 번만 묻히면 잔향이 오래도록 남아 목표를 추적할 수 있게 도왔다.

"천리추향이라니 그런 걸 언제 묻힌…… 서하령!"

"맞아."

내가 서하령에게 당하다니!

모두가 떨어져 나간 이 안개 속에서 대체 어떻게 나를 일직선으로 쫓고 있나 했더니만 그런 수작을 부렸을 줄이야. 게다가 남궁류청과 싸웠다더니, 바로 천리추향을 묻혀 놓고 쪼르르 달려가서 알릴 줄은!

"처음부터 싸웠다는 것도 거짓이었어?"

"그건 아니야. 싸운 건 맞아. 의견 다툼이 있었지. 그래도 서로 널 찾아내면 알려 주기로 약속했어."

"……아주 신실한 우정이네."

나도 모르게 이죽거렸다. 남궁류청은 진지하게 말했다.

"너를 걱정하니까."

"……."

"돌아가자."

"안 가."

"백리연."

"서하령과 만났다며? 내 얘기 다 들은 거 아냐? 못 들었으면 가서 물어봐."

나는 보란 듯이 조소하며 말했다.

"어디로 돌아가? 무림맹으로? 하, 내가 돌아가면 당장 태고 진인이 내 목부터 노릴걸."

"아니야. 설득했어."

나도 모르게 눈을 크게 떴다.

"무림맹은 네게 검을 들이대지 않기로 약조했어."

"……."

하아. 나는 한숨을 내쉬며 입가를 문질렀다.

'……바보 같기는.'

무림맹을, 태고 진인을 설득한 것은 남궁류청이겠지. 아마 꽤 고생했으리라. 하지만…… 남궁류청 앞에서는 그렇게 말해 놓고선 그가 나를 데려가기만 하면 바로 죽일 것이다.

천마지보를 처음 손에 넣었을 때 태고 진인에게서 느꼈던 그의 생각과 감정, 거기에 타협은 없었다. 그래도 남궁류청이 태고 진인을 설득하는 데 기울였을 노력을 생각하면 네가 속은 거라고 폄하하고 싶진 않았다. 대신 다른 말을 했다.

"내가 돌아가고 싶지 않아."

남궁류청이 그게 무슨 말이냐는 듯이 바라보았다.

"그래. 내게 검은 들이대지 않을 수 있지. 하지만 의심하고, 조롱하고, 비웃고, 무시하겠지."

"……."

"나는 그런 눈초리를 또 받고 싶지 않아."

백리의란과 위지백에게서 처음 폭로가 터져 나오고 나를 바라보던 시선들.

아버지가 옆에 계시지 않았더라면, 할아버지가 내 앞을 막아 주지 않으셨더라면, 불이 나고 습격이 터지지 않았더라면. 경악과 의심으로 점철된 시선은 경멸과 조롱으로 바뀌었을 테다.

"류청, 나는 이미 내공 폐인이 되었을 때 그런 눈길을 지긋지긋하게 겪었어. 너도 나를 그렇게 봤었잖아?"

"……."

처음 남궁류청을 소개받았던 남궁 세가의 연회 자리. 하찮은 것을 보는 듯하던 시선.

순간 남궁류청이 숨이 막힌 듯한 낯을 했다.

"나는 더는 내 잘못도 아닌 일로 그런 시선을 받아 가며 살 생각이 없어."

"그때는…… 미안했어."

"괜찮아. 그리고 지금 와서 사과받으려고 꺼낸 말은 아니야."

점차 손에 힘이 빠지는 듯하던 남궁류청이 이윽고 다시 고개를 들었다. 표정으로 알 수 있었다. 아직도 포기하지 않았다는 것을.

"그래서 네가 천마대총에 가면 다 해결이 돼?"

"……."

"천마대총에서 원하는 걸 얻었다고 쳐. 그 뒤엔 어떻게 되는 건데? 이 상황을 해결할 수 있게 되는 건가? 서하령이 그러더군. 네가 이상했다고."

"……."

이번에는 내 숨이 막혔다. 그런 내 모습을 본 남궁류청이 확신을 가진 듯이 말했다.

"너도 성공할 거라고 생각하지 않지?"

"……."

"너, 죽을 생각을 한 거지?"

나는 약점을 찔린 짐승처럼 발작하듯 남궁류청의 손을 뿌리치며 소리쳤다.

"그럼 내가 뭘 어떻게 할 수 있는데!"

내 목소리가 고요한 안개 속에 울려 퍼졌다.

"난 죽고 싶지 않아! 그래서 가는 거야! 이것밖에 방법이 없으니까! 다른 방도가 없으니까!"

미래를 알던 잘난 능력도 이제는 소용없어진 지 오래였다. 이런 상황은 벌어진 적 없었으니까.

"대적자는 무슨!"

처음 내가 소설 속의 사람이라는 걸 깨달았을 때 소설의 결말이 어떻게 났는지 떠올리려 했다. 하지만 전혀, 아무것도 떠오르지 않았다. 그래. 결말 따위 처음부터 본 적 없었던 것이다. 나는 두려워졌다.

만약 천마가 또 회귀한다면?

그럼 나는 이 모든 기억을 잊고 다른 놈들의 손에 이리 휘둘리고 저리 휘둘리다 허망하게 죽는 건가? 그럼 내 아버지는?

해독법은 찾지 못했지만, 그래도 지금은 살아 계셨다. 외통수였다.

"네가 뭘 알……!"

마구 소리치던 나는 갑자기 나를 뒤덮은 온기에 말을 잃었다. 성큼 다가온 남궁류청이 나를 끌어안은 것이다.

"미안해. 울지 마."

이게 지금 뭐 하는 짓이냐고, 무슨 헛소리를 하는 거냐고 말해야 했다. 내 눈가에는 눈물 한 방울도 흐르지 않았다.

운다니 누가?

그렇게 생각하고 힘주어 뿌리치려고 했는데, 팔이 마음먹은 대로 움직이지 않았다. 손끝이 파르르 떨렸다.

나는 멍하니 그 품 안에 있었다. 사람을 안심시키는 단단하면서도 안온한 품. 왠지 모르게 익숙했다. 분명 한 번도 안긴 적 없는 낯선 품일 텐데…… 쌉싸름한 체취를 맡자, 쓸모없다고 생각해 깊은 곳에 묻어 두었던 기억이 떠올랐다.

아버지의 장례식이 이뤄지던 백리 세가에 조문을 온 남궁류청. 나는 아버지의 관이 안치된 사당 앞에서 남궁류청을 마주쳤다. 옥을 깎아 만든 듯한 수려한 얼굴의 청년이 반쯤 넋이 나간 채 있었다.

나를 본 청년이 눈물 젖은 기다란 속눈썹을 깜빡이자 하얗게 질린 뺨에 눈물이 흘러내렸다.

"백리 소저…… 맞습니까?"

실은 그게 나와 남궁류청의 첫 만남이었다.

눈가에 뜨끈한 열기가 몰리는 게 느껴졌다. 내뱉지 못한 말이 혀끝에 맴돌았다.

'미안해, 못되게 말해서. 사실 너는 나를 처음에 그렇게 보지 않았어…….'

아버지의 죽음에 울고 있는 나를 유일하게 안아 줬던 사람. 그는 울다 지쳐서 쓰러진 나를 옮기고 살펴 주었다.

그래, 그랬다. 그때가 내가 남궁류청과 사랑에 빠졌던 순간이었다.

남궁류청은 영원히 알 수 없는 이야기였다.
그리고 속삭이는 듯한 목소리가 들렸다.
"도망가자."
나는 번쩍 고개를 들었다.
"이 넓은 세상에 숨을 곳 하나 없겠어?"
"……."
나는 남궁류청을 아연하게 보았다.
도망가자? 지금 남궁류청이 내게 한 말이 맞나?
"설마 지금 같이 도망가자는 거야?"
"그래."
단단한 눈빛에 숨길 수 없는, 숨기지 않는 애정이 넘쳐 났다.
내가 천마의 혈육이라는 건 괜찮아? 라는 질문은 삼켰다. 그가 여기 온 것 자체가 그 질문에 대한 답이니까.
"너도 나랑 같이 가겠다고?"
"그래."
"……."
내가 아는 남궁류청은 단 한 번도 등을 돌려 도망친 적 없었다. 그는 자신이 해야 할 일과 하지 말아야 할 일을 명확히 구분했고, 정의와 신의를 내던지고 떠난다는 걸 상상하지 못하는 사람이었다. 그런데 지금 내게 도망치자고 말하고 있었다.
그 남궁류청이.
"남궁완 아저씨가 너 이런 생각 하는 거 아시니?"
"네가 가장 중요해."
"……."

마치 기다렸다는 듯이 받아치는 대답. 이미 수도 없이 고민해 보고 답을 내린 것이다.

무슨 말을 해야 할지 알 수가 없었다. 남궁류청이 손을 뻗어 부드러운 손길로 내 이마를 쓸어 넘겼다. 남궁류청의 품속에서 엉망이 되었던 머리칼이 정리되는 게 느껴졌다. 나는 움찔 떨고 한 발 멀어졌다. 남궁류청은 태연히 손을 내리며 다른 이야기를 꺼냈다.

"백리 대협은 무사하셔."

눈을 크게 뜬 나는 남궁류청의 팔을 와락 부여잡고 말했다.

"무사하시다고? 정말로?"

"그래."

"어떻게 알아? 아버지를 만난 거야? 아버지는 어때, 괜찮으셔?"

"……."

곧바로 나오지 않는 답에 나는 순간 두려움에 가득 차 떨리는 목소리로 물었다.

"뭐야, 무슨 일 있어?"

남궁류청은 굳은 낯으로 고개를 저었다.

"무사하셔. 무사하신데……."

"무사하신데, 뭐!"

"백리 대협 옆에 네 친모가 있었어."

"누구?"

"네 친모를 만났어."

"그러니까…… 네가 내 어머니를…… 만났다고?"

순간 혼란스러워 무슨 말인지 이해가 되질 않았다. 내 아버지가 무사하신데, 내 아버지 옆에 어머니가 있다는 건가?

제대로 이해하자 이제는 걱정스러워졌다. 내 친모는 천마의 딸이었다. 남궁류청과 만날 일이 무엇이 있단 말인가? 칼부림을 빼고서야. 어쩌다 만났냐고 묻고 싶었지만, 무슨 대답이 나올지 두려워서 말을 꺼낼 수 없었다. 거기다 아버지는 왜 친모와 함께 있었단 말인가?

그런 내 마음을 알아주듯 남궁류청이 설명을 이었다.

"백리 대협이 천라지망을 빠져나올 수 있도록…… 네 어머니가 도우셨어."

이건 또 생각도 못 한 대답이었다. 나는 천천히 남궁류청의 말을 정리하듯 반복했다.

"내 어머니가…… 아버지가 천라지망을 빠져나올 수 있게 도왔다고? 내 어머니가?"

"그래."

"그런데 그걸 네가 어떻게 알아?"

"나도 천라지망 안에 있었으니까."

천라지망 밖에 있던 남궁류청이 안으로 뛰어들 이유. 하나밖에 없었다. 내 아버지. 하지만 남궁류청은 자신이 왜 천라지망에 들어갔는지 한마디 부연 설명도 없었다. 공치사를 바라지 않는 태도였다. 아마도 그는 자신이 당연히 해야 할 일을 했다고 생각하리라.

"……고마워."

남궁류청은 담담히 고개를 끄덕였다. 고마움을 표하자마자 의문이 몰아닥쳤다.

'내 어머니인데 다들 나보다 먼저 만나네.'

야율도 만나고 남궁류청도 만나고. 그것참 신기한 노릇이지 않나? 게다가 어머니는 아버지를 어떻게 도울 수 있었을까?

그리고…….

'왜 나는 안 도와줬지?'

남궁류청이 나를 붙잡은 채 뭐라 뭐라 말을 이었다. 그 목소리가 한 꺼풀 막에 씐 것처럼 멀리서 들리는 느낌이었다.

이윽고 허탈한 웃음이 흘러나왔다.

"하, 아니, 하하. 정말 웃긴다. 도와줄 수 있었으면서 왜…… 왜……."

왜, 하필, 내가 빠져나간 후에야 아버지를 도우셨을까?

나는 도울 가치가 없어서?

야율도 남궁류청도 만났으면서 왜 나는 만나러 오지 않지? 아버지를 만날 정도면, 남궁류청도 만날 정도면, 나를 만날 기회는 충분히 있었을 텐데?

내가 지금 누구 때문에 이렇게 된 건데……!

부글부글 끓는 화가 치솟다가 어느 순간 맥이 탁 풀렸다.

'백리연, 왜 그래? 기대한 적도 없잖아.'

이십 년에 가깝게, 아니, 회귀 전까지 따지면 훨씬 더 많은 세월 동안 어머니란 존재를 들은 적도 없었는데. 이제 와서 뭘 기대한단 말인가? 새삼. 새삼…….

"연아."

다정한 목소리가 나를 위로하듯이 불렀다. 나는 마음을 가다듬으며 물었다.

"그리고?"

남궁류청이 나를 안타까운 눈빛으로 보다가 말을 이었다.

"천마가 모습을 드러내지 않은 지 오래됐대."

"오래라고? 얼마나?"

"천산염제와 전투한 이후, 한 번도 모습을 드러낸 적 없다더군."

확실히 천산염제와의 일 이후로 천마는 강호에 모습을 드러낸 적 없었다. 그런데 마교 내부에서조차 자취를 감췄을 줄이야.

"마교는 지금 내분으로 엉망이라더군. 세 파로 나뉘어 있고, 그중의 한 축이 네 어머니의 세력이야."

"내 어머니 세력?"

"그래. 오월궁. 천마를 따르는 세력과 대립 중이야. 그러니까 지금이 기회야. 여길 빠져나가기만 한다면, 네 어머니도 네가 도망칠 수 있게 도와줄 거야."

"……."

나는 잠시 입을 다문 채 생각을 정리하고 물었다.

"그것도 내 어머니께서 말씀하신 건가?"

"맞아."

"그래. 그렇게 된 거였군. 그랬어."

나는 픽 웃으며 한 발 뒤로 물러났다. 남궁류청은 그런 내 반응에 살짝 놀란 낯을 했다.

"연아?"

나는 주먹을 꽉 쥐며 말했다.

"류청, 정말 모르겠어?"

헛웃음이 저절로 흘러나왔다.

"필요 없어."

남궁류청은 그런 내 반응에 살짝 놀란 낯을 했다. 나는 주먹을 꽉 쥐고 말했다.

"웃기지 말라고 해. 류청, 다시 물을게. 정말 모르겠어?"

헛웃음이 저절로 흘러나왔다.

"오월궁, 내 어머니 세력이 천마의 세력과 대립 중이라며. 정마 대전이 벌어지지 않았다면, 무림맹과 마교가 전쟁을 벌이지 않았다면 과연 오월궁이 천마의 세력과 대립할 수 있었을까?"

"……."

남궁류청이 입을 다물었다. 그래, 그도 알고 있을 테다. 천마 세력과 대립한다? 하루 이틀 만에 결정할 수 있는 일이 아니다. 오랫동안 준비했을 것이다. 기회를 얻기를.

"어머니는 이 상황을 이용한 세력이야! 그런데 지금 어머니를 믿고 떠나자고? 어머니가 날 돕고 싶었다면, 내가 천마지보에 손대는 것부터 막았어야지!"

거추장스러우니 버리고, 필요할 땐 이용하다니!

"그래. 네가 같이 떠나자고 한 말, 조금은 끌렸어."

잠시나마 흔들렸던 것 같기도 했다. 아주 잠깐이긴 했지만. 정말로 위로가 되었다. 나는 최대한 다정하게 말했다.

"류청, 고마워. 그리고 난 정말 괜찮아."

"연아!"

"나는 도망가지 않을 거야."

"백리연!"

"돌아가. 네가 있어야 할 곳으로."

이를 악문 남궁류청이 뭐라고 말하려는 순간이었다. 다른 목소리가 끼어들었다.

"가라잖아."

야율이었다.

이미 기척으로 다가오는 걸 알고 있었다. 하여간 저 녀석은 말을 잘 듣는 것 같으면서도 안 들었다. 한숨을 쉬며 야율을 향해 고개를 돌리는 내게,

스릉—

검을 뽑는 소리가 들렸다. 남궁류청의 검이 야율을 향했다.

"꺼져라, 야율."

남궁류청에게서 정제되지 않은 살기가 줄기줄기 뻗어 나왔다. 남궁류청이 이를 아득 물고 내뱉었다.

"미친 새끼, 네가 감히 양심도 없이 여기 나타나?"

나는 깜짝 놀라 눈을 깜빡였다. 둘의 사이가 좋았던 적은 한 번도 없었다. 하지만 이건 당황스러울 정도였다.

"……."

"……."

비무 대회 시상식에서 벌어진 일을 생각하면 남궁류청의 분노는 타당했으나, 왠지 모르게 그것 때문이 아닌 듯한 미묘한 느낌이 들었다. 하지만 일단, 나는 야율 앞을 막아섰다. 남궁류청의 눈동자가 흔들렸다.

"류청, 그만해."

"지금 저 자식 편을 드는 거야?"

"맞아."

가슴 한쪽을 누군가 찌르는 느낌이었다. 시선을 마주할 수가 없어 눈을 꽉 감았다.

나는 이렇게 매번 남궁류청에게 매몰차게 굴 수밖에 없구나. 도대체 몇 번째 상처를 주는 건지.

그리 생각하면서도 다시 눈을 뜨고 내뱉는 말은 거침없었다.

"야율은 최선을 다해 날 도왔어. 야율이 벌인 일들은 다 나 때문이었고. 만약 그에게 무림맹의 일에 대한 책임을 물을 거라면, 나한테도 함께 물어."

"……."

남궁류청은 숨을 쉬는 걸 잊어버린 듯한 낯이었다. 기가 찬다는 듯 헛숨을 토해 낸 그가 중얼거렸다.

"하, 최선을 다해서?"

남궁류청이 애써 참는 듯한 음성으로 나를 보았다.

"저 자식을 믿어?"

"무슨 소리야?"

"나는 저 자식이 처음부터 마음에 안 들었어. 하지만 네 사람이었고, 너를 아끼는 마음은 나와 같다 여겼고, 내 목숨까지 구했으니, 받아들이려고 했어."

남궁류청의 시선이 천천히 야율을 향했다. 낮게 가라앉은 새카만 눈동자가 번뜩였다.

"그런데 감히 이딴 짓을 벌여?"

"류청, 대체 무슨 말을 하고 싶은 거야?"

"……."

어금니를 맞문 남궁류청의 다부진 턱에 힘이 들어갔다. 영문 모를 일갈을 받았으면서도 야율은 남궁류청을 전혀 신경 쓰지 않고 그저 내게 가자는 듯이 손을 내밀었다.

"연아."

나는 마지막으로 하고 싶은 말이 있으면 지금 말하라는 듯이 남궁류청을 바라보았다.

"……."

나는 길게 한숨을 내쉬었다. 지금껏 충분히 시간을 잡아먹었다.

"말하기 싫으면 알겠어. 이제 따라오지 마. 그 말 하려고 온 거였어."

내가 발을 옮기자 남궁류청이 곧바로 가로막았다. 눈을 치켜뜬 내가 입을 열려는 순간, 남궁류청이 먼저 내뱉었다.

"백리의란을 살려서 위지백에게 가게 한 게 저놈이야."

"……뭐?"

"너를 이 꼴로, 이 상황에 처하게 만든 게 저놈이었다고!"

백리연이 마교의 천라지망에서 빠져나갔다는 사실이 알려진 후, 천라지망은 무림맹의 관심에서 멀어졌다. 천라지망보다 더 큰 소문이 강호를 강타한 탓이다.

"천마대총이 발견됐다!"

"전설이 사실이었어! 천마신교의 신공절학과 보물이 다 거기 있다더군!"

"다리가 달린 천마지보보다는 땅에 박힌 천마대총이 마교의 손아귀에 넘어가는 걸 막아야 하지 않겠습니까?"

모두가 천마대총에 관해 이야기할 때, 남궁류청은 천라지망 안에 홀로 뛰어들어 갔다.

그는 타고나길 운이 좋았다. 마교도를 마주치는 족족 죽이고 다닌 지 반나절도 지나지 않아, 천라지망에 들어온 목적을 찾을 수 있었다.

정확히는 목적의 흔적. 그 흔적을 밤낮없이 며칠 동안 죽어라 찾아다닌 백검단 사람들이 알면 목덜미를 잡을 노릇이었다.

흔적을 따라가던 남궁류청의 앞에 흑의인이 나타났다. 무심히 검을 휘두르던 남궁류청은 흑의인의 얼굴을 본 순간 그대로 굳었다.

"……!"

눈만 드러났던 흑의인이 복면을 내렸다. 하지만 복면을 내리기 전부터 알 수 있었다. 눈매가 그가 사랑하는 이를 닮았으니까. 모를 수가 없었다.

중년의 여인은 흑의가 어울리지 않는 고운 낯이었다. 하지만 칼을 벼려 놓은 듯한 눈매와 냉담한 표정이 녹록지 않은 삶의 흔적을 고스란히 드러냈다.

그 모습은 연이와 전혀 닮지 않았다.

연이는 저렇게 싸늘한 표정을 지어도 사랑스러웠다. 그가 생각하기엔 화를 내도 전혀 무섭지 않고, 오히려 토끼가 왕왕거리는 것처럼 보여 귀여울 뿐이었다.

그리고 여인도 알아챘다. 그가 여인이 누군지 알아본 것을.

"따라오게."

"……."

여인은 몸을 획 돌리며 그에게 아무렇지도 않게 등을 내보였다.

당장 검을 겨눠야 할 상대. 마교는 그들의 오랜 적이고 혈육을 죽인 원수였다. 하지만 남궁류청은 마치 목줄을 맨 것처럼 뒤를 졸졸 따라갈 수밖에 없었다. 어떤 겁박도 협박도 없었거늘, 누군가 자신의 모습을 본다면 배신자라고 여겨도 할 말이 없었다.

그리고 안내된 곳에는…….

"백리 대협!"

그가 천라지망에 홀로 뛰어든 목적, 흔적의 주인인 백리의강이 창백한 안색을 한 채 정신을 잃고 누워 있었다. 황급히 다가가려는 남궁류청을 여인이 가로막았다.

"소란 피우지 말도록. 깨어나면 안 되니."

남궁류청이 자신을 가로막은 여인을 매섭게 노려보았다.

"대협께 무슨 짓을 한 건가!"

"그냥 잠들어 있는 것뿐이네. 지금 무공을 펼칠 수 없는 상태이기에."

"그게 무슨 소리야? 백리 대협이 무공을 펼칠 수 없다니!"

"그는 오래전부터 내공독에 중독되어 있었네."

"내공독?"

"이름 그대로, 내공에 문제가 생기는 독이지."

남궁류청이 눈을 부릅떴다. 그런 독이 있다니. 금시초문이었다.

"독이라니…… 요! 대협은 괜찮으신 겁니까?"

"아직은 괜찮다. 이따금 발작이 일어날 때 무공을 펼칠 수 없을 뿐. 다만 발작이 언제, 얼마나 이어질지 알 수 없지."

"……."

남궁류청은 또다시 백리연을 떠올렸다.

그녀는 무공만큼 의술에도 관심이 깊었다. 특히나 늘 새로운 의서와 새로운 치료법 등에 관심을 기울였다. 그는 그 행동이 본인이 주화입마에 빠졌던 영향이라고 생각했다. 하지만 제 아버지 때문이었던 것인가? 만약 그렇다면 대협은 대체 얼마나 오랫동안 독에 중독되어 있었던 것인가?

그러고 보면 백리연은 제 아버지의 안위에 무척 예민했다. 저보다 훨씬 강한 아비이거늘, 누가 누굴 걱정하나? 오히려 백리 대협께서 백리연의 행동에 애간장을 태우고 있을 거라고 여겨 "제발 너나 조심해."라고 말한 적도 있었다.

"……."

눈치채지 못하고 도움도 되지 못한 자신을 한 대 치고 싶은 기분이었다. 그리고 그간 이 비밀을 홀로 감당했어야 할 연이가 안쓰러울 뿐이었다.

연이는 괜찮을까?

지금 어떻게 지내고 있을까?

꼬리를 물고 떠오르는 생각을 뒤로하고 시급한 현실에 집중했다.

"아직은, 이라면…… 내버려 두면 어떻게 되는 겁니까?"

"점차 발작하는 시간이 길어지다 영원히 내공을 사용할 수 없게 되지."

"……!"

경악했던 남궁류청은 이어서 떠오른 의문에 경계 가득한 눈을 하고 말했다.

"……설사 당신의 말이 모두 맞아 대협께서 그런 독에 중독되어 있었다고 한들, 그걸 당신이 어떻게 아시는 겁니까?"

그조차도 오랫동안 전혀 눈치채지 못한 것을 어떻게?

여인은 태연히 말을 이었다. 마치 어제 먹은 저녁에 관해 말하는 것만 같았다.

"내가 중독시켰으니까."

스갸-

새파란 검이 여인의 목을 찌를 듯 겨눈 순간 호위들도 똑같이 행동했다. 여인은 손을 들어 호위를 막았다.

"떨어져."

"궁주님!"

"그래, 마교의 궁주. 내가 멍청했지."

저 여인은 연이와 달리 천마의 딸로서 자라고 행동했다. 교단에 복종하며 천마의 명에 따라 파렴치한 행태에 손을 보탰고, 수많은 살육을 저질렀다. 궁주라 불리는 것으로 알 수 있듯이, 교단 내에 저만의 세력도 가지고 있었다.

여인은 여상히 말을 이었다.

"백리의강을 독에 중독시키는 것은 내 임무였네. 그러니 잘 알 수밖에."

"……."

검을 내려다보는 눈초리. 그리고 자신을 응시하는 눈빛. 저도 모르게 칼끝이 흔들렸다.

"몸이 저런 상태인데, 눈을 뜨면 제 딸에게 향할 것이 분명하지 않은가?"

남궁류청이 참지 못하고 소리쳤다.

"당신 딸이기도 해! 지금 연이가 당신 때문에……."

"내게 딸은 없다."

"……!"

여인의 목에 핏줄기가 흘렀다. 둘러싼 수하들이 당장에라도 검을 뽑고 싶은 듯이 움찔거렸다.

여인이 말했다.

"하지만 그 아이를 도와 다오."

"그건 또 무슨 소리야? 고모를, 백리의란을 위지백에게 넘긴 게 야율이라고? 지금 그렇게 말하는 거야?"

"……그래."

남궁류청은 제가 말해 놓고도 미안하고 괴로운 얼굴이었다. 하지만 멈추지 않고 말을 이어 갔다.

"저 자식은 위지백의 핏줄이 아니었어."

"뭐?"

"하지만 벽가도 위지백도 깜빡 속아 넘어갔지. 벽 소협한테! 위지백의 자식으로 알려지면 목숨을 부지할 수 있다고 여긴 벽 소협이 모두를 속였으니까."

"……."

"그리고 벽 소협이 위지백과 얽혀서 그 꼴이 된 것은 처음부터 천마의 협잡 때문이었어. 마교가 벽가를 부추겨 벽 소협을 위지백에게 넘기게 했지!"

"……."

"그리고 그걸 저 녀석은 모두 알고 있었어."

남궁류청의 검 끝은 정확히 야율을 가리키고 있었다. 남궁류청이 날카롭게 말을 이었다.

"저 녀석이 네게 말하던가? 제 친부가 위지백이 아니고, 제 친모와 친부가 얽히게 된 것 자체가 천마의 음모 때문이란 걸."

"……."

"자신의 원수는 처음부터 천마였다고."

'지금 이게 무슨 소리야?'

헛소리로 취급하고 싶지만, 남궁류청은 누군가를 모함하고자 거짓말을 꾸며 낼 사람이 절대 아니었다.

나는 야율을 보았다. 무표정한 낯에서는 아무런 속내도 읽어 낼 수 없었다.

나는 야율에게 몇 번이고 위지백에 대해서 어찌 생각하느냐고 물어봤다. 그때 돌아왔던 반응을 똑똑히 기억했다. 길가의 돌멩이만도 못한 취급. 복수 따위는 생각지 않는 태도였다.

만약 그가 내게 해명하고 싶었다면, 진실을 알려 주고 싶었다면 몇 번이고 기회가 있었다. 고의로 말을 하지 않은 것이다.

나는 멍하니 답했다.

"몰랐어. 그런데 야율의 친부가 위지백이 아닌 게 이 상황에서 무슨 의미가 있지?"

위지백이 쓰레기 짓을 한 건 맞았고, 오히려 야율의 친부가 그런 쓰레기가 아니란 점에서 좋은 일이지 않나?

검을 쥔 남궁류청의 손등에 핏줄이 바짝 섰다.

"네 어머니는 천마가 목적이라는 이야기에 깜빡 속아 넘어가 야율과 손을 잡았어."

"……."

"그리고 천마가 너를 통해, 위지백이 백리의란의 폭로를 이용해 천마지보를 빼내려고 한다는 계획을 알아냈지. 네 어머니는 백리의란을 바로 처리하려고 했어."

“……”

“하지만 저놈이 자신이 처리하겠다고 막았다더군. 그런데 봐, 지금 어떻게 됐지?”

멍하니 남궁류청의 말을 듣고 있던 내가 중얼거렸다.

“실수할 수도 있지.”

“연아.”

“백리의란이 눈치채고 먼저 도망갔을 수도 있잖아.”

“이미 네 어머니께서 다 조사하셨어.”

“그 사람 말을 어떻게 믿어?”

어린 나를 버리고 이제는 떠나라고 말하는 사람 말을 믿으라고? 미간을 찡그린 나는 정말 알 수 없어서 물었다.

“그리고 내가 천마의 혈육인 걸 밝힌다고 야율에게 무슨 이득이 있는데?”

남궁류청이 답답하다는 듯이 소리쳤다.

“모르겠어? 지금 네 옆에 누구밖에 없는지 보이잖아!”

“……”

내 침묵에 남궁류청이 애원하듯 말했다.

“연아, 제발.”

“나는 지금 네가 대체 무슨 말을 하는지……”

머릿속이 혼란스러웠다. 남궁류청의 말이 이해가 가면서도 이해하고 싶지 않았다. 그때 다가온 야율이 남궁류청을 향해 피식 웃으며 중얼거렸다.

“……도망이라니.”

내 손을 잡는 손길이 느껴졌다. 야율이었다.

"연이는 도망치지 않아."

"하."

순간 기가 막혀 탄성이 터졌다. 야율의 말에 담긴 의미가 어처구니가 없어서. 맞았다. 나는 도망치지 않는다. 그 끝이 결코 행복하지 않을 것을 알기에. 누구 때문에 이렇게 된 건데?

남궁류청의 눈에서 불이 튀었다.

"그 손 놓지 못해!"

남궁류청이 야율을 손목을 잘라 버리겠다는 듯 검을 휘둘렀다. 느리게 흐르는 검의 궤적을 바라보던 나는 그 궤적에 내 팔을 밀어 넣었다.

"……!"

"……!"

권법으로 검을 막으려던 야율의 손과 남궁류청의 검이 황급히 멈췄다. 흩어진 기파에 바람이 불었다. 남궁류청이 버럭 소리쳤다.

"무슨 짓이야!"

나는 대답 없이 두 사람의 손을 뿌리치고 머리를 짚었다. 야율이 걱정스럽게 물었다.

"머리 아파?"

남궁류청이 헛웃음을 지으며 중얼거리듯 말했다.

"미친 새끼."

두 사람이 뭐라고 하든 신경 쓰지 않았다. 나는 기파에 흐트러진 옷자락을 툭툭 털고, 머리카락을 쓸어내리며 정돈했다. 갑자기 차림새를 정리하는 내 행동에 기이한 침묵이 내려앉았다.

정돈을 끝낸 나는 고개를 들었다.

"야율, 남궁류청의 말이 사실이야?"

야율이 검붉은 눈동자로 나를 지그시 응시했다.

"널 버린 친모야. 그런 인간의 말을 믿는 거야?"

"사실이야, 아니야?"

눈을 깜빡이던 야율이 죄책감 하나 없는 낯으로 답했다.

"사실이야."

"……하."

나는 눈을 꽉 감았다. 애써 도피하고 있던 현실이 와닿았다. 딛고 있던 바닥이, 와르르 무너지는 기분이었다.

아니, 사실은 처음부터 제대로 된 바닥이 아니었다. 거짓과 위선으로 만든 살얼음을 내가 바닥이라고 생각하고 딛고 있던 것일 뿐. 내가 미래를 바꿀 수 있다는 우월감에, 사람을 바꿨다는 감정에 도취해서. 야율이 안타까워서. 동정심에, 외로움에, 제대로 바라보지 못한 것이었다.

나는 먹먹한 목소리로 물었다.

"……대체 왜?"

"어차피 벌어질 일이었다고 했잖아."

"……."

숨이 막혔다. 누군가 내 목을 조르는 것만 같았다.

"이미 끝난 얘기 아니었어?"

따져 묻는 게 의미 없다는 걸 알았다. 저 아이는 뭐가 잘못된 것인지 전혀 몰랐다. 분명 의미 없는 짓인 걸 알면서도 나는 계속 묻고 있었다.

"제대로 설명해 봐. 대체 왜 그랬냐고!"

야율이 답했다.

"네가 곁에 있어도 된다고 했잖아."

나는 헛웃음을 지었다.

"그래, 내 옆에 있어도 된다고 했지. 맞아. 내가 그렇게 말했지……."

말을 흐리던 나는 눈을 치켜뜨며 소리쳤다.

"하지만 너만 있어야 한다고 한 적은 없었어!"

야율은 내 분노에 되레 이해하지 못하겠다는 듯이 눈가를 살짝 찡그리며 말했다.

"네가 천마의 혈육인 건 고모 때문이 아니잖아."

나는 한 대 맞은 것만 같은 표정을 지었다.

"복잡하게 돌아가는 것보다 통제할 수 있는 상황이 좋다고 여겼어. 만약 거기서 먼저 처리했으면 네 친모도 무사하진 못했을 거야."

"그래서 내 어머니를 살리고자 고모를 살려 뒀다고, 그렇게 말하는 거야, 지금?"

"모두 이득이었잖아."

나는 픽 웃음 지었다.

"내 마음은?"

"……."

"내 마음은 뭘 얻은 거야?"

"……."

너를 안쓰럽게 여기고, 애써 변명해 주고, 어쩔 수 없는 사정이라고 이해해 주려 하던 내 마음은?

그때 갑자기 야율이 내 손목을 잡고 손을 살피려 들었다. 시키는 대로 손을 펼치자 손톱이 파고들었는지 손바닥이 온통 피투성이였다.

언제 이렇게 다쳤는지. 그런데 전혀 아프지 않았다. 손바닥보다 다른 곳이 더 아파서. 헛웃음이 흘러나왔다.

"내 옆에만 있으면 된다고 하더니, 사실은 너만 남았으면 했구나?"

야율이 고개를 들었다.

"나를 떼어 놓으려는 자들을 치웠을 뿐이야."

"그걸 내가 원하는지 원하지 않는지는 상관없고."

"어차피 벌어질 일이었어."

"아. 그렇구나."

도돌이표 속에서 깨달았다.

"그랬던 거였어."

아주 오랫동안 가지고 있던 의문이 풀렸다. 안개가 개듯 머릿속이 맑아지는 기분이었다. 나는 고개를 젖히며 웃음을 터트렸다. 너무 우스워 어쩔 수가 없었다.

"하, 하하하하!"

"연아?"

야율이 조심스럽게 나를 불렀다. 나는 야율이 잡고 있던 손을 들어서 야율의 뺨에 올렸다.

"야율, 너는 세상이 온통 쓰레기뿐이라고 했지."

지난 생, 악인곡에 떨어졌던 야율은 마교에 투신했다. 그 후, 마교의 주구로 무림맹을 조롱하면서 백도 정파를 살육하다 어느 순간 알아냈을 것이다.

천마가 제 어머니인 벽기현과 위지백의 일을 꾸몄다는 것을. 그리고 자신을 고통에 빠트린 원인에게 주구로 이용당하고 있다는 사실을.

"너를 이렇게 만든 세상의 모든 게 증오스러웠겠지."

"……."

"그중 천마를 가장 증오했을 거야."

"……."

"그래서 천마의 혈육이었던 내 목을 벤 거야."

나는 웃었다.

"맞지?"

"……."

차라리 내 아버지와 원한이 있어서 죽였더라면, 아니, 그냥 지나가다 거슬려서 나를 죽였던 거라면 괜찮았을 텐데. 피투성이로 바닥을 구르면서도 내가 왜 죽어야 하는지 알 수 없었다.

나도 알지 못했던 내 출신, 천마의 혈육이란 이유로 나무토막 베듯 목을 베어 죽이고. 이번에도 그 이유로 나를 궁지로 몰아넣었다. 야율만은 그래서는 안 됐다.

"그리고 지금도…… 너는 내 목을 친 게 미안하지 않을 거야."

전혀. 한 톨의 죄책감도 없을 것이다. 나는 미소 지었다.

"이미 벌어진 일이었을 뿐이니까."

내 목소리는 왠지 다른 사람의 목소리처럼 고요하게 들렸다.

"나는 죽었지만, 다시 살아났고, 아버지와 화해했고, 너를 만났고, 무공도 펼칠 수 있게 됐어."

"……."

"모두 이득이지."

야율에게 물었었다. 나를 사랑하냐고. 하지만 야율은 영문을 모른다는 듯 굴었다. 왜 그랬는지 이제는 이해가 갔다.

"있지, 야율. 나를 버린 내 어머니도 최소한 내가 정마 대전의 원인이 되지는 않길 바랐어."

내가 원하지 않을 걸 아니까. 최소한 고모를 통해 내가 불행해지는 걸 막으려고 했다.

"어머니는 나를 버렸지. 왜인 줄 알아?"

"……."

야율은 영원히 그 이유를 알지 못할 것이다.

"내가 행복해지려면 자신이 없어야 한다고 여긴 거야."

그리고 아버지 또한 나를 위해서 어머니와의 관계를 영원히 묻기로 한 것이다.

하지만 야율은 그런 감정을 평생 알지 못할 것이다. 죄책감을 모르는 것처럼.

불쌍한 야율.

불쌍한 저번 생의 백리연.

내 능력이 부족해서, 내가 모자라서, 두 사람을 구원할 수 없어서 미안했다.

"연아."

나는 야율과의 첫 만남을 떠올렸다. 비릿한 피 냄새, 숨이 막히던 공포. 갑자기 휙 돌던 시야. 쿵, 귀가 아닌 머리에 울려 퍼지는 듯하던 둔탁한 소리. 빙글빙글 돌던 시야 끝에 장검을 타고 주륵 흘러내리던 내 핏물. 그리고 만족스러운 미소를 피워 내던 야율의 입꼬리.

핏자국이 묻은 내 엄지가 야율의 입꼬리를 쓸어 올렸다. 핏빛을 닮은 새빨간 입술 덕에 미소를 짓는 듯한 모습이 되었다.

"안녕, 야율."

나는 그렇게 내 죽음과 작별 인사를 했다.

천마지보가 명확히 길을 알려 주기에 헤맬 염려 없는 백리연은 별것 아니라고 한 안개지만, 다른 이들에겐 전혀 다른 얘기였다.

길 하나 없는 깊은 밀림 속은 동서남북 방위조차 알 수 없었다. 어느 방향을 보아도 다 비슷하게 생긴 나무와 수풀. 진창인 바닥과 시시때때로 나타나는 늪지대는 그들의 발목을 잡기 일쑤였다. 안개 속으로 뛰어들어 온 대다수는 길을 잃어버리고 빙글빙글 돌거나, 갑자기 푹 꺼지는 늪에 빠져 옴짝달싹 못한 채 죽곤 했다.

그리고 안개 바깥. 성인 몸뚱어리만 한 넝쿨이 주렁주렁 매달린 깎아지른 듯 선 절벽 위. 붉은색 옷의 여인들이 아래를 내려다보고 있었다. 협곡을 가득 채운 짙은 안개. 푸르른 나무 몇 그루가 안개를 뚫고 우뚝 솟아 있었다. 마치 구름으로 만든 바다에 떠 있는 푸른 섬들처럼 보였다.

안에서 벌어진 일을 차치하고 본다면, 마치 신선도가 그림 밖으로 튀어나왔다고 봐도 될 법한 풍광이었다.

그들을 향해 기척 없이 다가가는 이가 있었다. 마치 그림자가 움직이는 것 같은 모습이었는데, 누군가 본다면 보고도 제 눈을 믿지 않을 모습이었다.

그림자가 움직여 절벽 끝에 선 자 앞에 한쪽 무릎을 꿇고 앉았다.

"궁주님."

안개 낀 협곡 아래를 내려다보던 여인이 고개를 돌렸다.

"좌사가 사망했습니다."

"좌사가 죽었다고?"

대답을 한 자는 여인 옆의 붉은 복장을 한 수하였다. 흑색 의복의 여인과 달리 여인을 둘러싼 이들은 피처럼 붉은 복장을 하고 있었다. 모두 여인으로, 궁주라 불린 이의 호위 무사처럼 보였다.

"예. 목을 친 것은 남궁 세가주이나, 그 전에 이미 남궁 소가주와의 격전에 패색이 짙었다고 합니다."

"그럼 결국 남궁 소가주가 좌사를 쓰러트렸단 말인가?"

호위의 말에는 그게 가능하냐는 의문이 담겨 있었다.

"남궁 소가주 또한 부상이 상당해, 후방으로 후송되었다고 합니다. 부상의 정도는 알아내지 못했습니다."

궁주가 담담하게 말했다.

"곧 천하 강자에 이름이 하나 더 올라가겠군."

"세상에나, 아무리 그래도 벌써 오를까요?"

붉은 복장의 호위는 궁주와 친근하게 대화했다.

"무인은 고난이 성장시키는 법이니."

"결국, 이렇게 되는군요. 남궁 소가주가 먼저…… 헙, 죄송합니다."

궁주는 이를 무시한 채, 무릎 꿇은 수하에게 물었다.

"우사와 총군사는?"

"우사는 백리 세가주와 곤륜파 장문인을 견제하고, 총군사는 병력의 삼 할을 선두로 안개 속에 밀어 넣고 곧 나머지 칠 할을 마저 데리고 따라 들어갈 예정입니다. 대략적인 방향을 알아낸 듯싶습니다."

"무림맹은?"

"무림맹은 충돌을 최대한 피하며 포위진을 계속 유지 중입니다."

전쟁 중인 당사자들은 알지 못하겠으나 이렇게 바깥에서만 보이는 것이 있었다. 당장 전투를 벌일 것처럼 굴던 무림맹의 반응이 미적지근했다. 마치 무언가를 기다리는 것처럼. 그리고 이렇게 밖에서 보면 목적이 보였다. 무림맹은 최대한 많은 마교를 이곳에 끌어모으고 있었다.

태고 진인의 목적은 단 하나, 마교의 절멸. 마교도들이 모이길 기다리고 있는 것은 마교도를 한 번에 칠 기회를 위함이었다.

벌레를 하나씩 죽이러 다니는 것보다는 미끼를 보고 모인 벌레를 한 번에 불사르는 것이 당연히 더 쉬웠다. 벌레가 이길지, 태고 진인이 이길지 미래는 알 수 없지만.

'그렇다면 제갈 세가주의 목적은 무엇일까?'

그 몸으로 꾸역꾸역 여기까지 따라와서.

곧 죽을 날을 받아 놓은 것으로 알고 있는데 끈질기게 살아남아 있었다.

"궁주님."

좀 전에 입을 다문 여인이 아닌 다른 호위였다. 무언가를 바라는 듯한 부름에 궁주가 끄덕이며 명했다.

"그래, 때가 됐군. 모두에게 연락해라. 빠져나올 때가 되었다고."

"알겠습니다."

더는 이곳에 있어도 얻을 게 없었다. 궁주의 시선이 안개를 향했다. 미련을 떨치듯 고개를 틀고 몸을 돌릴 때. 누군가 다급하게 절벽 위로 올라왔다.

"궁주님!"

"어느 안전에서 소란이냐!"

호위가 예민하게 소리쳤다. 한쪽 무릎을 꿇은 수하의 보고를 받은 궁주가 처음으로 표정을 찡그렸다. 수하가 보고를 이었다.

"감시자들이 정신을 차렸을 때는 이미……. 일단 추적을 명했습니다. 그리고 이 서신이 있었습니다."

수하가 품속에서 서신을 꺼내 넘겼다. 곱게 접혀 있는 서신을 펼치자 탕약향이 확 풍겼다. 약탕을 먹 대용으로 쓴 듯했다. 연갈빛으로 쓴 서체는 반듯하면서도 기상이 느껴졌다. 서체의 주인을 그대로 옮겨놓은 것만 같았다.

[붓을 들었으나 첫 문장부터 막히는구려. 자네를 무어라고 불러야 할지.

궁주, 피차 얼굴을 보기 꺼려질 테니 이렇게 서신으로 남기오. 아마 궁주가 이걸 읽을 때쯤, 나는 이미 천마대총으로 떠났겠지. 나를 쫓지 마시오.

나도 아오. 이 몸으로는 돕기는커녕 발목을 잡을 수도 있다는 것을.

지금 잠시 괜찮아졌을 뿐, 발작 시간은 길어지고 있지. 언제 다시 발작이 일어날지도 모르고, 아무 도움이 안 될지라도, 나는 내 딸에게로 갈 것이오.

나는 그 아이를 혼자 둔 것을 아주 오랫동안 후회했소. 그러니 이젠 절대 혼자 두지 않을 생각이오. 곁에는 아비가 있음을 알게 해 주고 싶소.

그러고 보니 이 말을 하는 것을 빠트렸구려. 딸아이를 내게 보내 주어 고맙소.

딸아이를 마주한 적 있소? 당신의 눈을 정말 닮았다오. 그러나 당신과 달리 진심으로 웃을 줄 아는 아이요. 내 보물이라오.

당신도 보게 된다면 아끼게 될 수밖에 없을 것이라 생각하오.

만약 내가 돌아오지 못하고 연이만 돌아오거든 한 번쯤 얼굴을 마주해 주오.

양친이 모두 죽은 것과 한 명이라도 살아 있다는 건 마음가짐이 다를 테니. 착한 아이라 금방 마음이 풀어질 것이오.

연이는 어릴 적부터 남달라 어미에 대해서 내게 잘 묻지 않았소. 제 조부에게만 한 번

지나가듯 말했다고 하더군. 저를 버린 거라고. 그게 아니었는데 말이오.

자라며, 어미에 대해 한 번 물어본 적 있었는데, 나는 아무것도 말해 주지 않았소.

이렇게 될 줄 알았다면 차라리 그때 모두 말해 줄 걸 그랬소. 그러니 만약 내가 전해 줄 수 없게 된다면 그대가 전해 주었으면 좋겠소.

어쩔 수 없었다는 말은 이미 지나온 세월에 의미 없을지라도, 듣는 것만으로도 마음가짐이 달라지는 이야기도 있으니.

몸은 잠들어 있었으면서도, 귀는 열려 있었기에 당신의 사정을 들었소.

오월궁은 독립을 하기로 했다고?

다행이오. 떠날 때 되도록 많은 교도를 데리고 가길 바라오. 그래야 이 의미 없는 전쟁에서 한 사람이라도 더 살릴 수 있지 않겠소?

당신은 별고 없이 뜻하는 바를 이루길 바라오. 천라지망 안에서 나를 도와주어 고맙소. 오랜만에 얼굴을 보니 잘 지낸 것 같아서 다행이오.

또한 부탁이 하나 있소. 서신 한 통을 더 동봉하니, 만약 내가 돌아오지 못하거든 내 아버지께 보내 주었으면 좋겠소.

마지막으로. 나는 당신을 전혀 원망하지 않으니, 이제 당신의 삶을 살아가시오.

백리의강이,

원하던 자유를 찾을 아란에게.]

타닥타닥.

장작 타오르는 소리가 느리게 정신을 깨웠다.

안개 가장자리와 달리 안으로 들어갈수록 사람의 흔적을 찾아볼 수 없었다. 밤이 되자 안개가 더 짙어졌다. 어둠 속에 달빛 하나 들지 않아 발치도 확인하기 어려울 정도였다.

남궁류청은 당연하다는 듯이 나를 따라왔다. 나와 그는 적당한 자리를 잡고, 사흘 만에 등을 대고 누울 수 있었다. 대충 잠자리를 마련하고, 등을 대자마자 그대로 정신을 잃었던 것이 마지막 기억이었다.

천천히 감각이 돌아오는 것을 느끼며, 나는 눈을 떴다. 약간 의아한 감도 있었다. 계속 긴장을 늦추지 않고 있었는데 뭐 때문에 이렇게 편히 잠이 들었던 거지? 머리에 닿는 감촉이 부드러우면서도 단단하고 안정적이었다. 편안한 느낌에 응석 부리듯 머리를 뭉개다 천천히 눈을 떴다.

모닥불의 주홍색 빛이 조각 같은 미남의 얼굴을 비추고 있었다. 바로 눈이 마주쳤다. 계속 나를 바라보고 있던 듯싶었다. 하고 싶은 말이 무척이나 많은 듯 보였다. 그날의 대화를 생각한다면 당연히 그럴 것이다. 뭘 먼저 물어볼까 싶었을 때, 남궁류청이 입을 열었다.

"잘 잤어?"

"……응."

이유는 알 수 없지만 안개로 살짝 흐려진 시야에 남궁류청이 놀란 듯 살짝 눈을 크게 뜨는 것이 보였다.

무슨 생각이었을까?

아마도 오랜만의 숙면에 마치 붕붕 뜬 것처럼 좋은 기분과 안개로 뿌연 시야가 현실감을 낮춰, 이성의 고삐를 놓게 만든 듯했다.

나는 손을 뻗어 남궁류청의 뺨에 살짝 손을 댔다. 미지근한 온기가 손바닥에 전해졌다.

'아니, 그런데 왜 얘가 나를 내려다보고 있지?'

아직도 잠이 덜 깼는지 몽롱한 머리에 그런 의문이 들어올 때였다. 내 이마와 머리를 쓸어 넘기는 손길이 간지럽게 느껴졌다. 그리고 남궁류청의 얼굴이 나와 가까워졌다.

"……!"

눈꼬리에 닿는 말캉한 감촉에 정신이 번쩍 들었다. 잠기운이 순식간에 휘발했다. 나는 그대로 숨도 못 쉬고 굳었다. 머릿속이 정말 새하얘졌다.

얼마나 그렇게 굳어 있었을까, 이어서 콧날에 닿는 부드러운 감촉에 정신이 번뜩 돌아왔다. 그대로 팍, 밀치려 휘두른 손이 남궁류청에게 잡혔다.

"……!"

나는 다시 한번 깜짝 놀랐다. 내 손을 붙잡은 남궁류청이 살짝 떨어졌다. 눈이 마주치고도 입을 열 생각조차 못 했다. 입술이 닿을 것 같아서.

"……."

이내 남궁류청이 먼저 입을 열었다.

"옛날부터 생각했는데…… 넌 눈이 정말 토끼 같아."

"……."

토끼? 갑자기 웬 토끼?

머리가 제대로 굴러가질 않았다. 남궁류청의 입꼬리가 살짝 올라간 후, 숨결이 쓱 멀어졌다. 그리고 나서야 숨을 쉴 수가 있었다.

나는 벌떡 일어났다. 그제야 내가 남궁류청의 무릎을 베고 있었다는 것을 깨달았다. 부드러우면서도 단단하고 안정적이라 생각했던 것이 남궁류청의 허벅지였다니! 분명 적당히 잎이 달린 나뭇가지들을 꿔어 마련한 자리에서 자고 있었는데!

"이게 지금 무슨 짓이야!"

"네가 먼저 손을 뻗었잖아."

"……."

버럭 지르는 소리에 남궁류청이 뻔뻔하게 답했다.

"내가 손을 뻗긴 했는데, 그런 의미가 아니었어! 네 무릎 베고 있는 줄도 몰랐다고! 알았으면 내가 손을 뻗었겠어? 대체 언제……!"

이어진 남궁류청의 말에 나는 화를 내려던 것을 멈출 수밖에 없었다.

"그냥 네가 편했으면 좋겠어서."

"뭐?"

"불편해 보여서. 너 자는 내내 끙끙거리길래, 조금이나마."

"……."

"게다가 눈떠서 고맙다고 하고 다시 잤어. 그래서 알고 있는 줄 알았는데. 어쨌든 미안."

"……."

나는 말을 잃고 잠자리와 남궁류청의 길게 뻗은 다리를 보았다. 끙끙거렸다니. 내가 원래 꿈을 많이 꾸는 편이긴 했다. 아버지도 내가 꿈꾸는 소리에 가끔 일어나 나를 깨우러 오실 정도였다. 그래서 무심결에 아버지가 내 잠자리를 봐주러 온 것이라 여겨 고맙다고 한 게 아닐까…….

남궁류청이 손을 뻗어 내 엉킨 머리를 빗어 내렸다. 너무나 자연스러운 모습에 나는 움찔 떨었으나, 물러나지 못했다. 남궁류청은 아주 뻔뻔해지기로 작정한 모습이었다. 그리고 더 웃긴 것은, 그런 행동에

도무지 화를 낼 수가 없었다.

나는 그저 입술을 꾹 깨물고 고개를 돌렸다. 그러면 이 당혹스러운 상황에서 벗어날 수 있을 것처럼.

고개를 돌린 내 시야에 나를 덮고 있던 옷자락이 보였다. 남궁류청의 장포였다. 더운 날씨 탓에 소매가 없는 형식의 얇은 장포였는데, 살짝 들추자 쌉쌀한 향이 났다. 남궁류청에게 안겼을 때 맡았던 향이었다. 나는 얼굴을 쓸어내리며 말했다.

"나 얼마나 잔 거야?"

"안개 때문에 정확한 시간은 모르겠지만, 느낌상 두 시진은 안 됐을 거야."

"그렇게나 오래 잤다고?"

몸이 개운한 이유가 있었다.

"깨우지 그랬어? 이제 내가 불침번 설 테니 너도 자."

"괜찮아."

"괜찮긴 뭐가 괜찮아?"

남궁류청에게 장포를 돌려주는데, 갑자기 옷자락에서 무언가가 툭 떨어졌다. 손바닥보다 조금 작은 크기의 비단 주머니였다. 별생각 없이 주운 후, 흙을 탁탁 털며 확인해 보니 향낭이었다.

'밀림에서 향낭까지 챙기고 다니다니. 도련님 아니랄까 봐.'

남궁류청에게서 느껴지던 쌉싸름한 향이 여기서 나는 것이었던 모양이었다. 무심히 건네주려 손을 뻗던 나는 남궁류청이 받아 가기 전에 다시 확 가져왔다.

"뭐야, 이거?"

자수가 무척 익숙했다. 서툰 기색이 역력한 분홍색 모란 자수.

"이거 내가 남궁완 아저씨한테 드린 건데 왜 네가 가지고 있어?"

"……."

인상을 팍 찌푸린 남궁류청이 향낭을 뺏어 가려는 듯이 손을 뻗었다. 하지만 아까처럼 당황한 것도 아니고 정신 멀쩡한 내가 이런 걸 쉽게 뺏길 리 없었다.

"돌려줘."

"아, 잠깐만 기다려 봐."

나는 남궁류청이 뺏어 가지 못하게 막으며 기억을 더듬었다.

어…… 그러니까 아버지 선물이라고 만들다가 남궁완 아저씨가 본인 것도 하나 만들어서 달라고 반협박을 했고, 백련정강으로 된 비수까지 받은 나는 어쩔 수 없이 자수를 놓아야 했다.

아버지한테는 정성이 중요하니 조금 못난 자수여도 상관없지만, 완전 남인 아저씨한테도 엉망인 걸 드리긴 좀 그렇고, 당시 또 손도 다쳤고…… 너무 하기 싫기도 해서…….

"게다가 이거 거의 네가 만든 거잖아."

"그래. 내가 만든 거 내가 가지겠다는데 무슨 문제라도?"

새침한 대답에 눈을 가늘게 뜨고 남궁류청을 바라보았다. 남궁류청의 귀가 붉었다. 주홍빛 불빛이라 자세히 보지 않으면 알아채기 힘들었다. 목덜미도 살짝 붉게 달아올라 있었다. 나는 이를 꽉 깨물고 웃음이 터지려는 걸 참았다.

'하, 정말 왜 이러지?'

이런 모습을 볼 때마다 왜 더 괴롭히고 싶은 비뚤어진 마음이 드는지 모르겠다. 나는 모르는 척 말했다.

"그럼 나 줘."

"무슨 소리를 하는 거야?"

"네가 만들었으니까 가지고 싶어서. 나 줘. 넌 또 만들면 되잖아."

"……."

남궁류청이 뭐라고 대답 못 하고 입을 꾹 닫았다. 나는 조금 시간을 두고 답을 기다리다 채근했다.

"응? 나 줘. 설마 내가 달라는데 안 줄 거야?"

"……."

침묵하던 남궁류청이 말했다.

"그건 좀 오래돼서 낡았으니까, 새걸로 하나 만들어 줄게. 그건 돌려줘."

"새걸 만들어 준다고?"

"그래."

"하지만 난 이게 가지고 싶은데."

"……."

나는 입 안의 살을 꽉 깨물었다. 하, 내가 생각해도 나 너무 얄미운 것 같았다.

"……."

"……."

"그래, 가져."

침묵 끝에 나온 답이었다. 나는 결국 참지 못하고 웃음을 터트렸다.

"아하하!"

남궁류청이 잔뜩 성질난 눈으로 나를 노려보았다. 내가 향낭을 돌려주자 남궁류청이 조금 다급한 손놀림으로 가져갔다. 그래 놓고 말했다.

"가지고 싶으면 가져."

"아하하하하!"

안개 속에 높다란 웃음소리가 울려 퍼졌다. 나는 간신히 웃음을 참고 눈가를 닦아 냈다.

"아니야, 정말 가지고 싶었던 건 아니었어. 장난이었어. 미안해. 그냥…… 그냥 네가……."

내 부탁을 어디까지 들어주는지 궁금했을 뿐이야. 내뱉지 않고 속으로만 생각했다.

"그래. 그런 것 같았어."

남궁류청이 한숨을 내쉬며 말했다. 짜증 삼 할 안도감 칠 할 정도로 느껴지는 한숨이었다. 나는 방글방글 웃으며 말했다.

"너 날 정말 좋아하는구나?"

"지금까지 뭘 들은 거야?"

"그도 그러네."

나는 고개를 끄덕이다 말했다.

"다음에 하나 만들어 주기로 약속한 거야?"

"하아."

남궁류청이 또 깊은 한숨을 내쉬며 알았다고 답했다.

"아하하하!"

이렇게 크게 웃은 지가 언젠지. 왠지 모르게 가슴이 탁 트이며 청량감이 가득했다. 한참 웃던 나는 다리를 끌어모아 안으며 말했다.

"이제 너도 좀 자. 내가 불침번 설게."

"됐어. 안 졸려."

그럴 리가 없었다. 나를 쫓아야 했으니 내가 못 잔 만큼 남궁류청도 못 잤으리라. 하지만 왜 잠을 안 자겠다고 말하는지 알았다. 제가 잠든 사이에 내가 떠날까 그러는 것이다. 그래서 더는 강요하지 않았다.

작게 피운 불빛이 어른거렸다. 편안한 침묵이 흐르고, 나는 천천히 입을 열었다.

"류청."

날 보는 시선이 느껴졌다. 아니, 남궁류청은 계속 나를 바라보고 있었다. 나는 천천히 말을 이었다.

"아직은 나도 내 마음을 모르겠어. 내가 널 좋아하는 건지, 외로운 건지, 그냥 의지하고 싶은 건지, 너랑 같이 도망가고 싶은 건지……."

나는 회귀한 후 남궁류청을 사랑하지 않으려고 십 년 넘게 노력했다. 그게 당연한 일이라고 생각했기 때문이다. 그리고 지금까지 성공했다고 생각하며 살았다.

"모든 게 다 끝나면 그때 말할게."

"결국, 가겠다는 뜻이야?"

나는 살짝 고개를 주억거렸다. 그리고 입을 열었다.

"너한테 말해 줄 게 있어."

나는 턱을 괸 채 짙은 안개로 별 하나 보이지 않는 하늘을 올려다보았다. 이곳은 천기도 들여다볼 수 없는 곳이었다. 그러기 위한 안개였으니까. 명색이 천마대총 주변을 둘러싼 안개거늘, 그저 짙기만 하고 아무 능력도 없는 이유였다.

"사실 나는 회귀했어."

남궁류청의 숨소리가 미약하게 달라졌다.

"분명 죽었는데, 눈을 떠 보니 과거로 돌아와 있더라고."

그가 생각을 정리할 수 있게 시간을 두었다. 이내 남궁류청이 입을 열었다.

"그러니까…… 야율이 네 목을 쳤다는 얘기가…… 네가 정말 겪은 일인 거야?"

회귀가 가능하냐, 진짜냐 거짓이냐, 어떻게 되돌아왔냐, 그런 게 아니라 이것부터 물어볼 줄이야.

"맞아. "

"그 개자식을 살려 둬선 안 됐는데……!"

"믿어 주는 거야?"

"지금 그게 중요해? 왜 그딴 놈을 곁에 둔 거야? 넌 정말 무슨 생각이야! 백리 대협도 알고 계셨어?"

"아니, 아버지는 모르셔."

분노를 토해 내는 남궁류청은 야율이 눈앞에 있었더라면 생사결이라도 신청했을 것만 같은 모습이었다. 나는 빙그레 웃으며 말했다.

"너한테 처음 말한 거야. 먼저 알아낸 사람 빼고는."

"뭐? 그 개자식은 어떻게 알아낸 거지?"

남궁류청의 눈빛에 질투가 넘실거렸다. 질투할 게 없어서 이런 걸 질투하나 싶었지만, 그 눈빛에 왜 기분이 좋아지는지 알 수 없었다. 왠지 남궁류청의 뺨을 만지고 싶어졌다. 손끝을 움찔거리던 나는 손을 뻗는 대신 남궁류청이 분명 좋아할 말을 했다.

"나는 만약 말하게 된다면 아버지한테 가장 먼저 말할 줄 알았어."

"그래?"

남궁류청의 입꼬리가 살짝 올라갔다. 숨기려고 한 듯싶지만, 남궁류청을 하루 이틀 본 것도 아니고 이 정도는 빤했다. 좋아할 줄 알았으면서도 장난스럽게 물었다.

"그게 좋아?"

남궁류청은 당연하다는 듯이 고개를 끄덕이고 말했다.

"너한텐 아버지가 일순위잖아. 내가 이겼다는 건 내가 일순위란 뜻 아냐? 나는 성인이 된 후로 한 번도 져 본 적 없어."

나는 코웃음을 쳤다.

"뭐래, 비무 대회 우승자는 나거든!"

"너한텐 져도 돼. 네가 내 일순위니까."

"……."

순간 말을 잃었다.

"왜?"

"……와, 선수네."

"선수?"

"그런 게 있어."

나와 남궁류청은 밤새 이야기를 나누었다. 주로 그간 어떻게 지냈는지, 어릴 적 기억 등 별 가치 없는 시시한 이야기들이었다. 하지만 이 시간의 안온함은 영원히 기억에 남을 걸 알았다.

날이 밝았다.

나는 흐리게 웃었다.

'아침 해가 뜨는 게 이렇게 아쉬운 날이 올 줄이야.'

정말로…… 정말 많이 아쉬웠다. 꺼진 모닥불에서 희미하게 남은 불씨만 깜빡이고 있었다.

"갈까?"

몸을 일으킨 순간이었다. 남궁류청이 갑자기 내 손을 부여잡았다. 내려다보자 남궁류청이 속삭이듯 말했다.

"꼭 가야겠어?"

"……류청."

한숨처럼 내뱉은 그의 이름에는 왜 그러냐는 타박이 담겨 있었다. 애써 밤을 새우며 밝은 얘기만 한 것이 결국 아무것도 아니게 되었다. 나와 남궁류청은 일부러 천마대총과 야율에 관해서는 입도 뻥긋하지 않았다. 기분 좋은, 행복한 이야기만을 나누었는데…….

살짝 화도 났다. 지금까지 애써 정리한 마음을 흐트러트리는 것만 같아서. 나는 단호하게 말했다.

"이미 말했잖아. 도망쳐도 소용없다고."

"……."

숙인 고개에서는 아무 답도 나오지 않았다. 나는 길게 한숨을 내쉬었다.

"후, 아니면 잠시나마 행복했다가 다시 처음으로 돌아가고 싶……."

말을 이어 나가던 그때 손등에 툭, 뜨거운 무언가가 떨어지는 것을 느꼈다. 나는 그대로 숨을 멈췄다. 곧이어 떨어진 것이 손등을 타고 주르륵 흘러내려 갔다.

"이해하려고 했어. 참아 보려고 했어. 괜찮은 척하려고 했어."

"……."

"그런데 못 하겠어."

"……."

"너무 화가 나. 이 모든 상황이 너무나……."

"……."

나는 피가 맺힐 만큼 입술을 꽉 깨물었다. 그래. 괜찮을 리가 없었다. 나도 괜찮지가 않은데. 우리는 서로 괜찮은 척했을 뿐이다. 남궁류청은 듣고도 모른 척하고, 나 또한 뒤를 돌아보지 않으며.

나는 고개를 치켜들며 눈물이 고인 눈으로 허공을 바라보았다. 두고 떠나온 야율이 어른거렸다. 한번 둑이 터진 생각은 물결처럼 흘러갔다. 어떤 모습을 하고 있었을까? 남궁류청처럼 울고 있었을까? 버려진 강아지처럼 나를 바라보고 있었을까? 단 한 번도 돌아보지 않았기에 알 수 없었다.

그가 나를 궁지에 몰았더라도 내게 해 준 것들이 다 거짓은 아니었을 텐데. 하지만 잘잘못을 하나하나 무게를 재며 저울처럼 계량할 수는 없었다.

"그래."

그냥 갑자기 이리 말하고 싶었다. 나는 아무 생각 없이, 남궁류청을 보면서 말했다.

"지금이라도 같이 도망갈까?"

남궁류청이 고개를 확 들었다. 칠흑 같은 머리카락이 흘러내리고 물기를 머금은 투명하리만큼 맑은 눈동자가 나를 향했다. 나는 남궁류청 앞에 한쪽 무릎을 꿇고 몸을 숙였다. 그러고는 손을 뻗어 눈물 젖은 뺨을 감쌌다.

우리는 한참 동안 말이 없었다.

"……."

"……."

소리 없이 눈물을 흘리던 남궁류청이 몸을 일으켰다.

"아니. 가자."

나와 남궁류청의 앞에는 기이한 지형이 펼쳐져 있었다. 거인이 검으로 땅을 베어 냈다면 이렇지 않을까? 무저갱 같은 협곡 안에는 짙은 안개가 가득 차 바닥을 확인할 수 없었다.

사실 조금만 멈추는 게 늦었더라면 나와 남궁류청은 저 협곡에 굴러떨어졌으리라.

나는 돌을 하나 집어 협곡 아래로 던졌다.

쐐애애액!

한참을 기다리고 기다려도 부딪치는 소리가 들리지 않았다. 얼마나 깊은지 짐작도 가지 않았다.

"어쩌지?"

"뭐가?"

말끔한 낯의 남궁류청은 좀 전의 비참한 눈물의 흔적을 전혀 찾을 수 없었다.

"이 아래야?"

"응."

"그럼 내려가면 되지."

"하지만……."

나는 걱정스럽게 남궁류청을 바라보았다. 눈이 마주친 남궁류청이 눈썹을 치켜세우고, 조소를 머금더니 그대로 협곡 아래로 뛰어내렸다.

"야!"

협곡 안을 가득 채운 웅웅거리는 듯한 소리가 내 외침을 그대로 먹어 치웠다.

아오, 저 성질머리!

나도 뒤따라 황급히 뛰어내렸다. 내장이 진탕하는 듯한 끔찍한 고양감이 내 몸을 휘감았다. 찢어질 듯이 펄럭이는 옷자락들과 거세게 휘몰아치는 바람 소리가 마치 귀신의 비명처럼 들렸다.

아니, 정말 이렇게 높은 곳에서 제대로 된 대비도 없이 걱정하는 눈빛에 화나서 몸을 던져 버릴 일인가? 어?

한참을 투덜거린 것 같은데도 나는 아직 떨어지고 있었다. 그렇게 끝없는 추락이 이어질 때.

콰아앙!

쿵!

우르르, 쿵, 쿠쿠쿵.

'아주 부수네, 부숴.'

협곡에 거대한 소음이 연달아 울려 퍼졌다. 남궁류청의 착지 때문에 벌어진 일임을 알 수 있었다.

나 또한 바닥이 멀지 않았다. 본래라면 턱도 없었겠지만, 이제는 가능한 걸 알았다. 내 몸의 의지를 최대한 없애고, 정신을 집중했다. 상단전으로부터 알 수 없는 무형의 기운이 온몸을 관통했다. 온몸에 기이한 활력이 넘치며 스치는 바람 한 자락부터 모래 한 알까지 시간이 정지한 듯 느껴지는 것이, 마치 처음 천마지보를 흡수했을 때의 감각과 비슷했다.

생각하는 모든 걸 이룰 수 있을 것만 같은 전능한 느낌.

'이런 식이었구나…….'

천천히 허공에서 미끄러지듯 내려왔다. 능공허도의 경지가 이런 것일까?

탁!

발을 딛는 순간 곧장 먼지가 피어올랐다. 짙은 안개에 볕 들기 어려운 협곡과 어울리지 않는 바짝 마른 바닥이었다. 습하고 땀이 나도록 덥던 위쪽과는 달리 이곳은 서늘하고 오히려 추울 정도였다.

집중을 풀자 부풀어 올랐던 머리카락과 옷자락이 순식간에 가라앉았다. 흘러들어 오던 모든 정보가 돌연 뚝 끊어지며 차단됐다. 갑자기 줄어든 오감 탓에 감각 기관에 이상이 생긴 것처럼 느껴졌다. 나는 다소 급하게 외쳤다.

"류청!"

"여기 있어."

남궁류청이 흙먼지가 뒤섞인 안개를 헤치고 나타났다. 엉망인 머리카락과 뒤집어쓴 흙먼지를 뺀다면 다친 곳 없이 멀쩡한 모습이었다.

"괜찮아?"

남궁류청이 옷을 탁탁 털며 고개를 끄덕였다.

"아니, 너 말고 이 절벽 말이야. 네가 아주 박살 내던데."

"어, 괜찮대."

"……."

이럴 수가. 내가 말문이 막히는 날이 오다니. 툭하면 말문이 막히던 어릴 적 남궁류청이 아니었다. 나는 아련하게 중얼거렸다.

"어릴 땐 귀여웠는데……."

“흥.”

남궁류청의 코웃음을 끝으로 협곡을 따라 천천히 걷기 시작했다. 살짝 오르막인 길은 누군가 바닥을 다듬은 것처럼 평탄했다.

와작.

그리고 걸어가는 내내 뼈다귀들이 발에 밟히고 치였다.

사방에 하얗게 빛바랜 뼈다귀들이 널려 있었다. 사람의 백골도 있었지만, 대다수는 동물의 뼈였다. 아마도 저 밀림에 사는 동물들이 짙은 안개에 협곡을 알아채지 못하고 떨어져 죽은 것일 게다. 혹은 운 좋게 내려왔다가 올라가지 못해서 죽었든가.

그리고 사망한 지 얼마 안 된 시신도 발견할 수 있었다. 추락사한 모습의 시신을 살피던 남궁류청이 말했다.

“마교의 척후야.”

오는 길에 몇 번 마주친 적 있기에 잘 알았다. 남궁류청이 말을 이었다.

“죽은 지 사흘 정도 된 것 같군.”

“그럼 이미 여기 위치는 알려졌다고 봐야겠네.”

마지막으로 확인했을 때 이미 삼천 명이 넘는 마교도가 몰려와 있었다. 그 수라면 아무리 이런 밀림이라도 찾아내지 못할 리 없는 것이다. 약간의 희생은 치르겠지만.

정말로 이해가 가질 않았다. 대체 천마의 목적은 뭘까?

마교도들이 제멋대로 날뛰게 두는 이유가 뭘까? 좌사가 멋대로 굴었다는 것은 그만큼 교주가 모습을 드러내지 않을 걸 확신했기 때문일 터다. 이대로라면 마교도 큰 타격을 받을 터였다. 교주의 생각을 전혀 짐작할 수가 없었다.

"무슨 생각 해?"

남궁류청의 목소리에 정신을 차렸다.

"그냥…… 상황이 너무 이상해서."

고개를 끄덕인 남궁류청이 말했다.

"거기다 안개가 좀 옅어진 것 같아."

남궁류청의 말대로였다. 어느새 안개가 옅어져 있었다. 원래는 전혀 보이지 않던 협곡의 양끝과 절벽이 조금씩 보였다. 걸어 올라갈수록 협곡의 폭이 점차 넓어지다 갑자기 확 넓어진 공터가 모습을 드러냈다.

그 중앙에는 본래의 형태를 알 수 없는 건물이 있었다. 마치 오래된 유적 같았다. 사람 몸통만 한 굵기의 덩굴로 뒤덮인 건물은 생명의 기색이라고는 찾아볼 수 없는 협곡 아래에서 유일하게 푸른빛이었다.

천마대총.

제대로 찾아왔다.

구 척을 넘는 거대한 석문이 천마대총의 유일한 출입구처럼 보였다. 그리고 이미 열려 있었다. 누군가 먼저 온 것이다.

열린 석문 앞에는 피를 뒤집어쓴 것만 같은 사람이 서 있었다. 믿기지 않는 모습에 나는 눈을 부릅떴다.

"……좌사?"

"죽었다고 들었는데."

나는 남궁류청과 눈을 마주쳤다. 남궁류청도 심각한 낯이었다. 좌사의 사망은 남궁류청이 나와 합류하기 전 직접 들은 보고로, 내게도 소식을 알려 줬다. 그래서 안도하고 있었는데…… 어떻게 여기 있는 거지?

그런데 좌사의 움직임이 조금 기이했다. 뭐랄까, 제 몸을 주체를 못하는 모습이랄까. 마치 마공의 주화입마에 빠져 이지를 잃은 듯한 느낌이었다. 대검은 어디다 가져다 버렸는지 보이질 않았고, 탁한 흑색의 진기에서 알 수 없는 불길함이 느껴졌다.

피가 다 터져 버린 듯, 흰자위 하나 없이 붉어진 눈동자가 우리를 응시했고.

저벅.

발을 내딛는 순간, 시야에서 사라졌다.

콰앙—! 나와 남궁류청이 재빨리 벗어난 자리가 거대한 소음과 함께 부서졌다. 좌사가 후려친 바닥이 부서지며 사방으로 튀었다. 무공 수위만큼은 전과 다를 바 없었다.

남궁류청이 어느새 뽑아 든 검에는 상앗빛 검기가 넘실거렸다.

쿠릉—!

패도적인 기운이 그대로 좌사를 향하고, 좌사는 무슨 생각인지 별다른 진기도 두르지 않고 팔을 휘둘렀다.

쩌어어엉—!

"……!"

그대로 베어져 나갈 줄 알았던 팔이, 남궁류청의 검을 막았다. 또한 좌사가 막아 낸 탓에 알 수 있었다. 좌사는 오른손이 없었다. 잘려 나간 단면이 그대로 보였는데, 피가 전혀 흐르지 않았다.

좌사가 초점을 알 수 없는 눈으로 중얼거렸다.

"남궁……?"

그리고 내가 아닌 남궁류청을 향해 쏘아 들어갔다.

온통 의문투성이였다. 대체 석문은 어떻게 열었으며, 죽었다던 좌사는 어떻게 여기 있는지? 저 모습은 어떤 상황인지?

하지만 혼란스러운 머릿속을 정리할 시간은 주어지지 않았다. 남궁류청과 좌사가 순식간에 수십 합을 겨뤘다. 고요하던 협곡에 우레 같은 소리가 울려 퍼졌다. 예상컨대 아마 협곡 위에서도 이 천둥소리가 들릴 것이다.

둘이 너무 가까이 붙어 빠르게 손을 놀리고 있었기에 쉽사리 끼어들 기회를 잡을 수가 없었다. 이러다 협곡이 무너지는 거 아닐까 싶을 때가 되어서야, 나는 끼어들었다.

오는 도중 마주친 마교도에게 얻은 검이 검기를 담고 좌사의 정확히 허점을 찔러 들어갔다.

쾅!

좌사가 손바닥으로 검봉을 가로막았다.

"……!"

그대로 검날을 쥔 좌사가 역으로 휘둘렀다.

"크!"

그 위력에 나는 검을 놓치며 그대로 날아갔다.

순식간에 협곡의 절벽까지 날아갔다. 몸을 틀 겨를도 없었다. 그대로 절벽과 충돌할 뻔한 나를 뛰어온 남궁류청이 감싸안고 굴렀다.

쿠쾅-!

속력을 이기지 못한 나와 남궁류청이 함께 바닥을 나뒹굴었다. 호신강기를 둘렀음에도 온몸이 부서질 듯이 아팠다.

"퉤."

나는 피 섞인 침을 뱉어 냈다. 남궁류청이 나를 받아 주지 않았다면 분명 어디 한군데는 부러졌을 것이다. 남궁류청도 잔뜩 인상을 찡그린 채 검으로 바닥을 짚으며 몸을 일으켰다. 우리는 누가 먼저라고 할 것 없이 동시에 물었다.

"괜찮아?"

"괜찮아?"

눈을 마주하고는 실웃음을 흘렸다. 나는 표정을 굳히고 말을 이었다.

"뭔가 이상해."

좌사의 힘이 이해할 수 없을 정도로 강했다. 방금 내 검을 막아선 좌사의 맨손. 그 손에 두른 내공은 내 검을 막기에 턱없이 부족했다. 정확히 말하자면 무공의 세밀함이 전보다 떨어졌지만, 담긴 내공과 파괴력이 전과 달랐다.

"전에 만났을 때는 이 정도까진……!"

하지만 말 한마디도 제대로 이을 수가 없었다. 곧장 좌사가 공격해 왔기 때문이다. 열 장에 가까운 거리를 순식간에 좁힌 좌사의 발짓 한 번에 협곡의 절벽 일부가 우르르 무너져 내렸다.

무공의 세밀함이 부족하다?

상관없었다, 이 정도의 힘이라면.

기교는 약자에게나 필요한 것이었다. 좌사가 대충 휘두르는 움직임도 엄청나게 위협적이었다. 나는 좌사가 날린 흑색의 장력을 간신히 막았다.

또다시 뒤로 몇 발짝이나 물러난 사이, 좌사가 남궁류청에게 덮쳐들었다. 남궁류청이 검강을 두른 채 허공에 검을 긋는 것이 보였다. 좌사의 탁한 흑색 장력이 상앗빛 검기에 반으로 갈라졌다.

기이한 점은 또 있었다. 좌사가 내가 아니라, 남궁류청을 노린다는 것이었다. 나는 남궁류청 옆에 딸린 거추장스러운 짐 덩어리 취급이었다.

'천마지보를 노리던 것이 아니었나?'

이미 주체가 바뀐 모습이었다. 그리고 남궁류청 또한 좌사의 목적이 자신인 것을 눈치챘다. 남궁류청이 말했다.

"가."

"류청!"

"어차피 이자는 내가 목적인 것 같고……."

검기는 버틸 수 있었으나 검강까지는 무리였는지 남궁류청의 검에 좌사의 쇳덩어리 같은 몸에도 상처가 났다.

"네가 저 마귀의 무덤에서 뭘 하려는지는 모르겠지만, 가는 데 힘 빼서 좋을 것 없다는 건 알아."

"……."

"그러니까 가."

마음은 같이 상대해야 한다고, 남궁류청을 혼자 두어선 안 된다고 외치고 있었다.

"버티고 있을 테니까."

그런데 발이 주춤 뒤로 물러났다.

협곡 바닥에서 발견한 척후, 점점 개어 가는 안개. 누군가 먼저 들어간 것이 분명한 눈앞의 천마대총.

"대신 꼭, 돌아와."

쿵-!

천마대총이 살짝 흔들리는 느낌이 들었다. 위에서 먼지와 돌가루 등이 충격 때마다 후드득 떨어지길 반복했다.

나는 이를 악물고 앞만 보고 달렸다. 천마대총의 안은 마치 미로와 같았다. 대체 무슨 짓을 했는지 천마대총 안에선 금안의 능력이 통하지 않았다.

자연지기를 움직일 수는 있었다. 다만 본래라면 보였을 벽 너머의 상황과 기관진식 등이 보이지 않았다. 다시 말해 금안으로 천마대총을 꿰뚫어 보는 것이 불가능했다.

유일하게 알 수 있었던 건 들어올 때 스치듯 보았던 석문이었다. 석문은 내가 과거 만신의의 비밀 거처에서 빠져나올 때, 그리고 위지백의 산장 비밀 통로를 빠져나올 때 사용했던 것과 똑같은 방식으로 열 수 있었다.

아주 복잡한 순서로 진기를 불어 넣어야만 열리는 방식. 그렇다면 대체 누가 이곳의 문을 열고 들어올 수 있었을까?

천마대총 안은 긴장한 것에 비해 너무나 고요했다.

탁, 탁, 탁, 탁.

열린 석문이 우습게도, 내 발걸음 소리만 들릴 뿐이었다.

이런 곳이라면 당연히 있을 거라고 생각한 목숨을 위협하는 기관진식이나 함정 같은 것은 없었다. 복도에 간격을 두고 늘어선 석상들과 계속 아래로, 아래로 내려가는 미로 같은 구조일 뿐.

'발자국이라도 남아 있다면…….'

먼저 들어온 자를 뒤따를 수라도 있을 텐데.

천마지보는 천마대총의 위치는 알려 줬지만, 그 안에 무엇이 숨겨져 있는지는 알려 주지 않았다. 내 걸음을 따라 벽에 걸린 횃대에 불이 확 피어올랐다가 멀어지면 꺼지길 반복했다. 그 불빛에 따라 가슴 높이에 검을 쥔 석상의 얼굴이 밝아졌다가 어두워지길 반복했다. 을씨년스러운 모습은 심장이 약한 자들에게 좋지 못한 장면이었다.

쿵-

바깥의 소음이 이제는 아주 작게 들렸다. 나도 모르게 발걸음이 느려졌다. 기이했던 좌사의 모습. 좌사가 저 꼴인 것은 아마도 그가 익힌 사이한 무공과 연관이 있을 것이다. 하지만 딱히 떠오르는 무공이 없었다.

천마지보로 마교의 무공에 관해 많은 지식을 얻었다고 한들 내가 마교의 모든 무공을 아는 것은 아니었다. 천마지보가 생긴 지 벌써 몇 백 년이 지났으니. 새로운 무공이 마교에 흡수되거나, 있던 무공도 개량되었을 것이다.

'좌사의 저 모습이 무엇 때문인지 알 수 있다면…….'

그때, 왠지 모르게 문득 석상에 시선이 갔다. 석상이 입고 있는 갑옷은 요즘은 사용하지 않는 오래된 양식이었다. 그럼에도 불구하고 녹슬지 않고 반짝였다. 석상이 들고 있는 검들도 마찬가지였다. 석상은 모두 다 다른 체격에 다른 얼굴을 하고 있었다.

"……."

당장에라도 살아 움직일 것만 같은, 그런…….

순간 든 소름 끼치는 생각에 나도 모르게 뒤로 물러났다. 두어 발 물러섰을 때.

턱.

무언가와 부딪치는 느낌이 들었다.

나는 눈을 부릅떴다. 천마지보를 얻고 천마대총에 가까워질수록 내 기감은 훨씬 더 예민해졌다. 그런 나를 속이고 이렇게 바로 뒤까지 접근할 수 있는 실력자라니.

'대체 누가……!'

이미 늦은 것이나 다름없지만, 재빨리 뒤를 돌아보았다. 그리고 아연한 낯이 되었다.

"……화무?"

파리하게 질린 창백한 안색에 하얗게 바랜 머리카락, 금빛이 도는 눈동자. 얘가 대체 왜 여기 있는 거지? 내가 지금 귀신을 보고 있는 게 아닐까?

제갈화무가 빙그레 웃으며 말했다.

"결국엔 남궁 공자와 왔네?"

"……."

잠시 침묵하던 나는 분노에 차 그대로 멱살을 쥐었다.

"너 이 자식……!"

제갈화무가 희미하게 웃으며 나를 바라보았다.

"너! 알고 있었지?"

내가 비무 대회에서 우승하기 전, 제갈화무는 태고 진인과 함께 있는 자리에서 내가 천마지보를 만지도록 종용했다. 태고 진인이 손끝 하나 댈 수 없도록 철저하게 막아 그렇게 끝났지만. 만약 거기서 내가 만졌다면 어떤 상황이 벌어졌겠는가?

"그러면서 입을 싹 다물어? 왜 상황을 이렇게 만든 거야!"

나를 이 상황에 밀어 넣은 것은 야율이었지만, 제갈화무가 내게 미리 언질이라도 줬다면 이 상황을 피할 수 있었을 것이다.

"음, 이제 와서 그게 궁금해?"

제갈화무의 눈동자가 금빛으로 기이하게 빛났다. 그리고 내 손을 덮어 쥔 손에선 꽤 강한 힘이 느껴졌다.

나는 의심스럽게 제갈화무를 보았다. 내가 제갈화무를 굳이 생각하지 않고 원망하지 않으려 들었던 것은 그가 이미 더는 버티기 힘들 정도로 악화한 상태였기 때문이다.

"예전에 네가 그랬지? 내 병이 천마가 저지른 짓이라고."

제갈화무가 갑자기 전혀 다른 이야기를 꺼냈다. 나는 살짝 미간을 좁히며 말했다.

"……그랬지."

제갈화무를 만나기 전에 회귀 때 얻었던 정보로는 그랬다. 자세히 파고들자 조금 다른 이야기였지만.

"틀린 말은 아니야. 천마에게 대적하기 위해 기억을 물려주다가 후손들이 모두 절명하게 되었으니, 제갈은 내가 마지막일 테지."

"……."

씁쓸하면서도 후련하게 느껴지는 어조였다. 생에 집착하던 제갈화무와는 전혀 다른 태도. 이런 모습을 볼 때마다 생각나는 것이다. 이제는 다른 사람이나 다름없다는 것이.

"그런데 이상하다 여긴 적 없어?"

나는 인상을 찡그렸다. 제갈화무는 천천히 말을 이었다.

"나와 천마가 기억을 대대로 물려받는 게 무척 비슷하다고 생각한 적 있지?"

"……."

나는 침묵했다.

"음, 옛날이야기를 해 볼까? 그러니까 천마가 아직 천마가 아니었던 시절의 이야기."

쿵-!

이제는 희미한 소음이 자신을 잊지 말라는 듯이 들렸다.

나는 어서 말하라는 듯이 제갈화무를 바라보았다. 천마의 과거에는 관심이 없었으나, 제갈화무가 갑자기 내게 천마의 이야기를 하는 이유가 있을 테니까.

이어지는 이야기는 그야말로 제갈 세가가 아니라면 절대 알 수 없는 이야기였다.

"천마는 본래 가난한 농가의 자식이었어. 평생 죽을 때까지 쟁기만 쥘 운명이었지. 그들의 부모가 도적들에게 죽기 전까진."

"저런."

나는 전혀 안타깝지 않은 어조로 말했다. 제갈화무가 물었다.

"그 도적들이 누구였다고 생각해?"

"글쎄. 세상에 널린 게 도적 아닌가?"

지금 이 천마대총도 털어 버리려는 도적들이 강호인의 탈을 쓰고 몰려오고 있지 않은가? 따지자면 나도 다를 바 없었다.

제갈화무가 말했다.

"사실 도적의 탈을 쓴 강호인이었어."

"……."

"난세가 벌어지면 강호인들이 도적으로 변하는 건 한순간이지. 배운 게 검밖에 없는 자들은 먹고사는 것도 검으로 해결하려 들잖아?"

"……"

"어느 추운 겨울날, 검을 든 스무 명의 사내들이 농가에 쳐들어와 식사를 마련하라고 했지. 농가의 아낙네는 가지고 있는 식량을 털어 식사를 마련했어. 그렇게 떠나고, 보름 뒤에 또 찾아왔지. 아낙네는 또 식량을 털어 식사를 마련해 줬어. 그런데 얼마 뒤 검을 든 다른 사내들이 찾아왔지. 그들은 괴롭히는 자들을 막아 줄 테니, 대신 식량을 달라고 했어."

쳐들어온 놈들이나 지켜 주겠다는 놈들이나 농부들에겐 똑같이 도적이었다.

"결국, 보름 뒤 처음 찾아온 도적들이 또 찾아왔고, 이젠 이듬해 파종을 위한 씨앗뿐이라 음식을 드릴 수 없다고 거절했지. 그러자 돌아온 건 새파란 칼날이었어. 그들은 남은 씨앗까지 다 털어먹고 떠났어. 아직 열 살 난 애를 내버려 두고."

접선을 펼친 제갈화무가 노래하듯 말을 이어 갔다.

"쌀알 한 톨 생산 못 하는, 자원이나 축내며 검이나 휘두르는 비생산적인 폭력배들. 검 좀 휘두를 줄 안다고 제 입과 몸에 걸치는 모든 걸 생산하는 자들을 짓밟지. 대체 자기들이 뭐라고?"

"……"

"살아남은 천마는 운 좋게 무공을 익혔고, 오성도 뛰어나 빠르게 강해졌지. 하지만 그는 무공을 익힐수록 허무하다 느꼈어. 마침내 천하제일인이 되었으나, 허무감은 더 깊어졌지."

"어째서?"

"같은 노력을 해도 누구는 강해지고 누구는 실패해. 천하제일인이 되는 데 가장 중요한 것은 가문도, 내공도, 노력도 아니야. 재능. 오로지 타고난 재능 하나로 모든 게 갈리지. 대체 누가 재능을 정하는가? 누가 강자를 정하고 약자를 정하는가?"

"……."

"이건, 불공평하다."

"……."

"안 그래?"

나도 모르게 주먹을 꽉 쥐었다. 그래. 나 또한 그런 생각을 한 적이 있었다. 내가 단전 폐인이었을 때 당하였던 수많은 무시. 숨 쉬듯 나를 후려치고 버러지를 보듯 멸시하던 자들.

제갈화무가 말을 이었다.

"천마는 그런 세상을 증오했어. 불공평한 세상. 불쌍한 약자들. 그 증오가 발목을 잡았지. 그렇게 천마는 우화등선을 목전에 두고 다시 인세로 내려왔어."

나는 얼굴을 일그러트렸다. 천마가 그런 이유로 우화등선을 포기했다고? 오늘 들은 말 중에 제일 믿을 수 없는 말을 꼽자면 이 말이 될 터였다.

제갈화무가 말을 이었다.

"그리고 천마신교를 세우고 자신을 천마라 칭하였지. 순식간에 천하를 일통한 그의 목적은 단 하나."

"……."

"무공 하나만 믿고 위세를 부리는 것들, 살육과 폭력을 일삼는 자들을 없애는 것."

제갈화무가 목소리를 죽이고 속삭이듯 말했다.

"강호인들을 모조리 말살하고, 세상의 무공을 모조리 불태우는 것.

그게 천마의 목적이야."

어이가 없어서 잠시간 말을 잃었다. 이어서 천천히 분노가 차올랐다.

"그러니까 네 말은 천마는 정신 나간 놈이다?"

접선을 접은 제갈화무가 작게 웃는 소리가 들렸다. 대체 얼마나 깊은 사연이 있는가 했더니, 고작해야 이런 이유였다고? 왜 결론이 이렇게 나나?

하지만 소름 끼치는 목표이기도 했다.

모든 강호인을 죽인다?

모든 무공을 없앤다?

절대 이뤄질 수 없는 일이었다. 그리고 그런 목표를 지녔으니 미치광이가 되는 것도 당연한 결과였다. 나는 헛웃음을 지으며 혼잣말하듯 말했다.

"그래서 강호인들에게 제 부모가 죽었으니 저는 다 죽이고 다녀도 된다는 건가?"

심지어 무공을 익힌 자만 죽인 것도 아니었다. 저 미치광이 같은 계획에는 나처럼 단전 폐인이 되어 전혀 무공을 익히지 못한 이들의 무수한 희생도 함께 포함되어 있었다.

나는 무공이란 게 전혀 없는 세상에서도 살아 보았다. 하지만 그 세상도 돌아가는 건 다를 바 없었다. 태어날 때부터 나뉘는 보이지 않는 계급들. 그리고 피할 수 없었던 폭력.

'거기서 나는…… 나는…….'

무언가 떠오를 듯 말 듯 하던 희미한 기억 속에서 갑자기 내 아버지가 떠올랐다.

아버지가 중독된, 내공의 흐름을 막아 버리는 독. 무공을 쓰지 못하게 만드는 독.

나는 깨달음을 얻고 중얼거렸다.

"그래서 그 독을 만들었구나?"

제갈화무가 묘한 표정으로 웃었다. 긍정이나 다름없었다.

처음 독의 존재를 알았을 때, 나는 마교가 왜 그런 독을 만들었는지 의문을 가졌다. 독은 언제 어디서 어떻게 당할지 예상할 수 없는 것이다. 독을 만든 천마마저 당할 수 있음에도 왜 독을 만들고 해독제를 만들지 않았는지, 말이 안 된다고 생각했다.

그동안은 해독제가 없다는 천마의 말을 믿지 않고 계속 찾았다. 하지만 지금까지도 해독 방법의 실마리조차 잡지 못했다.

'그런데 천마의 목적이 제갈화무의 말처럼 모든 강호인의 말살, 무공의 소멸이라면.'

그렇다면 모두 이해가 되었다. 그리고 확신할 수 있었다. 해독제는 정말로 없었다. 천마는 해독제를 만들 이유가 없었을 테니까.

"빌어먹을."

내가 왜 여기까지 왔는데.

'내가 왜……!'

다시 분기가 치밀었다. 그런 독을 만들어서, 하필! 하필 한 짓거리가 내 아버지를 중독시키는 거라니! 단언컨대 강호인 내 아버지만큼 무공으로 약자를 지키려고 한 자는 없었다.

천마는 그냥 미치광이나 다름없었다. 제 목적을 위해서 제가 가장 혐오하는 짓거리를 하고 있었다. 그러면서도 아마 저는 이게 옳다고 생각하고 있을 터였다. 미치광이들은 늘 그런 식으로 자기변호를 하곤 했으니.

그래도 방법이 전혀 없는 건 아니었다.

분명 천마는 이리 말했다.

"네가 없으면 백리의강은 내가 어떻게 방해하든 끝내 독을 해독하여 내 앞길을 막아섰지. 그 외에는 한 번도 해독에 성공한 적이 없었다."

해독제는 없더라도 어쨌든 해독에 성공할 다른 방법이 있는 것이다. 나는 거기에 희망을 걸었다.

한 발 더 가까이 내게 다가온 제갈화무가 다시 말을 이었다.

"그리고 그런 천마의 목적에 동의한 게 바로 나, 우리 가문이었지."

나는 순식간에 생각에서 빠져나와 말했다.

"뭐라고?"

"왜, 너도 나와 천마가 기억을 대대로 물려받는 게 무척 비슷하다고 생각한 적 있잖아?"

물론 있었다. 하지만 그것은 그저 강대한 적을 상대하려다 보니 적과 비슷하게 닮아 간 것이라고 생각했다. 어쨌든 제갈 세가는 현재 마교에게 가장 견제를 받고 실시간으로 몰락해 가는 가문이었기 때문이다.

제갈화무가 빙그레 웃었다.

"그래. 네 생각이 맞아. 내가 기억을 물려주는 것과 천마가 계속 살아가는 방법, 둘 다 같은 방식이야. 같은 술법을 쓰고 있지."

나는 얼굴을 일그러트렸다. 제갈화무는 태연하게 말을 이었다.

"나는 이걸 역천의 술법이라고 칭했지."

하늘을 거스르는 술법. 강호인의 말살이라는 터무니없는 목적을 이루기 위해서는 강한 힘도 필요했지만, 긴 세월도 필요하다는 게 요지였다.

문득 한 가지 깨달음이 들었다. 제갈화무가 왜 여기에 왔는지, 어떻게 멀쩡해 보이는지가 의문이었다. 하지만 제갈화무의 말대로 그가 마교를 세우는 데 공헌했다면 천마대총의 위치를 아는 것도, 천마대총에서 주는 이 기이한 힘을 흡수하는 것도 모두 말이 되었다.

왜 천마가 제갈 세가를 그렇게 오랫동안 멸문시키려고 했는지도.

"그래서? 어쩌다 천마와 갈라진 거야?"

제갈화무가 접선을 쥔 채 천마대총을 둘러보았다.

"처음 천마의 계획에 찬동했던 가주는 생각했어. 잘못된 결정이었다고."

"뭘? 부작용 때문에?"

제갈화무가 고개를 저었다.

"아니, 천마가 변했거든."

"……."

"악을 근절하고자 더 큰 악을 만들어 냈구나, 크게 후회했지."

천마가 변한 게 아니고 뒤늦게 깨달은 거겠지. 강호인을 죽이고 무공을 없앤다는 계획이 얼마나 미친 목표인지. 나는 속으로만 그리 생각하고 제갈화무를 향해 말했다.

"그래서 천마를 배신하고, 무림맹을 만든 건가?"

"내가 천마를 배신한 게 아니고 천마가 나를 배신한 거지."

한숨이 절로 나왔다.

하, 이놈이나 저놈이나. 미친놈들뿐이로군.

초대 제갈 세가주도 어지간히 제정신이 아닌 놈이었다. 제갈화무가 왜 제갈 세가를 싫어하고, 조롱하는 듯한 태도로 살아갔는지 알 수 있었다. 그리고 천마가 왜 천마대총의 위치를 퍼트리는 나를 내버려 두었는지, 왜 제 교도의 목숨에 관심 한 자락도 없이 방치하고 있었는지도.

모든 강호인을 몰살하겠다는 목적을 지닌 천마에게는 제 교도들조차 그저 잠깐 쓰는 버리는 패였을 뿐, 결국 없애 버려야 할 종자로 보였을 것이다. 지금 천마대총 앞에서 무림맹과 마교가 충돌해 죽으면 죽을수록 천마는 제 목적을 이루는 것이나 다름없었다.

아니면 동귀어진을 시킬 어떠한 수를 안배해 놨을지도.

그래. 분명 손을 써 놨을 것이다. 헛웃음이 흘러나왔다. 정말 우스운 일이었다. 마교도들이 그렇게 외치는 마교 천하가 백도는 물론 마교도까지 모조리 죽어 버린 세상이라니.

제갈화무가 잠시 멈추었던 설명을 다시 이어 나갔다.

"하지만 네 말대로 역천의 술법에는 부작용이 있었어. 이상을 느낀 하늘이 우리를 감시하기 시작했거든. 인과율이 틀어지면 그만큼 본래대로 복구하려는 의지가 생기더군."

"그게 천마가 말하던 대적자라는 거고?"

제갈화무가 고개를 끄덕이고 말했다.

"또한 기억과 의지, 무공을 물려준다는 계획은 좋았지만, 후후, 내 꼴을 봐. 업을 감당하지 못한 꼴을."

조롱이 듬뿍 묻어나는 자조적인 어조였다.

제갈화무는 천마대총의 힘을 받아들여 이를 이용해 버티고 있을 뿐, 그의 병이 치료된 것은 아니었다. 평생 천마대총에 묶여 살아간다 치더라도, 천마대총의 힘은 오래 받아들이고 있을 수 있는 종류가 아니었다. 몸에 부하가 오기 때문에. 본래라면 내가 달성할 수 없는 경지를 달성하게 만들어 주는데 몸에 좋을 리가 없었다.

"처음 널 만났을 때부터, 네게 이 이야기를 해 줄 날만을 기다렸어."

"그래서 다 말하고 나니 속이 시원해?"

다소 날카로운 목소리에도 제갈화무는 좋다는 듯이 웃을 뿐이었다. 지금껏 본 표정 중 제일 아이 같으면서 시원해 보이는 낯이었다.

"이제 하고 싶은 말은 다 한 건가?"

묘한 표정으로 잠시 나를 바라보던 제갈화무가 천천히 손을 내밀었다. 길고 가는 손가락은 멀쩡해 보이는 얼굴과 달리 그간의 병색을 나타내듯 뼈만 남아서 바짝 마르고 부르터 있었다. 그 병색이 완연한 손끝이 어느새 내 이마에 닿았다.

"원래라면 난 죽을 운명이었지. 네가 있기 전까진."

그의 말이 왠지 모르게 불길하게 느껴졌다. 나는 살짝 인상을 찡그렸다.

"무슨 말을 하고 싶은 거야?"

"모든 우연이 만나 한곳을 향하니, 너는 필시 살 수 있을 거야."

이게 갑자기 무슨 뚱딴지같은 소리란 말인가? 제갈화무는 내 의문을 무시한 채 말을 이었다.

"걱정하지 말렴. 네 사랑하는 아버지가 오고 있으니."

"아버지?"

몸을 뒤로 살짝 빼고 지금 무슨 소리냐고 물으려 했으나, 갑자기 몸이 내 의지대로 움직이질 않았다.

'이게 무슨……!'

크게 뜬 내 눈을 제갈화무의 손이 덮었다. 목덜미의 솜털이 쭈뼛 서며 불길한 느낌이 들었다. 아주 예전에 이런 일을 겪은 적 있었다. 나는 억지로 힘을 끌어올렸다.

"그리고 나 또한 살아가는 거야."

속박에서 간신히 벗어났을 때. 귀가 아니라 머릿속으로 목소리가 울렸다. 마치 상대의 의지가 느껴지는 듯한 감각이었다.

네 안에서 영원히 함께.

시야가 암전했다.

좌사는 천마대총으로 들어가는 백리연을 쫓지 않았다. 처음부터 목표는 오로지 그라는 듯 굴었으니까. 예상은 했지만, 천마대총으로 향하는 백리연에게 눈길조차 안 주는 것은 조금 기이했다.

'천마지보를 노리던 것도, 천마대총을 지키던 것도 아니고…… 대체 무슨 상황인 거지?'

쿠릉- 쾅!

검날의 예기를 강화하는 검기와 달리 검강의 강화는 온전히 내공으로 형체화하는 식이었다. 당연히 검강이 검기보다 훨씬 수준이 높았고, 훨씬 강했고, 내공의 소모가 훨씬 많았다.

좌사가 마구잡이로 휘두른 손을 상앗빛의 선명한 진기로 만들어진 검강이 막았다.

쩌엉-!

검강과 맨손의 충돌인데도 팔목부터 팔꿈치, 어깨, 목덜미까지 끊어질 것만 같은 고통이 올라왔다.

'이런 속도라면 대충 한 시진 정도 버티려나?'

백리연이 들어간 지 일각 정도 되었으려나?

한쪽 손이 없어서 그나마 상대할 만했다. 멀쩡하게 움직이고 있다고 한들 뼈가 드러난 상처 부위로 장력을 내뿜거나 공격할 수는 없었기 때문이다. 검을 막는 정도가 최선이었다.

정신없이 합을 나누었다. 처음에는 검강에 상처를 입곤 했던 좌사도 무슨 방법을 찾았는지 이제는 더 이상 상처가 늘지 않았다. 어떻게 이럴 수 있을까? 몇 번의 충돌만에 검강을 상대할 방법을 좌사가 깨달은 것처럼 남궁류청도 좌사의 이상한 점을 여럿 깨달았다.

"좌사."

"……."

좌사는 입을 열지 않았다. 대답할 생각이 없더라도 보통 눈동자 정도는 굴리는 것이 일반적이었다. 하나 흰자위까지 새빨개진 눈동자는 미동도 없었다.

'숨도 쉬지 않아.'

움직임도 딱딱했다. 아주 정직하게 직선적인 움직임만 보였다. 팔보다 더 긴 검이라는 이점을 이용하여 간격을 유지하고 있을 때, 좌사가 갑자기 엄청난 장력을 뿜어냈다.

남궁류청은 장력을 가르며 황급히 몸을 뒤로 뺐다. 장풍이 강타한 바닥이 움푹 꺼졌다.

'스치기라도 했다면…….'

섬뜩한 공격이었다.

그는 여러 상황을 따지고 결론을 냈다. 남은 건 확인해 보는 것뿐이었다. 남궁류청은 밀리는 척 꾸미다가 틈을 타 정확히 좌사의 목덜미를 가격했다.

사람이라면 지켜야 할 심장이나 머리를 공격할 때도 태연하게 맞부딪치던 좌사였다. 하지만 목을 노리는 순간, 아주 예민하게 반응했다.

'정답.'

물론, 그 약점을 확인한 결과 내줘야 하는 부분도 있었다. 좌사의 공격 범위 안에 들어간 남궁류청의 옆구리에 발길질이 날아왔다. 협곡 절벽을 부수던 힘이 담긴 일격 그대로였다. 몸통에 타격을 입기 전 팔로 간신히 막았지만, 충격을 모두 감할 수는 없었다.

남궁류청은 그대로 열 장 가까이 날아갔다.

천마대총 방향으로 날아간 남궁류청은 넝쿨을 잡았다. 힘을 버티지 못한 넝쿨 일부가 우드득 떨어져 나왔으나, 남궁류청은 몸을 빙그르 돌려 그대로 바닥에 착지했다. 그리고 몸을 숙인 채 기침했다.

"콜록!"

새빨간 피가 협곡 바닥에 흩뿌려졌다.

'강시라니.'

확실해졌다. 목덜미에 있는 희미한 실선. 좌사의 번개 같은 움직임 때문에 지금까지 보이지 않았으나, 목을 공격한 순간 희미하게 드러났다.

'강시가 이렇게 강할 수 있던가?'

하지만 강시라면 이 상황이 모두 설명이 되었다. 그의 조부와의 싸움에서 목을 베였다던 좌사가 어째서 이렇게 움직일 수 있는지.

본 적도 들은 적도 없지만, 세상에 그가 아직 알지 못하는 경지는 많았다. 남궁류청은 고지식하지만, 제가 알지 못하는 지식이나 무공을 받아들이는 데에는 누구보다 유연한 편이었다.

남궁류청은 곧장 쫓아올 좌사의 공격을 대비하다가 멈췄다. 이상하게 좌사가 움직이지 않고 우뚝 서 있었기 때문이다. 남궁류청은 피식 웃으며 손등으로 입가를 닦았다.

그는 기다리겠다고 했지만, 처음부터 마냥 기다릴 생각 따위 없었다. 그녀의 뒤를 쫓는 건 그가 항상 하던 일이었다. 그리고 고작 이깟 시련에 포기할 생각이었다면, 이미 오래전에 포기하고도 남았다.

자신과 같은 사람을 또 한 명 알았다. 남궁류청이 입을 열었다.

"네놈이 거기서 포기할 리 없다는 걸 알았지."

좌사 뒤쪽으로 이제는 거의 흩어진 안개를 헤치고 검은 옷에 붉은 눈의 청년이 걸어왔다. 좌사는 누구에게 먼저 덤벼들지 고민하는 듯 보였다.

야율이 물었다.

"연이는?"

"천마대총에."

"혼자 보냈다고?"

"보다시피."

남궁류청이 좌사를 가리키듯 고개를 까딱였다.

"병신."

짜증스레 중얼거린 야율에게서 타오르는 듯한 열기와 새카만 어둠 같은 마기가 갈라져 흘러나왔다.

백회혈로 몰아치듯 밀려오는 기억들. 제갈 세가가 그동안 쌓아 온 무공. 지식.

천마지보를 받아들였을 때와 유사하면서 처음 내가 만신의의 금안을 얻었을 때의 느낌과도 비슷했다. 또한 신기하게도 주화입마에 빠졌을 때, 마치 불의 폭포에 휩쓸린 것 같았던 때와 닮기도 했다.

만류귀종이란 게 이런 것일까?

결국, 끝에는 하나로 수렴하는 것이었다.

나는 원망하듯 생각했다.

'꼭 이렇게 해야 했어?'

돌아오는 답은 없었다. 하지만 웃음소리와 같은 울림, 그리고 만족한 듯한 감정이 느껴졌다. 그리고 조금은 미안하다는 듯한 마음도.

쿠아아앙–!

후두둑.

거대한 소음과 얼굴을 때리는 느낌에 순간 정신이 번쩍 들었다.

언제 쓰러졌는지, 나는 돌바닥에 엎드려 있었다. 그리고 뺨을 까끌까끌한 무언가가 쓸어내리는 듯한 느낌이 들었다. 금색의 눈을 지닌 고양이가 내 뺨을 핥아 주고 있었다. 결이었다. 결의 감정과 생각이 내게 흘러들어 왔다. 공유한다는 느낌이랄까.

나는 벌떡 일어났다.

"화무는……!"

아무도 없었다. 벽에 달린 횃불만 타오르는 복도. 본래 자리 잡고 있던 을씨년스러운 석상들만이 나를 내려다보고 있었다.

나는 입술을 꽉 깨물었다. 처음 제갈화무를 이곳에서 마주쳤을 때부터, 그래, 어쩌면 예상했다. 그가 마지막을 준비하고 있다는 것을.

하지만 그게 이런 끝일 줄은 몰랐다. 나는 손을 뻗어 바닥에 덩그러니 남아 있던 접선을 쥐었다. 딱딱하고 차가웠다.

쿠쿠쿵-!

바깥이 대체 어떻게 흘러가고 있는지 안으로 들어오며 줄어들었던 소리가 다시 커져 있었다. 후드득 떨어지는 가루들을 막아 주듯 결을 끌어안았다. 접선과 달리 부드럽고 말랑거리는 따뜻한 온기가 느껴지고, 두근거리는 심장 소리가 들렸다.

나는 울컥 치솟는 감정을 억눌렀다.

'이기적인 자식.'

어떻게 나한테 이래?

최소한 내 앞에서는 이러지 말았어야지. 내가 저를 어떻게 살렸는데!

하지만 미워할 수도 없고 원망할 수도 없었다. 제갈화무가 넘겨준 기억들이 내게 도움이 될 거라는 것을 알았기에.

내가 여기까지 온 건 그냥 별 뾰족한 수가 없어서에 가까웠다. 천마지보를 어디다 가져다 버릴 수도 없었고, 심산유곡에 꼭꼭 숨어 버린다 한들 마교도들이 개떼처럼 몰려와 백리 세가를 멸문시켜 버릴 것이 뻔했다.

그렇다고 태고 진인의 손에 죽고 싶지도, 자살하고 싶지도 않았다. 그래서 마지막으로 지금껏 방치해 놓았던 천마지보를 원하는 천마의 모습, 거기에 희망을 걸었다.

'언제부터 이럴 계획이었을까?'

뇌리에 흐르는 기억들 속에는 언제 이 계획을 세웠는지에 대한 기억은 없었다. 내게 기억을 넘겨주면서도 그 부분은 뺀 모양이었다. 다만…….

좌르륵.

내 움직임에 따라 접선이 매끄럽게 펼쳐졌다. 제갈 세가의 신병이기. 제갈 세가의 가보인 데도 제갈화무는 내게 이 접선의 사용법을 하나하나 다 가르쳐 줬더랬다.

이를 물끄러미 바라보던 나는 다시 접선을 탁, 소리 나게 접고 품 안의 결을 보았다.

[너는 내 생각을 읽을 수 있으니, 지금 내가 무슨 생각인지도 알지?]

"먉!"

대답하는 듯한 울음소리에 생각을 이었다.

[내가 알아내면 네가 어떻게든 아버지께 해독법을 전달해. 알겠어?]

흔들리는 두 눈동자가 나는 짐승인데 그걸 내가 어떻게 하냐고 말하는 듯 보였다.

"먉! 먁!"

그러고는 억울하다는 울어 젖히기 시작했다.

짐승이 사람에게 어떻게 알려 줄 수 있을까? 하지만 뭐, 제갈화무 놈도 제멋대로 굴었는데 이 정도는 시켜도 되지 않겠는가?

쿵, 또다시 커다란 소음과 함께 이번에는 천마대총이 잠깐 흔들리기까지 했다.

'대체 밖에서 무슨 짓을 하고 있는 건지.'

좀 전까지 당장에라도 돌아가야 할 것처럼 걱정이 휘몰아쳤는데, 지금은 언제 그랬냐는 듯 전혀 걱정되지 않았다.

우수수 떨어진 돌 조각들이 내 머리에 닿기도 전에 가루로 변해서 사라졌다. 나는 다시 발을 뗐다. 품 안에서 뛰어내린 결이 마치 동료처럼 옆자리에서 함께 걸었다.

이번에는 헤매지 않고 직선으로 내려갔다. 미로 같은 길고 긴 복도를 한참 걸어간 끝에 거대한 석문이 나타났다. 천마대총의 입구였던 석문과 비슷하면서도 조금 달랐다. 문을 여는 방법은 같은 방식이되 열쇠가 되는 진기 흐름은 달랐다. 금안으로 확인하지 않더라도 그냥 순서가 떠올랐다. 자연스럽게 필요한 순간 그 기억이 떠오르는 식이었다.

나는 석면에 손을 올렸다. 그러고 나서야 이제는 굳이 손을 올리지 않고도 진기 흐름을 제어할 수 있다는 것이 떠올랐다. 버릇이란 게 참 무서운 것이었다.

사람의 손으로는 열지 못할 이 석문이 바로 열쇠 구멍이자 진법 그 자체였다.

쿵- 드드드드득, 쿠쿠쿵- 쾅!

진기의 흐름을 하나 맞출 때마다 육중한 장치가 돌아가는 것만 같은 소음이 울렸다. 계속해 이어지던 소리는 내가 마지막 조각까지 완성하고 손을 떼자 덜컹거리는 소리와 멈췄다.

곧이어 둔중한 소음과 함께 석문이 양옆으로 열렸다.

나를 맞이한 것은 지하에 이런 곳이 있을 수 있나 싶은 넓은 공동이었다. 기둥조차 없는 넓은 공간 가장자리에는 균일한 간격을 두고 사람만 한 화로에서 불이 활활 타오르고 있었다. 어두워야 할 공동이

대낮처럼 환하게 밝은 이유였다.

그리고 정중앙에는 계단식 높은 단상과 제사를 지낼 때 쓸 것만 같은 제단이 있었다. 제단에는 한 줄기의 빛이 정중앙에 내려오고 있었는데, 그 모습이 자못 신령스러운 느낌이었다.

그 앞에 한 사람이 있었다.

천마.

마지막으로 본 지 몇 년이 지났는데 세월도 비껴간 듯이 겉모습에는 전혀 변화가 없었다. 하지만 그건 겉모습뿐이었다.

알아챈 순간 숨이 턱 막히는 압박감이 느껴지던, 그의 몸을 옴짝달싹하지 못하게 얽고 있던 수많은 실은 어디 갔는지 보이지 않았다. 대신 불길하게 짙은 어둠만 느껴졌다.

목적을 잃은 채 목표와 고집, 의념만 남은 악의였다.

나는 천천히 안으로 걸어 들어갔다. 정확히 석문을 넘어 공동 안으로 몸이 들어간 순간, 쿵 소리와 함께 석문이 다시 닫혔다. 등 뒤로 석문이 닫히며 분 돌풍에 옷자락과 머리카락이 휘날렸다.

"기다렸느니라."

좌사조차 천마가 어디 있는지 모르는 듯한 태도일 때부터 이 안에 있으리라 대강 예상하였다. 천마는 천마지보를 노렸고, 나는 천마대총에서 천마를 물리칠 힘을 노렸다. 당연한 만남이었다.

나는 내 예상이 정답이라는 사실에 만족하며 입을 열었다.

"많이 영락하셨네요."

초대 제갈 세가주 기억 속의 천마는 이보다 더 압도적이었다. 그야말로 '마(魔)' 그 자체. 황제조차 그 힘을 두려워했을 정도였다. 천하를 일통했다고 떠들며 천마신교라고 지껄이던 교도들을 잡아 죽이지 못했다는 것이 천마의 힘을 증명했다.

물론 지금도 충분히 강했다. 감히 누가 그를 천하제일인이 아니라고 할까?

하지만 제갈 세가주의 기억을 받은 내게 지금의 천마는 과거의 천마에 비하면 마치 어린아이로 변한 것만 같은 느낌이 들었다.

내 방자한 말에도 천마는 전혀 타격이 없는 듯 감흥 없는 낯으로 말했다.

"왜 이리 늦는가 하였더니, 네게서 제갈가의 혼이 느껴지는구나."

보자마자 알아내다니. 조금 놀랐다.

"그가 네게 힘을 넘겨주었느냐?"

나는 보란 듯이 제갈화무의 접선을 펼쳐 보여 줬다. 그리고 그대로 화로에 던져 넣었다. 무슨 짓을 했는지 하얗게 타오르는 불길이 날름거리며 접선을 집어삼키고 뿌연 연기로 흩어졌다.

천마가 침음을 흘리고 묵념하는 듯한 태도를 보였다. 처음으로 보인 감정적인 변화였다. 천마가 씁쓸하다는 어조로 말했다.

"친우의 죽음은 아무리 겪어도 익숙해지지 않지."

그 가증스러운 태도에 기가 막혔다.

"친우 같은 소리. 누가 죽였는데?"

"진즉에 떠났어야 할 길이었지. 그 끝이 평안했길 바랄 뿐."

"……."

처음 보았을 때는 대체 이를 어떻게 상대해야 할지 두렵기만 한 엄청난 힘으로 느껴졌는데, 사정을 알게 된 지금은 그저 정신 나간 광인처럼 보일 뿐이었다.

"의문이 많은 눈빛이로구나. 궁금한 것이 있느냐? 물어보거라."

천마는 제가 마치 자애로운 할아버지라도 된 것 같은 태도였다. 나는 천마를 물끄러미 바라보았다. 천마 뒤를 비추는 한 줄기 빛을 따라 화로의 연기가 춤추듯 빠져나갔다.

나는 입을 열었다.

"궁금한 점이 세 가지 있어."

"물어보거라."

천마는 태연히 답했고, 나는 내 눈가를 톡톡 치며 말했다.

"이 금안, 왜 만신의에게 있었지?"

천마가 고개를 주억거리며 입을 열었다.

"그렇군. 의문을 가질 만한 일이지. 답은 간단하다. 내게 더는 그 능력이 필요 없었기 때문이지. 또한 만신의가 살려야 할 사람이 있었다."

천마는 이 금안이 없더라도 흡성마공, 아니, 흡성대법으로 자연지기를 제 뜻대로 자유자재로 움직이는 경지에 이르러 있었다. 그리고 설명하지 않은 이면에 숨은 의미도 알 수 있었다. 만신의가 금안의 능력을 통해서 죽어야 할 사람을 살릴수록 천기가 흐트러지고, 천마는 움직이기 편해졌으리라.

나는 두 번째 질문을 했다.

"야율에겐 왜 그랬어?"

왜 그딴 거짓으로 그의 인생을 기만했나?

"누군가의 발목을 잡을 때 가장 쉬운 방법이 무엇인 줄 아느냐?"

천마가 가르치듯이 말했다.

"자식이지."

"……."

"벽기현은 내버려 두었다면 귀찮은 대적자가 되었을 것이다. 그리고 보아라. 결국, 자식 탓에 아무것도 되지 못하지 않았느냐?"

내가 아버지의 발목을 잡았듯이, 야율로 제 어머니의 발목을 잡게 이용해 먹었다는 뜻이었다.

"또한 네 아……."

나는 말하고 있는 천마를 향해 뛰어들었다. 인지의 영역을 벗어난 움직임. 비수를 휘두르면서 나도 놀랐다. 기습이나 다름없는, 보이지 않을 정도로 빠른 공격을 천마가 뒤로 훌쩍 물러나며 간단하게 피했다.

콰아앙!

비수에 담긴 기파가 제단을 강타했다. 이 정도의 힘이라면 바위도 부수고 남았다. 하지만 무슨 짓을 했는지 알 수 없는 제단은 약간의 흠집만 나고 멀쩡했다.

곧장 내게 새카만 마기를 두른 검이 날아왔다. 언제 뽑아 들었는지 모를 천마의 검을 내 비수가 가로막았다. 충돌로 일어난 기파에 화로의 불이 잠시나마 꺼지며 순간 어둠이 확 밀려왔다가 다시 밝아졌다.

천마가 계속 검을 휘두르며 말했다.

"질문이 세 가지라고 하지 않았나?"

"아, 사실 처음부터 두 가지였어."

고개를 끄덕인 천마는 하다 못한 말을 계속한다는 듯이 말을 이었다.

"네 아비에게 네 존재를 알리는 서신을 보낸 것도 나다."

아주 잠시 몸을 멈칫한 결과는 허공에 뿌려지는 핏자국으로 돌아왔다. 이마 부근이 뜨끈했다. 조금만 더 늦었더라면 머리가 날아갔을 공격이었다. 나는 천마의 검을 막으며 중얼거렸다.

"……내 아버지께 서신을 보낸 건 이모였어."

"확신할 수 있느냐?"

아버지는 갑자기 온 서신으로 내 존재를 알게 되었고 나를 데려왔다. 그리고 그 서신은 나를 돌보던 이모, 그러니까 유모였던 자가 죽으며 보낸 것으로 알고 있었다. 지금까지 단 한 번도 의심한 적 없었다. 그런데 사실 그조차도 천마의 계획이었다고?

천마가 말을 계속했다.

"너는 내가 아니었다면 태어나지도 못했을 것이니라. 내가 네 어미를 네 아비와 만나게 하여 너를 태어나도록 만들었다."

"……."

"나로 인해 태어나고, 나로 인해 길거리를 떠도는 개처럼 살아갈 삶에서 이런 자리까지 올라오게 되었는데, 고마움을 모르는구나."

상처 때문인지, 받아들인 기억 때문인지 머리가 터질 것처럼 아팠다.

"이번 생은 아비와 관계가 좋은 것 같더구나."

"……."

"그 또한 내가 시간을 돌려 얻은 결과지 않은가?"

나는 눈을 깜빡였다. 한 번 깜빡일 때마다, 이마를 타고 내려온 핏물에 시야가 점점 붉어졌다.

처음 공격은 맛보기였다는 듯이 천마의 검이 점점 빨라졌다. 눈으로 보고 막을 수 있는 움직임이 아니었다. 찰나 흘러나오는 의지, 자연지기의 흐름을 통한 감각에 의존했다.

점차 쌓여 가는 검격에 단단하던 제단이 부서지고 화로가 나뒹굴었다. 공동 안에 뿌연 연기가 안개처럼 차올랐다. 검격의 흔적이 연기에도 남았다가 퍼져 나가는 기파에 흩어지기를 반복했다.

한 호흡에 수십 합을 나눴다. 나와 천마가 나누는 검격은 다른 자들이 나누는 검격과 달랐다. 보통은 서로의 검에 담긴 진기, 검기라든가 유형화한 검강을 통해 발현한 것들이 충돌하는 형식이었다. 하지만 천마와 나의 검은 검날이 맞닿는 순간 서로의 진기를 흡수하려 들었다.

더 강한 힘으로 밀어내는 싸움이 아니라 더 강한 힘으로 당기는 자가 이기는 싸움. 보통 사람의 눈으로는 차이점을 느끼지 못할 터였고, 태고 진인 정도나 돼야 어떤 싸움인지 눈치챌 수 있을 것이었다.

온몸에 상처가 하나둘 늘어 갔다. 하지만 결정적인 상처는 없었다. 천마와 내가 나눈 합이 백 번이 넘어갈 때 입이 저절로 중얼거렸다.

"천마, 너도 참 발전이 없구나."

내 입을 통해 나온 말이었지만, 내 의지로 말한 것 같지 않은 느낌이었다. 나이되 내가 아닌 느낌.

'생각보다 기분 나쁜데.'

제갈가의 기억은 아직 나와 제대로 하나가 되지 않았기에 이렇게 이질적인 느낌이 드는 것이었다. 그리고 내가 갑자기 저런 말을 꺼낸 이유는 지금 제갈가의 기억을 통해 천마의 검을 막아 내고 있기 때문이다.

제갈가는 오랫동안 천마의 검법에 대한 파훼법을 연구했다. 그리고 그걸 지금 내가 그대로 쓰고 있었다.

그건 무척 기이한 일이었다. 본래 검법이란 것은 파훼하고 막는 것을 반복하며 발전해 나가는 것이었다. 그런데 천마의 검법은 제갈가의 기억에서 변화가 전혀 없었다. 몇백 년 전의 모습 그대로.

그래서 제갈가에서 오랫동안 고안해 낸 파훼법이 그대로 통했다.

'……그랬던 거였어.'

역천의 술법. 그중에도 시간을 돌리는 것은 이 천마대총 안에서 천마만이 쓸 수 있는 능력이었다.

수십 번 회귀까지 한 천마는 기억해야 할 것들이 아주 많았을 것이다. 후대에게 모두 넘길 수는 없었다. 그래서 천마는 천마지보를 만들어 그의 무학, 의념, 힘을 남겼다. 후대에게는 똑같은 실패를 반복하지 않도록 실패의 기억들과 그가 가장 중요하다고 여긴 목표와 계획, 의지만을 넘겼다.

"천마, 부모님은 기억하나?"

"오래전에 잊어버렸네."

어째서 이런 목표를 세웠는지 그는 이미 잊어버렸다. 그 자신의 이름조차도 기억하지 못할 것이다. 그의 무공도 몇백 년 동안 그대로였다. 제 최초의 무공에 대한 기억에 전혀 손대지 않았다고 해야 할까.

무공을 새롭게 창안하지도, 변형하지도, 다른 무공을 받아들이지도 않았다. 그럴 여유가 없었기도 했고, 생각도 없었으며, 이유도 없었을 것이다.

천하를 일통하고, 천마의 자리에 올라 시간까지 되돌릴 수 있게 된 후 그는 자신의 모든 패배는 다 천기 때문이라고 생각했다. 그에게 무공은 더 이상 중요한 것이 아니었다. 그는 천마였다. 이미 충분히 강했다. 그를 능가하는 자가 나와 패배할 것 같다면, 시간을 돌렸다.

그가 패배한 것은 무공이 부족해서가 아니었다. 오로지 천기가 그의 앞길을 막았기 때문이었다.

천마는 그저 과거에 얽매인 망령이었다.

제갈가에서 연구한 파훼법, 금안의 능력, 장검보다 비수의 운신에 더 적합한 간격, 검을 피하다 되돌려 주는 방식에 특화한 백리 세가 검법. 여러 가지가 얽혀서 천마의 검이 결국 내 목숨을 거둬 가지 못하게 막았다.

천마가 위에서 아래로 정직하게 검을 휘둘렀다. 피하기보다 막기 쉬운 검의 궤적이 보여 당연히 막았고.

콰앙-!

천마가 검에 담은 진기만큼 뒤로 물러났다. 의도적으로 거리를 벌리기 위한 수였다.

"제갈가에서 쓸데없는 짓을 하였구나."

"그냥 말해. 못 죽이겠다고."

어느새 공동 안이 연기로 가득 찼다. 그로 인해 천마의 표정을 확인할 수 없어서 아쉬웠다.

그 순간, 연기가 흩어지며 검은색 장력이 나를 덮치듯 날아왔다. 흡사 호랑이가 깔아뭉개기 위해 달려드는 형상 같았다. 정확히 무슨 수법인지는 모르겠지만, 저 장력에 손끝이라도 스치는 순간 그대로 진기를 뺏길 것이라는 걸 본능적으로 알 수 있었다.

급하게 끌어다 막은 진기에 장력이 잠시 가로막힌 찰나 몸을 뺐다.

콰아앙!

장풍이 강타한 바닥이 움푹 파였다. 천마는 내가 몸을 빼려던 자리로 또다시 장력을 날렸다.

'검으로 못 이기겠으니, 이제 장력 싸움인 건가?'

이러면 내가 불리했다.

천마의 단전은 멀쩡했고 몇 갑자가 넘는 내공을 품고 있었다. 얼마나 많은 사람을 죽여 모은 내공인지 알 수 없었다.

'흡성마공으로 내공을 저 정도로 쌓으면 주화입마에 빠져야 하지 않냐고.'

하지만 천마는 마의 끝에 앉아 있는 사람답게 내공의 통제 또한 조잡한 흡성마공으로 성취를 얻은 이들과는 비교할 수 없었다.

나는 단전이라곤 하나도 없는 자연지기를 쓰는 사람이었다. 그리고 천마 또한 자연지기를 쓸 수 있었다. 진기 싸움으로 부딪치면 내가 밀릴 수밖에 없는 처지였다.

몇 차례 장력이 오가고, 결국.

퍼엉! 공기가 압축되어 퍼져 나가는 듯한 소음과 함께 천마가 내 왼손바닥을 움켜쥐듯 잡았다.

"……!"

이 순간만을 기다렸다는 듯이 천마의 흡성대법이 느껴졌다.

나 또한 흡성대법을 똑같이 사용했다. 비수를 쥐고 있던 오른손이 천마를 향했지만, 내가 천마의 공격을 피할 수 있다는 것이지 천마를 찌를 수 있다는 건 아니었다.

수십 합을 나누었으나 아무 의미 없이 오른손마저 마주하게 되었다. 그 뒤로는 이제 완전히 서로의 흡성대법을 겨루는 형세가 되었다.

백도 정파인들이 보게 되면 마귀들의 싸움이라고 질겁할 대결이었다. 내력이 내 쪽으로 향했다가 천마 쪽으로 당겨졌다가 오락가락하며 더 강하게 당기는 쪽으로 넘어가고 있었다.

천마의 표정은 전투를 시작한 처음부터 지금까지 단 한 번도 흔들린 적 없었다. 마치 처음부터 이 상황을 계획한 것처럼. 결국에 이리 될 수밖에 없었다는 듯이.

얼마나 오랜 시간이 지났을까? 천마가 눈을 감으며 말했다. 머릿속으로 전달되는 듯한 목소리였다. 전음과 비슷하면서도 달랐다.

[오래 버텼구나. 마지막까지 최선을 다하였으니, 편안히 가거라. 꽤 오래 기억에 남을 것 같구나.]

"……."

나는 입을 열지 않고 버텼다.

붉어졌던 시야가 시간이 지나자 어느 정도 돌아왔다. 천마지보의 거의 반 넘는 힘이 천마에게 넘어갔을 때, 갑자기 빨아들여 가던 힘이 덜컥 멈췄다.

천마가 눈을 번쩍 떴다.

[무슨 짓을 한 것이냐!]

천마의 음성에 당혹감이 묻어났다. 이곳에 들어온 후 두 번째 감정 변화였다.

이번에는 입을 열었다.

"모르겠어?"

"……."

나는 화사하게 웃었다.

"네가 만든 독이잖아."

공동을 가득 채운 희뿌연 연기. 내공독이 듬뿍 담긴 연기였다.

제갈화무의 접선에는 여러 장치가 있었고, 평소 제갈화무는 그 안에 여러 독을 넣어서 다녔다. 이번에는 그가 재현해 낸 내공독이 담겨 있었다.

처음에는 접선을 무기로 써서 중독시킬까 했다. 하지만 상대는 천마였다. 뭔가를 뿌린 순간 눈치챌 것이었다. 그래서 내가 선택한 방법은 내공독을 연기에 포함시키는 것이었다.

처음 들어오자마자 접선에서 내공독이 나올 수 있게 만들어 화로에 던져 넣었다. 그리고 천장에 빛이 들어오는 구멍으로 빠져나가는 연기의 흐름을 틀어막았다.

이제야 천마가 몸의 이상을 느낀 모양이었다. 천마가 부리부리한 눈으로 나를 노려보았다.

[감히……!]

천마의 의념이 천둥처럼 공간에 울려 퍼졌다. 그것을 가볍디가벼운 목소리로 받아쳤다. 장난스럽게 느껴질 정도였다.

“네가 만든 독에 당해 보니 어때?”

과연 천마는 이를 해독해 낼 수 있을까?

내공독은 꽤 까다로운 독이었다. 흡수하고 나서 무조건 전신 운기를 해야 중독이 되었다. 중독 직후, 운기 상태에 따라 중독된 증상이 모두 달랐다.

“특별히 아버지와 똑같은 방식으로 중독시켜 봤어.”

그러므로 증상도 아버지와 똑같을 것이다.

아버지는 검을 뽑을 때마다 내공독이 발작을 일으킬지, 혹은 일으키지 않을지도 알 수 없었다. 적 앞에서 검을 뽑고 난 후 내공독이 발작한다면 그날이 그대로 아버지의 운명일이었을 터. 그럼에도 아버지는 검을 뽑아야 할 상황이라면 피하지 않고 뽑아 들었다. 순전히 하늘의 뜻에 맡긴 채.

나는 언제 웃었냐는 듯 무표정하게 말했다.

"너도 한번 운에 맡겨 보자고."

드드드득- 쿵, 덜컹- 쿠쿠쿠쿵!

반 시진 넘게 두들겨도 흔적조차 남지 않던 석문이었다. 전혀 열릴 기색이 없던 석문이 거대한 소음과 함께 열렸다. 피를 뒤집어쓴 지친 기색의 사람들이 깜짝 놀라며 뒤로 물러났다. 석문을 바라보는 눈에 경계와 탐욕이 서렸다.

희뿌연 연기 같은 것이 열린 문틈으로 쏟아지듯 빠져나갔다. 사람들이 손을 내저으며 기침을 했다.

안개같이 가득 들어찼던 연기가 빠져나간 후, 넓은 공동이 나타났다. 부서져 본래의 형태를 알아보기 힘든 단상 위에 한 사람이 서 있었다.

빛이 들어오는 허공을 응시하던 여인이 그들을 향했다. 우두커니 선 채 내려다보는 시선이 오연했다. 그저 시선이 향했을 뿐인데 숨을 쉬기 힘들 정도의 압박감이 느껴졌다.

분위기 때문일까, 다들 여인의 정체를 뒤늦게 파악했다.

"……백리 소저?"

백리연. 천마의 손녀딸.

사람들은 반사적으로 검을 뽑아 들었다. 하지만 아무도 발을 떼지 못하고 서로 눈치만 보았다.

"……."

그리고 눈치도 참을성도 없던 누군가 소리쳤다.

"대체 이게 무슨 상황이오?"

넓은 공동, 부서진 제단을 살펴보는 눈동자가 매우 바빴다.

"백리연, 저 계집이 왜 여기 있단 말이오? 여기가 아니었단 말이오? 신공은? 보물은!"

본래 처음이 어렵지 두 번째는 쉬운 법이었다. 사람들이 둑이 터진 듯 와글와글 외치기 시작했다. 떠드는 것으로는 부족했던 누군가가 공동 안으로 뛰어들어 가려는 것을 가장 앞자리에 있던 태고 진인이 막았다.

그때, 백리연이 말했다.

"태고 진인, 류청은요?"

"못 보았네."

고개를 기울인 그녀가 이어 물었다.

"좌사도?"

"소식을 듣지 못했나 보군. 좌사는 남궁 세가주 손에 죽은 지 오래일세."

"음……."

침음을 흘린 백리연이 시선을 살짝 숙였다. 반사적으로 그 시선을 뒤따른 이들은 그제야 사람들은 백리연의 오른손에 누군가 붙잡혀 있는 걸 눈치챘다. 그만큼 백리연의 존재감이 엄청났다는 뜻이기도 했다.

백리연이 말했다.

"천마는 죽었습니다."

"뭣!"

"자네가 죽였다는 것인가?"

"아니요."

인상을 굳힌 태고 진인을 향해 백리연이 말했다.

"천운이 그를 따르지 않았죠."

바짝 마른 미라가 백리연의 오른손을 부여잡듯 얽혀 있다가 완전히 바닥으로 쓰러졌다. 마르다 못해 부서지듯 스러지는 온전치 못한 육신은 사람의 죽음에 익숙한 강호인들에게도 역겨운 모습이었다.

"그리 공표하고 더는 건드리지 마세요."

"흡!"

"헉!"

말이 끝나자마자 사람들은 순간 자신이 죽는 환상을 보았다.

목이 졸리는 것만 같은 살기에 겁에 질린 이들이 저도 모르게 뒤로 물러났다. 그러고는 자신이 갓 성년이 된 어린 여인에게 겁을 집어먹고 물러났단 사실에 입가를 파르르 떨었다.

누군가는 자신이 겁을 먹었다는 사실을 인정하고 싶지 않아 부러 날뛰었다.

"자네 지금 말투가 그게 무언가? 그 역겨운 시체가 천마라고 말하는 것인가? 말 같지도 않은 소리!"

"맞소! 그 말을 어찌 믿나? 혼자 신공을 차지하려는 수작 아니오? 저딴 계집 말에……!"

뻥-!

소리치던 자가 갑자기 무언가에 맞아 날아갔다. 그대로 반대편 벽에 부딪힌 자가 주르륵 바닥으로 미끄러져 내려갔다.

사람들이 숨을 멈춘 채 눈을 굴렸다. 대체 무슨 상황인지 알 수가 없었다. 상황상 백리연이 한 것 같았지만, 백리연은 손끝 하나 움직이지 않았다.
백리연이 태연히 말했다.
"시끄러워서."
그녀가 단상을 한 단 내려온 순간 다들 흠칫 놀라며 뒤로 물러났다. 그리고 유일하게 움직이지 않은 사람을 향해 백리연이 물었다.
"태고 진인, 들어오실 건가요?"
"……."
긴 침묵이 공동과 석문 너머 복도를 감쌌다. 태고 진인이 입을 열었다.
"다들 물러가지."
"태고 진인!"
"지금 무슨 말씀을 하시는 겁니까!"
태고 진인이 버럭 소리쳤다.
"물러나시오!"
그때, 소란을 피우는 사람들을 알 수 없는 거센 힘이 뒤로 날려 보냈다. 여기저기서 비명이 울리고, 바닥을 구르는 사람들 앞으로 석문이 쿵 소리와 함께 닫혔다.

석문이 닫히자마자, 방금 무슨 소란이 있었냐는 듯이 모든 소음이 사라졌다.
나는 애써 눌러 참았던 피를 왈칵 토해 냈다. 단상 위로 피가 후드득 떨어졌다. 고요해진 공동에 쌕쌕거리는 숨소리만이 들렸다.

흡수한 천마의 힘, 그 안에 아직 남은 의념은 인정할 수 없다는 듯이 몸속을 찢어발기며 요동치고 있었다. 온몸의 근육과 기혈이 천마의 힘을 감당하지 못하고 찢기고 뒤틀리고 있었다.

나를 죽일 듯이 굴던 천마의 의념이 달래듯 속삭였다. 이대로 죽기는 억울하지 않느냐고. 지금 너라면 가능하다고. 시간을 돌리자고.

천마가 여기서 천마지보가 제 손에 굴러오길 기다리고 있던 이유를 알 수 있었다.

천마는 더는 예전의 그 전능한 천하제일인이 아니었다. 몇 번이고 시간을 돌리며 이미 너무 많은 힘을 소모했다. 혼의 격이라고 할 수 있는 것을. 그래서 천마지보를 되찾으려 한 것이다. 그것에 남아 있는 힘을 쓰기 위해서.

천마의 힘에 천마지보까지 흡수한 나는 천마의 말대로 시간을 다시 돌릴 수 있었다. 그러면 이번에는 천마가 아닌 내가 회귀의 중심축이 될 것이었다. 천마는 기억하지 못하는 회귀가 되는 것이다. 하지만.

'안 할 거니까 닥쳐 봐, 좀.'

천마의 의념이 다시 맹렬하게 요동쳤다. 나는 또다시 울컥 피를 토하며 천마의 의념을 구석에 박았다.

비틀거리던 나는 결국 버티지 못하고 아무렇게나 주저앉았다.

'천마 개새끼. 진짜 해독 못 할 줄은 몰랐네.'

그래서 내가 이길 수 있었던 거지만.

결국, 도망치는 것을 포기하고 천마대총까지 온 이유 중 하나는 이뤄 내지 못했다.

그래도 괜찮으시겠지.

'이제 할아버지와 사이도 좋아지셨고. 내가 없으니 더는 무리할 일도 없을 테니까.'

마교의 천라지망 안에서 아버지의 내공독이 발작했을 때는 심장이 철렁했다. 천라지망의 기억을 시작으로 그간 겪었던 일들이 주마등처럼 스쳐 지나갔다.

'유언을 남길 걸 그랬나?'

그럴 필요가 없다고 생각했다. 누가 들으면 유치하고 삐뚤어졌다고 할 만한 일이었지만, 나는 내가 세상에 있었던 흔적을 남기고 싶지 않았다.

그동안은 나조차 내 마음을 파악하지 못했지만, 이 상황이 되니 깨달았다.

나는 아버지를 원망하고 있었다.

내가 알지도 못하는 이유로 죽어서 시신으로 돌아온 아버지가, 나만 혼자 세상에 남겨 두었던 아버지가 무척…… 미웠다. 그래서 내가 겪었던 마음을 아버지도 겪게 하고 싶었던 모양이었다. 복수라고나 할까.

'멍청하기는…….'

정말로 치기 어린 생각이었다. 똑똑한 척은 혼자 다 했으면서 이런 데서는 머저리나 다름없었다.

'마지막일 텐데 그냥 제대로 인사할걸.'

그깟 원망이 뭐라고.

아버지께, 할아버지께 먼저 가서 미안하다고 한 줄 글이라도 남겼더라면 좋았을 것이다. 남궁완 아저씨에게도, 서하령에게도 충분히 인사할 기회가 있었는데 못 했다.

그리고 류청.

남궁류청의 마음을 받아들이지 않아서 다행이다. 그와 함께 미래를 논하지 않아서 정말로 다행이었다.

'기다리고 있겠다고 했지.'

약속을 지키지 못해서 미안했다.

그래도 괜찮을 것이다. 본인 입으로 말하지 않았던가? 나 빼고는 한 번도 져 본 적 없다고. 좌사에게도 질 리가 없었다. 어떻게든 돌파구를 만들어 냈으리라.

만약에 죽거나 크게 다쳤더라면 여기까지 온 태고 진인이 남궁류청을 보지 못했을 리 없었다. 그러니 걱정하지 않았다. 후회도 없었다.

반대로 후회뿐인 사람도 있었다.

야율.

'미안해.'

그렇게 매몰차게 굴지 말걸. 그를 이해하진 못하더라도, 괜찮다고 말해 줬다면 좋았을걸. 그래도 이번 생에 나를 위했던 것만큼은 진심이었을 텐데. 앞으로 살아갈 날이 많은 그를 위해, 남은 시간을 조금이라도 행복하게 살아갈 수 있도록 좋은 기억을 남겨 줄걸.

정말로 다 부질없었다.

나는 무너지듯 완전히 쓰러졌다. 그나마 형태가 남아 있던 제단 위였다. 머리 위로 눈부신 빛이 곧게 쏟아져 들어왔다. 빛을 피하듯 고개를 돌렸다.

'그냥 바닥에 누울걸. 제물이 된 것 같아서 기분 나빠…….'

의식이 맥없이 멀어져 갔다. 아득한 시야 끝에 흰색 물체가 어른어른 다가왔다. 희미한 의식으로 알 수 있었다.

'결이.'

나는 마지막 힘을 짜내서 손을 뻗었다. 힘없이 뻗어 나가던 손은 결국 바닥으로 툭 떨어졌다.

먹먹한 의식 속에서 누군가 내 손을 부서트릴 듯 꽉 잡는 느낌이 들었다. 식어 가는 손에 타오를 듯이 뜨거운 온기가 느껴졌다.

누구지? 이게 대체 누구 손이지? 어떻게 들어온 거야?

나는 꿈틀거리며 눈꺼풀을 들어 올리려 애썼다. 하지만 결국 뜨지 못했다.

"그런 게 아니었어."

익숙한 목소리였다. 떠난 게 아니었던가?

"나는 그저……."

내 몸 속에 몰아치던 탁한 마기들이 부여잡은 손으로 넘어가는 것이 느껴졌다. 흡성대법이었다.

'안 돼.'

하지만 의지와 다르게 의식은 아득하게 흐려져만 갔다. 아득하게 흐려지는 의식 너머로 목소리가 멀어졌다.

"네 앞에 있을 때만큼은 내가 버러지가 아닌 것 같았어."

그 말을 끝으로 의식이 끊어졌다.

"연아! 안 된다, 안 돼, 안 돼!"

"대협!"

終章
종장

깊은 어둠 속에 가라앉아 있는 기분이었다.

너무나 피곤하고 지쳤다. 이대로 영원히 잠들어도 나쁘지 않을 것만 같았다. 그렇게 잠들고 싶었는데, 자꾸만 누군가 내게 말을 거는 기분이었다. 정말 있을 리는 없지만 마치 내 꼬리를 잡고 못 가게 버티는 느낌이랄까?

나는 내 평안을 방해한 침입자를 향해 잔뜩 성질을 냈다. 내 기세에 침입자는 힘을 잃고 물러났다. 그제야 다시 찾아온 평안에 잠들려는 찰나, 이번에는 어딘가 차갑고 간지러우면서도 따뜻한 느낌이 들었다. 뭔가 익숙한 느낌이었다. 계속해서 손등을 간질이는 느낌에 결국 자는 걸 포기했다. 그리고 의문이 들었다.

'여긴 어디야? 나는 왜 이러고 있는 거지?'

몽롱한 머릿속에서 기억을 더듬고 있을 때, 갑자기 격류처럼 기억의 폭포가 몰아닥쳤다.

문득 깨달았다. 지금 이 상황은 회귀하고 처음 내가 눈을 떴을 때랑 똑같은…….

섬뜩한 느낌에 나는 젖 먹던 힘까지 끌어모아서 눈을 번쩍 떴다. 그러나 아무것도 보지 못했다. 눈이 너무 부셨다. 누군가 내 눈앞에 태양을 가져다 댄 느낌이었다.

"아으……."

절로 터져 나온 신음은 내 목소리라고 느껴지지 않을 정도로 탁했다. 그나마도 귀가 먹먹해 내 몸속에 울리듯이 들리는 게 다였다. 마치 오랫동안 눈과 귀가 막혀 있다가 나은 기분이었다.

한참을 그렇게 끙끙거리다가, 다시 정신을 잃었다.

이번에도 똑같이 손등을 간질이는 느낌에 눈을 떴다. 그래도 조금 시야가 돌아와 있었다. 희미하게 빛이 들어오는 방 천장의 대들보가 익숙했다. 그리고 침상에 달린 쪽빛 비단발의 자수 문양. 그 또한 익숙했다.

심장이 철렁했다.

'아니지? 아니겠지.'

빛을 가리듯 역광으로 앉은 사람 모양 그림자가 보였다. 이 모습마저도 너무 비슷했다. 나는 겁에 질린 채 그림자를 확인했다. 그리고 얼빠진 목소리를 냈다.

"……류청?"

고개를 드는 수려한 청년의 뺨 위로 한줄기 눈물이 툭, 흘러 내 손등으로 떨어졌다. 나를 깨우던 감각의 정체였다.

두려움으로 두방망이질하던 심장이 가라앉았다. 무슨 말을 해야 할지 몰라서 입을 열었다 닫길 반복했다. 그동안에도 계속 손등에 떨어지는 눈물이 내가 살아 있음을 알려 줬다.

그때처럼 주마등이니, 마지막이니 하는 멍청한 생각은 하지 않았다. 나는 잡혀 있지 않은 반대쪽 손을 뻗어 남궁류청의 뺨에 손을 올렸다.

"류청, 울지 마."

내 말이 되레 자극했는지 남궁류청의 눈에서 눈물이 더 펑펑 흘러내렸다. 나는 살짝 미간을 좁히고 다시 말했다.

"이제 다 끝났어. 괜찮아."

이젠 완전히 얼굴을 일그러트린 남궁류청은 내 손에 아주 얼굴을 묻고 흐느꼈다.

그리고 나도…….

"흐…… 흐윽……."

어느 순간부터는 눈물을 흘리고 있었다.

천마대총이 있는 협곡에 먼저 도착한 것은 마교도들이었다.

안개가 걷혀 가는 협곡 아래에서는 무슨 일이 벌어지는지 알 수 없는 굉음이 계속해서 울려 퍼지고 있었다.

안개가 걷혔더라도 바닥이 보이지 않는 협곡이었다. 고수가 아닌 이상 여기서 뛰어내리는 것은 자살이나 다름없었다. 마교도들은 절벽에 매달려서 천천히 협곡을 내려갔다. 그렇게 마교도들이 개떼처럼 절벽에 매달려 있을 때, 협곡 반대편에 무림맹의 병력이 도착했다.

그 뒤로부터는 지옥도가 펼쳐졌다.

이런 상황을 예상한 것처럼 무림맹은 준비해 온 화살을 협곡으로 쏘기 시작했다.

화살은 이런 빽빽한 밀림에서는 짐이나 다름없는 무기였기에 마교도들은 진즉 활을 버린 지 오래였다. 또한 이미 대다수가 절벽에 매달려 있었기에 그들은 속수무책으로 날아오는 화살을 막다가 발을 헛디디거나, 화살에 맞고 비명을 지르며 추락했다.

하지만 짐 운반이 힘든 밀림 특성상 남은 사람보다 수가 적었던 화살이 먼저 떨어졌고, 마교도들은 아직도 반 이상이 살아 있었다.

무림맹은 마무리를 위해 협곡 아래로 내려가기 시작했다. 그건 실책이었다.

협곡 아래에는 정체를 알 수 없는 괴인들이 가득했다. 그들은 먼저 내려온 마교도를 참살하고 있었다. 한 명 한 명이 여덟 마군에 필적하는 실력을 지녔는데, 검기에 베이지도 않고 어떻게 상처를 낸다 하더라도 죽지 않고 움직였다.

그들은 마교도, 무림맹원 할 것 없이 구분하지 않고 모두 죽였다.

그 괴인들은 내가 천마대총 안에서 보았던 석상들이었다. 그들은 더는 천기가 자신을 가로막지 못할 때 강호인들을 몰살하려고 천마가 만들어 놓은 병력들이었다.

그러다가 갑자기 그 괴인들의 덜컥 움직임이 멈췄다.

하지만 이미 협곡에 먼저 진입해 있던 마교도들의 피해가 극심했다. 마군들 중 반은 이미 죽거나 죽음에 가까운 부상을 입었고, 남은 자들은 도망갔는지 모습을 보이지 않았다.

사방이 피와 시체였다. 부상자들과 죽어 가는 이들의 신음이 끊임없이 들렸다. 이대로라면 무림맹이 그토록 원하던 마교도의 몰살이 눈앞에 있는 상황. 무림맹은 마교도들이 아니라 천마대총을 먼저 노렸다.

설명을 듣던 나는 감탄했다.

"대단하다 대단해. 그 상황에서 그러고 싶을까? 뭐, 기대도 안 했지만."

남궁류청은 잠시 말을 멈췄다가 이었다.

"무림맹의 병력 중에 가장 먼저 천마대총에 뛰어든 이가 백리 세가주와 백검단이었어."

"……당연히 천마대총이 중요하지. 마교도들이 천마대총에 들어오게 둘 수는 없잖아?"

할아버지가 백검단을 이끌고 뛰어들어 가고, 이어서 태고 진인을 비롯한 백도 무림 대표란 자들이 천마대총으로 들어갔다고.

'먼저 들어간 것은 할아버지였는데, 제단에는 태고 진인이 가장 먼저 도착한 건가?'

천마대총 안은 미로나 다름없었으니, 그럴 법했다. 내게는 오히려 다행이었다. 할아버지를 마주치지 않을 수 있어서.

할아버지를 떠올리면 자연스럽게 떠오르는 다른 사람이 있었다. 나는 조심스럽게 물었다.

"아버지는?"

이 긴 이야기 중에 아버지는 나오지 않았다. 며칠간 눈뜰 때마다 내 곁에는 남궁류청만 있었다.

'류청은 남궁 세가로 안 돌아가도 되나?'

하여튼 내가 깨어난 사실을 알자마자 당연히 달려오리라 생각한 아버지를 한 번도 볼 수 없었다.

"백리 대협은……."

남궁류청이 말을 흐렸다. 나는 눈을 치켜떴다.

아버지께 무슨 일이 있나? 설마…… 설마?

남궁류청이 조금 가라앉은 목소리로 말했다.

"그간 좀 바쁘셨어."

"농담해? 지금 아버지가 바빠서 내 곁을 못 지켰다는 거야?"

"맞아. 네가 깨어났단 사실을 전하긴 했는데……."

"거짓말."

남궁류청이 인상을 찡그렸다.

"아버지 어디 계셔?"

"내가 너한테 왜 거짓말을 해? 누워 있어. 기다리면 오실 거야."

그때 다급히 달려오는 발소리가 들리더니, 문이 벌컥 열렸다.

"……."

호랑이도 제 말하면 온다더니, 아버지였다. 나는 아버지의 외견을 보고 한 번 놀라고, 금안으로 본 모습에 두 번 놀랐다.

"아버지! 내공이……!"

달려온 아버지가 나를 꽉 끌어안았다. 옆에서 한숨을 내쉬는 소리가 들렸지만 무시한 채 마주 안았다. 꽉 끌어안은 손끝에 닿는 머리칼이 하얬다.

"머리는 왜 그렇게 되신 거예요? 그리고, 그리고 내공은 대체 왜 그렇게 되신 거예요!"

나는 기절할 것만 같았다. 아버지의 내공이…… 본래의 삼 할도 되지 않게 줄어 있었다.

아버지가 내 머리를 가만히 쓸어내렸다.

'설마 이래서 그동안 내 앞에 안 나타나신 건가!'

확실히 정신을 잃을 것만 같은 너무나 충격적인 모습이었다. 아버지는 남궁류청이 어느새 세워 놓은 안석에 내 등을 기대게 했다.

아버지가 내 손을 잡고 입을 열었다.

"연아."

"네."

"네가 죽을 뻔한 것은 아느냐?"

나는 손을 꼼지락거리고 싶었지만, 아버지께 붙잡혀서 움직일 수 없었다.

당연히 기억은 생생했다. 천마의 힘을 흡수한 뒤에 버티지 못하던 몸. 그런데 이상하게 지금은 오히려 기운이 너무 없었다. 천마의 힘도 하나도 느껴지지 않았다.

하지만 지금 그것보다는 아버지의 몸에 관해서 얘기하고 싶었다. 애써 주제를 돌리고 싶은 걸 참으며 아버지의 이야기를 들었다.

"내가 도착했을 때는, 네 진기가 거의 다 소모되어서 정말 죽기 직전이었다."

"네? 제가요?"

"그래."

진기를 단전에 쌓은 것이 내공이고, 사람이 기본적으로 가지고 있는 진기를 선천진기라고 했다. 생명력이라고 하는 것이었다. 그리고 이 선천진기를 다 소모하면 사람은 죽었다.

그렇다면 죽기 전 사람에게 진기를 불어 넣어서 회복시켜 주면 되지 않느냐 싶지만……. 죽어 가는 사람에게 진기를 불어 넣는다는 건 밑 빠진 독에 물 붓기와 같은 것이었다.

'아니, 그런데 내가 힘이, 진기가 넘쳐 나서 죽으려던 게 아니고?'

진기가 부족해서 죽어 가고 있었다고?

아버지가 말을 이었다.

"그래서 네게 모든 진기를 넘겨주었다."

"아버지!"

"너는 간신히 숨이 붙었고, 나도 죽을 뻔했으나, 다행히 류청이 도와주어서 목숨은 건졌지."

잠시 남궁류청을 바라보았던 아버지가 나를 돌아보고 말을 이었다.

"그러고 나니 내공독이 더는 존재하지 않더구나."

"……."

내 침묵에 아버지는 담담히 설명을 이어 나갔다.

"내공도 전보다 훨씬 더 빠르게 쌓이고 있느니라. 그때 얻은 깨달음 덕에 경지도 올랐다. 내공이야 다시 쌓으면 되느니라. 그래서 잠시 폐관 수련을 하느라 네 곁을 못 지켰다. 네가 너무 놀랄 것 같기도 했고, 의원이 말하길 네가 절대 안정이 필요하다고 하여서 말이다."

그 말을 한 귀로 흘리며 멍하니 입을 열었다.

"예전에……."

"예전에?"

"천마에게 아버지의 해독 방법을 물었어요."

아버지가 안다는 듯이 고개를 끄덕였다.

"네가 객잔에서 천마를 만났을 때를 말하는 것이지? 그때, 천마가 해독법이 없다고 했다지 않았느냐?"

"사실 거짓말이었어요."

"거짓말?"

"네. 천마는 제가 죽으면 아버지가 알아서 해독할 수 있다고 했거든요."

아버지의 표정이 딱딱하게 굳었다. 천마는 거짓말을 한 것이 아니었다.

"네가 죽으면 된다. 네가 없으면 백리의강은 내가 어떻게 방해하든 끝내 독을 해독하여 내 앞길을 막아섰지. 그 외에는 한 번도 해독에 성공한 적이 없었다. 네가 죽으면 백리의강은 자유로워질 테니."

천마의 저 말은 아버지가 매번 내 목숨을 살리겠다고 진기를 소모하는 식으로 해독했다는 말이 아니다. 진기를, 선천진기까지 모조리 소모하는 것. 그건 자살이었다. 목숨을 내던지는 것은 삶에 더는 미련이 없는 사람만 할 수 있는 것이다.

내가 살아 있었을 때 아버지는 차마 목숨을 내던질 수 없어 진기를 모조리 소모하지 못하여서 해독하지 못하였고, 내가 죽고 난 이후로는 더는 삶에 미련이 없기에 쉽게 선천진기까지 소모한 것이다.

자살을 마음먹어야만 해독할 수 있는 독이라니. 얼마나 악독한가?

나는 아버지 삶의 미련이었다.

아버지가 날 붙잡은 손에 힘이 들어갔다.

"그 이야기."

"네?"

"네가 죽으면 해독할 수 있다고 천마가 말했다는 건 왜 내게 비밀로 했느냐? 설마 내가 해독하고자 네게 죽으라고 할 것 같아서?"

"네에? 그럴 리가요!"

나는 화들짝 놀라서 소리쳤다.

"그럼 왜 비밀로 하였느냐?"

"그건…… 그건……."

나는 이불을 꽉 그러쥐었다. 그리고 더듬더듬 말을 이었다.

"아버지께…… 짐을 얹고 싶지 않았어요. 모르셔도 되는 일이라고 생각해서……."

"연아, 나는 너를 만나고 단 한 번도 너를 짐이라고 생각해 본 적 없다."

아버지가 옅은 한숨을 내쉬었다.

"하지만 너는 내가 이리 말해도 그리 받아들이지 못하겠지."

"아니……."

내가 입을 여는 순간 아버지가 먼저 말했다.

"아니라고 하지 말거라. 아무리 네가 허수아비처럼 생각하는 아비래도 그 정도는 짐작할 수 있으니."

"허, 허수아비라니요!"

아버지는 내 반론을 무시하고 말을 이었다.

"오히려 나는 내가 네 아비 노릇을 하기에 부족하다고 늘 생각했단다."

"절대 그렇지 않아요!"

"네가 그리 말해도 나는 그리 생각지 못하겠구나."

"……."

나는 허를 찔린 표정으로 고개를 숙였다. 아버지가 말을 이었다.

"네가 주화입마에 빠진 이후부터…… 나는 네게 늘 미안한 마음뿐이었다."

나는 입술을 꾹 깨물었다. 안다. 어찌 모를까. 아버지는 자신이 백리 세가로 나를 데려와서, 자신이 곁에 없어서 내가 주화입마에 빠졌다고 생각했다. 어떻게 해서든 잃어버린 것을 되찾아 주려고 했고, 그러다 할아버지와 사이가 완전히 틀어지기도 했다.

“혹시 느껴지느냐? 의원이 말하더구나. 네 단전이 회복되었다고.”
“네? 뭐라고요?”
“의원이 말하길 아직은 무리지만, 몸이 회복되고 나면 다른 이들처럼 내공을 쌓을 수 있을 거라고 하더구나.”
나는 멍하니 입을 벌렸다.
‘나았다고? 단전이?’
전혀 몰랐다. 나는 현재 혈도와 기맥이 크게 상했기에 한동안 진기 운용을 금지당한 상태였다. 아버지가 내 얼굴을 바라보던 시선을 내려 서로 잡은 손을 바라보았다.
“나는 정말 최선을 다했다. 네게 목숨까지 내줬지. 그래서 이제 더는 미안하지 않구나.”
“…….”
“그리고 너도 정말 최선을 다했다. 네 목숨까지 내주며 내 독을 해독하게 해 주지 않았느냐?”
“…….”
“그러니 이제 정말 끝난 것이다.”
“…….”
“나도 네게 미안해할 필요 없고, 너도 내게 미안해할 필요 없다.”
“아버지…….”
살짝 미소 지은 아버지가 손을 뻗어 내 머리를 쓰다듬다 가만히 끌어안았다.
“자식은 부모에게서 목숨을 받아 태어난다고 하지. 지금껏 동의한 적은 없었다. 하지만 너에 대해서만은 그리 생각하게 되는구나.”
나는 고개를 숙인 채 앞으로 흘러내린 아버지의 하얀 머리카락을 보았다.

내공독이 해독되었다고 하더라도 아버지가 진기를 소모하며 몸에 입은 타격은 그대로였다. 하얗게 변한 머리는 다시 검어질 수 없을 테고, 본래 쌓으셨던 내공 수준까지 회복하는 데는 얼마가 걸릴지 알 수 없었다.

가지고 있던 내공을 모두 잃었다. 해독되었으니 괜찮다고 이렇게 쉽게 말할 수 있는 일이 아닌 것이다. 그런데도 조금의 원망도 느껴지지 않았다.

"앞으로 기억하거라. 내가 목숨을 다해 너를 살렸으니, 이젠 너만의 목숨이 아니라고."

왈칵 눈물이 터져 나올 뻔한 것을 참고 나는 코맹맹이 소리로 답했다.

"네."

가만가만 내 머리를 쓰다듬던 아버지가 끌어안았던 손에서 힘을 빼며 말했다.

"그리고 알아 두거라."

"뭘요?"

"앞으로 이런 일이 또 있다면 아비는 주저 없이 똑같은 일을 행할 것이다."

"……네?"

"네게 미안해서가 아니다. 그저 네가 내 딸이고, 내가 네 아비기에 그런 것이지."

"……."

"그러니 앞으로 네 앞을 막을 일은 없다. 너도 네 마음이 가는 대로, 너 하고 싶은 대로 하거라."

그렇게 말하는 아버지의 얼굴은 한 점 근심 없는 자유로운 낯이었다. 달칵. 문이 열리고 닫히는 소리가 들렸다. 아버지의 기척이 멀어졌다.

방 안에 탕약향이 풍겨 왔다. 아버지가 오신 후, 눈치껏 방을 나갔던 남궁류청이 약사발이 든 쟁반과 함께 다가왔다.

"……다 들었지?"

남궁류청은 정확히는 들어오지 않고 아버지가 나오길 문 앞에서 기다리고 있었기에 대화를 들었을 것이다.

"들었어."

혀를 차는 소리가 작게 들렸다. 나는 발끈해 소리쳤다.

"그 반응은 뭐야?"

"백리 대협도 참, 너무 온건하시네."

"뭐라고?"

"내 아버지 같았으면 부모보다 먼저 가는 자식이 어디 있냐고 길길이 날뛰셨을 거야."

"……."

남궁류청은 단호하게 말했다.

"네가 잘못했어."

"……."

내 시무룩한 표정 때문인지, 남궁류청이 누그러진 음성으로 말했다.

"백리 대협께서 무슨 뜻으로 말씀하신 건지 알잖아?"

이제 더는 아버지께 집착하지 말란 의미였다. 우리는 서로 최선을 다했으니 이제는 매이지 말고 네 인생을 살라고.

나는 이불을 그러쥐었다. 그래. 나는 처음 눈을 떴을 때부터 아버지께 죄송했다. 그래서 최우선 순위에 아버지를 두었다. 내 목숨보다. 그런 내 기묘한 부채감을 아버지도 알고 계셨던 것이다.

아버지도 내가 주화입마에 빠진 후로부터 나를 볼 때마다 죄책감을 느끼셨다. 우리는 서로가 서로에게 빚쟁이였다.

그리고 이제 서로 간에 모든 빚을 갚았다고, 그러니 더는 아버지 말고 나를 최우선으로 두라고, 내가 하고 싶은 것을 하며 살라고 말씀하시는 것이다.

'내가 하고 싶은 것…….'

그때 남궁류청의 조심스러운 목소리가 상념을 파고들었다.

"백리 대협께 말씀 안 드릴 거야?"

주어는 없지만 무얼 말하는지 알 수 있었다. 회귀에 관한 사실. 그걸 말씀드리면 아버지는 내가 왜 아버지께 부채감을 지녔는지 이해하실 것이다.

고민은 짧았다.

"응. 안 할래."

"왜?"

"처음 봤어. 아버지께서 그렇게 웃으시는 거……."

이젠 정말 털어 내신 것이다. 그런데 거기다 대고 회귀 이야기를 한다면 또다시 괴롭지 않을까?

분명 예전에는 아버지께 짐을 얹고 싶지 않아 말을 꺼내지 못했다. 하지만 지금은 무언가 좀 다른 기분이었다. 짐을 얹고 싶지 않은 것보다는…….

"다 끝났으니까."

그래. 이제 정말 다 끝난 것이다.

“좋은 이야기도 아니잖아. 불행한 일은 모르시는 게 좋지. 앞으로는 좋은 일만 있을 테니까.”

“하지만 그럼 네 마음은?”

“응?”

“그간 아팠던 네 마음은 누가 알아주는데?”

“네가 있잖아.”

“…….”

“네가 알아주는데 뭐.”

놀란 듯 크게 뜬 눈을 보고 나는 웃었다. 남궁류청의 귓가가 붉어진 것이 보였다.

‘하여간 얘도 참 귀엽다니까.’

나는 그에게 달아날 기회를 주듯 약사발에 시선을 두고 물었다.

“시비는 어디 가고 왜 네가 이러고 있어? 금쇄랑 소녹은?”

“내가 있는 게 싫어?”

“아니, 그런 뜻이 아니야. 그냥 물어본 거지.”

“그럼 그냥 마셔.”

나는 약사발을 들고 잠시 바라보았다. 새카만 탕약에 얼굴이 살짝 비쳤다.

“있잖아, 류청. 혹시…….”

남궁류청이 말하라는 듯이 나를 보았다.

“아니야.”

나는 탕약을 단숨에 들이켰다.

나는 계속 내 머리맡을 지키려 드는 남궁류청을 잘 거라는 말로 내보냈다.

침상에 누워 몇 번 뒤척이던 나는 단전이 있는 부근을 손으로 짚으며 몸을 웅크렸다.

'다 나았다고?'

더는 미련 두지 않고 완벽히 포기한 일이었는데, 대뜸 나아 버리니 당혹스러웠다.

'기쁘다기보단 얼떨떨하네.'

대체 어떻게 낫게 된 걸까? 내가 겪은 일들은 보통 사람이 겪을 수 없는 일이긴 했다.

나는 마지막 기억을 다시 되짚었다. 태고 진인을 비롯한 무림맹 사람들이 떠나고 나서는 기억이 드문드문 이어졌다.

제단 위에 쓰러지듯 누워 눈을 감았고 누군가 내 손을 꽉 잡아 왔다. 그리고 그 목소리.

"네 앞에 있을 때만큼은 내가 버러지가 아닌 것 같았어."

그건 분명 야율의 목소리였다.

게다가 사라진 천마의 힘.

제갈화무가 내게 넘긴 기억이라든가, 만신의가 넘긴 금안은 그대로 남아 있었다. 오로지 천마가 흡성대법으로 연성한 천마의 진기만 사라졌다. 또한 선천지기가 부족해 죽어 가던 나. 그 상황이 가리키는 방향은 단 하나였다. 흡성대법을 쓸 줄 아는 누군가가 천마의 진기와 나의 진기를 같이 갈취해 간 것이다.

야율밖에 없었다. 그런 일을 할 자는. 분명 야율이 그 자리에 왔다 갔다.

남궁류청에게는 차마 물어볼 수 없었다. 혹시 야율에 대해서 들은 소식이 있냐고. 다른 모두에게 물어본다 해도 남궁류청에게 물어보는 것만큼은 꺼려졌다. 내가 야율에게 관심을 가지는 것을 보면 상처를 입을 것이 분명했다.

“후우.”

답답한 심정에 한숨이 절로 흘러나왔다.

‘내가 환청을 들은 게 아닐까 싶었는데.’

나는 손을 펼쳐 보았다. 이내 베개에 얼굴을 묻었다.

“오늘 별이 정말 좋아요, 아가씨.”

금쇄가 내가 비스듬히 앉아 있는 쪽 창문을 열었다. 서늘한 바람이 훅 들어찼다.

금쇄와 소녹은 둘 다 내가 깨어났을 때 아무 말도 하지 않았다. 나중에 방 밖에서 훌쩍이는 소리가 작게 들렸을 뿐이었다. 그러고는 아무 일도 없었다는 듯이 헤어지기 전과 똑같이 굴었다. 마치 나에 관한 이야기를 전혀 듣지 못한 것만 같았다.

나는 내 어깨에 두툼한 외투를 걸치는 금쇄를 향해 물었다.

“혹시 내가 없는 동안, 무슨 고초를 당하거나 그런 일은 없었지?”

내가 천마의 혈육이란 것이 밝혀졌을 때, 나를 모시던 이들도 같이 눈총을 받았을 것이다.

"걱정하실 일은 없었어요. 일단 여기까지 소식이 오는 데 오래 걸리기도 했고. 솔직히 예전에 마님과 큰 소저께서 살아 계실 때에 비하면 별것도 아니었죠."

나는 피식 웃었다. 하긴 그 두 사람이 나를 못 잡아먹어 안달인, 그럴 때가 있었지. 너무 오래전 일처럼 느껴졌다.

"게다가 큰 소저는 흡성마공과 비슷한 사술을 쓰다가 결국에 그 사술에 죽었다면서요? 그 얘기 때문에 큰 마님이……. 하여튼 그때 조금이나마 헛소리를 지껄이던 자들은 지금 소녹 눈도 못 쳐다봐요. 고 총관님도 소녹이 꽤 마음에 드셨는지……."

금쇄가 그간 있었던 일을 한창 떠들고 있을 때 방금 막 이야기한 소녹이 다가왔다.

"무슨 일이야?"

소녹은 내가 없는 동안 내 처소 전반에 관한 일을 관리했다. 내가 깨어난 지금은 오히려 더 바빠진 듯 보였다. 내 시중은 금쇄 아니면 옆에서 떨어질 줄 모르는 남궁류청이 주로 들었다.

소녹이 내게 봉투를 하나 내밀었다.

"할아버지에게서 온 거네?"

할아버지는 무림맹 본단이 있는 무한에 머무르고 계셨다. 천마대총의 전투가 끝나고 할아버지는 백리 세가로 돌아와 달포 정도 머무르다 무림맹으로 향했다고 전해 들었다. 내가 눈을 떴을 때는 이미 무한에 머물고 계신 지 몇 달째 되는 날이었다.

나는 금쇄와 소녹을 돌려보내고 서신을 펼쳤다.

평소 할아버지의 필체는 굵직한 편인데 거기에 급하게 쓰기까지 했는지 갈겨쓴 서체는 알아보기가 어려웠다.

[깨어났다는 소식을 들었다. 내 바로 돌아가려고 했으나, 아직 여기 해결할 일들이 산더미라 쉽게 몸을 움직일 수가 없구나.]

안부를 서두로 시작한 서신은 무림맹의 혼란스러운 상황에 자리를 비우기 어렵다는 것을 알리고 있었다.

천마대총의 전투에서 승리한 무림맹은 한동안 흩어진 마교 잔당을 추적해 처리하느라 바빴다. 그리고 이제는 마교도의 본산인 천만대산을 노리고 있었다. 할아버지는 자세한 상황은 써넣지 않았으나 대충 짐작 가능했다.

천마대총에는 무림맹이 기대하던 마교의 보물 따위는 하나도 없었다. 영약, 신공, 신병이기, 금은보화 그 어떤 것도 없었다. 그들이 엄청난 손해를 보며 목숨을 걸고 그곳까지 향한 보상을 얻지 못했다는 말이었다. 이건 승리했대도 손해뿐인 전투였다.

자연스럽게 다음 목표로 마교의 본단이 있는 천만대산을 노리기 시작했다. 게다가…….

[……남은 마교도들은 세 개의 세력으로 나뉘었다더구나. 총군사의 세력과 본래 후계였던 일공자의 세력, 그리고 오월궁으로.

오월궁은 마교에서 독립을 선포했다. 그들은 이제 천마의 뜻을 따르지 않겠다고 하며 북쪽에 자리를 잡으려고 하더구나.]

안 그래도 약해진 마교가 세 개로 쪼개지기까지 했다니 이번 기회를 놓치기는 아쉬울 터.

그리고 여기 오월궁은 어머니가 계시던 마교 세력이었다. 협곡의 부상자들과 패배자들을 수습해 데려간 것도 오월궁이었다는 이야기도 서신에 적혀 있었다.

[맹에서는 오월궁의 독립을 인정할 것인지, 인정치 않고 마교로 취급할 것인지 의견이 꽤 분분했으나 결국 일단은 정사지간으로 두고 기회를 주기로 결정했다.

어차피 맹도 당장 오월궁을 신경 쓸 겨를은 없으니 네 모친(모친이란 단어를 썼다가 줄로 죽죽 그은 표시가 있었다) 네 출신에 대해 앞으로 왈가왈부하는 자들은 다 죽여도 된다.]

순간 웃음이 터져 나왔다.

"푸핫, 아니, 할아버지도 참…… 죽이라니."

그 뒤로는 몸조리 잘하고, 잘 해결되고 있으니 믿고 편하게 쉬고 있으라는 내용이었다.

다시 서신을 처음부터 읽어 내려가고 있을 때, 다가오는 기척이 느껴졌다.

"날이 아직 차."

"답답해서."

창문 너머로 보이는 남궁류청의 손에는 방금 꺾어 온 듯한 흰 꽃송이가 달린 나뭇가지가 있었다. 도화, 복숭아꽃이었다. 내가 정신을 잃고 있는 사이, 훌쩍 봄이 온 것이었다.

남궁류청이 내게 그 꽃가지를 넘겼다.

"자."

"……예쁘네. 고마워."

나는 꽃가지를 받으며 웃었다.

'왜 자리를 비웠나 했더니.'

본래 남궁류청은 꽃 같은 것에 전혀 관심 없던 사람이었다.

"복숭아꽃 좋아해?"

남궁류청의 낯이 확 굳었다.

"알면서 묻지 마."

나는 입술을 꽉 깨물고 고개를 숙였다. 웃는 모습을 보이지 않기 위해서였다. 나와 복숭아꽃을 보기로 한 약속. 아직도 기억하고 있는 것이었다.

"그건 뭐야?"

고개를 들자 남궁류청이 내가 반대편 손에 들고 있던 서신을 바라보고 있었다.

"할아버지한테서 온 거야. 아 참, 남궁 세가주 얘기도 잠깐 나왔는데 잘 지내시는 것 같더라."

"그래?"

남궁류청의 눈썹이 살짝 꿈틀거렸다. 나는 이를 바라보다가 머뭇거리듯 말했다.

"그리고 내…… 어머니 얘기도 있었어."

어머니라는 발음이 너무나 어색했다.

"마교에서 독립해서 북쪽에 자리를 잡을 것 같대."

"괜찮아?"

"괜찮지 않을 이유가 없잖아? 알아서 잘 살겠지. 사실 지금에 와서는 별 감정이 없어."

"……."

"아니면 어머니가 내게 전하라고 한 말이라도 있어?"

"……없었어."

딱딱하게 굳은 얼굴은 침울한 기색이 느껴졌다. 왜 제가 슬퍼하는지, 속으로 살짝 웃으며 말을 이었다.

"인연이 닿으면 만날 날이 있겠지. 그저…… 잘 지내셨으면 좋겠어. 그게 다야."

서신에서 어머니의 이야기를 처음 보았을 때, 스스로도 놀랄 정도로 담담하게 읽을 수 있었다. 어머니의 행동이 이해가 되는 것은 아니었다. 하지만 더는 원망의 감정도 들지 않았다. 반 죽었다가 살아난 탓일까? 아니, 그보다는…….

나는 남궁류청을 바라보았다.

"너 때문인 것 같아."

남궁류청이 무슨 말이냐는 듯이 고개를 기울였다. 그리고 순간, 갑자기 내게 훅 덤벼드는 자그마한 기척을 느꼈다. 기척의 의지도 선명하게 읽혔다. 나는 들고 있던 꽃가지를 재빨리 높게 들었다. 흰 덩어리가 내 손 아래를 스쳐 지나갔다.

나는 목소리 높여 소리쳤다.

"너! 또, 또, 또! 내가 안 된다고 했지! 넌 왜 내가 받은 복숭아꽃만 보면 먹으려고 하는 거야?"

결이 자신은 복숭아꽃을 노린 적 없다는 듯이 창턱에 철퍼덕 앉아 갑자기 털을 고르기 시작했다.

"하!"

아직도 복숭아꽃을 노리는 마음이 이렇게 선명하게 느껴지는데 아닌 척하기는.

그때 남궁류청이 말했다.

"또라니? 원래 예전부터 노렸다는 거야?"

"어? 아…… 어…… 그게……."

어릴 적 헤어지고 난 후 남궁류청은 매해 복숭아꽃이 필 무렵 서신에 말린 꽃송이를 넣어서 보냈다. 그리고 결은 그걸 귀신같이 찾아다 먹거나 망가트리곤 했다.

눈치 빠른 남궁류청은 이미 내 머뭇거림으로도 결론을 내린 듯했다.

그의 싸늘한 시선이 결을 향했다. 결도 그 시선을 느꼈는지 남궁류청을 흘끗 보았으나 콧방귀를 뀌고―정말 콧방귀였다―내게 머리를 문질렀다. 나는 결을 살짝 가리며 말했다.

"심성이 나쁜 녀석은 아니야."

남궁류청이 눈썹을 치켜떴다가 한숨을 내쉬었다.

"됐어. 앞으로 계속 주면 되니까."

나는 눈을 살짝 크게 떴다가 배시시 웃었다.

금쇄를 불러서 꽃가지를 잘 보이는 곳에 놓아 달라 전하고 결을 안아 들었다. 무게감이 일반 고양이의 느낌이 아니었다.

"왠지 더 무거워진 것 같은데. 결아, 대체 너는 그동안 어디 있다 온 거야?"

결과 연결되어 있으니 그동안 잘 지내고 있는 건 느꼈다. 하지만 연결이 너무 희미하여서 어디에 있는지 알 수가 없었다. 결을 보면 좋지 않은 생각이 떠오를 것 같고, 정신도 없었기에 그간 굳이 오라고 강제하지는 않았다.

남궁류청이 말했다.

"그야 제갈 세가주 옆에 있었겠지. 네 고양이도 아니잖아."

"아……."

나는 입술을 살짝 깨물었다. 침묵을 이어 가다 조심스럽게 물었다.

"화무…… 장례는 치렀어?"

남궁류청이 무슨 소리냐는 듯이 나를 바라보았다. 아, 생각해 보니 아무도 그의 죽음을 알지 못했을 것이다. 그의 마지막에 함께 있던 건 나뿐이었으니.

나는 가슴 한쪽을 가시에 찔린 듯한 느낌이 들었다. 내가 아니면 그를 기억해 줄 사람도 없는 것이다. 애써 외면하고 있던 제갈화무가 넘긴 기억들을 떠올렸다.

남궁류청이 한숨을 쉬며 말했다.

"그 자식 아직 안 죽었어. 살아 있는 사람을 장례 치를 수는 없잖아."

"……?"

나는 귀를 의심했다. 지금 뭐라고? 나는 얼떨떨한 낯으로 물었다.

"제갈화무가…… 살아 있다고?"

"그래. 정신을 못 차리고 있지만 잘 살아 있어."

"허어어어?"

품에 있던 결이 갑자기 뛰어내려 어디론가 후다닥 사라졌다.

"제갈화무! 어딨어!"

나는 버럭버럭 소리를 지르며 뛰어갔다. 백의를 입은 가문 사람들이 내 모습을 보고 놀라며 급하게 고개를 숙이기 바빴다. 나는 정신없이 뛰어가다 잠시 멈칫했다.

'어디로 가야 하지? 객방에 있으려나? 아니, 여기 머무를 때 쓰던 전각? 거긴 이제 다른 용도로 바뀌었다고 들은 것 같은데…….'

그때 나를 붙잡아 돌리는 손길이 있었다.

"여기서 소리 질러도 못 들어."

남궁류청이 담담한 태도로 내가 오며 떨어트린 겉옷을 어깨에 걸쳐 주었다. 나는 울화를 참지 못하고 성질을 냈다.

"꽃이 핀 날씨에 무슨 털 달린 겉옷이야!"

"진정해. 왜 이렇게 화가 났어?"

"왜 이렇게 화가 났냐고? 사기당했으니까 화가 나지!"

"사기?"

제갈화무를 처음 발견한 것은 남궁류청이었다. 좌사를 처리한 후, 천마대총에 들어와 발견한 것이다. 그리고 제갈화무를 본 순간, 그가 나와 연관이 있다는 걸 눈치채고 깨우려 들었지만 일어나질 못했다고.

그 후, 천마대총을 빠져나가는 혼란스러운 상황에서 할아버지는 제갈화무와 내가 연관이 있을 거라 생각한 남궁류청의 의견을 받아들였고, 제갈화무를 백리 세가로 데려왔다고.

남궁류청은 죄가 없지. 그가 내 분노를 받아 줄 이유는 없었다.

아니, 죄가 없진 않았다.

"왜 말 안 했어!"

"안 물어봤잖아."

나는 얼굴을 손바닥으로 덮고 답답함에 몸부림쳤다. 이러고 있을 시간도 아까웠다.

"일단, 어디 있어? 안내해."

다시 생각해 보니 내 집인데 남궁류청에게 안내받는 상황이 조금 우스웠다.

제갈화무의 거처는 멀지 않았다. 전각에서 시비가 황동 대야에 수건을 담아서 나오다가 나를 보고 황급히 몸을 숙였다. 나는 문 앞을 가린 발을 손등으로 거칠게 밀치며 들어갔다.

방 안에는 낯익은 의원이 있었다. 그는 갑자기 들어온 나와 남궁류청을 보고 놀란 표정으로 일어나 인사했다.

"아가씨? 남궁 공자, 여긴 어쩐 일이십니까?"

그제야 의원에게 가려져 있던 침상 위의 인물을 확인할 수 있었다. 정말로 제갈화무였다.

살아 있었다.

순간 다리에 힘이 풀려 비틀거렸다. 남궁류청이 옆에서 바로 붙잡아 주었다.

"아가씨!"

놀란 의원에게 나는 하던 일을 계속 하라는 듯이 손짓하고 숨을 가다듬었다.

'진짜 살아 있어.'

여위고 마른 모습이었지만, 확실히 숨을 쉬고 살아 있었다.

나는 의원을 향해 물었다.

"상태는 어때?"

"나쁘지 않습니다. 그런데 이상하게 깨어나질 못하고 계십니다."

의원이 침 도구를 정리하며 말을 이었다.

"정신의 문제이지 않을까 싶습니다만, 쓰러지시기 전에 무슨 일이 있었는지 알 수 없어서…… 다만, 계속 이대로 깨어나지 못하신다면 쇠약해질 수밖에 없습니다."

의원이 내실을 나가고, 나는 의원이 앉았던 의자에 주저앉듯이 앉았다. 왜 못 일어나겠는가? 그의 기억 혹은 정신, 또 달리 말하면 혼이라고 할 것을 내가 가지고 있으니 일어날 수 있을 리가 없었다.

반면 그의 불치병인 절맥은 이 술법 때문에 악화한 것이나 다름없었다. 그를 짓누르던 술법이 사라졌으니 회복할 수밖에.

나는 미동 없이 눈을 감고 있는 제갈화무의 얼굴을 보았다. 아주 미약한 숨이 느껴졌다. 손을 뻗어 손목을 쥐고 눈을 감았다. 진기를 조심스럽게 불어 넣었다. 오랜만이지만 수도 없이 해 본 만큼 어렵지 않게 진기 도인을 마쳤다.

운기를 마치고 눈을 뜨자 무표정한 남궁류청의 낯이 보였다. 내가 몸을 다 회복하기도 전에 진기 도인을 시도한 것이 매우 불만스러운 모습이었다.

"얼굴 좀 펴."

"내가 펴게 생겼어?"

나는 손을 뻗어 남궁류청의 뺨으로 흘러내린 머리카락을 귀 뒤로 넘겨주었다. 살짝 놀란 듯한 남궁류청의 표정이 풀어지며 귓가가 붉어졌으나 그는 이 정도로 넘어가지 않을 거라는 듯이 말했다.

"이 허여멀건 놈이 뭐가 좋다고 도와줘야 해? 네 몸부터 추슬러야지."

나는 괜찮다고 말하지 않고 다른 이야기를 꺼냈다.

"내가 천마를 어떻게 죽였을 것 같아?"

갑자기 나온 주제에 남궁류청이 미간을 좁혔다.

"너를 두고 천마대총에 들어갔을 때 제갈화무를 만났어."

나는 남궁류청에게 제갈화무를 만나고 헤어지기까지 있었던 일을 설명했다. 복잡한 술법에 관한 이야기는 빼고, 그가 초대 제갈 세가주 때부터 가지고 있던 천마의 무공에 대한 파훼법을 내게 전했다는 식으로.

"그리고 이렇게 된 거야. 나는 그가 죽은 줄 알았어."

그래, 생각해 보면 나는 제갈화무의 시신을 확인한 게 아니었다. 눈 떠 보니 결만 있었을 뿐. 시신에 대해서는 딱히 생각도 의문도 가지지 않았다.

하지만 그 상황에 죽었을 거라고 생각하는 건 당연하지 않은가?

'심지어 그따위로 말했는데!'

제갈화무가 마지막에 한 헛소리는 차마 남궁류청에게 말할 수도 없었다.

나는 남궁류청을 살짝 잡아당겼다. 반사적으로 다가온 남궁류청의 허리를 끌어안았다. 옷자락 아래로 딱딱하게 힘이 들어간 근육이 느껴졌다.

"왜…… 그래?"

"그냥……."

이럴 때는 좀 같이 마주 끌어안아 줄 것이지, 남궁류청의 손은 어색하게 주먹을 꽉 쥔 채였다. 나는 얼굴을 파묻듯 문질렀다. 남궁류청이 내 어깨를 막듯이 살짝 잡고 말했다.

"그, 그만 움직이면 안 돼?"

"응? 아, 싫어?"

"……아냐."

목소리가 이상하게 낮게 가라앉아 있었다. 나는 이상함을 느끼고 고개를 들었다. 목덜미가 붉어진 남궁류청이 허공을 찢어 죽일 듯 노려보고 있었다.

'저기 뭐가 있나?'

아무것도 없었다.

'내가 너무 스스럼이 없었나?'

나는 살짝 민망한 마음에 뺨을 긁적이며 몸을 바로 세웠다.

"그럼 류청, 호법 좀 부탁할게."

"뭐 하려고?"

"깨워야지."

"네가 깨울 수 있는 거야?"

"응. 그리고 죽여 버릴 거야."

"……."

당당하게 깨울 수 있다고 답했지만, 사실 나도 확신할 수 있는 건 아니었다. 다만 제갈화무의 육체에는 문제가 없었다.

'그렇다면 다시 돌려놓을 수도 있지 않을까?'

남궁류청이 호법을 서기 위해 방을 나가고 나는 의자에서 일어났다. 한 번도 해 본 적 없는 일이었으나, 하려고 마음먹자 자연스럽게 기억과 함께 제갈화무가 한 방식을 재현할 수 있었다.

그리고 재현할수록 그가 얼마나 미친 짓을 한 건지도 느꼈다.

나는 천천히 눈을 떴다. 제갈화무의 기억을 넘겨받았을 때부터 머릿속을 둔중하게 누르던 압박감이 사라졌다. 제갈화무 또한 길고 긴 숨을 내쉬며 천천히 눈을 떴다.

"정신이 들어?"

흐린 눈동자가 나를 향하고 입을 열었다.

"안녕."

나는 주먹을 꽉 쥐었다. 제갈화무가 희미하게 웃음 지었다. 나는 울컥 치솟는 감정을 억누르며 소리쳤다.

"사람을 잘도 속였겠다!"

"속였다니."

"하!"

기가 막혀서 헛숨이 터져 나왔다.

손이 근질근질했다. 나는 본래 그런 사람이 아닌데, 제갈화무를 한 대 때려 주고 싶은 폭력적인 욕구가 치밀었다. 하지만 때리는 대신 교양인답게 그가 기대앉을 수 있게 몸을 일으켜 주고, 찻물을 가져다주었다.

그가 마른입을 차로 축이길 인내심 있게 기다려 준 후, 말했다.

"속인 게 아니라고? 그럼 설명 좀 해 보시지. 왜 그딴 식으로 말해서 사람을 착각하게 만든 건지?"

"나는 진심이었는걸."

"뭐라고?"

"성공 확률을 일 할 정도로 봐서."

"일 할? 아니, 성공 확률이랑 네가 그…… 살겠다는 둥 개소리를 한 거랑은 무슨 상관이 있는데?"

"물론 일부러 착각하게 만든 것도 맞아. 조금은 슬펐으려나?"

툭, 머릿속에서 이성의 끈이 끊어지는 소리가 들렸다.

"악!"

비명에 정신을 차리니 제갈화무가 얼굴을 감싸 쥐고 쓰러져 있었다.

'헉, 나도 모르게 그만.'

아니, 맞을 짓 했어.

내가 손으로 더 때리면 죽을지도 모르니, 나는 그의 베개를 들고 그대로 두들겼다.

"넌 좀 맞아야 해! 죽엇! 죽어 버려!"

한참 때린 후 옆자리 탁자를 짚고 숨을 골랐다.

"허억, 헉, 헉."

체력이 달려서 더 때릴 수가 없었다. 그것만 아니었으면 더 두들겨 팼을 텐데.

나는 뒤집혀 있던 찻잔을 바로 세워 찻물을 따라 그대로 마셨다.

'슬슬 수련을 좀 다시 해야 할 것 같은데.'

누워 있은 기간은 제갈화무보다 내가 짧았지만, 제갈화무의 몸 상태가 나보다 훨씬 좋았다. 일어나자마자 바로 찻잔을 쥘 수 있을 정도로.

'나는 몸을 일으키기도 힘들 정도로 체력이 떨어진 상태였는데!'

제갈화무의 병증이 호전된 까닭도 크지만, 그보다는 단전에 내공을 쌓는다는 정상적인 방식으로 무공을 쌓은 자와 그때그때 자연지기를 쓰는 자의 차이였다.

'그 차이 때문에 내공독이 내겐 안 통했던 거지만…….'

다시 생각해 보면 정말 무모한 계획이었다.

천마가 접선을 불태우는 것에 의문을 느꼈다면, 내공독의 존재를 조금이라도 빨리 눈치를 챘다면, 내공독이 내게도 문제를 일으켰다면.

죽는 건 내가 되었으리라.

'그리고 제갈화무도 영원히 깨어나지 못하고 죽었겠지.'

"후우."

나는 난동 피우는 사이 넘어진 의자를 바로 세우고 앉았다. 다리를 꼬고, 또 주먹이 올라갈 것 같아 팔짱까지 낀 후 물었다.

"그래서 몸은 좀 어때?"

부스스한 머리로 엉망인 꼴의 제갈화무가 자신의 몸을 살짝 내려다보았다.

"지병이 치료된 건 아니지만…… 일단 시간을 벌었네."

제갈화무는 여전히 속을 알 수 없는 표정이었다.

"뒤구르기라도 하면서 좋아해야 하는 거 아니야?"

"보고 싶어?"

"됐거든!"

작게 웃은 제갈화무가 다시 진지한 낯이 되어 말을 이었다.

"실패할 줄 알았다는 건 진심이야."

"……."

속을 알 수 없는 것이 아니라 본인도 본인의 감정을 제대로 정의할 수 없는 것이었다.

역대 제갈 세가주의 기억들이 본래의 몸으로 돌아갔으니, 이제 다시 정기신의 균형이 깨질 것이었다. 시간이 지나면 또 절맥이 빠르게 악화하여 단명할 것이다.

하지만.

"이젠 그 역대 가주들의 기억, 가지고 있을 필요가 없겠네?"

"그렇지."

제갈화무의 목소리는 약간 몽롱한 느낌이었다. 나는 그가 제갈 세가주들의 기억을 이어받는 걸 얼마나 혐오했는지 잘 알고 있었다. 그렇기에 의문이 들었다.

"왜 그전에는 진작 술법을 해제할 생각을 안 한 거야?"

"이 술법을 처음 받아들인 순간부터 나는 초대 제갈 세가주의 의지를 갖게 돼. 천마가 살아 있는 한 기억을 버린다는 선택은 없어."

누가 천마랑 똑같은 술법을 쓴 거 아니랄까 봐. 강호인을 죽인다는 목표로 움직이던 천마와 다를 바 하나 없는 모습에 기분이 나빴다.

"그럼 이제는 버려도 되겠네."

"맞아. 천마가 죽었으니, 이제 끝이야."

"처음부터…… 이것도 계획했던 건가?"

제갈화무가 고개를 끄덕였다.

"일거양득 아니겠어? 네게 도움도 되고 기회가 된다면 내 목숨도 연장하고."

나는 제갈화무를 노려보았다. 제갈화무는 미소 지으며 말했다.

"실패하게 된다면 길동무가 될 생각이었으니까."

"……쓸데없는 짓이었네."

"그리고 성공하지 못했다면 그게 내 유언이었을 테니까. 마지막만큼은 내가 하고 싶은 말을 하고 싶었어."

"……."

제갈화무가 무거워진 분위기를 풀듯 말했다.

"그래도 좀 재미있지 않았어?"

나는 베개를 집어 들었다.

"아직 덜 맞았지?"

"살려 주세요."

제갈화무가 어깨를 살짝 움츠렸다.

"너무 그렇게 질색할 필요는 없어. 네가 뭘 했는지 완벽하게 알고 있는 건 아니거든. 잠들어 있는 의식 속에서 희미하게 의지를 읽는 느낌이었을 뿐이야."

"그건 그나마 다행이네."

내 생각 하나하나까지 다 알 수 있었다면 정말 싫었을 것이다. 나는 이마를 문지르다가 입을 열었다.

"있잖아. 그럼……."

"말해."

"야율이 가져간 거지, 마기는?"

제갈화무가 고개를 끄덕였다. 나는 이를 악물었다. 그건 야율이 감당할 수 있을 만한 기운이 아니었다. 필시 주화입마에 빠졌을 것이다.

"……바보 같기는."

아니, 아니다. 시신을 확인한 건 아니지 않은가? 살아 있을 수도 있지 않을까? 내 앞의 저 인간처럼.

그런 내 마음을 읽은 것처럼 제갈화무가 말했다.

"야율의 흔적을 찾아봐 줘?"

"……부탁해."

발치에 흰 물체가 쓱 문지르며 지나가더니 침상 위로 뛰어올랐다. 제갈화무가 침상 위로 올라온 결을 쓰다듬었다. 나는 그걸 가만히 지켜보다 입을 열었다.

"왜 야율이랑 나만 회귀 전의 기억을 떠올렸던 걸까?"

"글쎄."

"……그래."

제갈화무도 모른다면 아마 아무도 대답해 줄 수 없는 일일 것이다. 죽어 버린 천마가 아니라면.

"나도 확실히 아는 건 아니야. 시간을 돌리는 건 천마 혼자 독자적으로 벌인 일이니까. 다만……."

"다만?"

"아마도 너희 둘이 천마와 짙게 연결되어서가 아닐까?"

"뭐라고?"

"그러니까 너희들은 천마의 행동으로 태어난 거잖아? 천마가 너희의 운명을 만들었으니, 그래서 그런 게 아닐까 하는 생각이란 거지."

"……."

"확실하진 않고, 추측일 뿐이지만."

제갈화무가 어깨를 으쓱였다.

"그러니까 그 녀석도 마기에 쉽게 죽지는 않았을 거야."

"……그래."

나는 길게 한숨을 내쉬었다. 그래. 야율은 죽지 않았을 것이다. 나는 잠시 침묵하다 다시 입을 열었다.

"천마가 내 탄생에 영향을 미쳤다는 말 말이야, 그럼 내 전생은 어떻게 된……."

말을 이어 가던 나는 순간 말문이 막혔다. 제갈화무가 무슨 소리냐는 듯이 되물었다.

"전생? 그 녀석한테 목을 베여 죽은 때를 말하는 거야?"

"아니, 그것 말고 뭔가 있었던 것 같은데……."

무슨 말을 하려고 했는지, 전혀 짐작이 가지 않았다.

"네가 제갈 세가주의 기억을 많이 떠올리진 않아서 전체로 따지자면 잃어버린 기억은 적겠지만, 그래도 꽤 잊어버렸을 거야."

"뭘 잊어버렸는지도 모른다니, 기분 나쁜데."

"필요해?"

나는 잠시 고민해 보았다.

"아니. 이제 필요 없어."

전생이고 회귀 전이고 이제 정말 모두 필요 없는 기억이었다. 가장 중요한 건 지금 살아 있다는 것이었다. 앞으로 살날 또한 길다는 것도.

제갈화무를 바라보던 나는 문득 이 말이 하고 싶어졌다.

"이제 자유네."

"그러게."

제갈화무는 멍하니 중얼거렸다.

"이제 뭐 하고 살지?"

"이제 뭐든 할 수 있지."

"……."

"……."

침묵이 내려앉고, 얌전히 제갈화무의 쓰다듬을 받던 결이 갑자기 몸을 일으켜 그의 뺨을 핥았다. 언제 흘러내렸는지 모를 눈물이 여윈 뺨을 적시고 있었다.

열흘 후, 제갈화무가 제 가문으로 돌아가겠다고 알렸다. 나는 너무 이르지 않느냐며 몸이 회복할 때까지 더 머물러도 된다고 하였지만, 제갈화무는 거절했다.

"궁금한 게 좀 많아서 말이야. 앞으로의 일도 좀 생각해 봐야 하고."

나는 이미 출발 준비를 마친 주변을 살폈다. 호남성 내에서는 백검단이 함께 호위하지만, 벗어나면 제갈화무의 호위대뿐이었다.

"아직 마교 잔당이 남아 있을 수 있는데, 정말 괜찮겠어?"

"하하, 걱정하는 거야?"

"겨우 살았는데 길에서 객사하면 내 꿈자리가 뒤숭숭할 거 아니냐."

나는 내키지 않는 표정으로 한숨을 내쉬었다.

"그 몸으로 진짜 괜찮겠어?"

"연아, 난 이보다 더 몸 상태가 나쁠 때도 돌아다녔어."

그의 낯빛은 초췌했지만, 눈빛만큼은 예리하게 빛났다. 그를 늘 감싸던 음울한 분위기와 걸핏하면 나오던 조소는 이제 없었다.

제갈화무가 웃음기 어린 낯으로 말했다.

"너도 아파 봐서 잘 알지 않아? 밤낮으로 누워 있는 것도 힘들어. 바깥에서 바람이라도 쐬는 게 나아."

"글쎄. 난 마차 멀미가 지독해서 더 죽을 것 같았는데."

"아, 그랬던가?"

예전에 말한 적 있는 얘기였다. 어깨를 으쓱하고 제갈화무가 말했다.

"근처에 오면 얼굴이나 보러 와. 언제든지 환영할 테니."

"……그래."

과연 언제 다시 보게 될지. 몇 년 뒤에나 볼 수도 있었다.

"결이는 두고 갈게. 나보다 널 더 좋아하는 것 같더라고."

"……."

마차 안에서 뛰어내린 결이 내 발에 몸을 비비며 걸어 다녔다. 결이 나를 좋아하는 이유는 제갈화무가 나를 좋아하기 때문이었다. 당연히 모두 잊었을 거라고, 기억하지 못할 거라고 생각했는데.

그러나 그 감정을 다시 표현할 날은 오지 않을 것이다. 나는 작별 인사를 했다.

"그럼, 안녕."

나는 마차가 보이지 않을 때까지 바라보다가 몸을 돌렸다. 홀가분하면서도 알 수 없이 허전한 기분을 느꼈다. 결이 그런 나를 위로하듯 몸을 비볐다. 나는 결을 안아 들었다. 역시 동물이 최고였다. 이 따끈한 느낌과 부드러운 털. 마음에 깊은 충족감을 줬다.

제갈화무가 깨어난 후에도 결과 이어진 느낌은 남아 있었다. 아주 흐릿하게. 당연히 완전히 끊어질 줄 알았는데 그렇게 무 자르듯 뚝 끊을 수 있는 게 아닌 듯싶었다.

결과 함께 처소에 도착했을 때였다. 후원 방향에 남궁류청의 기운이 보였다.

'응? 제갈화무 배웅할 때도 안 오더니 저기서 뭘 하는 거야?'

다가가던 나는 높아진 목소리에 발을 멈췄다.

"제발 무슨 말씀이라도 해 주십시오!"

남궁류청의 몸종인 구사의 목소리였다. 남궁류청이 백리 세가에 머물면서 남궁 세가의 사람들 몇이 찾아온 상태였다. 그중 한 명이 구사였다.

"도련님! 대체 언제까지 여기 머무실 생각이십니까? 이제 백리 소저가 깨어나신 지 시일도 꽤 지났으니, 이만 돌아가셔야죠! 오늘 또 재촉 서신이 왔습니다. 이번에는 정말 화가 잔뜩 나셨다고요."

나는 가만히 서서 그들의 대화를 들었다.

남궁류청은 입을 열지 않았다. 구사는 그 뒤로도 한참을 애걸복걸

하다가 으름장을 놓았다.

"소가주님께서 이번 서신에도 제대로 된 답이 없을 시 각오하라고 하셨습니다."

현재 남궁류청과 나의 관계는 애매했다. 내가 정신을 잃고 있는 동안 남궁류청은 내내 나를 간호해 주었다. 이미 주변은 나와 남궁류청을 연인 관계로 인정한 상태였다. 그도 그럴 것이, 연인이 아니라면 외간 남자가 여인의 처소에 이렇게 들락날락하는 것 자체가 말이 안 됐기 때문이다.

'소녹과 금쇄의 관리 덕에 하인들이 수군거리는 소리는 듣지 않았지만…….'

깨어난 뒤로도 한동안은 그의 고백에 제대로 답을 줄 정신이 없었고, 그나마 좀 괜찮아졌다 싶자 바로 제갈화무의 일이 터진 것이다.

나는 기척을 내며 다가갔다.

"류청! 왜 안 오나 했더니, 여기서 뭐 해? 화무 방금 떠났어."

남궁류청이 살짝 인상을 찡그렸다.

"아, 잠시 잊어버렸어."

그때 구사가 나를 향해 말했다.

"소저! 도련님께 집으로 돌아가시라고 말씀 좀 드려 주세요. 이대로 가면 소가주님께서……!"

나는 놀라 멈칫했다. 남궁류청이 버럭 소리쳤다.

"구사! 입 다물지 못해?"

"하지만……!"

입을 열었던 구사가 남궁류청의 매서운 눈길에 결국 고개를 숙였다.

"죄송합니다."

"당장 꺼져!"

저렇게 소리 지르는 모습은 정말 남궁완 아저씨랑 닮아 있었다. 구사의 발소리가 멀어지고 남궁류청이 얼굴을 쓸어내린 후 나를 돌아보았다.

"쓸데없는 소리를 듣게 했네. 미안."

"……괜찮아."

"구사는 당장 돌려보내든지 할게. 이런 무례를 저지를 줄은 몰랐어."

"아니, 나 정말 괜찮아."

남궁류청이 나를 잠시 바라보다 입을 열었다.

"다 들었지?"

"음, 뭐……."

"돌아가라고 할 거면……."

"안 할 건데?"

"……정말?"

"속고만 살았나."

남궁류청은 믿기지 않는다는 표정을 지었다.

"제갈 세가주도 갔으니, 나도 가라고 할 줄 알았지."

"너랑 화무가 어떻게 같아?"

"……."

남궁류청이 붉어진 얼굴을 다시 한번 쓸어내렸다. 그 모습에 순간 번개같이 무언가가 떠올랐다.

'지금이야.'

지금이 그날 미루었던 고백에 답을 할 기회였다.

모든 게 끝나면 대답하겠다고 한 말을 남궁류청이 기억하고 있다는 걸 안다. 마음도 정했다. 그러니까 말하기만 하면 됐다. 네가 옆에 있어서 다행이다. 앞으로도 있어 달라. 나도 좋아한다.

그동안은 다시 그 주제를 꺼내기에 애매하다고 생각하고 있지 않았나? 지금이 기회였다.

"나……."

나는 양손을 꽉 틀어쥐었다.

"나…… 아직 아파."

그러나 입 밖으로 나온 소리는 멍청한 소리였다.

"아직 안 나았어. 그러니까 옆에…… 옆에 더 있어."

나는 새빨개진 얼굴로 고개를 숙이며 옷자락을 잡았다. 일단 내 멍청한 소리가 창피하고, 이런 말을 하는 상황도 낯간지러워 미칠 것 같았다.

'대체 회귀 전의 나는 어떻게 고백한 거지?'

그때의 반의반만큼이라도 용기가 있었다면 이따위로 말하진 않았을 것이다.

그때 남궁류청이 나를 후원의 널찍한 바위에 앉히고 말했다.

"당장 의원을 불러올게."

"……."

순간 잔뜩 긴장했던 몸에 힘이 빠졌다. 앉아 있지 않았다면 주저앉을 뻔했다.

나는 당장 떠나려는 남궁류청의 옷자락을 잡았다. 남궁류청이 걱정스럽게 나를 바라보았다.

"왜 그래?"

나는 이를 악물었다가 말했다.

"네가 옆에 있어 주면 안 돼?"

"뭐?"

"그럼 안 아플 것 같아."

남궁류청이 내 손을 꼭 잡고 일어났다.

"의원, 빨리 불러올게."

"……."

나는 쥐고 있던 손을 풀었다.

'그래. 가라 가!'

눈치도 빠르면서 왜 갑자기 여기서 바보가 된 거야?

나는 후원을 빠져나가는 남궁류청의 뒷모습을 바라보다가 뒤로 벌렁 누웠다. 새파란 하늘에 구름이 흘러가는 것을 바라보다가 눈이 부셔 눈을 감았다. 그러자 남궁류청의 기척이 좀 더 선명히 느껴졌다.

후원에 들어서는 다른 기척들도 느껴졌다. 곧이어 남궁류청과 후원에 들어서던 기척이 서로 마주쳤다. 그러고는 움직이지 않았다.

'음? 누구지?'

나는 상체를 일으켜 남궁류청의 방향을 보았다. 동시에 째지는 듯한 외침이 울려 퍼졌다.

"……네가 뭔데!"

백리리였다. 매우 오랜만에 듣는 목소리였다.

무림맹 본단을 마지막으로 백리리를 한 번도 만난 적 없었다. 백리명과 큰아버지도 마찬가지였다. 나도 딱히 찾지 않았다. 그들과 만나지 않는 게 심신이 평화로우니까.

"다 알고 왔어! 오늘 제갈 세가주 배웅도 나왔다고! 언니를 본 사람이 한둘이 아닌데, 뭐? 몸이 안 좋아?"

"목소리 낮추시지요. 거짓을 말한 적 없습니다."

"내가 그딴 말에 또 속을 것 같아? 비켜!"

"여기가 그대 처소입니까? 철부지처럼 소란 피우지 말고 돌아가시죠. 사람을 불러와야……."

짜악!

정말 순식간에 벌어진 일이었다. 순간 정적이 흘렀다. 나 또한 그대로 굳어 있다가 바로 튀어 나갔다.

백리리의 외침이 다시 들려왔다.

"여긴 우리 집이야! 네가 뭔데 언니를 만나라 말라……!"

수풀을 헤치고 도착한 내 앞에서 백리리가 다시 손을 휘두르려 했다가 남궁류청에게 손목이 붙잡혀 그대로 꺾였다.

"아아악!"

"아가씨! 남궁 공자! 지금 이게 무슨 무렙니까!"

백리리의 시비가 다급히 소리 질렀다. 나도 황급히 다가가며 소리쳤다.

"무슨 짓이야!"

남궁류청은 굳은 낯으로, 그리고 백리리는 마치 구원자라도 되는 듯이 나를 바라보았다.

"이거 놔!"

기세등등한 백리리의 외침에 남궁류청이 살짝 인상을 찡그렸다가 밀쳐 내듯 손을 풀었다. 비틀거리는 백리리를 시비가 붙잡았다.

"언니!"

나는 내게 다가오는 백리리를 무시한 채 남궁류청에게로 걸어갔다.

"언니?"

당황한 백리리의 목소리를 뒤로하고 그의 뺨을 살폈다. 붉은 기가 올라오고 있었다.

나는 입술을 꾹 깨물었다.

"백리리, 이게 대체 무슨 상황이지? 설명해."

"언니! 언니도 봤잖아, 저 자식이 내 손을 꺾는 거!"

"그게 뭐?"

"뭐?"

"네가 먼저 뺨을 때리지만 않았어도 류청이 그럴 이유가 있었겠어?"

백리리가 헛숨을 들이켰다. 그러고는 억울하다는 듯이 소리쳤다.

"나는…… 나는 저 자식이 계속 막아서 그동안 언니 얼굴도 볼 수 없었다고. 아프다고 안 된다고 해서 믿었는데 이렇게 나올 수 있을 정도면서……!"

나는 백리리의 말을 자르며 말했다.

"그게 지금 네가 류청의 뺨을 때릴 이유가 된다는 거야?"

"그래! 왜 안 되는데? 제가 뭐라고! 왜 쟤 편을 들어? 언니 혈육은 나야! 대체 쟤가 언니랑 무슨 관계인데!"

"……."

순간 대답하지 못했다. 눈을 뜨고 자연스럽게 함께 지내고 있지만 명확하게 무슨 관계라고 대화를 나눈 적 없었다. 하지만 지금 중요한 건 그 부분이 아니었다.

"백리리, 따지고 싶으면 아버지한테 따져. 내가 정신 잃고 있는 사이에 내 신병에 대한 전권을 남궁류청에게 맡겨 놓은 건 아버지잖아."

내가 정신을 잃었던 동안, 아버지도 바닥까지 쓴 진기 덕에 몸 상태가 극히 좋지 않았다. 아버지 또한 회복에 전념해야 했기에, 그간 내

신병을 남궁류청에게 맡겨 놓은 상태였다.

나는 입꼬리를 올리며 말했다.

“네 말대로 네가 내 혈육이지. 그런데 네가 얼마나 믿음직스럽지 못했으면 아버지께서 내 신병을 네가 아니라 남궁류청에게 맡겼겠니?”

“…….”

백리리가 충격과 서러움이 가득 찬 표정으로 나를 바라보았다.

“그건…… 왜 저 자식 편을 들어? 내 언니잖아!”

“그래. 네 언니지. 네가 나 아니었으면 남궁 세가의 유일한 후계자인 남궁류청의 뺨을 칠 생각을 감히 할 수나 있겠어?”

언제 차올랐는지 백리리의 눈에 눈물이 그렁그렁했다. 나는 싸늘하게 말했다.

“사과해.”

백리리가 이를 악물더니 몸을 휙 돌려 뛰었다. 그 뒤를 시비가 황급히 뒤쫓았다.

“아가씨!”

발소리가 점점 멀어졌다. 나는 돌아보지 않는 그들을 노려보다가 그들이 시야에서 완전히 사라진 후 뒤를 휙 돌아보았다.

남궁류청은 좀 바보 같은 표정이었다.

“너는 왜 그걸 맞아 주고 있어!”

분명 그래, 맞아 ‘준’ 것이다. 남궁류청이 백리리의 손찌검을 피하지 못할 리가 없었다. 백리리는 실력이 형편없었으니까. 남궁류청이 별거 아니라는 듯이 말했다.

“귀찮아서.”

“귀찮아서어?”

내 표정을 본 남궁류청이 흠칫 놀라더니 서둘러 덧붙였다.

"……음, 그쪽이 먼저 손대야 내가 손대기 쉬우니까."

"그래서 일부러 맞았다?"

남궁류청이 절절매듯이 말했다.

"네 동생이니까. 그나마 너랑 자매라고 할만한 사이였으니까……."

"하아."

나는 한숨을 내쉬며 양손에 얼굴을 파묻었다. 속상했다. 내가 아니었다면 겪을 일도 아니었을 터.

'백리리, 철부지인 건 알았지만 아무리 그래도 그렇지 정말 정신이 나가 버린 거야?'

남궁류청이 말했다.

"……울어?"

"울면 어쩔 건데!"

나는 손을 팍 내렸다. 눈물 따위는 없었다.

"앞으로는 그러지 마. 류청, 나는 백리리보다 네가 더 중요해."

내 멀쩡한 모습에 살짝 안도한 듯한 남궁류청은 왠지 묘하게 기분이 좋아 보였다. 나는 인상을 찡그렸다가 물었다.

"너…… 기분 좋아 보인다?"

"응. 잘 봤네."

"……."

나는 진심으로 남궁류청의 정신이 걱정되었다.

"약 발라 줄게. 가자."

이튿날, 백리명이 찾아왔다.

"어제 리리의 일은 내가 대신 사죄하오."

나는 방을 나가지 않고 삐뚜름히 기대앉은 채 그들의 대화를 들었다. 얇은 나무 벽은 방음이라고는 전혀 되지 않았기에 대화를 선명히 엿들을 수 있었다.

"리리가 철이 아직 철이 없어서 그렇소. 부디 아량을 발휘해 넓은 마음으로……."

"철이 없으면 사람의 뺨을 때려도 된다는 겁니까? 백리 세가에서는 그리 가르칩니까?"

"……."

"게다가 연이와 고작 한 살 차이인 걸로 압니다만. 대체 몇 살이 되어야 철이 든단 말입니까?"

나는 피식 웃으며 찻잔을 들었다. 남궁류청의 목소리가 계속 들려왔다.

"보아하니 왜 철이 없는지 알겠습니다. 공자 같은 오라비가 있으니 철들 필요가 없었겠지요. 사과는 받겠습니다. 선물은 필요 없으니 가져가십시오."

일어나는 소리가 들리고 남궁류청이 싸늘한 목소리로 축객령을 내렸다.

"더 하실 말씀이 남으셨습니까? 그런 게 아니라면 돌아가시지요."

한참 머뭇거리던 백리명이 말을 꺼냈다.

"그…… 연이는 어떻습니까? 잘 지냅니까?"

"예."

더는 얘기하고 싶지 않다는 단답.

결국, 백리명이 한숨을 내쉬며 일어났다. 마지막으로 사과의 말을 한 번 더 건네고는 처소를 빠져나갔다.

곧 남궁류청이 내가 있던 방으로 건너왔다. 나는 그가 들어오자마자 열렬히 손뼉을 쳤다.

짝짝짝짝짝!

내가 손뼉을 치자 남궁류청이 뭐 하냐는 듯이 나를 바라보았다.

"네 성질…… 성격이 가끔은 참 마음에 들어. 하하하."

"가끔?"

나는 말을 돌리듯 말했다.

"그런데 너 백리명 되게 싫어한다. 뺨 때린 백리리보다 더 싫어하는 것 같은데?"

"잘 아네."

"음? 진짜였어?"

"머리 굴리는 게 꼴 보기 싫어. 방금도…… 됐어."

남궁류청은 길게 말하고 싶지 않은 기색이었다. 완전히 질려 버린, 거의 혐오에 가까운 감정이 살짝 드러났다 사라졌다. 나는 그런 남궁류청을 바라보다가 기척이 느껴지는 방향으로 시선을 돌렸다. 소녹이 문발을 걷고 다가와 내게 쪽지를 건넸다.

쭉 읽어 본 나는 몸을 일으켰다.

"나 잠시 나갔다 올게."

"어디 가는데?"

"멀리 안 가. 집 안이니까 따라올 필요 없어."

"뭘 하려고?"

"적의 적은 친구잖아?"

일어날 것 같던 남궁류청이 다시 의자에 앉으며 한숨을 내쉬었다. 마치 이렇게 될 줄 알았다는 듯한 표정이었다.

나는 소녹과 처소를 나왔다. 이따금 마주치는 하인들 모두 색조라곤 찾아볼 수 없는 차림새에 장식 하나 달지 않았다. 무사들 또한 마찬가지였다. 상중, 혹은 상이 끝난 지 얼마 되지 않은 복장이었다.

처음 제갈화무를 만나러 갈 때는 이들의 복장을 보고, 천마대총의 전투에서 발생한 가문의 사상자들 때문일 거라고 생각했다. 그런데 다시 생각해 보니 쓰러진 이후로 시일이 많이 지나 있었다. 가문에서 사상자가 발생했다고 한들 지금까지 저런 복장일 이유가 없었다.

아주 높은 사람이 돌아가신 것이 아니라면.

그리고 이 정도로 오랫동안 상복을 입게 만들 만한 높은 사람이 딱 한 사람 있었다.

할머니.

오늘내일하면서도 오랫동안 버티셨던 할머니가 돌아가신 것이다.

할머니는 백리리가 혼약이 싫다고 가출했을 때 충격을 받은 데다, 고모의 비참한 죽음까지 알려지고 나자 결국 이겨내지 못하셨다고 한다. 가문에서는 할머니가 충격을 받을까 봐 고모의 일을 쉬쉬하며 숨겼지만 기어코 알아내셨다고.

그렇게 돌아가셨지만, 당시 백리 세가는 백검단을 이끌고 마교도와 전투 중인 상황이라 제대로 상을 치를 수 없었다. 할아버지가 돌아오시고 나서 비로소 제대로 된 상을 치르게 되었다고 한다.

장례식은 아주 후하고 성대했다고 한다. 성내의 거의 모든 이들이 조문을 왔다고. 그리고 정신을 잃고 있던 나는 그 모든 상황과 떨어져 있었다. 오히려 좋았다. 슬퍼하는 척할 필요조차 없었으니까. 눈물 한 방울도 나지 않았을 것이다.

그 사람도 나를 손녀라 생각 안 했을 것이고, 나도 그 사람을 할머니라고 생각하지 않았다. 서출 아들이 데려온 근본 모를 손녀. 예뻐할 수 있는 사이가 아닌 건 나도 이해했다. 당연하지. 누가 예뻐할 수 있겠는가? 그럴 수 있는 사람이 대단한 것이다.

거기서 끝내지 못했던 게 문제였다. 고모가 저지른 짓을 묵인하고 덮었을 때, 그자는 나와 이미 남이나 다름없는 사이였다.

그렇게 돌아가시면서도 할머니는 마지막까지 제대로 구정물을 뒤집어씌우고 떠났다.

백리 세가의 청당 앞을 지키고 서 있던 무사들과 하인이 나를 보고 깜짝 놀라는 표정을 지었다. 나는 조용히 하라고 손짓하고, 그들을 지나쳐 청당 문을 힘껏 밀었다. 문이 큰 소리를 내며 양옆으로 열렸다.

청당의 중앙에 있던 자가 뒤를 돌아보며 소리쳤다.

"누구야!"

"나야."

소리쳤던 백리표, 소우악 둘 다 부릅뜬 눈으로 나를 바라보았다.

"오랜만이네."

그들이 여기 있는 것은 할머니의 장례식 때문이었다. 할아버지가 그들을 가문에 들이지 못하게 추방하였더라도 할머니의 장례식에 오는 것만큼은 막지 않았다.

백리표가 버럭 소리쳤다.

"네가 뭐라고 여기 끼어들어!"

나는 피식 웃으며 청당 안을 쭉 둘러보았다. 꽤 많은 사람이 모여 있었다. 중앙 상석은 비어 있고, 그 앞으로는 큰아버지와 창백한 인상의 큰어머니가 계셨다. 그 옆에는 백리명과 그의 부인, 백리리가 차례로 서 있었다. 백리명은 안도한 낯이었고, 백리리는 입술을 삐죽이며 내 시선을 피했다. 그 외에도 방계 친족들과 가문의 몇몇 실권자들이 함께 있었다.

"제가 여기 들어오면 안 됐나요?"

가문 실권자 중 가장 앞줄에 있던 장 부관이 웃는 낯으로 말했다.

"그럴 리가요, 아가씨. 어서 들어오시지요. 쾌차하셨다는 말은 들었습니다. 안색이 많이 좋아지셨네요. 정말 다행입니다."

"오랜만이에요, 장 부관."

"미리 말씀드렸어야 했는데, 아직 몸이 편찮으신 것 같아서 연락드리지 않았습니다. 죄송합니다. 그러고 보니 자리가 없군요."

장 부관이 하인에게 손짓했다. 하인이 의자를 가져오는 사이 방계 친척들과 실권자들이 내게 한마디씩 말을 건넸다.

"네 활약은 들었다. 네가 정말 그자를 쓰러트린 것이냐?"

"회복을 축하드립니다. 언제 한번 차를 마시러……."

곧이어 하인은 어디서 공수해 왔는지 모를 의자를 큰아버지 옆, 그러니까 빈 할아버지 자리 바로 앞줄에 마련했다.

노골적으로 후한 대우였다. 나는 백리표와 소우악을 지나 백리리와 백리명, 큰아버지 앞을 지나쳐 그 자리에 앉았다. 구석에서 고모부 쪽인 소가 사람들도 몇 명 보았다. 너무 오랜만인 데다가 남루한 차림새라 알아보는 게 조금 늦었다.

"이야기는 들었어요. 안타까운 일이죠. 큰아버지가 할머니를 얼마나 살뜰히 챙기셨는지 아는데."

할머니는 자신의 모든 재산을 백리표, 소우악 두 쌍둥이에게 상속한다는 유언을 남겼다. 그러니까 유산을 모두 쌍둥이들에게 넘긴 것이다.

'하여간 대단한 사람이야.'

쌍둥이들은 어떻게 알았는지, 할머니의 유언에 따라 유산을 내놓으라 하고 있었다.

고모와 쌍둥이들이 쫓겨난 후, 돌아가실 때까지 할머니를 보살핀 것은 큰아버지와 큰어머니였다. 그런 둘을 두고 쌍둥이들에게 전 재산을 넘겨 버리다니.

'눈 뒤집히기 딱 좋지.'

그리고 그 미친 소리 같은 유언에는 나름의 이유가 있었다. 쌍둥이들을 다시 가문에 불러들이기 위해서였다. 큰아버지가 할머니의 유산을 원한다면 할아버지의 명으로 쫓겨난 쌍둥이들을 다시 가문에 들이라는…… 그런 뜻이 담겨 있는 것이었다.

"하지만 얼마 되지도 않는 유산을 가지고 할머니의 유언을 따르지 않는 것이 세간에 알려지면 얼마나 웃음거리가 되겠나요?"

큰아버지와 백리명이 눈을 부릅떴다. 절대 얼마 안 되는 유산이 아니었다.

"할아버지께서는 뭐라시던가요?"

"아무 말씀 없으셨습니다."

할머니의 개인 재산은 백리 세가의 재산이 아니니 이론상으로는 원하는 사람에게 모두 줄 수 있었다. 그리고 할아버지가 아무 말씀이 없으셨다는 것은 관여할 생각이 없으시다는 뜻이었다.

"다 알아들었으면 쓸데없이 끼어들 생각 마! 네년이랑 관련 없으니까!"

질투로 이글거리는 눈동자는 당장에라도 나를 찢어 죽이고 싶은 듯 보였다.

"오라버니, 고모가 무림맹 본단에서 벌인 이야기 알지?"

"그게 뭐!"

소우악이 백리표를 서둘러 진정시키며 말했다.

"그 이야기는 들었다. 하나, 어머니가 벌인 일은 우리와 무관하다. 어머니가 그런 일을 벌이실 줄 누가 알았겠느냐?"

나는 헛웃음을 지었다. 나 말고 청당의 다른 이들도 조소 어린 낯이었다.

"고모가 벌인 일은 모르겠고, 고모의 자식으로 할머니 유산은 받고 싶고?"

"……."

"엄마가 멋대로 저지른 일이랑 내가 무슨 상관이야!"

그나마 염치가 있는지 소우악은 고개를 숙이고 입을 다물었고, 백리표는 핏대를 세우며 계속 소리쳤다.

'그래, 끝까지 쓰레기여야 나도 좋지.'

나는 쌍둥이들에게서 시선을 거두고 좌중을 바라보았다.

"할머니의 병환이 깊어서 사람도 제대로 알아보지 못하신 건 다들 아실 거예요. 그 상황에서 하신 유언을 따르는 건 무리가 있어 보이네요."

"야! 너 그게 무슨 헛소리야!"

"게다가 마교의 간자가 된 고모의 사특한 술법에 희생된 사람이 한둘이 아닌데, 하필 고모의 자식들에게 할머니의 가산을 넘긴다니. 유언이라지만 밖에서 알면 우리를 어찌 보겠어요?"

"백리연!"

벌떡 일어난 백리표가 당장 달려들 것처럼 굴었으나 결국 달려들진 않았다. 왜냐? 덤벼들어도 날 이길 수 없어 보이니까. 할 수 있는 건 고작해야 소리치는 게 다였다.

"두 오라버니에게 유산을 모두 넘겼다가 마교도에게 흘러가면 누가 책임지실 거죠?"

"……."

"헛소리! 온통 헛소리! 내가 왜 마교랑 손을 잡아! 손을 잡은 건 네 년이겠지! 천마의 핏줄인 주제에 네가 감히 마교를 논해?"

나는 짧게 웃었다.

"오라버니, 조금 전에는 어머니가 멋대로 저지른 일이랑 본인이 무슨 상관이냐며?"

"……!"

나는 말문이 막힌 그를 보고 웃었다.

"그리고 천마는 죽었어. 내가 죽였지."

순간 청당에 짧은 침묵이 맴돌고 탄식이 터졌다.

"허어!"

"그 소문이 정녕 사실이었다니!"

"아니, 대체 어찌 가능한 것이지?"

"아가씨가 천마를 쓰러트렸다면 천하 십일강에……."

알음알음 소문이 퍼지긴 했으나, 확실한 건 아니었다. 아버지는 입을 꾹 다물고 있었고, 당시 목격자들은 내 이야기를 최대한 비밀로 하려 들었기 때문이다. 그걸 오늘 내가 처음으로 인정한 것이었다.

"나도 그 억울한 심정 매우 이해해. 오라버니들도 억울할 수 있지."

내 말에 백리표는 멍청한 표정을, 소우악은 경계 어린 표정을 지었다.

나는 손뼉을 짝 치며 말을 이었다.

“그럼 이렇게 하자. 오라버니들도 직접 마교를 치는 게 어때? 천마에 준하는 목을 가져오는 거야. 우사나 총군사, 아니면 일공자? 어때?”

백리표가 몸을 부들부들 떨었다.

“그전까지는 큰아버지께서 책임지고 오라버니들이 생활에 불편함 없도록 도와주시는 것이 좋을 것 같네요.”

“도와줘서 고맙구나.”

“앞으로 두 오라버니는 큰아버지께서 챙기세요. 혹시나 허튼짓하지 못하도록 잘 살피시고요.”

“걱정 말거라.”

할머니의 유산은 모두 큰아버지가 맡고, 그 대신 큰아버지가 쌍둥이들의 생활을 살피는 것으로 결론이 났다. 누구도 쌍둥이들의 편을 들어 주지 않았고, 그들은 대로한 채 자리를 박차고 나갔다. 큰아버지가 거의 한 달 넘게 질질 끌던 것에 비하면 허무할 정도의 해결이었다.

내가 이렇게 쉽게 해결할 수 있었던 이유는 나는 할머니에게 ‘효’를 행하지 않아도 되기 때문이다. 이미 가문 사람들은 고모가 내게 한 짓을, 그리고 할머니가 이를 묵인하고 오히려 협조한 것을 잘 알고 있었다. 할머니와 내 사이가 원수지간이나 다름없다는 것을 안다는 뜻이었다.

하지만 큰아버지는 달랐다. 심지어 큰아버지는 할머니의 친아들. 이 세계에서 불효자라는 죄목은 그 무엇보다 중했다. 특히나 체면과 평판을 중히 여기고 이제 그것밖에 남지 않은 큰아버지가 할머니의 유언에 대놓고 반기를 들 수 없는 까닭이었다.

"이게 할머니의 유산 목록인가요?"

깨알 같은 검은 글자들이 종이를 가득 채우고 있었다.

"그래. 맞다. 너 때문에 지킬 수 있었구나."

나는 입꼬리를 슬쩍 올리고 그 종이를 반으로 쫙 찢었다.

"이건 제가 받아 갈게요."

"뭐, 뭣?"

"그럼 제가 맨입으로 도와준 줄 아셨어요? 저도 받아 가는 게 있어야죠."

큰아버지가 경악한 낯으로 나를 바라보았다.

"큰아버지, 들으셨죠? 류청의 일."

나는 종이를 팔랑팔랑 흔들었다.

"고작해야 이깟 일로 찾아와서 빰을 날렸죠. 이건 대가예요."

"그건……!"

"아니면 제 처리가 마음에 들지 않으셨나요?"

"……."

나는 청당 문 쪽을 살짝 바라보았다. 얼마든지 다시 논의해도 된다는 듯이.

큰아버지가 입을 꾹 다물었다. 당장 뭐라고 소리치고 싶지만, 일단 머리를 굴리고 있는 듯한 모습이었다. 이내 알겠다는 듯이 고개를 끄덕였다. 나는 조소를 숨기며 일어났다.

"그럼, 저도 이만 가 볼게요."

"그래."

청당 입구에 거의 다다랐을 때였다.

"네게 미안하구나."

잠깐 멈칫했던 나는 아무 대답도 하지 않고 건물 밖으로 걸어 나왔다.

정오의 볕이 내리쬐고 있다. 나는 아래로 펼쳐진 계단 앞에 섰다. 죽 늘어선 푸른 기와의 지붕들. 변하지 않는 풍경이었다.

'……지긋지긋하다.'

그냥 갑자기 그런 생각이 들었다. 별다른 힘도 들이지 않고 원하는 결과를 얻었음에도, 전과는 달리 기분이 좋지도 않고 날아갈 듯한 만족감도 없었다. 그저 피곤했다.

계단을 내려가자 곧이어 내가 나오길 기다린 듯한 가문 권속 방계 친족들이 나를 우르르 에워싸며 말을 건넸다. 적당히 상대하고 있을 때 주위 사람이 갑자기 길을 비키듯 물러났고 그 사이로 장 부관이 나타났다.

"아가씨, 잠시 드릴 말씀이 있습니다."

그러며 좌중을 쓱 훑어보았다. 몇몇은 떨떠름한 표정으로, 몇몇은 아쉬운 표정으로 내게 인사를 건넸다. 나는 장 부관과 함께 그들 사이에서 빠져나왔다. 그리고 어느 정도 멀어진 뒤 말했다.

"도와줘서 고마워요."

"아닙니다. 저야말로 정말 송구합니다. 마음 편히 쉬셔야 할 텐데, 괜한 일로 번잡스럽게 만들었습니다."

나는 장 부관을 바라보다 물었다.

"제게 하실 말이 있으신가요?"

정곡을 찔렀는지 잠시 굳은 낯을 한 장 부관이 조심스럽게 말했다.

"아가씨, 대공자님을 가까이하지 마십시오."

나는 의아하게 바라보다 픽 웃었다.

"왜요? 뭐, 명 오라버니가 제가 천마의 딸인 게 밝혀지자 한동안 제 세상인 것처럼 설치고 다녔나 보죠?"

"……."

"다신 깨어나지 못할 거라고 말하고 다니기라도 했나 보네요?"

장 부관이 씁쓸하면서도 살짝 안도한 낯을 했다.

"나이가 드니 괜한 걱정만 느는군요. 혹시나 상처를 받으실까 봐 말씀드린 것인데……. 이미 알고 계셨다면 다행입니다."

나는 고개를 저었다.

"몰랐어요. 방금 장 부관 반응을 보고 확신했죠."

물론 그 전에 아버지와 남궁류청의 반응을 보고 짐작하고 있었다.

반년이었다. 반년. 내가 정신을 잃고 있었던 기간이. 솔직히 회복하리라 믿기 어려운 기간이긴 했다. 의원도 내가 깨어날 거라고 장담할 수 없다고 한 상황.

"그런데도 도와주셨군요."

나는 어깨를 으쓱하고 소매에서 찢어진 반쪽의 종이를 꺼내 들었다.

"이건!"

바로 알아본 장 부관이 눈을 크게 떴다. 그 종이를 건네자 장 부관이 얼떨떨하게 받아 들었다.

"할머니 유산 목록의 반이에요. 고모의 사술에 희생된 분들의 유가족에게 나눠 주세요."

"아가씨……."

장 부관은 탄복한 듯싶었다.

"그럼 저는 피곤해서 이만 돌아가 볼게요."

"아, 아가씨. 하나 더 말씀드릴 것이 있습니다."

고개를 갸웃 기울이고 바라보자 장 부관이 목소리를 낮춰 내게 속삭였다. 나는 장 부관의 말을 듣고 인상을 찡그렸다.

"확실한 건가요?"

"행로가 의심스럽긴 합니다만, 그저 우연일 수도 있습니다. 그래서 혹시 남궁 공자님께 들으신 소식이 있나 하여 말씀드립니다."

"아뇨, 전혀 들은 바 없어요."

그리고 잠시 생각을 정리하고 물었다.

"아버지도 아시나요?"

"아직 모르십니다. 말씀드렸다시피 아직 확실한 일이 아니다 보니까요."

"그럼…… 일단 이 일은 아버지께 비밀로 해 주세요. 가능하신가요?"

장 부관이 당황스러운 표정을 했다. 현재 가문의 중요한 일들은 폐관 수련에서 나온 아버지가 처리하고 있었다.

"어려우시면 제 말은 듣지 않아도 돼요."

잠시 고민하는 듯하던 장 부관이 굳은 얼굴로 고개를 끄덕였다.

"음, 아닙니다. 아가씨께서 생각이 있으시겠죠. 일단 최대한 비밀로 해 보도록 하겠습니다."

장 부관과 헤어지고 나는 곧장 처소로 향했다. 처소에 다가갈수록 점차 발걸음이 빨라지다 마지막에는 거의 달리고 있었다.

처소에 도착하자마자 마당에서부터 소리쳤다.

"류청! 류청, 류청!"

내 소란스러운 모습에 하인이 그가 있는 곳을 알려 주었다.

"한 번만 불러도 들려."

남궁류청은 처소 외곽의 수련장에 있었다. 나이 들수록 후원에서 수련하기 힘들어지자 할아버지가 만들어 주신 개인 수련장이었다.

남궁류청은 언제 찾아왔는지 모를 진진과 대련 중이었다.

나는 바로 소리쳤다.

"나 빨리 향낭 만들어 줘!"

찔러 들어가던 진진의 검이 흔들리고 남궁류청이 이를 침착하게 쳐냈다. 아니, 침착하지 않았다. 쳐 내는 힘이 과하게 들어간 까닭에 진진이 검을 놓쳤다. 빙글 돈 검이 하필이면 하인에게 향하고, 하인에게 닿기 직전 우뚝, 허공에 멈춰 섰다. 그야말로 순식간에 벌어진 일이었다.

하인은 다리가 풀린 듯 소리도 내지 못한 채 주저앉았다.

"진진, 검을 놓치다니, 수련 좀 다시 해야겠다?"

"죄, 죄송합니다!"

진진이 후다닥 와서 검을 받아 가고 하인에게 사과를 하며 그를 일으켜 세웠다. 검을 거둔 남궁류청이 인상을 찌푸린 채 내게 다가오더니 한숨을 내쉬며 말했다.

"갑자기 그건 또 무슨 소리야?"

"만들어 주기로 했잖아! 설마 잊어버린 건 아니지?"

"……."

"와, 공자님 향낭도 만들 줄 아십니까?"

"그야 당연하지. 자수는 도련님의 기본 소야…… 합!"

내 입을 막은 남궁류청이 나를 질질 끌고 갔다.

얼마 지나지 않아, 나는 천마를 내가 쓰러트렸다고 말한 것을 매우 후회했다.

[……운이 좋다니, 거짓말하지 마. 운이 좋은 걸로 어떻게 천마를 쓰러트려? 게다가 네 입으로 정말 네가 죽였다고 말했다며? 여기까지 소문이 들리던데. 그런 운 좋다는 말 말고 어떻게 쓰러트렸는지 좀 자세하게 말해 봐.]

서하령이 보낸 서신에도 천마 관련 이야기가 한가득이었다.

[어머니도 너를 한번 보고 싶어 하셔. 몸이 괜찮아지면 우리 집에 놀러 와. 아니, 제발 한 번만 꼭 좀 와 주겠어?

엄마가 요새 나를 얼마나 갈구는지 알아? 아침 밥상머리부터 백리 소저는 천마를 쓰러트렸다는 말로 시작해서 열심히 수련하라는 말로 끝난다고! 그 실력으로 언제 수향문을 이끌 수 있겠냐고.

그렇지 않아도 천마대총에서 내가 멋대로 굴었다고 벌로 면벽 수련을 백 일이나 받았는데, 내가 도와준 것도 있는데 나 한 번만 살려 주라…….]

이렇게 서신으로 방문 요청을 하는 서하령은 그나마 양반이었다. 따로 약속도 잡은 적 없고, 심지어 잘 알지도 못하는 자들이 계속해서 가문에 찾아왔다. 대부분 나와 한번 검이라도 맞대 보기 위해, 비무를 하자고 찾아오는 것이다.

정말 내가 천마를 쓰러트릴 만한 실력을 지녔는지 궁금해서, 그리고 그런 실력자를 꺾어서 자신의 명성을 높이기 위해서.

나는 아직 몸이 회복되지 않았다고 거절하고 있었다. 그 말에 얌전히 돌아가는 사람들도 있지만, 아닌 사람들도 많았다. 그들은 견문을 넓히고 싶다는 둥, 식견을 기를 수 있게 기회를 달라는 둥 거머리처럼 들러붙어서 떨어지려고 하질 않았다. 내 실력을 보기 전까진 절대 물러나지 않을 기세였다.

“아니, 할아버지는 이런 일 없었는데 왜 나한테만 그래!”

“그야 네가 만만해서겠지.”

“으, 젠장.”

“예상 못 했어?”

나는 씁쓸하게 고개를 주억거리고 시무룩하게 말했다.

“이런 식으로 이름 알려진 적 없단 말이야…….”

나는 탁자에 엎드려 팔에 얼굴을 묻었다.

“그런데 생각해 보면 예전에 너한테도 가끔 비무하러 찾아오는 사람이 있었네. 내 일이 아니라서 잊어버렸나 봐.”

할아버지도 아버지도, 남궁류청도 이런 도전자들이 넘쳐 나는 시기를 거쳤다. 사실 나만 이런 것이 아니었다.

“…….”

조용해진 남궁류청은 왠지 모르게 불만스러운 낯이었다.

나는 서신이 쌓인 탁자에서 일어나 남궁류청의 옆자리로 향했다. 볕이 잘 드는 창가에 있는 그의 손에는 자수틀과 바늘이 쥐어져 있었다. 자수틀에는 푸른 청송이 우뚝 선 모습이 거의 완성되어 있었다.

“와, 거의 다 했네?”

본래는 용이나 호랑이가 어떻겠냐고 했다가, 남궁류청에게 경멸의 눈초리를 받았다. 그리고 타협한 것이 청송과 구름이 그려진 도안이었다. 남궁류청이 청송을, 내가 구름을 맡기로 했다. 그리고 아니나 다를까, 청송과 구름은 수준 차이가 확연했다.

"어떻게 이렇게 잘하지? 그 뒤로 한 번도 안 했다며?"

"그건 내가 묻고 싶다. 이게 구름이야?"

"귀엽지 않아?"

"퍽이나."

자수하는 남궁류청은 아주 까칠했다. 제가 해 준다고 한 말이 있으니 투덜거리진 않았지만, 잘하다가도 이렇게 문득문득 불만을 토해 내는 것이다. 남궁류청이 또다시 구름 자수를 가지고 잔소리를 시작하려 들었다.

하지만 내게는 그의 입을 막을 수 있는 아주 효과적인 말이 있었다.

"아이고, 비가 오려나? 손바닥이 쑤시네."

"……."

남궁류청이 곧장 입을 다물고 다시 바느질을 시작했다.

하여간 그게 몇 년 전의 일인데, 그 얘기만 꺼내면 아무 말도 하지 못했다. 몇 번을 반복해도 성가셔하거나 화내지 않았다.

그래서일까? 저렇게 입을 꾹 다문 모습이 너무나 귀여웠다. 나는 오른손을 내밀며 말했다.

"손잡아 주면 안 아플 것 같은데."

그때 금쇄가 문발을 걷으며 방에 들어왔다.

"아가씨, 열심히 하시는 공자님 괴롭히지 마세요."

"내가 언제 괴롭혔다고 그래?"

"십 년간 아픈 적 없던 손바닥이 자수할 때마다 아프다는 게 괴롭히는 거죠."

"금쇄, 내 사람 아니었어?"

"그러니까 이렇게 간식을 가지고 왔죠. 추오당에서 이번에 새로 만든 당과래요. 진진이 외출했다가 사 왔더라고요."

"오."

금쇄가 탁자에 알록달록한 당과를 담은 그릇을 내려놓았다. 그러고는 남궁류청이 든 자수틀을 보고 거의 다 완성했다며 감탄했다.

"공자님, 언제든지 도움 필요하시면 말씀해 주세요."

"내가 도와줄 거니까 금쇄는 그런 걱정 할 필요 없어! 류청, 목 아프지, 주물러 줄까?"

"……손대지 마."

"아가씨!"

어깨를 으쓱한 나는 당과를 하나 집어 들어 남궁류청의 입에 넣었다.

"어때?"

"……달아."

한쪽 볼이 불룩해진 남궁류청은 좀 전보다 훨씬 더 귀여웠다.

그렇게 남궁류청의 찻잔을 채워 주고 당과도 먹여 주며 노닥거릴 때였다. 또다시 누군가 방에 다가오는 기척이 느껴졌다. 금쇄인 줄 알았는데, 이번에는 아버지의 하인인 언두였다.

"아가씨, 사공자님께서 찾으십니다."

넓은 집무실.

아버지는 산처럼 쌓인 서류에 둘러싸여 있었다. 옆에 선 장 부관과 계속 대화를 하는 모습이 지금도 정신없이 바빠 보였다.

회귀 후 아버지가 할아버지의 일을 도우며 가끔 서류를 처리하시는 모습을 보긴 했다. 하지만 이렇게 본격적으로 일하시는 모습은 왠지 모르게 어색했다. 백발 때문일까?

나는 조심스럽게 입을 열었다.

"아버지, 바쁘시면 다음에 올까요?"

"아, 왔느냐?"

"어서 오십시오, 아가씨. 공자님, 그럼 잠시 쉴까요?"

"그러도록 하지요."

장 부관이 방을 빠져나가고 아버지가 한숨을 내쉬며 머리를 짚었다.

"골치 아프신가 봐요?"

"후우. 검을 드는 쪽이 차라리 편하구나."

자리에서 일어난 아버지가 내게 손짓했다. 그러고는 무언가를 찾는지 두리번거렸다. 나는 고개를 갸웃 기울이며 지켜봤다. 곧 아버지가 서류 더미 아래에서 길쭉한 상자를 꺼내 들었다. 그 길이가 익숙했다.

"받거라."

상자를 열어 보자 역시나 검이 들어 있었다.

"네 체형에 맞춰서 새로 만든 것이다. 네 검이 부러지기 전에 아버지께서 주문을 넣으셨던 것이었는데 이번에 완성되었더구나."

새로운 검은 전보다 좀 더 묵직하고 길었다.

"오래 앉아 있어서 몸을 좀 풀었으면 싶구나. 의원에게 듣기로 이제 검을 들어도 된다던데."

"네. 며칠 전부터 조금씩 다시 검을 잡고 있었어요."

"그럼, 그걸 들고 따라오너라."

백리 세가는 무가답게 곳곳에 수련장이 있었다. 아버지의 집무실 근처도 마찬가지였다. 간단하게 검을 휘두를 수 있게 준비되어 있었다.

수련장의 중앙까지 걸어 들어간 아버지가 검을 들고 나를 돌아보았다. 나와 아버지 사이에는 별다른 준비가 필요 없었다. 바로 비무에 돌입해 선공을 날렸다.

아버지는 잃어버린 내공을 다시 빠르게 쌓고 있었으나, 아직 잃어버리기 전의 반도 되지 않았다. 그러니 아무리 아버지라도 이제 좀 상대할 만하지 않을까, 자신만만하게 생각하고 검을 부딪친 나는 깜짝 놀랐다.

챙-!

검에 담긴 힘이 예전과 전혀 달랐다. 검을 쥔 손바닥부터 어깨까지 그 충격에 짜르르 울릴 정도였다.

나는 눈을 홉떴다.

'뭐야, 대체 어떻게?'

아버지의 검에는 별달리 진기가 담겨 있지도 않았다. 아버지의 검과 비교하면 내 검에 담긴 진기가 몇 배는 넘었다. 그런데도 속절없이 밀렸다.

원래도 아버지는 진기 운용이 내가 아는 사람 중에 가장 섬세한 편이었다. 금안을 가지고도 아버지께 많이 배웠을 정도니. 하지만 어느 순간에는 내가 아버지를 넘어섰다. 그런데 지금은 아버지의 운용 능력을 전혀 따라갈 수가 없었다.

나와 검을 부딪치는 그 짧은 순간에만 검에 진기를 담았는데, 그러다 보니 소모가 거의 없었다. 또한 뭘 어떻게 했는지 오히려 진기를 가득 담은 내게 반탄력이 모두 돌아왔다.

"잡생각이 많구나."

비무 결과는 허무할 정도로 빠르게 나의 패배로 끝났다. 주저앉은 나의 목덜미에 아버지의 검이 닿아 있었다. 나는 혼란스러운 낯으로 아버지를 바라보았다.

"언제 이렇게 강해지신…… 거예요?"

"내공독 때문이다."

"네?"

아버지가 천천히 설명을 이었다.

내공독으로 인해 아버지는 시시때때로 운기가 불가능해졌다. 나는 그 상황에만 신경을 쓰고 있었는데, 사실 운기가 불가능할 때가 아니더라도 몸이 멀쩡한 건 아니었다고. 평소에도 진기를 뜻대로 쓰기 어려웠고, 아버지는 그를 극복하기 위해서 엄청나게 노력해야 했다.

그리고 내공독을 해독해 훨씬 더 정순한 내공을 다시 쌓고 있는 지금, 완전히 자유로워진 아버지는 진기 운용 능력이 지고의 경지나 다름없게 된 것이다.

"그 경험이 이렇게 도움이 될 줄 누가 알았겠느냐?"

나는 멍하니 아버지를 바라보았다. 설명을 마친 아버지가 내게 싸늘하게 말했다.

"그러는 너는 기이하구나. 고작 이 실력으로 천마를 쓰러트린 게냐?"

고…… 고작이라니. 하지만 방금 전 허무하게 패배했기 때문에 억울해할 수도 없었다.

"음…… 운이 좋았다고 했잖아요. 제 실력이 아니었어요."

"그럼 어쩌자고 천마를 네가 쓰러트렸다고 한 것이냐?"

"사실이기도 하고…… 뒷일은 생각 안 했어요. 헤헤."

"벌써 널 꺾어서 명성을 높이려는 자들이 이렇게 몰려들었다."

"천마를 상대하느라 기력을 소모해서 예전 실력을 못 낸다고 하면 되죠. 거짓말은 아니잖아요?"

"그 말에 사람들이 넘어갈 것 같으냐?"

"……."

아버지가 천천히 검을 거두었다.

"네가 천마지보의 힘을 쓰지 않은 걸 안다."

순간 흠칫 놀랐다.

"영원히 쓰지 않을 생각이냐?"

"……."

"어차피 천마는 죽었다. 이젠 네 것이다. 누가 네게 뭐라 하겠느냐?"

"……."

침묵하는 나를 지켜보던 아버지가 말을 돌렸다.

"아버지께서 곧 돌아오신다는구나."

"아…… 할아버지께서 오신대요? 무림맹 일은 다 해결하셨나?"

"그리고 아비를 소가주로 올리실 거라 하시더구나."

아버지를 소가주로 인정 못 하던 이유가 언제 어떻게 될지 모르는 독 때문이었으니, 해독을 한 지금 더 이상 거리낄 게 없었다. 할머니가 돌아가신 지도 이제 일 년이 다 되어 가니 연회를 열지 못할 이유도 없었다.

"아버지, 축하드려요."

하지만 내 말에도 아버지는 그다지 기쁘지 않은 표정이었다.

"별로 좋지 않으신 건가요?"

"……잘 모르겠구나."

나는 그런 아버지를 잠시 바라보다가 말했다.

"아버지, 들으셨을지는 모르겠지만 어머니는, 오월궁은 독립해서 새 문파를 세웠대요."

"알고 있다."

나는 한참이나 머뭇거리다 말했다.

"……괜찮으신 거예요?"

이런 말밖에 할 수가 없었다. 허공을 바라보던 아버지가 조용히 말했다.

"모든 일에는 시기와 때가 있단다."

"아버지……."

"그러니 너는 나 같은 선택을 하지 말거라."

"네?"

"저번에도 말했지만 다시 한번 당부하마. 네 마음이 원하는 대로 선택하거라."

"……."

나는 과연 앞으로 뭘 하고 싶은가? 제갈화무가 내게 한 질문은…… 내게도 유효한 것이었다.

"네가 언제든지 돌아올 수 있도록 아비가 여기에 있을 테니. 여기가 네 집이다."

아버지가 내게 손을 내밀었다. 멍하니 그 손을 바라보다가 마주 잡았다. 마주 잡았다고 느낀 순간 나는 어느새 덜렁 일으켜져 있었다.

"아버지."

"그래."

"저……."

머리에 많은 생각이 스쳐 지나갔다. 전혀 정리되지 않아 복잡한 머리를 하고 말했다.

"저, 폐관 수련에 들어갈래요."

"그래."

나는 방을 둘러보았다. 방은 아주 깔끔하게 정리되어 있었다. 며칠 동안 나는 처소를 정리했다. 귀중품을 따로 챙겨 상자에 넣어 잠그고, 옷가지들과 금품을 챙겼다.

금쇄가 방에 들어와 내게 읍했다.

"아가씨, 당부하신 일들 다 끝마쳤습니다."

자리에서 일어나던 금쇄가 머뭇거리는 모습을 보고 할 말이 있나 싶어 바라보았다. 금쇄가 조심스럽게 물었다.

"정말로 가실 건가요?"

"응."

"그럼 언제 돌아오실 건가요?"

"나도 몰라."

나는 희미하게 웃었다. 금쇄 뒤로 또 다른 이가 방에 들어왔다.

"아가씨, 저예요."

진진이었다. 방에 들어온 진진은 곧장 내게 귓속말을 했다. 나는 고개를 끄덕이고 진진에게 말했다.

"그래. 너는 이제 아버지께 가. 그리고 말한 대로 하는 거야. 알겠지?"

"예. 알겠습니다."

진진이 바로 방을 빠져나가고 나도 금쇄와 함께 뒤따라 나갔다.

나는 문지방을 넘어서 멈춰 섰다.

"류청, 여기서 뭐 해? 아직 안 갔어?"

남궁류청은 나를 무표정한 낯으로 바라보다가 말없이 몸을 획 돌려서 떠났다.

나는 고개를 살짝 기울였다.

규칙적으로 울려 퍼지는 말발굽 소리는 소란스러운 거리의 소음에 묻혀 사라졌다.

죽립을 깊게 내려쓰고 말을 탄 이들이 걷는 대로에는 커다란 대문이 자리했다. 그 대문으로 많은 이들이 들락날락하고 있었다.

"심 부관, 받게."

심지평은 제 상사가 건네는 물건을 받고는 눈동자가 흔들렸다.

"이건……."

"백리 세가의 출입패일세."

심지평은 멍청한 낯으로 눈을 끔뻑거릴 뿐이었다.

과거 초대 서신을 들고 온 남궁완을 문지기가 막아선 실수 이후, 백리 세가에서 사죄의 의미로 남궁완에게 준 것이었다.

"뭘 하는 거지? 받으라고."

"아, 예. 이걸 왜 제게……?"

순간 불길한 예감이 들었으나, 제발 제 생각이 틀리길 바랐다. 제 상사인 남궁완이 대꾸했다.

"왜겠나? 자네가 가서 그 자식을 끌고 나오게. 어디 이 상황에서도 무시하고 뻗대는지 한번 보자고."

"……소가주님은 안 들어가시는 겁니까?"

"내가 저 집에 왜 들어가나?"

심지평은 멍하니 입을 벌리며 최대한 멍청한 표정을 지었다. 이 표정을 본 상사가 그를 미덥지 못하게 여기고 이 명령을 취소해 줬으면 했다.

"괜히 소란 피울 생각 없네. 자네가 조용히 들어가서 데리고 나오게."

"……."

희망은 없었다. 심지평이 미약하게 반론을 펼쳤다.

"저 혼자 백리 세가에 어떻게 들어갑니까……?"

"그래서 출입패를 줬잖나? 게다가 자네는 류청과 저 집에 한동안 머물렀으니 나보다 더 잘 알 텐데, 뭐가 문제야? 계속 그딴 머저리 같은 표정 짓지 말고, 당장 갔다 와."

"……."

심지평은 백리 세가주의 팔순 축하연에 남궁류청의 보좌를 맡아 방문했던 전적이 있었다. 그때 여러 사고가 터지면서 예정보다 상당히 오래 머무르게 되었다. 그러니 여기에 그보다 더 백리 세가와 안면 있는 자는 없었다.

'아, 왜 제게 이런 시련을.'

남궁완은 남궁류청에게 한시바삐 돌아오라고 서신으로 야단법석을 떨며 재촉할 때는 언제고, 직접 데리러 갈 상황이 되자 엄청나게 미적거렸다. 계속해서 꾸물거리는 남궁완을 소부인이 내쫓듯 내보낸 것이나 다름없었다.

가까워지던 백리 세가의 대문을 바라보던 심지평은 용기를 끌어모아 말했다.

"소가주님, 그래도 여기까지 오셨는데 얼굴은 보고 가셔야지 않을까요?"

"심지평."

"옛."

"네게 의견을 물었나?"

"……아니요."

"그럼 입 다물고 시키는 대로 하게."

"알겠습니다."

안 되겠군. 안 되겠어. 쉽게 풀릴 일이 아니었다.

남궁완은 제 부하들과 가깝고 친우처럼 지내지만 의외로 선이 확실한 사람이었다. 부하들에게는 결코 제 속내를 내보이지 않았다. 아니, 딱히 부하들에 한해서만은 아니었다. 불같이 감정적이고 멋대로 구는 것 같지만, 정말 그를 흔들 수 있을 정도의 감정은 오히려 절대 밖에 내보이지 않는 성격이었다.

하지만 어찌 모를까? 백리의강이 말 한마디 하지 않고 그를 속인 것에 큰 충격을 받았을 거란 것을.

그래서 더 무서웠다. 남궁완은 백리연의 친모에 대해 처음 알게 된 이후, 백리의강에 대해서 부하들에게 일언반구 한 적 없었다. 친아들인 도련님과는 그래도 이야기를 나눈 듯싶지만…… 물론 그것도 말

다툼에 가까운 형식이었다. 여하튼 백리연 친모의 이야기로 언성을 높인 적은 그때가 끝이었다.

심지어 그 친아들은 또 백리 세가에 틀어박혀서 서신 한 통 보내지 않고 있었다.

그래도 이렇게 백리 세가에 방문하게 되었으니 서로 얼굴을 마주 보게 될 테고, 허심탄회하게 얘기하면 어찌 풀리지 않을까 희망을 지녔거늘.

'만나지도 않을 생각이었다니!'

심지평이 답답함에 가슴 언저리를 꾹 누를 때 선두에 있던 남궁완의 말이 갑자기 속력을 확 줄였다. 심지평 또한 뒤따라 고삐를 당겼다. 무슨 일인가 싶었을 때 은구슬이 굴러가는 듯한 맑은 목소리가 들렸다.

"안녕하세요."

그 청량한 목소리에 심지평은 답답하던 마음이 싹 쓸려 내려가는 듯한 느낌이 들었다.

"……."

"……소가주님."

긴 침묵이 이어지자, 남궁완 왼편의 다른 부하가 어쩌느냐는 듯이 눈치를 보며 조심스럽게 불렀다. 결국, 남궁완이 낮게 가라앉은 목소리로 말했다.

"네가 왜 여기 나와 있지? 아, 그래. 내가 올 걸 알고 있었나 보군."

"네. 아저씨, 오랜만이에요. 부상을 입으셨다고 들었는데, 건강해 보이셔서 다행이에요."

"그러는 너는 몸이 안 좋다고 하던데 이렇게 밖에 나올 정도는 되는 모양이다."

분위기가 싸늘하게 가라앉았다. 심지평은 저도 모르게 백리 세가의 문지기를 바라보았다. 백리 세가의 문지기들도 두 눈을 부릅뜬 것이, 자신만 남궁완의 말이 빈정거리는 것처럼 들린 건 아닌 모양이었다.

남궁완이 말을 이었다.

"아니, 그래. 차라리 잘되었구나. 내가 올 것을 알았다면 내가 왜 왔는지도 알겠지?"

심지평이 눈을 꽉 감고 끼어들었다.

"소가주님! 일단 말에서는 내려서 말씀하시는 게……."

"……."

남궁완이 그를 보며 눈을 부라렸다. 잠시 오금이 저렸으나 어쨌든 모두 다 말에서 내릴 수는 있었다.

말에서 내린 남궁완이 백리연을 살피듯 쭉 훑어보다 멈칫하고 말했다.

"그 상자는……."

저도 모르게 튀어나온 말인 듯 남궁완이 말을 다 맺지 않고 입을 꾹 다물었다.

"선물이에요."

심지평은 재빠르게 상자를 받았다. 나비와 당초 문양 자개 장식이 화려한 흑목 상자였다. 심지평은 어서 열어 보라는 듯이 남궁완에게 상자를 내밀었다. 남궁완은 웃기지도 않는다는 듯이 말했다.

"백리연, 쓸데없는 짓이다."

그 뒤로 나직한 목소리가 이어졌다.

"오랜만에 나와 봤는데, 여기는 정말 변한 게 하나도 없네요. 처음

제가 아버지 손을 잡고 이 대문을 들어올 때는 그저 꿈을 꾸고 있는 것 같았거든요."

대문을 바라보는 백리연의 입가에는 씁쓸한 웃음이 맺혀 있었다.

"그러고 보니 아저씨를 처음 마주친 곳도 여기였죠."

"……."

남궁완이 기세등등하게 상자를 열어젖혔다. 안에 뭐가 들었든 소용없을 거라는 마음이 드러났다. 그리고 상자를 연 순간 차분히 가라앉는 듯한 시원한 향이 확 올라왔다가 흩어졌다.

"이건……."

푸른 소나무를 수놓은 향낭이었다.

심지평은 남궁완을 흘끗 바라보았다. 예전에 백리 소저에게서 받았다고 한참 자랑하던 향낭은 어느 날 갑자기 사라졌다. 소저가 그걸 어떻게 알고 새로 만든 거지?

의문은 바로 해결되었다.

"류청에게 제가 드린 향낭을 뺏기셨더라고요."

"……."

"마음에 드세요?"

심지평은 최대한 얼굴에 아무 표정도 나오지 않게 꾸며 냈다.

'휴, 그냥 아무 생각 없이 지낼 것을, 괜히 쓸데없이 고민만 했네.'

그래, 그래. 자식들 사이부터 공략하면 백리 대협과의 사이도 언젠가는 풀리겠지. 근데 그럼 도련님과 백리 소저가 혼인하게 되는 건가? 가문은 어찌 되는 거지?

고민이 하나 해결되나 싶다가도 끝이 나질 않았다.

"너는…… 정말 늘 할 말이 없게 만드는구나."

긴 침묵 끝에 남궁완이 향낭을 집어 들었을 때였다. 그들이 서 있는 거리 뒤쪽으로 말발굽 소리가 다가왔다. 누그러졌던 남궁완의 기세가 다시 매서워졌다. 누군지 보지 않아도 반응으로 알 수 있었다.

심지평은 고개를 돌려 백리의강을 보고 깜짝 놀랐다. 이미 소문으로 들어 알고 있었지만, 머리가 정말 하얗게 바래 있었다. 그가 즐겨 입는 백색 의복과 합쳐지자 신묘한 느낌마저 들었다.

백리의강은 굳은 낯으로 말에서 내려왔다. 앞에 서 있던 백리연이 달려가 제 아비에게 와락 안겼다.

"아버지, 남궁완 아저씨가 오셨어요!"

백리의강은 익숙하게 딸을 안아 자세를 바로 세우며 말했다.

"자네가 여긴 어쩐 일로……?"

"자네 보러 온 건 아니니 신경 쓰지 말게."

"……."

아아아아, 소가주님.

풀어지는 듯하던 분위기가 다시 딱딱하게 경직되었다.

"그런……."

"그럼 저를 보러 오신 건가요?"

"뭣?"

남궁완이 눈을 치켜떴으나, 차마 더는 백리연에게 험하게 굴 수 없는지 이를 꽉 깨물었다.

심지평은 남궁완의 턱에 힘이 바짝 들어간 것을 보며 생각했다. 그래, 백리 소저에게도 험한 말을 하면 그게 사람이겠나?

만면에 웃음을 띤 백리연이 제 아비의 팔짱을 끼고 남궁완의 등을 떠밀었다.

"아저씨, 오랜만인데 어서 들어가요. 들어가서 얘기해요."

"나는……."

심지평은 번개처럼 나서며 굽신거렸다.

"아이고 감사합니다, 소저. 안 그래도 목이 마르던 차였는데. 어서 들어갑시다."

"심지평!"

달칵. 나는 서재 외실의 문을 열고 나와 닫았다.

아버지의 서재 외실은 주로 손님을 모실 때 쓰는 곳이었다. 그리고 지금은 아버지와 남궁완 아저씨가 마주해 있었다.

나도 모르게 큰 숨이 터져 나왔다.

"휴우우."

"후우우."

어째 웃기게도 나와 똑같이 숨을 내쉬는 사람이 있었다. 심 부관이었다. 눈이 마주치자 빙그레 웃음 지었다. 그리고 함께 재빨리 아버지 서재에서 멀어졌다.

"심 부관님, 오랜만이에요."

"예, 오랜만입니다. 오래 깨어나지 못하셨다고 들어서 걱정하였는데, 이리 건강하신 걸 보니 기우였나 봅니다."

"심 부관님도 별고 없으셨나요?"

"저야, 일찍 전선에서 물러나신 소가주님 덕에 천마대총 근처도 못 갔는걸요, 뭐."

그때 갑자기 심 부관이 목소리를 낮췄다.

“그런데 궁금해서 그럽니다만, 정말 소저가 천마를 쓰러트렸나요?”

“하하하하…….”

“심 부관.”

심 부관을 말리듯 다른 부관이 그를 불렀다.

“크흠. 아, 도련님은 잘 계십니까? 지금 어디 머물고 계시지요?”

“류청은 잘 지내고 있죠. 지금 제 처소에 있어요. 음, 역시 데리러 오신 거죠?”

“예. 후우. 도련님도 참……. 소저께서 잘 좀 말씀해 주십시오. 소가주님 말은 안 들어도 소저 말은 들을…… 들으시겠죠?”

“하하하. 글쎄요. 아 참, 소부인은 잘 지내시나요?”

그 뒤로도 소소한 잡담을 나누며 걷다가 말했다.

“먼 길 오셔서 피곤하실 텐데, 쉴 곳을 준비하라 일러 놨으니 먼저 쉬고 계세요.”

“알겠습니다. 조금 이따가 다시 뵙죠.”

나는 미소 지으며 인사하고, 심 부관 일행은 하인의 안내를 따라 객방으로 향했다. 나는 그들이 멀어지는 것을 바라보다 적당한 때 몸을 돌렸다.

햇볕이 물결에 부스러지는 강물 위 어선 사이를 노 젓는 선원과 여인 두 사람이 탄 작은 쪽배가 지나갔다.

쪽배는 커다란 선박 옆에 맞대듯 멈춰 섰다. 나는 선원의 부축을 받으며 사다리에 올라탔다. 대선 위에서 내려온 손이 내 손을 붙잡고는 확 끌어 올렸다.

남궁류청이 나를 갑판 위에 내리며 바로 세웠다.

"아버지랑 백리 대협은?"

"몰라. 최선을 다했어. 이제 두 분이 알아서 하실 일이지."

남궁완 아저씨는 세가 출신 공자라서인지 옆에서 무슨 말을 하더라도 본인의 판단이 제일 중요했다. 아저씨 스스로 납득해야 하는 것이다.

내가 두 분을 마주하게는 했지만, 화해할지 말지는 이제 아버지의 노력 여하에 달려 있었다.

"아주 대단한 효녀네."

나는 의아하게 남궁류청을 보았다. 빈정거리는 어조가 제 아비랑 똑 닮아 있었다.

"……너는 아버지 정말 안 봐도 괜찮겠어?"

"몇 번을 말해?"

"너 무슨 불만 있어?"

"내가? 감히 있을 리가."

나는 고개를 기울였다.

'왜 이러는 거지?'

최근 들어 얘가 이상하게 삐딱하게 굴고 있었다.

향낭 때문에 그런가?

아니, 그보다는 아버지한테서 검을 받고 온 날부터 그러는 것 같은데 이유를 알 수가 없었다.

나는 남궁류청의 손을 놓으며 말했다.

"우리 객실은 어디야?"

남궁류청이 몸을 돌려 앞서갔다.

내가 탄 대선은 이 층으로 된 커다란 배로 장강의 가장 큰 지류인 상강을 오갔다. 남궁류청은 내 짐과 함께 먼저 배에 올랐는데, 그는 어디 가느냐고 일언반구도 묻지 않고 내 말에 따랐다.

분주하게 움직이는 선원들 사이로 고급스러운 비단옷 차림새의 손님들이 화기애애하게 담소를 나누는 모습이 보였다. 선상에서 복도로 들어와 조금 걸었을 때였다.

"공자, 오셨군요!"

웬 여인이 눈을 반짝이며 남궁류청을 환영했다. 객실 앞에서 기다린 듯한 모습이었다.

"다시 인사드려요. 저희 아까 선미에서 마주쳤죠? 도와주셔서 감사해서요. 이것도 인연인데 통성명이나……."

하, 헛웃음이 나왔다. 현재 남궁류청은 역용술을 한 상태였다. 외모가 본판만 못했거늘 벌써 이런 일이 벌어지다니.

"해야 할 일을 했을 뿐입니다. 인연이라 할 것도 없습니다."

남궁류청은 아주 흔한 일인 것마냥 무심한 어조로 말했다. 하지만 여인은 꽤 열정적이었다.

"그러지 마시고 차라도 한잔……."

"누구야?"

나는 남궁류청의 허리를 감싸 안고 어깨에 기대듯 얼굴을 내밀었다. 잔뜩 힘이 들어간 근육이 느껴졌다. 나를 본 여인이 눈을 크게 떴다.

"어머, 일행이…… 있으셨군요."

당황한 여인이 황급히 물러갔고, 남궁류청도 황급히 떨어졌다.

"……."

역병이라도 되는 것처럼 후다닥 떨어지는 모습에 눈을 가늘게 뜨고 남궁류청을 바라본 나는 곧 객실 안으로 들어갔다.

배에 딸린 방이라고 볼 수 없을 만큼 넓은 방에는 금쇄가 미리 보내 놓은 짐이 있었다. 나는 곧장 짐을 풀며 물었다.

"뭘 도와준 거야?"

"계단에서 넘어질 뻔한 거 잡아 준 거야."

나는 코웃음을 치고 입술을 비죽였다.

"하여간 인기 많다니까. 누가 보면 며칠씩 떨어져 있었던 줄 알겠어. 반나절도 안 떨어져 있었는데 벌써 여자를 꾀고."

"그런 적 없어."

"아, 그럼. 알지, 알지. 넌 회귀 전에도 그랬어. 가만히 앉아만 있어도 여자들이 얼마나 접근했는데."

남궁류청이 미간을 찡그렸다. 어딘가 불편해 보이는 표정을 짓던 남궁류청이 갑자기 물었다.

"너는?"

"뭐?"

"너는 어땠는데?"

"응? 뭐가 어땠냐는 거야? 아, 찾았다!"

한참을 뒤적거린 끝에 뭔가 찾아낸 나는 이를 들어 그대로 남궁류청에게 내밀었다.

"류청, 짠!"

부드러운 재질의 하얀 손수건에는 연분홍색 꽃이 수놓여 있었다.

"뭔데?"

"선물이야. 그동안 고생했으니까."

남궁류청은 손수건의 복숭아꽃 부분의 자수를 살짝 쓰다듬고는 눈을 크게 떴다.

"이건……."

"너 주려고 만든 거야. 어때? 꽤 잘 만들었지?"

나는 의심할 것 같아 힘주어 말했다.

"너 몰래 만드느라 내가 얼마나 힘들었는지 알아? 예쁘게 만든다고 연습도 몇 장이나 했어. 정말 내가 만든 거야."

"보면 알아."

"응?"

남궁류청의 입가가 허물어졌다. 그가 정말 기쁜 기색으로 나를 바라보았다. 나는 그저 멍하니 바라볼 뿐이었다.

"고마워."

순간, 쿵쿵 심장이 거세게 뛰기 시작했다. 나는 마른침을 삼키며 살짝 물러났다. 확실히, 음. 심장에 해로운 얼굴이었다.

솔직히 손수건을 주면서도 살짝 창피했다. 그도 그럴 것이 남궁류청은 나보다 자수를 잘하지 않는가? 처음에는 그 모습이 재미있었을 뿐인데, 나중에 내가 직접 자수한 것을 선물로 주려니 민망한 마음에 살짝 후회도 됐다.

그런데 이렇게 좋아할 줄이야.

"마음에 들어?"

"응."

"별것도 아닌데……."

"별것 아니라니. 아버지 것보다 내 것을 더 잘했잖아. 그래서 더 마음에 들어."

"뭐라고?"

나도 모르게 기가 막힌 표정으로 남궁류청을 바라보았다.

"설마 너, 설마…… 질투한 거야?"

나는 어처구니없어서 소리쳤다.

"네 아버지 것을 만든 거잖아!"

심지어 제일 어려운 부분은 본인이 수놓고서는!

남궁류청은 무슨 상관이냐는 듯이 나를 흘겨보며 말했다.

"그래. 아버지 것만 두 개 만들어 주고……."

나는 이를 꽉 깨물었다. 한번 웃음이 터지면 참을 수 없을 것 같았다. 그러면 또 류청은 삐지겠지. 그럼 손수건을 꺼내며 얘기하려고 했던 본론을 꺼내지 못할 수도 있었다.

나는 파들거리는 입꼬리를 꾹 누르며 창가 단상에 앉아 옆자리를 툭툭 쳤다. 남궁류청이 앉는 것을 보고 물었다.

"지금까지 그것 때문에 계속 불퉁거렸던 거야?"

"……."

남궁류청은 입을 꾹 다문 채 내 시선을 살짝 피했다. 나 또한 턱을 괴고 창밖에 강물이 고즈넉하게 흘러가는 모습을 보았다. 잠시 후, 나는 다시 입을 열었다.

"사실 예전에 너한테 준 적이 있었어. 이것보다 훨씬 더 잘 만들어서."

"무슨 소리야?"

언제 그랬냐는 듯 바라보는 남궁류청이 스스로 깨달았다.

그래, 회귀 전에 준 적 있었다.

"그땐 무공 수련을 해 봤자 소용없으니까, 이런 걸 하면서 시간을 보냈거든. 당연히 지금보다 훨씬 잘 만들었지. 그런데 네가 별로 좋아하는 기색이 없었거든. 그래서 좋아할 줄 몰랐어."

아주 오래된 기억이지만 그때 받은 상처는 지금도 남아 있었던 모양이었다. 이렇게 털어놓고 나니 꽤 홀가분했다.

"회귀 전에 줬다고?"

"응."

"그런데 안 좋아했다고?"

"아, 응. 그런데 이젠 괜찮아. 방금 네가 좋아해 줘서 다 풀렸어."

손수건을 꽉 쥔 남궁류청은 왠지 불쾌한 표정이었다. 나는 고개를 갸웃 기울였다. 내가 이 말을 꺼낸 것은 자수 선물은 남궁완 아저씨 것만 만든 것이 아니고, 그보다 먼저 네게 만들어 줬다는 걸 알려 주고 싶어 말을 꺼낸 것이었다.

'왜 더 언짢아하는 거지?'

무언가 말하려는 듯이 입을 열었던 남궁류청은 다시 다물고는 숨을 크게 내쉬었다.

"내가 화난 건 그것 때문이 아냐."

"그럼?"

"너, 폐관 수련은 언제 들어갈 거야?"

나는 입을 살짝 벌렸다.

"어, 어떻게 알았어?"

"그럼 숨길 수 있을 줄 알았어?"

"……."

"얼마나 들어가 있을 생각이야?"

나는 옷자락을 부여잡으며 작게 말했다.

"……아직 안 정했어."
남궁류청은 고개를 끄덕이고 말했다.
"어떻게 회복한 건데 이 기회를 놓칠 수는 없지."
"……."
"다른 이들을 따라잡으려면 족히 몇 년은 수련에 집중해야 할 거야. 짧게 들어갔다 나올 바엔 들어가지 않느니만 못하고. 만신의에게 받은 능력이 대단한 건 맞지만, 거기에만 의지하는 건 불안해."
남궁류청은 진심으로 그렇게 생각하는 표정이었다.
"그리고 너 다른 사람들처럼 제대로 무공을 익혀 보고 싶었잖아? 고민하고 있었지?"
나는 입술을 꽉 깨물었다. 한마디 한마디 폐부를 찌르지 않는 것이 없었다.
"그리고 내가 네게 불만스럽게 군 건 네가 폐관 수련에 들어가는 일을 말하지 않은 것 때문이 아니야. 네 고민을 내게 말하지 않아서였어."
"……."
나는 아무 말도 할 수 없었다. 남궁류청은 피식 웃으며 손수건을 내려다보았다.
"예전부터 너는 늘 그러더라. 생각이 많고 다른 사람과 의견을 나누려 들지 않지."
"그…… 미안. 음……."
"괜찮아. 가끔은 답답하고 짜증도 나는데, 어쩔 수 없지. 그런 널 좋아하는 거니까."
"……."
"그러니까 폐관 수련에 들어가. 나는 기다릴 테니까."

❧

하루가 다르게 따스해지는 볕에 꽃이 만개한 강기슭의 버드나무 푸른 가지가 수면 위에서 흔들거렸다. 배를 타고 여행하기 좋은 날이었다. 생각을 정리하기에도 좋은 날씨였고.

우리는 강을 타고 쭉 북상하다 한 부두에서 내렸다. 선원이 짐을 내려 주자 부두에 모여 있던 마차를 하나 잡아 이동했다. 그사이 내 손에는 작은 서신이 들려 있었다. 개방 분타의 전서구를 통해 받은 소식이었다.

"아버지랑 남궁완 아저씨가 잘 화해하셨대."

"다행이네."

"그러게. 그리고 네가 떠난 걸 알고 남궁완 아저씨가 화가 잔뜩 나서 네 다리몽둥이를 분질러 버린다고 버럭버럭 소리 지르셨대."

"신경 쓸 필요 없어. 아버지 말버릇이니까."

"……."

나는 입술을 깨물며 웃음을 참았다. 그리고 잠시 뒤, 놀라운 사실을 깨달았다.

"……속이 안 좋아."

남궁류청이 걱정스럽게 바라보았다.

"배에서는 괜찮더니 왜 이래?"

"그러게. 나도 이제 다 나은 줄 알았는데. 오랜만에 타서 그런가?"

나는 벽에 머리를 기댄 채 힘없이 중얼거렸다. 살짝 열린 창으로 들어오는 바깥의 공기가 그나마 메슥거리는 속을 진정시켜 주었다.

그때 어깨를 잡아당기는 손길이 느껴졌다. 기우뚱 몸이 기울더니 다음 순간 마차에 누워 있었다. 머리로 딱딱한 허벅지가 느껴졌다.

"누워 있어. 그럼 좀 괜찮아질 거야."

나는 그를 물끄러미 올려다보았다.

남궁류청이 내게 폐관 수련에 들어가라고 말한 그날, 나는 그에게 사죄를 하고 모든 걸 더듬더듬 털어놨다. 내 고민과 갈등을. 한 번도 이렇게 말해 본 적이 없어서, 모든 이야기를 털어놨을 때 나는 완전히 녹초가 되어 있었다. 차라리 싸우는 게 낫지, 속내를 꺼내는 것은 너무 힘들고 어려운 일이었다.

그리고 남궁 세가의 후계자에 대해 고민하는 내게 남궁류청은 네가 신경 쓸 필요 없는 일이라고 일언지하에 잘라 냈다.

결론은 내가 하고 싶은 일을 하라는 것이었다.

'내가 하고 싶은 일.'

남궁류청이 내 두 눈을 가리듯 손을 올렸다.

"……그만 봐."

어둠 속에서 미지근한 온기가 느껴졌다.

폐관 수련에 들어가면…… 이 온기 또한 한동안 느낄 수 없을 것이다. 또한 아버지는 소가주가 되어 계실 테고, 아버지의 유일한 딸인 내가 후계자가 될 것이다. 지금의 남궁류청처럼.

남궁류청이 남궁완 아저씨와 연락을 피하는 것 또한 후계 문제와 연관이 있을 것이다.

'내가 폐관 수련에 들어간 시간을 류청이 과연 기다릴 수 있을까?'

이틀 정도를 더 달려 드디어 마차에서 내릴 수 있었다. 우리는 새로 생긴 깔끔한 객잔에 방을 잡고 나왔다. 그러고는 길을 따라 한참을 걸었다. 갈림길 앞에서 잠시 머뭇거리기도 했으나, 그 한 번을 빼고는 익숙하게 향했다.

한 시진 반쯤 걸어 정오가 되자 촌락에 가까운 아주 작은 마을이 나타났다. 스무 채는 될까? 나무로 얼기설기 세워 만든 담벼락 안쪽에 허름한 집이 보였다. 집 마당에는 낡은 옷을 입은 아이가 흙투성이로 바닥에서 놀고 있었고, 어머니로 보이는 사람이 함께 있었다.

나는 그 집을 바라보며 말했다.

"저기가 내가 다섯 살 때까지 살던 곳이야."

남궁류청이 놀란 듯 눈을 크게 떴다. 그의 의아한 눈빛에 나는 살짝 웃으며 말했다.

"지금 있는 사람들은 모르는 사람들이야."

잠시 그곳을 바라보다 지나쳐 더 안쪽으로 향했다. 지나다니는 사람이 있는지 만들어져 있는 오솔길을 따라 걷자 작은 무덤이 나타났다.

"음?"

나는 살짝 놀라서 주변을 살폈다.

솔직히 나는 무덤을 찾기도 어려울 거라 여겼다. 거의 십 년 넘게 방치되어 있었을 테니까. 그런데 누군가 관리하는 사람이 있는 듯 아주 깔끔했다.

남궁류청이 물었다.

"누군데?"

"아버지를 만나기 전까지 날 키워 줬던 분."

"……."

"어머니의 시비였대."

야율에게 들었다. 어머니는 나를 낳고, 자신의 시비가 죽은 척 꾸며 나와 함께 떠나게 했다고.

하지만 마교에서 사람을 그렇게 쉽게 도망치게 둘 리가 없었다. 시비는 혈고는 아니었지만 그와 비슷한 독에 중독되어 있었고, 나를 키우다 버티지 못하고 죽었다고 한다. 몇 번이나 떠올려 보려고 했지만, 얼굴도 이름도 전혀 기억나지 않았다.

"여긴 정말 처음 와 봐."

"처음이라고?"

"응. 단 한 번도 온 적 없었어."

과거를 돌아볼 여유가 있는 삶을 살지 못했기 때문이었기도 했고…… 그다지 떠올리고 싶지 않은 기억이기도 했다.

"저기."

나는 깜짝 놀라서 뒤를 돌아보았다. 얼마나 정신을 놓고 있었는지 사람이 뒤에서 접근하는 걸 전혀 몰랐다.

"두 분은 여기 무슨 일로 오신 거죠?"

아이를 품에 안은 아낙이 경계 어린 눈빛으로 물었다. 좀 전에 지나쳤던 허름한 집에서 머물던 여인이었다.

'뭐라고 말해야 하지?'

당황해 침묵하고 있는 나 대신 남궁류청이 양손을 모으고 공손하게 인사한 후 답했다.

"……아시던 분이 쉬고 계신 곳이라 인사드리러 왔습니다."

"아, 그래요?"

아낙이 너무나 쉽게 경계를 풀며 웃었다.

"저희가 여기 묘지기를 하고 있어서요."

나는 그제야 정신을 차리고 물었다.

"묘지기요?"

"예."

"누가 부탁한 건가요? 사실 관리하는 사람이 없을 거라고 생각했거든요."

"높으신 분 하인 같은 사람이 와서 맡기신 거라 저도 잘……. 처음 한 번 빼고는 매년 돈만 보내 주고 계시거든요. 이름이 뭐랬지? 우두?"

"……언두요?"

"아, 맞아요."

아버지였다. 그동안 아버지가 관리하게 한 것이었다.

아낙이 아이를 추어올리곤 궁금한 얼굴로 물었다.

"그런데 최근 무슨 일이 있었나요?"

"예?"

"갑자기 찾아오는 사람이 많아져서요. 지난 몇 년간 돈만 보내고 한 번도 찾아오는 사람이 없었는데, 얼마 전에도 웬 여인들이 왔다 갔거든요. 그분들도 다 검을 차고 있었는데……."

그들이 누군지 알 것 같았다.

나는 다시 객잔이 있는 현으로 돌아왔다. 남궁류청이 말했다.

"백리 대협과 너희 어머니, 닮으셨네."

"그러게."

무덤을 찾아왔다는 이들은 어머니의 부하였을 것이다. 아버지가 왜 어머니 같은 사람과 얽히게 되었는지 궁금했는데, 조금은 그 의문이 풀린 느낌이었다.

나는 객잔으로 바로 돌아가지 않고 거리를 걸었다. 새로 생긴 객잔에서 조금 더 안으로 들어가면 시장 거리가 나왔다. 그리 큰 규모는 아니었다. 김을 뿜는 찐빵 가게부터 죽 늘어선 좌판들 앞에서 상인들이 호객하기 바빴다. 그리고 한쪽 골목에 누더기 같은 옷을 입고 힐끔거리며 지나다니는 사람을 보는 어린 거지들도 있었다.

그 아이들의 시선이 느껴졌다. 어린 거지들은 우리에게 슬금슬금 다가오다 갑자기 우르르 흩어졌다. 나는 의아한 얼굴로 거리를 살폈고, 남궁류청은 이미 이 상황을 초래한 원흉을 바라보고 있었다.

허리춤에 넓적한 도를 맨, 누가 봐도 나는 흑도 방파 나부랭이요, 라고 말하는 듯한 진기를 가진 이가 나타나 있었다. 사내는 좌판에서 멋대로 음식을 가져가 먹으며 장사가 잘되느냐고 물었고, 상인들은 그에게 굽실거리기 바빴다.

꽤 악명 높은 녀석인지 그를 알아본 사람들은 흠칫 놀라며 피하듯 멀리 떨어지거나 아예 길을 돌아갈 정도였다. 그 와중에 누군가 그의 심기를 거슬렀는지 갑자기 좌판을 확 걷어찼다.

"어?"

이미 아니꼬운 낯의 남궁류청이 즉각 내게 물었다.

"왜 그래?"

"와, 쟤 아직도 저러고 사네."

"……아는 사람이야?"

떨떠름한 어조에 저런 수준 낮은 인간과 아는 사이냐는 의문이 드러나 있었다.

"안다고 해야 하나? 하하, 예전에 저 자식한테 맞은 적 있거든."

남궁류청의 표정이 그대로 굳었다.

"기다려."

남궁류청은 사내를 향해 직진했다. 이름은 전혀 기억나지 않고, 옛날에 내가 여기서 구걸하며 살 때 거지들의 대장 격이었던 녀석이었다.

그러니까 내가 구걸해 온 걸 뺏어다가 위의 놈한테 상납하는 역할을 하던 놈이었달까. 흑도 방파에 들어간 모양이었다.

남궁류청이 그 사내에게 다가가 몇 마디 말을 건넸다. 건들거리던 사내가 남궁류청에게 칼을 뽑아 들었고, 다음 순간 퍽, 소리와 함께 사내가 그대로 날아갔다. 그리고 류청에게 작신작신 밟히기 시작했다.

깜짝 놀란 사람들이 구경하려 모여들고, 곧이어 소란을 듣고 온 듯 사내와 같은 방파로 보이는 이들이 나타났다. 그들은 당연히 실눈 사내와 똑같은 꼴이 되었다.

실눈 사내가 악당들의 대사를 중얼거렸다.

"너, 너, 너 이 자식, 감히 흑웅방을 건드리다니……."

남궁류청은 능숙하게 악당 처단자 역할을 했다.

"흑웅방주에게 가서 전해."

그 뒤에는 속삭이듯 목소리를 낮춰 나도 집중해야 들을 수 있었다.

"남궁류청이라고."

실눈 사내와 그 동료들이 허옇게 질린 채 떠나는 모습으로, 한차례 극과 같은 상황이 끝났다.

불어오는 바람이 매우 산뜻했다. 나는 바람에 흩날리는 머리칼을 귀 뒤로 넘기며 하늘을 보았다. 사람들이 남궁류청의 무공과 외견에 감탄하는 말들이 들렸다.

홀로 작게 웃던 내게 남궁류청이 다가왔다. 그를 바라본 나는 눈을 의심했다. 남궁류청은 찐빵을 들고 있었다. 내 아연한 시선을 느낀 남궁류청이 말했다.

"먹고 싶어서 바라보던 거 아니었어?"

"……."

"……아니야?"

나는 문득 상황이 너무나 우스웠다. 저절로 허탈한 웃음이 흘러나왔다.

"그거 알아? 나 여기, 이 자리에서 아버지를 만났어."

아주 어릴 적 날 돌보던 사람이 죽었다. 난 그대로 길거리를 떠도는 부랑아가 됐다. 그러다 번드르르한 차림새의 친아버지가 날 찾아냈다. 그때 나는 며칠 동안 굶어 배고픔을 견디다 못해 막 찐빵을 훔쳤고, 붙잡혀 흠씬 두들겨 맞고 있었다.

찐빵은 이미 내 손을 떠나 바닥에서 짓밟히고 뭉개져 있었다.

그때 남궁류청이 깜짝 놀란 얼굴로 내게 손을 뻗었다. 그의 손바닥이 내 뺨을 훔치고, 나는 그제야 왜 세상이 흐린지 알 수 있었다.

나 또한 남궁류청에게 손을 뻗어 그의 뺨을 쥐었다. 그러고는 한 발 더 다가가 그대로 고개를 들고 발을 세워 입을 맞췄다.

한참 뒤에야 나는 그에게서 떨어졌다. 남궁류청은 그대로 석상이 된 듯싶었다.

"사랑해."

"……."

석상은 말을 할 줄 몰랐다. 나는 석상을 향해 빙그레 웃었다.

"돌아가자."

"……."

"하지만 역시 폐관 수련은 재미없을 것 같아."

남궁류청의 눈동자가 그제야 조금 반응을 보였다. 아직 입은 열 수가 없는지 눈빛에 그럼 어쩔 생각이냐는 의문이 드러났다.

"하나 물어볼게. 진심으로 답해 줘. 류청, 남궁 세가에 정말로 미련이 없어?"

"없어."

"그렇구나. 그거 알아?"

"말해."

"나도 백리 세가에 미련이 없어. 정말로 최선을 다했거든."

"……."

그래, 정말 최선을 다했다.

그리고 나는 가문보다는 아버지 옆에 남고 싶었다. 지금은 아버지보다 더 옆에 있고 싶은 사람이 내 눈앞에 있었고.

나는 다시 한번 그의 입가에 살짝 입을 맞췄다. 남궁류청은 흠칫하더니 다시 돌이 되었다.

'이거 재밌는데.'

나는 그의 반듯한 뺨을 간지럽히듯 만지며 물었다.

"그리고 너는 남궁 세가에 미련이 없을지 몰라도 내가 아쉬워. 네가 남궁 세가를 포기하는 게."

뱃전에서 남궁류청에게 말하고 나서 혼란스럽던 마음을 정확히 알 수 있었다.

"남궁완 아저씨와 소부인께 죄송해. 두 분이 내게 얼마나 잘해 주셨는데. 널 홀라당 데려가면 얼마나 슬프시겠어?"

"……그건 네가 신경 쓰지 않아도 돼."

"류청, 내가 널 사랑하는데 어떻게 신경을 안 써?"

"……."

"그리고 너도 마찬가지잖아?"

"……."

"너는 내가 백리 세가를 이었으면 하는 거지? 왜? 너 백리 세가 별로 좋아하지도 않잖아."

침묵하던 남궁류청이 말했다.

"……네게 마땅한 자격이 있으니까. 네가 아니면 누가 물려받아?"

"내가 하고 싶은 말도 그 말이야! 마땅한 자격을 지닌 네가 아니면 남궁 세가를 누가 물려받아?"

남궁류청이 내가 뺨을 문지르던 손목을 꽉 쥐어 내렸다.

"그래서 어떻게 하자는 거야?"

"네가 그랬잖아. 서로 함께 의논하자고. 정말로 맞는 말이야."

나는 반대편 손으로 남궁류청을 끌어안고 속살거렸다.

"그러니까 이건 어때?"

"서신? 누구에게서 온 건데?"

"도련님과 백리 소저께서 백리 대협과 소가주님 두 분이 함께 보시라고 보내신……."

말을 채 끝내기도 전에 남궁완이 심 부관의 손에서 서신을 채어 갔다. 번개 같은 손놀림이었다.

"내가 오자마자 도망치더니 이런 서신이나 보내고 있다 이거지?"

서신을 펼치고 빠르게 읽어 내려가던 남궁완의 눈동자가 갑자기 한 곳에 고정되었다. 그러고는 눈이 튀어나올 것처럼 잔뜩 커졌다.

심 부관이 속으로 셋을 세는 순간 노호가 터져 나왔다.

"이것들이 완전 미친 거야?"

남궁완은 믿기지 않아 다시 서신을 읽었다.

[……하여서 저희 혼인했어요. 본래는 이럴 계획이 아니었는데, 천지신명께 하나가 되었음을 알리게 되어 이렇게 서신으로 말씀드립니다.]

남궁완은 뒷덜미가 빳빳해지는 것을 느끼며 소리쳤다.

"이 서신, 의강도 봤다고 했지? 의강은! 의강은 뭐라던가!"

"백리 대협은 서신을 읽으시고…… 몸져누우셨어요. 전혀 모르셨던 듯합니다. 그저 폐관 수련 전에 바람 쐬러 간다고 했다고……."

남궁완은 서둘러 서신을 마저 읽어 봤다. 서신을 든 손이 덜덜 떨렸다.

[……후계 문제도 의논은 했는데 아직 결론이 안 났어요. 류청은 저 때문에 백리 세가에 남아야 한다고 생각하고, 저는 류청과 남궁 세가에 가는 게 맞는다고 생각해서요.]

정신없이 읽어 나가던 남궁완이 잠시 이상한 점을 깨닫고 다시 읽었다.

"대체 뭔 소리를 하는 거야? 류청은 백리 세가 편이고 연이가 남궁 세가 편이란 거야?"

"연 아씨가 남궁 세가의 편이랍니까? 역시 연 아씨, 생각이 깊으십니다."

"아씨는 무슨 아씨야!"

"혼인했으면 아씨라고 불러야 하지 않나요?"

"네가 아주 저승사자랑 혼인하고 싶지?"

"……."

잠시 이성을 잃고 괜히 심 부관을 동네북처럼 두들기던 남궁완이 퍼뜩 정신을 차리고 서신을 마저 읽어 내려갔다.

[그래서 여행을 하면서 서로가 가문에 남아야 하는 이유에 대해서 설득하기로 했어요.

그러니까 아버지는 류청을 응원하세요. 아저씨는 저를 응원하시면 돼요.

아저씨, 그런데 제가 이길 것 같지 않아요? 솔직히 이쪽은 제 전문이지 않을까 싶은데.

그럼 두 분 모두 저희가 돌아갈 때까지 건강하세요.]

눈을 질끈 감은 남궁완이 거친 숨을 가다듬었다. 한참 뒤 눈을 뜨고 말했다.

"부인에게 전해야겠다. 처소를 하나 마련해야겠다고."

〈무림세가 천대받는 손녀 딸이 되었다〉

완결

外傳
외전

第一話
후일담

우리는 가문에 서신을 보내고 정처 없이 떠돌았다. 딱히 목적지는 없었다. 유유자적하게 산수를 구경하고 식도락을 즐길 뿐이었다.

지금도 우리는 딱히 목적지 없이 말을 이끌고 있었다.

“류청, 생각해 둔 데 있어?”

남궁류청에게서 답이 들려왔다.

“바다 어때?”

“바다?”

“응. 가 본 적 있어?”

“안 가 봤어.”

백리 세가는 내륙에 있었고, 바다와는 거리가 상당했다. 바다를 목적으로 길을 잡는 게 아니라면 굳이 갈 일이 없었다. 그동안 얽혔던 사건도 모두 내륙에서 일어났고.

나는 잠시 고민하다가 정확하게 말하는 것이 좋을 것 같아 덧붙였다.

“이번에는.”

남궁류청이 나를 돌아보았다.

“……그러니까 저번 생에는 가 봤다는 거야?”

"응."

남궁류청의 표정이 순간 살짝 굳었으나, 나는 옛 기억을 떠올리느라 눈치채지 못했다.

"아버지가 돌아가시고 난 후에……."

"됐어."

"어?"

"말해 줄 필요 없어."

"아, 그래. 너한텐 별로 재미없을 이야기일지도."

나는 얼굴을 긁적이며 웃었다. 그러자 남궁류청이 눈에 띄게 굳은 낯으로 말했다.

"그런 뜻은 아니야. 말하고 싶으면 해도 돼. 나는 그저…… 괜히 자세히 말할 필요가 없다는 뜻으로……."

나는 쩔쩔매는 남궁류청을 보다가 푸스스 웃었다.

"알겠어, 알겠어."

남궁류청이 그제야 좀 안도한 표정을 지었다.

나는 남궁류청에게 다가오라는 듯이 손짓을 했다. 그리고 안장 위에서 몸을 살짝 일으키고 손을 뻗어 뺨에 얹었다. 미지근한 온기가 손바닥에 느껴졌다. 고삐를 꽉 쥔 남궁류청의 손등 위로 힘줄이 솟은 것이 보였다. 그가 당황한 눈으로 말했다.

"여긴 길 위……."

"뭐, 어때? 아무도 없는데."

"말 위에서 위험하……."

나는 고개를 기울여…….

쪽, 가볍게 입을 맞추고 입꼬리를 올렸다.

"뭘 할 거라고 생각한 거야?"

"……."

남궁류청이 살짝 성난 눈빛으로 나를 흘기더니 말고삐를 쥐고 먼저 앞으로 나갔다. 그 모습에 나는 몸을 숙인 채 웃음을 터트렸다.

"아하하하!"

사실 나야 남궁류청이 듣고 싶지 않다면 오히려 좋았다. 그가 내 불행했던 과거를 들으며 슬퍼하는 걸 보고 싶지도 않았고, 동정하는 걸 듣고 싶지도 않았다.

아버지가 돌아가시고 백리 세가에서 도망쳤을 때. 그때 처음으로 바다를 보았다. 당시 도망칠 곳으로 바다 근처를 선택한 이유는 별것 없었다. 백리 세가가 있는 호남성은 중원의 중심에 가까웠고, 나는 최대한 먼 곳으로 떠나 숨고 싶었다.

하지만 무공도 하찮은 내가 갈 수 있는 곳은 별로 없었다. 서북쪽의 신강은 마교의 본교가 있었으니 당연히 고려 대상조차 못 되었고, 서남쪽은 역병이 도는 데다 아직 개간이 덜 되어 밀림이나 다름없었다. 북동쪽은 이민족의 침입으로 매해 전쟁 중이었다.

나는 살고 싶은 것이지 죽고 싶은 게 아니었다. 그래서 남동쪽, 민남이라고 불리는 지역으로 향했다.

'생각해 보면 나를 찾는 녀석들도 그렇게 생각했겠네. 무공도 익히지 못하는 아녀자가 어디에 숨겠어?'

물론 가장 중요한 것은 나를 찾는 사람이 있을 것이라고 전혀 예상 못 한 것이었다.

나는 남궁류청 뒤를 따라가며 웃음기 남은 목소리로 말했다.

"그래서 어디로 가게? 바다로 가는 거야?"

"가 봤다며."

"또 가도 상관없어."

너랑 가는 건 처음이니까, 라고 달래 주려고 할 때였다.

남궁류청이 갑자기 고삐를 잡아당기며 멈춰 섰다. 나 또한 약속이라도 한 것처럼 남궁류청과 똑같이 행동했다.

깊은 산중은 바람이 부는 소리, 말이 투레질하는 소리와 새 울음소리만 들릴 뿐 인기척은 없었다. 나는 살짝 검 손잡이를 잡으며 자세를 취했고, 남궁류청은 말에서 소리 없이 뛰어내려 몸을 바짝 땅에 숙였다.

잠시 후, 남궁류청은 다시 말에 올라타 말의 옆구리를 걷어찼다. 두 필의 말이 길을 따라 달렸다.

얼마 지나지 않아 나와 남궁류청은 전투의 흔적과 일꾼으로 보이는 시신 몇 구를 발견했다. 허공의 떠다니는 피 냄새가 아직 짙었다. 사고가 벌어진 지 얼마 지나지 않은 것이다.

시신을 살핀 나와 남궁류청은 시선을 마주했다. 굳이 이야기를 하지 않아도 같은 생각인 것을 알 수 있었다. 굳은 낯으로 말에 다시 올라탄 우리는 어지러운 발자국들과 바퀴 자국을 따라 달렸다.

흔적을 따라갈수록 시신의 수는 점차 늘었다. 부서져 나뒹군 짐마차들이 나타나고, 시야에 어림잡아 오십여 명은 될 듯한 인원들이 얽혀 있는 것이 보였다. 새파란 날붙이들이 부딪치고 여기저기서 고함과 비명이 들려왔다. 상단이 산적에게 습격을 받은 듯한 모습이었다.

상단 측은 매우 열세로 이미 피해가 커 보였다. 우리는 곧바로 이 살육 현장을 만든 산적들의 대장으로 보이는 사내를 찾았다.

산적 대장 또한 우리의 접근을 눈치챘다. 주변에 뭐라고 소리치며 등에 멘 활을 들었다. 그가 거대한 철궁에 물 흐르듯 화살을 메기고 시위를 당겼다.

쾅-!

대포알 터지는 듯한 소리와 함께 화살이 방향을 꺾었다. 어느새 검을 뽑은 남궁류청이 자신에게 날아온 화살을 쳐 낸 것이다. 튕겨 나간 화살이 그대로 왼편의 숲으로 날아가 나무 윗동에 사람 머리통만 한 구멍을 냈다.

커다란 소음과 그 결과에 전투를 벌이던 사람들이 검을 멈출 지경이었다.

철궁을 쏜 사내만이 침착하게 움직였다. 이미 겨누고 있던 활의 방향을 돌려 나를 겨누고.

쐐에엑!

대다수는 화살이 날아가는 것조차 확인하지 못했다.

나는 말을 박차고 뛰어오르며 몸을 돌렸다. 그리고 착지했을 때는 날아온 화살이 내 손에 쥐여 있었다.

'철화살.'

활촉부터 깃까지 모두 철로 된 화살이었다.

눈을 부릅뜬 사내의 얼굴이 악귀처럼 일그러졌다.

"너는……!"

그사이 사내의 코앞까지 도달한 남궁류청이 사내를 향해 상앗빛 검을 휘둘렀다.

"놈들이 도망친다!"

산적들은 죽은 동료의 시체는 물론 쓰러진 동료까지 버려두고 산속으로 도망쳤다. 철궁을 쏜 사내 또한 남궁류청의 검에 부상을 입긴 했지만, 빠져나갔다.

나와 남궁류청은 그들을 쫓지 않고 내버려 두었다.

산적들이 시야에서 사라지자마자 다들 바닥에 풀썩 주저앉았다. 이미 상단원의 반 이상은 사망한 듯 보였고, 살아남은 나머지 반도 대부분 중상으로 보였다.

여기저기서 신음이 쏟아졌다. 부상이 가벼운 사람들조차 생사의 갈림길에서 겨우 살아난 탓인지 온몸을 덜덜 떨고 있었다.

나는 속으로 혀를 찼다.

'어째 한동안 별일 없다 했다.'

떨어진 곳에서 누군가 소리쳤다.

"일어날 수 있는 이들은 일어나라! 중상을 입은 자들을 짐마차로 옮겨라! 자리가 없다면 짐을 버려도 좋다! 최대한 빨리 이곳을 벗어난다. 움직여!"

그는 주변을 다독이고는 우리에게 다가왔다. 격전을 치른 듯 찢어진 옷자락에 피를 잔뜩 뒤집어쓴 모습이었다. 남궁류청을 보고 살짝 놀란 듯 보이던 사내는 나를 보고는 잠시 멈칫했다.

'아차.'

그러고 보니 나와 남궁류청은 오늘 산길에 들어서며 역용술을 푼 상태였다. 긴 여정 내내 얼굴을 만지작거리며 역용술을 유지하는 것은 손이 많이 가는 일이었다.

'설마 알아봤나?'

강호인이라면 알아봤을지도…….

사내가 서둘러 양손을 모아 고개 숙였다.

"감사합니다, 대협들. 두 분이 없었다면 모두 산적 놈들의 검에 저승길로 갈 뻔했습니다. 생명의 은인이십니다. 이 은혜를 어찌 갚아야 할지."

남궁류청은 굳이 그럴 것 없다든가, 누구나 도왔을 것이라는 인사치레도 없이 그냥 가볍게 고개만 끄덕였다. 그 모습은 하나의 화폭처럼 근사하게 보였다.

'하여간 얼굴 하나는 기가 막힌다니까.'

저런 모습이 거만한 게 아니라 멋있게 보인다니. 남궁류청은 제 외모를 물려준 어머니와 아버지께 늘 감사해야 할 것이다.

사내가 말을 이었다.

"저는 무양표국의 표사 왕장고라고 합니다."

이들은 표행 중 습격을 받은 것이었다. 나는 남궁류청의 얼굴에게서 시선을 돌리고 왕장고를 향해 말했다.

"표사셨군요. 저는 백연, 이이는 남청이라고 합니다."

남궁류청과 내 이름의 첫 글자와 마지막 글자만 딴 가명이었다. 나는 왕장고의 반응을 살폈다. 만약 우리에 대해서 조금이라도 짐작한다면 가명을 듣기만 해도 알아볼 수 있었다.

"백 대협과 남 대협이시군요. 다시 한번 두 분께 큰 은혜를 입었습니다."

다행히 알아본 게 아니라 그저 남궁류청의 외모를 보고 놀란 모양이었다. 남궁류청이 나직이 물었다.

"어찌 된 일인지 들을 수 있겠습니까?"

왕장고가 괴로운 낯으로 쓰러진 동료를 보며 말했다.

"저도 잘 모르겠습니다. 본래 이곳의 산채는 평소에는 적당한 통행세만 내면 별문제 없이 지나가던 곳이었습니다. 그런데 갑자기……."

나는 왕장고의 말을 자르며 끼어들었다.

"그야 저들은 산적이 아니니까요."

"예?"

왕장고가 깜짝 놀란 표정을 지었다. 나는 바닥에 박힌 활을 발끝으로 툭 걷어차 띄운 후 잡았다.

"산적이 이런 활을 쓰는 무공을 쓸 수 있을 리가 없잖아요?"

묵직한 무게감이 느껴졌다. 보통 화살과 전혀 달랐다. 무공을 익히지 않았다면 화살 몇 개 들 수도 없을 것이다.

창이나, 검, 박도 같은 것으로도 산적질에 문제는 없었다. 그런데 익히기도 어렵고, 흔한 무기도 아닌 철궁 무공?

"뭐 짐작 가는 거 없으신가요?"

"……."

왕장고는 당혹스러운 듯이 입을 다물었다. 나는 대답을 기다리다 알겠다는 듯이 고개를 끄덕이고 말했다.

"없으시다면, 저흰 이만 가 보도록 하겠습니다. 그럼 모쪼록 행운이 함께하시길 바랍니다."

나는 말고삐를 당기며 남궁류청을 돌아보았다. 서로 말하지 않아도 통했다. 고개를 끄덕인 남궁류청이 내 뒤를 따라 두세 발 정도 움직였을 때.

"잠시, 잠시만요, 대협!"

왕장고가 달려와 황급히 우리의 앞을 막아섰다.

"그, 말씀, 말씀드리겠습니다. 그…… 잠시 저를 따라와 주실 수 있으시겠습니까?"

나는 눈을 가늘게 뜬 채 왕장고를 바라보았다가 안내하라는 듯 고개를 까딱였다.

처음 습격자들을 본 순간부터 무언가 숨겨진 비밀이 있다는 걸 알 수 있었다. 이에 관해 물어봤을 때, 저들이 시치미 떼고 모른 척할 거라는 것 또한.

이미 호위들이 대다수 당한 상단에게 다음 마을까지 가는 데는 우리들의 도움이 필요하겠지. 그들을 도울 수는 있지만, 상황도 모른 채 이용당하는 건 딱 질색이었다.

'그런데 무양표국이라고?'

왠지 모르게 익숙했다. 어디서 들어 본 건지 기억을 더듬던 나는 발을 멈추고 물었다.

"……혹시 천주에 있는 무양표국인가요?"

"엇, 맞습니다. 아십니까?"

왕장고의 얼굴에 외지에서 아는 사람을 만난 반가움이 담겼다.

이런.

"……."

돌아오는 답이 없자 왕장고가 어색하게 웃었고, 남궁류청이 의아하게 날 바라보았다.

'아니, 세상에 표국이 얼마나 많은데 하필이면 왜……?'

어느새 도착한 선두 마차 건너편에서 한 청년이 절뚝거리며 걸어왔다. 이십 대 초반 정도로 보이는 반듯하게 생긴 청년이었다. 왕장고가 황급히 다가가 청년을 부축했다. 청년의 허벅지를 꽉 조인 붕대에서 핏물이 배어 나왔다.

"이번 표행의 표두인 학진평입니다. 무양표국의 국주인 학, 대 자 풍 자 쓰시는 분이 제 아버님 되시죠. 바로 인사드렸어야 했는데, 다리를 다쳐 인사드리는 것이 늦었습니다. 두 분의 도움에 정말 감사드립니다."

……인연이란 것은 참 어떻게 흘러가는지 알 수가 없었다.

역시나 학진평은 우리에게 성에 들어갈 때까지 함께해 달라고 부탁했다. 급하게 일행을 수습한 후 성에 도착할 때까지 다행히 추가 습격은 없었다.

무양표국 사람들은 패잔병 같은 몰골로 객잔을 잡았고, 학진평은 나와 남궁류청에게 저보다 더 좋은 객실을 마련해 주었다.

나는 어느 순간 살짝 정신이 들었다.

"일어났어?"

머리맡에서 남궁류청의 목소리가 들려왔다.

"으응. 언제 잠든 거지?"

"모르겠네. 내가 왔을 땐 이미 자고 있어서."

"……."

내가 대답이 없자 남궁류청이 말했다.

"더 잘 거야? 저녁 먹어야지."

"음. 아이, 난……."

나는 웅얼거리며 꾸물꾸물 품 안으로 들어갔다.

머리를 규칙적으로 쓸어 넘기는 부드러운 움직임이 느껴졌다. 바깥에서는 손만 잡아도 고장이 난 장난감처럼 변해 버리는 남궁류청이 이때만큼은 자연스럽게 닿았다.

그대로 안락한 잠에 빠져들기 직전 목소리가 들렸다.

"어떻게 할 생각이야?"

"뭘……?"

"산적들. 아니, 마교도들이라고 해야 하나?"

"아……."

"대충 느끼기엔 산적과 마교도가 섞여 있는 듯하던데 어떻게 생각해?"

"응. 반, 반……."

"마교 잔당 놈들이 근방 산채를 점령한 걸지도."

"……."

"살아 도망친 놈 중에 우리를 알아본 사람이 있을 수 있어. 철궁을 쏘던 사내는 확실히 알아본 듯 보였고."

자꾸만 말을 걸어오는 게 귀찮아 나는 그만 하라는 듯이 탁탁 남궁류청의 몸을 내리쳤다. 하지만 단단한 몸에 오히려 내 손바닥만 더 아팠다. 나는 성이 나 반대로 돌아누웠다.

남궁류청은 드디어 입을 다물었다. 하지만 이미 깨어나기 시작해서인지 눈을 감고 있어도 잡생각이 머리에 맴돌며 잠이 들지 못했다.

노력해 보던 나는 결국 포기하고 벌떡 일어났다.

"일어났네."

남궁류청이 나를 따라 침상에서 몸을 일으켰다.

"네가 자꾸 말을 거니까 잘 수가 없잖아!"

"별로 걸지도 않았는데."

나는 잔뜩 부아가 난 낯으로 남궁류청이 걸어가는 것을 노려보았다.

"한번 머리 굴리기 시작하면 다시 못 자는 거 알면서!"

탁자로 향한 남궁류청이 찻주전자를 들어 찻잔에 찻물을 따른 후 투덜거리는 내게 내밀었다. 씻고 온 지 얼마 되지 않은 듯 남궁류청의 머리칼엔 아직 물기가 남아 있었다. 나는 한숨을 내쉬며 찻잔을 받아 들었다.

양가에 혼인하였다고 서신을 보내고, 함께 객실을 쓰고 같은 침상도 쓰고 함께 자고 일어났지만 거기까지였다. 양가 부모에게 허락을 맡고 제대로 된 혼인식을 치르기 전까지는 손을 댈 수 없다는 것이 남궁류청의 철칙이었다.

처음에는 기가 막혔고 그 뒤에는 그래, 뭐 얼마나 가겠어? 하는 마음으로 알겠다고 했다. 하지만 안일한 생각이었다. 남궁류청은 정말 진심이었는지 처음에는 객실도 따로 쓰려 했다.

……장난하나?

그렇게 둘 순 없었다. 그럴 거면 뭐 하러 단둘이 여행을 해!

나는 겉으로는 태연하게 논리적인 이유를 들며 객실을 따로 쓰자는 말을 반박했다.

첫째, 혼인했다고 했으면서 각방 쓰고 다니는 것이 양가 부모님 귀에 들어가면 잘도 믿어 주겠다, 라는 말을 하였고.

둘째, 돈이 없다, 였다.

이렇게 여행이 길어질 줄 몰랐기 때문에 미처 돈을 많이 챙겨 오지 않았다.

본래는 백리 세가나 남궁 세가와 거래하는 전장에 가서 나와 남궁류청의 신분을 대고 돈을 받을 수 있었다. 하지만 우린 지금 도주 중이지 않은가? 가문의 돈을 빼 쓰는 순간 바로 위치가 발각되었다. 쓸 수 없는 것이다.

첫 번째 이유는 넘어간다 치더라도 두 번째, 돈이라는 현실 앞에서는 고결한 이상도 소용없는 것이다.

아, 참고로 나는 이미 비자금을 이곳저곳에 만들어 놓았기 때문에 할아버지와 아버지께 걸리지 않고도 몇 년은 여행하고도 남을 비용을 융통할 수 있었지만…… 남궁류청은 이 사실을 몰랐다.

서로 간에 숨기는 것 없이 지내기로 했지만, 이건 어쩔 수 없는 일이었다. 후일 이실직고하면 그도 이해하리라.

하여간 나와 남궁류청은 객실을 하나만 쓰게 되었고, 나는 과연 그가 어디까지 고집을 부릴 수 있을까 싶었다.

그리고 지금은…… 어휴.

됐다. 성질내서 뭐 하나?

시간은 많으니 말이다.

나는 남궁류청이 건네준 찻물을 단숨에 넘겼다.

두 잔 더 받아 마신 후에야 손을 내저었다. 숨을 길게 내쉬며 눈을 내리뜨고 있다가 남궁류청을 보았다. 그리고 뚫어 버릴 것처럼 낮게 가라앉은 눈과 마주쳤다.

농밀한 열정이 담긴 시선이 내 물기 남은 입술을 향해 있었다. 그가 참기 힘들다는 듯 나직이 물었다.

"입 맞춰도 돼?"

"일일이 묻지 않아도 돼."

이리 말해도 다음에 또 물어볼 것을 알았다. 허락한다는 듯이 눈을 감는 순간, 턱을 잡는 손길이 느껴졌다. 조금 전에 넘겼던 은은한 차향이 달콤하게 섞여 들었다.

더는 딱딱하게 굳어서 어떻게 반응해야 하는지도 모르던 남궁류청이 아니었다. 아득한 감각 속에 어느새 몸이 뒤로 기운 나는 한 손으로 남궁류청의 목덜미를 감싸며 다른 한 손으로 침상을 짚었다.

그 순간 갑자기 남궁류청이 몸을 확 뒤로 뺐다. 몽롱해지던 감각에 누가 찬물을 확 뿌린 느낌이었다. 어리둥절하면서도 이게 무슨 악질적인 장난인가 싶었다.

"갑자기 이게……?"

타박하며 침상을 짚는 순간 어떠한 기시감이 느껴졌다. 어째 침상이 방금과 달리 낮고 너무 푹신한데?

거기에 남궁류청의 귓바퀴부터 목덜미까지 달아오르는 것을 실시간으로 보고 깨달았다.

"음."

아까 내가 짚었던 것은 침상이 아니었던 모양이다. 왠지 침상이 너무 단단하더라.

"……."

나는 남궁류청이 이대로 숨을 멈춰 죽기 전에 말했다.

"내 신발이 어디 갔지?"

침상 아래로 몸을 숙이자 남궁류청이 재깍 가져다주었다. 신발을 신고 일어난 뒤에 머리를 정돈하고 묶을 때쯤에는 남궁류청도 원래의 안색으로 돌아왔다.

탁자 맞은편에 앉은 남궁류청이 언제 붉어진 얼굴을 했냐는 듯이 말했다.

"아까 무양표국 사람이 왔다 갔어."

"왜? 아, 맞혀 볼게. 은혜에 보답하고 싶으니 같이 저녁 먹자던?"

남궁류청이 고개를 끄덕였다. 나는 흘러내린 머리를 쓸어넘기며 말했다.

"갑자기 내려가서 저녁 먹기가 싫어지는데."

"그럼 여기서 먹든지."

"그럴까?"

나는 내 머리칼을 마저 쓸어넘겨 주는 남궁류청의 손길을 느끼며 작게 하품하고는 탁자에 놓여 있던 땅콩 볶음이 들어 있는 간식 그릇을 당겼다.

남궁류청이 손을 내리며 말했다.

"돕지 않을 생각이야?"

"……."

"마교가 정말로 천마의 보물을 정말 노리는 거라면 여기서 포기할 리 없어."

"끈질긴 놈들이니까. 그렇겠지. 하지만 무양표국의 사업 확장에 굳이 우리가 도움을 줄 필요가 있을까?"

"사업 확장?"

"응. 본래 무양표국은 그리 큰 표국이 아니야. 천마의 보물은 무양표국이 소화할 만한 수준의 표물이 아니고."

표행의 이송 대상이 되는 물건을 표물이라고 하였는데 이번 무양표국의 표물이 바로 천마의 보물이었다.

남궁류청이 잠시 침묵하다 말했다.

"그 말은 이번 사단이 무양표국이 제가 소화할 수 없는 일감을 받아 벌어진 일이라는 건가?"

"내 생각에는……."

마교의 몰락.

사방으로 흩어진 마교 잔당이 혼란을 야기했고, 다른 한쪽에서는 마교가 차지하고 있던 이권을 손에 넣기 위해 격렬히 다투고 있었다. 오랫동안 강호 무림을 이루던 질서가 완전히 무너진 것이다.

그리고 강호가 혼란스러워질수록 재물을 보호하는 일을 하는 표국 사업이 번성하는 건 당연한 결과였다.

무양표국은 이 기회를 틈타 사업 확장을 노렸다. 천마의 보물을 손에 넣은 것이다.

만약 천마의 보물을 성공적으로 운송한다면 무양표국의 이름이 널리 알려질 것이고, 그건 다른 표국들보다 경쟁에서 한발 앞서 나가는 것이나 다름없었다.

하지만 사업 확장은 늘 위험성을 안고 있는 법이다. 무양표국이 산길에서 마교 잔당들에게 습격당했다는 게 그 증거였다.

물론 학진평이 우리에게 이렇게 말한 건 아니었다. 학진평은 표물이 천마의 보물이기에 습격을 받은 듯싶다고 하였을 뿐이고, 다른 모든 것들은 내 추측이었다.

"궁금한 건 무양표국이 대체 어떻게 천마의 보물을 손에 넣었을까인데."

"무림맹에서 별 반응이 없는 걸 보면 귀물까진 아니겠지."

"나도 같은 생각이야."

나는 남궁류청의 입에 땅콩을 넣어 주며 말을 이었다.

"게다가 마교 잔당 수준도 엄청 높은 건 아니었으니까. 무사히 성에 도착했으니, 무양표국 측에서는 표행을 포기하든지, 혹은 표사를 보충하든 호위 인원을 부르든지 준비하겠지. 우린 여기까지 도와줬으니, 내일 바로 떠나자."

"내일 바로?"

"응. 무양표국은 여기서 표행 포기 안 할걸. 우리한테 도와달라고 할 것 같은데. 괜히 붙잡히지 말고 빨리 떠나게."

마교? 당연히 싫다. 그 녀석들이 천마의 보물을 되찾아가는 것? 당연히 별로였다.

하지만 계속 마교와 싸울 생각이었다면 무림맹 본단이나 최전선에 나가지 이렇게 여행을 떠났겠는가.

게다가 남궁류청과 진짜 혼인하게 되면 서로 가문의 상황을 생각해 보아 언제 또 이렇게 유유자적하게 여행할 시간이 날지 알 수 없었다. 그러니 단둘이 여행하는 이 귀중한 시간에 다른 일행을 끼워 넣고 싶지 않았다.

남궁류청이 말했다.

"무양표국에 대해서 무척 잘 아네?"

"음……."

"그쪽은 널 전혀 모르는 것 같던데."

"그렇겠지. 예전에 몸을 의탁한 적이 있어."

"네가? 왜?"

백리 세가를 내버려 두고. 말하지 않았어도 뒷말이 짐작 가능했다.

"아버지가 돌아가시고 난 후에 가문을 떠났다고 했잖아."

"……그래. 기억나."

처음 그에게 회귀에 대해 밝힌 날 모닥불 앞에서 알려 주었다. 아버지가 돌아가시고 나는 가문을 떠났다고. 그때를 떠올리자, 어쩔 수 없이 떠오르는 사람이 있었다.

야율.

아직도 그에 대한 소식은 전혀 들리지 않았다. 나는 일단 떠오른 생각을 밀어내며 남궁류청을 바라보았다.

남궁류청이 말을 이었다.

"백리 세가를 왜 떠난 거야? 아무리 대협께서 돌아가셨다고 하더라도 가문에 남아 있는 게 안전했을 텐데. 아, 혹시 네 고모와 쌍둥이 사촌들 때문이야?"

남궁류청이 떠올리는 것도 거슬리는지 짙은 눈썹이 잔뜩 구겨졌다.

"아니."

"그럼?"

"너 때문에."

남궁류청의 놀란 듯 눈을 크게 떴다. 새카만 눈동자는 투명하게 맑으면서도 고요하게 깊고 짙었다.

나는 아버지의 장례식에서 전생의 기억을 떠올린 후, 남궁류청을 피했다. 그와 얽히지 않으려 날 선 말을 뱉으며 날 찾아온 남궁류청을 매몰차게 쫓아냈다.

하지만 남궁류청은 오히려 포기하지 않고 내게 계속 다가오려고 했다. 그 전과는 정반대의 상황이었다. 늘 내가 쫓아다니고, 남궁류청은 어쩔 수 없이 나를 받아들였었는데.

내가 거절하자 이제는 남궁류청이 나를 내버려 두지 않았다. 정반대로 변한 상황에 만족스럽거나 으스댈 법도 했지만, 그 당시 나는 그저 무섭고 두려울 뿐이었다. 남궁류청과 얽히면 어떤 미래를 맞을지 알았으니까.

그리고 이제 내가 두려웠던 이유를 한 가지 더 깨달았다.

"너를 또 좋아하게 될 것 같았거든."

결국, 그와 이렇게 된 것을 보면 도망쳐도 소용없는 일인 것이다.

"그래서……."

나는 가볍게 웃으며 말을 이어 나가려다 남궁류청을 보고 멈칫했다.

"류청?"

남궁류청의 반응이 조금 기이했다. 잔뜩 굳은 얼굴이 착잡하면서도 억지로 화를 참는 기색이랄까.

'내가 뭘 잘못 말했나?'

방금 대화를 되짚어 봐도 원인을 전혀 알 수 없었다.

'아니, 오히려 좋아할 만한 내용 아니었나?'

그렇기에 나는 나름대로 고심하고 꺼낸 말이었다.

굳은 얼굴의 남궁류청이 자리에서 일어났다.

"쉬고 있어. 잠깐 나갔다 올게."

그러고는 갑자기 방을 빠져나갔다. 나는 어리둥절한 표정으로 그가 나간 문을 바라보았다.

'왜 저래?'

객잔 일 층으로 내려오자 식사와 술을 하는 듯한 왕 표사를 비롯한 무양표국의 사람들이 보였다. 어색하게 눈인사를 하는 그들에게 눈인사로 화답하고 창가 쪽의 빈자리에 앉았다.

활짝 열린 창 너머 말과 마차들이 지나가고, 바쁘게 걸어 다니는 사람들이 보였다. 곧 있으면 석양이 질 것 같았다.

그때 맞은편에 학진평이 털썩 앉으며 말을 걸었다.

"백 대협, 일어나셨군요! 식사하러 나오셨습니까?"

나는 고개를 끄덕였다.

"어떻게 잠은 잘 주무셨습니까?"

나는 또 고개를 끄덕였다.

"다행입니다. 더 좋은 객잔을 잡아 드렸어야 했는데, 아무래도 사정이 이렇다 보니……."

나는 손을 내저었다.

"다시 한번 감사드립니다. 두 분이 안 계셨다면 정말 큰 피해를 보았을 겁니다."

나는 그저 살짝 미소로 답했다.

그때 점소이가 나와 학진평 앞에 찻잔과 찻주전자를 놓았다. 나는 점소이를 향해 말했다.

"여기 찻잔 하나 더요."

점소이가 빈자리에 찻잔을 놓을 때 학진평이 끼어들었다.

"남 대협은 한참 전에 객잔을 나가시던데요."

남궁류청 얘기에 저절로 한숨이 나왔다.

"그러게요. 쉬고 있으라더니 어딜 간 건지."

기다리다 기다리다 오질 않아서 내려온 것이었다.

"여기 음식은 양고기 죽순볶음이랑, 닭국수가 괜찮더군요. 흰 농어찜도 괜찮고요."

"매콤한 건 없나요?"

"아, 시켜 보지 않아서 모르겠습니다만 딱히 매운 음식 종류는 없었던 것 같습니다."

"그래요?"

"호남 지역 분이신가 보군요."

나는 눈썹을 치켜들었다. 학진평이 변명하듯 말을 이었다.

"아무래도 표사다 보니 여러 지역 사람을 만나게 되어서 말입니다. 어조에도 호남 지역 특성이 있는 데다가 그 지역 사람들이 매운 걸 즐기지 않습니까?"

틀린 말도 아니어서 그냥 입을 다물었다. 하지만 학진평은 조용히 있을 생각이 없는지 다시 말을 걸어왔다.

"그러고 보니 두 분은 연배에 비해 무척 고강하시던데 사문이 어찌 되십니까?"

나는 방긋 웃으며 답했다.

"사문을 밝히지 않고 수행하는 것이 규칙인지라."

"아, 그렇군요. 가끔 그런 문파가 있다고는 들었습니다."

그런 규칙은 없지만, 저자가 어찌 알겠는가.

"식사는 안 시키십니까?"

"언제 돌아올지 모르니까요. 오면 시키려고요."

"아, 그렇군요. 그래도 먼저 시키시는 게 어떻습니까? 한참 전에 나가셨는데 아직도 돌아오질 않으신 걸 봐서는 슬슬 돌아오실 듯합니다. 미리 시켜 놓고 오시면 또 시켜도 됩니다. 돈은 저희가 다 지불할 테니 걱정하지 마십시오."

나는 찻잔을 들어 입을 축였다. 학진평의 관심이 부담스러웠다. 그 목적이 뻔히 보였으니 더욱이.

학진평이 대신 주문해 주겠다는 듯이 손을 들어 점소이를 불렀다. 나는 재빨리 말했다.

"금방 오겠죠. 좀 더 기다려보고…… 아, 호랑이도 제 말 하면 온다더니."

점소이를 부르던 학진평이 뒤를 돌아보곤 벌떡 일어났다.

"남 대협!"

객잔에 들어온 남궁류청이 학진평 앞에 앉은 나를 발견하곤 저벅저벅 걸어왔다. 나는 남궁류청을 향해 물었다.

"어디 갔다 와?"

"개방."

"아하."

아마 무림맹 상황에 대해 듣고, 산채의 마교 잔당에 대해서 전했으리라. 가문과 고의로 연락을 끊고 있는 우리가 사용할 수 있는 유일한 정보 창구였다.

다가온 남궁류청이 손에 들고 있던 짐을 식탁 위에 올려놓고는 내 옆자리에 앉았다. 나는 남궁류청이 올려놓은 짐을 가리키며 물었다.

"이건 뭐야?"

남궁류청이 넓은 잎을 묶은 노끈을 풀어내자 윤기 흐르는 새빨간 요리가 나타났다. 엄청나게 매운 향이 확 풍겨 왔다. 침이 절로 고였다.

"오리 혀 볶음. 먹어."

"오!"

나는 반색하며 바로 젓가락을 집어 들었다. 입에 넣자마자 혀가 알싸해지는 것이 아주 만족스러웠다.

"맛있는데? 갑자기 이건 왜 사 온 거야?"

되려 남궁류청이 의아한 표정으로 나를 바라보았다.

"네가 매운 음식 찾을 것 같아서. 점소이한테 물어보니 여긴 매운 음식이 없다길래."

"오, 맞아! 어떻게 알았어?"

"너 전투 후에 매운 음식 찾잖아."

"내가?"

"응."

내가 싸우고 나면 매운 음식을 찾고 그랬나? 생각해보면 그랬던 것 같기도 하고. 나도 전혀 모르던 버릇이었다. 남궁류청의 배려에 가슴 한쪽이 몽글몽글하니 따뜻해지는 느낌이었다.

나는 배시시 웃으며 말했다.

"……고마워. 아, 너도 먹어 봐."

떨떠름한 시선으로 바라보던 남궁류청이 젓가락을 집어 들었다. 하지만 한 입 먹고는 바로 젓가락을 내려놓았다.

"어때?"

"……왜 먹는 거야."

"맛있지 않아?"

"감각이 사라졌는데 어떻게 맛을 느껴?"

"푸핫!"

나는 몸을 숙인 채 웃었고, 지나가던 점소이가 알은체를 했다.

"오, 줄이 길었을 텐데 어떻게 사 오셨네요. 어때요, 맛은? 괜찮죠?"

"맛있다는군요."

남궁류청은 점소이에게 감사하다는 듯이 눈짓했다.

점소이가 주문을 받고 돌아가고, 우리를 호기심 어린 시선으로 바라보던 학진평이 기다렸다는 듯이 말했다.

"두 분은 무슨 사이신 겁니까? 객실을 하나만 쓰시던데 혹시……."

나는 빙그레 웃으면서 말했다.

"관심이 많으시네요."

"아, 죄송합니다."

학진평은 살짝 붉어진 얼굴로 사과를 하고 나서도 떠나지 않고 계속해서 말을 걸었다. 식사를 대강 마칠 때까지 앉아 있던 학진평은 기다렸다는 듯이 객잔에서 가장 비싼 술을 주문했다.

"저희가 지불하는 것이니 부담가지지 말고 드십시오."

학진평이 어서 들라는 듯이 술잔을 가득 채웠다. 남궁류청은 술잔을 들지 않고 입을 열었다.

"학 표두, 하고 싶은 말이 있으신 것 같은데 용건이 무엇입니까?"

"……."

나는 살짝 멈칫했다.

류청도 참. 이 식사 자리에서 처음으로 학진평에게 한 말이 저런 말이라니.

술을 다시 채워 주려던 학진평이 그대로 굳었다. 흔들리는 눈동자로 우리를 바라보던 학진평이 각오했다는 듯이 술병을 내려놓았다. 그러고는 진지한 낯으로 입을 열었다.

"이미 짐작하고 계실 거라고 생각합니다만, 두 대협께서 표행에 함께해 주시기를 부탁드립니다."

예상한 바 그대로였다. 학진평이 말을 이어 갔다.

"표사와 쟁자수들은 다시 충원할 생각입니다. 하지만 저희의 표물이 노출되었으니, 마교 잔당들의 습격이 언제 어떻게 있을지 알 수 없습니다."
입이 마른지 학진평이 차를 들이켰다.
"물론 대단한 경지의 두 대협께, 대가 없이 도와 달라는 것은 아닙니다. 원하는 것이 있다면 말씀해 주십시오. 무양표국의 능력이 닿는 데까지 최대한 지원하겠습니다."
쏟아내듯 말을 마친 이십 대 초반의 청년은 긴장한 낯이 역력했다. 거절할 생각이었기에 미약하게 안타까운 마음이 들었다. 내가 미리 준비한 말을 꺼내려 할 때였다.
"목적지가 천주, 맞습니까?"
갑자기 남궁류청이 입을 열었다.
"예? 예! 맞습니다."
"좋습니다. 받아들이도록 하죠."
"……!"
아니, 이건 예상 못 했는데? 나는 깜짝 놀라 남궁류청을 홱 돌아보았다.
남궁류청이 말을 이어나갔다.
"다만 고용자와 고용인 관계가 아니라 그저 동행하는 것으로 하죠."
"예? 하지만……."
손을 들어 학진평의 입을 막은 남궁류청이 말을 이어 나갔다.
"혹여나 도움이 필요하다면 힘을 보태겠습니다. 다만 감당 안 되는 상황이 온다면 끝까지 상대치 않고 빠질 것입니다. 그러니 표사와 호위 무사들은 저희가 없는 셈 치고 충분히 고용하십시오."
그러니까 결국, 돈도 안 받고 동행해서 마교가 나타나면 싸워 주겠다는 소리 아냐?!

학진평이 입을 바보같이 벌렸다가 벌떡 일어나 연신 고개를 숙였다.
“감사합니다! 감사합니다, 대협! 이 은혜는 잊지 않겠습니다.”
나는 입맛이 뚝 떨어졌다. 조금 서러운 감정도 들었다.
나만 단둘이 하는 여행에 의미를 지니고 있었던 거야? 나만 좋아했던 거야?
당연히 남궁류청도 나와 같은 생각이리라고 생각했는데, 사실은 아니었던 건가?
“……잠깐 얘기 좀 해.”
나는 자리에서 일어나며 남궁류청에게 따라오라고 눈짓했다.
나는 객잔에 딸린 안뜰로 나갔다. 어둠에 잠긴 안뜰은 객잔에서 나오는 불빛만이 은은했다.
“갑자기 무슨 말이야? 동행한다니? 우리 아까 거절하기로 한 거 아니었어?”
“천주면 바다가 닿아 있잖아.”
“그게 대체 무슨 상관인데?”
“바다가 보고 싶어졌어.”
“갑자기?”
“……”
남궁류청이 입을 다물었다. 나는 팔짱을 꼈다.
아니, 그래. 우리가 그런 말을 나누긴 했었다. 게다가 목적지를 따로 정한 것은 아니었으니 갑자기 마음이 바뀌어서 바다를 보러 가고 싶어졌을 수도 있지.
“바다 좋지. 좋은데, 굳이 동행할 필요는 없지 않나?”
“돈 없다며?”

"……."

허를 찔린 나는 입을 빼끔거렸다. 내가…… 그런 말을 하긴 했다.

"저자들과 동행한다면 비용이 들지 않을 거 아냐?"

"그건…… 그렇지."

설마 우리에게 객잔비랑 밥값을 따로 부담하라고 하겠는가? 양심이 있다면.

남궁류청이 담담하게 말했다.

"네가 정 싫다면, 알았어. 안 되겠다고 거절하고 올게."

나는 입술을 깨물었다. 자승자박이로구나.

무양표국은 열흘 정도 객잔에 더 머무르며 표행을 준비하고 출발했다. 우리도 동행했다.

단단히 대비하고 출발했지만, 습격도 없이 평화로운 날이 이어졌다. 그리고 일주일째 되는 날, 나는 남궁류청이 조금 이상해졌다는 걸 눈치챘다.

이동하는 내내 골똘히 생각에 잠겨 있길 반복했고, 얘기할 때도 정신이 어딘가 다른 곳을 향해 있었다. 나와 대화를 나누며 웃고 떠들다가도 뒤돌아서면 나를 물끄러미 응시하고 있는 눈을 마주치는 게 한두 번이 아녔다.

나는 남궁류청을 향해 걱정스럽게 물었다.

"무슨 일 있어? 할 말이 있으면 편하게 말해."

"아니, 없어. 아무것도 아니야."

이러한 상황이 며칠 반복되자 처음에는 걱정이 되다가 나중에는 두통마저 일었다.

'대체 왜 이러는 거야?'

모든 일은 원인을 알아야 답을 찾을 수 있었다.

나는 남궁류청이 이상 현상을 보이기 시작한 날을 찬찬히 따져 보았다. 그리고 무양표국과 객잔에 들어간 날부터라는 사실을 깨달았다. 하지만 아무리 떠올려 봐도 그날 남궁류청이 이상 태도를 보일 만한 사건은 전혀 없었다.

'아니면, 밖에 나갔다가 개방에서 무슨 소식이라도 들었나?'

나는 학진평에게 무림맹과 마교, 남궁 세가와 백리 세가의 일들을 은근히 떠보았다.

하지만 세상은 별일 없이 매우 평온했다. 강호에 최근 있었던 그나마 큰 사건은 무림맹 추적대와 혈선녀의 충돌 정도?

그다음은…….

"지금 백도 무림에서 사람들의 이목이 쏠린 곳이라고 하면 백리 세가죠."

순간 가슴이 철렁했다.

"……거기 무슨 일이라도 있나요?"

"얼마 전에 백리 세가주의 넷째 아들인 백리의강이 소가주가 되었잖습니까."

나는 안도하며 말했다.

"아아. 뭐, 다들 짐작하던 일 아니었나요?"

"그렇긴 하죠. 그래서 다들 축하연이 열리겠거니 하며 기다렸는데, 백리 세가에서 축하연 없이 조용히 지나갔다고 합니다. 이에 아쉬운 사람들이 보낸 선물이 대문을 넘어서 끝도 없이 이어져 있었다고 하더군요."

학진평은 조금만 말을 걸어도 열정적으로 줄줄이 이야기를 이어 나갔다. 그 줄이 어디까지 이어졌었는지, 어디서도 선물을 보내왔었는지, 어떤 귀한 선물이 있었는지 등등.

정보를 얻어 내기 쉽다는 장점도 있었지만…….

"그런데 축하연을 열지 않은 건 사실, 백리의강의 외동딸인 백리 소저의 위중함을 숨기려고 그런 거라는 얘기가 있습니다."

"허?"

기가 막혀 낸 내 탄식을 어찌 해석했는지 학진평이 목소리를 낮춰서 은근히 말했다.

"예. 백리 세가에서는 문제없이 깨어나고, 건강하다고 말했지만, 문을 나선 모습을 본 적이 없으니 그 말을 누가 믿겠습니까?"

"……."

"백리 소저가 천마를 쓰러트렸다던데, 다른 이들에게 내보이지 못하거나 다신 일어나지 못할 상처를 입었을 만하죠."

"제가 듣기로는 백리 세가 가솔들과 친척들 앞에 모습을 드러낸 적 있다던데요."

큰아버지 댁 유산 논의 때 멀쩡한 걸 다들 보았을 텐데 대체 왜 이리 소문이 난 거야?

"백리 세가 사람들의 말을 어찌 믿겠어요? 제 가문을 위해서라면 그리 말해야지요."

"……."

내 속을 모를 학진평이 말을 이어 갔다.

"지금 마교가 백리 소저에게 얼마나 이를 갈고 있겠습니까? 숨기는 것도 이해합니다. 게다가 젊은 백도 무림인들 사이에서는 백리 소저가 영웅이나 마찬가지니까요."

반사적으로 조소가 튀어나왔다.

"천마의 손녀라고 죽이려 들 때는 언제고. 태도 변하는 게 손바닥 뒤집기보다 쉽네."

학진평이 살짝 당황한 듯 나를 보았다가 웃으며 말했다.

"그때와는 상황이 다르니까요. 지금은 백리 소저와 혼담을 논하려는 이들로 백리 세가의 문지방이 닳을 지경이라는데요."

"쓸데없는 짓이네요."

그때 학진평 옆으로 다가온 왕장고가 끼어들었다.

"백 대협은 백리 소저를 보신 적 있으십니까?"

나는 태연하게 말했다.

"제가요?"

"아, 보신 적 없으십니까? 대협의 연배에, 실력이시라면 무림맹에서 열린 비무 대회에 참석하셔서 좋은 성적을 거두셨을 것 같아서 말입니다."

나는 생긋 웃으며 말했다.

"제가 참석했으면 당연히 우승이죠."

내 말에 학진평과 왕장고가 너털웃음을 터트렸고, 학진평이 말했다.

"자신감이 대단하시군요!"

대화하던 나는 남궁류청을 살짝 돌아보았다. 그는 여전히 무심한 얼굴로 어딘가 다른 곳에 정신이 팔린 듯 보였다. 학진평과의 대화에서는 건질 것이 없었으나, 상황이 이 정도가 되자 의심이 가는 부분은 있었다.

해가 기울자 표사들은 공터에 자리를 잡고 야영 준비를 했다. 며칠째 계속 이어지는 광경이 익숙했다. 넓은 공터에 사람들이 자리를 펴고, 삼삼오오 모여 모닥불을 피우고 식사 준비를 했다. 잡다한 일은 표국의 사람들이 해 주어서 손이 가지는 않았다.

나는 주변의 안전을 살피고 돌아온 남궁류청을 향해 손을 흔들었다.

"여기야! 이리 와 앉아."

옆자리에 앉은 남궁류청에게 식사를 건넸다. 길에서 먹는 밥이라고 해 봐야 별 볼일 없었다. 말린 육포에 약간의 쌀, 율무 가루 등을 넣어 끓인 꿀꿀이죽 같은 식사였다.

표행의 목표는 빠른 이동이다 보니 길에서 호화로운 식사는 힘들었다.

"오는 길에 눈에 보이길래 뜯은 향신료인데, 이거 넣길 잘했다."

"응."

"내일은 야영 안 하고 객잔을 잡을 수 있을 거래. 다행이지?"

"그러게."

나는 남궁류청 옆에서 재잘재잘 떠들었다.

원래도 나와 남궁류청의 대화는 대부분 내가 말을 걸고 남궁류청이 답하는 식이었다. 남궁류청은 본래 말이 별로 없는 성품이긴 했다. 하지만 무언가 다르다는 것을 나만큼은 느낄 수 있었다.

식사를 마친 나는 살그머니 손을 뻗어 남궁류청의 손을 잡았다. 정말 그냥 손등을 잡듯이 손을 올려놓았을 뿐이었다. 그런데 곧바로 남궁류청이 손을 빼내며 말했다.

"물이 떨어졌네. 근처에서 샘을 봤어. 갔다 올게."

나도 더 표정을 관리하기 어려웠다. 생긋 웃으며 일어났다.

"나도 같이 가."

"그럴 필요……."

나는 웃는 낯 그대로 남궁류청을 똑바로 바라보며 말했다.

"우리 할 얘기가 있지 않아?"

"……."

남궁류청이 입을 굳게 다문 채 몸을 돌렸다.

나와 남궁류청은 숲으로 들어갔다. 야영지에서 시선이 닿지 않을 정도로 적당히 멀어진 다음 멈춰 섰다.

나는 단도직입적으로 물었다.

"왜 이러는 거야? 별일 아니라는 말은 하지 마. 네 태도, 이상하니까."

"……."

"류청, 나한테도 말 못 할 이유가 있는 거야?"

살짝 미간을 좁힌 남궁류청이 주변에 기막을 펼쳤다. 은은하게 들리던 야영지의 대화 소리부터 졸졸 흐르는 냇가의 물소리, 바람에 수풀이 흔들리고 벌레 우는 모든 소음이 순식간에 사라졌다.

둘만의 고요한 장소에서 나는 다시 입을 열었다.

"무양표국 때문에 그래?"

"……."

"너 무양표국이랑 만난 이후부터 이상해졌잖아."

"아니야."

"아니면 학진평 때문이야?"

남궁류청이 인상을 찡그렸다가 어이없다는 듯이 조소했다. 그러고는 내심 짜증스럽다는 듯이 말을 이었다.

"눈이 있다면 내가 저 녀석보다 훨씬 낫다는 걸 알 텐데. 나랑 저자를 비교한다고? 하."

"……."

나는 잠시 말을 잃었다. 아니, 학진평을 남궁류청과 비교한다는 뜻으로 말한 건 아니었는데…….

하지만 그래. 이 오만한 태도가 남궁류청이지.

나는 다시 입을 열었다.

"그럼 지금까지 왜 이러는 거야? 여기까지 와서 아니라고 넘어갈 생각 하지 마."

"……."

남궁류청은 다시 입을 꾹 다물었고, 기다리던 나는 답답한 마음에 그를 불렀다.

"류청!"

"……청이라고 부르기로 했잖아."

"응?"

갑자기 무슨 소리야?

청이? 설마 가명을 말하는 건가? 그게 여기서 왜 나와?

남궁류청이 음울한 눈을 한 채 말했다.

"그런데 너는 별로 부르고 싶지 않은가 봐."

"그야…… 멀쩡한 이름 있는데 굳이 바꿔 부를 필요 없으니까."

"그게 아니겠지, 백리연. 바꿔 부를 필요가 없어서가 아니야. 그냥, 부르고 싶지 않은 거지."

나는 어색하게 웃으며 부인하려 했다.

"그럴 리가……."

"여기까지 와서 아니라고 하지 마."

남궁류청이 내가 한 말을 그대로 돌려보냈다.

"……."

할 말이 없었다. 나는 우물거리며 속으로 혀를 찼다.

'어떻게 안 거지?'

하여간 눈치는 정말 귀신같다니까.

그래. 남궁류청의 말대로 내가 남궁류청을 청이라고 부르지 않은 건 사실이었다.

남궁류청이 말했다.

"가명을 정할 때 네게 말했어. 청이는 내 애칭이라고."

"……."

나도 아주 잘 알고 있었다. 그리고 그 점이 문제였다. 아주 잘 알고 있다는 것이.

그러니까 청이라는 호칭은 내 흑역사를 떠오르게 한달까…….

처음에 가명을 정할 때는 별생각이 없었다. 남궁류청이 살짝 쑥스러운 얼굴로 청이는 자기 애칭이라고 설명하며 불러 주길 바라듯 바라볼 때까지만 해도 나도 좋았다. 귀엽다고 생각하기까지 했다.

문제는 청이라고 부르기 시작할 때부터였다. 청이라고 부르자, 과거 남궁류청을 짝사랑할 때의 기억이 저절로 떠올랐다. 청아, 청아― 허락도 안 받고 부르고 쫓아다닐 때의 기억들이.

나는 완전 다른 이름으로 바꿔서 다니자고 할 걸 그랬다고 후회했다. 그렇다고 이제 와서 가명을 바꾸자고 하기도 애매했다. 바꾸자고 하려면 이유를 설명해야 할 텐데 그러면 흑역사를 내 입으로 말해야 하는 게 아닌가!

남궁류청이 채근했다.

"말해 봐. 왜 피하는 거야?"

"……."

이제는 상황이 완전히 반전되어서 남궁류청이 나를 응시하고 내가 남궁류청의 시선을 피하고 있었다. 남궁류청이 자조 어린 미소를 지으며 고개를 살짝 틀었다.

"그래. 나도 알아. 네가 그 녀석을……."

다음 순간 남궁류청이 나를 확 밀쳤다. 동시에 기막이 깨지며 퍽! 소리와 주변의 소음과 감각이 순식간에 몰아닥쳤다. 흐릿하게 피냄새가 났다.

젠장. 너무 안일했다.

본래 기막을 펼치면 기막 바깥과 안의 소리가 막히며 감각 또한 바깥과 거의 차단되다시피 했다. 따라서 기막은 안전한 상황에서만 펼쳐야 했다.

만약 그럴 상황이 되지 않는다면, 주변의 상황을 잘 살필 수 있는 곳에서 기막 밖에 호위를 두고 펼쳤어야 했다. 방금은 둘 다 아니었다.

일어나며 검을 뽑아 들기 무섭게 두 번째 화살이 날아왔다.

팡—!

화살을 쳐 내는데 장력을 마주친 것 같은 파공음이 퍼져 나갔다. 동시에 남궁류청이 바닥에 떨어져 꺼질 듯이 흔들거리는 불을 밟아 꺼트렸다. 주변은 순식간에 암흑에 뒤덮였다.

세 번째 화살은 날아오지 않았다.

나는 황급히 남궁류청을 살폈다. 오른 가슴 윗부분 빗장뼈 살짝 아래에 온통 새까만 화살이 박혀 있었다. 내가 묻기 전에 남궁류청이 먼저 말했다.

"괜찮아."

심장이 바닥에 처박히며 짓밟히는 느낌이었다. 화살이 내 시야가 닿는 방향에서 날아왔다면 알아챌 수 있었을 텐데. 하필이면……!

남궁류청이 다정하게 들리는 목소리로 말했다.

"연아, 나는 정말 괜찮아."

"하지만……."

그때였다. 이번에는 야영지 쪽에서 고함이 들렸다. 나와 남궁류청은 아무 말도 않고 바로 자리를 박찼다.

도착한 야영지는 이미 혼란이 가득했다. 짐마차 한 대가 활활 타오르며 야영지를 훤히 밝히고, 쟁자수와 표사들은 그 불을 끄는 데 정신이 없어 보였다.

"물, 물 가져와! 어서 불을 꺼!"

그 순간 "컥!" 소리와 함께 불을 끄던 표사 한 명이 바닥에 쓰러졌다. 남궁류청이 맞은 것과 동일한 화살촉부터 깃까지 모두 철로 된 화살이었다.

"습격이다! 습격자를 찾아!"

표사들을 지휘하던 학진평이 우리를 발견하고 안도한 낯으로 소리쳤다.

"남 대협! 백 대협! 다행입니다! 무사하셨군……!"

그 순간 나는 바닥을 박차고 날아오르듯 뛰었다.

깡-!

살대를 내리쳤음에도 검을 맞대는 듯한 충격이었다.

철화살 하나가 학진평을 스치듯 지나가 다른 짐마차를 꿰뚫었다. 마차에 반 너머 박혀 들어간 화살 깃대가 파르르 떨렸다.

학진평은 잠시 넋이 나간 듯했다.

"짐마차는 포기해요! 어서 여길 빠져나가야 해요!"

상대는 여기서 십 리는 떨어진 산등성이 바위 위에 있었다. 표행 길을 한눈에 내려다볼 수 있는 위치였다. 이대로라면 화살받이가 될 뿐이었다.

정신을 차린 듯한 학진평이 말했다.

"하지만 저 마차에 천마의 보물이 있소!"

아니, 지금 그게 문제야?

"천마의 보물이 목숨보다 중요해요?"

"저걸 잃느니 차라리 죽는 게 나을 거요!"

나는 얼굴을 일그러트렸다. 당장 버리고 우리끼리 떠나 버릴까 고민하다가 의아한 마음이 들었다. 마차를 불태우다니 천마의 보물이 다 불타 버려도 상관없다는 것인가?

'설마 마교 놈들은 천마의 보물을 노리던 게 아닌 건가?'

고민하는 내 모습을 어찌 생각했는지 학진평이 말을 이었다.

"대협이 이해해 줄 거라 생각하지 않소. 내 판단이 마음에 안 드신다면 두 분은 먼저 떠나시오. 남 대협은 이미 부상도 입은 것 같소만 아직 적들이 올 기색이 없어 보이니 두 분의 실력이라면 빠져나갈 수 있을 게요."

"……."

나는 남궁류청을 바라보았다가 마차를 바라보았다. 입은 열지 않아도 서로의 마음은 알 수 있었다.

"모두 비켜!"

나는 마차 주변에 모여 있던 이들에게 소리쳤다. 그리곤 바로 불 속에 뛰어들었다. 주위의 경악을 뒤로하고, 나를 중심으로 일정 거리의 진기를 모조리 밀어냈다.

그 순간 불길이 갑자기 사그라들었다. 다들 영문을 모르는 표정을 지었다.

"이게 무슨……!"

산소가 없으면 불은 꺼질 수밖에 없는 법. 나를 중심으로 잠시 진공 상태를 만든 것이다. 하지만 영문을 모르는 다른 사람들에게는 무슨 요술을 부린 것처럼 보일 것이다.

콰직!

혼란스러워하는 사람들 사이에서 반쯤 타들어 간 마차가 부서져 내렸다. 횃불로 앞을 밝히자 바닥에 굴러떨어진 상자에서 흘러나온 보물들이 금적색으로 빛났다.

어둠 속 거친 길을 달리는 마차 바퀴에서 곧 부서질 것만 같은 소음이 났다. 나는 남궁완 아저씨가 주신 단검을 뽑아 들고 남궁류청을 바라보았다. 남궁류청이 괜찮다는 듯이 고개를 끄덕였다.

나는 남궁류청의 입에 옷자락을 찢어 낸 천을 물리며 말했다.

"조금만 참아."

화살을 뽑기 쉽게 상처를 벌린 후 숨을 들이쉬었다. 힘을 주어 단번에 화살을 뽑은 나는 곧 표정을 굳혔다. 흘러나오는 핏방울이 검붉었다.

"독이 있어."

남궁류청은 놀라지 않았다. 이미 알고 있던 것이다. 나는 식은땀이 배어 나온 그의 이마를 옷자락으로 닦아 준 다음, 곧바로 정신을 집중했다.

이내 검은빛에 가까운 액체가 방울방울 허공에 떠올랐다.

"이건 또 무슨……!"

함께 마차에 올라타 있던 학진평이 놀라 중얼거리는 것이 들렸다.

계속해 독을 빼내던 나는 선홍빛 피가 흐르는 것을 확인한 후, 부드러운 천으로 상처를 압박했다.

"급한 불은 껐어. 하지만…… 알지?"

남궁류청이 물고 있던 천을 뱉어내며 고개를 끄덕였다.

독을 완벽히 제거하진 못했다. 그러려면 안전한 곳에서 남궁류청이 운기조식을 하여 스스로 빼내거나, 내가 시간을 들여 집중해야 했다. 그때까진 격하게 움직이면 안 됐다. 이렇게 정신없이 흔들리는 마차부터가 문제였지만.

그때였다. 마치 내 속마음을 읽은 것처럼 마차가 갑자기 멈춰 섰다. 벽을 짚고 튕겨 나가지 않게 버틴 나는 바로 문을 박차고 나왔다.

놀란 말이 투레질하는 소리와 가쁜 숨소리들이 들렸다. 마차는 앞뒤 할 것 없이 이미 둘러싸여 있었다.

나는 검을 뽑아 든 채 그들과 마주 섰다.

우리가 빠져나가게 둘 리 없을 거라고 생각했기에 이 상황 자체는 놀랍지 않았다. 하지만 둘러싼 마교도들 사이에서 나타난 사람을 보고는 놀랄 수밖에 없었다. 대략 이백여 명은 되어 보이는, 갑옷으로 중무장한 사람들 사이로 어둠 속에 녹아들어 있는 듯한 가마가 나타났다.

가마의 창문이 스르륵 열리며 백발이 듬성듬성한 노인이 모습을 드러냈다. 노인은 허벅지 아래로 한쪽 다리가 없었다. 검버섯이 잔뜩 뒤덮은 해골같이 삐쩍 마른 얼굴은 피부가 기이할 정도로 붉었다.

나는 싸늘하게 말했다.

"혈성군."

뒤쪽의 무양표국 사람들이 기겁하는 소리가 들렸다.

"혀, 혈성군이면 마교 총군사?"

"말도 안 돼!"

교주인 천마가 죽고, 마교 잔당들은 세 개의 세력으로 나뉘었다. 그리고 그중 한 세력의 수장이 마교 총군사인 혈성군이었다.

천마총에서 도주한 뒤 그림자도 찾지 못했다고 들었는데…….

'하필이면 여기에서 나타나다니.'

혈성군이 번들번들하게 빛나는 눈으로 날 탐욕스럽게 바라보았다.

"백리연, 이렇게 얼굴을 마주한 건 처음이구나."

순간 사방에서 경악이 터졌다.

"허억!"

"백리연이라니? 백리 세가의 백리연?"

혈성군의 눈동자가 움직여 내 뒤를 바라보았다.

"게다가 남궁가의 사람까지."

어느새 남궁류청이 내 옆에 함께 서 있었다. 남궁류청 쪽으로 고개를 돌리며 스치듯 본 무양표국 사람들은 얼이 빠진 낯이었다.

혈성군이 흐흐 웃으며 말을 이었다.

"멍청한지고. 화살 한 방에 죽었다면 제 죽음을 알지 못한 채 평안하게 눈감을 수 있었을 것을. 오히려 고통을 늘렸구나!"

나는 푸핫 웃음을 터트렸다. 이 상황에서 웃는 나를 미치광이 보듯 바라보는 이들에게 말했다.

"아니, 기습에 실패했다는 걸 이런 식으로 바꿔 말하면 기분이 좋으신가 봐?"

짝짝짝!

박수 소리가 밤하늘을 타고 멀리멀리 울려 퍼졌다.

"대단해, 대단해. 이 정도의 변명술을 지녀야 마교 총군사를 하는구나."

혈성군의 표정이 싸늘히 굳었다.

"주제를 모르는군."

나는 지겹다는 듯이 한숨을 내쉬었다.

"아, 정말 지긋지긋하네. 너흰 휴가도 없어? 천마가 사라진 김에 좀 쉬면 어디 덧나? 나도 좀 쉬자."

눈을 가늘게 뜬 혈성군은 더는 상대할 가치가 없다는 듯이 싸늘하게 말했다.

"예의를 찾아볼 수가 없군. 걱정 말거라. 오늘로 영원히 쉴 수 있게 될 테니. 쏴라!"

혈성군 뒤쪽에 마교 잔당들이 팽팽히 겨누고 있던 화살들이 허공으로 비산했다. 하아, 한숨 소리와 함께 남궁류청의 목소리가 들렸다.

"백리연, 꼭 이렇게 자극해야 했어?"

"아니, 저 노친네가 네가 날 지켜 준 걸로 뭐라고 하잖아!"

그건 참을 수 없지.

잡담은 짧았다. 나는 진즉에 대비하고 있었다. 나를 중심으로 자연지기를 회오리처럼 끌어모았다. 하늘을 향해 날아가던 화살들이 갑자기 방향을 틀어 반대로 날아갔다.

푸푸푸푹!

화살이 마교 잔당들 위로 쏟아져 내리고.

"컥!"

"아악!"

비명이 터져 나왔다.

하지만 내 예상보다 피해가 적었다. 가장 선두에 있던 마교 잔당들이 미리 대비라도 한 듯 커다란 방패를 들어 화살을 막아 낸 것이다.

혈성군 쪽도 마찬가지였다. 혈성군 주변에는 최소 남궁류청 이상은 돼 보이는 기도를 뿜어내는 고수 다섯이 물 샐 틈 없이 포진해 있었다. 화살은 근처에도 가기 전에 모조리 부러졌다.

"역시 천마신기."

혈성군이 탐욕스러운 눈빛으로 나를 바라보았다. 나는 태연하게 조롱했다.

"쓸데없는 짓 하기는."

하지만 혈성군은 오히려 만족스럽게 웃으며 소리쳤다.

"계속 쏴라. 어차피 저자의 체력으로는 오래 쓸 수 없다!"

오…… 정답이었다. 이렇게 많은 화살을 계속 막아 낼 수는 없었다. 한 번 막을 때마다 체력이 엄청나게 소모되는 것이 느껴졌다. 그래서 일부러 당당한 척 나선 것이었는데……. 누가 마교 총군사 아니랄까 봐 머리 굴리는 것이 능숙했다.

'내 능력도 잘 알고.'

화살이 다시 하늘을 뒤덮은 것과 동시에 남궁류청이 마교 잔당 사이로 파고들었다.

털썩, 털썩.

천둥소리와 함께 눈 깜짝할 사이에 열댓 명이 바닥에 나뒹굴었다.

궁사들 사이를 파고든 남궁류청 때문에 진영이 흐트러졌지만, 그것도 잠시였다. 혈성군의 손짓에 그 옆을 지키던 두 고수가 남궁류청을 막아섰다.

표사들도 함께 덤벼들었지만 수에서 상대가 되질 않았다. 상대 측 고수는 혈성군을 지키는 호위만 있는 게 아니었다. 혈성군의 호위보다는 약하지만, 표사들 정도는 너끈히 상대하고 있었다.

내 몸 하나만 몸을 지킨다면 충분히 버티다 못해 이 자리에서 몸을 뺄 수도 있을 것이다. 남궁류청도 마찬가지였다. 그러나 여기서 우리가 떠난다면 무양표국은 몰살당할 것이었다.

'어쩔 수 없나.'

나는 한숨을 삼킨 후, 화살을 헤치며 날아올라 소매에서 물건을 하나 꺼내 드는 것과 동시에 마차 지붕 위에 착지했다.

나는 내공을 담아 외쳤다.

"모두 주목!"

"다들 멈춰라!"

벼락같은 혈성군의 외침에 날아오던 화살이 뚝 멈췄다. 나는 들고 있는 물건을 살랑살랑 흔들었다.

"혈성군 어르신, 이게 뭐로 보이시나요?"

그것은 폭은 한 뼘에 길이는 한 자 정도 되는 얇은 비단이었다. 안색이 변한 혈성군의 시선이 이 비단에서 떨어질 줄 몰랐다. 역시 정답이었나. 나는 빙그레 웃었다.

“너무 이상하더라고요. 천마의 보물이라지만 분명 값비싼 수집품 이상의 가치가 없거늘, 비싼 보물을 찾고자 이렇게 습격한다니. 그사이 마교가 가난뱅이가 된 것도 아닐 텐데.”

돈을 원했다면 이미 한 번 습격에 실패한 무양표국 말고 목표로 할 무리는 많았다. 나를 잡아 죽이고자 하는 충성심의 발로? 그것도 말이 되질 않았다.

내가 역용술을 푼 건 며칠 되지 않았다. 아버지도 내가 어디 있는지 모르는데, 어떻게 알고 미리 병력을 대기해 둔단 말인가?

설마 철궁 사내가 나를 알아보자마자 이 짧은 기간 내에 이 정도의 병력을 모아 온 것일까?

무림맹은 다 죽었단 말인가? 맹이 마교 잔당을 잡겠다고 눈 시퍼렇게 뜨고 있는데 마교가 이 정도의 병력을 순식간에 구성해 온다고?

의심이 계속되었다. 그리고 마침내 혈성군의 모습을 보자마자 확실해졌다.

혈성군이 복수에 눈이 먼 충성 분자라고? 그럴 리가! 목적은 돈도, 나도 아니었다.

천마의 보물. 거기에 중요한 무언가가 있는 것이다.

나는 남궁류청을 치료한 후 달리는 마차 안에서 천마의 보물을 살펴보았다. 하지만 학진평의 주장처럼 정말 수집용 물건들뿐이었다. 술잔에 그릇, 쟁반에 향로, 면경 같이 금으로 번쩍이는 제사용품 모음 같았다.

이게 아닌가 싶을 때 화려한 문양이 양각된 작은 금상자를 발견했다. 열어 봤더니 안쪽은 붉은 비단으로 되어 있었고, 텅 비어 있었다.

나는 비단을 바라보며 말했다.

"쌍룡 네발 금상자를 발견했는데 말이야. 거기 뚜껑이 조금 수상해 보이더라고."

혈성군의 안색이 변했다. 마지막 의심마저 날려 보낸 모양이었다. 뚜껑을 힘으로 비틀어 뜯어 내자―학진평은 차마 막지는 못했지만 거의 울 것 같았다―드러난 공간 속에서 이 비단 조각이 나왔다.

금상자 안을 장식한 붉은 비단과 똑같은 재질의 비단이었다. 형태는 달랐지만 처음 봤을 때 느낌은 천마지보와 비슷했다. 하지만 딱히 공능은 없어 보였다. 그리고 천마지보와 달리 글자가 적혀 있었는데, 전혀 읽을 수 없었다.

이를 본 남궁류청 말로는 여기서 부르는 범어(산스크리트어) 쪽 종류로 보인다고 하였다. 아쉽게도 남궁류청도 읽을 줄은 몰랐다.

"적의 대비가 없는 곳을 공격하고, 적이 생각지 못한 곳으로 나아가야 한다. 병법의 기본일 텐데, 총군사라면서 이 기본도 몰라? 처음 기습을 실패한 순간부터 끝난 거야."

하지만 혈성군은 당황하지 않고 오히려 자신 넘치게 웃었다.

"하하하! 그래서 뭘 어쩌잔 거냐? 그걸 가지고 노부와 협상이라도 할 생각인가? 그렇다면 네 평가를 달리해야 할 것 같구나. 천마지보를 직접 보았으니 알 것을. 그 또한 어떤 방법으로도 손상되지 않는다. 영원불멸! 오로지 마만이 영원하다."

하여간 사이비 교도 놈들이란.

교주에 대한 충성심은 모르겠지만 제정신이 아닌 것만은 확실히 알 수 있었다. 나는 고개를 까딱이고 말했다.

"맞아. 천마지보는 일반적인 불로 태울 수 없었지. 무림맹이 오랫동안 없애지 못하고 보관만 했던 이유니까. 누구보다 내가 잘 알지."

내 태연한 모습에 혈성군이 차차 웃음을 멈췄다. 뭔가 이상함을 깨달은 것이다.

나는 말을 이었다.

"그런데 말이야……. 천마지보를 흡수한 내가 피워 낸 삼매진화도 버틸 수 있는지는 모르잖아?"

"헛소리!"

그렇게 외쳤지만, 번들거리는 눈에 의심이 서리는 것이 느껴졌다.

"한번 실험해 볼까?"

"……."

"최소한 이게 불타서 재가 되어 버릴 때까진 버틸 수 있을 것 같은데."

긴 침묵 끝에 혈성군이 이내 입을 열었다.

"원하는 것이 무엇이냐?"

됐다.

지금껏 꼭꼭 숨어 있던 혈성군이 직접 모습을 드러낼 만큼 원하는 물건인데 만의 하나의 위험도 감내할 수 없을 것이다.

"저 사람들 보내."

나는 내 뒤쪽을 고갯짓했다.

"어차피 원하는 건 이거 하나잖아?"

학진평이 깜짝 놀라 소리쳤다.

"백 대협! 아니, 백리…… 어, 백, 백……."

"백리 대협이라고 부르세요. 제가 말했죠? 비무 대회에 내가 나갔다면 우승했을 거라고."

남궁류청이 눈을 부릅뜨고 나를 노려보았다. 이 상황에서도 농담하고 싶으냐는 듯한 모습이었다. 하지만 이 순간이 아니면 못 하는걸……!
그때 왕장고가 소리쳤다.
"백리 대협! 어떻게 저희만……! 그럴 수 없습니다! 안 됩니다."
나는 싸늘하게 답했다.
"됐으니까 가세요. 당신들 있으면 방해만 되니까. 지금 상황 보면 몰라요? 아까부터 누가 누굴 도와줬는데요. 내가 이래서 동행 안 하려고 했는데."
결국, 학진평이 모든 재물을 버려둔 채 쟁자수와 표사들만 챙겨 말에 올라탔다. 준비를 마친 무양표국 사람들이 마교 잔당들 앞에서 머뭇거리고 있자 혈성군이 귀찮은 듯이 손짓했다.
마교 잔당들이 일사불란하게 길을 텄다가 그들이 빠져나가기 무섭게 다시 진영을 갖췄다.
"자, 약속대로 모두 보냈다."
나는 시야 밖으로 그들이 떠나는 모습을 확인했다.
혈성군이 말했다.
"계속 그러고 있을 생각인가?"
"……."
"머리 굴려 봤자 소용없다. 남궁가 녀석을 이대로 두면 안 된다는 건 네가 제일 잘 알 텐데."
남궁류청은 티 내려 하지 않았지만 들이쉬고 내쉬는 숨결이 조금씩 흔들리는 게 느껴졌다.
"류청, 괜찮지?"
"물론."
나는 입꼬리를 살짝 올리며 말했다.

"맞아. 계속 이러고 있을 수는 없지."

그 순간.

화르륵. 삼매진화가 내 손에서 피어났다. 그리고 비단이 끄트머리부터 타오르기 시작했다.

눈이 뒤집힌 혈성군이 버럭 소리쳤다.

"이놈이! 어서 죽여라! 어떻게 해서든 뺏어!"

나는 남궁류청 옆으로 뛰어내려 바짝 서며 말했다.

"얼마나 버틸 수 있겠어?"

"네 발목 잡을 정돈 아냐."

"하여간 고집은."

그 뒤로부터는 정신없이 검을 휘둘렀다.

본래라면 벌써 재가 되고도 남았을 텐데, 비단이 타오르는 속도가 상당히 느렸다. 확실히 비단에 있는 기이한 힘이 타오르는 걸 막아내고 있는 느낌이었다. 그리고 비단이 조금씩 줄어들수록 혈성군의 얼굴이 악귀처럼 일그러졌다.

'반응이 예사롭지 않은데.'

대체 무슨 내용이 담겨 있길래?

본래는 적당히 타오른 비단을 넘기고 남궁류청과 빠져나가는 것이 목표였다. 하지만 저 반응을 보아서는 절대 넘겨주어서는 안 될 물건 같았다.

그때였다. 혼전 속에서 땅이 진동하는 느낌이 들었다. 마치 우르르 말을 타고 달려오는 듯한 흔들림이었다.

'누구지? 설마 무양표국 놈들이 지금 다시 돌아오는 건가?'

나와 같은 생각을 했는지 혈성군의 웃음소리가 밤하늘에 울려 퍼졌다.

"하하하, 잘됐군. 쫓을 필요 없겠다. 오는 놈들을 모두 고통스럽게 찢어 죽여라!"

나는 얼굴을 일그러트렸다.

'저 머저리들! 도움 하나 안 되는데 죽을 길을 찾아들어 와!'

하지만 그 소리가 가까워질수록 혈성군의 얼굴에서도 표정이 사라졌다.

'무양표국이라고 하기에는 수가 너무 많은데?'

나 또한 의아함을 품었을 때.

콰르릉— 콰앙!

하늘을 찢는 듯한 폭음과 함께 함께 마교 잔당 진영 한 곳이 순식간에 무너졌다. 그리고 내공을 잔뜩 담은 익숙한 목소리가 뇌성처럼 하늘에 울려 퍼졌다.

"누가 누굴 고통스럽게 찢어 죽여?"

병력의 선두에 있던 신형이 훌쩍 하늘로 뛰어오르더니 무너진 진영 정중앙으로 떨어졌다. 착지와 함께 격한 전투로 피어났던 먼지구름이 원형을 이루며 확 개었다.

나는 환한 얼굴로 소리쳤다.

"아버님!"

그 순간 눈부시게 빛나던 검의 궤적이 삐끗했다. 털썩. 혈성군의 호위가 피를 쏟으며 바닥으로 쓰러졌다. 남궁완 아저씨가 소리를 버럭 내질렀다.

"아닛, 너 때문에 죽여 버렸지 않느냐!"

"아버님, 보고 싶었어요!"

그 뒤로 땅을 울리던 소리의 원인이었던 백여 명은 되어 보이는 병력이 마교 잔당들을 덮쳤다. 병력들 사이에 먼저 빠져나갔던 학진평과 무양표국의 무사들도 보였다.

“아악!”

푸악―

비명과 피가 난무했다. 병력의 수만 따진다면 마교 잔당들 측이 많았다. 하지만 마교 잔당들은 애초에 나와 남궁류청만을 고려하여 구성한 병력이었다. 고수의 수에서 밀렸다.

혈성군이 모든 감정이 사라진 듯한 표정으로 나를 바라보았다. 나 또한 눈을 피하지 않았다. 결국, 혈성군이 먼저 가마의 창을 닫았다. 퇴각하는 혈성군의 뒤를 오합지졸이 된 마교 병력들이 따랐다.

싸움은 빠르게 끝났다. 남궁완 아저씨가 지휘하는 병력 대다수는 마교 잔당들을 추적하러 향하고 엉망인 이곳에는 무양표국 사람들과 일부 호위대만 남았다.

시신과 부상자를 살피는 무양표국의 표사들이 아닌 척 나를 흘끔거리는 시선이 느껴졌다. 학진평 또한 내게 정말 하고 싶은 말이 많은데 어떻게 운을 떼야 할지 혼란스러운 표정이었다.

나는 만면에 미소를 띠고 우러러보는 눈빛을 한 채 말했다.

“아버님은 늘 저를 구해 주시네요. 아버님이 최고예요!”

“네 아비보다?”

“네?”

“조금 전에는 최고라며. 거짓말인 게야?”

아니, 지금 마흔이 넘어간 중년 사내가 이런 옹졸한 말을 질문이라고 하는 거야?

나만 그런 생각을 한 게 아닌 듯 옆자리의 남궁류청이 말했다.

"아버지, 지금 그걸 질……."

나는 등 뒤로 재빨리 손을 뻗어 남궁류청을 콱 찌르고 말했다.

"거짓말이라니요, 아버님! 그럴 리가요! 아버님이 제일이지요-!"

"역시 그렇지?"

"아 그럼, 물론이죠!"

의기양양한 미소를 지은 남궁완 아저씨가 내 뒤를 보며 말했다.

"봐라. 들었느냐?"

"……?"

왠지 싸한 느낌이 들었다. 나는 남궁완 아저씨의 시선을 따라 뒤를 돌아보았다. 그리고 순간 숨을 끕 들이켰다. 달빛에 하얗게 빛나는 백옥 같은 머리칼을 한 중년의 절세 미남…… 아버지가 계셨다.

아아아니. 왜 두 분이 함께 있는 거야! 그래도 되는 거야?

아버지께서 소가주 되신 지 얼마 되지도 않았는데, 인수인계해야지! 이렇게 가문을 떠나서 돌아다녀도 되는 거야? 되는 거냐고!

음울한 낯의 아버지가 잠시 나를 응시했다가 남궁완 아저씨를 보고 말했다.

"자네가 아이도 아니고 이 무슨 짓인가?"

아버지의 타박에도 남궁완 아저씨는 예예, 그러시겠지요- 하는 얄미운 표정을 지을 뿐이었다. 속으로 한숨을 삼킨 듯한 아버지가 남궁완 아저씨에게서 다시 나에게로 시선을 돌렸다.

그 엄숙한 눈빛에 나는 그대로 무릎을 꿇으며 잘못했다고 빌고 싶어졌다.

"백리연."

아버지가 입을 연 순간, 무릎을 꿇는 대신 눈을 질끈 감고 외쳤다.

"아빠! 보고 싶었어요!"

뛰어들듯 안기는 것은 덤이었다.

"……."

"……."

나는 아버지 품속에서 차마 얼굴을 들지 못했다. 다 커서는 해 본 적 없는 것 같은데. 아니, 심지어 어릴 때도 아빠라곤 해 본 적 없다고!

마치 한 시진 같은 침묵의 시간이 지나고, 머리를 부드럽게 토닥이는 느낌이 들었다.

"그래. 다친 곳 없어 다행이구나."

서, 성공인가?

우물쭈물 고개를 들어 보자 아버지가 희미한 미소를 지은 채 내려다보고 있었다. 좀 전의 음울함과 엄숙함은 씻은 듯 사라졌다. 살짝 당황한 듯 보였지만 반짝이는 눈빛에는 기쁨이 가득했다.

그래, 면 좀 팔리면 어때? 그깟 거 얼마든지 팔 수 있다. 아버지의 기분을 위해서라면!

내가 혼나기 싫어서 그러는 건 결코 아니었다. 아무튼, 아니었다.

그때 초를 치는 듯한 코웃음 소리가 들렸다.

"의강. 설마 자네, 말 한마디 들었다고 이것들이 친 사고를 잊어버린 건 아니겠지?"

아저씨……!

나는 억울한 표정을 했다. 아버지가 차분한 목소리로 말했다.

"잊었을 리가. 허나, 내 딸은 내 알아서 훈육할 테니 자네가 신경 쓸 필요는 없네."

잠시 말을 멈추었던 아버지가 입꼬리를 살짝 올린 채 말했다.

"자네는 '아버님'이지. 나는 '아빠'이고."

"……."

"……."

내가 지금 뭘 들은 거야?

방금 내가 들은 유치한 말이 정녕 아버지한테서 나온 말이 맞나?

나는 현실을 부인하고 있는데, 심지어 남궁완 아저씨는 발끈한 표정이었다. 정신이 번쩍 든 나는 재빨리 끼어들어 주제를 돌렸다.

"그런데요, 이대로 혈성군을 쫓으러 가지 않아도 되나요? 저흰 괜찮아요."

아버지가 옅게 미소를 지으며 답했다.

"걱정 말거라. 이미 이 주변은 모두 포위하고 있단다."

아하, 아버지가 왜 뒤늦게 나타나셨나 했더니만 포위를 맡았던 모양이었다. 반면 남궁완 아저씨는 속을 알 수 없는 표정으로 나를 바라보고 계셨다. 아버지의 말이 끝나자 갑자기 손을 뻗어—

"아아아아아아!"

내 귀를 억세게 잡아당겼다.

"혈성군? 네가 지금 그걸 걱정할 때야? 이 천둥벌거숭이 같은 녀석! 네놈들이 대체 왜 여기 있는 게야! 얼마나 깜짝 놀랐는지 알아? 그래 놓고 혈성군을 찾아?"

"아니, 자네 지금 뭐 하는 겐가!"

"아버지!"

깜짝 놀란 아버지가 나를 안으며 뒤로 물러났다. 남궁류청은 다급히 나와 남궁완 아저씨 사이에 끼어들었다.

"요란 피우지 마라. 세게 당기지도 않았어! 너처럼 엄살이 심한 녀석은 처음 보는구나! 류청 넌 비켰! 넌 다음 차례니까!"

남궁완 아저씨가 거친 손길로 남궁류청을 확 밀쳤다. 휘청이는 남궁류청의 모습을 본 나는 깜짝 놀라 아버지 품을 뿌리치듯 나가 그를 끌어안았다.

"아버님, 류청은 다쳤어요! 저를 지키려다가……."

품 안의 남궁류청이 괜찮다는 듯 벗어나려고 해서 가만히 있으라며 옆구리를 콱 찔렀다.

눈치 챙겨!

그래도 움직임이 멈추지 않아서 더 거세게 꼬집었다.

그제야 알아들은 듯 내게 몸을 기대는 것이 느껴졌다. 그리고 실랑이를 하느라 뒤쪽의 아버지가 서운한 표정을 짓고 있는 걸 보지 못했다.

나는 다급하게 소리쳤다.

"류청! 괜찮아?"

"……."

남궁류청은 아무 대답도 하지 않았다.

남궁완 아저씨가 기가 막힌 듯이 눈을 부릅떴다. 입을 열었다 닫길 반복하던 아저씨가 이를 꽉 깨물고 말했다.

"느증에 드시 브즈."

휴우, 이, 일단 이렇게 넘어갈 수 있는 건가?

그렇게 안도할 때, 갑자기 남궁류청이 무거워졌다. 내게 완전히 기댄 느낌이랄까. 다 끝났는데 이렇게까지 연기를 한다고?

이내 깨달았다. 이건 연기가 아니었다. 온몸의 힘이 풀린 듯한…….

나는 꽉 안고 있던 손을 풀며 남궁류청의 얼굴을 들어 올렸다.

"류청? 류청……!"

식은땀이 배어난 남궁류청의 이마가 불덩이 같았다.

전투를 마친 후, 근처 작은 시골 농가에서 쉬기로 결정했다.

하지만 마을은 검을 든 사람 백여 명이 있을 자리도 마땅치 않은 데다 모두 머물기에는 농민들에게 너무 위협적이었기에, 부상을 입지 않은 이들은 마을에서 좀 떨어진 공터에 자리를 잡았다.

도주하는 마교 잔당들을 포위했던 백리 세가의 무사들도 하나둘 속속들이 도착했다. 남궁완과 백리의강은 빌린 농가 안에서 보고를 받았다.

"사망자는 여섯, 중상이 셋에 경상은 스물넷입니다. 부상자 모두 복귀 완료하였고, 경상자까지 치료는 모두 끝났습니다."

"농가의 아낙들에게서 식재료를 구매하다 제안을 받았는데, 돈을 조금 더 지불하면 아낙들이 식사 준비를 도울 수 있다고 합니다. 곧 식사 시간인데 어떻게 할까요?"

"마교 측은 포로 넷이 부상으로 추가 사망하여 최종 포로는 서른다섯이 되었습니다. 농가에 안 쓰는 빈 창고가 있어 그곳을 빌려 모아 두었습니다."

"무양표국 표사와 함께 천마의 보물을 확인해 보았습니다만, 몇 개 사라졌습니다. 아마도 전투 중 마교 잔당이 챙겨 간 듯싶습니다."

보고를 마친 사람이 문을 나서기가 무섭게 남궁완의 부관인 심지평이 삐걱거리는 문을 열고 들어왔다.

"소가주님, 방금 무양표국의 첩자를 생포했습니다."

남궁완이 붓을 내려놓으며 물었다.

"역시 있었군. 누구던가?"

"왕장고라는 표사입니다. 무양표국에서 스무 해 넘게 일했던, 무양표국의 소국주인 학진평의 오른팔이나 다름없는 자였다고 합니다. 그 자가 마교도들에게 계속 흔적을 남겨 주었다고 합니다."

"본래 마교도였나?"

"그건 아닌 것 같습니다. 최근 도박으로 인한 빚 문제가 있었다는데, 조금 더 조사해 보겠습니다."

"그래. 계속 조사해. 왕장고에게 접근한 연락책도 찾아보고. 학 소국주가 혹여나 제 표국 사람을 감싸려 들거든, 같이 조사하도록. 쥐새끼도 못 되는 벌레 새끼들이 감히……."

저도 모르게 튀어나온 험악한 말에 남궁완이 반사적으로 백리의강을 바라보았다. 본래라면 분명 한마디 했을 백리의강은 조용했다. 곰곰이 생각에 잠긴 낯이었다.

"의강?"

백리의강이 탁자 위 타다 만 비단 조각을 집어 들며 말했다.

"무양표국이 천마의 보물을 손에 넣은 경로가 어찌 되었는지도 한번 알아보는 게 어떻겠나?"

"그리하지."

백리의강 손안의 비단 조각은 본래의 모습을 알아보기 힘들 정도로 엉망이었다. 처음 크기의 삼 할 정도로 줄어든 비단은 곳곳에 구멍이 나고 그을음이 남아 이제 글씨를 전혀 알아볼 수 없는 상태였다.

백리의강이 비단을 눈짓하며 물었다.

"표국에서는 이것에 대해 아는 자가 없는가?"

심지평이 공손히 답했다.

"예. 그 또한 물어보았으나, 아무도 아는 사람을 발견치 못했습니다. 심지어 학 소국주는 비단에 쓰인 글을 보지도 못했다고 합니다. 다만 듣기로는 비단 조각을 꺼내신 아가씨가 이게 무슨 글씨냐고 묻고 도련님께서 범어라고 알려 주셨다고 합니다."

"연이와 류청밖에 보지 못한 건가?"

남궁완이 턱을 쓰다듬으며 말했다.

"그렇다면 복구는 불가능하겠군."

백리의강이 손에서 불을 피워 냈으나 이번에는 전혀 타오르지 않았다.

남궁완이 말했다.

"연이랑 그 녀석은 지금 뭘 하고 있나? 그 녀석은 아직도 못 일어난 게야?"

"도련님은 아직 깨어나지 못하셨고, 아가씨는 그 옆을 지키고 계셨습니다."

알겠다는 듯 손을 내젓자 심지평이 방을 빠져나갔다.

"이제야 좀 조용해졌군."

백리의강이 고개를 끄덕였다.

"여길 다 수습하면 어쩔 생각인가?"

"일단…… 연이를 찾았으니, 데리고 가문으로 돌아가야겠지."

"흠. 여기까지 온 김에 그냥 본래 목적대로 우리 집에 들렀다 가지 왜?"

백리의강이 고개를 저었다.

"할 일이 태산일세. 중매인을 부탁하고, 사주단자를 주고받고, 길

일을 잡고, 혼수도 정리하고…… 시간이 너무 빠듯하네.”

애기만 들어도 남궁완은 머리가 어질어질한 기분이었다.

“벌써 걱정이 태산이군. 너무 걱정 말게. 예법에 조금 어긋난다고 누가 감히 아이들을 뭐라 하겠는가?”

백리의강이 담담히 고개를 저었다.

“아니. 자네와 나, 심지어 본인들도 개의치 않다고 한들, 이런 일은 법도를 명확히 지키는 게 좋네.”

“흠, 경험에서 우러난 건가?”

반사적으로 농을 건넨 남궁완이 제 혀를 깨물었다. 백리의강의…… 뭐라고 불러야 할지 알 수 없는 그녀, 백리연의 친모 이야기는 그들 사이에서 금기나 다름없었다.

남궁완에게는 원수인 천마의 딸이었고—손녀인 연이를 받아들인 것과는 별개였다—백리의강도 지금껏 한 번도 스스로 입 밖에 꺼낸 적 없는 주제였기 때문이다.

백리의강이 근심 어린 낯으로 남궁완을 바라보았다.

“뭐, 왜?”

“자네는 어째 갈수록 생각을 안 거치고 말을 하는 것 같은가?”

“이봐.”

“하지만 틀린 말도 아니군.”

“…….”

“처음 연이를 데려왔을 때, 나만 손가락질을 받으리라 생각했었네.”

허공을 바라본 백리의강이 쓰게 웃었다.

“하지만 아니었던 게야.”

“……의강.”

"처음부터 시작하면 안 되었어."

침묵하던 남궁완이 단호하게 말했다.

"이제 와서 돌이킬 수 없는 예전 일을 후회하는 것만큼 쓸모없는 일도 없네. 실수 없이 살아가는 이가 어딨는가."

백리의강이 희미한 미소를 지으며 고개를 살짝 끄덕였다. 그때 좀 전에 떠났던 심지평이 돌아와 말했다.

"식사가 모두 준비되었다고 합니다. 여기로 날라 오라고 할까요?"

남궁완이 그러라는 듯이 고개를 끄덕였다가 심지평이 나가기 전 다시 불러 세웠다.

"아, 연이와 그 녀석은 뭘 하고 있던가?"

이각도 되기 전에 이미 답했던 질문이었다. 심지평이 당황하며 말했다.

"보고 이후 확인한 적이 없습니다. 도련님께서 일어나시면 소식을 주겠다고 하셨는데 아직 소식이 없는 걸 봐선…… 그래도 혹시 모르니 다시 확인할까요?"

"그래. 가봐. ……아니, 됐다. 내가 가 보지."

남궁완이 일어나자 심지평이 당황한 표정을 지었다.

"소가주님께서요? 그, 도련님께 화내시는 것은 도련님 몸이 회복한 뒤에 하시는 게……."

"무슨 헛소리를 하는 거야?"

"아, 아닙니까?"

한마디 강하게 쏘아붙일 줄 알았거늘 남궁완은 심지평을 향해 혀를 한 번 차고는 말을 이었다.

"연이가 류청을 계속 간호하느라 지쳤을 테니 가서 얼굴 보고 위로 좀 하고, 밥이나 같이 먹을 생각이다. 식사도 그리로 챙겨와. 연이 것도 챙겨서."

"아, 그렇군요. 좋은 생각이십니다!"

"아, 버, 님으로서 위로를 해 주는 것이 마땅치 않겠느냐."

"옳으신 말씀입니다."

심지평이 딱따구리처럼 열심히 고개를 주억거렸다. 지켜보던 백리의강이 끼어들었다.

"아비인 나를 두고 자네가 왜 나서는가?"

"아비가 이리 무심하니 내가 챙길 수밖에."

"내 언제 무심했다는 건가? 나도 연이와 식사할 생각이었네."

"그럼 따라오게나."

"자네가 날 따라오는 거겠지."

마흔이 넘은 두 무림 고수들의 유치한 다툼에 심지평은 표정을 숨기고자 재빨리 고개를 숙였다. 본래라면 아직 두 분이 화가 잔뜩 나 있어야 하거늘. 화내려 했던 사실은 이미 까맣게 잊어버린 듯했다. 잘된 일이었다.

표정을 관리한 심지평이 말했다.

"세 분 식사를 준비하라 할 테니, 어서 가보십시오."

남궁완이 옷자락을 털어 내며 툭 말했다.

"아, 그리고 여기 남은 보고서는 네가 마무리해 놓거라."

"예?"

"문제 있어?"

"아, 저도 식사를……."

"나중에 먹고 여기 자리나 지키거라. 누가 또 찾아올 수 있지 않으냐. 아, 기왕이면 전서구로 보낼 내용도 정리해 놔."

"……."

"뭐, 불만 있나?"

"없습니다."

백리의강이 한숨을 내쉬며 고개를 젓고 말했다.

"왜 자네가 해야 할 일을 부관에게 미루는가?"

"그러라고 부관이 있는 걸세."

"……심 부관, 고생이네."

심지평은 그저 알아줘서 감사하다는 듯 아련하게 웃었다. 백리의강이 말했다.

"식사를 이리로 보내라고 하겠네."

"역시 대협뿐이십니다!"

그러든지 말든지 먼저 방을 나선 남궁완은 불만스러운 듯이 중얼거렸다.

"쯧, 아직도 못 일어났다니 엄살은."

혼잣말에 가까운 말에 백리의강이 진지하게 동의했다.

"그러게나 말일세. 자네 아들 너무 허약한 거 아닌가?"

"뭐?"

평소 매일같이 구박해도 친아들이었다. 본인이 욕하는 건 상관없었지만, 남이 욕하는 걸 들으니 그래도 아들의 편을 들어 줘야겠다는 부성애가 샘솟았다.

"아니, 그래도 연이를 지키다 다친 것이거늘 자네 너무하군."

"유일한 쓸모지."

"뭐라? 그건 정녕 말이 너무한 거 아닌가?"

그리 말한 남궁완의 호흡이 다소 흥분한 듯 거칠어졌다.

“아니, 세상에. 놀랍군. 내가 자네에게 이런 말을 하는 날이 오다니!”

백리의강이 불쾌한 얼굴로 따지듯 말했다.

“너무하다니. 대체 어디가 너무한가? 자네가 내 입장이면 이 정도에서 끝났을 것 같은가? 연이는 아비와 평생을 같이 살 거라고 했단 말일세!”

“딸자식을 노처녀로 늙어 죽게 할 생각인가?”

“연이가 원한다면 물론.”

“하지만 원하지 않지.”

남궁완이 희희낙락 답하는 모습에 백리의강이 싸늘하게 흘겨보았다.

“내 두고 보게. 눈만 뜨면 자네 아들을 가만두지 않을 걸세.”

“그래, 그래. 혼인만 시켜 주고 때려죽이든 말든 알아서 하게나.”

“연이를 과부로 만들란 건가!”

“아니, 그럼 어쩌라는 건가?”

이내 두 사람은 스스로도 우습다는 생각이 들어 헛웃음을 터트리며 투닥거리는 것을 그만두었다.

곧바로 백리연과 남궁류청이 쉬고 있는 빌린 농가 앞에 도착했다. 멈춰선 백리의강이 말했다.

“연아, 들어가겠다.”

“…….”

“설마 자는가?”

고개를 기울인 남궁완이 중얼거리다 백리의강과 눈을 마주했다.

“…….”

"……."

둘이 같은 생각을 한 것이 틀림없었다.

남궁완이 번개 같은 손놀림으로 문을 벌컥 열었다. 그들을 맞이한 것은 텅 빈 침상이었다.

"백리연-!"

노호가 하늘 높이 울려 퍼졌다.

나는 산길을 내달렸다. 이 정도면 안전하다고 생각했을 때였다. 등 뒤에서 밭은기침과 함께 낮은 목소리가 들렸다.

"……나 일어났어. 내려 줘."

"그냥 있어. 몸도 안 좋은데."

"내려놔!"

나는 입을 비죽이며 남궁류청을 내려 주었다.

"앙탈은."

"앙탈?"

"아니, 아픈 사람을 건강한 사람이 업을 수도 있는 거지."

나무를 짚고 선 남궁류청의 시선이 아주 매서웠다. 하여간 이상한 데서 자존심을 부린다니까. 나는 그를 달래기 위해 얘기 방향을 살짝 틀었다.

"기억나? 어릴 적에 네가 나 많이 업어 줬잖아."

"기억해."

나는 방긋 웃으며 말했다.

"그때 일을 지금 갚은 거라고 생각해."

"그때 일……."

남궁류청이 표정을 더더욱 찌푸렸다. 나는 왜 그러나 싶어서 고개를 기울였다.

"네가 업어 주지 않는다면 그대로 바닥에 대자로 누워서 소리 지르겠다고 했던 걸 갚았다고 하는 거야?"

"……내가 그랬다고?"

"그래."

나는 금시초문이라는 듯이 눈을 동그랗게 떴다.

"그럴 리가? 그냥 네가 나 업어 주겠다고 한 거잖아."

"무슨……! 아니야!"

사실 기억하고 있었다. 나는 방글방글 웃으며 말했다.

"그럼, 안 업히면 누워서 소리 지를 거야."

"제발, 나잇값 좀 해……."

휴, 안타깝게도 어릴 때랑은 달리 이제 이런 협박이 먹히지 않았다. 어쩔 줄 모르며 당황하는 모습이 참 귀여웠는데 말이다. 이젠 고집만 세져서는 죽어도 안 업힌다고 뻗대서 어쩔 수 없이 부축하며 걸어갈 수밖에 없었다.

"그래서 대체 무슨 상황이야? 왜 내가 여기 있지?"

남궁류청이 마치 기억을 떠올리려는 듯이 눈가를 찌푸렸다.

"아저씨랑 무양표국 사람들도 모두 무사해. 마교 잔당은 모두 도망갔고. 다만, 혈성군은 놓쳤어."

미리 포위진까지 짜 놓았는데 대체 어떻게 빠져나갔는지……. 대단한 사람이었다. 놓쳤다는 보고에 남궁완 아저씨는 "간교한 인간은 어디서 어떻게든 제 살길은 마련해 두고 다니지."라고 평했다.

아버지와 남궁완 아저씨가 제때 도착할 수 있었던 것은 개방에 들어온 산채의 정보 덕분이었다고 한다. 무림맹 측에서 산채의 동향을 살피고 있을 때 마침 근처에 아버지와 남궁완 아저씨가 근처를 지나가게 됐고……

아아, 됐다. 복잡한 일은 알고 싶지 않았다. 대충 그냥 운이 좋았다. 나는 간단하게 상황을 요약하고 말을 이어 나갔다.

"그 뒤에 근처 농가에 잠시 머물러 정비하고 다시 떠나려고 했는데……"

"그런데?"

"도망쳤어."

"뭐?"

"의원이 말하길 네 상처가 심하지 않다고, 이미 몸이 해독에 들어갔다고 해서…… 슬쩍 빠져나왔지."

"아니, 하…… 그건 뭐야?"

머리를 짚으려던 남궁류청이 내 허리춤의 주머니를 보았다.

"아, 별거 아니야."

나는 그가 볼 수 없게 살짝 치우려 했으나 그보다 남궁류청이 손을 뻗는 게 더 빨랐다. 남궁류청이 꺼내 든 것은 손가락만 한 술잔이었다. 백옥 여의주를 물고 있는 황룡이 조각되어 있었다.

"네가 언제 이런 걸 가지고 있었…… 아, 설마?"

"맞아. 천마의 보물."

"이걸…… 왜 네가 가지고 있는 거야?"

"굴러다니고 있길래 주웠어."

"주웠다고?"

"응."

남궁류청은 도둑질이라며 당장 나를 포졸 앞에 끌고 가고 싶은 표정이었다. 나는 내가 이걸 주울 수밖에 없던 열두 가지 이유와 내가 이것의 주인이 되어도 되는 스물네 가지 이유를 말하려고 했으나…….

남궁류청이 내게 술잔을 넘기며 다시 무표정하게 말했다.

"나는 못 봤어."

"……."

이내 낭랑한 웃음이 숲에 울려 퍼지고, 놀란 새들이 파드득 날아가는 소리가 들렸다.

한참 웃은 나는 그의 목덜미에 묻고 있던 얼굴을 들었다. 따뜻한 눈길을 느끼며 입을 열었다.

"있잖아, 이것보다 더 큰 문제가 있어."

"또 무슨 문제?"

나는 눈을 깜빡이며 배시시 웃었다.

"여기가 어딘지 모르겠어."

"……."

"그냥 아무렇게나 빠져나와서, 하하. 우리 길을 잃어버린 것 같아."

우리는 숲에서 사흘 밤낮을 헤맨 후에야 간신히 길을 찾아 나올 수 있었다.

내내 자연지기로 상처의 회복력을 북돋아 주긴 했어도, 혹시나 상처가 덧나지 않았을까, 괜히 남궁류청을 고생하게 만든 것이 아닌가 걱정했지만 남궁류청은 그야말로 강골, 무쇠로 만든 사람이었다. 정신을 잃었던 것이 거짓처럼 며칠 지나자마자 상처엔 새살이 덮였고 빠르게 나아 갔다.

걷다가 마주치는 수레에 올라타고, 마을에 들러서 쉬고, 마차를 구매해 이동하다가 배를 타고 내리길 반복하길 며칠. 쨍하게 내리쬐는 볕 아래 짠 내를 머금은 습한 공기가 느껴졌다. 드디어 목적지인 천주, 항구 도시에 도착한 것이다.

도착하자마자 가장 먼저 향한 곳은 장물을 팔 수 있는 곳이었다. 그리고…….

"그 정도라고요?"

나는 금액을 듣고 눈이 튀어나올 뻔했다.

와, 이 가격이면 마교 잔당들이 이 악물고 무양표국을 습격할 만한걸!

모순적이게도 그들이 당한 습격이 보물의 몸값을 높인 이유였다. 우리가 천천히 이동하는 동안 세상에는 무양표국이 마교의 습격을 두 번이나 받아 표물인 천마의 보물 일부를 잃어버린 사실이 알려졌다.

본래라면 임무 실패로 여겨졌어야 하나, 오히려 사람들에게 무양표국의 명성은 더 높아졌다. 무려 마교의 총군사인 '혈성군'이 노리던 보물을 지키고 함정을 빠져나왔다고 알려진 것이었다.

뭐어, 완전히 거짓말은 아니지.

거기다 그 '혈성군'이 노린 귀물이라고 알려지며, 보물에 천마의 비밀이 숨겨져 있는 것 아니냐는 소문이 돌아 이제 수집품 이상의 가치를 지니게 되어 버린 것이다.

의뢰인은 보물을 일부 잃었음에도 오히려 싱글벙글 좋아하고, 결국 무양표국도 원하는 것을 얻었으니, 잘된 일이었다.

그리고 사람들은 이제 무양표국이 잃어버린 보물 일부를 찾기 위해 다들 눈에 불을 켜고 있었다.

"저희에 관해서는……."

말을 흐리자 장물아비가 이해했다는 듯이 고개를 끄덕이며 열렬히 말했다.

"걱정하지 마십시오. 저는 아무것도 모릅니다! 이런 일을 하려면 신용이 생명입니다. 그게 아니면 누가 제게 장물을 처리하겠습니까?"

약간의 흥정을 하고 적절하다고 생각되는 가격을 받았다. 일부는 은전으로 받고, 일부는 은표로 받기로 했다. 나는 장물아비가 은표 발급으로 잠시 자리를 비우자마자 외쳤다.

"우리 이제 부자야! 이 정도나 될 줄이야. 여행 자금으로 쓰고도 남겠는데? 남은 건 어디 투자라도 해 놓을까? 비상금으로!"

어디 보자, 이 이후에 가격이 오르는 물건이 뭐가 있었지? 쌀은 올해 풍작이고…….

그런 고민을 하다 남궁류청의 표정이 떨떠름한 걸 뒤늦게 알았다. 설마 장물이라는 점이 아직도 걸리는 건가?

그때 남궁류청이 갑자기 입을 열었다.

"돈은 앞으로도 아끼는 게 어떨까 싶은데."

"돈이 이렇게 많은데 왜 아껴?"

의아함을 감추지 못하며 남궁류청을 바라보았을 때, 그의 귀 끝이 붉게 달아오른 것이 보였다.

"아."

나는 바로 눈치챘다. 한방을 쓰고 싶어서 그러는구나? 그게 아니라면 여기서 갑자기 이런 말이 나올 이유가 없었다.

안도감과 동시에 여러 기억이 떠올랐다. 처음 내가 억지로 같은 방을 쓰자고 주장했을 때 반대하던 남궁류청의 모습부터, 갑자기 제멋대로 무양표국의 동행을 허락했을 때의 모습까지.

괜찮은 척했지만, 그럴 리 없다고 아무렇지 않은 척했지만 사실 완벽히 괜찮을 리가 없었다. 마음속 깊은 곳에서 남궁류청은 원하지 않는데, 내가 억지로 주장하는 것에 어쩔 수 없이 맞춰 주고 있는 게 아닐까, 그런 의문이 조금은 있었다.

'그런데 아니었던 거지!'

남궁류청도 좋았던 것이다!

나는 귀에 걸리려는 입꼬리를 억누르면서 이해하겠다는 듯이 얘기했다.

"그래. 그러자."

내가 긍정하자 남궁류청이 눈에 띄게 안도하는 모습을 보였다.

이렇게 넘어가도 됐지만…… 그간 내가 겪은 약간의 서러움이 떠오르자 그냥 넘어가기엔 아쉬운 마음이 들었다. 나는 벽돌이 든 것처럼 묵직한 은전 주머니를 매만지며 말했다.

"그래도 이 정도면 충분히 풍족한 것 같은데 굳이 아낄 필요가 있……."

남궁류청이 내 말을 자르며 끼어들었다.

"아니. 무슨 일이 생길지 모르니까."

나는 모르겠다는 듯이 고개를 갸웃 기울였다.

"그런가?"

"그래."

입술을 꾹 깨문 남궁류청이 고개를 틀어 허공을 바라보며 조그맣게 말했다.

"그러니까 앞으로도 방을 하나만 잡는 게 좋겠어."

"……."

아, 나도 더는 놀릴 수 없었다. 부끄러움도 전염이 되는 것일까? 무척이나 기쁜 와중에 왠지 모르게 창피한 마음이 드는 것이 얼굴에 열이 오르는 기분이었다.

그때 남궁류청이 번개 같은 손길로 돈주머니를 내 손에서 빼앗듯 가져갔다. 그리고 스리슬쩍 덧붙였다.

"……은전은 무거우니까."

때마침 돌아온 장물아비가 기운차게 말했다.

"두 분 아직 객잔을 안 잡으셨다고요? 어라? 다들 더우십니까? 얼굴이 엄청 붉으신데. 찬물이라도 가져다드릴까요? 됐다고요? 그럼 제가 좋은 객잔 하나 추천해 드리겠습니다! 바다가 보이는 곳을 원한다고요? 객실은 하나만 빌리면 되고요? 아, 물론이죠! 제가 신혼여행에 딱 알맞은 곳을 알죠. 예? 신혼여행이 아니라고요? 에이…… 큼, 걱정하지 마십쇼!"

숙소도 잡았고, 주머니도 풍족하고, 배도 든든하겠다, 다음은 역시 관광이었다.

저녁을 먹고 나섰을 때, 바다엔 석양이 드리워져 있었다. 주홍빛 보석처럼 빛나는 태양이 하늘과 수면을 금빛으로 물들였다.

갈매기들이 하늘을 날며 끼룩거리고 거대한 범선 수십 척이 빼곡하게 모여 파도를 따라 넘실거렸다.

갑판에 널빤지를 걸치고 선박에서는 일꾼들이 고함을 치며 정신없이 화물을 지고 나르기 바빴다. 해가 지기 전에 끝내려는 것이다. 예전과 전혀 변함없는 모습이었다.

걸음을 옮길수록 천천히 바다가 어둠에 잠기고 소란스럽던 부둣가도 언제 그랬냐는 듯 점차 조용해졌다. 자맥질하며 놀던 아이들마저 그만 놀고 당장 나오지 못하겠느냐고 소리지르는 부모를 쫓아 와글와글 달려가고 나자 파도 소리만 들려왔다.

이를 감상하던 나는 문득 남궁류청을 흘끔 보았다. 남궁류청은 아이들이 사라진 방향을 넋을 잃고 바라보고 있었다.

"뭘 그렇게 봐?"

"어? 아니야."

아무것도 아니라고 하기에는 내가 질문한 순간 얼굴이 새빨개졌는데? 아까 전 방 하나만 잡자고 할 때보다 더 심했다. 아주 잘 익은 사과와 같았다.

'무슨 생각을 했길래, 애들 보고 갑자기 얼굴이 빨개지지?'

그냥 애들이었는데?

왜 그러냐고 몇 번을 물어봐도 남궁류청은 꿋꿋이 입을 열지 않았다. 그러니까 더더욱 궁금해졌지만, 결사적인 모습을 보고 질문을 돌렸다.

"그럼 류청, 너는 어릴 적에 이러고 논 적 있어?"

"'이러고'라면?"

"친구랑 물장구치고 놀아 본 적 있냐고."

"그런 적 없어."

역시 남궁류청. 사실 나도 상상이 안 가서 물어봤다.

"그럼 수영은?"

"할 줄 알아."

"수영은 할 줄 아는데 물장구치며 논 적은 없다고?"

"둘이 무슨 상관인데?"

"아니, 그거참…… 독특하네."

나는 아이들이 뛰놀던 부둣가 방향으로 향했다.

"그래서 이렇게 와서 본 바다는 어때?"

"잘 모르겠어."

"모르겠어?"

"응. 호수랑 별반 다를 거 없는데."

"그래?"

남궁류청이 고개를 끄덕이며 말했다.

"사람들이 왜 보고 싶어 하는지 모르겠군."

나는 남궁류청과 그가 서 있는 선착장을 바라보았다. 그리고 순간 사악한 생각이 떠올랐다.

'아니, 그래도 좀 그건 너무한가?'

잠시 고민했으나, 지금이 아니면 언제 가능할지 모른다는 영원히 이런 기회가 없을 거라는 생각이 나의 사악한 계획에 불을 지폈다.

나는 손을 뻗어 허리춤에서 남궁류청의 검을 거둬갔다. 남궁류청은 의아한 표정으로 나를 보았으나 나는 그저 씩 웃은 후, 부둣가 가장자리를 손가락질했다.

"여기 더 가까이서 한 번 봐 봐."

남궁류청은 의심 한 자락 없이 내가 손으로 가리킨 선착장 가장자리로 향했다.

"응. 거기. 그리고 수면을 봐봐."

"보고 있어."

"바다가 뭐가 다르냐면……."

남궁류청이 몸을 숙이며 수면 위로 내민 순간, 나는 그를 있는 힘껏 밀어냈다.

"……!"

내게 전혀 경계하지 않았던 남궁류청은 그대로 몸이 기울어졌고–

풍덩.

조용하던 부둣가에 물보라가 높게 일었다.

나는 재빨리 자연지기를 운용하여 튀어 오른 물을 막아냈다. 꼬르륵 거품이 바닷물 사이에서 올라오고, 이내 물 위로 축 늘어진 젖은 머리가 솟구쳤다.

"백, 리, 연."

남궁류청이 잔뜩 화가 난 목소리로 낮게 내 이름을 불렀다.

"지금 이게 무슨 짓이야!"

"시원하지 않아? 얼굴이 빨간 게 더워 보이길래!"

남궁류청이 기가 차다는 듯 말했다.

"지금 네 질문에 대답 안 했다고 이런 거야?"

나는 그를 내려다보며 말했다.

"아니이~ 나는 네가 바다를 잘 모르겠다길래. 물장구도 치고 놀아보라고 겸사겸사. 어때? 아직도 잘 모르겠어?"

변명이 길었지만 정확히는 그냥 하고 싶었던 거였다. 한숨을 길게 내쉰 남궁류청이 얼굴의 물기를 쓸어내리고 말했다.

"음, 호수에 비해 몸이 잘 뜨는데?"

"아, 그래?"

"응, 훨씬 더 가벼워."

보통은 호수랑 달리 물이 짜다는 말이 나오지 않나? 몸이 가볍다는 얘기가 나오다니. 누가 몸으로 먹고사는 사람 아니랄까 봐 독특한 답이었다.

남궁류청이 부둣가를 잡고 훌쩍 올라오자 몸에서 줄줄 흐르는 물이 부둣가 위로 떨어졌다. 나는 슬금슬금 멀어졌고, 남궁류청이 축축하게 들러붙는 옷자락을 정리하며 나를 흘겨보았다.

"재미있었어?"

"응."

"그래. 네가 재미있었으면 됐어."

남궁류청이 소맷자락을 짜자 물이 후드득 바닥으로 떨어졌다. 대충 옷가지를 정리하던 남궁류청이 갑자기 움직임을 멈췄다.

"왜 그래?"

남궁류청이 인상을 살짝 찡그리더니 상처 부위를 살짝 눌렀다.

"아파?"

나는 깜짝 놀라 다가갔다.

'다 나은 거 아니었어?'

매일같이 약을 발라 줬기에 상처의 상태는 내가 가장 잘 알았다. 바닷물 정도야 이제 괜찮을 거라고 확신했는데.

"조금…… 아리네."

"정말?"

남궁류청에게 바짝 다가간 나는 젖은 옷자락을 들추고 상처를 살폈다. 하지만 어두워서인지 이상한 점을 찾을 수 없었다. 금안으로 살펴보아도 마찬가지였다. 상처 부근 기맥에서는 문제를 찾을 수 없었다.

그래도 바닷물이 닿아서 무슨 문제가 생겼을지 모른다. 나는 안절부절못하며 말했다.

"미안해……. 내가 너무 미안해. 지금이라도 빨리 의원을 찾아……."

중얼중얼하던 내 시선에 살짝 올라간 남궁류청의 입꼬리가 보였다. 그리고 어느새 검이 사라져 가벼워진 허리도.

그 순간 남궁류청이 날 꽉 껴안았다.

"안 돼!"

축축하게 젖어 들어가는 옷자락이 느껴지고.

"류청! 잠깐만– 꺄악!"

풍덩.

눈, 코, 입으로 따가운 바닷물이 사정없이 밀려들어 왔다. 몸이 잠시 아래로 가라앉았다가 다시 위로 떠올랐다.

"푸하!"

나는 멈췄던 숨을 들이쉬고 퉤퉤 바닷물을 뱉어 냈다.

"이게 뭐 하는 짓이야!"

"나 혼자만 경험하기 너무 안타까워서."

"나는 많이 놀아 봤다고!"

남궁류청이 안은 팔을 풀어 주자마자 나는 분노에 차서 마구 물을 튀겼다.

"아픈 척한 것도 거짓말이었지!"

"응."

"이 사기꾼! 심장 떨어지는 줄 알았다고!"

남궁류청의 웃음소리가 밤하늘에 높게 울렸다.

씩씩거리며 한참 물을 뿌리다 지쳐서 멈추고 기왕 이렇게 된 거 즐기자고 마음을 내려놓자 꽤 재미있었다. 인생 처음의 바다 수영이었다.

나는 신기해하며 말했다.

"네 말대로 바다에서는 몸이 더 가볍네."

"바다 본 적 있다며?"

"바다는 봤지. 그런데 혼자 바다에 들어갈 일이 어딨어! 여기 친한 사람도 없었는데! 너만 아니었으면 오늘도 안 들어갔다고!"

"……혼자?"

"그럼 혼자 오지 누구랑 와!"

남궁류청은 애매모호한 표정이었다. 살짝 당황한 듯싶으면서도 어딘가 기쁜 듯한…….

그 모습을 보자 갑자기 언짢은 마음에 다시 마구 물을 뿌렸다. 남궁류청이 피하다가 몇 번 반격도 하고, 조금 쉬면서 둥둥 떠다니길 반복하며 한참을 그리 놀다가 다시 부두 위로 올라갔다.

남궁류청이 말했다.

"왜 애들이 물장구를 치고 놀았는지 알겠어."

짜도 짜도 물이 나오는 소맷자락을 포기한 나는 누가 먼저 시작했는지 따위는 생각지 않고 소리쳤다.

"재미있어? 재미있냐고!"

"응. 왜 이러고 노는지 알겠네."

고개를 끄덕이고 나를 바라보는 즐거운 빛깔의 맑고 깊은 눈동자가 달빛에 반짝거렸다. 그 빛나는 눈을 보자 결국 마음이 녹아내렸다.

"그래. 재미있었으면 됐지."

아. 좀 전에 남궁류청이 왜 이렇게 말했는지 완벽히 이해했다. 내가 즐거워하는 모습에 그도 화가 그대로 사라져 버린 것이리라. 따뜻한

충만감이 온몸을 가득 채우고, 저절로 말이 나왔다.

"류청, 사랑해."

갑작스러운 내 고백에 남궁류청의 눈이 커졌다. 멍한 눈길로 바라보던 남궁류청이 곧이어 기쁘다는 듯이 환하게 웃었다.

"내가 할 말이야."

그러고는 고개를 숙이고 손을 뻗어 내 손을 감쌌다. 밤의 바닷바람에 차갑게 식었던 손에 따뜻한 열기가 감쌌다.

그때 남궁류청이 갑자기 말했다.

"그 녀석은 어떤 점이 좋았던 거야?"

"……그 녀석?"

갑자기 이게 무슨 소린가 싶어 남궁류청을 바라보았다. 남궁류청의 표정은 방금까지 행복한 표정이 꿈인가 싶을 정도로 딱딱하게 굳어 있었다.

"네가 청이라고 부른 사람."

나는 잠시 인상을 찌푸리며 얘가 누굴 말하나 고민했다. 내가 청이라고 부른 사람은 단 한 사람뿐인데…….

"너 말하는 거야?"

남궁류청의 시선이 갑자기 날카로워졌다.

"그게 어떻게 나야?"

"응?"

"너, 회귀 전의 남궁류청을 좋아했다며."

"그게 너잖아?"

"달라."

나는 얼떨떨한 얼굴로 남궁류청을 바라보았다. 그런데 남궁류청의 얼굴은, 그러니까 정말로 진지했다.

"……."

"……."

남궁류청은 내 손을 꽉 쥔 채 얼핏 들으면 억울함까지 느껴지는 목소리로 말했다.

"내가 그 녀석보다 모자란 게 뭐길래?"

"아니, 그 전에 대체 둘이 뭐가 다른 건데……?"

"그 녀석이랑 바다도 먼저 봤겠지."

"뭐라고?"

그건 또 무슨 말이야? 나는 천천히 생각을 정리했다.

'그러니까 설마 내가 회귀 전에 남궁류청과 바다를 보러 갔다고 생각하고 있었던 건가?'

그리고 그걸 질투한 거고?

그러고 보니 처음에 갑자기 바다를 볼 필요가 없다고 했다가, 무양표국을 만나고 갑자기 말을 바꿨다.

"아니, 잠깐, 잠깐만. 너…… 너 네 과거를 질투한 거야?"

"내가 아냐."

"허."

그러니까 과거의 자신을 질투한 거라고? 정말로? 아, 이럴 수가!

남궁류청이 이렇게 된 것 이판사판이라는 듯이 대놓고 말했다.

"네 입으로 그랬잖아. 좋아해서 쫓아다녔다고."

"그랬었지……?"

"그래서 그 녀석을 청이라 부른 기억 때문에 나를 그렇게 부르지 않는 거잖아."

"……."

"……."

나는 두 주먹을 꽉 쥐었다.

"웃지 마."

"나, 안 웃고 있어."

나는 참을 수 있다. 참아야 한다. 여기서 터지면 파국이야.

"……."

남궁류청이 나를 빤히 바라보았다. 나는 진실로 웃지 않는다는 듯이 마주 바라보다가 결국 못 참고 웃음을 터트렸다.

"아, 나 더는 못 참겠어. 흡, 푸하하하하하!"

나는 배를 잡고 몸을 숙였다.

"너, 너 원래 이렇게 질투가 심했어? 아니, 아하하하하! 아, 미치겠네. 아하하하하."

남궁류청은 불퉁한 표정으로 나를 바라보며 옷매무새를 가다듬었다. 나는 거의 데굴데굴 바닥을 구르며 웃고는 소리쳤다.

"무슨 착각을 하는 건지 모르겠는데, 아까도 말했지만 바다는 나 혼자 갔어!"

"뭐?"

아, 그래서 아까 혼자 왔다고 하니까 표정이 그렇게 미묘했던 거구나? 나는 내가 물에 빠진 것 때문에 좋아한 건 줄 알았는데!

"그래, 내가 널 좋아하긴 했어. 그런데 당시 넌 날 별로 안 좋아했어."

"뭐라고?"

"뭐, 딱 한 번 네가 나한테 길게 관심을 가진 적 있었는데, 그것도 좋아하는 건 아니었고."

“내가 널 안 좋아했다고?”

남궁류청은 믿을 수 없다는 표정이었다.

“그래!”

“……거짓말.”

이건 좀 열 받는 것 같기도? 내가 남궁류청의 뒤꽁무니를 얼마나 쫓아다녔는데! 그러면서 들었던 매서운 말들이 얼만데!

“거짓말 아니거든! 내가 여기서 거짓말해서 뭐 해! 그래, 내가 청이라고 부르는 거 피한 거? 전에 널 그렇게 부른 기억 때문에 안 부른 것도 맞아! 그런데 그건 내가 혼자 멋대로 부른 거였어!”

창피하기 그지없던 과거의 흑역사였지만 꺼내고 나니 별것도 아니었다. 내 이야기를 들은 남궁류청은 안색이 변했다. 뭐라고 말해야 할지 모르겠다는 기색이었다. 나는 입가에 미소를 맺으며 말했다.

“앞으로는 이런 생각 들면 속에 담아만 두지 말고 말해.”

“…….”

“내가 몇 번이고 너를 좋아했지만, 그래도 말이야…….”

나는 한 박자 쉬었다가 말을 이었다.

“가장 좋아하는 남궁류청은 지금의 너야.”

나는 손을 뻗어 살짝 붉어진 남궁류청의 눈가를 만졌다.

“너만이 이런 눈으로 날 봐 주거든.”

그리고 나는 그가 계속 원하던 대로 불러 주었다.

“청아.”

남궁류청은 한숨에 가까운 숨을 내쉬며 내 손에 제 얼굴을 기댔다. 따뜻한 물기가 손끝을 적시는 것이 느껴졌다.

“그래.”

나도 이제 확신할 수 있었다. 청이라고 부르더라도, 이제 옛 기억 따위가 지금의 우리를 덮을 수 없을 거라는 것을.

나와 남궁류청은 객잔으로 돌아갔다. 부둣가는 사람이 없어서 괜찮았는데, 객잔 거리에 들어서자 지나다니는 사람들이 꽤 있어서 조금…… 민망했다.

거기다가…….

"아니, 류청. 왜 이렇게 사람을 마주칠 때마다 살기를 피워 대는 거야?"

검만 안 뽑았지, 마치 상대의 눈알을 당장 파 버릴 것만 같은 기세였다.

"지금 후회 중이야."

"뭘 말이야?"

"그런 게 있어."

어서 빨리 돌아가 씻고 싶었기에 더는 묻지 않고 객잔으로 들어갔다. 객잔 입구에서 장부를 계산하고 있던 주인장이 들어오는 우리를 보고 기절할 것처럼 놀랐다.

"소, 손님?"

"바닷가를 구경 갔다가 발이 빠져서…… 하하."

"아이고, 여기서 잠시만 기다려 주십쇼! 그 수건으로 물기만 조금 닦고 가세요. 수건! 큰 수건 여러 개 가져와!"

"하, 하하하."

어색하게 웃으며 물이 떨어지지 않을 정도로 몸을 닦은 후, 객실로 올라갔다. 주인장에게 뭐라고 말했는지, 남궁류청은 사환을 따라 다른 방향으로 향했다. 방이 하나뿐이니 같이 씻을 수 없어서 그런 듯했다.

나는 목욕물과 갈아입을 깨끗한 옷을 부탁했고, 다행히 오래 기다리지 않아 뜨거운 물이 올라왔다.

"아, 좋아."

바닷물이 차갑진 않았으나, 따뜻한 물에 몸을 담그자 온몸의 피로가 풀리는 기분이었다. 찰랑찰랑. 내 움직임을 따라 수면이 요동쳤다가 가라앉길 반복했다. 일 층에서 왁자지껄 떠드는 소리가 벽을 울리듯 타고 들렸다.

그러다 어느 순간 깜빡 잠든 모양이었다. 정신을 차려 보니 어느새 물이 미지근해져 있었다.

'아, 너무 오래 있었다.'

급하게 욕조에서 일어났을 때, 객실 문이 열리는 소리가 들렸다. 나는 수건을 몸에 두르고 욕조를 가리고 있던 병풍 뒤에서 나오며 말했다.

"욕조 물은 이제 괜찮아요. 옷은 창가 탁자 위에 두고……."

그러다 남궁류청을 보고 그대로 멈춰 섰다.

"……."

"……."

남궁류청의 눈동자가 거세게 흔들리는 것이 보였다. 말문이 막혀 아무 말도 하지 못하는 모습이었다.

남궁류청 앞의 탁자에는 내가 점원에게 부탁했던 갈아입을 옷이 놓여 있었다. 잠깐 잠든 사이 왔다 갔던 모양이다.

세상에나. 점원이 왔다 가는 것도 모른 채 잠들었다니. 내가 요새 긴장이 정말 풀리긴 했구나.

그때 남궁류청이 고개를 획 돌렸다. 목덜미부터 귀 끝까지 새빨갛게 달아오른 게 선명하게 보였다.

"나, 나는 다 씻었을 줄 알고……."

"아, 깜빡 잠이 들어서."

"아…… 그래."

"……."

"……."

당혹스러운 침묵 사이로 바닥에 물방울이 뚝뚝 떨어지는 소리가 들렸다. 먼저 내가 입을 열었다.

"그, 잠깐 뒤로 가 주겠어? 탁자에 옷이 있거든."

"아, 내가 가져다줄게."

남궁류청이 그리 대답하고 옷을 집어 들었다가 후회하는 표정을 지었다. 다시 내려놓지도 내게 다가오지도 못하다 각오를 다진 표정으로 시선을 돌린 채 발을 뗐다. 그러면서도 신경을 다른 곳으로 돌리고 싶은지 물었다.

"내가 들어온 줄 몰랐어?"

"……점원이 온 줄 알았어."

"점원이 왔을 때 그렇게 나온다고?"

순간 남궁류청이 저도 모르게 나를 향해 고개를 돌렸다가 그대로 굳었다. 몸을 타고 물방울이 흘러내리는 것이 느껴졌다. 남궁류청이 저 혼자 펄쩍 뛰며 뒤로 물러나다가 탁자에 거세게 부딪혔다. 나는 깜짝 놀라 소리쳤다.

"괜찮아?!"

"잠깐! 오지 마."

남궁류청이 황급히 소리치며 뒷걸음질 쳤다.

"난 괜찮아."

거의 박살 나는 소리가 들렸는데? 정말 괜찮은 거 맞아?

남궁류청은 고개를 숙인 채 그대로 방문으로 향했다.

"나는 잠시 나가 있을게. 편히 입어."

쫓기듯 방을 빠져나가는 모습에 나는 마을 한 바퀴라도 돌고 올 줄 알았다. 하지만 남궁류청은 문 앞을 지키고 선 수문장처럼 내 방 앞을 떠나지 않았다.

나는 물기를 닦고 옷을 입은 후 잠시 내 뺨을 찰싹찰싹 내리쳤다. 마음을 다잡고 문을 살짝 열어 고개를 내밀었다.

"이제 됐어. 들어와."

하지만 남궁류청은 들어오지도 않고 나를 바라보지도 않았다. 입을 열었다가 헛기침을 하고 낮게 가라앉은 목소리로 말했다.

"그, 큼. 앞으로는 조심하는 게 좋겠어."

설마 그 말을 하고 싶어서 문 앞에 그렇게 서 있었던 건가?

내가 대답이 없자 재촉하듯 다시 말했다.

"앞으로는 꼭 누가 들어왔는지 확인하도록 해. 알겠지?"

"알겠어. 그런데 방엔 안 들어와? 들어와서 말해."

"난 잠시 나갔다 올게."

"어딜 가려고?"

"그냥 산책."

그제야 남궁류청은 처음부터 방에 다시 들어올 생각이 없었다는 걸 깨달았다.

아마도 내게 조심하라는 말을 하고 싶어서, 그리고 혹시 또 누가 방에 들어올까 봐 문 앞을 지키고 서 있었을 것이다. 그리고 목적이 끝나자 당장에라도 이곳에서 줄행랑을 치고 싶어서 안절부절못한다는 것 또한.

나는 눈을 가늘게 떴다가 미소 지으며 말했다.

"그럼 나도 같이 가."

"그건……!"

남궁류청이 놀라며 말을 흐렸다.

당연히 같이 가서는 안 되겠지. 열기를 식히기 위해 가려는 건데. 아마 이러고 밤새도록 밖에 있다가 새벽에야 돌아올 터였다.

나는 살짝 섭섭하다는 듯이 말했다.

"싫어? 그럼 어쩔 수 없지. 따로 가자. 나도 산책하고 싶었거든."

"뭐라고?"

위험하다는 듯한 어조에 왜 그러냐는 듯이 바라보았다.

"왜? 설마 내 실력이 못 미더워?"

내 실력이 어떻든지 간에 상식이 있는 사내라면 여인이 이 밤중에 혼자 산책하도록 둘 순 없을 것이다. 그렇다고 여기서 나는 돼도 너는 안 된다고 해서 날 막을 수 없다는 건 남궁류청이 제일 잘 알 터였다.

남궁류청은 굳은 표정으로 고민하더니, 어쩔 수 없다는 듯이 결국 객실 안으로 들어왔다.

"산책간다며?"

"이럴 줄 알았잖아."

고개를 숙인 남궁류청은 왠지 좀 시무룩해진 것 같기도 했고, 초조한 것 같기도 했다.

여기까지만 하고, 더는 괴롭히지 말아야지.

그렇게 생각했을 때, 방문을 두드리는 소리가 들렸다.

"계십니까?"

여관 사환의 목소리였다.

"무슨 일이지?"

"여기 주문하신 음식이요."

문을 열어 주자 사환이 쟁반을 들고 들어왔다. 의아하게 바라보자 남궁류청이 설명했다.

"네가 오는 길에 출출하다고 하길래."

"아아."

사환이 음식을 내려놓으며 말을 건넸다.

"오, 다행히 옷이 잘 맞으시네요."

"네. 아, 그런데 옷만 두고 간 건가요?"

"아아, 네네. 너무 곤히 주무시고 계시길래, 잠든 강호인한테 가까이 접근했다가는 좋지 않은 일을 겪기 쉬우니까요. 하하, 때마침 남편분이 객실로 향하시길래, 깨워 주시겠거니 했죠!"

"……."

그렇게 된 것이었군.

잠시 고민하던 나는 남궁류청을 흘끔 보고 사환을 향해 말했다.

"술도 하나만 가져다주겠어요?"

"어떤 걸로 가져다드릴까요?"

"그냥 도수 좀 있는 적당히 좋은 거로요."

곧이어 사환이 술을 가져다주었고, 나는 남궁류청의 맞은편에 앉았다.

"……."

"……."

하지만 둘 다 술잔에는 손도 대지 않았다.

예민한 감각에 심장이 두근거리는 소리가 선명히 들렸다. 그것이 평소와 다른 박자라는 것 또한 알 수 있었다.

분명 처음에는 이럴 생각이 아니었다. 그런데 손이 나도 모르게 술잔 대신 남궁류청의 이마로 천천히 향했다. 아직 물기가 남은 머리카락을 쓸어 넘기고 연분홍빛으로 달아오른 귀를 만지작거렸다.

뺨과 턱, 목덜미, 어깨, 쇄골까지 손이 내려가자 남궁류청이 내 손목을 꽉 틀어쥐었다. 남궁류청이 거칠어진 호흡을 내쉬며 말했다.

"……여기까지 해."

"내가 만지는 게 싫어?"

"……."

꿋꿋하게 나를 피하던 시선에는 이제 원망이 서려 있었다. 그 순간, 등허리부터 머리끝까지 쭈뼛 서는 듯한 기묘한 만족감이 들었다.

내게 들리듯 남궁류청도 내 심장 박동을 듣고 있을 것이다. 나는 데일 듯 뜨거운 눈빛을 느끼며 은근한 목소리로 속삭였다.

"있잖아, 한 가지 확실하게 다른 '청이'와 안 해 본 게 있긴 한데."

"……."

홀린 듯이 나를 응시하는 시선을 받으면서 나는 나른하게 웃었다.

술병은 열지도 않았는데 술에 취한 듯한 기분이었다.

이윽고 남궁류청이 눈을 꽉 감았다.

"……내가 졌어."

잠시 후. 무언가 와장창 깨지는 소리가 방 안에 울렸다.

第二話

꽃이 피어나는 봄

집을 떠난 지 오 개월. 남궁류청의 패배 선언을 끝으로 여행은 끝이 났다.

나와 류청은 남궁 세가로 향했다. 남궁 세가에는 남궁완 아저씨와 남궁 세가를 방문한 아버지가 계셨고, 우리는 잘못했다며 무릎을 꿇고 싹싹 빌어야만 했다.

여러 우여곡절이 있었지만, 결국 정혼을 허락받았다. 남궁류청이 패배를 선언했기에 내가 남궁 세가로 들어가는 형식이었다.

대신 조건이 있었다.

첫 번째 조건은 아이를 낳거든 첫째는 무조건 백리가의 성을 받기로 한 것이었다. 이제는 아무도 이름을 언급하지 않는 고모의 쌍둥이 아이들과 같은 방식이었다. 둘째를 낳는다면 남궁의 성을 받고, 셋째가 태어난다면 다시 백리가에 입적하기로 했다.

두 번째 조건은 삼 년에 한 해 정도는 내가 백리 세가에서 지내는 것이었다. 만약 아이가 있다면 아이들까지도. 남궁류청은…… 알 바가 아니었다.

마지막 조건은 제대로 예법에 맞추어 혼사를 치르는 것이었다.

약조를 마친 후, 나는 아버지와 함께 백리 세가로 향했다. 그리고 당연히 바로 혼례 준비를 할 거라고 여겼다. 하지만…….

"아빠, 빨리 말씀해 주세요. 혼례 날이 대체 언제예요? 시간이 없다고 하셨잖아요."

아버지는 느긋한 태도로 차를 마시고 나를 보셨다.

"여인이 혼사에 초조한 모습을 보여 좋을 것 없단다."

나는 살짝 인상을 찡그리며 말했다.

"여긴 아빠와 저뿐인걸요. 거짓된 모습을 꾸며 내서 뭐 하겠어요?"

"걱정하지 마라. 네 할아버지가 혼례를 올리기 가장 좋은 길일을 받아 왔다고 하셨으니."

그러니까 알려 달라고!

날을 잡았다고만 하면서 언젠지 가르쳐 주지 않은 지도 벌써 두 달째였다. 처음 한 달은 여러 가지 일로 바쁘겠거니 싶었다. 하지만 하루하루 날이 지나가는데도 별다른 움직임이 없었다.

혼사를 치러 본 적은 없지만, 치르는 사람을 본 적은 있었다. 사내라면 납채 예물 준비로, 여인이라면 혼수 준비로 한창 정신없이 바쁠 시기였다.

얼마 전, 이상함을 감지하고 할아버지를 찾아갔다. 하지만 할아버지는 이래저래 말만 빙글빙글 돌리며 이리 말할 뿐이었다.

"너희들의 애정이 깊고 인연이 깊다면 조바심을 낼 것이 무엇이 있겠느냐?"

그럴듯한 말의 속뜻은 이러했다.

애들 사랑 따위 얼마나 가겠어? 눈에서 멀어지면 마음도 멀어진다고, 일단 떼어 놓고 시간이 지난다면 식지 않겠어?

결국은 시간을 끌겠다는 이야기였다. 본디 남궁 세가와 혼사를 주도했던 할아버지가 이제 와서 이렇게 완강히 나올 줄은 몰랐다.

나는 우울한 낯을 꾸며 내며 거짓말을 했다.

“아버지, 이미 할아버지께서 말씀해 주셨어요.”

그러자 잠시 멈칫한 아버지가 찻잔을 들며 말했다.

“……그러하냐? 그럼 어찌 내게 다시 물어보는 것이냐?”

“제가 들은 게 정말 맞는지 확인해 보려고요.”

완전 거짓말은 아니었다. 날짜를 들은 건 아니었지만, 할아버지가 이 혼사를 질질 끌 생각이라는 소리는 들었으니까. 그렇게 겨우겨우 아버지께 날짜를 캐낸 나는 경악했다.

“십 년 후요? 십 년 후? 아버지!”

“이미 들었다면서 왜 이리 놀라는 것이냐?”

“그럼 안 놀라게 생겼어요, 지금?”

십 년 후면 대체 내가 몇 살이야? 아니 세상에! 어쩐지! 말씀을 안 하려고 하시더라니!

이 혼사에 관해서 만큼은 아버지는 매우 비협조적인 동료였다.

“아버지께서 고집이 세신 건 너도 잘 알지 않느냐? 나는 네 할아버지를 설득할 만한 재주가 없구나.”

“아버지이! 아빠!”

“그리 불러도 소용없느니라.”

역시 세상에 조별 과제는 모두 사라져야 마땅했다!

안 시켜 준다는 것도 아니고 시켜 주기는 하는데 십 년 후라니.

‘이 치사하고 졸렬한 방식은 대체 누가 생각해 낸 거야?’

아니야, 긍정적으로 생각하자. 허락이라도 받았으니 십 년 뒤란 말이 나온 거라고.

하지만 한숨이 흘러나오는 걸 막을 수는 없었다. 후우, 이 막막한 일을 어떻게 돌파해야 할지 골머리를 앓을 때였다. 전혀 예상치 못한 손님이 백리 세가를 찾아왔다.

남궁 세가의 안주인이자 남궁류청의 친모인 소부인이었다. 남궁류청도 함께였다. 어머니를 혼자 보낼 수 없으니, 당연하다면 당연한 일이었다.

오랜만에 마주한 남궁류청의 시선이 내게서 떨어질 생각을 하지 않았다. 이를 본 소부인이 헛웃음을 짓고는 말했다.

“연이 네가 남궁 세가를 떠난 후에 나는 청이가 시름시름 앓길래 중병이라도 걸린 줄 알았단다. 그런데 어쩜, 명약이 여기 있었구나?”

나는 창피함에 얼굴을 들지 못했다.

류청, 이 자식 대체 집에서 어떻게 지냈던 거야?

그렇게 소부인과 화기애애하게 인사를 나누고 난 후, 나는 약간의 걱정과 의문을 담아 물었다.

“부인, 먼 길이셨을 텐데 여긴 어쩐 일이세요?”

기별이 전혀 없었다는 것은 아버지가 지금 출타하셔 자리에 안 계신 것으로 알 수 있었다.

소부인이 친근한 어조로 말했다.

“나는 어머님이라고 부르지 않는 게니?”

“아, 그…… 그게…….”

남궁류청이 헛기침하며 끼어들었다.

“어머니.”

아들을 흘겨본 부인이 가볍게 웃으며 말했다.

"장난이란다. 아직 정식으로 혼인하지도 않았는데 그리 불러서야, 예법에 맞지 않지. 그이가 참 주책맞았다고 들었단다."

부인께서는 끝까지 명확한 이유는 말씀하지 않으시고 할아버지를 뵈러 가셨다.

나는 그녀의 방문이 이 기약 없는 혼사 날짜 때문이 아닐까 생각했다. 십 년 후라니. 남궁 세가에서 생각이 있다면 절대 동의할 리가 없었다.

소부인이 사라지자마자 남궁류청이 손을 잡아 오며 말했다.

"보고 싶었어."

나 또한 그 손을 꽉 마주 잡고 배시시 웃었다.

"나도."

"큼, 크흠!"

남궁류청을 안내하라는 명목으로 붙은 감시자인 장 부관이 헛기침을 하며 서로 일 보씩 떨어지라고 말했다.

"오랜만에 인사드립니다."

"내 자네와는 처음 보는 듯하네만."

"이십 년 전에 연회 자리에서 한 번 뵌 적이 있습니다."

"글쎄. 내가 연회에 한두 번 참석한 것도 아니고. 기억이 나질 않는군."

백리패혁의 퉁명스러운 답에도 소부인은 입가에 고운 미소를 띤 채 답했다.

"천하 강자이신 백리 세가주께서 저 같은 일개 아녀자에게 관심을 기울일 일이 있겠습니까?"

소부인이 다시 말을 이었다.

"다만…… 호호, 보통은 저를 기억 못 하지 않는데. 과연 영웅의 풍모를 지니셨습니다."

백리패혁이 입매를 비틀며 말했다.

"사람을 보는 데 외모는 겉가죽에 불과할 뿐이지."

"그래도 제 아들은 저를 닮아 꽤 훤칠하여서 어릴 적부터 혼담이 끊이질 않았지요."

그들이 과거에 혼사를 진행하려고 했던 일을 꼽는 것이다.

백리패혁이 말했다.

"매일 밤 달의 모양이 바뀌듯 인간사 또한 늘 같을 수는 없는 법이네."

해석하자면 "그게 언제 적 일인데. 지금이랑 그때랑은 상황이 다르거든?"이 되겠다.

"달이 매일 이지러지더라도 결국에는 둥근 모양으로 돌아오게 되지요."

또 해석하자면 "조금 돌아갔을지언정 결국 똑같은 상황이지 않습니까."가 되었다.

백리패혁이 성가시다는 듯이 말했다.

"내 앞에서 못 하는 말이 없구먼."

"저는 일개 아녀자에 불과하지만, 제 시아버님이 남궁 세가주이신데 이런 자리야 익숙할 수밖에요."

"……."

백리패혁은 입을 다물어 버렸다. 소부인의 저 아리따운 한 떨기 꽃 같은 모습 뒤에 이런 전투요정이 숨어 있을 줄 누가 상상했겠는가. 백리 세가주를 앞에 두고도 한마디를 지지 않았다.

소부인이 입가의 미소를 지우고 진지하게 입을 열었다.

"자식은 부모가 제일 잘 안다고, 류청의 성격은 제가 제일 잘 알지요. 제 아비를 닮아 그 고집을 이길 자가 하나도 없었습니다. 이미 십여 년(이건 과장이었다)을 연이 그 아이만 바라본 아이입니다. 십 년 후의 혼사라니. 지금껏 십 년을 기다렸는데, 앞으로 십 년을 못 기다리겠습니까? 그저 무의미한 세월 보내기일 뿐입니다."

"……."

백리 세가주는 계속 침묵했고, 소부인은 말을 이었다.

"제 아들은 그러한데, 백리 세가주께서 보시기에 연이는 어떠한가요?"

"……."

"그러니 최대한 빨리 혼인을 시키고 차라리 하루빨리 후사를 보는 게 심적으로 안심되지 않겠습니까?"

부인이 느긋한 손길로 찻잔을 들었다. 살짝 내리깐 눈매가 그윽한 분위기를 풍겼다.

"저는 연이가 처음 남궁 세가에 방문하였을 때 대대로 며느리에게 주던 팔찌를 선물로 주었죠. 그때 이미 예상했답니다. 십 년, 기다리지요. 그때가 되면 말씀을 바꾸시면 안 되옵니다."

백리패혁은 며칠간 고뇌한 끝에 마침내 인정했다. 남궁류청 그놈의 고집은 알 바 아니었지만, 백리의강의 고집은 백리패혁이 제일 잘 알았다. 그리고 손녀는 제 아비인 백리의강 아래서 자랐다. 누굴 닮았을

지는 명백했다.

게다가 남궁류청이 방문했다고 희희낙락한 모습의 손녀를 보니……. 어휴, 그래. 손녀의 행복이 가장 중요한 것이다. 자신이 살아봐야 얼마나 살겠는가? 제 생전, 앞으로 삼, 사 년 후에는 백리의강이 가문을 꾸려 갈 터였다.

연이가 천마를 쓰러트렸다고 하나 아직은 나이가 너무 어렸다. 천마를 쓰러트릴 때 썼다는 힘은 이젠 모두 사라진 상태라고도 들었다. 머나먼 미래에 다시 그 힘을 재현할 수 있을지는 모르나 지금은 불가능했다.

밀어붙인다면 불가능한 것도 아니겠지만, 내공독 문제도 해결된 백리의강이 있는데 굳이 그럴 필요까진 없었다. 나이로도 무공을 보아서라도 일단 백리의강이 가주가 되는 것이 순리에 맞았다.

백리의강 그 녀석은 너무 고지식한 게 문제라면 문제였지만 그래도 잘 이끌어가리라 믿었다. 그리고 아들 이후는…… 관심 끄기로 했다. 이미 그땐 죽어 흙이 되었을 텐데.

그렇게 백리패혁은 백리의강을 불러 혼례일을 확정지었다. 이듬해, 꽃이 만발한 삼월 삼십일 일이었다.

백리패혁은 한숨을 쉬며 말했다.

"후우, 됐다. 그래. 서로 저리 좋아하니, 차라리 빨리 혼인시키고 아이라도 많이 볼 수 있게 하자꾸나. 이것이…… 서로에게도 좋겠지."

하지만 말하면서도 입 안이 썼다.

아니, 잠깐. 생각해 보니 아이를 낳느라 몸이 상하는 것도 제 손녀딸 아닌가?

이를 생각하니 또다시 그놈을 때려죽이는 편이 깔끔한 해결 방법이 아닐까 하는 생각이 들었다.

백리패혁이 중얼거리듯 말했다.

"어디서 비명횡사라도 당하면 참…… 좋을 텐데."

"……."

그때 백리패혁의 부름을 받고 서재에 당도한 백리연이 하필이면 이를 듣고 말았다. 백리연이 문을 벌컥 열어 소리쳤다.

"아니, 할아버지! 아버지! 지금 그게 무슨 말씀이세요!"

백리패혁이 헛기침을 하며 시선을 피했고, 백리의강이 반 박자 늦게 입을 열었다.

"……아비는 아무 말도 안 했다."

백리패혁은 눈을 부릅뜨고 백리의강을 보았다.

"네게 이런 간신 같은 재주가 있는 줄 내 처음 알았구나!"

백리패혁은 생각했다. 이 능구렁이 같은 태도를 보니 고지식은 무슨? 전혀 신경 쓸 필요 없어 보였다!

낙엽이 지고 칼바람이 부는 추위가 닥쳐왔다가, 눈 깜짝할 새 바람이 포근한 꽃향기를 머금었다.

그간에도 여러 일이 있었다. 먼저 소부인과 남궁류청은 백리 세가에 한 달 동안 머물다 돌아갔는데, 그동안 남궁류청이 할아버지와 아버지께 가르침이라는 명목으로 아주 혹독한 수련을 받았다.

다행이라고 해야 할까, 남궁류청은 힘들어도 좋아했다…….

이어서 어마어마한 납채 예물이 들어왔다. 나도 백리 세가에서 귀한 물건과 많은 보물을 꽤 보고 자랐지만, 남궁 세가에서 보낸 예물을 보고는 눈이 돌아갈 지경이었다.

남궁 세가의 보물 창고를 모두 털어 온 듯한, 산처럼 쌓인 금은보화를 보며 패물을 매일 하나씩 바꿔 차고 다니면 언제 다 차 볼 수 있을까 의미 없는 계산을 해 보았다.

할아버지는 이 납채 예물을 보고 오히려 매우 불편한 심기를 내보였다.

누가 보면 손녀를 돈에 팔아넘긴다고 생각지 않겠냐고 버럭버럭 화를 내면서 그보다 더 많은 혼수를 마련해서 손녀가 남궁 세가 돈을 한 푼도 안 쓰고 살게 만들겠다는 원대한 계획을 세우고 있었다.

그리고 마지막으로 나를 기겁하게 만든 것은…….

"와, 진짜 살아 있잖아?"

백리리가 감탄과 어이없음이 뒤섞인 표정으로 꽥꽥 우는 기러기를 바라보았다.

기러기는 평생 짝을 바꾸지 않는다고 한다. 그래서 혼례식 때 기러기를 두었는데 여기에는 백년해로하라는 의미가 담겨 있었다. 하지만 살아 있는 기러기 한 쌍을 구하기가 쉬울까? 보통은 나무 기러기를 사용했다.

"이거 남궁 공자가 직접 잡아 온 거라면서?"

"그렇다고…… 하더라."

할아버지께서는 그 이야기를 듣고 "이 집안에서 기러기 못 잡는 사람이 어디 있다고, 그게 무슨 재주라도 되는 것처럼 말해?"라고 답하셨지만.

백리리가 고개를 내저으며 말했다.

"아니, 그런데 잡은 건 그렇다 쳐. 어떻게 기러기를 살려서 여기까지 데리고 온 거야?"

나도 그게 의문이었다. 혼례식 전까지 어떻게 살려두지…….

그리고 마침내 삼월 마지막 날이 되었다.

혼례식 당일은 화창하니 맑은 하늘이었다. 평년보다 이르게 찾아온 봄기운에 날이 따스하니 멀리 떠나기 아주 좋았다.

나팔 소리, 북소리가 떠들썩하게 울려 퍼졌다.

이 혼례식을 구경하고자 엄청난 인파가 몰려들었다. 강호에 관심이 없는 자들도, 이름 한 번쯤은 들어 본 명사들도 혼례식에 참석하러 왔고, 그 명사들을 보고자 하는 인파들까지 또 모여들어 근방의 여관, 심지어 근처 마을의 여관까지 빈 객실을 찾을 수 없었다.

먼저 길시에 맞춰 신랑이 백리 세가에 당도했다. 혼례식을 구경하러 온 구경꾼들은 백마를 탄 혼례복 차림새의 수려한 신랑 모습을 보고 연신 감탄하기 바빴다.

신랑은 신부를 만나기 전에 세 가지 관문을 통과해야 하는 관습이 있었는데, 보통 가까운 친지들이 맡아서 냈다.

첫 번째로 백리명은 어려운 검무를 요구하였고 신랑은 단 하나의 실수도 없이 완벽하게 펼쳐 보였다.

두 번째는 백리리였다.

그녀는 신랑에게 활 실력을 내보이길 요구했는데, 종이로 만든 작은 새를 날려 보내 단 한 발로 잡도록 했다.

백리 세가의 사람이 신랑에게 활과 화살을 건네고 백검단주의 막내 제자인 진진이 종이 새를 받아들었다. 구경꾼들이 종이 새를 보고 갑자기 수군거리기 시작했다.

"아니, 저건 너무 작은 것 아니오?"

"자네는 보이나? 난 눈이 안 좋아서 그런지 보이지도 않네만."

혼례식에서 날리는 종이 새는 보통 아주 화려하여 눈에 띄는 것이 정석이었다.

신호와 함께 진진이 내공을 담아 종이 새를 날렸다. 햇살을 받은 금빛 종이새가 허공을 유영하듯 미끄러져 날아갔다. 그래도 나름 혼례식용 종이 새라고 길게 드리운 세 개의 꼬리깃이 허공에 물결무늬를 만들어냈다.

사람들이 숨을 쉬는 것조차 잊어버린 순간, 화살이 퍽 소리와 함께 종이 새를 꿰뚫었다. 종이 새가 터지며 안에 있는 붉은 새와 금박조각이 꽃잎처럼 휘날렸다. 사람들이 환호하며 머리맡으로 떨어지는 금박을 주우려고 소란을 피웠다.

마지막으로는 친우로 초대된 서하령이 나서서 신랑과 비무를 펼쳤다.

경사스러운 날에 피를 보이면 불길하다 여겨 무능력한 사람으로 여겼다. 상대도 본인도 상처를 내지 않고 승리해 내야 하는 어려운 비무였다.

서른 합 넘는 분투 끝에 신랑이 승리하자 사람들이 환호성을 질렀다. 후끈 달아오른 분위기가 마치 축제와 같았으나, 신부 측 사람들의 분위기는 달랐다.

백리 세가주인 백리패혁은 손녀사위를 보는 표정이 아니라 도둑질하러 들어온 원수를 맞이하는 표정이었다. 노려보는 시선이 아무리 무인이래도 다리가 후들후들 떨릴 정도로 매서웠다.

그 옆의 백리의강도 별반 다를 바 없었다. 부자의 무시무시한 분위기에 다들 혼례식이 아니라 장례식이 되는 것 아닐까 생각할 정도였다.

하지만 매서운 시선을 받으면서도 신랑인 남궁류청은 의젓하게 은은한 미소를 잃지 않았다.

약간 긴장한 모습은 날 선 시선 때문이 아니라 새신랑의 긴장감 정도로만 보였다. 그 대범한 모습에 사람들은 역시 남궁 세가의 자제라며 감탄을 금치 못했고 이를 듣는 백리패혁의 입꼬리가 불만스럽게 씰룩였다.

화려한 혼례복에 머리쓰개를 쓴 신부가 들어오자 그제야 분위기가 누그러졌다.

신랑과 신부가 먼저 백리패혁을 향해 예를 올렸다. 백리패혁이 표정을 풀고 자애로운 얼굴로 바라보며 덕담을 건넸다.

"인연을 맺은 걸 축하한다. 앞으로는 서로 공경하고 아끼며 존중해야 한다. 분별 있게 행동하고, 자손을 번영시키고 모범을 보여야 한다. 거짓 없이 진실하고 화목한 가정을 꾸리거라."

한 박자 말을 멈추었던 백리패혁이 다시 입을 열었다.

"언제든 이 할애비가 뒤에 있다는 사실을 잊지 말거라."

백리연은 입술을 꽉 깨물었다. 입을 열면 눈물이 터질 것 같아 고개를 끄덕였다. 다음은 백리의강의 차례였다.

절을 받는 백리의강은 딱딱하게 굳은 낯이었다. 딸아이가 시집을 가는 것인지 누군가의 장례식을 치르고 있는 것인지 표정만으로는 구별이 되지 않을 정도였다. 절을 받고 나서도 백리의강은 한참을 입을 열지 못하다가, 향이 반 개비 정도 타오르고 나서야 간신히 입을 열었다.

그의 말은 매우 짧았다.

"너희들은…… 백년해로해야 하느니라."

백리연은 이것이 아버지 자신의 소망이 담긴 당부임을 알았다.

백리의강이 백리연의 손을 꼭 붙잡았다. 딱딱한 굳은살이 가득 박인 바위 같은 손바닥이었다. 주화입마에 빠지고 난 후, 쉬이 잠들지 못하던 그녀를 밤새 토닥이던 손이었다.

그녀를 매일 안아 주고, 아침마다 깨워 주며, 붓을 잡는 법부터, 검을 쥐는 법까지 모든 것을 가르쳐 준 손.

이번 생의 나는 아버지와 수많은 시간을 함께했다.

가슴이 뭉클한 느낌과 함께 코끝이 시큰해졌다. 꾹 참았던 눈물이 복받치는 감동과 함께 터졌다. 서로 꽉 부여잡은 손등 위로 데일 듯 뜨거운 눈물방울이 뚝, 뚝 떨어졌다.

또 향 반 개비가 탈 정도의 시간이 흘렀을 때, 꽉 쥔 손의 힘이 풀렸다. 백리의강은 딸아이를 바라보며 목멘 소리로 말했다.

"행복해야 한다."

"걱……."

걱정하지 마시라. 아버지께서도 건강하셔야 한다. 자주 뵈러 오겠다. 그리울 거다. 수많은 말이 떠올랐으나 끝내 나온 것은 가느다란 한마디뿐이었다.

"네."

돌아 나오는 길에 큰아버지를 비롯해 백리명과 백리리, 그 외에도 혼례식을 축하하러 온 친지들이 덕담을 한마디씩 건넸다.

어느새 붉은 천으로 만든 길이 끝나고 신랑이 신부를 꽃가마에 올라탈 수 있도록 부축했다. 예관의 인도에 따라 꽃가마가 움직이기 시작하고 신랑과 신부가 폭죽 소리와 함께 떠나갔다.

그날 백리 세가는 종일 터지는 폭죽 소리 때문에 귀가 아플 지경이었다. 서른 개가 넘는 주연상이 펼쳐졌고, 근방의 주루에도 한밤중이 되도록 축하연이 벌어졌다. 후한 베풂에 길거리 거지들조차 얼굴에 윤기가 흐르도록 배에 기름칠을 할 수 있었다.

내내 주연상에 붙잡혀 있던 백리의강은 자정이 넘어서야 빠져나올 수 있었다. 백리의강은 익숙한 길로 발을 옮겼다. 걸음을 옮길수록 화려하고 왁자지껄하던 주위가 점차 적막해졌다.

한참을 정처 없이 걷던 백리의강의 발이 불이 꺼진 처소 앞에 멈췄다. 백리의강과 백리연의 처소였던 곳이었다. 백리의강은 소가주의 처소에서 머물렀고, 백리연은 떠났으니 이제 주인이 없었다.

바람을 타고 어디선가 날아온 하얀 배꽃 꽃잎들이 휘영청 뜬 달 아래 하늘을 수놓다가 천천히 내려앉았다. 적막한 처소 마당 구석마다 먼저 날아온 꽃잎들이 수북이 쌓여 있었다.

백리의강이 걸음을 옮겨 처소의 방문을 열었다. 방 안은 눈에 띄게 비어 있었다. 아직 드문드문 자리에 남은 가구도 있지만, 이 또한 모두 치워질 테고, 그러고 나면 이곳은 정말로 텅 빌 것이었다.

백리의강의 흐릿한 시선이 머나먼 과거를 떠올렸다.

그가 아이의 존재를 처음 알게 된 것은 수신인을 알 수 없는 서신을 전해 받고 나서였다. 유모라는 자는 자신의 살날이 얼마 남지 않아 무례를 무릅쓰고 이렇게 연락한다며 서신을 적어 보냈다.

서신은 그가 가문에 없던 달포 전에 왔다고 했다. 서신이 여기 당도하기까지의 시간을 계산해 본다면 벌써 두 달 넘게 지난 일이었다. 백리의강은 황급히 가문을 나섰다. 하지만 이미 한발 늦었는지 서신에 적혀 있던 집은 텅 비어 있었다. 살림살이 하나 남아 있지 않은 빈집을 빠져나와 주변을 수소문했다.

백리의강이 아이를 찾은 곳은 근방 현의 시장 거리에서였다.

"이놈의 거지들!"

무슨 일이 있었는지 거리가 꽤 소란스러웠다. 엎드린 어린 거지에게 성인 사내가 마구잡이로 화를 내고 있었다. 상황을 파악한 백리의강이 그들 사이를 파고들었다. 사내가 버럭 화를 내려다가 백리의강의 준수한 외모와 자태를 보곤 주춤 뒤로 물러났다.

"다, 당신 뭐야?"

"아직 어린 듯한데, 여기까지만 하시지요."

사내는 눈알을 굴리며 입을 빼끔거리다가 바닥을 향해 침을 탁 뱉었다.

"퉤! 운 좋은 줄 알아!"

백리의강의 종복인 언두가 말고삐를 잡은 채 흩어지는 구경꾼들을 헤치고 다가왔다. 언두는 할 말이 매우 많은 표정으로 한숨을 푹 내쉬었다. 무슨 말을 하고 싶은지는 알았다. 지금 이런 일에 신경 쓸 상황이 아니라는 것이겠지.

한시라도 빨리 그 아이를 찾아야 하는 건 그도 잘 알았다. 하지만 이런 일을 보고 그냥 넘어갈 수는 없었다. 백리의강이 아이를 향해 말했다.

"괜찮으냐?"

"……."

"네게 해를 끼치려는 게 아니다."

머리를 감싸 쥔 아이는 일어날 기색이 없었다. 지켜보던 백리의강은 언두에게 자리를 맡기고 잠시 떠났다가 돌아왔다.

찐빵 냄새에 아이가 고개를 들었다. 그때까지도 몰랐다. 이 아이가 자신의 딸이라는 것을. 치료를 해 주고 혹시나 알까 하여, 최근 이곳에 나타난 부모 없는 아이가 없는지 질문한 것이었을 뿐이었다.

"네 이름이 연이라고?"

벌써 다섯 번째 같은 질문에 아이가 고개를 끄덕였다. 이 아이가 자신이 찾으러 온 바로 그 아이였다. 그의 딸.

최근 사망한 보호자, 살던 곳, 이름, 서신에 적힌 아이의 특징……. 여러 질문을 통해 이 아이가 서신에서 말하던 자신의 딸이라는 사실을 확신할 수 있었다.

하지만 전혀 현실감이 들지 않았다. 백리의강은 멍하니 아이를 바라보았다.

이 아이가 정말 자신과 그녀의 딸이라고? 서신의 내용을 정말 믿을 수 있는 것인가?

서신 속 이야기는 그럴듯했지만, 믿을 만한 증거라고는 하나도 없었다.

그는 아이에게서 자신과 그녀의 흔적을 찾아보았다. 전혀 알 수 없었다. 반신반의한 채, 백리의강은 의무에 가깝게 입을 열었다.

"내가 네 아……."

그러나 끝까지 말할 수가 없었다.

과연 자신이 아비라고 할 자격이 있을까? 이제껏 존재조차 모르고 있다가 갑자기 나타나서 말한다면 아비가 될 수 있는 것인가? 자기 자신도 믿지 못하고 있거늘.

그때 아이의 삐쩍 마른 손목이 보였다. 아이는 작고 허약했다. 고단한 길거리 생활에 온몸이 상처투성이기도 했다. 만약 그가 조금만 더 늦었더라면 어떻게 됐을지 알 수 없었다.

백리의강이 입을 열었다.

"……나를 따라오겠느냐?"

그러자 아이가 잔뜩 겁에 질린 표정을 지었다.

백리의강은 최대한 위협적인 기세를 낮추고 상냥한 표정을 지어 보려고 했다. 하지만 아이를 향해 상냥한 표정을 지어 본 적이 없으니 제대로 지었는지 알 수 없었다.

실패했는지 아이는 오히려 더 겁을 집어먹은 듯 당장에라도 울음을 터트릴 것 같았다.

"……."

가족이 되긴 힘들지라도 아이가 자랄 때까지 의지할 수 있는 곳이 되어 줄 수는 있겠지. 친모의 신분을 생각한다면 현실적으로 백리 세가가 가장 보호하기에 좋았다.

만약 따라오지 않겠다고, 싫다고 거절한다면 어찌해야 하나. 그러나 그 이상 고민할 필요는 없었다. 꼼지락거리는 손길이 느껴졌다. 무엇인가 바라보니 조그마한 손이 그의 손가락을 살그머니 쥐고 있었다.

"……그래. 가자꾸나."

그를 향할 오욕과 비난은 두렵지 않았다. 그저 자신 같은 사람이 아이와 잘 지낼 수 있겠느냐는 걱정이 들 뿐이었다.

걱정과 고민이 무색하게도 아이는 귀엽고 사랑스러웠다. 어느새 조그마한 몸짓 하나에 울고 웃는 자신을 볼 수 있었다. 마른 땅에 이슬비가 스며드는 것을 어찌 막을 수 있을까? 세상이 그에게 준 가장 큰 선물이었다.

손가락을 부여잡던 조그마하던 아이는 어느새 자라 어른이 되었고, 그의 품을 떠났다. 분에 넘치는 행복이었다.

백리연과 남궁류청의 떠들썩한 혼례 후, 일 년.

남궁 세가주였던 남궁무철은 남궁완에게 가주직을 넘기고 태상가주로 현업에서 물러났다. 자연스럽게 남궁류청은 소가주가 되었다. 그전에도 친부의 일을 조금씩 돕긴 했지만, 정식으로 소가주가 되자 전과는 비교도 되지 않게 일이 몰려와 남궁류청은 며칠간 꽤 바쁜 시간을 보냈다.

그리고 이제 인수인계가 거의 끝나 겨우 여유가 생겨 아내의 얼굴을 보러 온 참이었다. 문밖에서 그를 알아본 시비가 인사하려는 순간 남궁류청이 먼저 목소리를 낮춰 말했다.

"얼마나 되었지?"

"반 시진 정도 되었습니다."

남궁류청은 알겠다는 듯이 고개를 끄덕이고 문발을 걷으며 처소로 들어갔다.

백리연은 우측 창가 평상에 비스듬히 누워 있었다. 읽다가 잠들었는지 서신을 손에 꼭 쥔 채였다.

옆에는 결이란 이름의 고양이도 함께였다. 보통 제멋대로 돌아다니느라 밥시간 말고는 얼굴도 보기 힘든 녀석이었다. 하나 근래 들어서는 기이하게도 연이 옆에 딱 붙어서 떨어질 생각을 하지 않았다.

시비가 얼음 그릇 앞에서 부채를 부치다 뒤늦게 남궁류청을 발견하고 공손히 인사했다. 남궁류청은 시비에게서 부채를 뺏어 들고 나가보라고 손짓했다.

시비가 기척을 죽여 소리 없이 방을 나가고 남궁류청이 평상에 걸터앉자 결이 꼬리를 세우며 일어나더니 평상 위에서 뛰어내렸다. 남궁류청은 결을 바라보지도 않고 나직이 불렀다.

"연아."

장인어른에게 듣기로 연이는 어릴 적부터 잠이 얕아 조그마한 기척에도 깨어났다고 했다. 처음엔 정말 말 그대로 그의 조그마한 기척에도 잠에서 깨는 게 느껴졌다. 하지만 이제 그의 기척에는 확실히 익숙해진 듯 보였다. 그것이 은근히 흡족했다.

하지만 너무 익숙해진 것인지 근래에는 시비의 기척도 잘 느끼지 못한다는 점은 약간 불만이었다.

'그래도 자꾸 깨는 것보단 잘 자는 게 낫지.'

남궁류청은 백리연이 쥐고 있던 서신을 조심스럽게 빼냈다. 필체를 보아하니 그의 장인어른이 보낸 서신이었다. 남궁류청은 서신을 창틀로 치우고 숨을 쌕쌕 내쉬는 백리연을 바라보았다. 벌써 일 년이 지났거늘 아직도 가끔은 허상처럼 느껴질 때가 있었다.

남궁류청은 허리를 숙여 그녀의 이마에 가볍게 입맞춤을 했다. 그리고 어깨와 다리 아래 손을 넣어 안아 들려 할 때였다. 백리연이 살짝 찡그리며 눈을 떴다.

"……청?"

이를 본 남궁류청이 고개를 숙여 다시 입 맞추었다.

분명 처음에는 가볍게 할 생각이었다. 하지만 조금만, 조금만 욕심을 내다 보니 점차 깊어지며 반쯤 일으켜져 있던 백리연이 다시 뒤로 넘어갔다. 맞닿은 입술 사이로 작은 신음소리가 흘러나오고 가슴팍을 밀치는 힘이 느껴졌다. 남궁류청이 살짝 입술을 떼고 물었다.

"깼어?"

서서히 정신이 돌아오는 듯한 눈망울에 살짝 원망이 서렸다.

"당연히 깨지……."

물에 잠긴 듯한 목소리에 남궁류청은 밝은 창문을 보고 아쉬워하며 몸을 일으켰다.

"요새 잠이 좀 많아졌네."

"날이 더워져서 그런가. 이상하게 졸리네."

백리연이 기지개를 켜다가 갑자기 무언가 떠오른 듯이 주변을 살폈다. 남궁류청이 창가를 가리켰다. 곱게 접힌 서신이 놓여 있었다.

"아, 저기 있구나. 혹시 읽어 봤어?"

"아니."

백리연이 눈가에 웃음기가 어렸다. 남궁류청이 물었다.

"무슨 내용이길래?"

"백리리의 혼례 상대가 정해졌대. 아, 이게 재미있어서 웃은 건 아니고 아버지가 이상한 꿈을 꿨다고 하시더라고."

"이상한 꿈?"

백리연이 탁자 위의 자두가 든 바구니로 손을 뻗으며 말했다.

"응. 아, 어머님께서 자두가 들어왔다고 한 바구니 주셨는데. 먹을래?"

"아니."

"내가 웬 노인하고 복숭아 꽃나무 아래서 내기 바둑을 두었는데 연거푸 져서 빚을 엄청나게 졌다는 거야. 옆에서 아버지가 말려도 소용없이, 아버지 재산까지 전부 걸고 마지막 바둑을 둬서 결국 이겼대. 그랬더니 노인이 벌컥 성을 내고 하늘로 날아갔다고."

남궁류청의 얼굴은 그야말로 눈과 입을 작대기로 죽죽 그은 듯한 표정이었다.

"나는…… 잘 모르겠어."

남궁류청은 상대가 장인어른이었기에 개꿈이라는 생각을 입 밖으로 꺼내지 않았다. 하지만 백리연은 무슨 생각을 하는지 알겠다는 듯이 말을 이었다.

"아니, 꿈이 재밌다는 게 아니라. 하실 말씀이 없으시면 그냥 보내시면 되지 꼭 이렇게 이상한 얘기를 꾸역꾸역 쓰실 필요가 있냐고."

입가에 웃음을 머금고 기분 좋아 보이는 낯의 백리연을 보면서, 남궁류청은 왜 장인어른이 이상한 말이라도 잔뜩 적어서 보내는지 이해했다.

잠시 후, 무복으로 갈아입고 처소를 나서려는 그들에게 손님이 찾아왔다.

"어머님."

"어머니."

백리연이 들어오면서 이제는 백리연이 소부인이 되었고, 본디 소부인이었던 양소옥은 대부인이라고 불렸다.

"둘이 수련하러 가는 거니?"

"예."

"그럼 나중에 연이 너는 잠시 안채로 오너라. 사돈댁에 경사가 있다고 들었다. 축하 선물을 준비하려고 하는데 연이가 골라 줬으면 싶구나."

"네, 알겠습니다."

대부인이 웃으며 고개를 끄덕이고 곧장 떠날 것처럼 몸을 틀다가 문득 떠올랐다는 듯이 말했다.

"그러고 보니 오늘 네게 준 자두 말이다. 그거 먹지 말고 돌려보내거라."

"아…… 벌써 다 먹었는걸요?"

"어머, 시었을 텐데."

"전혀요. 달고 맛있었는걸요?"

내내 조용하던 남궁류청이 끼어들었다.

"무슨 소리야, 엄청 시었는데."

"넌 먹지도 않았는데 어떻게 알아?"

"……."

남궁류청은 다시 입을 굳게 다물었고, 백리연은 어리둥절한 표정을 짓다가 갑자기 살짝 붉어졌다. 대부인은 잠시 할 말을 잃었다가 뒤늦게 뒤따르던 시비를 향해 말했다.

"가서 공 의원을 불러오너라. 어서!"

쾅–!

걷어차인 것처럼 거칠게 열린 문으로 남궁완이 뛰어들어 왔다. 이를 본 누군가가 그를 타박했다.

"거, 살살 좀 다니지 그러느냐? 애들 놀라게."

남궁완은 인상을 찡그리며 상대를 바라보았다.

"아버지가 왜 여기 계십니까? 아이들 부담되게."

"너는 뭐 다를 것 같으냐?"

"저랑 아버지가 같……."

그때 대부인이 찻잔을 내려놓고 끼어들었다.

"호호, 아이들 앞에서 이게 무슨 소란이랍니까? 아무래도 저희 모두 아이들께 부담일 테니, 다 같이 나가 있을까요?"

"……."

"……."

남궁무철은 수염을 쓰다듬으며, 남궁완은 헛기침을 하며 조용해졌다.

남궁완의 찻잔에도 찻물이 채워질 때가 돼서야 의원이 도착했다. 백리연도 기억하는 의원이었다. 예전에 남궁류청의 검에 손바닥이 찢어졌을 때, 그녀를 치료해 주었던 적이 있었다. 그 일도 벌써 십 년이 넘은 옛날이었지만.

대부인의 시비가 지팡이를 짚으며 걸어오는 노인을 황급히 부축했다. 대부인이 일어나 말했다.

“공 의원, 은퇴하였는데 이리 불러 미안합니다. 하나 내 공 의원을 제일 믿을 수 있어 청한 것이니 이해해 주세요.”

“괜찮습니다. 당연히 제가 와야지요.”

남궁류청이 굳은 낯으로 물었다.

“공 의원이라니. 어머니, 연이 몸에 무슨 문제라도 있는 겁니까?”

이 방에서 홀로 눈치채지 못한 인물이었다. 백리연은 눈치챘지만 괜한 기대감이 들까 봐 입 밖으로 차마 꺼내지 못했다.

남궁완은 목이 탄 듯 그새 다 비운 찻잔을 내려놓으며 말했다.

“너는 모르면 입 다물고 있거라.”

남궁류청은 불만스러운 표정을 지었으나 헛기침을 하는 조부의 눈치에 입을 꾹 다물었다. 그러고는 백리연을 걱정스러운 눈빛으로 바라보았다. 평소라면 백리연이 괜찮다는 듯이 미소 지어 줄 테지만, 오늘은 그 눈빛에 신경 쓸 겨를이 없는 듯했다.

공 의원이 백리연의 맞은편으로 왔다. 그러고는 주름진 손가락을 그녀의 손목에 올려 맥을 짚었다.

향 한 개비가 다 타들어 가는 동안 방 안은 숨소리조차 없이 고요한 적막이 흘렀다.

모두가 공 의원의 얼굴을 뚫어져라 바라보고 있었다. 남궁류청만 걱정스레 백리연의 손을 꽉 잡은 채 그녀를 바라볼 뿐이었다. 그 시선과 온기에 백리연은 안도감이 들었다.

드디어 공 의원이 눈을 떴다. 공 의원이 눈꺼풀에 반쯤 가려진 눈으로 미소를 지은 채 잔뜩 긴장한 사람들을 향해 말했다.

“축하드립니다. 이제 막 한 달을 채운 듯 보입니다.”

대부인과 시비들이 환호 섞인 탄식을 내뱉었다. 남궁완이 다급히 물었다.

“정말로 확실한 거요?”

“아직 태맥이 약하지만, 확실하옵니다.”

남궁무철이 함박웃음을 지으며 연신 고개를 끄덕였다.

“홍복이구나. 홍복이야.”

“지금 한 달 차라면 삼월이 예정이니 좋군! 아주 좋아!”

남궁완이 호탕하게 웃음을 터트렸다.

백리연은 얼떨떨한 얼굴로 남궁류청을 돌아보았다. 남궁류청은 아직도 홀로 이 방 안에서 왕따를 당하고 있었다. 본래 눈치가 매우 빠른 녀석인데도 모르겠다는 얼굴인 것을 보아 아마 이런 상황을 한 번도 상상해 본 적이 없어서인 듯싶었다.

벌떡 일어난 대부인이 백리연의 한 손을 잡은 채 연신 중얼거렸다.

“잘됐구나. 정말 잘되었어.”

백리연은 당장 울음을 터트릴 기색의 대부인을 향해 걱정스럽게 물었다.

“어머니, 괜찮으세요?”

“그럼! 안 괜찮을 게 무엇이 있겠니! 그저 기뻐서 그런 거란다. 공 의원, 문제는 없겠지요?”

공 의원이 말을 이었다.

“이제 막 아이가 자리를 잡은 시기라 무어라 확답을 할 수는 없습니다. 다만 아기씨, 아, 옛날 일이 입에 붙어서, 큼큼. 부인께서도 무척 건강합니다. 본디 처음 석 달이 제일 위험한 시기인데…… 흠흠.”

공 의원이 백리연의 무복과 한쪽에 놓인 검을 보면서 헛기침을 했다.

“하늘이 보우하셨지요. 앞으로 두 달은 격한 운동을 절대 삼가셔야

합니다."

그때 남궁류청이 드디어 입을 열었다.

"아이라니?"

"예, 회임하셨습니다."

남궁류청이 멍청하게 입을 벌린 채 나를 바라보았다.

"연이가…… 회임을 했다고요?"

공 의원이 실소를 터트렸다.

공 의원은 남궁류청이 갓 태어났을 때부터 옆에서 보았다. 어릴 적부터 남달리 조숙하고 무뚝뚝하던 아이가 이렇게 정신을 놓은 듯한 모습을 보니 즐겁기 그지없었다.

"예. 맞습니다."

남궁류청이 바보 같은 낯으로 입을 열었다 닫길 반복하다가 머리를 좌우로 거세게 내젓고 말했다.

"연이가, 전혀 몰랐던 기색이었는데……. 그대도 몰랐지?"

백리연이 고개를 끄덕였다. 남궁류청이 공 의원을 약간 다그치듯이 말했다.

"연이는 의술에도 조예가 깊고, 무공도 그러한데 어찌 눈치채지 못한 것입니까? 그럴 수 있는 것입니까?"

백리연이 말리듯 남궁류청의 소맷자락을 당겼다. 이건 뭐 거의 공 의원을 의심하는 것이나 다름없는 어조지 않은가. 조금만 생각을 해보면 이 일로 그를 속여 얻을 이득이 없다는 것을 알 텐데도 거기까지 생각할 수 없는 모양이었다.

공 의원은 수염을 쓰다듬으며 마치 재롱부리는 아이를 보듯이 설명했다.

"부인께서도 이상함은 느꼈을 겁니다. 다만 그게 임신인 줄은 모르셨을 테죠. 맞지요?"

"조금 답답하고 기 흐름이 원활하지 않은 느낌이 들긴 했어요."

남궁류청이 눈을 부릅뜨고 말했다.

"뭐? 그런 말은 없었잖아?"

"나는 이게 단전이 회복되는 과정 중의 하나인 줄 알았어."

언젠가부터 기맥의 흐름이 불안정해지고 수련이 더뎠다. 게다가 이상하게 몸도 피로했다. 자도 자도 잠이 오고 어떤 날은 풍한이 올 듯 으슬으슬한 느낌이 들기도 했다.

하지만 한창 단전이 회복되어 갈 때도 몸 상태가 이와 비슷했다. 아니 오히려 그때가 더 심하게 좋아졌다가 나빠지기를 반복해서 의원을 수도 없이 불러댔다. 하지만 의원을 불러도 딱히 그녀를 도와줄 수 있는 것은 없었다. 괜히 약만 왕창 지어 먹게 되었을 뿐. 여기서 불러도 다를 것 없다고 생각했다.

'탕약 싫어……!'

백리연은 아직도 탕약이 너무 싫었다. 어릴 때 평생치를 다 먹은 기분이었다. 그리고 가장 중요한 것은 누군가 자신의 건강을 걱정하여 전전긍긍하는 모습을 보고 싶지 않았다.

물론, 여기서 더 몸 상태가 이상해지면 말할 생각이긴 했다.

남궁류청이 다그쳤다.

"그래도 말을 했어야지!"

대부인이 끼어들어 소리쳤다.

"지금 누구에게 언성을 높이는 거야? 연이가 놀라면 어쩌려고!"

공 의원이 진정하라는 듯이 말했다.

"이제 막 한 달이 되어 가는 차입니다. 아직 제대로 형체도 갖추지 못하였고, 처음 겪는 일이니 당연합니다. 아마 일주일만 더 지났다면 부인께서 먼저 알아채셨을 겁니다."

백리연은 제 배를 내려다보았다. 인지하고 금안으로 자세히 살피니 깨처럼 작은 크기로 뭉쳐있는 희미한 기운이 눈에 띄었다.

'못 찾을 만하네.'

덧붙여 백리연은 임신이나 부인병 쪽에는 별로 조예가 없었다. 아버지의 운기 문제와 단전 문제에 집중하기만도 벅찼고, 살아남기도 바빠 아이를 가지리란 생각을 해 본 적도 없었기 때문이다.

공 의원이 말을 이었다.

"무가의 경우 보통은 출가할 때 이러한 상황에 대해 친모가 알려 주실 겁니다. 하지만…… 흠흠, 거기다가 대부인께서도 무가 출신이 아니시다 보니."

대부인이 손등을 쓰다듬으며 말했다.

"미안하구나. 내 거기까진 신경 쓰지 못하였어."

백리연은 황급히 괜찮다고 답했다. 그녀를 향해 살짝 미소 지은 대부인은 눈물이 그렁그렁한 눈가를 소매로 누르며 고개를 돌렸다.

"그러고 보니 아버님과 상공께 드릴 말씀이 있던 것이 기억났습니다. 자리를 잠시 옮기지요."

딱 보아도 아이들끼리 시간을 주자는 눈치에 남궁무철은 허허 웃으며 몸을 일으켰다.

"그래, 그래! 나중에 다시 찾아오마. 아, 앞으로 아침 문안도 올 필요 없다! 방 안에서 평안히 쉬거라."

남궁완은 눈치 없이 말했다.

"꼭 지금 말해야 하는 일인가? 나는 좀 더 남아……."

대부인의 지긋한 시선이 남궁완을 향하자, 남궁완이 입을 꾹 다물고 남궁무철의 뒤를 따라 방을 나갔다.

대부인이 나가기 전에 당부했다.

"청아, 연이를 잘 챙기거라. 오래 걸리지 않을 거야."

"……."

입을 꾹 다문 남궁류청의 눈동자는 갈피를 못 잡고 이리저리 흔들리고 있었다. 공 의원은 그 모습을 즐기다가 지팡이를 쥐었다.

"혹시 더 하문하실 말씀 있으신지요? 없으면 이만 물러가 보겠습니다."

"후에 찾아가겠습니다."

인사를 마친 공 의원마저 나가자 이젠 정말 방에 둘만 남았다.

남궁류청은 다급하게 백리연의 다른 손도 마저 잡았다. 꽉 잡은 손과 마주한 시선에는 혼란 속에서도 기쁨과 행복이 느껴졌고, 따뜻하고 부드러운 눈빛에는 감격이 서려 있었다.

남궁류청은 억지로 미소 비슷한 표정을 지어 보려고 하다가 갑작스럽게 그녀를 꽉 껴안았다. 그러고는 그녀의 목덜미에 머리를 깊이 파묻었다.

잠시 후, 백리연은 어깨가 축축해지는 것을 느꼈다.

살짝 웃음 지은 백리연 또한 남궁류청의 머리에 기댔다. 잠시 후, 그녀도 콧등이 시큰해졌다. 말로는 표현할 수 없는 뭉클한 감정이 복받쳤다.

확실히 의원의 말대로 일주일 정도 더 지나자 몸의 이상을 확연히 느낄 수 있었다.

남궁류청은 그 일주일 동안 약간 제정신이 아닌 것 같았다. 밥을 입으로 먹는 건지 코로 먹는 건지도 모르는 표정으로 먹다가 식사를 마치면 백리연 옆에 바짝 붙어서 아무 말 없이 지그시 바라볼 뿐이었다.

일조차도 팽개쳐 놓은 채 마치 한 번 버려졌던 유기견이 주인 옆에서 떨어지지 못하는 것처럼 굴었다. 그동안 대신 일을 살피던 남궁완이 잔뜩 성을 내자 그제야 겨우 떨어졌다.

백리연은 금안으로 매일같이 잘 보이지도 않는 아이를 살펴보았다. 아이는 안정적으로 자리했다. 그래도 한동안은 가슴을 졸일 수밖에 없었다. 의원은 그녀에게 처음 석 달간은 운기도 금지했는데, 운기를 하다가 잘못하면 유산할 수도 있기 때문이라고 했다. 이를 전해 듣고는 어찌나 깜짝 놀랐는지. 백리연은 그간 아이가 무사했음에 가슴을 쓸어내렸다.

과연 위험했던 극초기도 잘 버틴 녀석답게 아이는 무럭무럭 자라났다. 입덧도 없었다. 매일같이 상태를 묻던 대부인은 이 사실을 알고 매우 안도하며 말했다.

"내가 청이를 가졌을 땐 입덧이 정말 지독했단다. 물은 당연하고 침도 제대로 못 삼킬 정도였지. 다섯 달을 그리 지내니 뼈밖에 남지 않았단다. 나만 그런 것이 아니라 내 시어머니를 비롯하여서 대대로 남궁 세가 안주인들은 지독한 입덧을 겪었다고 하더구나. 정말 다행이구나. 다행이야. 아이가 벌써 효심이 깊구나."

안도하고 기뻐하던 대부인이 아주 작게 혼잣말하듯 중얼거리는 것을 들었다.

"태아 때부터 성격이 나오는 게지."

"……."

어쨌든 이후에도 입덧은 없었다. 대신 식탐이 엄청났다. 그녀는 살면서 이렇게 식탐을 부려 본 적이 없었다. 본래도 맛있는 것을 먹는 건 좋아했다. 남궁류청과 가출 여행을 떠났을 때, 유명 향토 요리를 목적으로 돌아다니기도 했으니. 하지만 이렇게 먹고 싶은 음식이 끊임없이 샘솟는 것은 처음이었다.

재력도 권력도 능력도 있는 남편에 똑같이 재력 권력 능력자인 시아버지, 거기에 연륜까지 더한 시할아버지까지, 그들이 이 세상에 있는 음식 중 못 구하는 것은 없었다. 그러나…….

"떡볶이가 먹고 싶어."

남궁류청이 살짝 눈을 찡그리며 되물었다.

"떡 뭐?"

"떡, 볶, 이."

입맛은 영혼에 각인되는 것일까? 이제 전생은 거의 기억도 나지 않거늘 음식의 맛만 불현듯 떠올라 그녀를 괴롭혔다.

"허니 버터 브레드……."

언제 어떻게 먹었는지는 기억도 못 하면서 그 맛만큼은 왜 이렇게 선명한 것인지. 떡볶이는 장렬히 실패했으나, 허니 버터 브레드는 어찌어찌 비슷한 맛을 낼 수 있었다.

"비슷해!"

"앉아서 먹어."

남궁류청이 걸상을 가져다주었다. 딱딱한 남궁류청의 얼굴에는 그와 전혀 어울리지 않는 밀가루가 묻어 있었다.

웃기지도 않게 남궁류청은 요리마저 잘했다. 본래는 주방 어멈에게 부탁하다가 답답함을 참지 못한 남궁류청이 제가 하겠다고 나섰는데……. 휴, 주방 어멈은 남궁류청이 바빠서 직접 음식 할 시간이 없다는 사실에 매우 감사했다.

백리연은 남궁류청에게 그가 만든 허니 버터 브레드를 한 입 먹였다. 남궁류청의 미간에 힘이 들어가는 것이 보였다. 작게 웃은 백리연이 남궁류청의 미간을 꾹꾹 누르며 말했다.

"어때?"

"……네 입에 맞는 게 중요하지."

그러고는 곧장 차로 입을 헹궜다. 백리연은 이해가 가지 않는다는 얼굴로 말했다.

"매운 음식도 별로고 단 음식도 별로고. 대체 뭘 좋아하는 거야?"

"그건 내가 할 말이지. 넌 너무 맵거나 혀가 사라질 것처럼 단, 자극적인 것만 찾는다고."

백리연은 눈을 동그랗게 뜨고 이제 살짝 태가 나기 시작한 배에 손을 얹고 말했다.

"내가 아니라 이 아이가 먹고 싶은 거라고."

"……."

백리연은 손을 뻗어서 얼굴에 묻은 밀가루를 닦아 주며 웃었다.

"이거 어머님께도 가져다드리자."

아이의 이름은 백리세화(百里世華)가 되었다.

임신 사실을 아버지와 할아버지께 알리고 나서 처음 받는 답신에 이름이 적혀 있었다. 마치 기다렸다는 듯한 모습에 백리연은 살짝 어처구니가 없었다.

'아버지 서신이 엉망인 걸 보면 거의 바로 답신을 보내신 것 같은데, 이 정도면 할아버지가 미리 생각해 두신 거 아니야? 아버지는 동의하셨나?'

아니나 다를까 나중에 물어보니 백리패혁이 혼인할 때 이미 생각해 둔 것이라고 했다. 남궁류청은 좋다는 듯이 고개를 끄덕이며 말했다.

"인간 세(世)에 빛날 화(華)라. 좋은 이름이네."

"너무 거창한 거 아닐까?"

남궁류청은 백리연을 물끄러미 바라보다가 어깨를 끌어안았다.

"괜찮을 거야."

"아들이었으면 좋겠어."

"왜?"

백리연은 고개를 숙였다. 아이를 가지고 나니, 적을 많이 만든 게 약간 후회되었다. 원한은 핏줄을 타고 내려갈 텐데. 당시의 행동을 후회하진 않지만 태어나기도 전부터 원한이 잔뜩 쌓인 아이에게는 미안한 마음이 들었다.

"그냥, 이젠 내가 아버지 곁에 붙어 있지 못하니까. 후에 아버지 옆을 지켜 줄 수 있는 심지 굳고 강한 아이였으면 해서."

"무슨 소리야? 장인어른은 네가 있어서 지금껏 버틸 수 있으셨을 텐데."

하루하루가 빠르게 지나갔다.

좋은 일만 있었던 것은 아니었다. 아이를 가진 후, 벌써 세 번의 암살 시도가 있었다. 사람을 죽이기는 어려웠지만, 유산을 시키기는 너무 쉬웠다. 한번은 향로에 약이 섞여 있었고, 탕약의 약재가 바꿔치기된 적도 있었다. 화병의 화초 꽃술에 독이 묻어 있기도 했다.

모두 무사히 막아 냈다. 특히 그녀 곁에서 떨어질 줄 모르던 결이 혁혁한 공을 세웠다. 남궁류청은 그간 성가셔하던 결에게 팔뚝만 한 붕어를 선물했다.

하지만 결의 활약과 달리 탕약의 약재를 바꿔치기한 범행 빼고는 진짜 범인, 그러니까 의뢰자를 잡지 못했다. 원수가 워낙 많아서 누군지 추측조차 불가능했다. 남궁 세가에 원한을 가진 이인지, 백리 세가에 원한을 가진 자인지, 혹은 마교인지.

혈성군이 노린 불타 버린 비단. 남궁류청의 천재적인 기억력은 명확하게는 아니었지만, 당시 스치듯 본 비단의 일부분을 기억하고 있었다. 상단전의 공능이 매우 큰 백리연 또한 기억력이 남달랐다. 둘의 기억을 합치자 그럴싸한 정도까지 복원이 가능해졌다.

물론 복원한다 하더라도 그들은 해석이 불가능했다. 하지만 가능성 높은 다른 사람이 하나 있었다.

제갈화무.

그들은 제갈화무에게 서신을 보냈고, 역시나 제갈화무는 이를 해석해 주었다. 비단이 별것 아니길 바라는 마음과 달리 결과는 좋지 못했다. 비단에 적혀 있던 것은 천마 부활과 관련한 구결이었다. 마교 군사인 혈성군은 천마의 부활을 꿈꾸고 있는 것이었다.

비단은 백리연이 불태운 데다, 죽은 사람을 부활시키는 것이 정녕 가능한 것인지도 알 수 없었지만, 혈성군이 그런 시도를 하는 것 자체만으로도 잠자리가 불쾌해지는 일이었다.

백리연은 서신을 내려놓고 몸을 일으켰다. 발을 핥고 있던 결이 벌떡 일어나 뒤를 따라왔다. 결과 함께 정원으로 걸어 나간 그녀의 양 뺨이 십일월의 찬 바람에 발갛게 달아올랐다.

이건 그냥 그녀의 느낌일 뿐이었다. 아무런 증거도 없는 감일 뿐이었지만, 그 부활이라는 것에 왠지 그가…… 야율이 얽혀 있을 것만 같았다.

그동안 야율에 대한 소식은 한 번도 들은 적 없었다. 땅으로 꺼졌는지 하늘로 솟았는지 더는 이 세상에 야율이란 자가 존재하지 않는 것만 같았다.

몸은 괜찮은지, 무사히 지내는지 소식 한 자락이라도 들을 수 있다면 좋을 텐데…….

물론 그녀도 잘 알았다. 이런 걱정을 할 자격이 없다는 것을.

아스라이 떠 있는 달 아래 앙상한 가지 사이에서 추위를 뚫고 홀로 화사하게 피어난 동백꽃이 요요한 아름다움을 뽐냈다. 멍하니 이를 바라보던 백리연은 문득 어느 해 겨울의 기억을 떠올렸다.

어릴 적 남궁 세가에 반년간 머물고 있던 때였다. 천산염제에게 끌려갔다가 돌아온 야율은 방 안의 한 곳을 뚫어져라 응시하고 있었다. 살풍경한 방 안에 유일하게 생기를 머금은 동백꽃이었다.

그녀는 야율을 향해 친절하게 설명했다.

"내가 가져다 놨어. 소부인이 동백꽃이 예쁘게 피었다며 주셨거든."

"먹는 거야?"

"어? 아니, 아니야! 아니, 물론 먹어도 되긴 한데 그런 의미로 가져다 놓은 게 아니라고!"

야율의 표정에서 그럼 왜 가져다 놨냐는 의문이 절로 읽혔다.

"꽃을 보면 기분이 좋아지잖아."

"왜?"

"어…… 왜일까?"

그녀는 얼굴을 긁적이다가 그냥 배시시 웃었다.

"어쨌든 나는 그래. 너는 없어? 그냥 보기만 해도 기분 좋아지는 그런 거."

야율이 그녀를 물끄러미 바라보았다. 눈물점 위, 아이의 새카만 유리알 같은 눈동자에는 오직 한 사람만 비쳤다. 눈동자 속의 사람이 고개를 갸웃거리며 물었다.

"왜?"

"……."

"말을 해."

"안 할래."

"에엥? 뭔데! 왜! 궁금하게! 말해 줘!"

"……병에 안 들어가."

피식, 별안간 웃음이 터졌다. 지금 생각해 보면 참 무서운 소리였다.

그때 뒤따라온 남궁류청이 그녀를 보고 물었다.

"무슨 생각 해?"

"그냥……."

의심스러운 눈빛이 그녀를 향했다. 이상하게 남궁류청은 그녀가 야율에 대해서 떠올리기만 하면 귀신같이 무슨 생각을 하고 있냐고 물었다.

백리연은 딱딱하게 굳은 표정으로 남궁류청을 바라보았다. 아니, 표정이 굳은 수준이 아니라 심각한 낯으로 인상을 살짝 찌푸리고 있는 지경이었다.

남궁류청이 물었다.

"왜 그래?"

백리연이 남궁류청의 손을 잡아 그녀의 배에 올려놓고 말했다.

"아이가 발길질을 하고 있어."

눈을 부릅뜬 남궁류청의 안색이 새하얗게 질렸다.

"이 무슨…… 거기 누구 없느냐? 의원!"

백리연이 깜짝 놀라 그의 옷자락을 잡아당겼다.

"이게 태동이라고! 원래 이런 거랬어! 지금 해시가 넘었는데 무슨 의원이야!"

남궁류청 이 미친놈은 기어코 그 시간에 의원을 불렀다.

의원이 도착한 시간은 해시 끝 무렵이었다. 처소 앞까지 하인에게 업혀서 온 의원은 찬 바람에 지팡이를 짚고 부들부들 떨며 문지방을 넘었다. 백리연은 죄송스러운 마음에 얼굴을 들 수가 없었다.

이 시각에 의원을 부른 요란한 소란에 다른 사람들이 깨지 않을 리가 없었다. 남궁무철, 남궁완, 대부인 모두 일어나 그녀의 처소로 황급히 모였다. 남궁무철은 자다가 왔는지 머리도 눌려 있었다.

늦은 시각에 허겁지겁 온 공 의원은 백리연이 멀쩡한 얼굴로 앉아 있는 것을 보고 어리둥절한 낯을 했다. 이어서 진맥을 하고는 더 영문을 알 수 없다는 얼굴로 남궁류청을 바라보았다.

"아이가 발길질을 하던데, 이렇게 움직여도 되는 겁니까?"

"……."

잠시 침묵이 맴돌았고, 공 의원이 허탈하게 답했다.

"정상입니다. 오히려 조금 늦어서 모두 걱정하였지요. 소부인, 축하드립니다."

"하하, 가, 감사해요."

백리연은 어색하게 웃었다. 그리고 방 안의 다른 이들 또한 별일 아니라는 사실에 안도의 한숨을 내쉬었다. 남궁류청만 빼고.

"왜 이렇게 움직이는 것입니까?"

"본디 건강한 아이라면 이렇게 움직입니다. 활달한 아이일수록 움직임이 크지요."

"하나, 아이가 이렇게 발길질을 하면 연이가 아프지 않겠습니까?"

"아직은 괜찮을 겁니다."

"아직은? 그럼 나중에는 아프다는 것 아닙니까?"

"……."

공 의원은 아이를 낳는 건 당연히 힘들고 고통스러운 일이지 그럼 안 아플 줄 알았냐는 말이 목 끝까지 올라왔지만 참고 모호하게 말했다.

"아이마다, 어미마다 모두 달라서 뭐라고 말씀드리긴 어렵습니다."

남궁완이 한숨을 쉬며 말했다.

"후, 멍청이가 다 됐군."

남궁무철이 헛헛 웃으며 말했다.

"아니면 되었지. 별일 아니라 다행이구나. 어구구구. 공 의원, 늦은 시간에 고생이 많소. 내 사례는 아주 두둑이 합세."

인사를 한 공 의원이 지팡이를 짚으며 남궁무철의 뒤를 따랐다. 잠시 뒤, 희미하게 구시렁거리는 듯한 목소리가 들렸다.

"이 나이에 별일을 다 겪는군요."

"아이고, 자네만이겠는가?"

그해 겨울은 특이하게 눈이 내렸다. 남궁 세가가 위치한 휘주는 사철이 온난하여 눈을 보기가 매우 힘든데 생경한 일이었다.

서신을 읽던 백리연이 고개를 들어 남궁류청을 향해 말했다.

"새해가 지나고 아버지가 오신대."

"그래?"

백리연이 손을 꼽으며 중얼거렸다.

"새해가 지났다고 바로 출발할 수는 없을 테니까, 이월 초쯤에 출발한다고 치면 아버지는 말을 갈아타며 오시겠지만, 날이 추워 길이 얼었을 테니 시간이 좀 걸릴 거고……."

"빠듯하겠네. 미리 맞이하러 갈 사람들과 처소를 준비해야겠어."

백리의강이 일찍 도착할 수 있도록 도와줄 사람을 보내겠다는 뜻이었다.

"응. 부탁해."

"걱정 마."

별문제 없다면 해산 예정일인 삼월 말에는 도착할 수 있을 것이다.

두루마리를 옆으로 치운 남궁류청이 살짝 인상을 찌푸린 채 붓을 들고 무언가 써 내려갔다. 그간 백리연의 몸은 많이 무거워졌고, 이제는 아이가 위험해서가 아니라 몸이 불편해서 검을 쥐기가 힘들었다. 이에 남궁류청은 지금처럼 업무 대부분을 처소에서 보고는 했다.

그리고 그렇게 일하는 남궁류청을 구경하는 게 백리연의 남모를 취미가 되었다.

반듯한 콧날과 날카로운 턱선, 내리깐 속눈썹……. 검을 휘두르는 모습도 멋있지만, 이렇게 진지하게 업무를 보는 모습도 다른 매력이 있었다.

만족스럽게 구경하던 백리연은 이번에는 할아버지께서 보낸 서신을 펼쳐 들었다. 서신의 첫마디는 늘 똑같았다.

[몸 편히 건강하냐? 식사는 잘하고 있고? 무슨 일 있거든 바로 알리거라. 네 건강이 제일 중요한 것이야. 여기는 별일 없다. (중략)

네 아비의 서신을 읽었다면 언제 도착할지 알겠구나. 할애비도 함께 가고 싶지만, 둘 중 한 명은 가문을 지키고 있어야 하여 내 네 아비에게 양보하였다. 내가 간다고 할까 봐 눈치를 어찌나 보던지 원. (중략)

다음 아이는 여기서 가지는 게 좋겠구나. 친정이 더 마음 편할 테고 너도 번거롭지

않고…….]

읽어 내려가던 백리연은 어이가 없어서 웃음을 터트렸다. 이에 남궁류청이 눈을 깜빡이며 백리연을 바라보았다.

"왜 그래?"

"아니, 하하. 할아버지가 둘째는 백리 세가에 왔을 때 가지래. 그게 내 맘대로 되는 일이냐고!"

남궁류청이 진지한 표정으로 말했다.

"노력해 볼게."

"……너, 뭘 노력한다는 거야?"

백리연이 검을 들기 어려워진 이후, 처소에서 업무를 보기 시작한 남궁류청은 아주 예민해졌다. 누군가 그녀에게 접근하기만 하면 제 새끼를 지키는 고슴도치처럼 가시를 세워 경계하기 바빴다.

여섯 살 때부터 내 곁을 지켜 오던 금쇄도 남궁류청의 눈치를 받을 지경이었다. 당연히 외부인은 이보다 더했다. 하지만 그 와중에도 가시를 세우지 않는 소수의 사람이 있었다.

동지를 며칠 앞뒀을 때였다.

"연아!"

"하령아!"

"세상에, 잘 지냈어? 배가 이게 뭐야!"

서하령이 방문했다. 작년 중추절에 한 번 본 이후로 대충 일 년 반만이었다. 서하령은 그동안 무림맹의 기린회로 활동한다고 무한에 머무르고 있었다. 그러다 새해를 보내고자 집에 돌아온 참이었다.

"세화야 안녕! 우리 처음이지? 여기 네 선물도 가져왔다?"

아기 옷과 신발, 딸랑이는 소리가 들리는 아기 장난감, 신통한 절에서 특별히 받아 왔다는 금패였다.

"아이랑 엄마를 지켜 준대."

"고마워."

신경을 쓴 것이 역력한 선물들이었다.

간단히 근황을 주고받은 후, 서하령은 남궁류청에게 눈치를 줬다.

"소가주가 됐다며? 일 바쁘지 않아?"

남궁류청은 모른 척했다.

"이 정도 시간은 괜찮아."

하지만 서하령은 무서울 게 없는 아이였다.

"아, 여자들끼리 할 말이 있으니까 나가 달라고."

"……."

남궁류청이 백리연을 바라보았다. 나가기 싫다는 듯이 울망울망한 눈빛이었다. 백리연은 저도 모르게 살짝 마음이 약해졌다.

"굳이 내보낼……."

"연아! 정신 차려!"

결국, 일 년 반 만에 만난 서하령이 승리했다. 백리연이 남궁류청의 손을 도닥이며 말했다.

"저녁에 봐."

"……알겠어. 무슨 일 있으면 불러."

남궁류청은 곧바로 차가운 표정이 되어 서하령을 흘기며 나갔다.

백리연은 표정을 볼 수 없는 각도였다. 서하령이 봤느냐며 말했다.

"와, 저 녀석 완전 여우가 다됐네. 지금 너 못 봤지? 방금까지 불쌍한 척하더니 나 노려보고 나갔어!"

"불쌍한 척이라니. 가기 싫어서 그런 거지."

"아, 짜증 나."

서하령이 과자를 한 움큼 집어 먹고 의자에 몸을 늘어트렸다.

"그런데 너 진짜 잘 지내나 보다. 정말 얼굴이 많이 폈네."

"음? 그전에는 뭐 별로였다는 건가?"

"아니, 뭐랄까. 예전엔 뭔가 초조해 보였다고 할까? 웃고 있어도 왠지 수심에 차 보이고? 근데 지금은 그런 게 전혀 없어 보여서."

무슨 뜻인지 알 수 있었다.

회귀해 눈을 뜬 이후로 늘 쫓기듯 바쁜 삶을 살았다. 웃고 즐기더라도 늘 가슴 한쪽에 똬리를 튼 불안감을 지울 순 없었다. 친했던 만큼 서하령도 어렴풋이 눈치챘던 모양이었다.

백리연이 주제를 돌리듯 말했다.

"그러는 너는 어떻게 지내? 서향문주께서 네 남편감 찾는다고 휘주 바닥에 소문이 파다해. 매파가 문지방이 닳도록 들락날락한다고. 심지어 문주께서 나한테도 좋은 사람 있냐고 물어보셨다고."

"아, 내가 이래서 집에 오기 싫었다니까!"

"흠, 들려오는 소문이 좀 있던데. 만나는 사람 있는 거 아냐?"

"만나는 사람? 누구 말하는 거야? 담 공자? 황보 공자? 아, 팽 공자인가? 그냥 뭐 한번 만나 본 거지."

한때 한 사람을 열렬히 사모하던 서하령은……. 흠흠, 그래. 이뤄지지 않는 한 사람에게 목매던 것보단 이게 낫지.

서하령이 그녀의 배를 보며 말했다.

"혹시 배 만져 봐도 돼?"

걱정스러우면서도 신기한 표정이었다.

"그럼. 넌 괜찮을 거야."

한쪽에 늘어져 있던 결이 마음에 들지 않는다는 듯이 눈을 가늘게 뜨고 꼬리를 탁탁 내리쳤다.

서하령은 조심스럽게 손을 살짝 댔다가 재빨리 뗐다.

"흐, 무서워."

정말 무서운지 안색도 살짝 창백했다. 평소 씩씩하던 모습과 달랐다.

"하하, 뭐가 무서워?"

"그냥 무섭다고."

"움직이면 기절하겠는데."

"움직이기도 한다고?"

"……당연한 거 아냐?"

아이는 본래도 움직임이 매우 적었는데, 특히나 다른 사람이 앞에 있으면 쑥스러움이라도 타는지 절대 움직이지 않았다. 사람의 기척을 얼마나 기가 막히게 느끼는지, 아직까지 그녀와 남궁류청 말고는 아이의 태동을 느껴 본 이가 한 명도 없을 지경이었다.

그녀에게 금안이 없었다면 아이에게 문제가 생긴 게 아닐지 시시때때로 의원을 불러 물어보았을 터다.

그렇게 얌전하던 아이가 갑자기 큰 움직임을 보인 날이 있었다.

새해가 밝자 남궁 세가에서 설 연회를 열었다.
작년은 가희와 악공을 불러 아주 떠들썩하게 보냈지만 올해는 외부인 출입을 꺼려 가족끼리 조용히 보내기로 했다.
조용한 연회 자리에 남궁완이 흥이 나질 않는다며 갑자기 칠현금을 가지고 왔다.
이 시대의 명사를 위한 기본 교육은 시서화금이었다. 또한 명문가의 자손들이 기본적으로 배우길 바라는 육예에도 악학(음악)이 있었다. 이건 검을 드는 무림가에도 똑같이 적용됐다.
물론, 무공에 심력을 쏟아야 하는 만큼 다른 부분은 조금 떨어질 수밖에 없지만.
그러한 이유로 백리연도 남궁류청도 기본은 할 줄 알았다. 보통 손재주가 필요한 일의 대부분은 남궁류청이 더 나았는데 칠현금만큼은 백리연의 실력이 훨씬 좋았다. 전생에 피땀 흘린 결과였다.
뿌듯해하던 백리연은 문득 한 가지 의문이 들었다.
'근데 왜 자수는 저 녀석이 더 잘하는 거지?'
사실은 백리연이 남궁류청에게 자수를 시켰던 날 남궁류청은 그녀의 손을 다치게 한 것에 대한 죄책감에 몰래 밤새 자수를 연습해 갔었다.
이 일은 당시 자수를 가르쳐 준 남궁류청의 유모만 유일하게 알고 있었다. 그리고 유모는 나이가 들어 고향의 자식들에게로 돌아갔으니, 앞으로도 백리연은 영원히 알 수 없는 일이었다.
그사이 남궁완이 칠현금을 가지고 자리를 잡았다. 백리연은 눈을 휘둥그레 떴다.

"아버님이 타시려고요?"

"그럼 안 될 이유라도 있나?"

대부인이 미묘한 표정으로 백리연을 보며 말했다.

"한번 들어 보렴."

그리고 곧 대부인이 왜 그런 표정을 지었는지 알 수 있었다.

칠현금 위에 오랫동안 병장기를 잡아 굵고 울퉁불퉁한 손이 올라가고 곧이어 간드러진 곡조가 연회석에 울려 퍼졌다.

백리연은 멍한 낯을 했다. 그녀도 어디서 금 좀 탈 줄 안다고 이름내밀 만한 실력이었지만, 남궁완의 실력 앞에서는 빛이 바랠 지경이었다.

곡조가 막바지에 다다랐을 때였다. 백리연이 "앗." 소리와 함께 인상을 찡그리며 배에 손을 올렸다. 곡조가 뚝 끊기고 남궁완이 황급히 물었다.

"왜 그러느냐?"

"아이가 금 연주가 무척 마음에 들었나 봐요."

"뭐?"

"엄청나게 움직여요!"

좀처럼 미동도 없던 아이가 엄청나게 활발하게 움직였다.

"요 녀석, 듣는 귀가 있구나!"

기뻐하던 남궁완은 순간, 아주 오래전 가슴 속에 묻어 두었던 한 사람이 떠올랐다.

그의 누이. 그가 어울리지 않게 금에 일가견이 있는 것은 오로지 그의 누이 때문이었다.

누이는 무가의 장녀로 태어났지만, 검에는 전혀 어울리지 않는 사람이었다. 태생이 온화한 누이가 좋아하던 것은 아름다운 꽃과 화초들, 서화, 악기와 같은 것들이었다. 하지만 누이는 성품이 온유했던 만큼 가문의 기대를 저버리지 못했다. 누이는 좋아하는 것들을 묻어둔 채 검을 들었다.

그래서 가문의 천둥벌거숭이였던 그가 나섰다. 그는 누이 대신 금을 파고들었다. 그리고 종종 깜짝 놀랄 연주로 누이를 즐겁게 해주었다.

그때 깜짝 놀란 목소리가 상념을 깨트렸다.

"아버님? 아버님! 왜, 아니. 어…… 어어…… 괘, 괜찮으세요?"

"괜찮다. 그냥 좋아서 그랬다."

그 순간 눈에서 눈물방울이 떨어졌다. 백리연의 밝은 눈동자가 걱정과 당황을 가득 머금고 그를 바라보았다.

그의 가슴 한쪽에는 늘 무거운 돌이 하나 얹어져 있었다. 그 돌은 그 자리에서 영원히 그를 짓누르고 있을 것이다. 하지만 이제는 아무래도 괜찮았다.

일월 말일.

다섯 번째 암살 시도가 적발되었다.

"저는 정말 아무것도 모릅니다! 정말입니다!"

시비 한 명의 악다구니가 멀리까지 울려 퍼졌다. 정말로 끈질긴 시도였다.

그 뒤로 내내 남궁류청은 수심에 차 있었다. 나에게 내색하려 들지는 않았지만, 모를 수가 없었다. 최근 날이 갈수록 강호의 정세가 복잡해지고 있었다. 수심에 찬 낯이 그와 연관이 있는 듯했다. 하지만 나를 위해서 말하지 않는 것 같기에 나도 묻지 않았다.

태교에 좋지 않을 것 같아 애초에 궁금하지도 않았다. 그러나 이제 일이 그냥 넘어갈 수는 없게 된 모양이었다. 남궁류청이 서슬 퍼런 표정으로 말했다.

"위 전 맹주가 세력을 규합 중이야."

"허어?"

나는 잠시 고민하다가 말했다.

"……설마 그 다섯 번째 암살 시도가 위지백이랑 관련 있는 거야?"

이를 악문 남궁류청이 고개를 끄덕였다.

다시 모습을 드러낸 위지백은 자신은 모함을 받았을 뿐이라고 주장하며, 정마 대전을 치르면서 무림맹에 불만을 품은 일부 정파 세력과 정사지간의 세력을 규합해서 새로운 연맹을 창설하려 들었다.

무림맹의 정반대 측이라 볼 수 있는 천마신교, 마교가 무너지자 정사지간의 문파들은 무림맹의 세력 팽창을 막을 이가 없다는 것에 두려움을 느끼고 있었다. 위지백의 연맹 제안이 그 지점을 시원하게 긁어 준 것이었다.

백리연은 알지 못했지만, 심지어 그동안 벌써 위지백과 무림맹 간 충돌도 몇 번 벌어졌다고 했다. 세력 자체가 비교도 되지 않을 것 같지만, 위지백도 승산이 있으니 도전한 것이다.

세상에 영원한 강자는 없다. 천하 십일강으로 불리던 태고 진인, 백리패혁, 남궁무철 세 분 모두 이제 연세가 너무 많았다.

그분들은 아직도 강자였다. 하지만 기력이 쇠하고 있다는 것 또한 부인할 수 없는 현실이었다. 내공은 심후해졌을지언정 승패는 내공으로만 결정되는 게 아니었다. 그들이 전심전력으로 나선다면, 그렇지 않아도 길게 남지 않은 남은 날들조차 어떻게 될지 가늠할 수 없을 터였다.

남궁무철이 남궁완에게 가주직을 넘겨준 이유기도 하고, 백리패혁이 서둘러 백리의강을 소가주직에 앉힌 이유기도 했다.

그나마 태고 진인이 세 분 중에는 제일 연령이 낮았으나, 곤륜파는 중원에서 너무나 멀었다. 이미 한 번 오랫동안 자리를 비운 탓에 또 자리를 비우기도 어려웠다.

그에 비하면 위지백은 아직 한창때. 전성기의 나이라고 불릴 만했다.

만약에, 물론 말도 안 되는 일이긴 했지만 아주 만약에 저 세 분 중 한 분이 나섰는데 위지백에게 패배한다면?

그럼 이제 정말 돌이키기 힘들어지는 것이다.

이 모든 사정을 자세히 설명하지 않아도 백리연은 바로 짐작할 수 있었다. 그리고 이제 그녀에게 이 사실을 알려 준다는 것은…….

백리연이 말했다.

"위지백을 치러 가려고?"

"……응."

남궁류청이 괴로운 표정으로 백리연을 바라보았다. 세력이 더 커지기 전에, 자리를 잡기 전에 싹을 밟기로 한 것이다.

"아버지와 얘기 나눴어. 내가 출전하기로."

남궁류청은 음산한 낯으로 당시의 대화를 회상했다.

"당연히 아버지께서 출정하시는 것 아니었습니까?"

남궁류청이 공손히 말했다.

"가서 위지백을 베고 새로운 천하 강자가 나왔다고 이름을 떨치십시오. 저는 연이 옆을 지키고 있겠습니다."

"그래. 맞는 말이야. 연이 옆을 지켜야지."

그렇게 고개를 주억거리던 남궁완이 갑자기 뜬금없는 말을 했다.

"연이가 중요하느냐, 위지백을 처리하는 게 중요하느냐?"

"말도 안 되는 비교 하지 마십시오."

내심 짜증스러운 듯한 대답이었다. 남궁완은 신경 쓰지 않고 또다시 고개를 주억거리며 말했다.

"그렇지. 비교할 것도 못 되지. 당연히 연이가 더 중요하지."

그제야 남궁류청은 제 아비가 무슨 말을 하려는지 깨닫고 눈을 부릅떴다. 남궁완이 말했다.

"그러니 더 중요한 걸 강한 자가 지켜야지. 당연하지 않으냐?"

"……."

"그래서 내가 강하느냐, 네가 강하느냐?"

"그건……."

졸렬한 질문입니다! 라는 말이 목 끝까지 치솟았으나, 억누르고 다른 말을 했다.

"할아버님께서 계시지 않습니까!"

"아버님은 은퇴하셨다. 고작 위지백 하나도 처리 못 하면서 이 거친 강호를 어찌 살아가려고 하느냐?"

이런 대화를 통해, 남궁류청이 출정하기로 결정된 것이다.

손수건이라도 손에 들고 있었다면 잘 가라고 흔들어 줬을 것만 같은 태도였다고, 남궁류청은 분통을 터트렸다. 저절로 상상되는 모습에 나는 상황도 잊고 웃음을 터트릴 뻔했다.

"아버님도 정말……."

"아버지께서 말씀하시길, 내가 출정하는 걸 네가 반대한다면 두말하시지 않고 본인이 출정하신다고 하셨어."

"그렇구나."

남궁류청이 짙은 눈동자로 나를 바라보았다.

그 속을 어찌 모를까? 출정하지 말라고 하길 바라는 눈빛이었다. 하지만 이성적으로 생각해도 남궁완 아저씨가 내 곁에 있는 게 훨씬 더 안전한 것이 현실이었다.

"어쩔 수 없지."

남궁류청이 이를 악물었다. 그러고는 살짝 토라진 어투로 말했다.

"그렇게 말할 줄 알았어."

나는 손을 뻗어 남궁류청의 뺨에 손을 올렸다. 남궁류청이 기대듯이 고개를 기울이고 말을 이었다.

"장인어른도 함께 가실 거야."

"아버지도?"

나는 고개를 기울이며 물었다.

"원래 이월 초에 백리세가에서 출발하기로 한 건? 여기로 오기로 했었잖아."

"계획을…… 조금 변경했어. 남궁세가로 향하는 척하다가 방향을 틀어서 위 전 맹주를 치러 갈 거야."

"아……."

설마 그럼 아버지도 못 오시는 건가? 해산 전에 아버지 얼굴은 보고 싶었는데.

거기에 남궁류청 또한 내 곁에 없을 거라고 하니, 가슴 한 군데가 뚫린 것처럼 허전했다. 나는 애써 태연한 척하면서 말했다.

"그럼 얼마나 걸리는데?"

남궁류청이 고개를 떨구고 중얼거리듯 말했다.

"한 달 정도 걸릴 거야."

"한 달?"

지금이 이월 초사흘이었으니 한 달이면 삼월 초였다. 해산일은 삼월 중순에서 월말 사이였으므로 여유는 있었다. 너무 비장하게 말하길래 그보다 더 오래 걸리는 줄 알았는데…….

날짜를 계산한 나는 안도감에 표정이 밝아졌다.

"뭐야? 난 또 해산일까지 못 돌아오는 줄 알았네! 갔다 와, 갔다 와. 빨리 가서 빨리 돌아와."

"……어떻게 그렇게 말할 수 있어?"

"응?"

남궁류청은 새벽녘에 사람 눈을 피해 조용히 출정했다. 위지백을 치는 것은 무림맹의 비밀 작전이었으니, 그가 자리를 비운 사실도 비밀이었다. 그리고 남궁류청과 교대하듯이 백리 세가에서 손님이 도착했다.

"진진!"

"아가씨! 그동안 잘 지내셨어요?"

이제는 완전히 성숙해진 진진이었다. 진진은 눈속임을 위해 백리의 강과 함께 백리 세가에서 나와 나머지 사람들을 이끌고 남궁 세가에 도착했다.

"소녹도 같이 오고 싶어 했는데, 바빠서 차마 자리를 비울 수가 없다고 하더라고요. 역시 사람은 너무 유능하면 안 되는 것 같아요. 저처럼 눈치껏 적당히 해야 이렇게 빠져나올 수 있죠."

"진진, 거짓말하지 마! 백검단주가 널 얼마나 아끼는지, 사실 백검단주의 숨겨진 막내딸 아니냐는 소문이 돈다던데? 네가 나이만 아니었으면 차기 백검단주였을 거라던데, 아쉽다."

진진은 백검단주의 첫 제자와 거의 스무 살은 차이 났다. 진진이 백검단주의 제자 중에서 가장 뛰어난 성취를 보이곤 있지만 스무 살 차이를 뒤엎을 정도는 아니었다. 정확히는 진진이 원치 않았다.

"아쉽기는요. 저는 이대로 아가씨 곁을 지키다가 아기씨가 태어나시면 아기씨 호위할 거예요."

"응? 아깝게 그게 무슨 소리야! 아니, 누구 마음대로?"

"예? 제 맘대로죠."

남궁류청이 자리를 비웠으나, 진진을 비롯해 다른 이들의 살뜰한 보살핌으로 불편한 점은 없었다.

아이를 위해서라도 잘 먹고 잘 자고 좋은 것만 보고 즐거운 기분을 유지하려 들었다. 하지만 이따금 그녀도 모르게 깊은 한숨이 튀어나오는 건 어쩔 수 없었다. 이렇게 소식을 기다리고만 있어야 하는 처지가 답답했다.

이월 말. 아직 귀가 에일 듯한 바람은 그대로였으나 볕은 부쩍 따뜻해졌다. 목련과 매화의 꽃망울이 터질 듯 부풀었고, 성질 급한 몇 송이는 벌써 꽃을 피워 냈다.

"소부인, 서신이 왔습니다."

백리연은 쟁반 위의 서신을 뒤적였다. 백리패혁, 백리의강, 남궁류청. 그녀가 기다리던 세 명의 서신 모두 없었다. 살짝 실망스러운 감정을 감춘 채 뒤적이던 그녀의 눈에 서신 하나가 눈에 띄었다.

[제갈]

"……."

백리연은 인상을 굳혔다.

비단 해석 이후로 그간 딱히 새로운 연락은 없었다. 제갈화무는 제 수명을 핑계로 방기하던 가문을 다시 정리하느라 정신이 없었기 때문이다. 이번 위지백의 토벌에도 도움은 주되 직접 나서진 못했다고 들었다.

그런데 이 시점에 온 서신이라.

"불길한데……."

홀로 중얼거릴 때, 문이 열렸다. 진진이 바구니를 들고 들어왔다.

"아가씨, 귤 드세요. 뭘 그렇게 노려보고 계세요? 거기 원수라도 있어요?"

백리연이 시선을 돌리며 말했다.

"이제 마님이나 부인이라고 해야지."

"호호, 하지만 제가 아가씨라고 할 때마다 여기 사람들이 이렇게 쌍심지 켜는 게 얼마나 재밌는데요."

진진이 사람들의 표정을 따라 했다. 헛웃음이 흘러나왔다.

"별 이상한 걸로 티격태격 그만해."

"이상한 거라뇨? 백리 세가주께서 제게 명하시길…… 큼큼, 여기 귤 좀 드세요."

"아니야, 배불러."

최근 들어서 조금만 먹어도 배가 불렀다. 아이가 그만큼 자란 것이다. 그녀는 부른 배를 쓰다듬었다.

'백리연, 겁쟁이가 다 됐네.'

언제나 모르는 것을 두려워했지, 아는 건 두려워하지 않았다.

회귀 후, 미래를 아는 삶을 살아온 탓인지 특히나 더 모른다는 상황을 두려워했다. 하지만 보통 사람들은 모두 다 이렇게 살 터. 이제 그녀도 두려움에 익숙해져야 했다.

그렇다고 도망치는 건 성미에 맞지 않았다. 모른 척 눈감는 것과 정말 모르는 것은 매우 달랐다.

백리연은 각오를 다지고 제갈화무의 서신을 봉투에서 꺼냈다.

[붓을 들고도 한참 고민했어. 이 사실을 네게 알리는 게 좋을지. 하지만 이 선택은 내가 대신 해 줄 수 있는 것이 아니지. 마음 같아서는 숨기고 싶었지만, 네게 입은 은혜가 커서 감히 보내. (중략)

야율을 찾았어.]

서신을 읽어 내려가는 백리연의 표정이 점차 차갑게 굳었다.

그날 저녁은 무슨 정신으로 먹었는지 알 수 없었다. 머리가 너무 복잡해 오늘은 일찍 자겠다며 이르게 사람을 물렸다.

불길한 예감이 맞았다. 제갈화무가 그렇게 내가 읽지 않았으면 하며 어렵게 서두를 꺼낸 이유가 있었다. 계속해서 한숨이 나왔다. 하지만 이 상황에서 뾰족한 수가 나오지 않았다. 살면서 이렇게 지켜보기만 한 적이 없어서인지 속이 너무 답답했다.

'몸이 무겁지만 않았더라면 나도…….'

순간, 저도 모르게 든 생각에 깜짝 놀라 눈을 크게 떴다. 나는 황급히 달래듯 배를 쓰다듬었다.

'네가 얼마나 착한 아이인데. 엄마가 미안해.'

나는 답이 안 나오는 생각을 접고 침상에 누웠다. 오늘따라 침상이 너무 넓게만 느껴졌다.

그런 생각을 한 탓이었을까? 삼월 초삼일, 모두가 잠든 밤이 이슥한 시간. 날카로운 울음소리가 잠든 사람을 깨웠다.

"미양옹, 미야옹, 먀옹!"

대부인의 처소 앞에 울려 퍼지는 소리에 시비가 기겁하며 하얀 고양이를 향해 말했다.

"쉿! 쉿! 조용히 해!"

평소 안에 사람이 들어 있다고 주장할 정도로 사람의 말을 잘 알아듣던 고양이였다.

"미야옹! 먀옹!"

하지만 오히려 더 목청껏 울어 젖혔다.

"대체 왜 이러는 거야!"

"쫓아낼 수 없나?"

"소부인이 키우시는 고양이라고. 근래는 소가주님도 신주 단지 모시듯 하던데 감히 우리가 손댔다가 무슨 경을 치려고!"

"하지만 이러다가……."

그때였다.

"무슨 소란이냐?"

구슬발을 걷고 피로한 낯의 대부인과 중년 어멈이 방에서 나왔다. 중년 어멈이 매서운 표정으로 시비들을 바라보았다.

"어느 안전이라고 소부인과 소가주님을 향해 혀를 놀리느냐?"

"잘못했습니다."

"죄송합니다."

그런 와중에도 고양이는 계속해서 울어 젖혔다. 대부인을 보자 발치에 와서 옷자락을 계속 당기기도 했다. 대부인은 관자놀이를 짚으며 시비를 향해 물었다.

"왜 이러는 게지?"

"저도 잘 모르겠습니다. 갑자기 나타나서 울기 시작한 지라."

"음…… 혹시 상공이 보낸 사람은 없느냐?"

"예, 없었습니다."

최근 남궁완은 집무실에서 침식했다. 집무실이 백리연이 거주한 전각과 훨씬 가까웠고 무슨 일이 벌어지면 바로 알아볼 수 있었기 때문이었다.

고민스러운 기색의 대부인이 숨을 내쉴 때마다 새벽녘의 찬 공기에 안개 같은 입김이 피어나길 반복했다. 대부인이 약하게 기침을 하자 안색이 변한 어멈이 시비에게 손짓하며 물었다.

"마님, 어찌할까요?"

"일단, 연이 처소로 한번 가봐야겠다. 상공께도 연이 처소로 오시라고 연락을 드리거라."

"알겠습니다."

공손히 대답한 어멈이 시비가 가져온 두툼한 외투를 대부인의 어깨에 걸쳐 주었다.

"아, 의원도 부르자꾸나. 그리고 산파가 어느 골목에 산다 하였지?"

어멈이 이 말에는 놀라서 눈을 크게 떴다.

"산파까지요?"

"청이가…… 결을 믿고 따르라더구나."

고개를 숙이고 있던 시비들은 고양이를 따르라니 대체 저게 무슨 소린가 싶어 어리둥절한 낯을 했다.

"그, 시간이 늦은 데다 산파가 사는 곳은 오병 골목이라 사람을 보내서 도착하기까지 시간이 상당히 걸릴 겁니다. 대신 아이를 받은 경험이 있는 외원의 원 부인은 어떻습니까? 원 부인은 바로 올 수 있을 겁니다."

"그거 괜찮구나. 그럼 어멈 말대로 하자꾸나."

어멈은 남아서 시비와 하인들을 불러 모아 지휘하고, 대부인은 시비와 함께 백리연의 처소로 향했다.

흰 고양이는 어둠 속에서 기이하게 빛나는 금색 눈동자를 번뜩이며 빨리 가자는 듯이 몇 번이나 대부인을 재촉했다. 대부인의 뒤를 따르던 시비는 그 모습이 왠지 모르게 살짝 으스스하여 어깨를 움츠렸다.

백리연의 처소에 도착한 대부인은 평소답지 않은 급한 걸음으로 꽤 숨을 가쁘게 쉬고 있었다.

거의 동시에 남궁완도 도착했다.

남궁완이 물었다.

"설명은 들었소. 대체 무슨 일이오?"

"저도 방금 도착했습니다."

소란에 처소 곁채에서 진진과 백리연의 시비가 황급히 나왔다.

"가주님? 대부인? 이 시각에 여긴 어쩐 일이십니까?"

대부인은 미간을 살풋 찡그렸다. 일단 오긴 하였으나, 막상 말하려고 드니 이 상황을 어떻게 설명해야 할지 감이 잡히지 않았다.

"그…… 청이가 이 고양이의 말을 잘 들으라고 했는데, 아, 사실 나도 지금 무슨 상황인지 모르겠구나. 대체 왜 이렇게 우는지, 도통……. 연이는 잘 자고 있느냐?"

진진이 공손히 답했다.

"예. 오늘은 일찍 주무신다고 하셨습니다. 그런데 아가씨께서 옆에 사람이 있으면 바로 깨시는지라, 잠든 후에는 들어가 보지 못했습니다."

백리연의 처소에 도착하자마자 다시 울기 시작한 결을 보며 대부인이 난감한 표정을 지었다. 연이는 남궁류청이 떠난 후 잠을 잘 못 들고 있었다. 오늘도 내내 뒤척이다 간신히 잠들었을 텐데, 아무리 예민하고 감이 좋다지만 이런 미물을 정말 믿어도 되는 걸까?

게다가 가문의 안주인이자 시어머니라도 자는 아녀자의 침실에 허락도 없이 들어가는 것은 예법에 어긋났다.

하지만 그녀는 아들의 말을 믿고 따르기로 했다.

"내 한번 들어가겠네."

"예? 대부인. 그래도 아가씨가 주무시는데……."

"나만 들어가서 얼굴만 보고 나오겠네. 하긴, 이미 벌써 일어나 있을지도 모르겠구나."

대부인이 시비에게서 등불을 건네받고는 진진 옆을 지나쳐 처소 방 안으로 들어갔다. 자신의 부인을 막아서면 가만두지 않겠다는 듯 진진을 노려보던 남궁완은 대부인이 들어가고 나서 한쪽 귀를 막고 고양이를 향해 말했다.

"이봐, 시끄러워. 조용히 좀 해라, 조용히 좀."

그 말을 알아들었는지, 혹은 대부인이 들어간 것에 만족했는지 고양이가 드디어 입을 다물었다. 그제야 평소 새벽처럼 쥐 죽은 듯이 고요해졌다.

이내 처소 안에서 짤막한 비명이 울리고 순식간에 주변이 소란스러워졌다.

"연아! 일어나거라. 의원! 산파, 산파를 불러와! 어서!"

"초조해 보이는구나."

"장인어른께서도요."

"티가 났느냐?"

"그냥 짐작한 겁니다."

"……."

"이 상황에 침착하실 수 있을 리 없을 테니까요."

백리의강이 깊은숨을 내쉬었다.

위지백. 백리의강이 딸 옆이 아니라 이런 산중에 이슬을 맞으며 있는 이유였다.

마음 같아서는 위지백을 무시하고 딸에게 달려가고 싶었다. 하지만 위지백은 위험인물이었다. 그리고 딸아이에게 이미 크나큰 원한을 지니고 있었다. 그는 무림맹주이던 시절에도 이미 딸아이를 두 번이나 죽이려 들었고, 다시 돌아온 지금도 임신한 딸을 해하려 들었다. 여기서 그를 끝내야 했다.

딸아이와 배 속 아이의 조금이라도 평온한 미래를 위하여.

"연이가 그러더군요. 위지백의 목을 선물로 달라고."

"노력해 봐야겠구나."

백리의강이 희미하게 웃음 지었다.

위지백을 기습한 그들은 현재 진을 펼쳐 그를 포위한 상태였다. 위지백의 세력은 아직 공고하지 못했다. 그들은 한 박자 늦게 기습당하였다는 소식을 접했다. 처음에는 위지백을 도우려 했으나, 수세에 몰렸다는 사실을 알자 손쉽게 포기했다.

그들은 조금 떨어진 곳에 자신들의 세력을 모아 두고 지켜보고 있었다. 위지백이 승기를 잡는다면 도울 것이고 패배한다면 이대로 발을 빼 터였다. 그러니 이번에 위지백을 끝내야 했다.

백리의강이 나무 사이로 비치는 태양을 보고 말했다.

"슬슬 형산문주가 빠져나갔겠구나."

"다음은 북서 방향 화산의 운응 장로와 운성 장로 차례였지요?"

본래 장문인이나 장로쯤 되면 엉덩이가 매우 무거웠다.

마교라는 특수 사항이 아니라면 협력도 잘 하지 않았다. 제 문파를 이끌고 수련하며 제자를 양성하는 데 바쁘고, 저 위치 정도 되면 오만하고 자존심이 높아 서로 충돌하기 쉽기 때문이었다.

하지만 이번에는 형산파와 화산파가 독기를 품었다. 형산파에서는 형산문주가 제자들을 이끌고 직접 나섰고 화산파는 장로들 대다수가 힘을 보탰다.

형산파 장문인이 벽기현을 아꼈던 사실은 매우 유명했다. 심지어 형산문주는 벽기현에게 자신의 명첩을 주기까지 했다. 명첩을 준다는 것은 언제든 형산문주의 귀한 손님으로 맞겠다는 뜻이라고 볼 수 있었다.

각패보다는 훨씬 가벼운 의미지만 그걸 준 사람이 형산문주라는 것이 매우 중한 의미를 지니고 있었다.

그리고 그 명첩을 벽가에서는 벽성율을 형산파 제자로 밀어 넣는 데 멋대로 사용했다. 벽기현도 동의한 일이라고 주장하며.

현재 벽성율은 형산파에서 파문되었다. 당연했다. 형산파를 속여서 무공을 훔친 것이나 다름없었기 때문이었다.

강호 문파의 파문이란 건 그냥 쫓아내는 게 아니었다. 내공을 폐하고 사지 근맥을 끊어서 완전히 폐인을 만들어 버리는 거였다.

굳이 형산의 이름을 욕심내지만 않았더라면, 가문이 멸문했어도 다른 벽가 생존자처럼 살 수 있었을 터. 자업자득이라고도 볼 수 있었다.

또한 형산파 제자였던 벽성율이 천귀조 사건에서 도주한 일을 당시 맹주였던 위지백이 나서서 수습해 주었다. 형산파는 그 일로 오랜 기간 무림맹주에게 도움을 주었다. 그런데 그 모든 것이 거짓이었다는 걸 알았으니, 이는 문파 전체가 모욕당한 것이나 다름없었다.

은원은 절대 잊지 않는 강호인답게, 형산파는 원한을 갚기 위해 출사했다.

화산파의 지원은 화산파 장문인의 막내 제자였던 화산지검 명진 진인의 죽음 때문이었다. 위지백이 명진 진인을 사지에 몰아넣고, 조금만 버티면 현무단주가 현무단을 이끌고 지원 가겠다고 해 놓고는 도망친 사실이 현무단주의 입을 통해 밝혀진 것이었다.

화산파는 기함했다. 위지백이 뒤가 구린 인간인 건 알았지만 이 정도로 인간 말종일 줄은 몰랐고, 말종이더라도 감히 화산파의 뒤통수를 칠 줄은 몰랐다.

백리의강이 씁쓸하게 말했다.

"그저 한 사람의 욕심에 얽혀 스러진 목숨이 안타까울 뿐이로구나."

"……."

남궁류청은 명진 진인의 죽음이 아니라면 화산파가 과연 움직였겠냐며, 위지백이 그런 인간이라는 걸 알면서도 내버려 둔 화산파 또한 명진 진인의 죽음에 일조한 것이라고 반박하고 싶었지만, 장인어른이라는 생각에 입을 꾹 다물었다.

그리고 장인의 의견에 동의하지 않는 것과 반대로, 만약 아들이 태어난다면 장인어른을 닮길 바랐다. 심지어 남궁류청은 어머니가 기도를 올리는 불상 앞에서 몰래 절을 올리기도 했다. 딸이라면 연이를, 아들이라면 장인어른을 닮게 해달라고.

그때였다.

쿠아아아왕—!

갑자기 하늘이 찢어지는 것만 같은 폭음이 터지고 한 박자 뒤에 거센 기파의 충격이 그들의 옷자락을 펄럭였다. 남궁류청이 황급히 백리의강을 보았다.

"진은……?"

"무사하다."

백리의강의 안색이 창백해졌다.

현재 그들이 위지백을 포위한 진은 제갈 세가주의 도움으로 만든 포위진법이었다. 그들은 포위진법을 펼친 후 합공을 하기로 되어 있었다. 정확히는 방위별로 조를 짜서 순서대로 위지백을 상대하여 힘을 빼는 방식이었다. 진의 서쪽 축이 백리의강이었다.

백리의강은 무슨 일이 있어도 이 방위를 지키고 있어야 했다. 이쪽이 무너지면 진법이 깨지기 때문이었다. 하지만 방금 들린 폭음은 예정된 전투 구역이 아니었다. 무슨 일이 생긴 게 분명했다.

남궁류청이 말했다.

"제가 가 보겠습니다."

백리의강이 고개를 끄덕였다.

남궁류청이 남궁 세가의 무사들과 함께 폭음이 들린 방향으로 향했다. 폭음은 계속 이어지고 있었다. 폭음지를 앞두었을 때, 무언가 그들을 향해 날아왔다. 남궁류청은 황급히 멈춰 날아온 것을 쳐 냈다.

챙—!

이윽고 숨길 생각 없는 기척이 말했다.

"소가주, 거기까지만 오시죠. 더 들어오시면 죽습니다."

남궁류청이 믿기지 않는 낯으로 목소리가 들려온 방향을 바라보았다.

"못 온다지 않았나?"

제갈화무가 밝은색 머리칼을 쓸어 넘기며 한 방향을 고갯짓했다. 하지만 그 고갯짓을 확인하기도 전에 남궁류청이 먼저 시선을 돌렸다.

"네 이놈……!"

피투성이인 위지백이 고통스러운 목소리로 소리쳤다. 그 맞은편엔 익숙하면서도 낯선 얼굴이 있었다. 그를 둘러싼, 주변의 풍경이 색을 잃은 것만 같은 짙은 마기도 함께.

백리연의 처소 안뜰에 모여 있는 사람들의 표정은 어둡기 그지없었다. 대부인의 얼굴은 하얀 창호지처럼 창백했고, 가만히 있질 못하고 계속 움직이는 남궁완의 낯은 반대로 새카맣게 어두웠다.

남궁완이 부관을 잡고 소리쳤다.

"류청과 의강은? 아직도 소식이 없느냐?"

"모, 모르겠습니다. 칠, 팔 일 전후로 도착 예정이라 지금 이동 중이실 겁니다. 그래서 연락이 전해졌는지조차……."

"대체 아는 게 뭐야!"

분별없는 화였으나, 이를 탓하는 사람은 없었다.

"소부인, 힘을 내십시오!"

"숨을 들이쉬세요!"

"버티셔야 합니다!"

새벽녘 양수가 터지고, 벌써 두 번째 아침 동이 터 오고 있었다.

만 하루가 지났다. 산실 안으로 시비들이 뜨거운 물을 담은 대야와 흰 수건을 들고 조용히 들락날락하길 반복했고, 안에서는 끊길 듯 말 듯 아스라한 신음이 흘러나왔다.

대부인 곁의 어멈이 조심스럽게 말했다.

"대부인, 조금 쉬시지요. 종일 식사도 하지 않으셨고, 눈 붙이지도 않으셨지 않습니까?"

"나는 괜찮네. 조금만 더 있다 가지……."

"아직 바람도 찹니다. 이러다 먼저 탈이 나시겠습니다. 풍한이라도 드시면 태어난 아기씨를 안아 보지도 못하실 겁니다."

그 말에 대부인이 희미하게 웃음 지었다.

"그거 꽤 일리 있구나."

대부인이 몸을 일으키다 순간 비틀거렸다.

"부인!"

다행히 남궁완이 재빠르게 붙잡아 넘어지는 일은 없었다.

"가서 쉬시오. 여긴 내가 지키겠소."

살짝 고개를 끄덕인 대부인이 어멈의 부축을 받으며 전각에서 떨어진 곁방으로 향했다.

시간은 계속 흐르고 어느새 태양이 머리 위를 비추기 시작했다. 반백의 부인이 앞섶에 피를 잔뜩 묻힌 채 산실에서 나와 의원을 찾았다. 연세가 많은 공 의원은 하루 넘게 이어지는 상황을 버티지 못하고 쉬러 갔고, 지금 자리를 지키는 건 공 의원의 제자였다.

의원은 산파를 따라 산실에 들어갔다 나온 후, 심상찮은 표정으로 남궁완을 바라보았다. 남궁완이 버럭 소리쳤다.

"할 말 있으면 해! 눈치 보지 말고!"

"가주님, 그…… 후우."

"뭔데! 말해!"

의원은 눈을 질끈 감았다 뜨고는 말했다.

"오늘 해 질 무렵까지 아이가 나오지 않는다면 마음의 준비를 하셔야 할 것 같습니다."

"……."

새하얗게 질린 남궁완이 입을 떼려던 순간이었다.

"지금 뭐라고……?"

남궁완이 목소리가 들려온 방향으로 고개를 휙 돌리자, 반대편 정원수 사이에 서 있는 백리의강이 보였다. 비틀거리며 나무를 붙잡은 백리의강이 떨리는 목소리로 말했다.

"지금…… 뭐라 하였느냐?"

그때, 백리의강 뒤쪽에서 한 신형이 튀쳐나와 산실로 뛰어들었다. 산실 앞을 지키던 이들이 깜짝 놀라 뛰어든 자를 붙잡았다.

"소가주님, 안 됩니다!"

"소가주님을 잡아!"

남궁류청은 제정신이 아닌 듯 아무 말도 없이 붙잡는 자들을 패대기쳤다. 난동에 산실을 지키던 무사들이 모조리 달려들었다.

그때였다.

"숨, 숨을 안 쉬어! 어서 빨리!"

"수건, 수건 가져와! 설탕물! 설탕물도!"

난동을 피우던 남궁류청부터 산실 밖의 모두가 움직임을 멈췄다. 소름 끼치는 침묵이 이어지던 순간…….

"으아아아앙. 으아앙."

가냘픈 아기 울음소리가 들려오기 시작했다. 기쁨의 환호성이 터져 나오고 금쇄가 눈물을 줄줄 흘리며 문을 열고 나왔다.

"끝났습니다! 무사합니다! 여자아이예요! 건강합니다!"

산실 밖의 사람들 몇몇이 눈물을 훔쳤다. 남궁완이 대뜸 의원의 멱살을 붙잡고 탈탈 털었다.

"뭐라고! 마음의 준비? 이 돌팔이 자식, 네놈이 마음의 준비를 하게 만들어 주마!"

그때 백리의강이 갑자기 문 앞의 남궁류청을 밀치며 안으로 뛰어 들어갔다. 모두 남궁류청에게 매달려 있어서 아무도 백리의강을 막지 못했다. 산실을 정리하고 있던 여인들이 기절할 것처럼 놀라 짤막한 비명을 질렀다.

"꺅!"

"어머나!"

"아직 들어오시면 안 됩니다!"

그 소란에 백리연이 간신히 눈을 떴다. 눈물이 잔뜩 고인 흐린 시선이 문 쪽을 향했다.

"……아빠?"

"그래."

"언제……?"

"조금 전에 왔다. 네 남편도 지금 밖에 있다."

'딱 맞췄네.'

희미하게 웃음 지은 백리연은 자신이 저 말을 했다고 생각했으나, 너무 힘이 빠져 차마 입 밖으로 내뱉지 못했다.

'맨날 울어. 아빠가 나보다 더 많이 울어. ……울지 마세요.'

이 말들 또한 마찬가지였다. 그리고 찰나 깜빡 의식을 잃었다가 다시 손등에 닿는 뜨거운 느낌에 정신이 들었다.

백리연이 입을 열었다.

"아빠, 나 궁금한 게 있는데……."

백리의강이 고개를 저었다.

"아무 말 말고 먼저 쉬어라. 쉬고 나중에 물어보거라."

"아니야. 지금…… 물어볼래요."

"그만! 말하지 마라!"

절박할 정도의 외침이었다.

"아빠……."

"묻지 말래도!"

"정말로……."

"연아!"

"아이 낳을 때…… 할아버지가 오신다고 할까 봐 벌벌 떨었어요?"

백리의강이 멍하니 입을 벌렸다가 분노에 차 소리쳤다.

"백리연!"

실눈을 뜬 백리연이 피식 웃음을 터트렸다.

백리의강의 침착한 모습은 그가 인내심이 매우 깊기도 했지만, 본래도 감정의 격랑 자체가 크지 않은 기질이기 때문이었다. 따라서 이렇게 분통에 찬 모습은 한 손으로 꼽을 수 있을 정도였다.

"내가 정말……! 내가 너 때문에 정말……!"

그 모습에 백리연은 웃음을 터트렸다.

"하, 하하, 어윽. 아윽."

그러나 웃기 시작하자 배가 울리면서 잠시 잊고 있던 통증이 다시 올라왔다. 백리연이 끙끙거리자 백리의강은 언제 화를 냈냐는 듯이 하얗게 질려서 다시 손을 꽉 쥐었다.

"괘, 괜찮으냐?"

"흐으, 흐. 괜찮, 괜찮아요."

백리연이 부축을 받으며 몸을 일으켰다. 조금 전까지 너무나 힘들었는데, 역시 남을 놀리는 데서 기운을 얻는 모양이었다. 시비가 가져다준 설탕을 짙게 탄 차를 한 모금 넘기자 좀 더 기운이 돌아왔다.

"아이는?"

금쇄가 기다렸다는 듯이 산파에게서 강보로 싼 아이를 건네받아 안고 왔다. 아이는 어느새 울음을 그친 채였다.

"소부인, 여기 아기씨예요! 아주 사랑스럽게 생긴 따님입니다!"

백리연은 금쇄 품에 안긴 아이를 의심스러운 눈초리로 보았다. 빨갛고 쭈글쭈글한 아이는 감자 같은 모습으로 사랑스럽기는커녕…….

"너무 못생겼는데……."

백리의강이 화들짝 놀라 소리쳤다.

"어찌 그리 말하느냐!"

그 소리에 아이가 놀랐는지 다시 울기 시작했다.

"으애애앵, 으애애애앵!"

화들짝 놀라 쩔쩔매는 백리의강과 달리 산파는 태연하게 웃으며 말했다.

"이것 보십쇼! 그렇게 고생시키더니, 아기씨는 아주 건강하십니다!"

백리연은 희미하게 미소를 지었다. 예정일보다 일찍 나와서 걱정했는데 그 걱정이 무색하게 우렁찬 울음소리였다. 배 속에서 잘 컸던 모양이었다.

금쇄가 그녀에게 아이를 한번 안아 보라는 듯이 내밀었다. 가슴에 얹듯이 아이를 안아 들자 마주한 가슴을 타고 빠르게 두근거리는 아이의 심장 박동이 느껴졌다. 배 속에 열 달을 품고 있던 그 심장 박동이었다.

아이도 어미를 알아보는 걸까? 품에 안기자마자 아이는 울음을 뚝 그쳤다.

눈물이 고인 아이의 눈은 아직 퉁퉁 부어 있었지만, 콧대만큼은 벌써 또렷했다. 토실토실한 뺨, 쪼글쪼글한 다섯 손가락, 발가락을 모두 확인하자 눈물이 고였다. 그냥 바보처럼 웃음만 흘러나왔다.

백리연이 말했다.

"아버지, 아버지도 한번 안아 보세요."

"내가?"

"네."

백리의강은 조심스레 백리연에게서 아이를 건네받았다. 하얀색 머리칼이 아이의 강보 위로 흐트러졌으나, 석상이 된 백리의강은 전혀 움직이지 못했다.

"너무…… 가볍구나."

아이가 굳게 다문 입술을 오물오물했다. 그 모습을 본 백리의강 역시 왠지 모르게 뭉클한 감정이 들며 울컥 눈물이 나왔다.

그때, 또 다른 사람이 방 안으로 뛰어들었다. 백리연은 눈을 휘둥그레 떴다.

"류청?"

꽤 멀쩡한 아버지의 모습에 비해 남궁류청은 너덜너덜한 옷자락과 엉망인 머리칼들이 어디 저잣거리에서 뒹굴며 이십 대 일의 패싸움이라도 하고 온 모습이었다.

"너, 모습이 왜 그래?"

백리연은 아이를 낳느라 바깥의 상황은 전혀 몰랐다. 터벅터벅 걸어오던 남궁류청은 침상 맡에 멈춰 섰다. 그러고는 손을 뻗어 그녀의 코 아래 손가락을 대어 보았다.

"류청?"

"하."

탄식을 뱉은 남궁류청이 마치 다리에 힘이라도 풀린 것 같은 모습으로 갑자기 풀썩 바닥에 주저앉았다.

"류청!"

그러고는 말도 없이 눈물을 뚝뚝 흘리기 시작했다.

"아니, 뭔데?"

백리연은 울고 있는 두 남정네를 보며 어처구니가 없었다.

애는 내가 낳았는데 왜 두 사람이 난리야?

"그러고 보니까 아버지, 류청. 언제, 어떻게 도착한 거예요? 아직 귀환하기로 한 날까지 좀 남지 않았어요?"

"……."

"……."

"저기요?"

하지만 대답할 정신이 있는 사람은 아무도 없는 듯 보였다.

그때 세 번째로 문이 벌컥 열리면서 또 다른 이가 뛰어들어 왔다.

이번에는 대부인이었다. 그런데 대부인의 모습도 꽤 기이했다. 대부인은 언제나 우아하고 깔끔한 모습으로 지금껏 한 번도 흐트러진 모습을 본 적 없는데, 오늘은 마치 자다가 뛰어온 듯이 부스스한 낯이었다.

"사돈! 류청! 지금 이게 무슨 무도한 짓입니까! 아직 제대로 정리도 못 하였건만, 연이가 쉬지도 못하게. 감히 그런 더러운 꼴로, 당장 나가십시오!"

기진맥진한 백리연은 어느 순간 정신을 잃듯이 까무룩 잠이 들었다.

그녀가 다시 눈을 뜬 건 만 하루를 꼬박 채우고 난 다음 날 늦은 저녁이었다. 어느새 그녀는 산실이 아니라 침실로 옮겨져 있었는데, 누가 자신을 안아 옮기는 동안 한 번도 깨지 않았다는 사실이 놀라웠다.

그사이 아이는 점차 부기가 빠지며, 태어났을 때의 빨간 원숭이 같던 모습이 사라지고 보송보송하고 뽀얀 다른 생명체가 되었다.

잠에서 깬 아이는 울지도 않고 입을 꾹 다문 채 말똥말똥한 눈으로 제 부모를 바라보았다. 새끼 토끼 같은 모습은 가슴이 아릴 정도로 사랑스러웠다. 남궁류청과 백리연은 시간 가는 줄 모르고 밤새 아이와 시간을 보내다 새벽녘에야 잠이 들었다.

그렇게 또 오전 나절을 잠으로 보낸 백리연이 정오가 넘어갈 무렵 눈을 떴을 때.

"할아버지?"

전혀 상상도 못 한 인물이었다. 백리연이 두 눈을 비비자, 지켜보던 금쇄가 산후조리 중에 눈을 비비면 안 된다고 나무랐다.

"아버지는 그렇다고 해도 할아버지가 여긴 어쩐 일이세요!"

"왜, 내 손녀딸도 여기 있고 증손녀도 여기 있는데, 내가 오면 안 된단 말이냐?"

"그런 의미가 아닌 걸 아시잖아요!"

"위 전 맹주를 칠 때 힘이 모자란다면, 내가 마무리를 짓기로 약속되어 있었다."

그건 또 처음 듣는 소리였다. 백리패혁이 입매를 뒤틀었다.

"내가 나설 필요도 없었지만."

"……."

백리연은 착잡한 심경으로 고개를 떨궜다.

전날 밤. 아이와 밤새 시간을 보낼 때 남궁류청에게 야율에 대한 이야기를 이미 모두 들었다. 야율이 위지백 앞에 나타났다고 한다. 누가 봐도 마기로 보이는 힘을 사용하며 이제 더는 천산염제의 무공을 쓰지도 않았다고.

그를 향해 어찌 된 일인지 물으려던 백도 무림 연맹의 사람들을 향해서도 무차별 공격을 했다고 한다. 일부는 부상을 입었지만, 빠르게 빠져나가 사상자는 없었다고. 그리고 야율은 오로지 혼자만의 힘으로 위지백을 죽였다고 했다.

새로운 천하 강자의 탄생이었다. 압도적인 역대 최연소 천하 강자이기도 했다. 그 자리에 있던 이들의 입단속은 해 두었지만, 야율이 위지백을 죽였다는 사실을 계속 숨길 수는 없을 거라고 했다.

백리연의 표정을 본 백리패혁이 소리쳤다.

"그딴 녀석에게 더는 신경 쓰지 말거라! 신경 쓸 기력이 아까워! 이미 네 손을 떠난 일이야!"

백리연은 씁쓸한 웃음을 지었다. 백리패혁은 계속 말을 이었다.

"아니, 차라리 잘되었지. 그놈이 위지백을 처리해서 이렇게 빨리 올 수 있지 않았더냐."

"그러고 보니 왜 따로 오신 거예요?"

본래는 백리패혁도 백리의강, 남궁류청과 같이 도착할 예정이었다고 한다. 그런데 중간에 갑자기 백리연이 양수가 터져 당장 아이를 낳게 되었다는 소식이 날아온 것이다.

이에 백리패혁이 백리 세가와 남궁 세가의 무사들을 이끌고 뒤따라갈 테니, 백리의강과 남궁류청에게 먼저 가라고 했다고.

"내 네가 애를 낳고 있을 때 온다면 그놈을 때려죽일 것 같아서 먼저 가라 했지. 우리 증손녀를 태어나자마자 애비 없는 녀석으로 만들 순 없지 않느냐!"

"……."

백리패혁이 인자한 눈길로 증손녀를 바라보았다. 아이는 처음 보는 사람의 품에서도 전혀 울지 않고 말똥말똥 눈을 마주쳤다. 백리패혁은 기쁜 듯 반달이 된 눈으로 아이에게 연신 입을 맞추었다.

원래 이렇게 아이를 좋아하는 분이셨던가? 그간 한 번도 본 적 없는 모습이었다.

"이 아이는 정말로 대범하구나."

백리연은 어처구니가 없어서 눈을 흘겼다.

"태어난 지 아직 사흘째예요."

"쯧, 모르면 말을 말거라. 아이일수록 특히나 더 예민해. 내 아무리

기세를 억눌러도, 갓 태어난 애들은 내가 곁에 가면 울음을 터트리기 일쑤다."

"정말요?"

"그래. 백리명 그놈 자식들은 돌이 될 때까지 내가 다가가기만 하면 자지러져서 안아 보지도 못했다."

백리패혁의 품에 안겨 있던 아이는 어느 순간부터 조용히 잠이 들어 있었다.

"세화, 이 아이는 팔다리도 길쭉하고 골격도 튼튼하고, 눈빛은 맑고 총기가 느껴지는 것이 문무를 겸비한 아주 대단한 아이가 될 것이야! 내 장담하지!"

위지백을 처리하는 길에 겸사겸사 들렀다는 말이 정말인지, 백리패혁은 딱 사흘을 머물고 떠났다. 배웅에 나선 남궁류청이 공손히 말했다.

"좀 더 머물다 가시지요."

"됐다. 내 자리를 비운 것도 비밀이다. 요즘 같은 시기에 자리를 비우면 승냥이들이 어찌나 극성인지."

백리연이 웃으며 말했다.

"에이, 승냥이들도 목숨 아까운 줄은 알 텐데요."

"결정했으니 끝난 게다."

"그래도……."

백리연은 아쉬움에 말을 흐렸다. 그녀가 못 본 새 할아버지는 놀랄 만큼 나이가 든 모습이었다. 백리패혁은 그런 그녀의 마음을 알아챈 듯 말했다.

"아직 가려면 멀었다. 나보다 나이 많은 노친네 먼저 가기 전엔 안 되지."

"그 노친네가 나를 말하는 건 아니겠지? 자네랑 나랑 따져 봐야 두 살 차이라네."

함께 배웅을 나왔던 남궁무철이었다. 백리패혁이 코웃음을 쳤다.

"두 살이나, 겠지."

"누가 보면 갓난앤 줄 알겠네. 그 나이 먹고 두 살 가지고 요란이라니."

"억울하면 두 살 늦게 태어나지 그랬나?"

다행히 출발 준비가 모두 끝나서 이 누가 들을까 창피한 대화는 금방 끝났다.

"아버님, 몸 조심히 살펴 가십시오."

백리패혁은 백리의강의 인사는 듣는 둥 마는 둥 하며 유모에게서 아이를 안아 들었다.

"귀여운 것. 우구구. 이 할애비를 잊으면 안 된다? 내년에 보자꾸나."

자다가 끌려 나온 아이는 졸음에 겨운 눈빛을 하다 백리패혁의 품에서 그냥 잠들어 버렸다. 그 모습에 백리패혁이 고개를 절레절레 내저었다.

"거참, 누굴 닮았는지 모르겠단 말이야."

백리패혁의 말처럼 아이가 누굴 닮았는지에 대해서는 의견이 아주 분분했다. 확실한 것은 남궁류청은 별로 닮지 않았다는 것이었다. 보통 첫째는 아버지를 많이 닮는다는데 세화는 전혀 아니었다.

백리연은 제 친부를 닮았다고 주장했고, 대부인은 자신을 닮았다고, 남궁완은 자신의 누이를 닮았다고 주장했다. 물론 그 셋 다 눈이 번쩍 뜨이는 처연한 인상의 미인이었다.

매일같이 논쟁을 하던 백리연과 대부인, 남궁완은 결국 내기까지 걸었다. 십오 년 후 계례를 치를 때 누굴 제일 닮았는지 판단하기로.

시작은 장난이었다. 허나 백리연과 대부인, 남궁완 셋 다 통이 매우 큰 데다, 나중에는 소식을 들은 남궁 세가의 식솔들까지 참여해 만약 내기에서 승리한다면 정말 한 재산 두둑이 얻게 될 정도가 되었다…….

백리의강은 혀를 차며 말했다.

"누굴 닮은 게 뭐 그리 중요하다고 그러느냐?"

"아빠! 아닌 척하지 마세요. 아빠도 내기 걸었다는 거 아버님께 다 들었거든요!"

"……비밀 보장해 준다더니."

"그래서 누구한테 거셨어요? 그건 안 알려 주시더라고요."

백리의강은 헛기침을 하며 대답을 피했으나, 백리연의 채근을 이기지 못하고 입을 열었다.

"나한테 걸었느니라……."

백리연은 침상에 엎드려서 웃음을 터트렸다.

'신선처럼 구시더니!'

백리의강이 아이를 안아 들며 눈살을 찌푸렸다.

"이제 아이 어미도 되었는데, 언제까지 그리 체통 없이 웃을 테냐?"

"왜요? 웃는 모습이 보기 좋지 않습니까."

남궁류청이었다. 백리연이 문발을 걷고 들어오는 그를 환영했다.

"왔어?"

"응. 시간이 좀 남길래. 점심 같이할까 해서."

"……."

백리의강은 반색하는 딸아이의 모습을 보면서도 심사가 불편했다.

일단 딸아이 편을 들어 주는 걸 기꺼워해야 하는데, 왜 이렇게 볼 때마다 얄미운지. 시간이 지날수록 인정하게 되는 것이 아니라, 괘씸해졌다.

특히 세화를 낳느라 무척 고생한 딸아이를 생각하면 더더욱 사위가 딸을 거저먹은 것만 같았다.

"자네가 보기엔 누굴 닮은 것 같나?"

"누굴 닮든지 상관없지 않습니까? 세 분 다 뛰어나시니. 그저 어떤 놈팡이가 데려갈지 걱정이 될 뿐이지요."

"너 같은 놈팡이 말이냐?"

"……."

백리연이 또다시 침상에서 뒹굴며 웃었다.

세화의 아명은 화아가 되었다.

남궁류청에게 태명과 아명을 지으라고 하였는데, 류청은 제대로 짓겠다며 몇 개월 내내 고민하다가 결국 그냥 세화의 뒷글자를 따 화아가 되어버렸다.

한 달 뒤, 세화가 무사히 한 달을 보낸 것을 축하하는 만월연이 열렸다. 상을 스무 개 넘게 차린 만월연은 아주 성대하기 그지없었다.

아이의 아비인 남궁류청보다 조부인 남궁완이 아이를 자랑하기 바빴는데, 연회 내내 눈이 반달로 휘어 돌아오질 않았다.

만월연을 치르자마자, 백리의강은 백리 세가로 돌아갔다. 백일연까지는 있고 싶었지만, 백리의강은 이제 거의 가주나 다름없이 집안의 대소사를 다 맡고 있어서 자리를 오래 비울 수가 없었다.

대신 백리연과 남궁류청이 이르게 백리 세가로 향하기로 했다. 세화의 돌 무렵이면 본래 약속한 삼 년이 되기도 하고, 첫째인 세화는 백리 성을 잇기로 하였으니 겸사겸사 첫돌을 백리 세가에서 치르기로 한 것이다.

첫돌이 되는 삼월에 백리 세가에 도착하려면 이월에는 출발해야 했다. 이월은 아직 한기가 돌 때였다. 의논 결과 아이도 있는데 추울 때 가지 말고, 조금 덥더라도 차라리 팔월에 미리 출발하여 중추절을 백리 세가에서 보내기로 했다.

아이는 순식간에 자라나고, 아이와 함께하는 시간도 마찬가지였다. 목도 못 가누던 아이는 어느새 고개를 들기 시작했고, 장난감을 쥐고 흔들 수도 있게 되었다. 그러며 점점 아이의 성격도 드러났다.

아이는 잘 먹고 잘 울지도 않으며 무척 얌전했다. 다들 이렇게 순한 아이는 처음이라고 입을 모을 정도였다.

하지만 그것은 착각이었다. 마냥 순한 줄 알았던 아이는 자신이 꽂힌 것에는 고집이 어마어마했다!

잔잔한 강 위, 백리 세가로 향하는 배 안.

백리연의 목소리엔 안타까움이 가득 담겨 있었다.

"이제 그만 하렴. 응? 화아야, 포기해도 돼."

세화는 젖도 먹지 않고 지금 두 시진 넘게 끙끙거렸다가 으아앙-성질을 냈다가 다시 끙끙거리길 반복하며 계속 뒤집기를 시도했다. 아이의 새빨개진 이마에는 땀까지 송글송글 맺혀 있었다. 보통 좀 하다가 힘들면 쉬었다가 할 텐데, 이러다 실신하는 게 아닐까 싶을 정도였다.

보다 못한 남궁류청이 세화를 달래며 안아 들었다.

"화아야, 이제 그만. 일보 전진을 위해선 일보 후퇴할……."

"으애애애앵- 으아앙-!"

안아 들기 무섭게 세화가 우렁차게 울기 시작했다. 평소 잘 울지도 않던 아이니 부모가 이에 대한 면역이 있을 리가 없었다. 남궁류청은 화들짝 놀라며 아이를 다시 내려놓았다. 그러자 아이가 기다렸다는 듯이 울음을 그치고 씨근덕거렸다.

"……."

"……."

너무나 명백하게 손대지 말라는 뜻이었다. 손에 쥐는 힘이 생기자마자, 좋아하는 물건은 일주일 동안 쥐고 놓지 않을 때부터 알아봤어야 했다.

결이 세화 앞에서 보고 따라 하라는 듯이 몸을 이리 뒤집고 저리 뒤집길 반복했다. 그걸 또 세화는 밝은 고동색 눈동자로 뚫어져라 바라보더니 다시 시도하기 시작했다.

이걸 웃어야 하는지 말아야 하는지. 백리연은 미묘한 표정으로 물었다.

"이래도 괜찮은 건가?"

어멈이 어색하게 웃으며 말했다.

"본디 검을 쥐려면 이 정도 고집은 있어야지요."

백리연은 한숨을 내쉬었다. 외모는 남궁류청을 닮지 않았지만, 고집은 남궁류청을 닮은 것이었던가.

"류청도 어릴 때 이랬는가?"

남궁류청이 왜 갑자기 자기를 걸고넘어지냐는 듯이 눈썹을 치켜올렸다. 어멈이 웃으며 말했다.

"소가주님은 어릴 적에 무척 예민하셨지요. 대부인, 가주님 빼고는 곁을 허락하지 않으셨습니다. 저는 물론이고 심지어 유모에게도 낯을 가리셔서 유모만 몇 명을 바꿨는지."

남궁류청이 헛기침을 하며 시선을 피했다.

"휴, 그런데 심지어 밤에 도통 잠을 주무시려 하지 않아서, 대부인과 가주님이 밤새 안고 거닐어야 했죠. 아기씨는 그러시지는 않으니까요."

"……그건 그렇지. 낯은 안 가리죠. 잠도 잘 자고……."

백리연은 고개를 주억거렸다. 그런 점에서는 다행이었다.

아니, 잠깐. 고집부린다는 점에는 똑같지 않나?

남궁류청이 어깨를 으쓱하고 말했다.

"널 닮은 거 아냐?"

"나? 음, 모르겠네. 내 갓난아이 때를 아는 사람이 없어서."

"……."

어멈이 남궁류청을 향해 눈을 부릅뜨고, 잠시 분위기가 숙연해졌다. 세화는 앞에서 사람들이 뭐라고 하든지 말든지 여전히 뒤집기에 집중하고 있었다. 백리연은 또다시 한숨을 내쉬었다.

"도와주고 싶어도, 손만 대면 자지러지니……."

정말로 귀신같이 눈치챘다. 심지어 반 시진 전에 보다 못한 결이 옆에 앉는 것처럼 슬그머니 밀어서 도와줬는데 으앵, 으앵 울며 성을 내서 다시 뒤집기 전으로 되돌려 줘야 했다.

누군가 도와준 것은 성공으로 치지 않는 모양이었다…….

'한 살도 안 된 게 뭐 그런 걸 따지고 그래!'

백리연은 어처구니가 없었다. 하지만 어쨌든 아이가 따진다는데 뭘 어쩌겠는가?

한참을 고민하던 백리연은 창문 너머로 잔잔하게 흐르는 물줄기를 보고 눈을 반짝 빛냈다.

백리연의 귀엣말을 들은 남궁류청이 객실을 나갔다. 잠시 후 마치 바람이 부는 것처럼 배가 느릿하게 출렁이기 시작했다.

백리연은 차분히 기다렸다. 기다리고 기다리다가 배의 기울기와 아이가 뒤집기를 시도하는 방향과 힘이 일치한 순간, 자연지기를 이용해 아이를 슬쩍 밀었다.

"……!"

드디어 아이가 뒤집기에 성공했다.

짝짝짝!

유모가 열렬히 박수를 쳤다.

"아기씨, 성공하셨군요!"

"아이구, 드디어!"

백리연이 세화를 재빨리 안아 들었다.

"어휴, 잘했어요. 잘했어. 와, 우리 세화 멋있다. 이제 맘마 먹으러 갈까, 맘마?"

세화의 조그마한 이목구비에 생각이 뻔히 드러났다. 뭔가 이게 아닌 것 같은데, 알 수 없는 긴가민가한 표정이랄까.

백리연은 세화가 다시 울기 전 서둘러 유모에게 아이를 넘겼다. 다행히 배가 고프긴 했는지 젖을 물려주자 먹기 시작했다. 백리연은 이를 잠시 지켜보다 객실 안쪽 방에서 나왔다. 어느새 남궁류청이 방에 돌아와 있었다.

남궁류청은 침상에 앉아 있는 백리연을 보고 한숨을 푹 내쉬었다. 아까는 알지 못했는데, 남궁류청의 몰골이 엉망이었다. 옷자락도 구겨져 있고, 머리도 비죽비죽 흐트러져 있었다. 이 모습으로 갑판에 나갔다 오다니.

백리연은 다가가 남궁류청의 머리칼을 정돈해 주며 말했다.

"수고했어."

"살다가 배를 흔들어 보길 다 하고 정말……."

"또 이러면 어떡하지?"

남궁류청의 안색이 순간 창백하게 질렸다. 잠시 뒤, 굳은 낯의 남궁류청이 중얼거렸다.

"……돌아가면 어머님께 효도해야겠어."

백리연은 작게 웃으며 남궁류청에게 머리를 기댔다. 자식이 생기면 부모의 마음을 이해한다더니, 이 또한 남궁류청도 피할 수 없는 일인 것이다.

아이가 이제 뒤집기를 자유자재로 구사하고 조금씩이나마 기어 다니기 시작할 때쯤 백리 세가가 있는 성내로 들어섰다.

백리연이 마차 창문을 열자 초가을의 선선한 바람이 흘러들어 왔다. 청명한 하늘 아래 시끌벅적한 거리는 변한 것 없이 그대로였다.

백리연이 남궁류청의 무릎 위에 앉은 세화를 향해 말했다.

"여기가 엄마가 살던 곳이야."

남궁류청이 이어서 말했다.

"미래에 네가 살아갈 곳이지."

"뭐 그런 말을 벌써 해?"

"미리 알아 두는 게 좋지."

"아니, 화아가 알아듣기는 하겠냐고."

아이는 뭘 알아듣긴 했는지 얌전히 앉아서 창밖을 보고 있었다. 백리연도 세화를 따라 창틀에 팔을 올리고 턱을 괬다.

그때였다. 말을 타고 다가온 진진이 창문 앞에 무언가를 내밀었다.

"아가씨께서 좋아하던 당과집에서 사 온 거예요."

"오. 고마워!"

"뭘요."

포장을 풀자 익숙한 형태의 당과가 나왔다. 곧장 집어 든 백리연이 하나를 입에 쏙 넣었다. 당과가 입 안에서 녹아내렸다.

"음, 그래. 이 맛이었어."

남궁 세가의 주방 어멈을 비롯하여 근방의 당과집도 실력이 좋았지만, 이곳과는 다른 맛이었다.

남궁류청이 물었다.

"맛있어?"

고개를 끄덕인 백리연이 당과를 집어 들며 물었다.

"너도 먹어 볼래?"

"응."

"웬일이야?"

백리연이 눈을 크게 떴다.

"네가 좋아하는 거라며? 무슨 맛인지 보게."

백리연이 눈을 깜빡이자, 남궁류청이 살짝 부끄럽다는 듯 시선을 피하며 말했다.

"……그럼 나중에 내가 만들 수 있을지도 모르니까."

"……."

백리연은 멍하니 바라보다 남궁류청의 목덜미에 얼굴을 파묻고 웅얼거렸다.

"고마워."

가슴이 절로 따스해졌다.

작게 중얼거린 백리연이 고개를 들었고 그녀를 내려다보는 남궁류청과 눈이 마주쳤다. 그윽한 눈빛에 점차 서로의 숨소리가 가까워지고, 달콤한 숨이 잡아먹히려는 순간.

"바아!"

갑작스러운 소리에 두 사람은 화들짝 놀라서 떨어졌다. 거친 움직임에 남궁류청 다리 위에 있던 세화가 순간 옆으로 넘어질 뻔한 것을 백리연이 황급히 받아 들었다.

"부우!"

세화가 골난 듯한 소리를 냈다. 남궁류청과 백리연은 붉어진 뺨을 하고 잔뜩 헛기침을 했다. 다시 안정적으로 자리를 잡은 세화가 마치 자신도 달라는 듯 당과를 향해 손을 내밀었다.

이제 앞니가 나고 이유식을 먹기 시작한 아이는 손에 쥘 수 있는 모든 걸 입에 가져가고 있었다. 남궁류청이 굳은 표정으로 당과를 손에 닿지 않게 멀리 치웠다.

"이건 안 돼. 너무 달아. 네 것은 이거야."

그러고는 마차 구석에 있던 바구니를 가져와 뚜껑을 열었다. 안에는 뽀얀 빛의 쌀과자가 들어 있었다.

이 부드러운 쌀과자는 유독 세화가 좋아하는 것으로 몇 개 만들어 놓고 심심해할 때마다 먹으라고 주고 있던 것이었다. 너무 부드러워 세화가 쥐면 손바닥에서 사라지는 양이 더 많았지만. 백리연도 먹어 보았는데 그녀의 입맛에는 너무 밍밍하여 아무 맛도 느껴지지 않을 정도였다.

세화는 당과가 멀어지자 씩씩거리면서 당장에라도 울음을 터트릴 것처럼 울먹였다. 또 시작인가 싶어진 백리연은 얼굴이 창백하게 질렸다. 반면 남궁류청은 무슨 생각을 하는지 물끄러미 세화를 지켜보다가 세화가 울음을 터트리기 직전 바구니 안의 쌀과자를 집어 들었다.

뭐 하는 건가 의문 가득한 백리연의 눈빛을 받으며 남궁류청이 말했다.

"화아, 이건 안 먹을 거야? 그럼 아빠가 이거 다 먹어야지."

그 말과 함께 쌀과자 하나가 남궁류청 입 안으로 사라졌다. 그러자 세화는 큰 충격을 받은 듯이 눈을 부릅떴다. 남궁류청이 또다시 바구니를 향해 손을 뻗자 세화가 손을 허우적거리며 엉덩이를 마구 들썩거렸다.

"으에엥."

또다시 울음을 터트리려는 찰나, 남궁류청이 바구니를 세화에게 건네주었다. 그러자 세화는 마치 그걸 누가 뺏어 갈까 두려운 듯이 꼭 끌어안았다.

"이게 무슨……. 참, 허."

백리연은 어이가 없어서 너털웃음을 짓다가 이내 마차 밖에 있는 사람들도 들을 정도로 커다랗게 웃음을 터트렸다. 너무 웃어서 나중에는 눈가에 눈물까지 고였다.

"완전 육아 고수인데?"

"다 방도가 있지."

고집쟁이의 마음은 고집쟁이가 안다 이건가?

웃고 떠드는 사이 어느새 마차가 백리 세가 앞에 당도했다. 대문 앞의 창을 들고 있는 무사는 백리연에게도 꽤 익숙한 인물이었다. 유창. 백리의강이 흑시에서 구해 온 아이 중 한 명이었다.

진진이 유창과 반갑게 인사를 나누었다.

흑시의 아이들 중에서는 단 세 명만이 무사가 되었다. 백검단주의 제자가 된 진진, 수문무사가 된 유창. 그리고 나머지 한 명은 다른 지역에 있는 백리 세가 장원을 지키는 무사가 되었다.

다른 아이들은 백리 세가의 하인이 되거나 백리 세가 점포를 관리하는 일을 했고, 아니면 혼인하여 이곳을 떠났다. 다들 그렇게 자신의 자리를 찾아갔다.

이윽고 대문을 넘은 마차가 드디어 멈춰 섰다. 그녀도 잠시 떠나 있던 자신의 자리로 돌아왔다. 마차에서 내린 백리연이 저를 기다리고 있던 사람들에게 달려갔다.

"아빠! 할아버지!"

작년과 달리 올해 백리 세가에서 보내는 중추절은 아주 떠들썩했다.

세화는 배 속에서도 금에 관심이 많더니만 이번 중추절에도 악공들의 음악 소리에 흥미를 느끼는 듯했다. 그 모습을 지켜본 백리연은 이제 슬슬 때가 되었다 싶어 아이에게 말을 가르치기 시작했다.

평소 야무진 모습에 금방 배울거라고 여겼지만…….

"엄~ 마~."

"……."

"어엄마~."

"……."

"세화야, 어엄마!"

이제는 혼자서도 곧잘 앉아 있고 심지어 일어서기까지 하는 아이는 눈을 말똥말똥 뜬 채로 바라보기만 했다. 일자로 굳게 닫힌 입술은 열릴 기색이 없었다. 심지어 세화는 말을 가르치기 시작하자 오히려 그 전에는 짤막하게 아무렇게나 내뱉던 소리까지 그만두었다.

백리연은 걱정스러운 목소리로 말했다.

"보통 이 나이쯤에는 슬슬 말하기 시작한다는데."

지켜보던 남궁류청이 입을 열었다.

"화아야."

세화가 남궁류청을 바라보았다.

"엄마."

이번에는 백리연을 바라보았다.

"아빠."

다시 남궁류청을 바라보았다.

백리연이 말했다.

"알아듣기는 하는 것 같은데……. 왜 말을 안 하는 거지? 화아야, 따라 해 봐. 어엄마~."

"……."

"……너무 걱정 마. 의원이 문제가 있다고는 하지 않았으니까."

"걱정은 안 해. 다만……."

확실히 문제가 있는 건 아니었다.

이틀 전 백리연이 한창 무공 수련을 하고 있을 때, 백리의강이 세화를 봐주고 있었는데 이때 세화가 백리의강을 향해 할아버지라고 말하였다며 백리의강을 비롯하여 하인들까지 증언했기 때문이다.

백리연이 시무룩한 낯으로 말했다.

"나도 듣고 싶다고. 왜 할아버지부터 말하는데!"

백리의강은 함박웃음을 지으며 세화는 천재라고 온갖 곳에 자랑하고 다녔다. 하지만 그녀는 슬프고 억울할 뿐이었다.

어째서…… 내 딸인데……! 할아버지보다 엄마가 훨씬 더 말하기도 쉬운데……! 엄마보다 할아버지가 더 좋다는 거니, 딸아?!

올해 첫눈이 함박눈처럼 펑펑 오더니 밤새도록 내려 해 뜰 무렵에는 세상이 온통 하얀빛으로 뒤덮여 있었다.

그리고 아직 대다수가 잠든 시간. 새벽 동이 터 올 무렵.

뽀득, 뽀득.

손을 정답게 맞잡은 두 사람이 순백의 정원에 나란히 발자국을 만들었다.

“조용하고 좋다.”

“그러게.”

남궁류청과 백리연은 도란도란 대화하며 걸음을 옮겼다.

“눈이 쌓이니까 정원의 분위기가 달라졌네.”

“왜, 봄에 배꽃 피었을 때랑 비슷하지 않아?”

“전혀.”

“그러고 보니 너는 백리 세가에서 겨울을 맞은 적이 없었나? 아니, 한 번 있었잖아.”

“그땐 네가 천마와 싸우고 난 후 계속 깨어나지 않을 때였잖아. 정원 구경할 정신이 어딨었겠어?”

“그런가.”

남궁류청이 불만스럽게 백리연을 노려보았다.

“그런가아? 그때 내가 얼마나……. 하, 됐다.”

작게 웃은 백리연이 남궁류청의 품을 파고들듯 팔짱을 꼈다. 한 쌍의 원앙처럼 꼭 달라붙은 부부가 다시 걸음을 옮겼다. 고즈넉한 정원은 적막했지만, 그들은 오히려 고요함 속에서 안온함을 느꼈다.

“그러고 보니 화아에겐 생의 첫눈이네. 돌아가면 눈 만져 보도록 해 줘야지.”

“손 시릴 텐데.”

“촉감 놀이가 두뇌 발달에 중요하댔어. 감각 발달에도 좋고.”

남궁류청은 익숙하게 또 그 이상한 세계의 소리로군, 이라는 표정을 지었다. 백리연이 말을 이었다.

“아, 맞아. 그리고 거기서는 첫눈이 내릴 때 소원을 빌면 이뤄진다는 말이 있어."

"알아. 저번 겨울에 그 얘기 해 줬어."

"오, 기억하고 있네. 그래서 소원은 빌었어?"

"아니."

생각할 것도 없다는 듯이 곧장 튀어나온 단호한 대답이었다.

"어? 왜?"

"소원은 누가 대신 이뤄 주는 게 아니야. 나 스스로 이루어 나가야지."

"……."

백리연은 속으로 깊은 한숨을 내쉬었다. 하아, 이 무슨 낭만이라곤 하나도 없는 자기 계발 서적 문구 같은 소리란 말인가?

그때 백리연은 마주 잡고 있던 손에 힘이 들어오는 것을 느꼈다. 의아하게 남궁류청을 바라보자, 감정을 담은 짙고 그윽한 눈과 시선이 마주쳤다. 낮게 가라앉은 목소리가 속삭이듯 말했다.

"사실은 다 이뤄서, 이제 더는 원하는 게 없어."

"……."

"……."

'낭만이 없다는 말 한 사람 누구야!'

남궁류청이 고개를 살짝 틀고 헛기침을 했다. 뒤늦게 부끄러움이 밀려오는 듯한 모습이었다. 주제를 돌리듯이 남궁류청이 물었다.

"그럼 너는?"

"응?"

"너는 무슨 소원을 빌었는데?"

"나? 나는…… 응? 아빠?"

어느새 다시 돌아온 처소 안에 익숙한 기운이 보였다. 사박사박 눈을 밟으며 창가로 다가간 백리연이 창문을 당겨 열었다. 백리의강이 침상 옆에서 세화를 인자한 눈길로 바라보고 있었다.

남궁류청이 물었다.

"언제 오셨습니까?"

"얼마 안 됐다. 너희는 화아를 두고 어디 갔다 온 게냐?"

"아직 이른 새벽이잖아요. 화아가 곤히 자고 있길래 청이랑 잠깐 주변 산책을 했죠. 화아도 벌써 일어났네요."

창문 너머로 백리연과 남궁류청을 본 세화가 오동통한 손바닥을 쫙 펼쳐 흔들었다가 바로 고개를 돌렸다.

일어난 지 시간이 조금 지났는지 세화의 얼굴에서는 잠기운을 찾아볼 수 없었다. 똘망똘망한 눈은 어딘가에 정신이 팔린 모습이었다.

백리연은 세화의 품 안을 확인하고 놀라서 물었다.

"아빠가 만들어 주신 거예요?"

"그래."

세화의 품 안에는 손바닥만 한 크기의 눈사람이 있었다. 세화는 눈사람을 가지고 놀고 싶은 듯 보였지만 너무 차가운지 쥐었다가 손을 뗐다가 다시 쥐기를 반복했다. 이러지도 저러지도 못하는 모습이 사랑스럽기 그지없었다.

잠시 후, 백리의강이 세화를 안아 들고 눈사람을 창가에 올려놓았다.

"이제 그만. 여기까지 놀자꾸나. 손이 벌써 빨개졌구나."

백리의강이 한 손으로 세화를 안아 들고 다른 손으로 세화의 자그마한 손을 꼭 쥐었다. 백리의강의 커다란 손에 세화의 두 손이 쏙 들어갔다. 이를 흐뭇하게 바라보고 있던 백리연은 앙증맞게 홀로 자리한 눈사람을 보고는 갑자기 몸을 돌렸다.

"어디 가?"

남궁류청이 백리연의 뒤를 따르고 잠시 시야에서 사라졌던 그들이 다시 돌아오자 창가에 있는 눈사람은 이제 혼자가 아니게 되었다.

백리의강이 세화를 안아 든 채 창가로 다가왔다.

"화아야, 이것 보거라. 네 어미가 친구를 만들어 왔구나."

"으으응, 친구 아니에요."

"그럼?"

"자, 이 제일 작은 눈사람이 화아야. 그리고 이게 엄마, 이건 아빠, 그리고 이건 할아버지야."

백리의강은 왠지 모르게 말문이 막혀 입을 열 수가 없었다. 그때 남궁류청이 백리연의 손을 가져가 감쌌다. 창가를 짚고 있던 백리연의 손끝은 발갛게 달아올라 있었다.

"손 시려 보여서."

"너도 같이 만들었잖아. 지금 네 손이 더 차가운데?"

"그러니 맞잡고 있으면 둘 다 따뜻해지겠지."

"오, 그러게. 똑똑한데. 아, 주방에다가 깨나 콩을 달라고 할까?"

"눈사람들 눈 만들려고?"

"응. 그럼 더 귀여울 것 같지 않아?"

"그것도 좋네."

백리의강은 오순도순 모여 있는 눈사람들과 그 앞의 사랑스러운 딸과 손녀를 눈 안에 새기듯 바라보았다. 이보다 더 만족할 수 없을 만큼 행복한 나날 중에서도 특히 영원하길 염원하는 날이 있었는데, 바로 이 순간이 그랬다.

창가의 눈사람 가족이 모두 녹아 사라질 때쯤, 세화의 돌잔치가 열렸다. 시끌벅적하고 야단법석인 것이 연회의 성공 조건이라면 그날의 돌잔치는 대성공이라고 볼 수 있었다.

백리패혁은 세화의 돌잔치를 아주 으리으리하게 하길 원했고 덕분에 손님이 끝없이 몰려왔다. 기린회 일로 무림맹 본단이 있는 무한에 머무르던 서하령과 악중해도 참석하여 오랜만에 얼굴을 볼 수 있었다.

손님들에게 감사 인사를 하고 자리를 안내한 후, 덕담을 나누고 술잔을 교환했다. 백리연이 몸이 좋지 않다고 술을 거절하는 바람에 그녀 대신 남궁류청이 두 배로 힘을 써야 했다.

정신없는 손님맞이가 겨우 끝이 나고, 남궁류청은 창백한 안색의 백리연에게 속삭였다.

"몸이 안 좋으면 먼저 들어가 있어."

"아니야. 그래도 이건 보고 가야지."

입을 꾹 다문 백리연의 표정은 어딘가 불편해 보였다. 남궁류청은 그런 백리연을 걱정스럽게 살펴보았으나 계속 그녀만 살펴볼 수는 없었다. 이윽고 돌잔치에서 가장 중요한 행사인 돌잡이가 시작되었다. 준비된 돌잡이 상이 손님들 앞에 드러나고…….

"으응?"

"저게 대체 뭐요?"

여기저기서 놀란 듯한 탄성과 의아한 목소리가 울려 퍼졌다. 백리연 또한 두 눈을 의심했다. 그녀는 어처구니없는 낯으로 돌잡이 상을 바라보다가 남궁류청의 귀에 속삭이듯 물었다.

"원래 무가의 돌잡이 상은 이런 거야?"

"……아니."

붉은 천을 깐 넓은 단상 위에는 창, 검, 도, 활을 비롯해 온갖 종류의 무기들이 가득했다. 위험하지 않도록 날 부분은 다 가려 두었지만…… 이게 돌잡이 상인지 무기 진열대인지 헷갈릴 정도였다.

물론 한쪽 구석에 서적과 벼루, 붓, 연지와 분, 실과 대추 등이 선심 쓰듯 놓여 있긴 했다. 누가 돌잡이 상을 이렇게 만들었는지는 따질 필요도 없을 것이다.

상석의 백리패혁이 고개를 끄덕이자 유모가 세화를 품에 안고 일어났다.

예쁘게 차려입은 세화는 하늘에서 내려왔다고 해도 될 정도로 사랑스럽기 그지없었다. 세화를 먼저 봤던 사람들을 비롯하여 이 자리에서 처음 보는 사람들까지 귀엽다고 탄식하는 소리가 들렸다.

세화는 모여 있는 사람들이 신기한지 유모 품 안에서 주변을 두리번거리기 바빴다. 어느새 돌잡이 상 앞에 도착한 유모가 잡기 쉽게 몸을 살짝 기울여 주며 말했다.

"아기씨, 마음에 드시는 걸 골라 보세요."

모두가 목을 길게 빼고 흐뭇한 표정으로 세화를 지켜보았다. 고르라는 말을 알아 듣긴 한 것인지 탁자 위를 살피는 세화의 시선이 제법 진지했다.

한참 뜸을 들이던 세화가 결정했다는 듯이 오동통한 손을 뻗었다.

원하는 물건이 제법 먼 곳에 있는 듯, 유모 품에 안긴 세화가 거의 기어가듯이 왼손으로 탁자를 짚고 오른손을 뻗었다. 그런데도 손이 닿지 않자 세화가 버둥거리다 유모의 품을 빠져나왔다.

날붙이들은 다 안전하게 되어 있었지만, 걱정스러운 마음에 남궁류청과 백리연은 언제든 달려갈 수 있도록 앉아 있던 몸을 반쯤 일으켰다.

그렇게 단상 위를 꾸물꾸물 기어간 세화는 손을 뻗었고, 칠현금을 손에 쥐었다.

"어머."

"아이쿠, 저런."

"와하하하!"

탄식과 함께 사방에서 웃음소리가 터져 나왔다. 세화는 제가 쥔 것이 마음에 드는 듯 반대쪽 손으로 칠현금 줄을 퉁퉁 내리쳤다.

백리연은 고개를 절레절레 내저으며 백리패혁을 바라보았다. 아니나 다를까, 백리패혁의 안색은 초상이라도 치른 듯이 굳어 있었다.

백리패혁의 표정을 본 유모가 눈치 빠르게 아이를 다시 얼러 들었다.

"아기씨, 다시 한번 해 볼까요?"

하지만 몇 번을 다시 해도 결과는 같았다.

지켜보기 답답했는지 갑자기 백리패혁이 벌떡 일어나 유모에게서 세화를 받아 들었다. 진땀을 흘리고 있던 유모가 재빨리 멀어졌다.

백리패혁은 자기 허리춤의 패검을 들어 아이에게 보여 주었다.

"이것 좀 보거라. 예쁘지 않으냐? 응?"

손님들은 진즉에 웃음을 터트렸고 남궁류청마저 실소했으며 백리연은 그 옆에서 웃느라 의자에서 미끄러질 뻔했을 정도였다. 귓가가 붉어진 백리의강은 손님들 앞에서 친부를 말릴 수도 없어 못 본 척 고개를 돌렸다.

그때 뚱한 얼굴의 세화가 입을 열었다.

"할아버지."

"……!"

백리연은 웃음을 뚝 그쳤다.

굳어 있던 백리패혁의 표정이 밝아지더니 함박웃음이 가득 차올랐다. 얼마나 좋은지 반달로 휜 눈이 위아래로 붙어서 눈동자가 보이지 않을 지경이었다.

백리연이 소리쳤다.

"또 할아버지라고! 어째서! 화아야!"

남궁류청이 당황해 목소리를 낮췄다.

"진정해. 보는 눈이 많아."

"어떻게 진정해!"

그때 세화가 다시 입을 열었다. 아이의 말은 조금 느렸지만, 발음만큼은 매우 또박또박했다.

"할아버지."

"오냐. 오냐, 할아버지다, 할아버지!"

"싫어."

"……!"

"할아버지. 싫어."

잠시 침묵이 흐르던 연회장이 이내 폭소로 가득 찼다.

바로 옆에서 벼락이 내리쳐도 태연하리라 생각했던 천하 강자의 안색이 삽시간에 변했다. 하늘이 무너져 내려도 저보다는 나을 듯싶었다.

벌떡 일어난 백리연이 후다닥 달려 나가 세화를 향해 애걸했다.

"화아야, 화아야, 다시 말해 봐. 뭐라고? 응?"

하지만 어미의 애걸에도 세화는 뚱한 얼굴로 고개를 팩 돌릴 뿐이었다.

"화아야, 다시 말해 봐. 응?"

충격에 빠져 있던 백리패혁이 눈을 희번덕이며 성을 냈다.

"뭘 다시 말해! 그래! 할아버지는 내가 아니다! 저 녀석을 말한 것이지!"

뜬금없이 손가락질당한 백리의강은 평소 듣기 어려운 억울한 어조로 말했다.

"이제 한 살 된 아이가 할아버지와 증조할아버지를 어떻게 구분해 말합니까. 아직 엄마 아빠도 말하지 못하는데."

이번엔 뜬금없이 공격받은 백리연이 비틀거린 후 억울한 눈으로 소리쳤다.

"아빠!"

"흠, 흠."

"에잇, 둘 다 시끄럽다!"

소리치는 백리패혁을 향해 백리연이 입을 열었다가 갑자기 제 손바닥으로 입을 틀어막았다. 그 모습에 백리패혁이 눈썹을 치켜들었다.

"왜, 내가 시끄럽다니까 입 틀어막고 시위하는 게야? 어?!"

백리연은 그게 아니라는 듯 다른 쪽 손을 내저었다. 어느새 다가온 남궁류청이 백리연의 어깨를 쥐었고, 백리의강이 걱정스러운 음색으로 물었다.

"왜 그러느냐?"

남궁류청이 속삭이듯 말했다.

"오늘 연이가 몸이 좋지 않다더군요."

"그래? 미리 말하지 그랬느냐. 행사는 우리가 마무리할 테니 너는 먼저 돌아가거라."

대화를 들은 백리연이 다른 손으로 손을 내저었다. 이윽고 입을 가린 손을 내린 백리연은 후우 길게 숨을 내쉬고 말했다.

"아니요. 별거 아니었어요."

"정말 괜찮은 거 맞아?"

"괜찮아요, 괜찮아."

백리연은 저를 바라보는 이들을 향해 걱정 말라는 듯이 빙그레 웃고는 세화를 향해 손을 내밀었다.

"화아야, 이리 오…… 우욱. 욱."

"……."

"……."

"……."

백리연을 둘러싼 세 남자가 서로의 얼굴을 보았다. 입을 열지 않아도 다 같은 생각을 하고 있다는 걸 눈치챘다. 연회장 또한 침묵에 잠겼다가 웅성거리는 소리가 폭발하듯이 터져 나왔다.

입을 막고 헛구역질을 몇 번 반복한 백리연이 한숨을 내쉬며 고개를 들었다.

"아, 이젠 안 되겠네."

백리의강이 멍한 낯으로 물었다.

"왜 갑자기, 아니, 안 되겠다니? 그게 대체 무슨 말이냐?"

"그게요……."

백리연이 애교스럽게 눈가를 찡그리며 말했다.

"사실 돌잔치가 끝나면 말씀드리려고 했는데요. 음, 저 아이를 가졌어요. 이제 대충 한 달쯤 된 것 같은…… 아마 확실할 거예요."

세 남성은 한동안 똑같이 멍한 표정으로 가만히 서 있었다. 그러다 가장 먼저 백리패혁이 격노하여 펄펄 뛰었다.

"아니, 그걸 왜 이제 말하느냐!"

"너 이 자식!"

"장인어른, 이거 놓고 말씀하시죠. 의원이 먼저입니다!"

"아, 그래, 의원! 의원 데려와, 당장! 자네는 두고 보세!"

"정말 아이를 가졌다고?"

"둘째라니! 부인, 축하드려요!"

"아가씨, 축하해요!"

"연아, 축하해!"

온갖 꽃들이 만발하는 봄날, 새로운 인연과 희망찬 미래의 또 다른 시작이었다.

第三話
알 수 없이 흘러가는

그러니까 대체 이게 어찌 된 상황인 걸까?

백리연은 제 앞에서 저를 매섭게 노려보는 자를 마주 보았다. 딱딱하고 서늘한, 온기라고는 찾아볼 수 없는 눈빛. 거기에 잔뜩 날이 선 경계심.

남궁류청이 더는 참을 수 없다는 듯이 입을 열었다.

"쫓아다니는 것만으로도 모자라서 남의 침실에 멋대로 들어와? 지금 이게 명문 세가의 소저가 할 행동이라고 보나?"

"일단 오해가 있는 것 같은데……."

"오해? 무슨 오해? 내가 보고 겪었는데, 이게 대체 무슨 오해라는 거지?"

남궁류청이 머리를 쓸어 넘기더니 한심하다는 어조로 말을 이었다.

"백리연, 제발 정신 좀 차려. 대체 언제까지 이럴 거야?"

백리연은 한숨을 내쉬며 이마를 매만졌다. 아, 이게 꿈이라면 누가 좀 깨워 줬으면.

사고 이틀 전.

터벅, 터벅.

일정한 걸음 소리가 누군가 인위적으로 만든 것이 분명한 원형 모양의 공동에 울려 퍼졌다. 발소리를 따라 공동 안의 유일한 빛이 움직였고, 이어서 가장 깊은 곳, 공동 중앙에 자리한 기이한 형상이 드러났다.

거대한 비석. 그리고 그 비석을 중심으로 주변에는 피처럼 검붉은 부적이 붙은 나무 막대가 간격을 두고 꽂혀 있었다. 불길하기 그지없는 모습이었다.

그때 엄청난 검풍이 불어닥쳤다.

쿠콰쾅—!

부적부터 비석이며 뒤편의 벽까지 맹수의 발톱이 지나간 것처럼 갈라진 직후, 나무 막대들이 갑자기 썩어 버린 것처럼 부스러져 사라졌다.

"된 건가?"

"일단은 그런 것 같네."

남궁류청의 물음에 백리연이 답했다. 남궁류청을 바라본 백리연이 웃으며 말을 이었다.

"드디어 고생이 끝났는데, 어째 표정이 별로네?"

남궁류청은 무언가 마음에 들지 않는 낯으로 고개를 끄덕였다.

"생각보다 너무 시시해서."

"그건 그래."

검집에 검을 넣은 남궁류청과 횃불을 든 백리연이 비석을 향해 천천히 다가갔다. 비석에는 알 수 없는 언어가 잔뜩 적혀 있었고, 반으로 쩍 갈라진 안쪽에 희미한 무언가가 보였다.

남궁류청이 손을 뻗어 비석 안에 보이던 것을 집어 들었다.

"이건…… 목패?"

"이게 화무가 말한 그건가?"

남궁류청이 이리저리 살펴보며 말했다.

"그렇다기엔 아무 힘도 느껴지지 않는데."

백리연 또한 동의한다고 답하려던 순간이었다. 갑자기 목패에서 아주 희미하게 불길한 기운이 흘러나왔다. 백리연은 재빨리 금안의 힘으로 기운의 움직임을 막았다. 그리고 다급히 남궁류청을 바라보았다.

"류청, 방금 목패에서 기운이……."

하지만 남궁류청은 갑자기 무슨 일이냐는 듯이 그녀를 바라볼 뿐이었다.

"목패에서 뭐?"

"……방금 아무것도 못 느꼈어?"

"아무 느낌 없었는데?"

인상을 찌푸린 백리연이 그녀가 멈춰 놓았던 붉은 기운을 다시 살피려 했다. 그러나 분명 보고 멈춰 놓기까지 했던 불길한 붉은 기운은 언제 있었냐는 듯이 사라졌다.

백리연은 놀라 눈을 깜빡거렸다. 남궁류청이 걱정스럽게 물었다.

"왜 그래? 무슨 일인데?"

"……정말 괜찮아?"

"뭘 말하는 거야?"

"손이 따갑다든가, 어디 아프다든가. 아니면 묘한 기운이 느껴진다든가.”

“아무 느낌 없어.”

“그래? 줘 봐.”

목패를 한참 바라보던 백리연의 낯이 이내 일그러졌다.

“속았네.”

“뭐?”

“이거 가짜야.”

“허?”

“응. 아무 능력도 담겨 있지 않아.”

백리연은 인상을 찡그렸다.

그들이 여기 온 건 이곳에 천마의 유산이 있다는 정보 때문이었다. 결국 가짜였지만.

‘그렇다면 아까 보였던 그 불길하기 그지없던 핏빛 기운은 뭐지?’

남궁류청이 이마로 흘러내린 잔머리를 쓸어 넘기며 말했다.

“가짜라니. 왠지 생각보다 쉽더니만.”

“그건 그래. ……그래도 위험하게 그렇게 막 집으면 어떻게 해? 무슨 일이 생길 줄 알고.”

“그러니까 내가 집어야지.”

단호한 목소리에는 한 점의 의심도 없었다.

사람의 말문을 막아 놓고 태연하게 비석을 살피던 남궁류청은 뒤늦게 백리연의 시선을 눈치채고 그녀를 내려다보았다. 왜 그러냐는 듯 그녀를 바라보던 남궁류청이 갑자기 고개를 숙였다. 입가에 닿은 온기에 백리연이 당혹스럽다는 듯 눈을 크게 떴다.

“……갑자기 뭐야?”

"아, 원하는 것 같아서."

입술이 맞닿은 채 움직이는 느낌은 손끝을 저릿하게 만들었다.

"이렇게 내 핑계를 대시겠다?"

"그럼 아닌가?"

살짝 벌어진 틈으로 남궁류청이 파고들었다.

백리연은 서신을 접어 봉투에 넣었다. 그 기척에 창밖을 내다보던 남궁류청이 고개를 돌렸다.

"다 했어?"

"응."

백리연은 수신인에 제갈가라고 적은 봉투를 내려다보며 씁쓸하게 중얼거렸다.

"노력해 줬는데. 안타깝게 됐네."

가만히 지켜보던 남궁류청이 낮은 목소리로 말했다.

"너도 최선을 다했어."

"……."

"애초에 제갈화무 혼자도 해결할 수 있는 일에 굳이 발을 얹어서 끼어든 거잖아."

"그렇긴 하지……."

남궁류청의 말이 맞았다. 사실 그녀가 이렇게 직접 끼어들 필요까지는 없었다. 하지만…….

백리연은 오랫동안 흔적을 찾을 수 없던 옛 친구를 떠올렸다가 머릿속에서 지워냈다.

"그래도 이렇게 오랜만에 단둘이 바람도 쐬고 시간도 가지고 좋지 않아?"

"유일하게 좋은 점이지."

"지금 애들은 뭐 하고 있으려나?"

아이들 얘기가 나온 순간 남궁류청이 코웃음을 쳤다.

"뭐 하겠어? 장인어른이랑 함께 있으니 좋아 죽겠지."

"하하, 왜 그래? 서운했어?"

"서운은 무슨! 제 아비가 떠나는데 나와보지도 않으려고 하고!"

"하하하! 외조부를 오랜만에 만나서 정말 좋은가 봐. 이상하단 말이야. 아빠는 원래 애들한테 인기 없는데."

남궁류청과 일을 처리하러 떠나기 전에 백리세화와 남궁희를 백리의강에게 맡겨 놓은 상태였다.

그래서였을까? 백리세화와 남궁희는 엄마 아빠가 잠시 자리를 비운다고 해도 외조부와 외증조부에게 정신이 팔려 관심이 없었다. 배웅도 하지 않으려는 것을 백리의강이 어머니와 아버지를 배웅해야 한다고 나무라자 그제야 잘 다녀오시라며 인사했다.

백리연은 얌전하게 인사하던 세화와 작은 손을 마구 흔들던 희의 모습을 떠올렸다. 전혀 슬프거나 아쉬운 기색이 없었다. 아니, 희는 오히려 아빠 엄마가 없다니까 반기는 기색이었다.

백리연이 말했다.

"하여간 너무 오냐오냐해서 문제라니까."

"……."

생각해 보니 제일 오냐오냐하는 사람이 바로 옆에 있었다. 남궁류청이 말은 저렇게 해도 또 애들 앞에 가면 헤실헤실 풀어져 버릴 터였다.

"그래도 화아가 이제는 검에 관심을 가져서 다행이지."

"애들 얘긴 이제 그만 하지?"

"응?"

"여기 네 관심이 필요한 사람이 한 명 더 있어."

갑작스러운 말에 백리연은 눈을 동그랗게 뜨고 남궁류청을 바라보았다. 이내 헛웃음을 흘리며 그의 뺨에 손을 올렸다.

"정말 너한테도 너무 오냐오냐해 주는 것 같아."

그렇게 무사히 돌아와 달빛을 받으며 산책을 하고, 밤을 보냈다. 다음 날도 별다를 것 없는 평범한 하루였다.

"일어나!"

"뭐야……? 아침부터. 양심도 없지 정말. 피곤해 죽겠어."

"헛소리 말고 일어나지 못해!"

백리연은 졸음에 겨운 눈을 비비며 간신히 눈을 떴다.

"아니, 정말 뭐야……? 무슨 일인데?"

"네가 왜 여기 있어?"

"뭐?"

멀리 방의 벽에 붙다시피 선 남궁류청은 새빨개진 얼굴로 눈도 마주치지 못했다.

"옷…… 옷 좀 제대로 입어!"

"……?"

백리연은 의아함을 느끼며 옷가지를 단정히 했다. 그래 봐야 중의를 추스른 것에 불과했지만. 그것만으로도 남궁류청은 숨통이 트인 듯 보였다.

백리연이 입을 가리며 길게 하품을 하고 물었다.

"음, 아침부터 어디 나가려고?"

언제 챙겨 입었는지 남궁류청은 중의에 겉옷까지 차려입은 상태였다. 남궁류청이 이를 빠득 물고 물었다.

"허튼소리 말고. 네가 왜 여기 있냐고. 해명해."

"아까부터 무슨 소리를 하는 거야? 내가 왜 여기 있냐니? 우리 원래 같이 잤잖아."

"무슨 헛소리야! 우리가 같이 자다니! 내가 너랑 왜!"

"……응?"

백리연은 그제야 기이함을 느끼고 남궁류청을 유심히 살폈다. 어젯밤과 달라진 점은 하나도 없었다. 같이 잠들었던 모습 그대로. 겉옷도 어제 벗어 둔 것이었다. 그러나 딱 한 가지 달라진 점이 있었다.

그녀를 바라보는 눈빛.

부드러운 온기를 머금거나 타오르듯이 맹렬히 바라보던 눈빛이 아니었다. 바짝 독이 오른, 잔뜩 경계하는 눈빛. 그 차가운 시선 안에는 미약하게 경멸의 빛이 보였다.

그리고 이 시선은 매우 익숙했다. 한때 남궁류청은 이런 시선으로 그녀를 바라봤었다. 아주 오래전에.

누가 얼음물을 머리에 끼얹은 듯이 정신이 번쩍 들었다.

"너…… 누구야?"

상상도 해 본 적 없는 상황이었다.

백리연은 머리를 짚고 있는 남궁류청을 보았다. 태도, 자세, 표정. 모두 그녀가 알던 사람이었다. 그러나 눈을 뜬 남궁류청의 기억은 회귀 전. 정확히는 그녀가 멍청한 악역 조연처럼 사사건건 발목을 잡았을 때의 시점에 멈춰 있었다.

'이걸…… 기억 상실이라고 해야 하나?'

하지만 현재 남궁류청은 전혀 기억하지 못하는 일들을 떠올렸는데?

'그러면 이건 현재의 남궁류청이 아니고 과거의 남궁류청이라고 해야 하는 건가?'

그런데 애초에 두 사람은 같은 사람 아니었나?

"하, 미치겠네."

"그건 내가 할 소리야."

두통이 인다는 듯 머리를 잡고 있던 남궁류청이 으르렁거리듯 말했다.

대체 어쩌다 이런 상황이 된 것인가? 이 상황을 대체 어떻게 납득시켜야 할까?

갑작스럽게 기이한 일이 벌어질 만한 이유라면, 딱 한 가지 의심스러운 것이 있었다.

탁.

백리연이 어제 손에 넣은 목패를 탁자에 올려놓았다.

"아무래도 이게 범인인 것 같아."

남궁류청의 냉담한 시선이 이게 뭐냐고 묻는 듯했다. 백리연이 입을 열었다.

"천마가 남긴 조각…… 인 줄 알았던 것. 어제 네가 이 물건의 봉인을 부수고 꺼냈어."

"내가?"

"그래."

"나는 그런 기억 따위 없어."

"……."

어디서부터 어떻게 설명해야 할지 모르겠다. 백리연은 막막함에 입가를 쓸어내렸다.

그때 목패를 살피던 남궁류청이 소리 나게 내려놓고 그녀를 노려보았다.

"그리고 이 목패가 네가 말한 대로 천마의 조각이자 힘이 맞는다면, 설마 이걸 찾으러 가는 걸, 네가 따라왔단 말이야?"

"응. 같이 찾았으니까."

"응? 응이라고? 내가 몇 번이나 말하지 않았나? 위험한 곳에 따라올 생각 말라고!"

"……."

남궁류청은 진절머리 난다는 태도였다.

"너는 내 말이 우스워? 대체……!"

남궁류청이 화를 참듯이 고개를 틀고 주먹을 꽉 쥐었다.

"후, 아니. 지금 이게 중요한 게 아니니, 더는 따져야 뭐 하겠어. 일단 네 말대로 이 세상은 회귀를 몇 번이나 반복했고, 나는 현재 기억을 잃고 회귀 전의 기억을 떠올린 상태라고 하자."

남궁류청의 입가에 냉담한 조소가 맺혔다.

"그런데 내가 왜 너와 같은 침대에서 이런 꼴로 일어나?"

이 질문이 나올 줄 알았지.

어떻게 말해야 할까? 대충 둘러댈까? 하지만 언제 어떻게 돌아올 수 있을지 모르는 상황이었다. 게다가 거짓을 말해야 할 만큼 잘못한 것도 없었다.

그럼에도 머뭇거리게 되는 것은, 저 눈빛. 너무 오랜만이라서 면역이 없어진 걸까? 저 온기 없는 눈빛을 마주할 때마다 입술을 떼기가 어려웠다.

'아니, 내가 죄를 지은 것도 아니고.'

살짝 욱하는 마음도 치솟았다. 잠시 눈을 감았던 백리연은 고개를 들고 남궁류청을 직시했다.

"그야 우리는 부부니까."

남궁류청이 어이없다는 듯이 헛웃음을 지었다.

"내가, 너랑 부부라고?"

"응."

"진짜, 하……."

"정말이야. 너랑 나 사이에 아이도 둘 있어."

"헛소리 그만해. 아니, 내가 너랑 대화를 해 보려고 한 게 잘못이다."

믿기 어려울 테니 당연히 반응이 좋지 않을 거라고 예상했다. 하지만, 이렇게 실제로 무시하는 반응을 보니 마음이 언짢달까.

"오랜만이라 그런가, 더 재수 없는데."

"뭐라고?"

"앗, 내가 입 밖으로 말했나?"

"하!"

탄식한 남궁류청이 갑자기 검을 뽑아 들었다.

스릉-

그러고는 저벅저벅 걸어왔다.

백리연 또한 안색을 굳힌 채 침상 옆의 검을 쥐었다.

남궁류청이 말했다.

"지긋지긋하군. 천마는 죽었다지 않았나? 물론 천마를 어떻게 쓰러트렸는지 알려주지 않아 믿을 수 없지만."

"잔당들은 여전히 남아 있으니까. 그래도 최근엔 사리는지 모습을 드러내지 않았는데……. 대낮에 숨길 생각도 없는 습격이라니. 이건 마치 네게 무슨 문제가 생겼을 거라고 확신하는 움직임인걸?"

남궁류청이 기이한 것을 바라보듯 백리연을 바라보았다가 말했다.

"넌……. 아무튼 허튼짓 말고 여기 얌전히 있어."

쾅-!

남궁류청이 문을 부서트릴 듯이 건물을 뛰쳐나갔다.

쿠콰콰쾅-!

그러고는 강력한 진기 흐름과 폭발하는 듯한 소음이 터졌다. 이어 스각, 챙-! 섬뜩한 소리와 병장기들이 맞부딪치는 소리가 들렸다. 금안으로 벽 너머 그의 움직임이 보였다. 검을 다루는 움직임조차 전과는 달랐다.

"정말 이게 대체 무슨 일이야."

이윽고 백리연의 검이 창문을 부수고 날아가 남궁류청을 노리던 화살을 막아 냈다.

"……!"

주변을 한 바퀴 돈 검이 문을 열고 나간 그녀의 손으로 돌아왔다. 백리연이 익숙하면서도 낯선 눈을 보며 말했다.

"한 가지 알아 둘 게 있는데, 이 임무는 내가 널 따라온 게 아니야. 네가 날 따라온 거지."

쏴아아아아—

요란한 빗소리 아래.

"객실이 하나밖에 안 남았다고요?"

"두 사람이라고 했죠? 방 자체는 이인실이니 함께 머무르기엔 불편 없으실 겁니다."

"아……."

"거기다가 지금 막 비운 상태라. 정리하려면 시간이 좀 걸릴 거예요."

"음."

백리연은 고민스러운 기색으로 창밖을 보았다. 어두컴컴한 하늘에서 쏟아져 내려오는 빗줄기가 나무 덧창에 소란스럽게 부딪혔다. 점소이가 눈치를 보며 채근하듯 물었다.

"어떻게 하실래요? 기다리시겠어요?"

그때 남궁류청이 삿갓을 벗고 머리를 털며 다가왔다. 삿갓을 벗으며 머리칼에 물방울이 튀었다.

"기다리겠느냐니?"

"방이 아직 정리가 안 돼서 기다려야 한대."

"그럼 기다리면 되는 거 아냐?"

"방이 이인실 하나밖에 없대."

"……."

"역시 다른 데를 찾아볼까?"

남궁류청이 인상을 찌푸렸다. 그때 문이 열리고 비가 쏟아지는 소리와 함께 손님이 들어오며 외쳤다.

"점소이! 여기 방 하나!"

"잠시만요! 손님, 어떻게 하시겠어요?"

채근하는 눈빛이 거절하면 바로 뒷사람에게 넘길 태도였다. 남궁류청이 점소이를 향해 고갯짓했다.

"방 주시게."

"예, 알겠습니다!"

다음 손님에게로 달려간 점소이가 방이 모두 나갔다고 설명하는 이야기가 들려왔다. 백리연이 남궁류청을 향해 물었다.

"괜찮겠어?"

"비가 이렇게 쏟아지는데 다른 곳도 비슷하겠지. 괜찮은 마구간 찾으려면 또 한참 걸릴 테고."

"그건 그렇지……."

남궁류청이 마저 물을 털어 내며 빈자리에 자리를 잡았다. 쏟아진 비에 몰려든 손님으로 점소이들이 바쁘게 움직였다. 잠시 점소이를 바라보던 남궁류청이 백리연을 돌아보고 말을 이었다.

"부부라며? 뭐가 문제야? 아니면 지금까지 한 말은 다 거짓말이었던 건가?"

날카로운 눈매에 의심이 서리는 것이 느껴졌다. 아직도 그녀의 말을 모두 믿지 않는 것이다.

"거짓말이 아니라, 너 때문에 그렇지. 그날 엄청 싫어했잖아. 오히려 내가 묻고 싶은데? 정말 괜찮으냐고."

"……그보다는 놀란 거지."

그냥 놀란 수준으로 보이진 않았지만, 더는 말 붙이지 않았다. 남궁류청이 여전히 날카로운 눈빛으로 말을 이었다.

"내가 괜찮으면 너는 상관없는 거 아냐? 너는 회귀 전 기억을 다 가지고 있다며? 그렇다면 이 몸이 과거의 기억이든 현재의 기억이든 다 똑같은 사람 아닌가?"

"그건…… 그렇지."

"납득 못 하겠으면 그렇다고 말해. 억지로 동의하지 말고."

"아니, 그게 아니라. 네가 그런 말을 하는 게 너무 이상해서."

"이상하다?"

남궁류청이 눈을 가늘게 떴다. 그때 바빠서 정신없던 점소이가 드디어 주문을 받으러 탁자에 다가왔다. 남궁류청은 말을 멈추고 바로 주문을 했다.

"여기 소면 둘에 닭고기 볶음, 만두랑 민물 생선찜도."

"술은요?"

"됐습니다."

"알겠습니다."

점소이가 멀어지고 잠시 생각하는 듯하던 남궁류청이 입을 열었다.

"이 시점의 나는 회귀 사실을 알고 있댔지?"

"응."

"네가 과거의 나도 모두 다 기억하고 있단 사실도 알고 있고?"

"응."

"그럼, 과거의 나와 현재의 나는 다른 사람이라고 주장하기라도 했나 봐?"

백리연이 눈을 동그랗게 떴다. 표정만으로도 이미 답을 한 거나 마찬가지였다.

"그걸 어떻게……?"

"회귀 후의 내가 현재의 나이기도 한데, 당연히 내 생각은 내가 제일 잘 알지 않겠어?"

"아."

하긴, 당연하다면 당연한 일이었다.

'잠깐만, 근데 그러면…….'

그때 그들에게 다가와 조심스럽게 말을 거는 이가 있었다.

"저기 손님들."

고개를 돌리자 주문을 받고 물러갔던 점소이와 옷자락이 다소 젖은 강호인 둘이 보였다.

"자리가 없어서 그런데 합석 가능하시겠습니까?"

어느새 비를 피하려고 온 손님들로 일 층 식당이 꽉 차 있었다. 백리연은 괜찮다는 듯이 고개를 끄덕였고 남궁류청이 허락의 말을 했다.

"상관없습니다."

강호인들이 감사의 말을 하며 옆자리에 앉았다. 여행하다 보면 비일비재한 일이었다.

음식이 나오길 기다리며 서로 간단히 인사를 나눴다. 그들은 평범한 낭인으로 적당히 상단과 여러 무력이 필요한 곳의 의뢰를 받으며 살고 있다고 했다. 그런데 최근 마교와 무림맹의 싸움이 잦아들며 그들의 일거리도 줄어들고 있다며 한탄했다.

남궁류청이 속을 알 수 없는 표정으로 중얼거렸다.

"정말 천마가 죽었단 말입니까?"

"어디 동굴에서 수련만 하다 나오셨소?"

재미있는 소리를 들었다는 듯 껄껄 웃은 사내가 남궁류청에게 술을 권했다.

"어찌 죽었는지는 아십니까?"

백리연은 입을 다문 채 술잔을 들어 입을 축였다.

"진짜 동굴에서 살다 왔나. 백리 대협이 쓰러트렸지 않소!"

"백리 대협이라면 백리의강을 말씀하시는 겁니까?"

"아니, 그쪽 말고 그 딸 쪽! 백리연!"

"……."

남궁류청의 시선이 백리연을 향했다. 그때였다.

"아악!"

백리연이 그녀 옆에 앉아 있던 남자의 손목을 붙잡아 비틀었다. 그 손에서 비단 주머니가 떨어졌다.

툭.

반쯤 열린 비단 주머니에서 낡은 목패가 반쯤 빠져나왔다.

"제기랄."

수틀린 걸 깨달은 다른 일행이 백리연을 향해 손을 뻗었다.

타타닥!

그러나 백리연은 도둑질하던 남자를 붙잡은 손을 푸는 것과 동시에 점혈했다. 이어 그녀를 향해 덤벼오는 다른 상대 또한 한 손으로 막고 혈도를 짚었다. 간단한 손짓 몇 번으로 제압당한 사내가 경악한 낯으로 눈을 깜빡였다.

객실에 들어왔을 땐 벌써 밤이었다. 정리는 그 전에 되었지만, 식사 자리의 뒤처리를 하느라 상당한 시간을 소모해 버렸다.

백리연은 수건으로 머리를 말리며 중얼거렸다.

"마교 놈들이 아니었다니."

목패를 가져가길래 옳다구나 싶었는데, 그냥 좀도둑들이었다. 그들은 그저 돈주머니를 훔치려고 했을 뿐이었는데, 하필 걸린 것이 목패가 든 주머니였던 것이었다. 기가 막힌 우연이었다. 그리고…….

그 목패가 든 주머니는 본래 남궁류청의 것이었다.

못생긴 모란꽃이 눈에 띄는 향낭. 과거 남궁류청과 그녀가 함께 수를 놓았던 것으로 그가 아끼던 것이었다. 오래되어 더는 향낭으로 쓰지 않고 주머니로 쓰고 있었다. 남궁류청의 기억에 혼란이 오면서 그녀가 스리슬쩍 챙겼다.

하지만 남궁류청은 자신이 그런 물건을 가지고 있었다는 사실도 기억하지 못했다.

"이런 중요한 증거품을 여기다 보관하는 건 너무 위험해 보이는데."

전혀, 아무것도 기억하지 못했다.

"……."

한참 침묵하던 백리연은 문득 떠올랐다는 듯이 중얼거렸다.

"생각보다 늦네."

백리연은 금안으로 건물 안에 있는 남궁류청의 기운을 확인했다. 한 방에 두 개의 욕조를 마련할 수 없어 남궁류청은 따로 씻으러 간 참이었다. 침상 머리맡에 몸을 기대고 기다리던 백리연은 어느새 저도 모르게 수마에 빠져들었다.

그리고 잠시 뒤, 객실 문이 열리고 남궁류청이 침실에 들어오다 멈칫했다. 곧이어 기척을 죽인 남궁류청이 침상으로 다가와서는 어처구니없는 표정을 지었다. 백리연은 새근새근 숨소리를 내며 잠들어 있었다.

이렇게 태평하게 잠들어 있다니. 고민하다 들어온 시간이 아까울 지경이었다.

등불의 흔들림에 따라 빛과 그림자가 같이 흔들렸다. 그 흔들림에 홀린 듯 바라보고 있자니, 백리연의 눈썹이 꿈틀거리고 깨어날 듯이 속눈썹이 파르르 떨렸다. 이어서 웅얼거리는 듯한 목소리가 말했다.

"뭘…… 그렇게 봐? 얼굴 뚫어지겠네……."

"어이가 없어서."

"음, 그러게. 언제 잠들었지?"

이 상황에 잠이 오냐는 빈정거림이었지만 백리연은 태연하게 하품을 하며 넘겼다. 백리연은 몸을 일으키더니 졸음에 겨운 눈을 한 채 말했다.

"뭐 물어보고 싶은 게 있지? 잠도 못 자게 빤히 쳐다본 걸 보면 있어 보이던데."

그리고 이런 말을 해 주길 기다렸다는 듯이 남궁류청에게서 대답이 튀어나왔다.

"우리가 어쩌다 혼인한 거지?"

"음……."

백리연은 살짝 당황했다. 마교나 천마에 관한 얘기를 물어볼 줄 알았는데, 갑자기 혼인에 관한 질문이라니. 이 부분은 이미 다 얘기 끝난 거 아니었나?

"네가 물어보라더니 왜 말이 없어?"

"아, 천마를 쓰러트린 방법에 대해 물어볼 줄 알았거든."

"물어보면 답해줄 건가?"

"아니?"

"장난해?"

"미안, 놀리려던 건 아니었어."

남궁류청도 곧장 표정을 풀었다.

"네가 굳이 그 부분만 말하지 않으려는 데는 이유가 있을 거라고 생각하고 있어. 그리고 네 말을 믿을 수도 없고."

"……."

백리연의 표정을 본 남궁류청이 말을 돌리듯 말했다.

"그래서 내 질문에 대한 답은?"

"아……."

"뭘 그렇게 고민하지? 그냥 있는 사실 그대로 얘기하면 되는 거 아닌가?"

백리연은 입가를 매만지다 포기한 듯 툭 내뱉었다.

"내가 혼인하자고 했고 네가 좋다고 했어."

"……."

"……."

남궁류청은 어이가 없어 되물었다.

"……그게 끝이야? 설명이 너무 건성인 거 아냐?"

"어떻게 설명해야 할지 모르겠는데……."

"어떤 상황에서 어쩌다 이렇게 관계가 발전하게 됐는지 알려 줘야지. 그래야 나도 무언가 단서라도 잡을 거 아냐? 너도 내가 원래대로 돌아가길 바라는 거 아니었어?"

눈을 내리뜬 백리연은 고민스러운 기색이었다. 하지만 남궁류청은 그녀가 입을 열 때까지 기다릴 생각이었다.

이내 백리연이 입을 열었다.

"맨 처음 고백은 네가 했어."

"내가? 말도 안 돼."

백리연이 픽 웃으며 말했다.

"봐. 네가 그런 반응 보일 줄 알았어."

"……일단 계속 말해 봐."

백리연이 입을 살짝 비죽였다가 말을 이었다.

"나는 과거에 네가 날 안 좋아했던 거 알았으니까 거절했지."

"뭐?"

"왜?"

"아냐, 계속 말해 봐."

"자기가 끊어놓고는…… 하여튼 천마가 살아 있어서 당시 상황이 안 좋기도 했고. 그런데 네가 거절에도 상관없이 내가 좋다고 그랬어."

"잠깐. 잠깐만."

남궁류청이 손을 들며 말을 막았다. 그러고는 연신 얼굴을 쓸어내렸다.

그때 백리연이 몸을 일으키며 무언가를 찾듯 주변을 두리번거렸다.

남궁류청은 바로 손을 뻗어 침대맡의 탁자에 놓인 찻주전자를 들었다. 백리연은 단번에 찻잔을 비웠고 남궁류청은 다시 잔을 채워 주었다.

그렇게 꿀꺽꿀꺽 물을 마시는 백리연의 모습을 지켜보던 남궁류청은 이내 이상함을 깨달았다.

'내가 백리연이 물 마시고 싶어 하는 건 어찌 알고 준 거지?'

그는 찻주전자를 든 손을 내려다보았다. 곧이어 꽉 쥔 주먹에 바짝 힘줄이 섰다. 남궁류청이 찻잔을 비운 백리연을 향해 말했다.

"안으로 들어가."

"응?"

백리연은 얼떨떨하게 시키는 대로 안쪽으로 향했다. 그러자 남궁류청이 침상에 올라왔다. 백리연은 깜짝 놀라 눈을 크게 떴다.

"뭐, 뭐야?"

남궁류청이 태연히 말했다.

"뭐긴 뭐야? 나도 자야지."

"얘기하다 말고 갑자기? 아니 그리고, 잘 건데 왜 여기 올라와?"

"그럼 어디서 자라고? 침상이 하나뿐인데."

뻔뻔하기 그지없는 답에 백리연이 당황해 입을 뻐끔거렸다.

"아니, 잠깐만……!"

남궁류청은 그 당황한 표정이 꽤 마음에 들었다. 남궁류청은 태연자약한 태도로 말을 이었다.

"같은 방 쓸 때부터 예상하던 거 아니었어? 그래서 꺼린 거 아냐?"

"아니, 아니거든!"

"뭐가 문젠데?"

백리연이 입술을 달싹였으나 나오는 말은 없었다.

당연히 할 말이 없겠지. 남궁류청이 말을 이었다.

"너한테는 똑같은 사람 아냐? 그저 현재 기억을 잃고 과거의 기억을 떠올린 거라며?"

남궁류청은 상대를 안심시키고자 말했다.

"손 하나 까딱 안 할 테니까 쓸데없는 소리로 진 빼지 말고 그냥 누워. 손댈 생각도 없고 손대고 싶은 마음도 없으니까."

백리연은 처음에는 기가 막힌다는 표정으로 바라보더니 나중에는 살짝 화가 난 듯싶었다.

"너, 나중에 다른 말 하기 없기다? 어? 네가 괜찮다고 한 거야!"

백리연은 처음에는 받아들이는가 싶다가도 이건 아닌 것 같다고 한참 소란을 피우다 결국 포기하고 누웠다. 그리고 막상 눕자 순식간에 잠들어 버렸다.

반대로 뭐가 문제냐고 주장하던 남궁류청만 잠을 이루지 못했다. 눈을 감고 한참 억지로 잠을 청해 보던 남궁류청은 옆자리에서 새근새근 들리는 평온한 숨소리에 혀를 찼다.

'정말 부부가 맞나?'

어쩜 이렇게 태평하지?

남편이 지금 기억을 잃은 것, 또는 다른 사람이 된 것이나 다름없을 텐데, 이렇게 잠이 온단 말인가? 대단한 무신경이었다.

물론 그가 회귀 후라는 인물과 자신이 백리연에게 어차피 똑같은 사람이 아니냐고 주장하긴 했다. 하지만 그럴 리가. 회귀 후의 자신은 그와 같은 사람이 전혀 아니었다. 그럴 리 없었다. 그가 걸어온 길의 궤적, 기억, 행동, 모두 다르거늘. 백리연에게 전해 들은 남궁류청은 그가 절대 이해할 수 없는 사람이었다. 그런데 어떻게 같은 사람이라 볼 수 있는가. 그저 껍데기가 같다면 같은 사람이란 말인가? 그가 똑같은 사람이라고 주장한 것은 그저 백리연을 안심하게 만들어 속일 생각으로 한 말이었다.

'만약 회귀 후의 그놈이 이 일을 기억한다면 꽤 화가 나겠지만…….'

그가 알 바 아니었다. 아무튼 회귀 후의 그놈은 그가 아니었으니. 게다가 이런 상황으로 만든 그놈이 상당이 짜증스럽기도 했다.

남궁류청이 몸을 돌리자 세상모르고 잠든 백리연의 얼굴이 보였다. 남궁류청은 몸을 좀 더 침대 가장자리로 옮겼다.

'잘 땐 이런 모습이었군.'

그러고 보면 이렇게 가까운 곳에서 자세히 오랫동안 바라보는 것은 처음이나 다름없었다. 반듯한 콧날과 닫힌 눈꺼풀은 그늘 없이 평온했다. 이렇게 보면 거푸집에서 찍어 냈다고 해도 될 만큼 제 스승을 닮은 얼굴이었다.

다만 표정이 풍부한 백리연과 달리 스승은 진중한 눈빛에 언사 하나도 무거웠기에 깨어 있을 때는 닮았다는 생각이 전혀 들지 않았다.

하지만 닮았다는 건 본능적으로 알고 있었던 모양이었다. 그간 그는 백리연을 바라볼 때마다 죄책감에 오래 바라보고 있을 수가 없었다. 특히나 눈을 마주하는 게 너무나 고통스러웠다.

거기에 그녀는 늘 주눅 들어 있었다. 그리고 애정을 갈구하는 태도로 그의 주변을 계속해 맴돌았다. 그런 그녀의 모습을 볼 때마다 알 수 없는 답답한 감정과 초조함, 미약한 짜증이 뒤따랐다.

하지만 지금의 백리연은 달라도 너무 달랐다. 같은 사람이라고 볼 수 없을 지경이었다.

'좀도둑을 잡을 때 보였던 금나수, 분명 천산염제의 무공이었지.'

그는 좀도둑이 그들을 노리는 걸 알면서도 가만히 있었다. 백리연이 어떤 반응을 보이는지 알아보기 위해서.

거기다 천산염제의 금나수뿐만이 아니었다. 마교도의 습격 당시에 보였던 무공 수위. 그는 오랜만에 자신의 기감을 의심했다. 두 눈으로 본 사실을 믿기 힘들었다. 딱히 내공 수위나 기세를 죽이고 있는 것도 아니거늘, 느껴지는 수준에 비해 훨씬 더 고강했다.

'그렇다 한들 천마를 정말 백리연이 쓰러트렸다고?'

전혀 믿기지 않았다.

왜 말하려 하지 않았는지도 알 수 있었다. 말했다고 한들 믿지 않았으리라. 그리고 이야기를 들은 지금도 전혀 믿을 수 없었다. 하지만…… 등을 맞댄 몸은 익숙했고 손발의 호흡은 몇 년을 함께 맞춘 듯이 완벽했다.

이렇게 누군가 제 속을 읽어 준 것처럼 딱딱 맞는 검술을 펼쳐 본 것이 얼마 만인지. 나쁘지 않았다. 정말.

그때 백리연이 그를 향해 몸을 돌리더니 무언가 찾는 듯한 움직임을 보였다. 이내 더듬던 손이 그의 팔뚝에 가볍게 올라왔다. 닿은 부분에 순간 열기가 치솟는 느낌이었다.

당황한 남궁류청이 멈칫하고 뒤늦게 떼어 내려는 순간, 그의 팔을 당긴 백리연이 고개를 들이밀며 품속에 파고들듯이 안겼다.

이튿날 아침.

백리연은 머리를 붙잡고 일어났다. 밤새 과거, 회귀 전의 일을 꿈꿨다.

"제발 가만히 좀 있어! 네가 뭘 하겠다고 움직이면 오히려 더 복잡하다고. 가만히 있어 달라는 내 부탁이 그렇게 어려워?"

"널 구하려다 하령이 죽을 뻔했어! 아직도 정신을 못 차렸어?"

목소리가, 외침이 머릿속에 남아 징징 울렸다.

남궁류청은 언제 일어났는지 머리칼부터 옷자락까지 모두 정돈된 차림새였다.

"드디어 일어났네."

"너는 일찍 일어났네."

"글쎄. 누가 자꾸 파고들어서 잠을 잘 수가 있어야지."

"뭐라고?"

"됐어."

백리연을 훑어보던 남궁류청이 미간을 살짝 좁히고 물었다.

"안색이 왜 그래? 너라도 잘 잤어야지."

"아, 그냥 꿈을 좀 꿨어."

"무슨 꿈?"

"옛날에 있었던 일들."

"옛날? 표정은 무슨 악몽이라도 꾼 것 같은데?"

백리연은 그제야 정신이 좀 명료해지면서 그녀 앞의 사람이 과거의 남궁류청이라는 게 떠올랐다. 그리고 더는 얘기하기 싫다는 듯이 손을 내저었다.

이에 남궁류청은 무언가 매우 거슬린다는 듯이 불만스러운 표정을 지었다.

하지만 오랜만에 꾼 꿈 때문에 기분이 바닥에 가라앉은 백리연은 알아채지 못했다. 그리고 이어서 그녀의 기분을 더 가라앉히는 소식이 들어왔다.

딱딱딱.

기묘한 소리가 창가에서 들렸다.

백리연은 침상에서 일어나 창가로 향했다. 나무 덧창을 열자 어느새 비가 그치고 맑게 갠 하늘이 새파랬다.

열린 창문으로 백리연이 손을 내밀자 새 한 마리가 포르르 날아와 손등에 앉았다. 제갈화무가 보낸 전서구였다. 백리연은 새 다리에 매여 있던 편지를 풀어 확인하고는 얼굴을 찡그렸다.

"귀찮게 됐네."

무림맹 본단.

근래 무림맹은 무척 평탄한 나날을 보내고 있었다. 그런데 오늘따라 거리로 나온 무인들의 수가 평소와 달랐다. 깔끔하게 차려입은 그들은 은근히 무언가를 기대하는 모습이었다.

무슨 행사가 있는 것처럼 평소와 다른, 무언가를 기대하는 듯한 분위기였다. 길거리의 노점상이 친한 무인을 향해 물었다.

"오늘 무슨 일 있소?"

"예?"

"아니, 오늘 다들 기웃기웃하면서 뭘 찾는 기색이잖소?"

"아, 티가 났습니까?"

"그려요. 궁금하게만 하지 말고 나도 알려 주시오. 행사라도 있소?"

"행사까지는 아니고…… 아니, 행사라고 해야 하나?"

"으음?"

그리고 이와 비슷한 상황은 다른 곳에서도 일어나고 있었다.

한 골목에는 단체복을 차려입은 어린아이들이 옹기종기 모여 있었다. 아이들은 목을 빼고 기다리다 골목에서 나오는 무인을 향해 "스승님!"이라고 소리를 지르며 달려갔다. 얄쌍한 눈에 부잣집 공자처럼 화려한 차림새의 무인이 아이들을 보고 놀라 말했다.

"아니 너희들, 수련 안 하고 여기서 뭐 하고 있는 거야?"

"스승님, 스승님! 백리 대협과 남궁 대협이 본단에 온다는 거 정말이에요?"

"그걸 너희가 어떻게 안 거야?"

"헉, 그럼 정말인 거예요?"

그는 뒤늦게 아차 싶은 표정을 지었으나 이내 고개를 주억거렸다. 아이들이 저들끼리 꺅꺅거리고 소리치며 좋아했다.

"무슨 일로 오시는 거예요?"

"어쩌다 이렇게 소문이 난 거야? 기대할 거 없어. 그냥 잠깐 들르는 거랬어."

"그래도요! 전대 대회 우승자잖아요!"

"천마도 쓰러트린 영웅!"

"그런데 그 뒤로 지금껏 한 번도 무림맹에 온 적 없잖아요!"

아이의 말대로 백리연은 대회 이후 한 번도 무림맹 본단에 모습을 비친 적 없었다. 덕분에 그렇지 않아도 위지백 때문에 위명이 나락으로 떨어진 무림맹 관련하여 여러 말이 많은 상황이었다. 그런데 백리연이 갑자기 무림맹을 방문한다고 한 것이다.

"스승님, 대협들과 친하다면서요!"

"아니, 그건 또 누가……. 그냥 안면이 좀 있는 것뿐이야."

"그게 친한 거 아닌가?"

"그러게."

중얼거리는 아이들 사이에서 누군가 물었다.

"그럼 스승님이 지금 마중하러 가시는 것도 정말이에요?"

"그건 또 어디서 들은 거야?"

"와– 정말 친한가 봐!"

"저희도 볼 수 있어요? 멀리서 얼굴 한 번만이라도 보면 좋을 텐데."

"저희도 데려가 주세요!"

"스승님, 장 스승님은 어떻게 두 분이랑 친해지신 거예요?"

"……."

질문에 갑자기 무인의 얼굴이 시뻘게졌다. 아이들은 초롱초롱 눈을 빛내며 답을 기다렸다.

"백리 대협, 남궁 대협, 총사 대리께서 마중하라 하셨습니다."

무심하던 남궁류청의 기세가 상대를 확인한 후 대번에 사나워졌다.

"너는……."

반대로 백리연은 살짝 반가운 기색으로 말했다.

"장철?"

백리연은 잘되었다는 듯이 눈을 빛내며 그녀와 대화하던 이를 향해 말했다.

"그렇다네요. 그럼 이만 가 봐야겠습니다."

"큼, 그렇다면야. 알겠소. 다음에 꼭 차라도 한번……."

질척거리던 이가 남궁류청의 눈초리에 멀어지고, 백리연이 장철을 향해 말했다.

"잘 왔어. 덕분에 뗄 수 있었네."

"무슨 얘기 중이었는데?"

"모임에 와 달라고. 하, 벌써 다섯 번째였어."

지친 듯 고개를 내젓던 백리연이 장철 뒤쪽을 바라보았다.

"그런데 뒤의 저 애들은 뭐야? 널 따라온 것 같은데."

장철이 약간 당황한 표정으로 뒤를 돌아보았다. 백리연과 눈이 마주친 아이들이 꺅꺅 거리며 소란스러워졌다. 대충 "백리 대협이 우릴 봤어!", "세상에! 정말 대협이다!" 그런 류의 말들이었다.

얼굴이 벌게진 장철이 말했다.

"그, 널 데리러 간다니까 널 보고 싶다고 따라왔어."

"나를? 왜?"

"당연한 걸 뭘 물어? 내 입으로 널 찬양이라도 하라는 거야?"

잠시 당황한 듯한 백리연이 아이들을 향해 손을 흔들었다. 어색한 몸짓이었지만 아이들에게는 전혀 그렇지 않은 모양이었다. 아이들이 자지러지며 좋아했다.

백리연이 살짝 붉어진 귓가를 한 채 중얼거렸다.

"애들 귀엽네."

그리고 남궁류청은 그런 백리연의 모습을 신기하다는 듯이 바라보았다. 빤한 시선에 백리연이 서둘러 말을 돌렸다.

"그러고 보니 네가 무림맹 무관 교관이 되었다고 했지? 축하해. 저 애들이 그럼 네가 가르치는 애들인 거야?"

그러자 지금껏 말없이 가만히 있떤 남궁류청이 살기 등등한 시선으로 장철을 노려보았다.

"저놈이 무관 선생이라고?"

장철이 움찔 몸을 떨었다. 남궁류청의 시선이 싸늘하다 못해 살짝 살기까지 어려 있었기 때문이다.

장철이 우물우물 중얼거렸다.

"뭐야, 네가 지원해 보라고 한 거잖아?"

"내가?"

"그, 그래!"

장철은 대체 왜 갑자기 시비인가 싶어 조마조마한 마음으로 남궁류청을 바라보았다. 다행히 백리연이 끼어들어 분위기를 환기했다.

"류청 너는 장철 그만 노려보고, 저기 애들한테 손이나 한번 흔들어 줘."

말뿐만이 아니라 백리연은 직접 남궁류청의 손목을 잡아 대신 흔들었다. 아이들이 꺅꺅거리는 소리가 여기까지 들려왔다. 잠시 멍한 낯으로 붙들려 있던 남궁류청은 황급히 손을 뺐다.

"내 몸에 손대지 마."

백리연이 어깨를 으쓱하며 한 발 물러났다. 장철이 인상을 찡그리며 바라보다 백리연을 향해 속삭였다.

"……둘이 싸웠어?"

남궁류청이 제 손목을 매만지며 매섭게 말했다.

"신경 꺼."

"……."

"그냥 말 걸지 마. 지금 매우 예민하거든."

현재 무림맹의 맹주 자리는 위지백의 축출 이후로 계속 비어 있는 상태였다. 한때 선대 남궁 세가주가 맹주 대리로 잠시 이끌다가 손을 뗀 후, 총사와 원로회가 무림맹을 이끌어 오고 있었다.

"오셨군요."

전각 입구에서 그윽한 분위기의 여인이 그들을 환영했다. 남궁류청의 눈매에 반가운 기색이 스쳤다. 그리고 내심 남궁류청의 반응을 주시하던 백리연은 제멋대로 움직이려던 입꼬리를 고정하고 입을 열었다.

"직접 마중 나오실 줄은 몰랐네요, 총사 대리."

현재 총사는 공손 세가주인 공손방이었다. 하지만 그는 천마대총의 전투에서 입은 부상으로 요양 중이었다.

당시 공손방은 자신의 부상이 금방 회복될 거라 여겼다. 그래서 그 사이 잠시 공손월에게 대리를 맡겼다. 그러나 금방 나을 줄 알았던 상처는 마공의 기이한 능력 탓인지 쉽사리 회복되질 않았다.

그리하여 총사 자리를 넘길 생각이 없는 공손방과 계속 공백인 무림맹주의 자리가 합쳐져 공손월이 대리로 있는 기간이 어영부영 늘어나고 있었다.

"혼인식 이후로 처음이죠? 다시 뵙기까지 이렇게 오래 걸릴 줄은 몰랐네요."

살짝 뼈가 있는 말이었다.

"하하, 그러게요."

"여기저기로 여행도 많이 다니시고 협행 얘기도 들리는데 무한만큼은 들르질 않으시더라고요."

"들를 만큼 좋은 기억도 없으니까요."

"……."

잠시 침묵한 공손월이 말을 이었다.

"이제는 많이 달라졌어요."

백리연이 고개를 끄덕였다.

"들었어요. 무척 열심히 하신다고 하던데요. 그리고 무척 잘하고 계시고요."

"칭찬은 감사하네요."

처음 공손월이 대리를 맡았을 때, 그녀를 향한 반응은 차가웠다. 위지백은 쫓겨났지만 그를 따르던 이들의 세력은 계속 남아서 발목을 잡으려 들었고, 심지어 위지백이 다시 자신의 세력을 세우려 한 적도 있었다.

이를 여러 수완으로 잘 처리하고 개혁적인 행보를 이어 나가고 있다고 들었다. 다시 무림맹주를 맡아 달라는 요청에 전 남궁 세가주가 물러난 이유도 이 때문이었다.

"옛 망령이 계속 자리를 잡고 있으면 변할 수 없지 않으냐."

얼마 전 전 남궁 세가주와의 대화를 떠올리던 백리연에게 공손월이 다시 말을 걸었다.

"하지만 솔직히 말씀드릴게요. 슬슬 힘에 부쳐요. 맹주의 자리도 비어 있고 총사 대리라는 직함만으로는 할 수 없는 일들이 너무 많아요."

무슨 얘기를 꺼내고 싶어서 이런 말을 하는 걸까 의심스럽게 기다릴 때.

"총사 대리, 손님을 이런 식으로 뺏어 가는 경우는 처음 보았군요."

복도 맞은편에서 밝은 머리 색을 지닌 청년이 걸어왔다. 눈을 살짝 크게 뜬 백리연이 환한 미소를 지었다.

"화무! 오랜만이야."

남궁류청이 백리연을 돌아보았다. 눈빛만 보고도 무슨 의문이 들었는지 알 수 있었다.

"응, 맞아. 제갈 세가주."

그들이 무림맹 본단에 온 이유였다.

본래는 제갈 세가로 향하고 있었다. 그러나 제갈화무가 무림맹 본단에 있다는 소식에 경로를 바꿀 수밖에 없었다.

제갈화무가 남궁류청을 보고 부채를 펼쳐 입가를 가렸다.

"남궁 소가주, 얘기는 들었습니다. 이걸 오랜만에 뵙는다고 해야 할까요?"

"……."

공손월을 의식한 남궁류청이 대답하지 않는 사이 제갈화무가 백리연을 돌아보고 몸을 가까이 기울였다.

"연아, 정말 오랜만이네. 보고 싶었어."

그리고 백리연이 뭐라고 답하기도 전에 제갈화무와 백리연 사이에 검집을 쥔 손이 끼어들었다.

"얘, 뭔데 들러붙는 거지?"

남궁류청이 싸늘한 표정으로 제갈화무를 바라보았다.

군사부 별채.

그윽한 다향이 가득 찬 방 안에서 나직한 대화들이 이어졌다.

"총사 대리는 너한테 무림맹주를 제안할 생각이었을 거야."

순간 찻잔을 들던 백리연이 멍한 낯을 했다.

"……그걸 누가 동의해? 제정신인가?"

"왜? 제안할 만하다고 생각하는데."

"내 나이를 생각해 봐."

"하지만 넌 천마를 쓰러트렸잖아?"

"그건 그저 운이 좋아서……."

제갈화무가 재미있다는 듯이 작게 웃었다.

"이 바닥에서는 운도 실력이지."

"아니, 일단…… 난 천하 강자도 아닌데?"

"꼭 천하 강자가 맡아야 한다는 규정이 있는 것도 아니고, 천마를 쓰러트렸으니 그게 천하 강자의 증명 아닌가?"

백리연은 머리를 쥐어 잡고 탁자에 엎드렸다. 옆자리의 남궁류청이 찻잔을 쥐고 말했다.

"그렇다 해도 스승님도 계시고, 내 아버지께서도 계시는데 바로 백리 소저 차례가 되는 건 너무 건너뛴 것 아닌가?"

제갈화무는 신기한 생물을 보듯 남궁류청을 바라보았다.

"백리 세가주와 남궁 세가주 두 분 다 거절하셨으니까."

"거절하셨다고? 스승님과 아버지 둘 다?"

"뭐라고? 언제? 나는 전혀 몰랐어!"

"너한테만 말씀 안 하신 게 아닐까? 남궁 소가주는 알고 있었을 텐데……. 기억을 잃어버렸다더니 진짜가 보네. 와, 이것 참 신기한데."

제갈화무는 오히려 흥미를 감추지 않고 눈을 빛내며 남궁류청을 이리저리 살폈다. 남궁류청은 상대하기 싫다는 듯이 백리연을 돌아보았다.

"이 사람 믿을 수 있는 거 맞아?"

"소가주의 믿음은 별로 중요치 않은걸. 연이가 믿느냐가 중요하지."

백리연은 또 시작이라는 표정으로 끼어들었다.

"화무, 괜히 자극하지 마."

제갈화무가 가슴에 손을 얹으며 말했다.

"나야 진심으로 은인의 행복을 바라지. 하지만 그렇다고 지금의 즐거움을 억누를 필요는 없잖아?"

"좀 억눌러 봐."

"은인의 행복?"

"아, 그쪽은 기억 못 하시겠지만."

남궁류청이 서릿발처럼 차가운 눈빛을 했다. 이어서 탁자를 짚고 몸을 일으키며 입을 열려는 순간 그를 붙잡듯 손등을 다독이는 손길이 느껴졌다.

백리연이었다.

힘이 담긴 움직임은 아니었다. 나비 날갯짓처럼 가느다랗고 부드러운 손길이었거늘 그 온기만으로도 움직일 생각이 싹 사라졌다.

"그만하라니까. 류청, 화무 도발에 넘어가지 마. 화무 너도 그만하고."

제갈화무가 어깨를 으쓱하며 부채를 팔랑거렸다. 상황을 누그러트린 백리연이 다시 본 주제를 꺼냈다.

"그래서 뭐 때문인지 짐작 가는 바 있어?"

침묵하며 부채를 팔랑이던 제갈화무가 백리연이 탁자 위에 꺼내 놓은 목패를 집어 들었다.

"네가 봉인해 둔 거야?"

"응. 혹시 또 만진 사람이 이상해지면 안 되니까."

제갈화무가 목패를 내려놓고 말했다.

"일단 하나 알아둘게, 너희가 그 목패를 찾으러 간 사이에 마교에서 다른 움직임을 보이더군. 확실히…… 이 목패는 함정이었던 모양이야."

백리연이 인상을 찡그렸다.

"움직임을 보니 일이 묘하게 돌아간다 싶었는데, 보아하니 이 목패로 너희를 붙잡아 놓고 뭔가 다른 일을 처리하려고 한 게 아닐까 싶어."

"……당했네."

"미안. 내가 좀 더 알아볼 걸 그랬어."

백리연은 고개를 저었다.

"그쪽은 내가 뭘 찾는지 알고 있으니. 이번 일이 아니더라도 함정을 파면 걸릴 수밖에 없던 거니까."

"……."

제갈화무가 안타깝다는 시선으로 그녀를 보았다. 이내 말을 돌리듯 입을 열었다.

"제갈 세가의 연구지를 보면 연이 너 말고도 과거의 일을 떠올린 이들은 몇 있었어. 제갈 세가에서 찾지 못한 사람들까지 합친다면 아마 꽤 있지 않을까?"

"예전엔 그런 말 안 했잖아?"

"당시 중요한 부분은 아니라서. 어차피 떠올린다 하더라도 보통 꿈처럼 흐리고 쉽게 잊어버리지. 그래서 현재에 아무런 영향도 미치지 못해. 너처럼 선명한 건 극히 드물어."

백리연이 알겠다는 듯이 고개를 주억거렸다. 제갈화무가 말을 이었다.

"그렇다면 어째서 떠올리고 어째서 잊어버릴까? 정말 시간을 돌린 거라면 아무것도 기억하지 못하는 게 맞지 않나?"

여기까지 설명하자 백리연은 제갈화무가 무슨 말을 하려는 건지 이해할 수 있었다. 그의 기억을 넘겨받았던 적이 있기에.

"기억은 혼에 저장되니, 천마가 시간을 되돌리더라도 혼에는 기억이 남아 있던 건가?"

"그래. 그리고 천마가 회귀를 반복하다 어느 순간 포기하고 다음 세대로 넘어가는 이유도 이 때문이 아닐까?"

"음."

"천기로 인한 문제가 가장 컸겠지. 하지만 선조들이 추측하기로는 혼에 쌓인 과도한 기억 때문에 연이 너처럼 과거를 떠올리게 되는 자들이 늘어나지 않을까 하는 연구가 있었어."

그때 초반 시비 이후로 잠자코 있던 남궁류청이 입을 열었다.

"그러니까 그쪽 말대로라면 나는 혼에 새겨진 과거의 기억이란 건가?"

"아마도?"

남궁류청은 냉담한 눈으로 제갈화무를 바라보았다. 제갈화무는 무슨 생각을 하는지 안다는 듯 남궁류청을 보며 입꼬리를 올렸다.

백리연이 물었다.

"그럼 현재의 기억이 돌아오게 하는 방법은?"

"지금 당장 떠오르는 건 없네. 연관성 있어 보이는 건 몇 가지 있지만…… 검증이 가능할는지도 모르겠고 가능하더라도 시간이 꽤 걸릴 것 같은데."

백리연이 한숨을 내쉬었다. 제갈화무가 남궁류청을 바라보며 말했다.

"어쨌든 저쪽도 협조적인 듯한데 큰 문제는 없잖아? 어차피 같은 사람인데."

"그걸 지금 말이라고……."

백리연의 눈빛에 제갈화무가 살짝 몸을 뒤로 물렸다. 그리고 미안하다는 표정을 지으며 말을 이었다.

"확실하진 않지만 내 생각으로는 시간이 지나면 저절로 돌아올 것 같아. 기억 상실과 비슷하게. 혼에 새겨진 기억이란 건 쉽게 지워지는 게 아니더라고."

"……."

"게다가 이렇게 강력하고 쓰기 좋은 물건이 있었으면 천마가 진작에 이걸로 함정에 빠트리려 들지 않았겠어?"

"그건 그렇지."

손대는 것만으로도 현재의 기억을 지워 버리고 과거의 기억으로 바꿔 버린다니. 이 수작을 천마를 쓰러트리기 전에 그녀가 당했더라면…….

"그런데 지금까지 쓰지 않고 내버려 뒀다는 건 뭔가 큰 약점이 있다는 거겠지. 그렇다면 안 한 게 아니라 못 했다고 봐야지. 어떠한 이유로."

"너는 그게 쉽게 회복할 수 있어서라고 생각하는 거고?"

"응."

제갈화무가 재미있다는 듯 말했다.

"괜찮을 거라고 대충 예상하지 않았어?"

백리연은 침묵하다 고개를 끄덕였다.

천마 무공에 대한 지식 대부분은 잃어버렸지만, 감각은 꽤 남아 있었다. 그래서 어느 정도 짐작할 수 있었다. 남궁류청의 이 상태가 오래가지 않을 거라는 것이. 그게 아니었다면 솔직히 이렇게 태연할 수 없었으리라.

제갈화무가 빙그레 웃었다.

"그래도 걱정돼서 어쩔 수가 없었구나? 기다리지 못하고 무림맹까지 찾아온 걸 보니."

제갈화무와의 대화는 한 시진 넘게 이어졌다. 그러나 막연한 이야기뿐, 확실한 결론을 내지 못하고 끝났다. 대화가 끝나자마자 남궁류청은 자리를 박차고 나갔다. 백리연은 제갈화무에게 인사하고 급하게 남궁류청의 뒤를 쫓아갔다.

"류청!"

거칠게 앞서 나가던 남궁류청이 갑자기 걸음을 멈추고 뒤를 돌아보았다. 심기가 매우 비틀린 표정이었다.

"저자, 믿을 만한 사람인 거 맞아? 애초에 이 목패에 관한 정보도 저자가 가져왔다며?"

"일단…… 마교에 관해서는."

"……."

남궁류청이 백리연을 빤히 바라보았다.

"제갈 세가주, 지금껏 혼인도 안 했다지?"

갑자기 뜬금없는 주제에 백리연이 고개를 기울였다가 끄덕였다.

"맞아."

남궁류청이 그럼 그렇지, 하는 표정으로 헛웃음을 지었다.

"저 녀석, 분명 네게 마음 있어."

남궁류청이 냉소를 지었다.

"혼인도 한 여인한테 어처구니가 없군. 그놈은 저 자식이 저러는 걸 내버려 뒀어?"

'그놈'이 회귀 후의 남궁류청을 말하는 걸 알 수 있었다.

"혼인 후에 화무 얼굴 보는 건 이번이 처음이라서."

입가를 매만지며 잠시 생각하던 백리연이 남궁류청을 보았다.

"그리고 화무가 날 좋아한다고 하더라도, 왜 네가 화를 내? 어차피 너는 나 싫어하잖아?"

백리연의 어조에는 그저 있는 사실을 늘어놓는 듯 전혀 감정이 담겨 있지 않았다.

"……."

남궁류청은 순간 말문이 막힌 듯 입을 꾹 다물었다. 잠시 그가 입을 열길 기다리던 백리연은 됐다는 듯이 어깨를 살짝 치고 앞서 나갔다.

"……너는."

뒤늦게 남궁류청이 입을 열었을 때였다. 백리연은 남궁류청이 아니라 중앙부로 들어오는 중문 방향을 바라보고 있었다. 남궁류청도 약간의 소란을 느꼈다. 누군가 그들이 있는 방향으로 뛰어오고 있었다.

이내 얼굴이 보이고 목소리가 닿을 만큼 가까워졌다. 백리연이 반가운 낯을 했다.

"서하……!"

백리연이 입을 열려는 순간, 집게손가락을 입술에 댄 서하령이 그대로 그들을 지나쳐 건물 뒤로 사라졌다.

"……뭐야?"

남궁류청도 사라진 서하령을 보고 이해가 안 된다는 듯이 눈살을 찌푸렸다가 백리연을 보았다. 백리연도 상황을 몰라 고개를 절레절레 저었다.

잠시 후에야 두 사람 모두 상황을 파악했다. 정갈한 기도에 훤칠하고 말끔한 인상의 청년이 숨을 가다듬으며 그들 앞에 나타난 것이다.

그들을 발견한 청년이 반가운 기색으로 말했다.

"류청, 무림맹에 왔다는 소리는 들었네. 오랜만일세."

"……문겸. 오랜만이네."

남궁류청을 향해 인사한 청년이 백리연을 향해서도 인사했다.

남궁류청과는 길에서 만나 의기투합하여 마두를 쓰러트린 적 있는 가까운 지인이었다. 장철과 달리 회귀 전에도 회귀 후에도 똑같이 이어진 남궁류청의 인연이었다.

그리고 지금껏 본단에서 마주친 사람들과 달랐는데…….

"혹시 오늘 수향문의 서 소저 만난 적 있나?"

그들이 아니라 서하령에게 관심이 있었다.

남궁류청의 입매가 살짝 일그러졌다. 문겸은 알아채지 못하고 백리연만 알아차릴 수 있을 정도로 아주 짧은 순간이었다. 남궁류청이 사람에게 믿음을 절로 주는 낮고 딱딱한 목소리로 말했다.

"우리는 본단에 도착하여 지금까지 제갈 세가주와 차를 마시다 나온 참일세."

"아, 그렇군. 알겠네."

문겸이 무척 실망스러운 낯을 했다.

백리연이 물었다.

"하령이는 왜 찾나요?"

"아, 대협과 류청이 방문하면 서 소저가 만나러 올 테니까요. 그녀에게 하고 싶은 말이 있어서 기다렸습니다."

문겸이 씁쓸한 낯을 했다. 그것만으로도 무슨 상황인지 명확하게 알 수 있었다. 백리연은 어색한 낯으로 말했다.

"제가 대신 전해 드릴까요?"

"아니요. 이건 그녀와 나 사이의 일이니 직접 말하겠습니다."

"그…… 예."

문겸이 남궁류청을 향해 말했다.

"혹시 서 소저를 보면 내게 알려 주게."

남궁류청은 답하지 않았고 문겸은 상관없다는 듯이 주변을 살피다가 떠났다.

문겸이 완전히 떠난 걸 확인한 남궁류청이 한숨을 내쉬곤 살짝 짜증스러운 기색으로 말했다.

"그러게 내가 저 녀석만큼은 건드리지 말라고 했는데."

백리연이 놀라서 남궁류청을 돌아보았다.

"응? 뭐라고?"

"뭐가?"

"아니, 방금 너 뭐라고 했어?"

남궁류청이 고개를 기울였다.

"내가 무슨 말을 했냐니?"

"……."

남궁류청은 전혀 모르는 듯한 표정이었다. 하나 더 따져 묻기 전 건물 뒤에 숨어 있던 인물이 나타났다.

"갔어? 갔지?"

백리연은 어처구니없는 표정을 지었다. 미안하다는 듯이 배시시 웃는 낯에 한마디 하기 전 남궁류청이 먼저 입을 열었다.

"하령아."

그러자 서하령이 질겁하며 백리연을 바라봤다.

"뭐야? 재 왜 저래?"

'하령아'라니. 남궁류청은 단 한 번도 그렇게 가까운 어조로 서하령을 부른 적 없었다. 백리연은 웃음이 튀어나오려는 것을 입술을 꽉 물고 참아 냈다.

서하령은 여전히 인생을 즐기고 있었다. 남궁류청은 그런 서하령의 이야기를 듣고는 기가 찬 듯했다.

"……하. 무슨 말을 해야 할지 모르겠군. 하령이 그렇게 됐다니. 게다가 문겸?"

의외로 별다른 반응은 없었다.

"아니, 차라리 잘됐지."

"잘됐다니?"

"보답할 수 없는 마음이었으니까."

꽤나 단호했다.

남궁류청은 서하령을 만난 직후의 대화를 전혀 기억하지 못했다. 하지만 나쁘지 않은 결과였다. 잠깐이나마 기억이 현재로 돌아왔다는 건 앞으로도 다시 돌아올 가능성이 매우 크다는 뜻이었으니까.

남궁류청의 이상을 느끼는 사람도 없었다. 지금 인연도 대다수가 과거에도 인연을 맺고 있던 자들이었기에 굳이 그녀의 도움이 아니더라도 혼자서 잘 해결했다.

다만 목패에 걸려 있던 술법에 관한 연구는 열흘째 제자리걸음이었다.

'아무래도 목패가 있던 곳까지 다시 가 봐야 할 듯싶은데.'

하지만 저 남궁류청을 데리고 외부로 나가는 것도 내키진 않았다.

'아니, 그런데 아버지는 그렇다고 쳐도 세화랑 희아는 어쩜 보고 싶다는 편지 한 통이 없어? 나랑 류청이 예상보다 이렇게 늦는데!'

처음이야 정신이 없어서 아이들 생각이 별로 안 났지만, 시간이 지날수록 아이들이 너무나 보고 싶어졌다. 남궁류청은 아이들에 관해 전혀 기억을 못 했으니 이에 대해 공감을 얻을 수도 없었다.

백리연은 복도에 비치는 기운을 보고 반갑게 다가갔다.

"뭐야, 류청 오늘 무관에 아이들 봐주러 간 거 아니었어? 여기서 뭐 해?"

남궁류청이 가자는 듯이 고갯짓했다. 백리연은 장난스럽게 말했다.

"설마 나 데리러 온 거야?"

"그래."

남궁류청은 손을 뻗어 그녀의 팔꿈치에 얹듯이 붙잡고 이끌었다.

그렇다. 처음에는 손만 닿아도 기겁하던 남궁류청은 생각보다 너무나 잘 적응하고 있었다. 적응을 잘하는 모습을 보면 기분이 좋아져야 하는데 왠지…… 좋지만은 않았다.

잠시 함께 걷던 백리연은 걸음을 멈추고 남궁류청의 손에서 벗어났다. 남궁류청은 무슨 일이냐는 듯이 그녀를 바라보았다. 백리연이 말했다.

"……억지로 맞춰 줄 필요 없어."

"갑자기?"

백리연은 살짝 숨을 들이쉬고 남궁류청과 눈을 마주쳤다.

"사실은 너, 회귀 후의 너와 네가 같은 사람이라고 생각하지 않잖아?"

"……."

무표정하게 바라보던 남궁류청이 깔끔하게 인정했다.

"맞아. 아무리 생각해도 회귀 후의 나는 지금의 나라고 할 수 없어. 기억이 돌아오는 게 아니야. 내가 원래 있어야 할 곳으로 돌아가는 거지."

"이해가 안 돼."

"이해할 필요 없어. 이건 내 이야기니까."

"……."

"그리고 딱히 억지로 맞춰 주는 건 아니야."

"그럼?"

"내가 그렇게 하고 싶어서."

백리연은 인상을 찡그렸다. 알 수 없는 말을 하는 것이 확실히 정말 다른 사람처럼 느껴졌다. 눈빛만 봐도 무슨 생각을 하는지 알던 그와는 전혀 다른.

그때 백리연은 익숙한 기운을 느끼고 고개를 돌렸다. 그리고 그녀의 눈에 믿기지 않는 기운이 셋 보였다. 그도 무언가를 느낀 듯이 먼 곳을 바라보았다.

이내 아이의 목소리가 전각 앞뜰에 울려 퍼졌다.

"놔! 나 혼자 걸을 수 있어!"

서너 살쯤 보이는 남자아이가 중년 여인의 손을 뿌리치고 뒤뚱뒤뚱 걸어왔다. 백리연이 남궁류청의 팔을 풀고 날 듯이 달려갔다.

"세화야! 희야!"

아이들의 정체를 안 남궁류청의 눈빛이 흔들렸다. 그도 백리연에게 들어 아이들의 이름은 알고 있었다.

백리연이 먼저 남궁희를 안아 들고, 이어서 다른 손으로 백리세화를 안아 들었다. 환하게 웃으며 아이들을 향해 번갈아 뽀뽀하던 백리연이 함께 온 백리의강을 향해 말했다.

"여긴 어떻게 오신 거예요?"

"너희가 약속 날을 어겨서 그렇지 않으냐."

"예?"

그때 백리의강이 백리연을 향해 전음했다. 잠시 듣던 백리연의 눈이 점차 커졌다. 이내 백리의강의 전음이 멈추고.

"세화야, 정말 엄마 보고 싶어서 울었어?"

백리세화가 배신감에 찬 눈빛으로 백리의강을 바라보았다. 백리의강도 약간 배신감에 찬 눈빛으로 백리연을 바라보았다. 그리고 백리연은 기대감에 찬 눈빛으로 백리세화를 바라보았다. 백리세화가 일자로 꾹 다물었던 입으로 웅얼거렸다.

"아니야. 나 안 울었어."

"하지만……."

"아냐, 누나 울었어. 내가 봤어! 이불 뒤집어쓰고 울었어!"

"남궁희!"

"아이고, 귀야."

이내 아이들이 백리연의 품 안에서 밀치고 당기며 투닥투닥 싸우기 시작했다.

백리의강이 서둘러 백리세화를 데려가고 나서야 투덕거림을 멈출 수 있었다. 물론 그사이에 백리연은 아이들 손에 턱과 뺨을 맞고 머리가 엉망이 되었지만.

폭풍 사이를 뚫고 온 듯한 백리연의 모습에 백리의강의 입가에 슬며시 웃음이 맺혔다.

"그러게 내 말하지 말라지 않았느냐."

"……웃지 마요."

백리연이 몸을 돌려 남궁류청을 향해 남궁희를 내밀었다. 얼떨떨하게 받아 든 남궁류청에게 남궁희가 착 달라붙었다. 아이는 무척이나 뜨겁고 말랑말랑했으며 좋은 향이 났다.

남궁류청은 그와 백리연의 흔적이 남은 아이의 얼굴을 멍하니 바라보았다. 마치 무언가를 떠올리듯이.

대략의 상황을 전해 들은 백리의강이 세심한 눈으로 남궁류청을 바라보았다. 하지만 상황을 전혀 모르는 남궁희는 꼬물꼬물 목에 매달린 채로 품에서 무언가를 꺼내 내밀었다.

"아빠, 이것 봐라. 할부지가 줘따."

아이의 손에는 조그마한 옥피리가 쥐어져 있었다. 다시 꼬물꼬물하며 남궁희가 피리를 입에 물고 불자 높은음이 울려 퍼졌다. 남궁류청이 침묵하다가 말했다.

"자랑하는 것이야?"

"응! 아빤 이거 없지? 나만 준 거랬어!"

"……멋지구나."

그때 남궁류청의 날카로운 기감에 작게 낮춘 목소리가 들렸다.

"전 괜찮아요, 어머니. 모르시겠어요? 저 옥피리, 희아가 천방지축으로 뛰어다니니까 무슨 일 생기면 불라고 준 거잖아요. 전 그런 거 필요 없어요."

순간 남궁류청은 웃음이 터질 것 같아 턱에 힘을 주었다. 대화를 듣지 못한 남궁희는 신나게 계속 삐-익 삐-익, 옥피리를 불었다.

웃음이 터지고 행복한 가운데 아른거리는 사람이 있었다.

"아빠, 왜 그래?"

"무엇이?"

"그냥. 표정이 이상해."

남궁희가 고개를 갸웃거렸다.

보자마자 자신의 아이인 것이 느껴졌다. 전혀 그런 기억이 없음에도 가슴 깊은 곳에서 저절로 사랑이 샘솟았다. 그리고 깨달음도 얻었다.

남궁류청이 말했다.

"역시 돌아가야 해."

"어딜?"

"원래 내가 있던 곳으로."

"응? 집 말하는 거야? 같이 가!"

"글쎄. 너는 올 수 없을 거다. 아니면…… 다시 볼 수 있을지도 모르지."

고개를 갸웃하는 남궁희를 보고 남궁류청이 다정하게 미소 지었다. 그리고 눈을 감았다 떴을 땐, 의아한 눈길이 남궁희를 향했다.

남궁류청이 미간에 힘을 주고 말했다.

"희아?"

"웅. 왜 불러?"

"네가 어떻게 여기에…… 아니 잠깐, 여긴 어디지?"

어느새 머리칼과 옷자락을 정돈한 백리연이 다시 다가왔다.

"희아, 다시 줘. 고마웠어."

남궁류청이 인상을 찡그렸다. 왠지 모르게 백리연을 꽤…… 오랜만에 본 느낌이었다. 그는 애써 기억을 떠올려 보았다. 하지만 안개 낀 듯이 뿌옇게 가려져 바로 떠오르지 않았다.

"아니, 잠깐만. 나 기억이…… 분명 천마의…… 여행 가지 않았던가? 우리가 왜 여기 있는 거지?"

백리연이 눈을 크게 떴다.

"돌아왔구나!"

"상태는 어때?"

"최악이야."

백리연은 걱정스럽게 남궁류청을 내려다보았다. 그는 잔뜩 찌푸린 표정으로 관자놀이 부근을 꾹꾹 눌렀다.

남궁류청은 그간 있었던 일을 전혀 기억하지 못했다. 정확히는 목패를 집은 순간부터의 기억이 모두 날아가 있었다.

"의원을 불러올까?"

"아니. 몸은 멀쩡해. 다만……."

"다만?"

"다른 놈이 내 몸을 쓰고 간 느낌이야. 더럽고 찝찝하군."

당연히 이해가 안 간다는 눈으로 바라볼 줄 알았는데, 백리연은 오히려 이해한다는 눈빛으로 그를 바라보고 있었다.

"어쨌든 돌아와서 다행이야."

"괜한 걱정을 끼쳤네."

백리연의 묘한 반응에 다시 기억을 떠올려 보려던 남궁류청은 두통만 심해지는 걸 느끼고 포기하고 물었다.

"그놈이 이상한 짓을 하진 않았지?"

"응. 별일 없었어. 그래도 성품은 똑같으니까. 그 점은 믿어 봐."

"나니까 못 믿는 거야."

"뭐라고?"

"아니야."

기억은 나지 않지만 희미하게 남은 생각의 편린, 감정의 조각들이 있었다.

뭐? 자신이 과거에 그녀를 싫어했다고?

'말도 안 되는 소리. 싫어한다는 사람이 이런 감정을 가지나?'

하지만 그 사실을 백리연에게 알려 줄 생각은 절대 없었다.

어느 정도 진정한 남궁류청과 백리연이 방에서 나오자 전각의 뒤뜰에서 남궁희를 품에 안은 제갈화무가 보였다. 백리의강과 아이들을 무한으로 부른 것이 바로 제갈화무였다. 알고 보니 남궁류청이 기억을 떠올리게 만들기 위해서였다.

"얘기는 다 끝났어?"

"그래."

남궁희를 안고 있는 제갈화무의 모습은 생각보다 그럴 듯했다. 아이랑 별로 어울리지 않는 인상이라고 여겼는데 꽤 괜찮은 그림이었다.

남궁류청이 물었다.

"화아는 어디 갔지?"

"정원을 둘러보고 싶대서 보모가 데려갔고 백리 세가주는 손님이 찾아와서 그분을 따라가셨어."

제갈화무가 품에 안고 있던 남궁희를 바닥에 내려놓았다. 보모가 아이를 이끌자 남궁희는 눈치껏 어른들끼리 할 얘기가 있다는 걸 알고 아쉬운 표정으로 보모를 따라갔다.

백리연이 말했다.

"희아가 얌전히 있을 애가 아닌데 무슨 얘길 한 거야?"

"제갈 세가에 대해 궁금한 게 많은 모양이더라고."

"이상한 질문은 안 했길 바랄게……."

"아니야. 귀여웠어."

"그럼 다행이고."

제갈화무가 멀어지는 남궁희를 향해 손을 흔들었다. 남궁희가 폴짝폴짝 뛰면서 마주 흔들다가 넘어질 뻔하고 보모에게 안겼다.

"그래서 말인데, 나도 이제 슬슬 혼인하려고."

"……뭐?"

"별일 없으면 같이 와."

그러고는 붉은색의 명첩을 내밀었다. 청첩장이었다. 이 말은 혼인이 결정된 건 한참 전이란 얘기였다. 백리연은 제갈화무의 얼굴을 보았다. 미소 짓는 표정에는 아무런 미련도, 그늘도 남아 있지 않았다. 그 또한 어떠한 답을 얻은 것이다.

백리연은 마음을 가다듬고 어처구니없다는 듯이 타박했다.

"별일 있어도 가야지. 아니, 왜 이걸 이제 말해?"

남궁류청은 코웃음을 치며 말했다.

"잘됐군. 썩 혼인해 버려."

과거에 안주해서는 미래를 그려나갈 수 없다. 비록 여기까지 도달하는 길이 힘겨웠을지언정, 앞으로 나아갈 나날들이 똑같이 힘들지언정 그래도 펼쳐질 희망찬 미래를 위해 계속해서 나아가는 것이다.

第四話
생에 후회가 남는다면

줄기차게 쏟아지는 빗줄기에 한 치 앞도 볼 수 없는 날이었다.

"커윽."

"아아악!"

그들의 마지막은 빗소리에 묻혔다. 붉은 핏물이 빗물에 섞여 들어갔다. 털썩. 마지막 생존자인 무사는 다리에 힘이 풀려 주저앉았다.

"사, 살려 주시오."

고작 한 명에게 무공을 익힌 무사들이 제대로 된 반항도 하지 못한 채 몰살당했다. 전신을 옥죄는 공포 속에서 무사가 중얼거렸다.

"우, 우리가 어디 사람인지 아시오? 만약 이 일이 알려진다면 분명, 분명 가만히 있지……."

"백리 세가."

"헉!"

철벅, 철벅.

쏟아지는 빗줄기를 뚫고 어두운 그림자가 사신처럼 다가왔다. 드러난 얼굴을 확인한 무사가 멍하니 입을 벌렸다.

"너, 너는……! 아니, 왜 그쪽이……?"

눈꼬리에 눈물점을 매단 시선이 벌레를 보듯 내려다보았다. 핏물처럼 붉은 입술이 움직였다.

“백리연은 찾았나?”

무사가 멍하니 중얼거렸다.

“그걸, 그걸 어떻게……?”

“왜?”

“예?”

“백리연을 왜 찾았지?”

“그, 그야 가주님의 손녀이니…….”

섬광이 반짝였다. 무사는 뒤늦게 손목 아래가 사라진 걸 발견했다. 무사가 고통에 몸부림치며 고래고래 소리쳤다.

“저, 정말이라고! 가주께서 사공자님도 그리 보냈는데 사공자님의 딸마저 떠나보낼 수는 없다고……! 빌어먹을! 그딴 폐인이 대체 뭐라고, 죽은 듯이 살 것이지. 왜 이 고생을 하게 만들어!”

소리칠수록 억울함과 자신을 이 상황에 처하게 만든 이에 대한 분노가 치솟았다. 그러나 서늘한 날붙이가 목덜미에 닿자 분노는 순식간에 조절되었다. 정신이 돌아온 무사가 겁에 질려 상대를 보았다. 그러나 빗물이 얼굴에 줄줄 흘러 새빨간 입꼬리가 매끄럽게 올라가는 모습만 확인할 수 있었다.

“그래서 찾았나?”

무사는 재빨리 머리를 굴렸다. 이 사내는 처음부터 다 알고 온 것이었다. 마교의 고위직이 왜 백리연을 찾는지는 알 수 없지만, 그렇다면…….

무사가 마른침을 삼키고 말했다.

“차, 찾았소. 알려 준다면 사, 살려 주는 것이오? 오, 오늘 일은 아무에게도 말하지 않겠소. 이 자리를 벗어나면 쥐 죽은 듯이 살겠소."

"그래."

"천주의 무양표국에……."

말을 이어 가던 순간이었다. 툭. 몸을 잃은 머리가 바닥으로 굴러떨어졌다.

물웅덩이를 나뒹구는 머리는 어째서냐고 이유를 갈구하듯 그를 바라보고 있었다. 수십 수백을 죽이는 동안 본 지겨울 정도로 똑같은 표정.

백리연 또한 똑같았기에 뒤돌아선 순간 기억 속에서 지워졌다. 그 때의 그 표정을 기억했다면 달라질 수 있었을까?

덜컹, 쿵, 쿵, 쿠쿠쿠쿵.

둔탁한 소리와 함께 무거운 것이 밀리는 소리가 상념을 깨트렸다. 돌바닥을 내려치는 소리와 불규칙한 발소리가 이어지고 어둠 속에서 말소리가 들렸다.

"교주님."

빛이 꺼진 눈과 표정 없는 얼굴이 목소리의 주인을 향했다. 혈성군이 손짓하자 석문 쪽부터 안쪽 방향으로 벽에 걸린 횃대에 차례로 불이 붙었다. 어둠에 잠겨 있던 성지가 환하게 밝혀졌다. 그러자 제단 위에 있는 이의 창백한 안색에 미약하게 생기가 돌았다.

혈성군은 지팡이를 매만지며 불만을 삼켰다. 이 반쪽짜리 천마는 웃기지도 않게 어둠을 싫어했다. 그건 천마의 그릇이 될 몸에 어울리지 않는 태도였다. 좀 더 수행을 시킬 필요가 있어 보였다.

'역시나 그릇으로는 천마의 혈육이 더 완벽한데.'

백리연. 반쪽짜리 천마가 집착하는 그 여자가 이자보다 훨씬 더 완벽한 천마의 그릇이었다. 지금은 어려우니 이 정도에서 만족할 수밖에.

아쉬움에 입술을 훑은 혈성군이 말했다.

"감축드립니다. 드디어 성공하셨군요."

아쉽긴 하지만 그래도 이쪽도 나쁘지만은 않은 그릇이었다. 당장에라도 폭주할 것만 같던 천마의 기운이 이젠 느껴지지 않았다.

이곳은 역대 천마들이 주기적으로 머물던 성지로, 폭주하려는 힘을 안정시키던 곳이었다. 반쪽짜리 천마가 이곳에 있는 이유 또한 같았다. 그리고 이제야 드디어 제대로 안정된 것이다. 천마의 힘이. 존재가.

혈성군의 눈짓에 뒤따라온 무사가 고개를 숙인 채 조심스럽게 제단에 올라갔다.

제단 중앙에는 검붉은 색의 께름칙한 무언가가 고여 있는 욕탕이 있었다. 무사가 그 안에서 일어난 이의 어깨에 옷을 걸쳤다. 시중을 받으며 허공을 응시하는 무심한 눈길은 이 모든 일에 아무 관심이 없어 보였다.

하나, 혈성군은 그가 자신의 말에 반응을 보일 거라고 장담했다.

"드디어 마지막 조각을 찾았나이다. 다시 한번 무뢰한 이들에게 마도천하를."

혈성군은 목발을 짚은 채 다리를 꿇고 목패를 두 손으로 받들어 올렸다. 역시나 반쪽짜리 천마가 반응했다.

기척조차 느낄 새 없이 다가온 그림자가 그 앞에 섰다.

"이게 마지막이라고?"

천마가 목패를 집어 든 순간 시간이 멈추는 듯한 느낌이 성지를 감쌌다. 짙고 탁한 기운이 목패에서 뻗어 나와 팔을 타고 천마의 몸을 스멀스멀 기어올라 갔다. 바람 한 점 없음에도 천마의 긴 머리카락이 출렁이듯 흩날렸다.

혈성군은 빛이 천마의 몸으로 스며드는 모습을 핏발 선 눈으로 바라보았다.

"드디어……!"

천마의 힘을 흡수하여 죽어 가던 야율을 가사 상태로 만들어 성지로 데려온 것은 혈성군이었다. 그 와중에 다리 한쪽을 잃기는 했지만 이건 그가 당연히 해야 할 일이었다.

언젠가 이룩할 마도천하를 위해서.

그에게 천마는 신이었고 마도천하는 신앙의 실현이었다. 그 자신의 목숨조차 초개처럼 내던질 수 있었다.

물론 처음부터 이 반쪽짜리 천마가 제게 협조하려 들지는 않았다. 몇 번이나 방해했다. 잠시 한눈을 판 사이에 무양표국을 이용하여 천마의 성물을 빼돌려 소멸시켰고, 무림맹의 세력 확장을 막기 위해 위지백을 필두로 한 사파 연맹 계획을 망가트리기까지 했다.

고작해야 친모의 복수라는 하찮은 이유로 대업을 어그러트렸을 때는 정말 분노를 참을 수 없었다. 천마의 혼을 가진 큰 조각이 아니었다면 진작에 제가 나서서 찢어 죽였을 터다.

하나 하찮은 이유에 집착하는 반쪽짜리라 목줄을 매는 것 또한 손쉬웠다.

불길한 기운이 모두 흡수되듯 사라지고, 혈성군이 읍하며 고했다.

"역행의 때가 왔습니다. 간악한 배교자가 사그라트린 성물을 되찾으소서. 그리하면 온전한 힘을 회복하실 수 있을 것이옵니다."

이번 시간 선은 실패였다. 하지만 이제 괜찮다. 처음부터 다시 시작하면 되니까.

"그리고 원하시는 대로 하소서. 배교자를 다시 천마의 품 안에 품어 교화를."

백리연. 시간을 되돌려, 그 여인을 다시 손에 넣을 기회를 준 것이다!

그 여자에게 집착하는 반쪽짜리라면 절대 거부할 수 없는 유혹이었다. 어차피 그 여자는 대업의 큰 방해물. 시간을 되돌리면 자신의 기억이 사라지는 것은 아쉽지만, 그 여자만 먼저 치워 버릴 수 있다면 손해는 아니었다.

그런 생각을 하고 있던 순간…….

"컥."

숨통이 틀어 막히고, 우드득 부러지는 소리가 들려왔다. 귀가 아니라 머릿속에서 울리는 듯했다.

움직임이 보이지도 않았으니 손쓸 틈도 없었다. 목이 붙들린 혈성군의 하나만 남은 발이 허공에서 덜렁거렸다. 이미 마비된 몸뚱어리는 손끝 하나 움직일 수 없었다.

그리고 이내 제 안의 모든 기운이 한곳으로 빨려 들어가는 것이 느껴졌다. 천마에게 진기를 흡수당하여 죽는 것은 그냥 죽음이 아니었다. 천마에게 혼백이 흡수당하여 회귀하더라도 존재 자체가 지워지는, 그야말로 영원한 소멸이었다.

혈성군은 부릅뜬 눈으로 눈동자를 굴려 상대를 보았다.

'어째서……!'

반쪽짜리 천마가 설핏 조소했다.

"궁금한가 보군."

당연하다!

그는 기억하지 못했지만, 자신은 천마의 곁에서 그를 보좌하며 몇 번이나 회귀하였을 것이다. 자신이야말로 마도천하를 이룩하기 위한 신실한 종이자 선택받은 충복이었다. 간악한 배교자인 백리연을 손에 넣기 위해서라도 누구보다 뛰어난 군사인 그가 절대적으로 필요했을 텐데! 대체 왜!

"시간을 돌린다 한들, 그건 내가 알던 그녀가 아니잖나."

어릴 적 기억은 아주 희미했다. 시시때때로 열병을 앓았고, 커서 돌아다닐 만하게 되었을 때는 방 밖으로 나갈 수 없었으니까.

하지만 그렇다고 바보는 아니었다.

그의 기억 속 모친은 멍청한 여인이었다. 저를 노리던 벽가에서 무사히 도망쳐 놓고는 양모가 숨넘어가기 전에 보고 싶어 한다는 소식에 도망친 곳으로 돌아왔다가 붙잡혔다고 들었다.

보고 싶다고 했다는 말은 처음부터 거짓이었다. 양모는 이미 옛적에 돌아가신 지 오래였다. 양모가 뭐라고.

그리고 이내 바보 같던 친모마저 잃었다.

"가장 비천하고 힘든 곳으로 팔아넘기게나."

"아무렴 걱정하지 마십시오!"

노비상은 고개가 떨어질 듯이 굽신거렸다.

"조모님께서 부탁하시지 않았는가? 그들을 가여이 여겨 목숨만큼은 살려 달라고. 내 어찌 조모님의 유언을 어기겠느냐!"

"역시 가주님. 자애로우십니다!"

이후, 그를 데리고 간 노비상은 천귀조에게 죽었다.

"거참. 특이한 체질인데. 흠, 꽤 재미있을지도."

천귀조 아래에서 살아남으려면 다른 아이들을 죽여야 했다. 어느 순간부터 천귀조는 그뿐만 아니라 다른 아이들에게도 무공을 가르치고 서로 죽이게 했다.

"사, 살려 줘."

"살고 싶으면 네가 날 죽이면 돼."

"시, 싫어. 어떻게 사람을……."

몇 번이나 반복된 일이라 들어 주기 귀찮았다. 손을 뻗어 그대로 아이의 입을 막았다. 이내 아이는 영원히 말을 할 수 없게 되었다.

이 모습을 보며 천귀조는 때때로 광소했다.

"으하하하하! 아주 이거 괴물이로군!"

다른 아이들을 죽이더라도 아무런 감정이 들지 않았다. 어차피 내가 죽이지 않아도 언젠가 천귀조에게 죽을 것이다. 이 세상은 약하면 죽는 게 당연했다. 그렇게 천귀조의 소굴에서 살아남았다. 그리고…… 백리연 그 아이를 마주했다.

마주치자마자 알 수 있었다. 백리연 그 아이가 자신을 무척이나 싫어한다는 것을. 그가 가장 잘 아는 것이 바로 적의였다. 백리연은 다른 사람들을 향해서 생글생글 웃다가도 그만 보면 표정을 굳혔다. 어쩌다 가까이 붙게 될라 치면 흠칫 놀라며 떨어지려고 들었다.

분명 저를 싫어했을 텐데. 그렇다면 흙더미가 쓸려 오던 그 순간,

왜 그런 선택을 한 것일까?

“의강! 괜찮은가? 연이는? 연이는 어디 갔나? 왜 이 녀석들만…….”

“…….”

백리의강은 넋이 나간 낯이었다. 남궁완이 백리의강의 멱살을 잡고 으르렁거리듯 물어보았다.

“왜 대답이 없어! 어디 갔냐고 묻잖아!”

“…….”

분통을 터트리던 남궁완이 백리의강을 뿌리치고 그를 돌아보았다. 남궁완이 그의 어깨를 부러트릴 듯이 쥐고 소리쳤다.

“네가 말해 봐라. 왜 너희들만 있어! 어?”

“…….”

“말해 보라고! 왜 아무도 말이 없어!”

그는 방금 있었던 일을 늘어놓았다.

“저랑 저 여자애를 대협께 밀고 흙더미에 쓸려 갔어요.”

그러자 그제야 무슨 일이 있었는지 제대로 느낄 수 있었다. 그래. 그 아이는 그를 살리고자 죽은 것이다. 그를 살리고자…….

남궁완이 믿기지 않는다는 듯이 중얼거렸다.

“왜 네 녀석을……?”

그러게. 그도 궁금했다.

“아니, 대체 왜……! 네놈들만 아니었다면……!”

남궁완이 그를 바닥에 내동댕이쳤다. 충격에 기침이 나왔다. 기침하는 그를 핏발 선 눈으로 내려다보던 남궁완이 분노에 찬 신음을 토하며 맨손으로 바위를 깨부쉈다.

“왜, 하필이면 왜! 그런 멍청한 짓을……!”

백리의강이 초점 없는 눈으로 그를 부축해 일으켰다.

"이 아이들의 잘못은 아니니, 그만하게. 힘든 일도 견뎌 낸 아이니까……. 살아, 살아 있을 걸세."

그는 기침하며 생각했다. 말도 안 되는 소리. 죽었겠지. 저 산사태에 휩쓸리고 살아남는다고? 그의 눈에 저 멀리 산사태가 할퀴고 지나간 자리가 보였다. 그곳은 폐허였던 마을이 있었다는 흔적조차 모두 사라진 상태였다.

살아남을 수 있을 리가 없다.

분명 그렇게 생각하는데 왠지 기이하게 가슴이 두근거렸다. 그는 그 애가 살아 있을 것 같아서 느껴지는 두근거림이라 생각했다. 그래. 살아 있을 것이다. 아니, 살아 있어야 했다. 여기서 죽을 이가 아니었다.

그리고 다시 만나면 물을 것이다. 그녀를 저렇게 사랑하는 아비를 두고 왜 싫어하는 자신을 살렸는지.

그래서 찾아다녔다. 왜 자기를 살렸냐고 묻고 싶어서. 찾고 찾고 또 찾아다녔다. 나중에는 왜 자신이 그 아이를 찾는지조차 잊어버렸다. 그저 살아 있기만을 간절히 바랐다.

그리고 처음으로 제 어미의 행동을 조금이나마 이해했다.

서산의 오월궁.

외부인을 받지 않는 폐쇄적인 오월궁은 매일매일이 똑같고 단조로웠다. 하지만 며칠 전부터 들뜬 분위기에 심지어 아랫마을에서 꽤 많은 사람이 들락날락하기도 했다.

그런 어느 날. 오월궁의 가장 깊숙한 내원에 갑자기 긴 머리를 풀어 헤치고 피 칠갑을 한 사내가 나타났다. 내원을 지키던 오월궁 무사는 기겁하여 검을 뽑아 들어 소리쳤다.

"누구냐!"

"오월궁주는 어디 있지?"

소란에 뒤늦게 나타난 오월궁주의 일대 제자는 상대의 얼굴을 확인하고 기겁하여 소리쳤다.

"모두 검을 내려라! 그리고 궁주님을 모셔 와라!"

그러나 오월궁주가 오기 전에 사내가 먼저 바닥으로 쓰러졌다.

오월궁주는 착잡한 눈길로 침상을 바라보았다. 방 안은 창문을 열어 놨어도 미처 빠져나가지 못한 피 냄새가 짙었고, 침상의 사내를 감싼 붕대에서는 아직도 피가 배어 나오고 있었다.

"정신을 차렸다면 일어나게."

사내가 눈을 천천히 뜨자 오월궁주가 말을 이었다.

"이게 무슨 상황인지 설명이 필요해 보이는데."

"며칠이지?"

"쓰러진 후, 일주일이 지났네."

"소식이 늦어졌군. 대공자가 죽었어. 일주일 전에."

오월궁주의 안색이 돌변하였다.

"그 말은 이제 자네가……!"

천마신교는 천마가 사망하고 대공자, 우사, 총군사 이렇게 세 파로 나뉘어 지지부진한 후계 다툼을 이어 가고 있었다. 그런데 갑자기 돌연 총군사의 세력이 모습을 감춰 버리고 이후로 대공자와 우사의 싸움이 되었다.

두 해 전 갑자기 총군사의 세력이 다시 모습을 드러내더니 순식간에 우사를 쓰러트리곤 그 세력을 흡수했다. 그리고 이제 대공자마저 쓰러진 것이다.

"자네가 그런 자리에 흥미가 있는 줄은 몰랐군."

"흥미?"

"원한 게 아니었단 말인가?"

"궁주, 왜 갑자기 멍청한 소리를 하는가?"

"……."

그가 원하든 원치 않든 후계 싸움에 발을 들인 이상 한 사람만 살아남는 승자 독식의 세계였다. 끝내 승리를 쟁취한 것은 그였다.

오월궁주가 말했다.

"그래서 여긴 왜 온 게지?"

"대공자를 죽일 때 자폭 공격에 휩쓸렸다."

하필 대공자를 향해 흡성마공을 쓸 때 공격을 받아 완전히 막을 수가 없었다. 대공자가 일부러 그 순간을 노린 것이겠지만. 자폭 공격으로 받은 피해도 피해였지만, 그로 인해 안정시켜 놓은 천마의 힘이 다시 날뛰기 시작한 게 가장 큰 문제였다.

"아직 교는 믿을 수가 없어서."

"우리는 믿을 수 있다는 건가?"

어처구니가 없다는 물음에 의아한 눈빛이 돌아왔다.

"그러니 살아 있지 않나?"

"……."

"물론 내가 죽으면 대공자가 교를 손에 넣을까 두려워 살린 것이겠지만."

창백한 안색 아래 유일하게 선명한 붉은 입술이 매끄럽게 올라갔다.

"서로 이용한 걸로 치자고. 궁주는 후계 다툼이 영원히 이어지기를, 그로 인해 교단의 세력이 약해지기를 바랐으니."

오월궁주가 냉랭하게 말했다.

"무슨 소린지 모르겠군. 오월궁은 천마신교에서 독립한 곳. 여긴 자네가 올 곳이 못 돼."

그가 고개를 기울이자 긴 흑발이 침상으로 흘러내렸다.

"궁주, 이제 이 세상에 내가 가지 못할 곳은 없어."

"……."

"오월궁은 안타깝게도 너무 나약해 내 발을 막을 수 없어 보이는군."

"……."

오월궁주의 서늘한 눈빛에도 사내는 전혀 개의치 않고 말을 이었다.

"궁주, 내게 원한 게 아니었냐 물었지. 그럼 나도 하나 묻지. 궁주는 벌레에서 벌레를 마음껏 짓밟을 수 있는 몸이 되었을 때, 어떨 것 같은가?"

오월궁주가 단호하게 말했다.

"교단으로는 돌아가지 않을 걸세."

"마음대로 해."

"……뭐?"

"마음대로 하라는 데도 불만이 많아 보이는군."

"……."

갑작스러운 자비였으니, 오히려 머릿속이 더 복잡해질 뿐이었다.

"아, 다만 내가 여기 있다는 사실을 누구에게도 말하지 않는다는 조건이 있지."

오월궁이 천마가 여기 머물고 있다고 떠들고 다닐 처지도 아니었으니 이건 조건이라고 할 만한 것도 아니었다. 침묵하던 오월궁주가 입을 열었다.

"……혹시 천마신교의 교주로 앞으로 다른 길을 모색할 생각이……."

말을 이어 나가던 오월궁주는 그의 눈빛을 보고 허탈하게 중얼거렸다.

"……있을 리 없지."

그가 재미있는 소리를 한다는 듯이 말했다.

"쓰레기는 한곳에 모아 둬야 구린내가 퍼지는 걸 막을 수 있지 않겠나."

"그 쓰레기들의 꼭대기에 있는 자가 할 말은 아니군."

"그리고 궁주는 쓰레기통에서 뛰쳐나간 바퀴벌레쯤 될 테고."

그 말을 무시한 채 오월궁주가 열어 둔 창을 닫았다.

"그럼, 한동안 머물러 계실 듯하오니 별채 밖으로 나오지 마십시오. 이 이상은 우리도 배려하기 어려우니."

그리고 며칠 뒤 그는 오월궁주가 별채 밖으로 나오지 말라고 말한 진짜 이유를 알 수 있었다.

그의 몸은 빠르게 회복되었다. 처음 오월궁에 왔을 때는 반시체나 다름없는 상태였거늘. 믿기지 않는 회복 속도였다. 천마의 능력이었다. 유일하게 별채를 들락날락하며 시중을 들던 오월궁의 제자는 그를 괴물 보듯 바라보았다.

이만하면 되었다 싶은 날. 그가 떠나기 위해 별채를 나섰다. 소리 없이 왔듯 소리 없이 떠날 생각이었다.

그때 하늘에서 흰 새 한 마리가 그를 향해 날아왔다. 그리고 갑자기 그를 향해 달려들어 머리칼을 쪼기 시작했다. 아프진 않았지만 귀찮았다. 무상한 눈으로 손을 뻗어 흰 새의 날개를 부러트리려던 순간이었다.

"낙락아!"

어린아이의 목소리였다. 묘하게 기분 나쁜 느낌에 손이 멈췄다. 그리고 아이를 바라본 순간, 기분 나쁜 예감이 틀리지 않았다는 걸 알 수 있었다.

그의 앞으로 달려온 아이가 뛰어올라 흰 매의 다리를 잡아챘다.

"죄송해요! 잠깐 한눈판 사이에."

예닐곱으로 보이는 사내아이였다. 하늘색 반질거리는 옷감에 은사로 수놓은 차림새는 활동성을 고려했으면서도 고급스러운 것이 귀한 집안 자제임을 알리고 있었다. 귀공자 같은 낯에 오만해 보이는 인상이 누군가를 똑 닮아 있었다.

"가만히 좀 있어! 저기 괜찮으세요? 그, 다친 데는 없으세요?"

퍼덕거리는 매를 억누르려 애쓰던 아이가 그를 보고는 입을 헤-벌렸다. 귀공자답던 인상이 와장창 깨지는 표정이었다. 그는 아이의 왼팔에 난 상처와 흉터를 보고 부목을 대어 목에 고정한 오른팔을 보았다.

"팔은?"

"아, 부러졌어요! 근데 이제 다 나았어요!"

"왜?"

"엄마가 하지 말란 거 하다가……."

"연이가 부러트렸나?"

아이는 사내가 부른 연이라는 이름이 제 엄마를 말하는 것이란 걸 뒤늦게야 알아들었다. 이 위험해 보이는 매력의 사내가 대뜸 제 어머니의 성함을 다정하게 불렀고, 그리고 말도 안 되는 문장과 이었기 때문이었다.

"제 엄마가, 제 팔을요?"

아이의 손에 힘이 빠진 틈을 타 흰 매가 다시 날아올랐다. 다만 이번에는 야율을 공격하지 않고 하늘로 높게 날아갔다.

"연이가 허락하던가?"

"뭐, 뭐를요?"

"저 매를 제갈가의 술법으로 길들이는 걸."

아이가 입을 쩍 벌렸다.

"대인께서 그걸 어떻게 아세요?"

"질문에 질문으로 대답하지 마라."

성가시다는 목소리에 아이가 순간 눈을 동그랗게 떴다.

"그놈과 닮은 건 낯짝뿐인가."

"네?"

넘어가라는 듯이 손을 내젓고 말했다.

"질문에 대한 답을 해라."

아이가 눈치를 보며 말했다.

“제갈 세가주한테 말했어요. 저도 가지고 싶다고. 누나는 고양이가 있는데, 나는 없으니까!”

제갈 세가주.

‘그러고 보니 그 녀석도 살아 있었지.’

천마신교를 손에 넣으며 제갈 세가주의 귀찮은 짓거리에 대해 몇 번 보고를 받은 적이 있긴 했다. 하지만 그 이름을 객체로 받아들인 것은 깨어나고 이번이 처음이었다.

그가 떠오르는 대로 말했다.

“제갈화무, 그 녀석이 순순히 알려 줄 놈은 아닐 텐데.”

“사실은 비밀인데, 대인께만 알려 드리는 거예요.”

“비밀?”

“네. 엄마 아빠도 몰라요.”

“…….”

미약한 흥미가 생겼다. 그는 말하라는 듯이 턱짓했다. 이곳에 사람이라곤 그뿐인데도 아이는 목소리를 낮춰 소곤거렸다.

“제갈 세가주께서 나중에 제가 커서 제갈 세가 사람이랑 혼인하는 조건으로 알려 주셨어요!”

“혼인?”

“네! 낙락이를 길들인 방법이 제갈 세가의 비술이래요. 그래서 제갈 세가 사람이 아니면 알려 줄 수 없다고, 그러니까 제가 나중에 커서 제갈 세가 사람이랑 혼인한다면 알려 줄 수 있다고 했어요!”

처음은 속삭이는 듯했으나 갈수록 흥분을 참지 못한 듯 목소리가 커졌다. 그러고는 그의 표정을 어찌 생각했는지, 변명하듯이 덧붙였다.

“엄마랑 아빠도 할아버지들이 반대하는데 마음대로 결혼했으니까…….”

“그러니까 너도 괜찮다?”

“그리고 누나는 결이가 있잖아요! 그러니까 나도 당연히 있어야 해요!”

아이의 까만 눈동자 안에서 새파란 불길이 타오르는 듯 보였다.

그가 말했다.

“역시 그 녀석을 닮아서 멍청하군.”

“네?”

그때 다시 날아온 흰 매가 그의 머리맡을 돌았다. 이어서 누군가 이곳을 향해 달려왔다.

“허억. ……님.”

오월궁 복장의 여인이 그와 아이를 보고 사색이 되었다. 다가온 여인이 아이를 제 뒤로 보내고 털썩 무릎을 꿇었다.

“사, 살려 주십시오. 이 아이는 궁주님의 손자입니다. 아이는 아무것도 모르니 여기 계신 걸 발설치 못할 겁니다. 제발 자비를 베풀어…….”

사정을 알지 못하는 오월궁의 사람이라면 당연한 반응이었다. 아이는 누가 봐도 정파 백도 무림의 자제였고 상대는 마교의 인물, 심지어 이곳에 있다는 게 비밀인 인물이었으니. 언제 손을 뻗어 영원히 입을 막는 손쉬운 방법을 실행하려 들지 몰랐다.

“꺼져라. 진짜 죽이기 전에.”

살기에 짓눌린 오월궁의 여인은 누렇게 질린 안색으로 바들바들 떨면서도 차마 떠나질 못했다.

천마의 힘을 흡수한 이후, 그는 살의를 억누를 이유가 없었다. 이미 자비롭게 한 번 경고까지 마친 상황. 그가 그의 말을 무시한 오월궁의 여인에게 손을 뻗을 때, 여인 뒤의 아이가 말했다.

"누나, 가요."

"하, 하지만 희야."

"진짜 죽이기 전이라잖아요. 누나 안 가서 죽이면 어떻게 해요?"

여인을 향한 살기를 느낄 텐데도 아이의 얼굴은 약간 창백해진 것을 빼면 태연했다.

그때 어린 여자아이의 목소리가 멀리서 들려왔다.

"남궁희! 너, 어딨어!"

사내아이가 재촉했다.

"빨리요. 세화 누나까지 여기 왔으면 좋겠어요?"

오월궁의 여인이 사내아이를 보고는 울 것 같은 표정을 지었다. 이내 이를 악물고 바들바들 떨리는 몸을 일으켜 세워 떠났다.

그는 눈을 가늘게 떴다. 아무리 멍청하다고 한들 오월궁 여인의 태도를 보면 문제가 있음을 깨달았을 터. 그런데도 침착하다는 건…….

"내가 누군지 아나?"

"아뇨. 하지만……."

잠시 머뭇거리는 듯하던 아이가 두 눈을 똑바로 뜨고 그를 응시했다.

"낙락이는 악(惡)을 싫어해요. 대인은 악인이시죠?"

"알면서도?"

그때 그의 눈에 바들바들 떨리는 아이의 손끝이 보였다. 아이가 입술을 깨물고 말했다.

"……제가 오지 않았으면 낙, 낙락이를 죽였을 테니까."

찰나 아이는 제 턱이 잡힌 걸 느꼈다. 까치발을 선 아이가 괴로워 인상을 썼다. 귓가로 희미한 중얼거림이 들렸다.

"조금은 쓸 만한 부분이 있군."

"놔, 놔요."

그때 저 멀리 아래 오월궁 궁문에서 숨기려야 숨겨지지 않는 기운이 느껴졌다. 바람을 타고 부드러운 목소리가 들렸다.

"애네들은 어디 가서 놀고 있는 거야? 엄마 아빠가 왔는데도 나와 보질 않고."

순간 시선과 머리와 발이, 아니, 온몸이 저절로 그 목소리가 들린 방향으로 향했다.

총군사를 죽인 후, 그는 만나고 싶다면 언제든지 백리연을 만나러 갈 수 있었다. 백리 세가 근방을 지난 적도 있으며 심지어 그녀가 이끌던 무림맹원과 충돌한 적도 있었다. 하지만 신호탄을 본 백리연이 오기 전 떠났다.

단 한 번도 그 모습을 본 적 없었다. 한 가지 의심되는 점이 있었기 때문이다.

그가 중얼거렸다.

"역시, 그래도 똑같지 않아."

그는 입을 열어 아이에게 무어라 속삭였다.

"……네 어머니께 전하거라."

아이에게 말을 전한 그가 손을 뿌리쳤다.

"악!"

나동그라진 아이가 다시 고개를 들었을 때는 아무도 없었다.

일방적으로 내려다볼 수 있는 오월궁의 산 바윗돌 위. 소지(小指)보다 작은 모습이었지만 예민한 기감으로는 그녀의 명주실 같은 부드러운 머리카락부터, 태양을 녹인 듯한 금빛 눈동자의 동공의 움직임까지 보였다.

궁문을 넘은 백리연이 오월궁의 시비와 마주했다. 오월궁의 시비에게서 말을 전해 들은 백리연의 눈이 커지고 곧바로 바닥을 박찼다. 몇 개의 전각을 지나친 백리연이 순식간에 별채에 도착했다. 흩날리던 긴 머리카락이 사르륵 가라앉았다.

"희아야!"

"엄마! 흐아아아앙!"

진이 빠진 듯 바닥에서 일어나지 못하고 있던 아이가 비틀비틀 제 어미의 품에 안겼다.

"왜 이제 와! 허어어엉!"

백리연이 아이를 소중하게 껴안으며 고개를 들었다. 금색 눈동자가 그가 있는 곳을 단번에 짚어 냈다.

저도 모르게 미소를 지었다. 역시 쓸데없는 의심이었다. 혹시나 과거의 일을 후회하게 될지도 모른다는 생각이 들었는데, 역시나 후회되지 않았다.

그가 원한 이는 무능력하게 떨며 공포에 질려 그를 제대로 바라보지도 못하던 그런 여자가 아니었다. 이렇게 똑바로 응시하며 죽음에도 뛰어들 수 있는 그런 이였다.

"울지 말렴. 엄마가 왔으니까 괜찮아."

이어서 여자아이를 품에 안은 남궁류청이 별채에 도착했다. 사내아이와 또래로 보이는 여자아이는 새침한 표정조차 고와 보이는 예쁘장한 얼굴로, 길거리 누구에게 물어도 사랑스럽다는 말이 절로 나올 외모였다. 하지만 그에게는 저 아이도 백리연과 닮지 않았다는 감상을 줄 뿐이었다.

거기까지 지켜본 그는 몸을 돌렸다.

남궁류청 품에 안겨 있던 백리세화가 내려와 냉랭한 말투로 말했다.

"낙락이가 날아가서 희아가 그 뒤를 쫓다가 사라졌어요."

남궁류청이 고개를 들어 하늘을 날던 흰 매를 보았다. 흰 매는 겁을 먹은 듯이 더 높은 창공으로 날아올랐다.

"또 저 새가 문제군. 하, 내가 말했잖아. 아무리 생각해 봐도 제갈화무 그 자식이 희아한테 무슨 수작을 부린 게 분명해."

백리연 품 안에 안겨 있던 남궁희가 깜짝 놀라 고개를 들었다.

"아, 아빠. 히잉. 아니야, 낙락이 잘못. 낙락이 가두지 마."

"남궁희."

엄한 목소리에 남궁희가 제 아비에게 달려갔다.

"아빠, 잘못했어요."

남궁희가 눈물이 그렁그렁한 얼굴로 잘못했다고 앵앵거리며 매달리자, 남궁류청의 무뚝뚝하던 입매가 더운 여름날 엿가락처럼 흐물흐물하게 녹아내렸다.

백리연이 속으로 혀를 찼다. 남궁류청은 첫째 딸인 백리세화에게는 못 해 줘서 안달이었고, 둘째인 남궁희에게는 해 달라는 걸 다 해 줘서 문제였다.

결국, 남궁류청이 풀린 목소리로 말했다.

"그래. 희아, 앞으로는……."

"아버지."

백리세화의 밝은 갈색 눈동자가 애답지 않게 차분히 제 아비를 바라보았다. 그 눈빛에 남궁류청이 퍼뜩 정신을 차리고 말했다.

"남궁희, 아무리 그래도 이번엔 그냥 넘어갈 수 없다. 만약 큰 문제라도 생겼으면 어쩔 뻔했느냐?"

시무룩하게 고개를 숙인 남궁희가 입술을 깨물며 억울한 눈으로 누나를 슬쩍 노려보았다. 하지만 백리세화는 눈썹 하나 까딱하지 않았다.

남궁류청이 굳은 표정으로 말을 이었다.

"여긴 남궁 세가도 백리 세가도 아니다. 분명 여기 오기 전부터 조심하라고 몇 번을 말했거늘. 만약 문제가 생겼다면 너만 혼나고 끝나는 게 아니다. 너는 아비 말을 귓등으로도 듣지 않았구나."

"아니, 아니에요."

"오늘부터 매일 가법을 스무 번씩 베껴 쓰거라."

눈을 동그랗게 뜬 남궁희가 제 아비에게 매달렸다.

"히잉, 아빠. 나 팔 부러졌는데, 아픈데."

남궁희의 코맹맹이 소리에 백리세화가 냉랭하게 말했다.

"그럼 왼손으로 써. 양손을 쓰는 건 무공에도 도움이 될 거야."

"아, 누나!"

"어머니 아버지 앞에서 목소리 높이지 마. 넌 반성해야 해. 낙락이는 결이랑 달리 어리니까 네가 더 잘 관리해야 한다고 했잖아."

"그렇지만……!"

"그렇지만 뭐. 내 말이 어디가 잘못됐어?"

"……."

남궁희가 씩씩거리며 입을 열지 못했다.

백리연이 쓴웃음을 지으며 고개를 내젓고 남궁희의 어깨를 토닥였다. 바로 남궁희가 매달리듯 백리연의 허리를 끌어안았다.

"엄마, 누나 너무해."

"희아, 누나 말 틀린 거 없다. 하지만 왼손으로 글을 쓰기는 어려울 테니 수는 열 번으로 줄이고……."

남궁희가 역시 엄마뿐이라는 듯 표정이 환해졌다. 백리연은 말을 이었다.

"대신 화아가 옆에서 열 번 제대로 쓰는지 감시하거라."

"네, 어머니."

"어, 엄마!"

백리세화가 남궁류청을 돌아보고 말했다.

"아버지, 이제 외조모님 보러 가요. 아직 인사드리지 못했잖아요."

"그래."

남궁류청은 안쓰러운 표정으로 남궁희를 바라보다가 백리세화의 채근에 세화의 손을 잡고 먼저 별채를 빠져나갔다. 그 모습을 보고 입을 비죽이던 남궁희는 왼손을 제 어머니를 향해 뻗으며 말했다.

"엄마, 나 안아 줘. 못 걷겠어."

백리연이 남궁희를 안아 들자, 지금까지 눈치 보듯 하늘을 맴돌던 낙락이 내려와 백리연의 왼팔에 앉았다. 그러고는 미안하다는 듯이 남궁희의 팔에 부리를 문질렀다. 남궁희가 혼내듯 손가락으로 정수리를 콕콕 찔렀다.

"너 때문에 혼났잖아! 가법 네가 써!"

낙락이 모른 척 부리를 돌리자 남궁희가 부리를 잡고 다시 돌리려고 들었다. 그렇게 한창 낙락과 손장난을 치던 남궁희가 갑자기 작은 목소리로 속삭였다.

"맞다, 엄마."

남궁희의 표정을 본 백리연이 말했다.

"못 한 말이 있느냐?"

"있잖아요, 그 사람이…… 엄마한테 전해 달랬어요."

"……무엇을?"

남궁희는 입술을 깨물었다.

빛 한 점도 찾아볼 수 없던 암흑 같은 눈동자. 소름이 끼치는 눈빛이었다. 흉신악살의 눈빛이 그런 걸까? 아니, 그런 것과는 뭔가 달랐다. 그는 자신에게 미약한 흥미를 느꼈지만, 그 흥미조차 그에게는 아무런 가치도 되지 않는다는 걸 알 수 있었다.

남궁희는 어머니께 그런 미치광이 같은 사람의 말을 전하고 싶지 않았다. 하지만 전하지 않았다가는 악몽을 꿀 것 같았다.

남궁희는 제 엄마를 보며 생각했다.

'엄마는 나보다 더 세니까.'

게다가 그 나쁜 놈도 엄마가 오자마자 도망치지 않았는가? 그러니까 괜찮을 것이다.

남궁희가 사내의 말을 전했다.

"'이번 생에 후회가 남는다면 나를 찾아와라'라고요."

순간 어머니가 걸음을 멈췄다. 그러고는 고개를 돌려 저 멀리 산등성이를 올려다보았다. 몸은 이곳에 있으나 어딘가 아주 먼 곳으로 떠난 듯한 시선이었다.

남궁희는 왠지 초조한 기분에 어머니의 옷자락을 잡아당겼다.

“엄마, 엄마, 그게 무슨 뜻이에요?”

어머니의 시선이 천천히 돌아오고, 자신을 바라보는 눈을 마주하자 그제야 안도할 수 있었다. 어머니는 어딘가 씁쓸해 보이면서도 개운한 미소를 지으며 말했다.

“또 반복될 일은 없을 거라는 뜻이란다.”

“네?”

“그러니까 궁주께서 널 위해 준비한 간식을 누이가 다 먹어도 다시 안 만들어 준다는 뜻이야.”

“앗, 안 돼! 내 간식!”

“미안하구나.”

달그락.

찻잔을 내려놓는 손길이 매서웠다. 남궁류청이 어두운 낯으로 말했다.

“이런 일이라면 특히 저희에게 미리 알려 주셨어야지 않습니까?”

“…….”

“모두가 오월궁을 위험하다고 말하였고, 믿을 수 없다고 말하였어도 저는 궁주님을 믿었습니다. 그런데…….”

잠시 말을 멈추었던 남궁류청이 껄끄러운 말을 완성했다.

“매우 실망스럽군요.”

“…….”

오월궁주는 말없이 눈을 내리깔았다. 그때 남궁류청의 손등에 백리연이 손을 얹었다.

"말씀하지 못하실 만한 이유가 있었겠지. 아마…… 그가 말하지 말라 했을 거야."

남궁류청은 불만스러운 낯으로 무언가 말하고 싶은 듯했으나 이내 입을 꾹 다물고 바라보다가 고개를 돌려 버렸다. 백리연은 희미하게 웃었다. 확실히 성격 꽤 죽었다. 예전이었다면 닥치는 대로 쏘아붙인 다음 아이들을 데리고 떠나 버렸을 텐데.

오월궁주가 말했다.

"그의 방문은 우리도 전혀 예상치 못한 일이네. 며칠 전 갑작스럽게 여기에 나타났지."

"우리가 예정보다 일찍 도착하긴 했죠."

남궁류청이 불만스러운 듯이 백리연을 바라보았다. 그녀는 남궁류청을 향해 살짝 미소 지은 후 찻잔을 들었다.

이유가 있다 한들 그녀는 어머니의 사랑을 모르고 자랐고, 괴로운 나날을 보냈다. 그것은 어떤 것으로도 보상받을 수 없는 과거였기에 이제 와 다시 모녀 관계를 맺을 생각도 없었다. 하나 아이들은 달랐다. 그녀는 아이들에게만큼은 여러 관계를 맺게 해 주고 싶었다.

오월궁과 지금껏 관계를 이어 오며 방문한 것은 그러한 이유에서였다. 그녀의 자녀들이 더 넓은 세상을 알고 다양한 사람들과 관계를 맺으며 그들의 이야기를 듣고 느낄 수 있도록.

백리연은 찻잔을 내려놓고 입을 열었다.

"하나 궁주님, 만약 희에게 무슨 일이라도 생겼다면 저도 오월궁을 가만두진 않았을 겁니다."

잠시 눈을 내리깐 채 침묵하던 오월궁주가 다시 입을 열었다.

"그는 크게 다친 상태였네."

"야율이 부상이요?"

"그래. 대공자가 사망했네. 야율이…… 그가 천마가 되었어."

"……!"

남궁류청이 눈을 부릅떴다. 그러나 백리연의 반응은 미약했다. 남궁류청이 옆을 돌아보고 물었다.

"알고 있었어?"

"아니, 하지만 짐작은 갔어."

"어떻게?"

백리연은 그저 미소로 답했다. 얼굴을 쓸어내린 남궁류청이 벌떡 일어났다.

"지금 이러고 있을 때가 아니야. 당장 돌아가서……."

"소가주, 진정하게."

그런 그를 오월궁주가 말렸다.

"당장 큰 문제는 없을 걸세. 혹은…… 앞으로도."

"앞으로도라니요?"

"일단은 부상을 다스리는데 한동안 주력할 테고, 또한……."

오월궁주의 미간에 힘이 들어갔다. 그녀는 이어질 말을 고뇌하는 듯했다. 이내 오월궁주가 말을 이었다.

"그는 성세에 관심이 없어. 정확히는 무엇에도 관심이 없어 보이더군."

성세란 마교가 말하는 마교천하를 이룩한 천마의 이상이 실현된 세상을 말했다.

"그리 생각한 이유가 무엇입니까?"

오월궁주가 답하기 전 백리연이 끼어들었다.

"야율이 오월궁을 그냥 둔다 하였나요?"

"……그래."

오월궁은 독립이라고 칭하고 중립의 위치를 고수했지만, 마교 입장에서 봤을 때 오월궁은 그저 가장 큰 반역자 집단일 뿐이었다.

남궁류청이 백리연을 돌아보고 물었다.

"이것도 짐작했어?"

백리연은 오월궁주를 향해 질문을 이어 갔다.

"궁주님, 예전에 혹시 그를 도와준 적 있었나요?"

"……있네. 마교의 내부는 악귀들의 소굴이지. 힘이 있는 자라고 해도 한순간의 방심이 죽음을 부르고 그를 짓밟은 자만이 살아남을 수 있어. 그 아이는 잘 버텼지만 모든 암수를 피할 수는 없었고."

"그것 때문이겠네요."

"하지만 그건 서로 약속한 것이 있기 때문이었다. 나는 그에게 투자한 것이 있으니 이를 보전하고자 했을 뿐인 일인데……."

"이유는 중요치 않아요. 그는 상대가 원하든 원하지 않든 구명의 은은 잊지 않아요."

천귀조를 죽여 아버지를 도우려 했던 것처럼.

대화를 마친 남궁류청과 백리연이 전각을 나오자 앞뜰에서 오월궁의 어린 제자들과 함께 뛰어다니고 있던 남궁희와 이를 지켜보는 백

리세화를 볼 수 있었다. 모든 고뇌와 근심이 사라지는 모습이었다.

이내 그들을 발견한 남궁희가 달려왔다.

"엄마! 아빠! 얘기 다 끝났어?"

"그래."

"나 궁금한 거 있는데, 있잖아. 왜 외할머니는 외할아버지랑 같이 안 살아? 친할머니는 친할아버지랑 살잖아. 아빠도 엄마랑 살고."

백리연과 남궁류청 둘 다 어찌 설명해야 할지 말문이 막힌 사이, 뒤따라온 백리세화가 남궁희를 향해 말했다.

"그런 거 묻는 거 아니야."

"왜? 난 궁금한데."

"그건……."

백리세화는 거기까진 명확히 설명할 수 없는 듯이 답을 고민하는 듯한 표정을 지었다. 백리연은 백리세화의 머리를 쓰다듬으며 말했다.

"원하는 이와 함께 지내며 시간을 보낼 수 있는 건 매우 힘든 일이란다."

그때 남궁류청이 옆에서 추임새를 넣었다.

"맞아. 무척, 아주, 힘들지."

깊은 의미가 담긴 듯한 어조에 백리연이 그를 흘겨봤다. 눈을 깜빡이며 그들을 바라보던 남궁희가 알았다는 듯이 소리쳤다.

"아빠, 엄마가 힘들게 했구나!"

백리연은 순간 비틀거리며 난간을 짚었다.

남궁류청은 아들을 향해 맞았다는 듯이 고개를 주억거렸다. 그 모습에 남궁희가 눈을 빛내며 어떻게 힘들었냐고 물어보았다. 백리연이 어처구니없는 저 부자에게 뭐라 말해야 할지 말문이 막혔을 때였다.

"어머니, 여기에 독특한 악기가 있다고 해서요. 아까 보여 준다고 하셨는데…… 보러 가 봐도 되나요?"

"물론이지."

"누나! 아까 그거지? 피리!"

"응."

"엄마, 엄마! 나도 볼래!"

휴, 백리연은 속으로 안도하며 백리세화의 머리를 쓰다듬었다.

"그래. 다만 함부로 연주하려 들지 말거라. 음공용으로 만들어져서 위험해."

"걱정 마세요. 조심할게요. 희아도 잘 살피고요."

걱정하는 바를 알아서 척척 말하는 것이 정말로 믿음직스러웠다. 허락을 맡은 남궁희가 날 듯이 계단을 뛰어내려 갔다. 그 뒤를 따르며 세화가 소리쳤다.

"계단에서 뛰지 마. 위험하잖아. 게다가 너 아직 팔 다 안 나았잖아."

"안 아파!"

"잘됐네. 그럼 도와주지 않아도 되겠구나."

"뭘?"

"가법 베껴 쓰는 거."

"아니, 나 아파! 아파! 엄청 아파!"

"그럼 뛰지 마."

"응……."

백리연은 멀어지는 아이들을 흐뭇한 눈으로 바라보았다. 함께 바라보던 남궁류청이 아이들이 완전히 눈앞에서 사라진 후 입을 열었다.

"정말 괜찮겠어?"

백리연이 남궁류청을 돌아보았다. 남궁류청은 찡그린 채 되물었다.

"그 녀석 믿을 수 있는 거 맞아?"

백리연은 느리게 고개를 끄덕였다.

"어째서 믿는 거야?"

회귀에 대해 밝혀진 것은 많지 않지만 한 가지 확실한 것은 천마의 힘을 중심축으로 한다는 것이다. 야율이 시간을 돌린다면 천마의 힘은 계속 그에게 존재할 터이다. 과거로 힘을 가진 채 돌아갈 수 있다.

"그놈은 이미 널 배신한 적도 있어."

"그래서 알아."

의아한 눈빛에 백리연이 말을 이어 갔다.

"그는 내게 미안하지 않기 때문에 그 일을 후회하지 않아."

남궁류청이 얼굴을 일그러트렸다.

"후회가 없는 사람이 왜 시간을 돌리겠어?"

"그 녀석을 잘 아네."

백리연은 남궁류청을 빤히 바라보다가 물었다.

"질투해?"

"그런 한심한 녀석을 누가?"

"음, 질투하네."

"……."

"네게 그런 능력이 있다면…… 어때? 돌아갈 거야?"

남궁류청은 팔짱을 끼곤 고개를 기울였다. 과거의 일들이 스치듯 떠오르고 가라앉았다.

"돌리고 싶은 일들이 많긴 하지. 네가 힘들었으니까. 다치지 않도록…… 힘들지 않도록 바꾸고 싶지."

"그런데?"

"하지만 그래도 아이들 때문에 차마 못 돌리겠군."

백리연이 잘 안다는 듯이 웃으며 고개를 끄덕였다.

"나도 그래. 그러니 앞으로도 후회 없이 살도록 해야지."

"그래."

백리연의 눈이 먼 허공을 향했다.

그녀는 바랐다. 그가 그저 후회가 없으므로 시간을 흘려보내는 것이 아니라 현재에 만족해 돌아갈 생각이 없기를. 그의 남은 나날이 평온하기를. 그녀가 행복한 만큼.

백리연은 남궁류청을 돌아보았다.

"우리도 이만 가자."

"그래."

나란히 걷는 그녀의 손을 남궁류청의 손이 꽉 붙잡았다.

第五話
이윽고 세상에 인연이

백리세란, 그녀는 그야말로 강호의 금탯줄 중 금탯줄이었다.

아버지는 남궁 세가주였으며 어머니는 백리 세가주의 하나뿐인 외동딸로 현 무림맹주였다. 심지어 어머니는 그녀가 태어나기도 훨씬 전에 천마를 쓰러트린 적이 있기도 했다.

현 강호를 대표하는 두 가문의 결합이다 보니 약간 독특한 가정사가 있긴 했다. 일단 첫째인 언니는 백리 세가에 입적되어 성이 백리였고, 둘째인 오라비는 남궁의 성을 물려받았다. 그리고 셋째인 그녀는 백리의 성을 물려받아 백리세란이 되었다.

연년생 남매인 언니와 오라비와 달리, 오라비와 무려 일곱 살 차이가 나는 늦둥이 막내딸인 그녀를 두 가문의 모두가 목숨처럼 아꼈다. 그녀도 가족을 사랑했고 두 가문을 사랑했다. 하지만…… 허전했다.

백리 세가는 언니의 것이었고, 남궁 세가는 오라비의 것이었다. 그녀도 오로지 자신만의 것을 가지고 싶었다.

다른 이에게 말한다면 욕심이 끝도 없다, 배부른 소리 한다 말할지도 몰랐다. 그래서 누구에게도, 단 한 번도 이 감정을 말하지 못했다. 당연히 가족에게도 말할 수 없었다. 모두가 그녀를 진심으로 사랑하니, 말하면 다들 깊이 슬퍼할 것을 알았기에.

여덟 살, 일곱 살 차이가 나는 언니와 오라비는 그녀가 검을 쥐기 시작할 때 이미 세상에 이름을 알리고 있었다.

다소 냉랭하지만 믿음직스럽고 뛰어난 언니와 어디로 튈지 모르는 천방지축 사고뭉치로 매일같이 고함과 함께 이름이 불리지만 사랑스러운 오라버니.

그녀는 늘 그들의 그림자 속에 갇혀 있는 기분이었다.

모자란 것 하나 없지만, 답답하고 허전한 느낌. 채워지지 않는 그 목마름에 백리세란은 계례를 치르자 강호 기행을 핑계로 가문을 뛰쳐나왔다. 이후 방방곡곡을 돌아다니며 다치고 어려운 이들을 도왔다.

그리고 지금.

"등의 검을 보니 강호인이신가 보오?"

허름한 창을 든 관졸로 보이는 이가 그녀 앞을 막아섰다. 백리세란은 의아한 마음이 들었지만, 선선히 고개를 끄덕였다.

"네."

"현령님께서 부르십니다."

"예?"

백리세란은 의아함을 감추지 않고 물었다.

"저를 왜요?"

"따라오라면 묻지 말고 따라오십시오. 현령님의 명을 거역하겠다는 겁니까?"

작은 현에서 관졸로 일하는 이우. 그는 산골짜기 출신으로 시골 작

은 무관에서 무공을 배웠다. 하지만 은둔 고수라는 건 소설 속에나 존재하는 이야기였다. 시골 무관의 무공은 하급이었고, 그는 무공과 재능의 벽을 넘지 못하고 삼류 수준에 멈췄다.

하나 삼류래도 일반인보다는 훨씬 나은 힘을 지녔기에, 그 능력을 살려 관졸로 일하고 있었다. 삼십 대 후반에 능력을 인정받아 훈련대장까지 되었지만, 근래는 자신이 하는 일에 큰 회의를 느끼고 있었다. 그건 다 새로 부임한 현령 때문이었다.

그때 그의 부하인 관졸 둘이 또 강호인을 하나 붙잡아 현청으로 데려왔다.

'재수 없으려니. 하필 여길 지나가서는.'

등에 검을 멘 소녀는 아직 솜털도 안 마른 보송보송한 얼굴로, 이제 막 계례를 치렀을 나이로 보였다. 이우는 속으로 혀를 차며 제 부하를 보았다.

'저놈들은 현령님이 강호인이라면 다 데려오라 했다지만 그래도 그렇지, 이렇게 어린 애를 데려와?'

그리고 소녀는 역시나 검 좀 휘두를 줄 안다고 겁도 없이 혼자 돌아다니는 강호인답게 관졸에게 끌려오면서도 표정은 태연했다.

'어린 소녀 혼자 떠돌아다니게 하다니. 대체 부모는 뭐 하는 인간들이야? 세상 무서운 줄 모르는군.'

곧이어 현령이 나와 강호인을 맞이했다.

"어서 오게, 강호인. 이름이 어찌 되지?"

"백리세란이라고 합니다."

"그렇군, 백리 소저. 내가 그대를 왜 불렀는지 알겠는가?"

"아뇨."

현령과의 대화를 지켜보던 이우는 고개를 슬쩍 기울였다.

'백리세란? 어디서 들어 본 것 같은데?'

이우가 눈치를 보다 끼어들었다.

"이름이 익숙한 듯한데, 장사의 백리 세가와는 어떤 관계이오?"

현령 옆의 호위 무사 같아 보이는 자가 반응을 보였기 때문이다.

"제 외가입니다."

"외, 외가?"

"모친의 성함이 백리 성에 연 자 되십니다."

그 말에 이우는 순간 숨이 턱 막혔다. 그는 현실을 부인하며 다시 물었다.

"호, 혹시 혀, 현 무림맹주 백리 대협을 말하는 것이오?"

"백리 대협이라니?"

이우는 현령을 향해 몸을 숙여 귀엣말했다.

"정파 무림 연맹의 대표입니다. 현령님, 이자는 그냥……."

그러나 현령은 이우가 말을 마치기도 전에 태사의 손잡이를 내리치며 말했다.

"잘됐군! 어미가 절세 고수라고? 호랑이 자식은 응당 호랑이일 터. 호랑이잡이로 딱이로군! 만약 불의한 일이라도 생긴다면 그 고수가 나서지 않겠는가?"

이우는 순간 눈앞이 캄캄해졌다.

'미친 자식!'

본인이 관리라고 뭐라도 되는 줄 아는 모양인데 관리라는 감투가 자다가 칼침 맞는 것도 막아 주는 만능은 아니었다. 그나마 현령이면 눈치라도 보겠지만 자기 같은 아랫사람은 그런 것도 없었다.

이제 완벽히 기억났다. 남궁 세가와 백리 세가의 늦둥이 막내딸! 남궁 세가와 백리 세가 두 쪽 모두 그 막내딸을 정말 목숨처럼 아낀다고 들은 것까지!

백리 세가의 소저인 걸 알고 보자 왜 한눈에 알아보지 못했는지 의문이 들 정도로 갓 피어난 꽃처럼 화사한 외모가 눈에 들어왔다. 저런 외모의 소녀를 그저 평범한 강호인으로 여겼다니 제 머리를 내려치고 싶을 지경이었다.

'소문에는 황족하고도 안면이 있다던데…….'

지금까지 이우는 그 이야기를 뜬소문이라 생각하고 무시했으나, 이렇게 실제로 엮이게 되자 그 뜬소문마저도 신경 쓰이기 시작했다.

그리고 이우를 기겁하게 만든 소녀는 태연하게 고개를 기울였다.

"호랑이잡이?"

"그래. 널 여기 부른 이유니라!"

"……?"

"근래 호랑이 한 마리가 산에서 내려와 사람을 잡아먹으며 민생을 도탄에 빠트리고 있노라! 이미 마을 하나가 완전히 사라져 버릴 정도지!"

그 호랑이는 현령이 부른 사냥꾼들을 되레 농락할 정도로 똑똑하고, 또 매우 잔인하다고 했다.

어린아이부터 성인 남녀 구분 없이 그 호랑이가 죽이고 다치게 만든 사람의 수가 삼백을 넘어갈 정도였다. 심지어 먹으려고 죽이는 것도 아니고 그냥 가지고 놀려고 죽이기까지 했다고 한다.

확실히 심각한 상황이었다.

이곳은 산이 울창하고 마을이 드문드문 이어져 있었다. 공포에 질린 사람들은 다른 마을로 이동하지 못하는 것은 물론이요 심지어 약초를 캐러, 농사를 지으러 나가지도 못할 지경이었다. 이 정도면 군을 동원해 대대적으로 토벌을 계획해야 할 정도였다.

그때 현령이 말했다.

"그 호랑이를 토벌할 기회를 주겠노라!"

"예? 제가요?"

"반응이 그게 무엇인가! 황실이 허가도 받지 않고 제멋대로 검을 들고 다니는 불경한 강호인들을 눈감아 주는 이유가 무엇이라 생각하느냐? 이런 일을 처리하라고 두는 것 아닌가!"

백리세란은 관졸들에게 붙잡혀 어딘가로 향했다. 멀리 창고 같은 큼지막하고 낡은 건물이 눈에 들어왔다.

그때 그들에게 누군가 다가오는 기척이 느껴졌다. 고개를 돌리자 아까 전 현령 옆에서 질문을 던지고 안색이 하얗게 질렸던 관졸이었다. 대충 주워듣기로는 훈련대장이라 했다.

그녀의 눈을 피한 훈련대장이 그녀를 붙잡은 관졸들을 향해 말했다.

"이자는 내가 안내할 테니 너희들은 가서 쉬어라."

"어, 형님이 웬일입니까?"

"됐다. 가서 쉬어라."

"어휴, 그럼 우리야 좋지요! 안 그래도 배고픈 참인데, 그럼 저흰 밥 좀 먹으러 가겠습니다!"

"그래."

잘됐다는 듯이 그녀를 인계한 관졸들이 몸을 돌려 자리를 떴다. 착잡한 표정의 훈련대장은 그들이 시야에서 완전히 사라진 걸 확인한 후 말했다.

"그냥 가게나."

"예?"

"모른 척할 테니 이 틈에 조용히 떠나란 말이네. 자네 실력이라면 그 정도는 얼마든지 가능하지 않나."

백리세란이 인상을 찡그리고 돌아보았다.

"언제는 호랑이를 죽이는 데 협조하지 않으면 범죄자로 만든다더니?"

심지어 그녀가 호랑이를 잡는데 협조하지 않으면 현재 붙잡아 놓은 다른 강호인들을 처형하겠다는 식으로 말하기도 했다.

"그건…… 어쨌든 현령님께 내가 알아서 보고할 테니, 그러니 그냥 떠나게나."

"그럼 지금 붙잡혀 있는 사람들은요? 그들도 풀어주시는 겁니까?"

순간 훈련대장의 표정이 굳었다.

"자네가 그들까지 신경 쓸 필요 없네."

풀어주지 않는다는 얘기였다. 백리세란이 고개를 갸웃 기울였다.

"왜 저만 특별취급이죠?"

"그야 자네는 아직 어리지 않나. 쓸데없이 묻지 말고. 갈 건가 말 건가!"

훈련대장이 백리세란을 향해 압박하듯 소리쳤다. 하지만 백리세란은 전혀 반응이 없었다. 오히려 물끄러미 관찰하듯 바라보는 시선에 훈련대장은 섬뜩함을 느꼈다.

'무슨 어린 계집애 시선이…….'

마른침을 꿀꺽 삼키는 순간, 백리세란이 픽 웃으며 말했다.

"그게 아니라 제 뒷배가 무서운 거겠죠. 어려서면 처음부터 잡아 오지를 말든가."

"……."

노골적인 조롱에 훈련대장의 얼굴이 붉어졌다.

"그래! 나 같은 소시민은 자네의 뒷배가 무섭다네. 당연하지 않은가? 검 좀 쥔다면 자네의 모친과 부친의 명성을 모르는 이가 어딨겠는가."

주먹을 꽉 쥔 훈련대장이 목이 꽉 멘 목소리로 말을 이었다.

"산군의 발톱에 강호인들이 몇이나 당했는지 아는가? 그 호랑이는 그냥 산군이 아니야. 만약 자네가 당하기라도 한다면 현령님이야 빠져나갈 구멍이 있을지 모르겠지만, 우리 같은 사람은……."

갑작스레 말을 멈춘 훈련대장이 길게 한숨을 내쉬었다.

"하여간 사정을 알았으니 그냥 조용히 떠나주게. 부탁하지."

백리세란이 잠시 물끄러미 바라보다가 입을 열었다.

"그리고 제가 도망가면 이제 다른 사람을 잡아다 채워 넣을 생각이고요."

"……."

"됐어요. 저기 문이나 여시죠."

백리세란이 어느새 도착한 창고 문을 고갯짓했다.

"자네……!"

훈련대장이 버럭 소리쳤다가 애써 입을 다물었다.

한참 씩씩거리던 훈련대장이 뭔가 떠올린 듯이 두꺼운 빗장으로 잠겨 있는 창고의 문을 열었다.

이내 열린 문 안에는 스무 명 정도의 사람들이 갇혀 있었다. 가지

각색의 차림새의 사람들은 딱 보아도 강호인들처럼 보였는데, 이곳에 끌려온 지 조금 됐는지 지저분한 모습이었다. 심지어 사슬에 수갑을 차고 있는 자도 있었다.

백리세란의 시선에 훈련대장은 눈을 피하면서 변명하듯 말했다.

"아무래도 폭력적이다 보니 말이다. 몇 명이 소란을 피워서 현령님이……."

"하, 폭력적이요? 그 힘이 필요해서 데려온 거 아니었어요? 그리고 이렇게 대우해 놓고 사람 잡아먹는 호랑이를 상대하라고 시킨다고요? 참 잘도 진심으로 상대하겠어요."

"큼, 큼."

그래도 어쩌겠느냐, 범죄자가 되어 관군에 쫓기고 싶지 않다면 우리 말을 들어야지, 하는 배짱이 절로 읽혔다.

관무불가침이라지만 이런 사소한 잔챙이들에게까지 적용되는 이야기는 아니었다. 확실히 정말 막 나가는 흑도가 아니고서야 강호인들도 웬만해서는 관군과 척을 지지 않았다. 괜히 그들의 자존심을 건드리면 남은 인생이 고달파지기 때문이었다.

훈련대장이 말했다.

"보면 알다시피 여긴 자네가 있을 만한 곳이 아닐세."

훈련대장은 자신했다. 귀하게 자란 아가씨일 터인데 이 꼴을 보고도 저 사이에 같이 있겠다고 답하지 못할 거라고.

"정말 저 치들 사이에서 함께 부대끼겠단 말인가? 고집부리지 말고 지금이라도 생각을 돌리게나."

그리고 백리세란이 뭐라고 답하기 직전, 창고 제일 깊은 안쪽에서 이곳에 어울리지 않게 어린 목소리가 들렸다.

"산군이 분노한 이유는 사냥꾼들이 산군의 두 자식을 잡아다 한 아이는 팔아 치우고 한 녀석은 산군의 가죽을 노려 인질로 삼다가 눈앞에서 죽였기 때문이야."

열대여섯 정도 될까? 갓 관례를 마쳤을 나이로 보이는 소년은 독특한 빛의 안광을 지니고 있었다.

소년이 말을 이었다.

"전멸한 산골 마을부터 현령에, 이 산의 사냥꾼까지 모두 한패지."

훈련대장이 기겁해 소리쳤다.

"그, 그게 무슨 헛소리야!"

소년은 고개도 돌리지 않고 백리세란을 보다가 중얼거렸다.

"……안 놀라네."

"응. 예상했거든."

훈련대장이 놀라 말했다.

"뭐, 뭐라? 알고 있었다고?"

그 순간 백리세란은 번개같이 손을 뻗어 훈련대장의 목덜미를 내리쳤다.

빡!

훈련대장은 소리조차 내지 못하고 그대로 풀썩 쓰러졌다.

"이게 무슨!"

강호인들이 깜짝 놀라 웅성거렸다. 백리세란은 곧장 품속에서 단검을 꺼냈다. 무기는 죄 압수당한 상태였지만 훈련대장이 막아서 품까지 뒤져 가진 않았다. 이내 빛이 서린 그녀의 단검이 두부 베듯 쇠사슬과 수갑을 잘라 냈다.

"어떻게?"

"소, 소저는 대체 누구요?"

"검이 워낙 좋아서요."

이 단검은 본디 오라버니의 것으로 여행을 떠날 때 몰래 슬쩍한 것이었다. 덕분에 아주 요긴하게 잘 써먹고 있었다.

그때 독특한 안광의 소년이 말했다.

"백련정강으로 만든 단검인가?"

"어? 어떻게 알았어?"

백리세란이 손안의 단검을 빙그르르 돌렸다. 창고안의 강호인들이 백련정강 소리를 듣자마자 탐욕어린 눈빛을 했다. 유일하게 소년만 평이한 어조로 말을 이었다.

"스승님이 말씀해 주신 적 있어. 백련정강으로 된 단검이 백리 세가에 있다고."

"맞아. 정확하네."

백리 세가라는 이야기가 나오자마자 몇몇은 숨을 들이켜며 서둘러 탐욕 어린 눈빛을 거뒀다.

이건 남궁 세가에 대대로 물려 내려오던 백련정강으로 만든 단검이었다. 그걸 그녀의 어머니가 할아버지께 받았다가 오라버니에게 물려주었다고. 그리고 그걸 그녀가 가문을 떠나면서 몰래 슬쩍해 왔다.

매우 귀한 만큼 오라버니가 아끼던 검이었으니 그녀가 떠난 뒤 이 단검이 사라진 걸 알고 목덜미 좀 잡았을 터였다. 팔팔 날뛰었을 오라버니의 모습을 보지 못한 게 유일하게 아쉬운 점이었다.

백리세란이 방긋 웃으며 단검을 소년에게 내밀었다.

"한 번 볼래?"

"보게 해 준다면."

"자."

명문가의 가보가 되고도 남을 병기가 소년에게 건네졌다. 소년은 단검을 이리저리 살펴보고는 다시 가볍게 그녀에게 돌려주었다.

"벌써 다 봤어?"

"응."

"어떤 것 같아?"

"그냥 겉으로는 평범하네."

백리세란은 눈을 살짝 크게 떴다가 재밌다는 듯이 작게 웃었다.

"그런데 신기하네. 이 단검의 이야기는 아는 사람이 드문 얘긴데……."

백리세란의 맑은 눈동자에 소년의 모습이 비쳤다. 단검을 돌려준 소년은 백리세란이 도와주기도 전에 손목을 비틀어 그대로 수갑을 부서트렸다.

곁에 있던 자들이 깜짝 놀라 소년에게서 주춤 멀어졌다. 질 좋은 사슬은 아니었다지만 그래도 대부분이 삼류 무사인 여기 갇힌 이들이 부서트릴 수 있을 정도는 아니었다.

눈을 크게 뜬 백리세란이 중얼거렸다.

"더 재미있어 보이는데?"

소년이 무심한 눈길로 말했다.

"저 사람들도 풀어 줄 생각 아니었어?"

"아, 그랬지. 맞아."

백리세란은 흥미를 억누르고 마저 다른 이들도 모두 풀어 주었다. 하지만 그들은 구속에서 풀렸음에도 얼떨떨한 기색으로 눈치만 볼 뿐이었다.

백리세란은 문을 향해 고갯짓했다.

"도망치세요."

"뭐, 뭣? 어디로 도망치란 말이오?"

"원래 있던 곳으로 돌아가든지, 가던 길을 가든지……. 어쨌든 여기 계속 있을 수는 없잖아요?"

사람들이 당혹스러운 기색으로 서로의 얼굴을 바라보았다. 그때 뒤쪽에서 누군가 버럭 소리쳤다.

"말도 안 되는 소리! 너야 가문이 든든해 상관없겠지만 우리 같은 강호인들은 관에 찍히면 얼마나 귀찮은 줄 아느냐?"

"아는 이요?"

"예전에 본 적 있소! 백리세란! 저자는 백리가의 막내딸이란 말이오!"

"배, 백리세란이라면 무림맹주의……!"

"아, 그래서 저런 무기를……!"

"백리 세가라니! 하하, 어쩐지 거침없더라니! 현령도 상대를 잘 못 골랐군!"

몇몇이 진실을 깨달은 듯한 표정과 우러러보는 듯한 표정을 지었다. 백리세란은 어깨를 으쓱이고 얼굴을 쓸어내렸다.

"여기서 아는 사람을 만날 줄은 몰랐는데."

백리세란은 현재 간단한 역용을 하고 있었는데, 몸에 부담이 없는 대신 본래 얼굴을 아는 사람에게는 효과가 없었다.

"그래. 내가 백리세란이 맞아. 그런데 뭐?"

상대가 당황한 듯 눈을 끔뻑였다. 그자를 제치고 다른 이가 앞으로 나오더니 갑자기 그녀를 향해 말했다.

"백리 소저. 우릴 조금만 도와주시지요!"

"그래요! 백리 소저라면 산군 정도야 쉽게 처리 가능하지 않소? 차라리 그냥 처리하고 가는 게 어떻소."

"아니면, 현령에게 잘 말하여서 우리라도 풀어 주라고……."

"아니! 이대로 갈 수는 없소! 소문이 참말이라면 그 산군에게 영단이 있을 확률이 높소!"

"영단이라고?"

"무림맹에게 지원 요청이라도 합시다! 백리 소저가 있으니 무림맹도 무시할 수 없을거요!"

가만히 있으려니 이야기가 끝도 없이 이어져갔다. 백리세란은 인상을 찡그리며 말을 잘랐다.

"방금 내가 말한 거 뭐로 들은 거야? 그냥 도망치라고."

그때 백리세란의 정체를 밝힌 사내가 버럭 소리쳤다.

"이, 이대로 우리가 도망가면……! 관에 쫓기게 될 텐데! 그런데 지금 그런 짓을 하란 말이오?!"

"내가 그쪽들 사정까지 신경 써야 하나? 알아서 도망가든지 말든지. 난 산군 잡으러 갈 생각 없으니까, 괜히 돌아오지도 않는 나 때문에 죽지 말라고 풀어 준 거야."

"뭐, 뭐얏?"

그때 다른 이가 그녀를 향해 손가락질했다.

"너는 이곳의 백성이 불쌍하지도 않으냐?"

백리세란이 인상을 찡그렸다.

"뭐라는 거야. 바로 전에 영단이 어쩌고 해 놓고?"

"……."

몇몇 사람의 낯이 붉어졌다. 백리세란은 혐오 어린 눈빛으로 슬쩍 비웃듯 미소 짓고 말을 이었다.

"게다가 당신들도 얘기 들었잖아? 여기 사람들이 먼저 산군을 건드린 거라고."

그녀는 머리를 귀 뒤로 쓸어 넘기며 말을 이었다.

"본인들이 잘못해 놓고, 도와줄 사람에게 성심껏 부탁은 못할망정 협박이라니. 기분 상해서 싫어."

"너는 사람 목숨이 그리 가벼우냐?"

어깨를 으쓱인 백리세란이 몸을 돌릴 때였다.

"하! 천하제일이라는 백리연의 자식이 이 모양이라니! 그 이름이 아깝구나!"

백리세란의 표정에서 웃음기가 사라졌다. 가문과 이름이 알려진 순간. 사람들은 늘 제멋대로 기대하고 제멋대로 실망했다. 수십 번씩 반복되던 지긋지긋한 상황이었다.

백리세란이 싸늘한 목소리로 말했다.

"오류문의 막고성, 그 입 닥쳐. 당신이 뭔데, 내 어머니의 이름을 언급하지? 그만한 대가를 치를 각오는 있나?"

사내가 펄쩍 뛰며 주춤 물러났다. 표정에 경악이 드러났다. 겁에 질린 것 같기도 했다.

"어, 어떻게 내 이름을……!"

사내에게 동조하던 다른 이들도 순간 당황한 기색이었다.

그 순간이었다.

빡! 둔탁한 소음과 함께 사내가 바닥으로 쓰러졌다. 쓰러지는 사내 뒤쪽에서 소년이 말했다.

"뭐 하러 이런 놈을 상대하고 있어? 쓸데없는 짓이야."

잠시 눈을 동그랗게 뜬 백리세란은 씩 웃음 지었다.

"잔소리쟁이네."

백리세란이 잔소리쟁이를 다시 만난 것은 한 달 후, 호랑이, 산군의 영역에서였다.

"여기까지 해."

그때 그 잔소리쟁이였다. 백리세란은 당장 뛰쳐나갈 뻔한 다리를 억누르고 최대한 기척을 죽였다.

크르르릉—

하얀빛의 집채만 한 백호는 그 모습만으로도 사람들을 공포에 질리게 만드는 기백이 있었다. 그리고 당장에라도 덤벼들 것 같은 백호의 맞은편에 그 잔소리쟁이가 서 있었다.

'대체 뭘 하려는 거지?'

산군의 그르렁거림 속에는 고통, 원한, 슬픔이 느껴졌다. 말한다고 들을 정도가 아니었다. 그렇다고 저 소년이 홀로 상대할 수 있을 만큼 만만한 짐승도 아니었다.

그때 소년이 들고 있던 것을 산군을 향해 집어 던졌다. 백리세란은 미간을 좁히며 안력을 높였다. 수풀을 구르며 보자기가 벗겨지고 드러난 것은 사람의 목이었다. 얼굴을 확인한 백리세란은 한 손으로 입을 틀어막았다.

'미친……!'

목의 주인은 한 달 전 강호인들을 잡아 산군을 잡으라고 협박하던 현령이었다.

소년이 말했다.

"이제 끝났어."

백리세란은 입술을 깨물었다.

그래. 산군의 아이를 잡아 죽이고 팔아먹은 자는 바로 현령이었다.

본래 이곳의 산군은 숲속의 넓은 영역을 누비며 조용히 지내고 있었다. 그리고 근방 마을의 사람들은 산군을 거의 반신령처럼 여기며 산군의 영역에서 조심스레 약초를 캐거나 버섯을 따는 행동을 허락받아 왔다.

그러나 이번에 부임한 현령의 생각은 달랐던 모양이었다. 현령은 산군의 이야기를 듣고, 잡아 팔 생각을 했다. 마을 사람들도 처음에는 반대하였으나 어느 순간에는 동조하게 되었고…… 비극이 찾아온 것이었다.

산군은 바닥을 구르고 있는 현령을 꼼짝하지 않고 노려보았다. 숨을 들이쉬고 내쉴 때마다 그르렁거리는 소리가 울려 퍼졌다.

그렇게 울리던 소리가 어느 순간 점차 잦아들었다. 노기가 누그러드는 듯한 모습에 오랫동안 긴장하던 소년의 어깨가 풀어졌다. 그 순간이었다.

[아니, 이걸로는 끝나지 않는다!]

울부짖음과 함께 머릿속을 울리는 듯한 의지에 가까운 목소리가 들렸다. 동시에 산군이 바닥을 박차고 도약했다. 순식간에 산군과 소년이 신형이 얽혔다.

콰광–!

백리세란은 황급히 수풀 사이를 뛰쳐나갔다.

"잠깐!"

그녀의 등장에 산군이 집채만 한 몸을 날렵하게 틀어 소년에게서 물러났다. 그러고는 몸을 낮추며 당장 둘에게 달려들 것처럼 경계했다.

"너는……?"

소년이 놀란 목소리를 뒤로하고 백리세란이 말했다.

"싸우려고 온 게 아니야."

백리세란은 산군을 자극하지 않을 정도로 느리게 움직여 펼치고 있던 기막을 풀었다. 그리고 작게 휘파람을 불었다.

그 행동을 어찌 해석했는지, 다시 덤벼들려던 산군이 갑자기 움직임을 멈췄다. 그녀의 뒤쪽 수풀이 흔들리고 있었다. 무언가 다가오는 모습이었다. 산군은 그곳에서 시선을 떼지 못했다.

이내 수풀 사이로 아직 다 자라지 못한 어린 호랑이가 모습을 드러냈다. 주변을 둘러보던 어린 호랑이는 그녀와 산군을 번갈아 보다가 산군의 품을 향해 뛰어들었다.

"죽은 아이는…… 미안해. 찾을 수 없었어."

이미 가죽이 되어서 어디로 갔는지 알 수 없었다.

"……."

"……."

산군의 시선이 그녀와 소년을 번갈아 향했다. 무언가 가늠하듯 탐색하는 시선이 한참을 맴돌았다. 긴장감에 목덜미로 땀이 흐르는 것이 느껴졌다. 마침내 산군이 제 아이와 함께 수풀 사이로 멀어졌다.

산군의 모습이 완전히 시야에서 사라진 후, 간신히 안도의 숨을 내쉴 수 있었다. 이제 더는 사람을 공격할 일은 없을 거라는 걸 알 수 있었다.

백리세란은 옆을 돌아보았다. 그녀가 튀어 나가기 직전의 아주 짧은 공방이었을 텐데 언제 닿았는지 소년의 허리에서 배어 나온 붉은 피가 너덜너덜한 옷자락을 적시고 있었다.

호신강기를 종이 찢듯 찢어 버리는 힘에 목소리처럼 들릴 정도의 의지와 사고력. 이미 영물이라고 볼 수 있었다.

"괜찮아?"

소년이 고개를 끄덕였으나, 그와 함께 바닥으로 한쪽 무릎을 꿇으며 주저앉았다. 백리세란은 깜짝 놀라 함께 몸을 숙였다.

"나한테 약이 있는데, 잠깐……."

상처를 보려고 하였으나 소년은 숨기듯이 상처를 팔로 가렸다.

"지금 고집부릴 때야?"

약간의 실랑이가 있었으나 백리세란은 소년의 상처를 살필 수 있었다. 그리고 경악했다. 호신강기를 종이 찢듯 찢어 버릴 때부터 알아봤지만, 생각보다 내상이 깊었다.

'이거 그냥 상대했으면 정말 힘들었겠는데……?'

원통하지만 언니나 오라버니 수준은 돼야 상대할 만할 듯싶었다. 하나 다행이라 볼 수 있는 건 치명적인 부상은 아니라는 것이었다.

지혈하고 약을 바르고 붕대를 감았을 땐 상당히 시간이 지나, 그녀나 소년이나 둘 다 잔뜩 진이 빠졌다. 지친 기색으로 나무에 기대앉아 있던 백리세란은 문득 시야에 들어온 걸 보고 물었다.

"그런데 이거 괜찮겠어? 이 사람 그냥 시골 현령이 아닌데. 엄청 이름 높은 집안 자제인데. 조부가 육부의 상서라고 들었어."

백리세가라는 이름을 듣고도 알 바냐는 듯 배짱부린 이유가 있었다. 사고를 쳐서 시골에 내려와 있던 것일 뿐, 본래라면 이곳에 있을 만한 집안의 자제가 아니었다.

"알아."

"그런데 죽인 거야? 무슨 대안이라도 있어? 아니면 아무한테도 안 들킬 자신이 있던 거야?"

"들켰어."

백리세란이 펄쩍 뛰었다.

"뭐라고?!"

그녀의 반응과 달리 소년은 태연하게 답했다.

"하지만 다른 방법이 없었어."

"……."

백리세란은 입을 다물었다.

하긴 직접 마주한 산군의 분노는 대단했다. 그녀는 수소문 끝에 산군의 자식을 되사오면 해결되지 않을까 싶었지만, 현령을 끝내지 않는 한 결코 끝날 분노가 아니었다.

만약 현령의 목이 없었고 산군의 아이만 가져다 줬더라면 산군의 분노에 당하는 건 그녀였으리라.

'동물이라고 너무 쉽게 생각했어.'

잠시 입을 다물고 고개를 숙인 채 고민하던 백리세란이 말했다.

"이렇게 하자."

"너랑 나랑 같이 현령을 죽인 거로."

소년이 무슨 소리냐는 듯이 백리세란을 바라보았다.

"엄마 친우 중에 높은 분이 계시거든. 내가 저질렀다고 하면 조금…… 혼나긴 하겠지만 어떻게 수습이 되긴 할 거야."

"왜?"

백리세란은 알아듣고도 모르는 척 빙글빙글 웃으며 말했다.

"뭐가?"

"네가 날 왜 도와주냐고."

"그러는 너는 현령을 죽인 거야? 귀찮아질 게 뻔한데."

감옥에서 말하던 걸 보면 현령에게 원한이 있다거나, 딱히 백성을 돕고자 하는 마음이나 안쓰러운 마음은 없었다.

"스승님이 시켜서."

"스승님?"

"호랑이 때문에 소란스러우니 조용히 시키고 오라고 했거든."

"소란스럽다고?"

"산군을 죽이는 건 내 실력으로 불가능하니, 현령을 죽일 수밖에."

"……."

미친놈인가…….

백리세란은 잠시 말을 잃었다. 잠시 바라보던 백리세란이 다른 질문을 했다.

"네 이름이 뭐야?"

"없어."

"……뭐? 이름이 없다고?"

"응, 없어."

"아, 어쩐지……."

백리세란이 눈가를 쓸어내렸다.

그녀에게는 천기를 읽을 수 있는 능력이 있었다. 날 때부터 있던 능력으로 사고를 할 수 있을 때쯤 홀로 깨달았다. 이 능력에 대해선 아무에게도 알리지 않는 것이 좋다는 걸.

유일하게 어머니만이 그녀의 능력을 짐작했다. 어머니는 그녀를 안

쓰러운 눈빛으로 바라보며 안아 주었다.

"역시 ……의 능력은 네가 물려받는 게 좋겠구나."

그 능력 덕에 그녀는 그녀와 말을 섞은 이들을 저절로 파악할 수 있었다. 이름이 무엇인지, 나이가 몇인지, 어떻게 자랐는지, 거짓말을 하는지, 진실을 이야기하는지.

하지만 이 녀석만큼은 안개가 낀 듯이 뿌옇게 아무것도 알 수 없었다.

"그래도 스승님이 계신다며? 널 부르는 호칭이 있을 거 아냐?"

"제자야."

"……."

백리세란은 멍한 얼굴로 물었다.

"사문이 대체 어디야?"

"비밀이야."

"……."

그녀의 말문을 막은 소년은 기대고 있던 나무를 짚고 몸을 일으켰다. 백리세란은 놀라서 따라 일어났다.

"어디가?"

"가야지."

"바로 떠난다고? 그 몸을 하고? 좀 쉬는 게 좋지 않겠어?"

"여긴 산군만 위험한 게 아니야. 피냄새가 났으니 다른 들짐승들도 몰려올 거야. 너도 여기 머물 생각 말고 떠나."

소년은 더 말하고 싶지 않다는 듯 고개를 까딱인 후 몸을 돌렸다.

백리세란은 그렇게 떠나는 소년을 멍하니 바라보았다.

그리고 느리지만 꾸준한 발걸음으로 길도 없는 깊은 숲속을 익숙하게 걷던 소년은 살짝 미간을 좁히고는 뒤를 돌아보았다. 그와 눈이 마주친 소녀가 환하게 웃었다. 소년은 무표정하게 물었다.

"왜 따라오는데?"

"네 사문이 궁금해서."

"……."

"알려 주면 안 따라갈게."

"……."

"솔직히 내가 도와줬는데 그 정도는 알려 줘도 되지 않아? 검도 없고 손의 단련 정도를 봐서는 권장법을 주로 쓰는 것 같은데 맞아?"

"알려 줄 수 없다고 했잖아."

"그럼 따라다닐 거야. 알아낼 때까지."

붉은 눈동자의 소년은 당혹스럽다는 듯이 눈매를 일그러트렸다.

백리세란은 생각했다. 왠지 느낌이 왔다. 마치 하늘의 인도를 받는 느낌이었다.

그를 따라간다면 찾을 수 있다고. 그녀가 오랫동안 찾아 헤매던 자신만의 것을.

새로운 이야기의 시작이었다.

第六話
어떤 한때

누군가 남궁완의 삶을 평가한다면 그야말로 축복받은 인생이라고 할 것이었다. 그 또한 동감했다.

친부는 무림 세가를 꼽을 때 선두로 꼽히는 남궁 세가의 가주이자 백도 무림 연맹인 무림맹의 맹주. 친모는 일찍이 돌아가셨지만, 대신 그를 아끼는 동복누이의 손에서 자유롭고 거칠 것 없이 자랐다.

무공에 천부적인 자질을 지니고 이를 뒷받침할 만한 지원도 아낌없이 받으며, 무림 세가라면 으레 겪는 다툼이나 경쟁도 없이 편안히 후계자가 되었다.

그야말로 탄탄대로 인생. 거리낄 것 없는 삶. 단 한 번의 장애물도 없이, 돌부리에 걸리는 일 없이 달려왔다.

그리고 지금-

"백리 세가의 백리의강 승!"

남궁완은 천하제일 무술 대회에서 인생의 첫 고배를 마시게 되었다.

와아아아-!

함성이 비무장을 뒤흔들 것처럼 울려 퍼졌다. 누구도 예상 못 한 이변이었다. 날 때부터 천하제일의 기재라고 이름을 날리던 남궁완이 준결승에서 떨어지다니.

물론 누군가는 이렇게 변명할 수 있을 것이다.

"전 경기가 문제였어!"

"맞소. 이백 합이 넘게 혈투를 벌이지 않았소? 체력 소모가 극심했으니 어쩔 수 없지."

어쩌면 이렇게도 말할 수 있을 것이다.

"백리의강이 천하제일 무술 대회의 우승자가 되다니. 누가 예상했겠나!"

"준결승에서 남궁 공자를 꺾을 때부터 예사가 아니었소."

우승자에게 패배한 것은 창피한 일이 아니라고.

하지만 남궁완에게는 절대 아니었다.

"하하하! 아주 기쁜 날일세, 기쁜 날이야!"

"하하하! 그 녀석 표정 봤나? 평소에 고개 빳빳이 들고 다니면서 우승은 따 놓은 것처럼 굴더니만, 하하하. 꼴 좋게 됐어!"

주루 꼭대기의 넓은 내실. 탁자에 자리 잡고 있던 십수 명의 시선이 한곳에 모였다. 누군가 서둘러 술병을 들어 따라 주며 말했다.

"남궁 공자. 저런 말에 일희일비하지 말게."

"그래. 보는 눈이 있는 자라면 대진운이 안 좋았다는 것을……."

탕. 내려친 술잔에서 술이 넘치며 남궁완의 손등을 적셨다. 옆자리의 청년이 황급히 다독이듯이 그의 어깨에 손을 올렸다.

"공자, 공자. 진정하게. 하하."

남궁완은 눈썹을 치켜들고 제 어깨를 다독이는 손을 매섭게 쳐 냈다.

"손 치워."

청년은 말문이 막힌 표정으로 발갛게 올라오는 손등을 문질렀다.

그때 누군가 실실거리며 말했다.

"뭐 그리 화낼 필요 있나? 어차피 이 탁자, 아니, 이 주루의 누구보다 자네 성적이 제일 좋은 것을!"

"참 나, 우리랑 남궁 저 녀석이 비교라도 되나? 그걸 말이라고 하나."

또 다른 누군가 궁금하다는 듯이 물었다.

"왜 하필 이 주루에서 모이자고 한 거야? 입맛 떨어지게. 저 자식들 얼굴을 여기서 봐야겠나?"

아래층에서 남궁완을 비웃으며 얘기를 나누고 있는 자들은 중소 문파, 그중에서도 명문 대파의 하수인 역할을 하는 자들이었다. 반대로 내실에 모인 이들은 남궁완을 필두로 하는 명문 세가의 탕아들로 유명했다.

그들은 고상한 척하는 명문 대파 녀석들과는 만나기만 하면 개와 고양이처럼 으르렁댔고, 이에 명문 대파의 하수인 역할을 하는 아래층 녀석들과의 사이는 최악으로 이미 몇 번이나 주먹다짐을 한 사이였다.

누군가 혀를 차며 답했다.

"왜긴 왜야? 어제 팽 공자가 만각루를 다 때려 부숴서 그렇지. 다른 곳은 다 만석이라 여기밖에 자리가 없었어. 따지고 싶으면 팽 공자한테 가서 따지게."

"아니, 팽 공자는 또 왜? 소향이 때문에?"

"이유가 뭐가 중요해. 공자 때문에 여기로 쫓겨났단 사실이 문제지."

"아- 그래서 오늘 팽 공자가 없었구먼."

"그러게 어? 작작 먹으라니까."

다시 왁자지껄해진 술자리에 남궁완은 말없이 술잔을 들었다.

하지만 신경을 쓰지 않으려고 해도 방음이라고는 쥐뿔도 되지 않는 주루 아래층에서 들려오는 목소리까지 막을 수는 없었다. 특히나 남궁완의 날카로운 기감에는 그들의 목소리가 선명하게 들려왔다.

"……자네가 모를 뿐이지. 백리 공자는 본래도 기재가 뛰어났다더군!"

"그런 이가 왜 이름이 알려지지 않았던 건가?"

"섬서 지역에서는 이미 유명인이었다네. 약자를 살피고 협행을 베풀어서 명성이 높았다고."

남궁완은 인상을 찡그렸다.

'백리 세가는 호남성이 본거지 아닌가? 그런데 호남성이 아니라 섬서성에서 이름을 날렸다고?'

왜 제 고향도 아니고 먼 지역에서 이름을 날린단 말인가? 그러니까 그냥 이름 없는 백리 세가의 방계인 줄 알았지!

꿀꺽꿀꺽.

"자네 너무 급하게 마시는 거 아닌가?"

남궁완은 됐고, 술이라 따르라는 듯 빈 술잔을 내밀었다.

"내 호남성 출신 지기에게 물어보았는데, 백리 공자가 백리 세가의 서출이라더군. 친모상 이후 한 번도 모습을 보인 적이 없다던데."

"가문을 떠났다는 겐가?"

"그건 확실치 않네. 하지만 왜, 여기 다들 백리 세가 적출들 얘기 들은 이 있는가? 들어 봤나? 자네는? 자네는?"

남궁완 또한 자신도 들어 본 적 없다고 생각했다.

그는 그동안 백리 세가는 갑자기 튀어나온 백리패혁이라는 초고수 말고는 별 볼 것 없는 가문이라고 생각했었다. 그런 문파와 가문들은 흔했다. 뛰어난 기재를 지닌 자가 이름을 알렸지만 자식이나 제자들까지 이어지지 못하는 경우.

아니, 오히려 대부분 다 그런 결말이었다.

그렇기에 대대로 고수를 배출해내는 곳을 명문대파, 명문세가라고 부르는 것이었다.

"그렇지. 다들 들어 본 적 없지들?"

"그러고 보니 이번 대회에도 참석 안 하지 않았나?"

"그렇지! 내말이 그걸세. 대회에도 참석하지 않고, 기린회에도 코빼기도 안 비친 걸 보면 뭐, 뻔하지 않나."

기린회는 젊은 후기지수들로 구성된 무림맹의 조직 중 하나로, 그곳에 속한 후기지수가 자신의 가문과 문파의 미래를 대표하는 얼굴로 여겼다. 그렇기에 명문대파의 경우 기린회에는 고르고 고른 뛰어난 능력자들만 보내고 받아들였다.

또한, 그만큼 좋은 인맥의 장이었기에 웬만한 문파나 가문의 경우 어떻게든 기린회에 참가시키려 들었다. 하지만 백리 성을 지닌 자를 아무도 찾아볼 수 없던 것을 보면…….

"적출들이 얼마나 변변치 않으면. 현 백리 세가주의 명성이라면 입회시험 따위도 필요 없었을 텐데 말이야!"

"그러고 보니 맹에서 백리 공자에게 기린회 가입을 권유하겠지?"

"우승자인데, 당연하지!"

어느새 다시 조용해진 내실 안 탁자의 누군가가 중얼거렸다.

"서출 주제에……. 쯧, 주제도 모르고."

사제 간의 연으로 구성되는 문파와 달리 가문은 혈연으로 구성되었고, 당연히 적서를 구별하려 들었다.

적자가 재능을 지녔다면 그보다 더 좋은 일은 없었다. 하지만 서출 서자 주제에 적자보다 더 재능이 뛰어나다면? 그때부터 분란이 생기는 것이다.

피비린내 나는 음모와 싸움이 벌어지는 일도 심심치 않게 있었고, 그러다 근방 경쟁 세력의 공격으로 가문이 통째로 망하는 경우도 볼 수 있었다. 그러니 자연스레 다들 이런 부분에는 예민할 수밖에 없었다.

일반적으로 적자가 서출보다 잘나갔다. 가문의 지원을 아낌없이 모조리 받을 테니, 당연한 결과였다. 하지만 가끔은 이렇게 백리 세가 같은 경우가 벌어지는 것이다.

그리고 날 때부터 자신의 것이라 생각한 자리를 위협당한 적자들은 그 모습을 극렬히 혐오했다.

"백리 세가도 호랑이 새끼를 키웠어. 저러다 일 치지."

그때 남궁완이 냉소를 지으며 손안의 술잔을 빙그르 돌렸다.

"호랑이 새끼가 호랑이인 건 당연하지. 호랑이 새끼로 태어나 늑대조차 되지 못한 주제에 말이 많아?"

"공자? 갑자기 왜 그러는 거요?"

"한심해서 그렇다. 적자고 서자고 쥐뿔도 없으니 내세울 게 혈통밖에 없지. 검술 수련은 안 하고 매번 여자 뒤꽁무니나 따라다니니 늑대 새끼도 아니고 발정 난 고양이나 다름없어."

싸늘해진 분위기에 발끈한 누군가가 말했다.

"남궁 공자, 말이 너무한 것 아니오?"

"내가 틀린 말 했나?"

"하긴 공자가 알 리가 없지. 손이 귀한 집안에서 자라 이런 걱정 따윈 해 본 적이 없을 텐데, 아니 그러오?"

"……."

"……."

픽, 헛웃음을 지은 남궁완이 자리에서 일어났다. 깜짝 놀란 누군가가 "왜, 왜 이러는 건가! 별것도 아닌 말에."라고 하며 남궁완을 붙잡고 다른 이는 서둘러 상대에게 사과하라고 종용했다.

사과를 종용받은 자가 고개를 숙였다.

"내 말이 좀 심했소. 미안하오."

인상을 찡그린 남궁완이 맥 빠진다는 듯이 자리에 다시 앉았다.

"……."

"……."

최악의 분위기에 내실이 침묵에 잠기자, 아래층의 대화가 더욱 잘 들려왔다.

"……해서 화산파의 명진과 친분이 있었던 게로군?"

"그녀도 아쉽게 되었지. 검격이 대단하던데. 매화가 눈앞에 떠오르는 듯하더군. 조금만 일찍 입문했어도 이번 우승은 떼 놓은 당상이었겠어."

내실의 사람들이 이번에는 기분 나쁜 기색으로 대화가 들린 방향을 향했다.

"당연하지. 그래도 하하, 이번에 그 남궁 공자가 나온다고 세가 놈들이 어찌나 거들먹거리던지. 제가 우승하는 것도 아닌데! 하하하."

동의한다는 듯이 술잔을 맞부딪치는 소리가 들렸다.

"그런데 백리 공자도 세가 출신 아닌가?"

"그래서 더 재미있지 않나. 고작해야 가문에서 뛰쳐나간 서출에게 패배라니, 남궁 세가도 이제 별 볼 일 없겠어."

"그, 내 듣기론 남궁 세가에 직계가 한 명 더 있지 않았소?"

"아, 남궁 소저?"

남궁완의 누이가 언급된 순간 내실의 모두가 숨을 멈추었다.

방금 전 서둘러 사과한 이유기도 했다. 남궁완은 누이가 언급되기만 하면-그게 좋은 쪽이든 나쁜 쪽이든 가리지 않고-미친놈처럼 변하기 때문이었는데…….

"내 멀리서 한 번 본 적 있소. 외모는 확실히 천하제일이더군."

"그럼 뭐 하나, 무공은 범인 수준이라던데."

"남궁 세가에서 평범하다고? 어지간히 재능이 없었나 보군. 하하, 뭐든 하나는 천하제일이니 됐지 않소! 여인이 그거면 충분……."

쾅-!

갑자기 위층에서 누군가 탁자로 떨어져 내렸다.

"무, 무슨……! 남궁-"

끝까지 말을 마칠 수도 없었다.

빠악! 퍽퍽퍽퍽!

"꺄아악!"

"지금 이게 무슨 짓이- 억! 으억! 컥!"

"아아악!"

순식간에 주루에 비명이 난무했다.

남궁완이 시작한 싸움은 말리는 사람들이 얽히며 점점 더 큰 다툼이 되고, 결국 무림 가문들과 문파들 간의 패싸움이 되어 버렸다.

그리고 무림맹 맹주실.

"네 나이가 대체 몇이냐! 어쩌자고 이런 패싸움을 벌여! 이를 수습하는 데 얼마나 고생했는지 아느냐!"

"고생은 무슨, 돈이나 들었겠죠."

"뭐, 뭐랏?"

"아버지, 돈도 많은데 소인배처럼 굴지 마세요. 그거 뭐 얼마나 들었다고."

현 무림맹주이자 남궁 세가의 가주인 남궁무철은 순간 기가 막혀서 말을 잃었다.

잠시 뒤, 얼굴을 구기고 버럭 소리쳤다.

"다친 사람만 스물이 넘는다! 한 명은 팔이, 한 명은 다리가 부러졌어! 그런데 뭐? 얼마나 들었냐고!"

고함에도 미동 없는 자식의 낯에 참아 보자는 듯이 숨을 한 번 가다듬고 목소리를 낮췄다.

"오늘이 시상식이다. 네가 나서서 싸움을 주도하다니, 대체 무슨 생각인 게야?"

"제가 우승한 것도 아닌데 저랑 무슨 상관입니까?"

물론 언성을 낮추려는 시도는 바로 무산되었다.

"그래. 아주 잘났구나! 무슨 상관이냐고? 백도 무림 연맹의 화합을 내보여야 하는 전날 밤에 무림맹주의 아들이 중소 문파 제자들을 작신작신 밟았는데 무슨 상관? 네가 무슨 그냥 뒷골목 왈패이더냐! 우승도 못 한 주제에 쌈박질이나 벌이고 다니고!"

제 아비가 호통치는 내내 심드렁한 반응을 보이던 남궁완이 '우승도 못 한 주제에'를 듣는 순간 울컥한 낯을 했다. 남궁무철도 그런 남궁완의 반응을 알아챘다. 속으로 탄식하며 소리쳤다.

"네 누이가 네 소식을 그렇게 기대하고 있는데, 사고나 치고 다녔다는 얘길 들으면 퍽이나 좋아하겠구나!"

"……."

아들은 그제야 조금 후회하는 듯한 내색이었다. 남궁무철은 지친 기색으로 입을 다물었다. 고작 소리 몇 번 질렀다고 지칠 체력은 아니지만, 정신적으로 피곤했다.

남궁완이 태어났을 때의 남궁 세가는 완전히 혼란 그 자체였다.

남궁무철의 아내는 남궁완을 낳고 나서 얼마 지나지 않아 원인을 알 수 없는 이유로 사망. 이에 슬퍼하기도 전에 남궁완의 조부이자 남궁무철의 친부인 전대 가주도 연달아 사망하였다. 급작스러운 죽음이었다.

남궁무철은 아내의 상도 끝마치기 전에 갑자기 가주직에 오르게 되었다. 느닷없이 가주직을 물려받은 상황에서 돌아가신 친부에 비해 부족한 무공 실력으로 수련에 매진하면서 가문 안팎으로 지속되는 혼란을 잠재워야 했다.

아무도 믿을 수 없던 시절이었다. 자식들 역시 안전 외에는 달리 신경 쓸 겨를이 없었다. 어미가 없는 아이의 훈육은 자연스럽게 다섯 살 터울 누이인 남궁서의 몫이었다.

첫째 딸인 남궁서는 본래도 성품이 온화하고 상냥하며 호승심이 없었다. 거기에다 남궁서는 백일도 안 돼 어미를 잃은 제 동생을 매우 안쓰럽게 여겼다. 그 탓에 남궁완이 온갖 사고를 쳐도 언성 한 번 제대로 높이지 못하고 제 아비의 귀에 들어가지 않게 수습하기만 했다.

남궁무철은 뒤늦게 문제를 깨닫고 남궁완을 직접 훈육하러 들었으나, 이미 때는 늦어 있었다. 그나마 유일하게 다행인 것은 아들이 제 누이의 말은 듣는 척이라도 한다는 점이었다.

남궁무철이 착잡한 마음을 숨기며 엄하게 말했다.

"그리고 네 친우들, 질이 좋지 않으니 어울리는 건 자제해라."

남궁완이 한쪽 눈썹을 치켜들었다.

"그냥 술이나 같이 먹는 거죠. 친우는 무슨……."

"친우도 아니라면 왜 하필 그런 자들과 어울리는 것이냐?"

싸움의 포문을 연 것은 남궁완이었지만, 사람이 크게 다치고 패싸움으로 번지게 된 것은 말리지는 못할망정 옆에서 불을 지피던 자들 탓이 컸다. 심지어 그자들이 평소 마음에 들지 않던 녀석들과 남궁완 사이 싸움을 붙이려고 고의로 그 주루에 자리를 잡았다는 정황도 있었다.

하지만 아들에게 그 사실을 알릴 수는 없었다. 그 사실을 알리는 순간 이제 또 그놈을 때려눕히겠다고 할 미래가 뻔히 보였기 때문이다.

이 상황에서 그나마 다행인 것은 처음 싸움을 시작하게 된 대화 내용에 대한 증언이 명확했고, 무림맹의 율법원에서 피해자들의 언행이 먼저 문제였다고 판단한 것이었다.

남궁무철이 말했다.

"사과하거라. 그쪽도 네게 한 말들을 사과하기로 했다."

남궁완이 헛웃음을 터트렸다. 그러고는 어처구니없다는 듯 말을 이었다.

"아버지, 제가 그런 일 사과하는 거 본 적 있으세요?"

"남궁완."

"안 합니다."

"앉지 못할까!"

"아니, 아버지. 제가 뭐 아주 답 없는 대형 사고를 친 것도 아니지 않습니까? 예? 무림맹의 맹주님이신데 애들 싸움 정도는 수습이 어려운 일도 아니잖아요?"

"너……! 네가 그게 정녕 할 말이냐!"

그때 남궁완이 돌연 물었다.

"아버지, 아버지 말씀 잘 듣는데 무공이 바닥인 자식이 좋으세요, 아니면 망나니에 사고만 치지만 무공은 높은 자식이 좋으세요?"

"……."

"저는 아버지의 기대에 충분히 부응하고 있으니 이래라저래라 잔소리 마십쇼."

남궁완은 처음부터 답을 들을 생각도 없었다는 듯 조소를 입에 머금고 소맷자락을 털었다. 말을 잃은 남궁무철이 얼굴을 잔뜩 일그러트렸다가 호통을 치려던 순간이었다.

"맹주님, 청룡단주께서 귀환하셨습니다."

문 앞에서 맹원이 조심스럽게 보고를 올렸다. 남궁완이 비죽 웃으며 말했다.

"공사다망하신 맹주님을 바쁘게 했네요. 피차간 진심 없는 사과 따위 필요 없다고 전해 주십쇼."

"남궁완! 거기 앉거라!"

남궁완은 돌아보지 않고 맹주실을 빠져나갔다.

결국, 남궁완은 한 달간 근신하며 반성하라는 명을 받았다. 이에 남궁완은 코웃음을 쳤다. 근신이 뭐 별거 있나? 수련에 집중하고 좋지.

한 달 뒤.

남궁완은 근신이 끝나는 날 맹주실로 찾아오라는 부름을 무시한 채 찾아온 친우들과 밖으로 나갔다. 그리고 새로 생긴 노름판에서 거하게 노름을 하고 주루에서 종일 술을 마셨다.

맹주실에 찾아간 것은 다음날 정오가 넘어서였다. 느지막이 일어난 남궁완은 술 냄새를 풀풀 풍기며 무림맹 본당으로 향했다.

본당의 맹주실에는 선객이 있었다. 무림맹 기동대인 청룡단의 단주, 위지백이었다.

"……하여 지원은 힘들 것 같다는 전언을 보내왔습니다."

"새삼스럽지도 않군. 원래 저들 안위만 챙기기에 급급한 녀석들이니. 그러면……."

분명 들어온 것을 알 텐데도, 남궁무철은 위지백과 논의에 바빠 아들에게 시선 한 자락 주지 않았다. 남궁완은 익숙하게 적당한 자리를 찾아 앉았다.

그의 어릴 적은 늘 이런 모습으로 가득했다. 현 남궁 세가주가 가문 내외의 혼란을 수습하고, 강호에서 남궁 세가가 무시 당하지 않을 무위를 갖추는 데 대략 십여년이 걸렸다.

그동안 아비의 얼굴은 일 년에 서너 번 보면 많이 보는 것이었다. 그 또한 대부분 연공실에서 수련을 평가받고 가문 절기를 사사하는 시간이었다.

이후, 가문이 안정되고 초고수의 반열에 오르자 남궁 세가주는 무림맹주가 되어서 본가를 떠났다.

"듣고 있느냐?"

남궁무철의 말에 남궁완이 건성으로 고개를 끄덕였다.

"예. 말씀하세요."

"앞으로 임무에서는 분란을 일으켜선 안 된다. 너도 알고 있을 것이다. 기린회 다음 회주로 네가 거론되고 있다는 것을. 계속 이런 식이면 네가 부적격하다고 할 것이다. 이미 그런 말들이 나오고 있어."

남궁무철이 차로 목을 축이고 다시 말을 이었다.

"네가 앞장서서 다독이지는 못할망정 오히려 무림맹의 자제들과 분란을 일으키고 다녀서야 어찌 회주직을 맡길 수 있겠느냐?"

"그깟 거 안 맡고 말죠. 안 그래도 귀찮았는데. 제가 아쉬울 것 같습니까? 다른 놈이 맡으라고 하세요. 어떤 잘난 놈이 맡을지 궁금하네요."

저보다 실력이 낮으면 절대 가만두지 않을 것 같은 눈빛이었다. 얼굴을 구긴 남궁무철이 한마디 하려 할 때 잠시 나갔다가 다시 돌아온 위지백이 공손히 말했다.

"맹주님, 회의 시간이 되었습니다. 불참을 통보한 옥성 진인과 태목 진인 빼고는 모두 모였습니다."

"알겠네."

자리에서 일어난 남궁무철이 맹주실 한쪽의 빽빽한 선반을 가리키며 말했다.

"다섯째 줄 제일 오른쪽 선반을 보면 서아가 네게 보낸 서신이 있으니 가져가거라."

"누이가 서신을 보냈다고요?"

몸을 일으킨 남궁완이 곧장 선반으로 향했다. 그러나 서신을 찾고도 집어 들지 못하고 머뭇거렸다.

남궁무철이 말했다.

"네가 친 사고는 귀에 안 들어가게 했다."

남궁완이 살짝 눈을 크게 떴다가 얌전히 고개를 숙였다.

"……감사합니다."

"네 누이도 곧 혼인할 텐데, 너도 이제 그만 철이 들어야지 않겠느냐?"

남궁완은 얼굴을 구길 뻔한 걸 겨우 참고 말했다.

"아버지, 저기 청룡단주께서 아주 애절한 눈으로 바라보시는데 어서 가 보시죠? 급하신 거 아닙니까?"

위지백은 사람 좋은 웃음을 한 채 말했다.

"그렇게 애절하진 않았습니다. 하하. 남궁 공자, 아까는 상황이 상황인지라 인사를 못 드렸습니다."

남궁완은 고개를 까딱이며 건성으로 인사를 받았다.

"저 아이가 버릇이 없어 미안하네. 잠시 먼저 나가 있게나."

"괜찮습니다. 그럼 먼저 회의실에 가 있겠습니다."

위지백이 맹주실을 떠나고 한마디 하고 싶은 것처럼 바라보는 남궁무철의 시선에 남궁완이 미리 선수를 쳤다.

"그래서 맡기실 임무가 대체 뭔데요? 설명이나 빨리하시고 가시죠."

남궁무철이 집어던지고 싶다는 듯이 두루마리를 집어 들었다가 내려놓았다.

"설명은 밖에 기다리고 있는 맹원이 할 것이다. 본래는 내 어제 알려 주어 준비할 시간을 주려 했건만, 쯧. 어쩔 수 없지. 시간이 촉박하니 준비할 시간은 따로 없느니라."

남궁완이 서신을 소중하게 품에 넣고 맹주실을 나왔다. 나가자마자 임무를 안내해 줄 맹원을 만났다. 맹원은 걸어가며 그에게 간략하게 설명을 했다.

"어려운 임무는 아닙니다. 간단한 조사 임무인데, 일단 조원의 손발을 맞추는 것에 중점을 두었습니다. 보통은 네 명이 한 조이나 이번에는 특별히 다섯 명으로 구성했습니다. 모두 공자님께서 아시는 분들입니다. 남궁 공자께서만 오시면 바로 출발이라 모여 계실 텐데……아, 저기 있군요."

따가운 가을볕을 피하려는 듯 커다란 나무 그늘에 네 명의 인원이 모여 있었다.

가장 앞쪽의 키 큰 여인은 인망으로 꽤 유명한 검씨 가문의 소저였다. 잘생긴 얼굴을 하고도 여인들 사이에서 평가가 바닥인 남궁완과 사이가 나쁘지 않은 드문 여인이었다. 그 옆에는 도로 유명한 문파의 수제자와 허정이라는 법명을 지닌 승려가 있었다.

남궁완이 속으로 혀를 찼다.

'소림 녀석들은 늘 별론데.'

남궁완이 제일 싫어하는 부류가 고결한 척하는 놈들이었다.

그리고 마지막으로 뒷모습만 보이던 연옥색 의복에 흔한 장식 하나 없이 백색 검만 허리에 찬 청년이 기척을 느낀 듯 그를 돌아보았다. 청아한 낯의 정명한 눈빛을 청년.

백리의강이었다.

남궁완이 짜증스레 중얼거렸다.

"아, 노망났나."

임무는 어렵지 않았고, 아무 사고 없이 빠르고 깔끔하게 끝났다.

다만 임무를 수행하는 내내 남궁완은 백리의강과 말 한마디 나누지 않았다. 백리의강도 주제를 아는지 제게 말 걸며 친근한 척 다가

오지 않아 남궁완은 아주 만족스러웠다.

성공적이었던 첫임무 이후로 두 사람은 몇 번 임무를 함께하게 되었다. 또한, 그 몇 번의 임무를 하는 동안에도 단 한 번도 서로 말을 나누지 않았다.

그리고-

'이 자식 나를 피하나? 설마 지금 나랑 싸우자는 건가?'

처음 말을 걸지 않아 주제를 안다고, 좋다고 생각했던 과거는 싹 머릿속에서 지워 버린 남궁완이었다.

"여기 보고서입니다."

남궁완에게 임무 보고를 모두 받은 남궁무철이 흡족한 표정으로 말했다.

"네가 요즘 꽤 점잖아졌다는 평이 들리는구나. 괜한 싸움도 벌이지 않고, 임무도 성실히 수행한다고."

"……."

기특하다는 눈빛을 받으며 남궁완이 인상을 찡그렸다.

그랬나? 생각해 보니 그랬다.

최근에 조롱하고 싸운 상대는 임무 대상인 흑도 놈들뿐이었다. 제일 마음에 들지 않는 녀석이 백리의강이었는데, 그 녀석과 말 자체를 하지 않으니 싸울 일이 없던 것이다.

그리고 아버지의 칭찬을 받자 불현듯 백리의강 놈에게 트집을 잡고 싶은 생각이 들었다. 못된 청개구리 심보라고 해도 상관없었다. 스스로가 제일 잘 알고 있으니까.

남궁무철이 그런 남궁완의 속내는 전혀 모른 채 말을 이어 갔다.

"네 누이의 혼례식을 위한 길일이 잡혔다. 본가로 먼저 내려가 준비를 돕거라."

"뭐라고요? 벌써요? 뭐 이렇게 일찍 보내십니까?"

"서로 마음에 드는데 더 미룰 것이 뭐가 있겠느냐."

"그래도 천천히⋯⋯ 아니, 그런데 저 먼저 가라고요? 아버지는요?"

"마무리 지을 일이 있다. 좀 더 있다가 날을 맞춰서 내려가겠다."

"예?"

남궁완은 제 귀를 의심하며 두 주먹을 꽉 쥐었다. 용건이 끝났다는 듯 두루마리를 펼치던 남궁무철이 고개를 들어 남궁완을 바라보았다.

"나가지 않고 뭘 하느냐? 할 말이 더 있느냐?"

"하! 없습니다."

싸늘히 말한 남궁완이 옷자락을 펄럭이면서 인사도 없이 맹주실을 나갔다.

그리고 전각 밖에서 기다리던 수행무사, 심지평은 전각을 나오는 남궁완의 표정을 보고 숨을 멈췄다.

심지평은 남궁완과 비슷한 또래로 같이 자라고 수련하며 어릴 적부터 그를 보필해 온 무사였다. 그래서 아주 잘 알았다. 저 얼굴은 사고 치기 직전의 표정이라는 것을.

심지평은 남궁완의 뒤를 초조하게 쫓았다. 그리고 그들이 본단 중앙부를 빠져나가기 전에 귀를 잡아채는 목소리가 들렸다.

"이제 한동안 그자와 임무를 같이 나갈 일은 없겠구려."

"그자?"

"남궁 공자 말일세."

"그렇군. 그런데 임무는 무슨 소린가?"

화산파 장문인의 수제자인 명진과 백리의강이었다.

명진이 말했다.

"아, 자네는 방금 귀환했으니 못 들었겠구려. 이번에 맹주님의 장녀가 혼례를 올린다더군."

심지평은 또 숨을 멈췄다. 누이에 대해 언급하면 그게 좋은 소리든 나쁜 소리든 남궁완이 발작을 한다는 사실을 심지평 또한 아주 잘 알았다.

잠시 멈춰 섰던 남궁완이 마치 잘 걸렸다는 듯이 목소리가 들린 방향을 향해 몸을 틀었다.

그때 의아한 목소리가 들렸다.

"남궁 공자에게 누이가 있었나?"

남궁완의 발이 멈췄다. 이걸 막아서야 하나 말아야 하나 고민하던 심지평도 순간 기가 막혀 멈춰 섰다. 아니, 감히 남궁 세가의 금지옥엽이자 강호 절색으로 이름 높은 남궁서 아가씨를 모른다고? 감히?

침묵하던 상대도 헛웃음을 지으며 말했다.

"자네…… 정말 아무것도 몰랐구먼. 차라리 그게 낫지. 남궁 공자를 비롯한 세가 출신들은 모두 방종하고 교만하며 무례하기 그지없네."

"나 또한 세가 사람이라네."

"자네는 다르지. 자네가 백리 세가 사람만 아니었다면 스승님께서도 제자로 받았을 거라고 무척 아쉬워하시지 않았나."

"검선께서 이미 내려 주신 가르침만으로도 충분하네. 그저 감사할 뿐이지."

남궁완은 눈썹을 치켜떴다.

저 자식이 매화검선에게 가르침을 받은 적이 있다고?

매화검선은 전 세대의 천하 강자로 지금은 백 살이 넘어 속세에서 물러난 상태로 거의 선인처럼 여겨지는 존재였다. 매화검선께 무슨 가르침을 받았을까? 살짝, 아니, 조금 많이 부러워졌다.

"그리고 내가 백리 성을 지니지 않았다면 자네를 만나지도 못했을 것이네."

"아…… 미안하네. 자네 가문을 욕보이려던 것은 아닐세."

잠시 말이 없다가 백리의강이 다시 입을 열었다.

"그리고 앞으로는 다른 이에 관해서 뒤에서 이리 말하는 건 그만두는 것이 좋겠군. 그의 인간관계와 태도에 대해서는 우리가 논할 것이 아닐세."

한숨을 내쉬며 혀를 차는 소리가 들렸다.

"그리 좋게 말해 줄 필요 없네. 그자가 지금껏 임무 내내 자네에게 말 한마디 건네지 않았다는 건 이미 다 소문났어!"

"누가 그리 말한 것인가? 전혀 아닐세."

"음? 그럼 그 말들이 다 거짓이라는 겐가?"

남궁완도 저게 지금 무슨 말을 하는가 의아했다. 설마 저를 보호하고자 거짓을 말하려는 것인가? 그렇다면 정말 웃기지도 않는 짓거리였다.

백리의강이 말을 이었다.

"남궁 공자와 말을 해 본 적 없는 건 맞네. 하지만 말을 하지 않아도 서로의 생각이 같으니 할 필요가 없었던 거라네."

아닌데. 그냥 재수 없어서 말을 안 걸었던 건데…….

남궁완은 너무 어이가 없어 전투 의지가 모조리 증발해 버렸다. 상대도 어처구니가 없는지 긴 침묵을 이어갔다.

"자네는 가끔 이리 엉뚱한 면이 있어."

"그게 무슨 소린가?"

"그 모습이 좋단 말일세. 귀히 여겨야지."

점차 발소리와 함께 목소리도 멀어졌다.

"……."

"……."

남궁완이 심지평을 돌아보며 말했다.

"저거 어디 모자란 놈 같지?"

"하, 하하하, 하하."

"누가 그런다고 넘어갈 줄 알아?"

남궁완은 코웃음을 쳤다. 백리의강이 저렇게 생각하는 걸 알았다고 한들 먼저 말을 걸 생각은 없었다. 지는 것 같았으니까. 절대 이것만큼은 질 수 없었다.

남궁완은 세상이 알아주는 왕고집이었다. 그런데도 정말 어이가 없어서 실소가 절로 나왔다.

제가 뭐 부처야? 어이가 없네.

가끔 무림인 중에 그런 놈들이 있었다. 착한 척, 고상한 척, 선(善)을 논하는 놈들. 그래 봤자 제 이권이 걸린 일이 벌어진다면 언제 부처처럼 굴었냐는 듯이 추잡한 꼴을 보였다. 그게 아니면 오래 못 살고 죽거나.

한참 헛웃음을 흘리던 남궁완이 눈을 번뜩이며 중얼거렸다.

"그런데 말이야…… 어떤 새끼가 소문내고 다닌 거지?"

심지평이 깜짝 놀라 그를 붙잡았다.

"소, 소가주님, 오늘도 사고를 치시면 가주님께서 정말 화를 내실 겁니다. 가문으로 돌아가셔야죠.”

“내가 알 바야?”

그때 남궁완은 제 조부와 친모의 죽음에 의심스러운 정황이 있었으며, 제 아비가 이를 파헤치고 남궁완과 남궁서를 안전하게 키우기 위해 어떤 노력을 했는지 전혀 몰랐다.

그렇게 사춘기부터 시작된 아버지를 향한 기나긴 반항은 고집스레 이어지다가 시집간 누이가 마교에게 살해당하며 막을 내리리란 것도.

시원치 않은 단목 세가 놈에게 누이를 떠나보내고 남궁완은 헛헛한 마음에 수련에 집중했다. 폐관 수련에 들어가 버리고 싶었으나, 누이까지 떠나고 나자 가문의 내부 일을 처리할 사람이 없어 그럴 수도 없었다.

반년을 버티던 남궁완은 결국 귀찮기 그지없는 집안 관리에서 도망치듯 다시 무림맹으로 향했다.

“어이 남궁완이! 무한에 언제 왔나?”

“알아서 뭐하게.”

“하하, 가문에 몇 년이고 붙어 있을 것 같았는데 금방 다시 보니 좋아서 그렇지.”

“거지 같은 장로 놈들. 이래라저래라 잔소리에 칼 뽑을 것 같아 왔네.”

“잘 왔네. 잘 왔어. 자, 자, 들게!”

누이가 떠나고 나서 이런 술자리도 한동안 심드렁했었다. 오랜만에 자리를 차지하고 그간 있었던 일들을 듣던 그의 귀를 잡아채는 이름이 있었다.

"백리의강? 그 샌님이 뭘 했길래?"

"아, 대단한 소란이었지 암! 자네도 이걸 직접 봐야 했는데!"

그러니까 대략 한 달 전쯤, 구파는 아니었지만, 나름 어느 정도 명문으로 취급되는 한 곳의 수제자가 술에 잔뜩 취해서 하급 맹원 한 명을 때려죽이는 일이 벌어진 것이다.

하지만 당시 함께 있던 이들은 서로의 친분과 문파 사이의 관계, 귀찮은 일을 저어하는 마음에 그 사건에 대해서 아무도 증언을 하지 않았다.

이에 조사상 미심쩍은 부분은 있었으나 결국 하급 맹원의 불온한 사고사 정도로 마무리될 뻔했다. 누군가 증인으로 나와 억울함을 호소하는 하급 맹원의 가족들과 함께 재조사 요청을 하지만 않았다면.

"백리의강이 증인으로 나왔다고?"

남궁완의 물음에 상대가 고개를 끄덕였다.

"그렇다니까. 자신이 맹원이 죽은 시각, 그 근처에서 피를 잔뜩 묻힌 그놈을 봤다고 증언했다네."

남궁완이 술잔을 쥔 채 인상을 찡그렸다.

"……백리의강이 왜?"

"자네도 이해가 안 가지? 그렇고 말고. 그 둘이 꽤 친하지 않았나!"

"맞아, 맞아. 그놈이 백리의강에게 얼마나 공을 들였나? 그 자식이 꼴사납게 백리의강과 붙어 다니는 꼴을 우리가 다 봤는데."

"백리의강도 그런 놈인 줄은 몰랐겠지. 술버릇은 좀 나빴어도 그간 평은 좋지 않았나?"

남궁완이 술을 털어 넣었다.

"대단하신 협객 나셨군. 고작 하급 맹원 한 명 때문에 척을 지다니."

결국, 그 문파의 수제자는 기린회에서 쫓겨나듯 자진 탈퇴하고 본산으로 황급히 귀환했으며, 문파에서는 피해자에게 막대한 보상과 제대로 된 사과를 건넸다.

그렇게 끝났다면 좋기만 한 일이겠지만…….

동시에 이 사건을 알면서도 모른 척 증언을 하지 않았던 다른 문파인들의 존재도 밝혀지며 그들의 체면이 크게 상하게 되었다. 체면은 강호인에게 아주 예민한 문제였다.

"아니, 백리 공자 저래도 괜찮나?"

"백리 세가에서 내놓은 자식 아니었어? 사실은 뒷배를 봐주고 있었던 건가?"

남궁완이 술잔을 채웠다.

"그러게. 분명 그 소인배 놈들이 가만히 넘어가지 않을 텐데 말이야."

그 뒤로도 비슷한 일이 몇 번 반복되었다.

저 사건이 널리 알려진 후 사람들은 억울한 일을 당하면 백리의강을 찾았고, 그는 돕길 주저하지 않았다. 그의 이름은 나날이 높아졌고, 사람들은 백리의강이 고결하고 의롭다고 말했다. 그리고 그만큼 누군가에게는 눈엣가시 같은 존재가 되었다.

이를 보며 남궁완은 쯧쯧, 저러다 오래 못 가지, 라고 생각했다.

어쨌든지 간에 백도 나부랭이들은 겉으로는 평판을 신경 썼기에 백리의강에게 대놓고 손을 쓰진 못했다. 대신 암암리에 어떻게든 그를 망신시키려 온갖 방법으로 함정에 빠트리려고 했다.

그리고…….

먼저 함정에 빠지는 꼴을 보이게 된 것은 남궁완이였다.

남궁완은 아득해지는 정신으로 생각했다. 그 자식 말이 맞을 줄이야.

그러니까 이 일은 며칠 전으로 돌아가야 했다.

남궁완을 비롯한 기린회의 사람들은 무림맹에서 임무를 하나 맡았다. 산동성의 사교 무리 조사와 토벌이었다.

갑자기 나타난 사교 무리가 나날이 세를 불려 가는데 그 주변에서 강호인들이 계속 실종되길 반복했다. 심지어 근방의 작은 도가 문파의 문도들이 어느 날 갑자기 흔적도 없이 모조리 사라져 버리기까지 했다.

이를 수상히 여긴 백도 세력이 민생을 힘들게 한다는 명목으로 사교 무리의 토벌에 나섰다. 그런데…… 역으로 오히려 모조리 포로가 되어 버린 것이다.

이에 피해자들의 가문과 문파들이 무림맹에 조력을 요청하였고 무림맹에서 기린회 사람들과 맹원 스무 명을 함께 파견하였다. 본디 조장이었던 검 소저가 가문으로 돌아가고, 남궁완이 조장이 되어 맡은 첫 임무이기도 했다.

쌀쌀한 날씨에 옷깃을 여미던 남궁완이 와락 짜증을 냈다.

"아니, 애초에 여기 코앞에 악가가 있지 않아? 거긴 제 앞마당에서 이런 일이 벌어지는데 뭘 하는 거야?"

"각기 사연이 있겠지요. 언성을 낮추시지요."

"사연은 무슨 사연. 이따위로 굴 거면 산동을 넘겨주던가."

남궁완은 뭐라는 거냐는 듯 조원인 허정 스님을 바라보았다가 이내 깨달았다는 듯이 말했다.

"그러고 보니 피해자들이 특히 도사나 스님이 많다던데. 뭐 아는 거 없어? 어디 원한 쌓은 거 아냐?"

허정 스님이 불편한 표정을 지었고, 이번에 검 소저 대신 새로운 조원이 된 양진소가 황급히 끼어들었다.

"우연이겠지요. 게다가 소림은 좀처럼 속세에 관심이 없는데 무슨 원한을 쌓겠어요."

"속세에 관심 없는데 시주를 그렇게 받아……."

그때 백리의강이 남궁완의 말을 끊듯 찻잔을 내려놓으며 입을 열었다.

"왔습니다."

약속 장소였던 다관의 문이 열리고 한 사람이 들어왔다. 열네다섯이나 되었을까? 제 키의 두 배는 되어 보이는 창을 등에 메고 붉은 옷을 입은 아이에게서는 아직 어린 티가 물씬 풍겼다.

다관을 둘러보던 아이가 그들을 향해 인사했다.

"안녕하세요! 무림맹에서 오신 분들 맞으시죠? 이야, 역시 듣던 대로, 아! 제 소개부터 해야지. 산동 악가의 악중해입니다!"

다들 잠시 말이 없었다. 가장 먼저 입을 연 것은 남궁완이었다.

"이 코찔찔이는 뭐지?"

"코찔찔이라뇨! 저 성인식도 치렀습니다!"

왁왁거리는 악중해를 향해 백리의강이 인사했다.

"반갑습니다. 백리의강이라고 합니다."

"얘기 많이 들었습니다! 말 편하게 하세요, 선배님!"

남궁완이 다시 끼어들었다.

"아니, 산동 악가가 다 망했대? 보낼 사람이 너 같은 꼬맹이밖에 없어? 거기 사람도 많은 걸로 아는데?"

악중해의 표정이 눈에 띄게 굳었다.

그때 남궁완에게 양진소의 전음이 들렸다.

[악가는 지금 후계 싸움으로 가문이 혼란스러워요. 이번 비무 대회도 참석자가 아무도 없을 정도였는걸요. 따져도 소용없을 거예요.]

남궁완이 말했다.

"하, 산동 악가도 십 년은 개판이겠구나."

악중해의 표정이 시무룩하게 변했다.

"서, 선배님."

양 소저와 허정이 당황한 표정으로 남궁완을 나무라듯 바라볼 때, 백리의강이 말했다.

"악 공자, 악가에서 사교 무리에 대해 조사한 바를 알려 주겠다고 들었소만."

"아, 네! 가문에서 손을 많이 빌려드릴 수는 없지만, 사교 무리에 대한 정보 조사는 이미 끝냈습니다."

남궁완은 이죽거렸다.

"당연히 정보 조사는 했겠지. 제 앞마당에 들어선 세력이 뭔지는 알아야 될 테니."

"……."

악중해의 표정이 다시 시무룩해졌다. 원망하는 듯한 양 소저의 표정에 남궁완이 양손을 들며 물러났다.

백리의강의 다독임에 악중해가 다시 설명을 이어 나갔다.

'속도 좋지.'

이건 악가가 제 가문 내에서 세력 다툼 중이라 병력을 다른 곳에 돌리고 싶지 않으니 무림맹보고 대신 해결해 달라고 부른 거 아닌가?

"……그 사교 무리는 기이한 최면술을 썼는데, 그것이 저번 토벌이 실패하고 대다수가 포로로 잡힌 이유였죠. 증언들과 조사를 통해 파악한 바로는 웬만한 정신력으로 깰 수 없을 정도로 강력하다고 합니다."

"최면술?"

"예. 사교 무리가 전투 시 기이하게 행동했는데, 꼭 마치 정해진 상대만 상대하는 듯한 움직임이었다고 합니다."

"정해진 상대라. 무슨 뜻인지 알겠소. 정신에 간섭하는 사술의 경우 대상자 제한이 강할수록 효력이 높아지지. 그걸 말하는 것이오?"

"예, 맞습니다. 저희 가문에서는 조사 끝에, 최면 상대를 정하는 방식이 성별이라고 결론지었습니다. 하여서 가문에서 확인한 파훼법으로는…… 파훼법으로는……."

악중해가 갑자기 말을 흐리면서 눈치를 보았다. 남궁완은 제가 아는 최면술 중에 이와 비슷한 것이 있는지 고민하느라 악중해에게 별 관심이 없었다.

백리의강이 말했다.

"성별에 따라 최면 방법이 다르다면, 성별을 속이면 되는 것 아닌가?"

"……마, 맞습니다."

그러자 이젠 양 소저와 허정의 표정이 기괴해졌다. 백리의강이 알겠다는 듯이 담담히 말했다.

"그럼 나와 남궁 공자 둘이 여장을 하고 먼저 잠입하면 되겠군."

"……."

"……."

싸한 침묵이 맴돌고, 경악한 표정의 동료를 본 남궁완은 제가 들은 말이 제대로 들은 것임을 알 수 있었다.

남궁완이 입을 열었다.

"너…… 미쳤냐?"

백리의강이 놀란 표정으로 남궁완을 바라보았다. 그 표정이 더 복장을 뒤집었다. 본인이 한 말이 있는데 지금 뭐? 놀란 표정? 놀랐다고?

"아니, 지금, 나보고, 여장을, 하라고?"

절대 먼저 입을 열지 않겠다는 다짐은 머릿속에서 날아가 버린 지 오래였다.

"앞에서 설명하지 않았나? 사교 무리가 기이한 최면술을 사용하는 것 같다고. 성별에 따라 최면술이 통하지 않는 듯 보이니, 성별을 속이고 들어간다면 쉽게 잠입이 가능할 것이야."

"……."

"허정 스님이나, 막내인 악 공자에게 시킬 수는 없지 않은가? 양 소저도 본진에 잠입하기엔 아직 경험이 부족하고."

남궁완은 입꼬리를 씰룩였다. 숨을 길게 들이쉰 뒤, 단전에서부터 끌어모은 포악한 기운을 담아 내질렀다.

"꺼져!"

그리고 지금, 남궁완은 머리가 깨질 것 같은 통증과 함께 깨어났다.

"선배님! 선배님! 일어나세요!"

고통에 신음하던 남궁완은 머리를 누르려다 제 손이 묶여 있는 걸 깨달았다. 운기를 해 보았으나, 혈도를 짚었는지 진기가 움직이기는커녕 몸에 힘조차 들어가지 않았다.

천천히 돌아온 시야에 창고 같은 모양의 건물 내부가 보였다. 그리고 자신이 왜 이곳에 있는지도 차례로 떠올랐다. 백리의강의 같잖은 제안을 단번에 거절하고, 여관에서 다른 방식을 의논하다가 기습한 사교 무리에게 정신을 잃었던 게 마지막 기억이었다.

그때 누군가 말했다.

"남궁 공자! 남궁 공자가 맞소? 그대도 잡혀 온 겁니까?"

지저분하기 그지없는 살찐 청년이 그를 아는 척했다.

"누구?"

"저 벽기문입니다!"

"벽기문? 그게 누군데?"

"저, 저를 모르십니까?"

"내가 너 같은 돼지를 어떻게 알아."

"……."

그와 같이 두 손이 묶여 있던 악중해가 꿈틀꿈틀 다가와 말했다.

"저번에 사교 무리를 습격했다가 포로가 된 자 중 한 명입니다."

그 말에 벽기문이 눈물을 와락 터트렸다.

"예, 예. 맞습니다. 흐윽 끕, 흑흑. 드디어 구하러 오셨군요!"

안 그래도 두통에 머리가 깨질 것 같은데, 사내자식이 끅끅거리며 눈물을 짜는 모습을 보니 이 상황에 대한 분노만 치솟았다.

"처울지 마! 이게 구하러 온 거로 보이냐?"

"아, 아닙니까?"

"눈이 있으면 봐라. 우리도 잡힌 거잖아!"

"마, 말도 안 돼……."

절망하는 그에게 악중해가 달래듯 말했다.

"벽 공자. 걱정하지 마십시오. 밖에 아직 남은 동료가 있습니다. 구하러 오실 겁니다!"

남궁완이 한심하단 표정으로 말했다.

"우리가 그 지랄을 해서 쫓아냈는데 너 같으면 구하러 오겠냐?"

"우리가 아니라 선배님이 쫓아내신 겁니다."

"닥쳐."

"……."

벽기문이 다시 흐느끼며 훌쩍이기 시작했다. 남궁완이 성가시다는 표정으로 창고를 훑고 벽기문을 발로 툭툭 쳤다.

"이봐, 그래서 왜 여기에 너밖에 없어? 열 명쯤 된다 들었는데."

"그, 그게, 처음 잡혀 온 이후 이삼일에 한 명꼴로 끌려 나갔습니다."

"끌려갔다고? 그 뒤로는?"

"그 뒤로는 모, 못 봤습니다. 다, 다만 엿들은 바로는 사람을 잡아먹는다고."

"그게 진짜야?"

벽기문이 엉엉 울음을 터트렸다.

"예, 예. 아, 그리고 그 전에 합일하는 의식을 치른다고도."

남궁완은 살짝 멍한 표정을 지었고, 악중해가 되물었다.

"하, 합일이요?"

"그래. 거기다 성별도 가리지 않는다고. 남녀뿐만 아니라 심지어 남남도……."

"아악! 개소리하지 마! 더러운 소리 귀에 들어오게 하지 말라고!"

벽기문은 끊임없이 흐느끼며 훌쩍였고, 참지 못한 남궁완이 발로 걷어차서 기절시켜 입을 닫게 했다.

그렇게 계속 시끄럽게 굴던 자가 입을 다물고 주변이 고요해지자, 이번에는 다른 부작용이 생겼다. 악중해가 겁에 질린 강아지 같은 얼굴을 하고 자꾸만 남궁완에게 몸을 붙이기 시작한 것이다.

"……."

"……."

"선배님."

"왜."

"아뇨, 그, 깨어 있으신가 해서요."

"깨어 있어."

자꾸 붙지 말라며 한마디 하고도 남았을 남궁완은 악중해의 얼굴을 보고 인내했다. 그에게 아주 드문 모습이었다.

얼마나 지났을까. 중간중간 피워진 향과 반복된 점혈로 시간의 흐름을 알 수 없었다.

덜컹-

잠금 장치가 열리는 소리에 남궁완과 악중해가 고개를 들었다. 문이 열리고 새벽빛을 띤 자욱한 안개 사이에서 붉은 옷을 입은 아리따운 여인이 모습을 드러냈다. 뒤에는 몽롱한 눈빛의 사내들이 뒤따르고 있었다.

남궁완과 악중해의 표정이 굳었다. 여인이 악중해를 바라보며 뒤따르는 사내들을 향해 명령했다.

"이 녀석을 데리고 나와라."

"힉!"

흐느적거리며 걸어 들어온 사내들이 기겁한 악중해의 양팔을 잡고 일으켜 세웠다.

그때였다.

"잠깐!"

여인의 시선을 받은 남궁완이 기절한 벽기문을 턱으로 가리켰다.

"들어온 순서가 있지. 저 새끼부터 데려가야지."

여인이 교태롭게 미소 지으며 말을 이었다.

"글쎄. 순서를 정하는 것은 우리의 마음이거늘."

잠시 둘을 살펴보던 여인이 사악한 눈빛을 하며 말했다.

"아니면 네가 먼저 하겠느냐?"

남궁완은 지체없이 답했다.

"좋아."

"서, 선배님!"

악중해가 깜짝 놀라며 울먹거리는 눈으로 남궁완을 바라보았다. 여인이 남궁완의 턱을 붙잡아 들었다. 서로의 숨결이 느껴질 만큼 얼굴이 맞닿았다. 여인의 핏빛 손톱이 남궁완의 눈가를 파고들듯 쓰다듬었다.

"……."

"……."

여인이 이내 흥미를 잃었다는 듯 손을 놓았다.

"걱정 말려무나. 너는 따로 길일을 잡아 친히 은총을 내리실 거라 하였으니."

"흥, 보는 눈은 있나 보군."

"아, 선배님!"

"데려가. 네 마음이 안타깝게도 사도께서 저 아이를 마음에 들어

하셨다.”

여인의 말에 사내들이 몸부림치는 악중해를 다시 끌고 나가려 했다. 그때 남궁완이 다시 소리쳤다.

“잠깐만!”

순간 여인은 살짝 짜증이 난 듯싶었지만, 남궁완과 악중해의 얼굴을 보고 다시 기분이 좋아진 듯 자애롭게 말했다.

“말해 보거라.”

“기왕 온 거 하나만 더 알려 주시지.”

“무엇을?”

“저 녀석을 원한다는 사도가 남잔가, 여잔가?”

여인이 별걸 다 궁금해한다는 표정으로 말했다.

“남성이시네.”

“뭐, 뭐라고요?”

악중해는 거의 실신하려 들었다. 깔깔깔 높은 웃음소리가 맴돌고 여인이 말했다.

“장난이라네. 우리 사도님은 매혹적인 여인이시란다.”

악중해는 눈에 띄게 안도하고 창고에서 끌려 나갔다.

‘일단 그 의식이라는 걸 치르는 건 확실해 보이는데. 최소한 당장 죽이진 않겠어.’

게다가 조금만 더 있으면 점혈을 풀 수 있을 듯싶었다.

그때 벽기문이 눈을 번쩍 뜨고 말했다.

“가, 갔습니까?”

“…….”

남궁완이 벽기문을 다시 걷어찼다.

다행히 한 식경이 지나기 전에 바깥에서 소란이 느껴졌다. 어딘가 불이라도 난 듯 창고 안에서도 매캐한 연기 냄새를 맡을 수 있었다. 이윽고 함성과 함께 사방에서 전투 소리가 들려왔다. 무림맹과 악가에서 지원 나온 병력이었다.

비슷한 시기에 남궁완은 점혈을 풀어냈다. 그는 자신을 묶은 사슬을 끊고 검을 되찾자마자 그간의 모욕을 갚듯이 아주 맹렬하게 휘둘렀다.

그렇게 사교 무리 대다수는 죽거나 붙잡혔으나, 처리한 이들은 대부분 하급 사교도로 잔챙이들에 불과했다.

중심인물인 사도와 사도의 제자들은 무공 수준이 예상외로 대단하여 빠져나가는 걸 막을 수 없었다. 이것은 후일, 혈선녀가 강호 무림에 처음 이름을 알린 사건이었다.

아직은 이 미래를 모르는 남궁완은 악중해가 저를 끌어안고 엉엉 우는 꼴을 받아 주고 있었다.

"죽는 줄 알았다고요!"

미간을 꾹꾹 누르며 참던 남궁완은 킁 코를 먹는 소리에 결국 버럭 소리쳤다.

"아, 안 죽었잖아! 질질 짜지 마!"

남궁완은 백리의강이 다가오는 것을 보고 재빨리 악중해를 백리의강에게 밀어 넘겼다. 백리의강이 무색의 손수건을 내밀며 말했다.

"고생이 많았네. 가서 좀 씻는 게 어떤가. 저쪽으로 가면 우물이 있다네."

그다지 상냥한 말도 아닌데, 악중해는 감동한 낯으로 연신 고개를 주억거리다 물러갔다. 악중해가 멀어지고, 백리의강이 남궁완을 향해 말했다.

"양 소저와 허정 스님은 무사하네."

"그래?"

"허정 스님이 부상을 입었고, 양 소저도 너무 지친지라 여기까지 올 수 없었다네. 모두 자네에게 고맙다더군. 자네가 목숨을 걸고 탈출시켜 주었다던데."

남궁완이 눈썹을 치켜세우고 툴툴거렸다.

"그게 뭐? 그럼 다 같이 잡혀? 누군가는 무림맹에 이 상황을 알려야 할 거 아냐?"

담담히 긍정하는 백리의강을 바라보던 남궁완에게 불쑥 심술궂은 마음이 솟구쳤다.

"중해, 저 녀석도 탈출시킬 수 있었는데 일부러 같이 붙잡힌 거야."

"어찌하여?"

살짝 놀란 듯한 백리의강의 표정에 남궁완은 조금 즐거워진 채 설명했다.

"직계가 포로가 됐으니, 뒷짐 지고 구경하던 악가 놈들이 화들짝 놀라서 불붙은 망아지처럼 뛰어왔잖나."

"……."

백리의강의 멍청한 표정을 보니 이제는 매우 즐거워졌다.

하지만 그 기분은 오래가지 못했다. 그들에게 앳된 낯에 창백한 피부의 한 소녀가 다가왔다. 공수하는 소녀는 맹한 눈빛에 눈물점이 묘한 매력을 자아냈다.

남궁완이 짜증 난 목소리로 입을 열었다.

"벽기현? 얘가 왜 여기 있어?"

"벽 소저에게 감사하다고 하게. 이번 작전을 도와주었으니."

저런 맹한 얼굴이어도 검만큼은 누구보다 매섭고 잔혹했다. 오늘 사교 무리를 습격한 자들 중 어린 나이로도 손꼽혔으나, 사교도를 가장 많이 죽인 것으로도 손꼽혔다.

성질내던 남궁완은 바로 답을 찾았다.

"아, 그 찔찔이 때문에?"

저급한 표현에 백리의강이 눈살을 찌푸렸다. 남궁완은 그런 백리의강의 표정을 의아한 표정이라고 멋대로 해석하고 설명했다.

"있어, 저기 벽가 놈. 여기 저 혼자 잡혀 왔나, 쓸데없이 질질 짜기만 하던데."

벽기현이 입을 열었다.

"백리 공자께 얘기 들었습니다. 남궁 공자가 여장이 싫다고 잡혀가는 걸 선택했다면서요?"

"뭐?"

벽기현이 고개 숙여 인사했다.

"감사합니다. 공자와 악 공자를 비롯한 맹원들이 추가로 잡혀 온 덕분에 오라버님이 무사할 수 있었습니다."

잠시 멈칫한 남궁완이 얼굴을 일그러트렸다.

"……너 지금 나 먹이냐?"

"예? 먹이다니요? 배고프십니까?"

그때 백리의강이 남궁완과 벽기현 사이를 가로막으며 포권했다.

"벽 소저, 도움이 필요하시면 기탄없이 말씀하십시오."

남궁완이 백리의강을 노려보다가 "말투가 무슨 노인네도 아니고……."라고 중얼거리며 인상을 찡그렸다. 맹한 낯으로 남궁완을 바라보던 벽기현이 백리의강을 돌아보며 방긋 웃었다.

"배려 감사합니다. 하지만 괜찮습니다. 벽가에서 데려온 병력들로도 충분합니다. 아, 남궁 공자, 여기 벽곡단입니다. 드십시오. 선물입니다."

남궁완 손에 작은 가죽 주머니를 건네준 벽기현이 인사를 하고 경쾌한 걸음걸이로 멀어졌다. 얼빠진 얼굴로 벽기현을 바라보던 남궁완이 분통을 터트렸다.

"저거 완전 또라이 아냐!"

백리의강이 냉랭한 낯으로 남궁완을 바라보며 말했다.

"자네에게 도움을 준 이에게 말이 그게 무엇인가?"

"쟤가 나 도우러 왔냐? 제 머저리 오라비 챙기러 왔지."

"어쨌든 자네를 도와줬네."

남궁완은 코웃음을 치고는 되려 백리의강을 손가락질하며 말했다.

"어쨌든 도와줘어? 하, 네가, 어? 네가 나한테 그리 말할 처진가?"

"사람을 향해 손가락질하면 안 되네."

"나도 네 은인인데, 네 녀석은 그동안 나한테 감사 한마디, 아니, 말 한마디 건넨 적 없으면서 누가 누굴 탓해?"

"은인이라니?"

백리의강은 금시초문인 표정으로 남궁완을 보았다. 남궁완이 한쪽 눈을 찡그렸다가 헛웃음을 토했다.

"하, 그럼 그렇지. 전혀 몰랐구만?"

"대체 무슨 소리를 하는 겐가?"

남궁완이 의기양양하게 말을 이었다.

"예전에 너 가보문의 연회에 참석한 적 있지?"

백리의강이 무림맹 소속 한 문파의 연회에 참석한 어느 날이었다.

내내 백리의강을 함정에 빠트리려던 이들은 백리의강에게 미혼약을 탄 술을 먹이고, 양민 유부녀를 백리의강이 누운 침상에 밀어 넣으려는 짓을 꾸몄다. 그리고 우연히 누군가가 옷을 벗고 있는 여인과 백리의강이 함께 있는 걸 목격할 예정이었다. 만약 성공했다면 백리의강의 체면은 땅에 떨어졌을 것이다.

"내가 그자를 두들겨 패서 아무 일 없었다는 걸 알아 두게."

"양민 여인에게 주먹을 휘둘렀단 말인가?"

"지금 그게 중요해?"

"자네가 무력을 휘두를 게 아니라, 관아에 넘기든지 무림맹에 넘기든지 해야 했네."

"장난해? 이게 밝혀지면 네가 아무리 결백해도 별의별 소문이 다 날 텐데 그걸 말이라고 하냐?"

"……."

"그리고 그 부인은 내가 주동자를 두들겨 패는 사이에 줄행랑쳤어!"

속을 알 수 없는 표정을 짓고 있던 백리의강이 남궁완에게 고개를 숙였다.

"……고맙네."

남궁완이 콧방귀를 뀌며 말했다.

"내가 보기엔 넌 요절할 운명이야!"

그리고 한때, 남궁완은 그런 말을 한 사실을 아주 오랫동안 후회하였다. 그러나 지금은 자신이 그런 말을 했는지조차 떠올리지 못한다는 것을 누가 알까?

第七話
어느 하인의 시점

본당으로 들어가는 후문의 우측 담벼락.

"……해서 말씀 좀 전해 주게나. 내 이 은혜는 잊지 않겠네. 부탁하네."

담을 넘어 뻗은 푸른 나무 그늘에, 꽤 높은 직위로 보이는 멀끔한 차림새의 무사가 통통한 체구의 작달막한 중년을 향해 거듭 부탁했다. 중년은 서글서글하게 웃는 낯으로 말했다.

"알겠습니다. 너무 걱정하지 마시지요. 가주님께서도 왕 무사님 일을 기억하고 계실 겁니다."

다소 안도한 낯의 무사가 연신 감사를 표하다가 조심스레 소매에서 작은 보따리를 하나 꺼내 들었다.

"그러고 보니 자네 부인이 최근 병을 앓고 있다 들었네. 내 아는 거래처에 좋은 약재가 들어왔다 하여…… 이건 자네 부인 약 지을 때 쓰게."

받아 든 보따리를 확인한 중년이 놀랍다는 듯이 말했다.

"아이고, 뭐 이런 걸 다. 이런 걸 받아도 될지 모르겠습니다. 이런 것 아니어도 잘 말씀드릴 텐데요."

"약재도 필요한 사람이 쓰면 더 좋은 법이니 너무 개의치 말게."

그때 중년이 보따리에서 두루주머니를 꺼내 무사에게 다시 돌려주었다.

"이건 돌려드리겠습니다."

"……."

무언가 말하려던 무사가 중년의 표정을 보고 머쓱한 태도로 주머니를 챙겨 몸을 돌렸다.

무사가 떠난 뒤 중년은 담벼락을 따라 계속 걸어갔다. 본당 후문을 지키고 있던 이가 중년을 보고 놀란 표정을 지었다.

"언두? 왜 벌써 나오나? 원래 더 쉬기로 하지 않았나?"

"아이고, 다들 내가 집에 있으니 되레 귀찮은 기색이더라고."

"하하, 쫓겨났구먼, 쫓겨났어."

간단한 인사말을 주고받으며 후문을 넘어가던 언두는 문 뒤에서 기척도 없이 쓱 나타난 사람을 보고 기겁하면서 두어 발 뒷걸음질 쳤다.

"으헉!"

문을 지키던 무사는 그 모습을 보고 재미있다는 듯 킬킬 웃었고, 언두는 가슴을 쓸어내리며 한심하다는 듯이 무사를 바라보고는 놀라게 한 상대를 보았다.

"소녹 아니냐? 여기 숨어서 뭐 하는 게냐?"

언두는 소녹의 눈빛만 보고도 상황을 파악했다.

"표정 봐라, 표정 봐. 표정 관리 좀 해라. 어?"

소녹이 소매에서 작은 필묵을 꺼내려는 것을 보고 되었다는 듯이 손을 내저으며 말을 이었다.

"뭐, 옛날에 무시하던 거 기억 안 나냐고? 그 말을 전해 줄 생각이냐 물으려던 거지?"

소녹이 고개를 끄덕였다.

"왕 무사가 예전에 우리를 무시하긴 했어도 그래도 다른 무사들에 비하면 뭐. 수습생이었던 시절엔 내 편의를 봐준 적도 몇 번 있어. 그러니까 받아 줬지."

소녹이 어처구니없다는 듯이 코웃음을 쳤다.

"흥."

"너어는 어? 솔직히 그 정도면 구박받은 것도 아니거늘. 너는 아기씨가 어릴 때부터 두각을 보이셔서…… 아니, 가주님도 두각은 어릴 때부터 보이셨지……."

잠시 아련해졌던 언두가 고개를 젓고 다시 타박하듯 말을 이었다.

"하여튼 너는 아기씨 때문에 얼마나 편하게 지냈는데 그런 사소한 일을 하나하나 다 기억해 두고 있어? 나 때는 말이야……."

그 말이 시작되자 소녹이 "으–" 신음을 하더니 몸을 돌려 후다닥 본당 후문으로 도망갔다. 바람을 일으키며 빠져나가는 모습에 잠시 얼이 빠졌던 언두는 고개를 절레절레 저으며 말했다.

"하여간 요새 애들은 빠져서……."

언두는 다시 천천히 본당을 향해 걸어갔다.

주인의 취향을 담은 정갈한 정원을 지나 가주의 집무실 앞에 서자 희미한 목소리가 들려왔다. 언두는 살짝 표정을 굳혔다. 백리의강의 목소리에서 평소 듣기 힘든 격양된 감정이 느껴졌기 때문이다.

"……하고 다닌 것이야? 그 은자면 무려 소장원의 한 해 수익이나 다름없네. 대체 생일날에 무슨 짓을 하고 다녔기에 거기서 그만한 돈을 물어 달라 한단 말인가?"

언두는 허락받지 않고도 가주실에 들어갈 수 있는 몇 안 되는 이 중 하나였고, 조심스럽게 문을 열고 들어갔다.

"아무래도 남궁 세가가 있는 휘주 지역이 멀다 보니 청구서를 이쪽으로 보낸 모양입니다."

"고 총관, 애써 편들어 줄 필요 없네. 그게 아니란 걸 다 알지 않는가?"

"크흠."

작년, 백리의강의 둘째 손주인 남궁희가 대형 사고를 쳐 이를 수습하는 데 엄청난 금액이 들어갔다고 했다. 그리고 그 일로 도련님이 거짓말 안 하고 아가씨께 빗자루로 먼지 나게 맞았다고.

그래서 도련님께서 무림맹도 남궁 세가도 아닌 백리 세가에다 저 대금을 지급해 달라고 연락을 보낸 듯했다.

백리의강이 두통이 인다는 듯이 머리를 짚었다.

"올해는 조용히 넘어간다 싶더니만……."

가주님께서 저리 말씀하실 정도로 도련님의 사고는 연중행사나 다름없었다. 오히려 없으면 불안할 정도.

고 총관이 말했다.

"그럼 심부름꾼에게 청구서를 맹주님 측으로 보내라고 하겠습니다."

"후우. 그냥 우리가 지불하게. 다만 이 정도의 금액을 제대로 확인도 하지 않을 수는 없으니, 사람을 보내서 어찌 된 사정인지, 어떻게 나온 것인지 자초지종을 조사한 후에 대금을 지급한다고 하게."

고 총관의 낯이 살짝 밝아졌다. 언두는 살짝 감탄했다.

저 젊은 고 총관은 제 아버지보다 더 자비 없고 깐깐하기 그지없는 것으로 유명했다. 그런데 대체 도련님은 어떻게 고 총관을 구워삶으셨는지 알 수가 없는 노릇이었다.

백리의강이 엄중히 말을 이었다.

"그 녀석이 혼자 사고를 치진 않았을 터. 함께 사고 친 자들 명단도 만들게. 가능하다면 그 자리에서 그 명단의 문파나 가문들에도 연락을……."

고 총관은 백리의강과 몇 마디 더 의논하고 가주실을 빠져나갔다. 언두는 그사이 식은 찻물을 버리고 미리 준비한 차를 새롭게 채워 주었다.

백리의강은 찻잔을 들며 말했다.

"자네 왔나. 부인은 괜찮나?"

"예, 많이 좋아졌습니다. 가주님, 의원 보내 주셔서 감사합니다. 의원께서 심지어 가족들 모두에게 보약도 한 첩씩 지어 주셨습니다."

"좀 더 쉬어도 된다네."

"어휴, 아닙니다. 자긴 괜찮으니 어서 가주님을 모시러 가라고 하더라고요. 하인 가족들 보약 지어 주는 주인이 어디 있느냐고. 딸아이도 자기가 옆에 있을 테니 걱정하지 말라고 가라고 하니, 눈치가 보여서 오히려 집에 있을 수가 없더군요."

"아, 딸이 옆에 산다 했지."

백리의강은 아무 말도 하지 않았지만, 오랫동안 모신 언두가 부러워하는 그의 속마음을 모를 리 없었다.

언두는 말을 돌렸다.

"오는 길에 왕 무사님을 뵈었습니다. 왕 무사가 제 부인 얘기를 들었는지 귀한 약재를 주더라고요."

"왕 무사가? ……아, 그 일 때문인가 보군. 자네도 참."

"마음을 담은 선물 정도는 받아도 되지 않습니까?"

뇌물과는 그림자도 닿지 않을 것만 같은 백리의강이 유일하게 받아도 개의치 않는 품목이 바로 약재였다. 약재는 뇌물이라고 생각지 않는 것에 가까웠다. 많은 이들도 이미 그런 백리의강의 태도를 알고 있었고 백리의강이 그리된 것은 딸아이의 병이 원인이었을 거라고 생각했다.

하지만 언두는 도련님이 약재에만 너그러운 것이 아가씨 때문만이 아니라는 걸 아는 유일한 사람이기도 했다. 지금은 하인에 불과한 자신의 부인이 앓아누운 일로도 이렇게 약재를 받고 다니지만, 예전에는 이런 일을 생각이나 해 봤을까? 전혀 상상도 못 할 일이었다.

언두는 기억도 제대로 안 날 어린 시절부터 백리의강을 모셨다. 그 말은 백리의강이 박대받던 어린 시절에도 옆에 있었다는 뜻이었다.

하인 팔자는 주인 팔자를 따라가는 법이라 그 또한 처지가 좋을 수 없었다. 급여도 제때 받아 본 적이 없었고, 온갖 궂은일 당번은 아주 당연했다.

백리 세가에 호사가 있어 아랫사람에게 선물을 돌리는 날에도 언두에게까지 선물이 오는 일은 없었으며, 하인들에게 겨울 솜옷을 마련해 줄 때도 제일 늦게 만들어 주었고, 심지어 솜도 빼돌려 솜옷이라고 말하기 면구스러울 정도였다.

하지만 감히 항의할 생각도 들지 않았다. 그렇게 하루하루 지내던 날이었다.

그의 어머니는 오랫동안 지병을 앓고 있었는데, 언젠가부터 병이 눈에 띄게 심해졌다. 아버지는 언두가 얼굴도 기억하기 전에 돌아가신 터라 그에게 가족이라고는 홀어머니 한 분뿐이었다.

언두는 그동안 이리저리 떼이면서도 악착같이 모았던 돈을 의원을 만나고 약재를 사는 데 모조리 털어 썼다. 그러나 어머니의 병세는 나아질 기미가 없었고, 간절한 마음에 백리 세가의 의각에도 부탁해 보았으나 돌아오는 건 차가운 힐난뿐이었다.

그때였다.

"받게."

"이게 무엇입니까?"

백리의강에게 묵직한 주머니를 받은 언두는 어리둥절한 표정을 지었다.

"어머니 약값으로 쓰게."

"예?"

무게만으로도 상당한 금액임을 알 수 있었다.

백리의강은 세가의 공자로 그가 필요한 것은 알아서 백리 세가에서 모두 내주어 전혀 부족함 없이 풍족하게 지냈으나, 대신 그만큼 자유라고는 하나도 없었다. 즉, 모든 지출과 소비는 마님을 거쳐야 했다는 뜻이다. 그리고 백리의강의 모친은 다른 사람의 눈에 띄는 걸 극도로 거부하시는 분이었다.

"도련님이 어디서 이런 큰돈이 나신 겁니까?"

"가주님께 찾아갔어."

"도, 도련님이 가주님을 찾아가셨다고요? 설마 저 때문에?"

"응."

심지어 이때는 도련님이 그의 친부를 가주님이라고 깍듯하게 존칭

할 때였다. 도련님의 어머님이 그렇게 부르라 시킨 탓이었다.

'그런데 가주님을 찾아가 돈을 달라고 하셨다니……!'

"가, 감사합니다만, 그래도 이 돈은 너무 많습니다."

"걱정하지 마. 앞으로도 원하는 대로 쓸 수 있게 해 주겠다 하셨으니."

이제 도련님의 지출 장부가 안주인 마님이 아닌 가주님께 직통으로 간다는 말이었다.

"내가 가문 의원을 불러다 줄 수 있다면 좋겠지만…… 그러니 이거라도 받아 줘."

백리 세가의 자제인 그는 백리 세가의 가문 의원에게 명령을 내릴 수 있었다. 하지만 가문 의원이 성심성의껏 하인을 진찰해 줄 것인가는 오로지 그 의원의 마음에 달려 있었다.

"그렇다 해도 이, 이건 너무 많은……."

"괜찮아. 마음껏 써. 어차피 내 것도 아니잖아."

"……."

언두는 순간 그 안에 담긴 묘한 뜻을 느꼈다. 마치 가문의 것은 자신의 것이 아니라고 선을 긋는 듯한…….

언두는 조심스레 백리의강을 올려다보았다. 비스듬히 허공을 바라보는 백리의강은 처음 보는 표정을 하고 있었다. 체념에 가까운 조소라고 할까.

'대체 무슨 대화를 하셨길래…….'

어찌 되었든 언두는 그 돈으로 바깥 의원을 불러서 어머니를 진찰받게 할 수 있었으며, 어머니는 한 해 정도 더 버티다가 겨울의 찬 기운을 이기지 못하고 돌아가셨다. 그리고 반년 뒤에 도련님의 어머님도 돌아가셨고, 도련님은 관례를 치르자마자 가문을 떠났다. 언두 또한 그런 도련님의 뒤를 따랐다.

물론 처음부터 도련님이 그를 데려갈 생각은 아니었다. 하지만 몇 년간 도련님을 모신 언두는 도련님이 가문을 떠날 준비를 한다는 사실을 진즉에 알고 있었고, 몰래 빠져나가는 도련님의 앞을 막아선 채 소리쳤다.

"도련님! 상식적으로 생각을 해 보세요. 제가 도련님도 없는 백리 세가에 남으면 어찌 되겠습니까? 긍휼한 마음이 있으시다면 저를 데려가 주십쇼!"

이렇게 말하는데 도련님이 저를 어떻게 떼 놓고 가겠는가? 절대 도련님 혼자 보낼 수 없었다. 안심할 수 없었다.

도련님이 무공은 뛰어날지언정 백리 세가 안에서만 자란 화초 같은 분이었다. 물론 땅이 좀 척박하긴 했지만……. 어찌 되었든 화초는 화초. 아니나 다를까 처음 세상에 나온 도련님은 여러 가지 시행착오와 많은 시련을 겪게 되었다.

검을 쓰고 싸우는 부분은 언두는 잘 모르는 분야니까 넘어가고…….

"도련님, 또 돈을 주려고 하셨다고요? 주는 게 아니라 도와주는 거라고요? 헛소…… 아니, 그래서 또 이번엔 무슨 사기입니까? 아이고, 아이고! 네? 안 당했다고요? 웬일이랍니까? 누가 도와줬다고요? 그냥 지나가는 사람? 그것참 다행이기는 한데…… 아니, 정말! 어떻게 옆을 비울 수가 없어요!"

사기당하고 온 백리의강을 대신해 언두가 화를 내도 별다른 관심이 없거나 혹은 희미한 웃음만 보일 뿐. 객잔이나 음식점에서 호구 잡혀

두 배에서 열 배씩 더 내는 건 사기로 치지도 않기로 했다.

그렇게 도련님은 정말…… 돈을 물 쓰듯이 썼다. 이러다 백리 세가에서 도련님을 찾으러 오지 않을까 싶을 정도로.

정도가 너무 심해 언두는 잠시나마 사실 도련님이 백리 세가를 거덜 내려는 악의적인 행동이 아닌가 하는 생각을 잠깐 하기도 했을 정도였다. 도련님이 무공이라도 뛰어나지 않았다면 파락호나 다름없을 거라는 생각도.

그리고 그 저변에 어차피 사기를 당해 날리더라도 가문의 돈일 뿐이니 상관없다는 감정이 깔린 걸…… 알 수 있었다.

하지만 어찌 감히 자신이 그걸 지적할 수 있을까?

이해가 안 되는 부분도 아니었다. 언두가 할 수 있는 건 그저 최대한 도련님이 사기에 당하거나 호구 잡히려는 걸 막고, 당하면 화를 내 주는 것 정도였다.

그리고 이에 대해 눈치챈 사람이 한 사람 더 있었다.

언두는 아주 오랫동안 시간을 되돌린다면 도련님이 그 여자와 얽히는 것만은 어떻게 해서든 막겠다고 홀로 다짐을 하곤 했다.

도련님이 세상에 나온 지 일 년도 채 되지 않았을 때였다.

도련님은 여행 중 만난 화산파의 제자들과 함께 현상금이 걸린 어떤 무림 공적을 잡으려 했다. 그러나 그 나쁜 놈은 어디에 꼭꼭 숨어 있는지, 화산파 사람들과 도련님 모두 도통 근거지도 흔적도 찾지 못해 헤매고 있었다. 그런 그들에게 도움의 손길이 찾아왔다.

"손님이 찾아왔다고?"

"그래. 그놈이 마련해 놓은 안가의 위치를 안다더군. 그동안 수상하게 얽혔던 자가 있지 않았던가? 아마도……."

언두는 저는 들어 봤자 도움도 안 되는 대화들을 한 귀로 흘리며 백리의강을 뒤따라갔다. 그리고 객잔 문을 넘어가자마자 멈춰 선 도련님과 부딪칠 뻔한 것을 간신히 피했다.

화산파의 명진이 왜 그러냐는 듯이 물었다.

"의강?"

"손님이란 자가 설마 저 소저인가?"

"음, 맞아. 설마 아는 사이야?"

"……아는 사이라고 해야 할지. 예전에 날 도와준 적이 있다네."

명진이 흥미가 생긴 눈빛으로 탁자의 소저와 백리의강을 보았다. 언두 또한 흥미진진하게 백리의강과 소저를 보았다.

'도련님이 여인과……!'

하지만 백리의강은 설명할 마음이 없는지 거기서 입을 다물었다. 소저가 명진의 흥미를 풀어 주듯이 말했다.

"예전에 저 공자가 사기당할 뻔한 걸 도와드렸습니다."

"사기요? 하하하. 그런 인연이 있으셨군요. 의강이 그런 점에서는 재미있는 친구죠."

'아, 저 여자가 그 여자였군.'

언두는 백리의강의 뒤를 따르며 소저를 조용히 관찰했다.

이 각박한 세상에 사기를 당하는 사람을 보면, 심지어 그자가 풍족한 부잣집 공자처럼 보이며 그 지방 사람이 아닌 외부인일 경우, 그 지역 혹은 마을 사람들이 똘똘 뭉쳐 호구 잡았다는 듯이 더 사기를 치려고 하지 도와주진 않았다.

지나가는 사람이 대가 없이 도와줬다는 사실에 언두는 그자가 필시 여성일 거라 확신했다. 하지만 도와주고 이름도 알리지 않고 휙 떠났다고 하길래 시력에 이상이 있는 게 아닐까 싶었다.

그러나 지금 만난 여인의 짙고 깊은 검정 눈동자는 아주 멀쩡해 보였으며 심지어…… 외모조차 상당했다.

눈이 번쩍 뜨이는 미인은 아니었다. 그런 미인은 오히려 제 도련님이었다. 다만 정갈한 분위기에 은은한 매력이 느껴지는 소저였다. 어떻게 보면 분위기가 제 도련님과 꽤 닮은 것 같기도 했다.

'흥. 그런데 감히 우리 도련님을 보고 저렇게 무심해? 이상한 여자인 게 틀림없어.'

이상한 소저였지만, 능력 하나만큼은 놀랄 정도로 뛰어났다. 저는 무공에 대해서는 잘 모르지만, 여인이 거친 강호를 혼자 돌아다닌다는 것부터 대단한 실력자라는 뜻이라는 건 알았다.

정보에 밝고 판단력이 뛰어나던 소저는 어느새 자연스럽게 일행으로 받아들여졌고 다들 의기투합하여 무림 공적을 쫓아, 심지어 생포까지 성공했다.

그렇게 모두 기뻐할 때, 화산파에서 갑작스러운 호출이 있었다. 명진을 비롯한 화산파의 제자들은 신호탄에 백리의강과 소저만을 두고 먼저 귀환하는 방법을 택했다.

"짐작 가는 바 있나?"

"모르겠네. 전혀."

소저의 질문에 백리의강이 고개를 저으며 화산파의 신호탄이 터졌던 허공을 보았다. 무표정한 낯은 멀쩡해 보였지만 언두는 그 안에 서린 걱정을 느낄 수 있었다.

당연히 걱정될 수밖에 없었다. 무림 공적을 성공적으로 사로잡아 끌고 가고 있었는데, 앉아서 기다리면 될 것을 갑작스럽게 호출하다니.

"걱정되면 지금이라도 따라가 봐. 명진과 가까운 듯한데."

"아니야. 저자를 지키는 자도 있어야지."

"내가 있으니까 괜찮아."

"이 일을 한 명에게만 맡길 수는 없지."

"그래."

별생각 없이 대화를 듣고 있던 순간이었다. 갑자기 도련님이 소저를 휙 돌아보고 검을 뽑아 들었다가 비틀거렸다.

언두가 깜짝 놀라 소리쳤다.

"도련님!"

"이게…… 지금 무슨…… 짓이지?"

애써 자세를 다잡던 백리의강이 팔뚝에서 웬 기다란 침과 같은 걸 뽑아 떨어트렸다. 그리고 그걸로 힘을 다한 듯 바닥에 칼을 꽂으며 한쪽 무릎을 꿇었다.

언두는 기겁하여 백리의강을 붙잡으며 소저를 보았다. 등골이 오싹해졌다.

"……."

소저의 낯은 소름이 끼치도록 아무런 표정도 없었다. 방금까지 웃으며 얘기하던 사람이 맞는가 싶을 정도였다.

심지어 보통 사람이라면 내보였을 이 상황에 대한 일말의 죄책감이나 만족감, 하다못해 흥분 같은 것도 전혀 찾아볼 수 없었다. 반짝인다고 느꼈던 눈동자의 빛마저 죽어 버려, 언두는 흡사 귀신을 마주한 기분이었다.

소저가 날이 짧은 검을 뽑아 든 채 기척 하나 느껴지지 않는 발걸음으로 그들을 향해 다가왔다. 언두는 어찌할 바를 모르고 발을 동동거렸다. 여기서 도망친다고 해 봤자 저 같은 하인은 한 초식도 못 버틸 터였다.

그냥 팔자에나 맞게 마을에서 기다릴 걸 무슨 영화를 누리겠다고 여기까지 따라와서⋯⋯ 까지 생각했을 때 소저가 그대로 그들을 스쳐 지나갔다. 저도 상황을 몰랐는지 여태껏 침묵하던 무림 공적이 광소를 터트렸다.

"으하하하하하! 멍청한 백도 놈들! 내가 여기서 끝날 리가 없지! 역시! 나를 구하러 온 것이지? 어서 풀거라! 내 저놈들을 죽여 가죽을⋯⋯ 끅!"

언두는 딱딱하게 굳은 채 뒤를 돌아보지 못했다. 끄르륵거리는 소리가 사라지고도 한참이 지나고 나서야 뒤를 돌아보았을 땐, 눈을 부릅뜬 채 죽은 자의 시신과 눈이 마주쳤다.

그리고 당연히 그렇게 그 여인과의 인연은 악연으로 끝날 것으로 생각했다.

그 후로 일 년.

잠깐 자리를 비웠던 언두는 백리의강이 웬 멍석 좌판을 깐 노인 앞에 붙잡혀 있는 걸 보고 가슴이 철렁 내려앉았다. 빠르게 걸음을 재촉하자 곧 대화가 들려왔는데, 아니나 다를까.

"……콜록, 집안에 이제 더는 돈이 나올 곳도 없는데 바깥사람이 아파서…… 콜록, 콜록!"

또또또!

눈가에 물기를 맺은 노인이 저의 안타까운 사정을 줄줄 내뱉으면서 도련님을 향해 무슨 흰 장식 같은 것을 넘겼다. 이를 받은 도련님은 물건을 살피지도 않고 곧장 전대를 쥐었다.

'안 돼!'

언두가 다급히 소리치려는 순간, 전대를 쥔 도련님의 손을 누군가 후려쳤다.

빡!

언두는 제 손등이 아려 오는 듯한 기분에 인상을 찡그렸다.

아니, 못 사게 막아 준 건 고맙지만 저렇게까지 아프게 할 필요가 있었나?

씩씩거리며 상대를 본 언두는 기겁하며 주춤 물러나기까지 했다.

"어째 넌 만날 때마다 사기를 당하는 거지?"

"……천 소저."

감히 저 여자가 어디라고 뻔뻔한 낯을 들이미나? 그렇게 생각하며 언두는 재빨리 행인들 사이에 숨어들었다.

노인이 버럭 소리쳤다.

"이게 무슨 짓이야! 자네 때문에 물건이 상하지 않았는가! 이걸 어쩔 건가!"

천 소저, 천아란이 말했다.

"어르신, 기운이 넘치시는군요."

"크험! 콜록, 콜록!"

노인이 다시 곧 죽을 것만 같은 기침을 시작하자, 백리의강이 노인을 부축했다.

"괜찮으십니까?"

아이고, 아이고 언두는 속으로 한탄을 내뱉었다. 이 각도에서 천아란의 표정은 보이지 않지만, 어떤 표정일지 상상이 됐다.

그리고 눈치 빠른 노인은 더 실랑이하지 않고 그대로 도망쳤다.

"어르신……!"

바닥에 떨어트린 장식도 줍지 않고.

백리의강이 장식을 들고 가져가라는 듯이 소리쳤지만, 노인은 뒤도 돌아보지 않고 줄행랑을 쳤다. 그리고 뒤쫓아 가려는 백리의강의 손목을 천아란이 붙잡았다.

"내버려 둬. 사기 치려다 걸렸는데 가품 챙길 정신이 있을 리가."

"가품이라고?"

천아란이 백리의강이 들고 있던 옥장식을 뺏어 들어 살폈다.

"세가의 공자잖아. 허리춤에 달린 옥장식 한 번만 봐도 알 수 있는 이런 잡돌에 속았다고?"

"……."

언두는 속으로 대신 대답했다.

'속은 게 아니라 도련님은 처음부터 그 옥을 제대로 볼 생각도 없었으니 가짜인 줄 몰랐겠죠.'

천아란이 말했다.

"저번에도 그렇고 이번에도, 혹시 뻔한 사기 당해 주는 게 취미인가?"

그제야 침묵하던 백리의강이 입을 열었다.

"우리를 배신한 장본인이 무슨 자격으로 그리 말하는지 모르겠군.

너는 처음부터 그 공적을 죽일 생각으로 우리에게 접근했고, 죽이고 떠났지. 그건 사기가 아니란 말인가?"

천아란은 할 말이 없는 듯 잠시 입을 다물었고 그사이 백리의강은 차분히 말을 이었다.

"그리고 적어도 어르신의 폐병은 진짜였네."

"그게 지금 무슨 상관이지? 폐병에 걸렸다면 사기를 쳐도 된단 뜻이야?"

백리의강은 이에 답하지 않고 담담하게 말했다.

"그 장식, 내게 주게."

"뭘 하려고?"

"주인에게 돌려줘야지."

"……."

천아란은 말을 잃은 듯 보였다.

언두는 도련님이 이렇게 말할 줄 알고 있었기에, 전혀 놀라지 않았다. 하지만 이어지는 상황은 전혀 예상치 못했다.

장식을 건네줄 듯이 손을 뻗은 천아란이 그대로 주먹을 꽉 쥐었다. 손을 다시 펼치자, 부스러진 조각이 손바닥에서 바닥으로 떨어졌다.

"가져가 봐야 다른 이에게 사기를 치는 데 쓰기밖에 더 하나?"

"이게 무슨 짓인가?"

"너는 이런 사기 좀 당한다 해도 별문제 없겠지. 푼돈에 불과할 테니. 하지만 네 그 행동이 누군가에게는 박탈감을 준다는 건 알아 둬."

"박탈감이라니?"

"하루하루 정당히 벌어 살아가는 사람들."

"뭐?"

“멍청해서 당하는 거라면 어쩔 수 없지만.”

그 말과 동시에 천아란은 노인이 팔려고 내놓은 물품을 진열해 놓은 멍석을 발로 걷어찼다.

“너……!”

백리의강이 놀란 듯 눈을 크게 떴을 때, 천아란은 이미 사람들 사이로 모습을 감춘 뒤였다. 백리의강은 반사적으로 쫓을 것처럼 몇 발 움직였다가 굳은 얼굴로 멈춰 섰다. 그러고는 나동그라진 멍석을 펼쳐 날아간 물품들을 차곡차곡 정리했다.

입을 쩍 벌린 채 그 모든 상황을 지켜본 언두는 허둥지둥 다가가 백리의강과 함께 물품들을 정리했다.

“뭐 저런 여자가 다 있어요? 완전 미친 여자 아니에요?”

백리의강이 미간을 찌푸리며 반사적으로 언두를 보고 무언가 말을 하려다가 말았다.

그날의 만남은 최악이나 다름없었지만, 백리의강은 그 말에 무슨 심경의 변화라도 있었는지 그 뒤로 대놓고 보이는 사기는 당해 주지 않았다. 또한 사람들이 말하는 것을 무조건 믿지 않고 시시비비를 가리려 했으며, 심지어 부호나 능력이 있어 보이는 자들에게는 도움의 대가를 받기까지 했다!

그렇다. 드디어 군말 없이 눈에 띄는 모든 사람을 도와주던 호구에서 벗어난 것이었다!

배신자 놈의 설교에 반박할 말이 없었던 게 도련님의 자존심을 자극했던 것일까? 어찌 되었든 언두는 도련님의 성장에 감동의 눈물을 살짝 흘렸다.

천아란 그 여자.

좋은 배신자였다.

그리고 사실 도련님께 사기 한 번 쳤으나 뭐 어떤가? 무림 공적으로 찍힌 나쁜 놈을 죽였을 뿐인데.

그리고 또 일 년 후.

고급 주루의 목 좋은 자리에 앉아 있던 백리의강은 무언가 불편한 표정이었다. 언두가 한마디 하려는 순간, 갑자기 누군가 저벅저벅 다가와 맞은편에 앉았다. 어떤 미친놈인가 싶어서 바라본 언두는 기겁했다. 동시에 이 상황이 왠지 익숙하다고도 생각했다.

백리의강도 눈을 의심하는 표정으로 입을 열었다.

"……천 소저?"

그리고 권하지도 않았는데 술병을 들어 그대로 입을 대고 마셨다.

"향이 좋은데."

언두가 재빨리 말했다.

"시비 걸려면 가십시오. 오늘 도련님 생신이니까요."

"언두."

백리의강이 왜 그런 말을 하냐는 듯이 이름을 불렀다. 천아란은 눈을 깜빡이다 의외라는 듯 말했다.

"오늘 같은 날 부를 친우들 없나? 보통은 떠들썩하게 보낼 텐데. 아니면 친우들이 아니라 다 돈만 보고 따라다니는 놈들이었나?"

"말이 심하군. 그게 아니라 내가 생일인 것을 알리지 않았을 뿐이네."

"왜?"

"그러게 말입니다. 왜 혼자 이러고 계시는지."

"언두."

백리의강과 큰 도련님인 백리의묵의 생일은 한 달 정도 차이가 났다. 큰 도련님은 매년 아주 떠들썩하게 생일잔치를 하는데 비해 눈칫밥 먹기 바빴던 작은 도련님은 생일에 친우를 부르고 잔치를 한다는 건 생각도 할 수 없는 일이었다.

친모가 백리의강이 눈에 안 띄게 쥐 죽은 듯이 살길 바랐으니 꿈도 꿔 본 적 없었다. 집 밖에도 잘 못 나가게 했을 정도니 친우도 없다시피 했고.

그런데 밖에 나와서 친우도 많이 사귀어 놓고 이렇게 청승을 떨고 있으니 오히려 언두의 가슴이 아플 정도였다.

"그래서 이렇게 음식을 많이 시켰나 보군? 술도 가장 비싼 걸로 주문하였고."

"이건 언두가……."

귓가가 붉어진 백리의강을 보자 언두는 어이가 없어졌다. 조금 나아졌다고는 하지만 아직도 돈을 물 쓰듯 쓰고 다니는데, 그 와중에 이런 사치를 부렸다는 사실이 살짝 부끄러운 듯싶었다.

"그렇군."

잠깐 주변을 둘러보던 천아란이 말했다.

"잠시 손 좀 잡겠네."

"뭐?"

언두는 눈을 부릅떴다. 백리의강 또한 얼이 빠진 표정으로 천아란에게 손을 붙잡혔다. 백리의강의 손을 잡은 천아란이 그대로 치켜들고 소리쳤다.

"오늘 생일이신 이 공자께서 한턱내시겠다고 하네. 다들 술 받으러 오게나!"

언두가 입을 쩍 벌렸다. 백리의강이 눈을 부릅뜨고 천아란을 바라보았다. 하지만 백리의강이 천아란을 향해 따질 기회는 없었다.

와아아-!

주루에 갑자기 함성이 차며 이게 웬 떡이냐 싶은 사람들이 백리의강을 향해 몰려들었다.

"공자! 생일 축하합니다!"

"대인! 술 한잔 받으시지요!"

백리의강의 자리 근처는 순식간에 사람이 와글거리며 엄청나게 시끌벅적해졌다. 몰려든 사람들로 백리의강은 천아란에게 따질 겨를도 없었다.

그때 주루 밖에서도 소란스러움이 느껴졌다.

"찾아! 멀리 가진 못했을 거다! 샅샅이 뒤져!"

"뭐야, 여긴! 무슨 일이야?"

"웬 공자가 생일이라 한턱낸다고 하네! 어서 들어와 한 자리 차지하게!"

"길 막지 말고 저리 비켜!"

검을 든 채 몰려왔던 무사들은 주루의 상황을 보고는 고개를 젓고 다른 곳을 향해 뛰어갔다. 새삼스럽지 않은 일. 강호에 사람이 모이는 곳이라면 늘 있는 일이었다.

언두는 창밖의 무사들을 보다가 천아란을 보았다. 그녀는 어느새 백리의강의 곁에서 밀려나 적당한 곳에 자리를 잡고 술병을 쥔 채 마시고 있었다.

'아니, 저 술 한 병에 얼만데 저렇게 물 마시듯……!'

언두는 눈을 치켜뜨며 천아란을 살피다 눈가를 살짝 찡그렸다. 천아란의 짙은 빛깔 의복 끝이 왠지 다른 곳보다 훨씬 색이 짙은 느낌이었다. 마치 뭔가 튀어 얼룩진 듯이.

'뭐, 흙탕물이라도 튀었나 보지.'

그날 이후로 백리의강과 천아란은 자주 만나기 시작했다.

언두가 보기에 천아란은 정말 이상한 여자였다. 주로 천아란이 도련님을 찾아오는 형식이었는데, 어떻게 알았는지 꼭 도련님이 혼자 있을 때만 찾아왔다.

그렇다고 찾아와서 별걸 하는 건 아니었다. 백리의강이 하던 일이 있다면 그걸 도와주었다. 그게 아니면 유명한 음식점이나 다른 지역에서는 볼 수 없는 기이한 향토 음식 등을 먹으러 가자고 하든지, 어떨 때는 경매장 같은 곳을 찾아가기도 했다.

그렇게 그 여자를 따라다닌 탓일까. 그동안은 있으면 있는 대로 없으면 없는 대로 돈을 그렇게 마구잡이로 쓰면서도 기호랄 게 없던 도련님께 취향이란 게 생기기 시작했다.

"전 그 여자 별로예요."

백리의강이 살짝 인상을 찌푸린 채 언두를 돌아보았다. '그 여자'라는 호칭을 지적하고 싶은 듯 보였지만 지적하지 않고 넘어가며 물었다.

"……왜?"

"아니, 저 필요할 때만 찾아오고 도련님은 연락할 방법도 없고. 말도 없이 휙 사라지질 않나."

그 여자, 천아란이 갑자기 모습을 감춘 지 벌써 두 달이 되어 가고 있었다.

"도련님, 처음에 천 소저가 배신했던 걸 잊어버리신 거 아니죠? 진짜 수상하다니까요?"

"필요할 때만 찾아오는 건 아니야. 그녀가 내게 도움을 요청한 적 있나? 없었지. 그녀는 맡은 일이 있고, 시간 여유가 있을 때 찾아오는 것이라고 했어."

"아, 예에."

"그리고 그 무림 공적 일은…… 그자에게 갚아야 할 스승님의 은원이 있었다고 했어."

"그래서 죽인 거라고요? 그 스승이 누군데요? 말 안 해 주죠? 사문도 지금껏 말 안 해 줘서 전혀 모르는데 그 소저 말을 어떻게 믿어요? 기억 안 나세요? 도련님하고 그 화산파 도사님들이 소저의 검법이 살기가 짙어서 너무 위험하다고 그랬었잖아요!"

"사람이 중요한 것이니까. 만약 내게 해를 끼칠 생각이었다면 그때 손을 썼겠지."

이미 넘어갔네! 넘어갔어!

언두가 그 소저가 마음에 들지 않는 가장 큰 이유는 도련님과 달리 그 소저가…… 도련님께 관심이 전혀 없다는 것 때문이었다!

어떻게 그럴 수가? 도련님의 얼굴과 성품을 보고도 넘어가지 않는 소저라니.

저건 여인이라고 볼 수 없었다. 뭔가 사특한 목적이 있어서 접근한 게 분명했다.

“그게 참말입니까?”

“아, 정말이라니까! 이 향만 맡으면 모든 만병의 근원이 싹 낫는다니까! 만병통치약 몰라? 그쪽도 소문 듣고 온 거 아냐? 효과가 없으면 소문이 났겠어? 못 믿겠으면 가든가! 내가 이 돈에 파는 건 가당치도 않은데 내가 지금 사정이 급하고 그쪽 사정이 딱해 보여서 팔아주는 거야! 노모가 폐병이 있댔지? 이거면 낫는다니까! 허 참, 살 거야, 말 거야?”

사람을 현혹하는 사기꾼의 목소리 후 진중한 목소리가 들렸다.

“사지 마십시오.”

사기꾼에 집중하던 사람들이 놀라 돌아보고는 수려한 외모의 청년을 보고 더 크게 놀랐다.

“다, 당신 뭐야? 뭔데 남의 장사에 끼어들어!”

사기꾼은 백리의강을 보고 반사적으로 움츠러들었다가 손님들을 보고 소리쳤다.

백리의강은 사기꾼이 들고 있던 향합을 들어 향을 맡으며 살펴보았다. 그 모습이 매우 그림 같은 장면이라 지나가던 여인들도 멈춰서 얼굴을 붉히며 힐끔거릴 정도였다.

“강한 진통제가 섞여 잠시 효과가 있는 것처럼 보일 뿐, 계속 사용하면 오히려 몸에 좋지 않을 겁니다. 그 돈으로 차라리 몸을 보양하고 의원에게 약을 지으십시오.”

사기꾼이 어처구니없다는 듯 말했다.

“거 도련님. 세상 물정 모르시나 본데. 저 돈으로 약을 어떻게 삽니까? 참나.”

"약도 못 사는 돈으로 만병통치약을 살 수 있겠소?"
"……."
순간 사기꾼은 말문이 막힌 듯했고, 백리의강 뒤쪽으로 다가가는 여인이 있었다.
"말이 많이 늘었네."
한바탕 대거리할 것처럼 얼굴이 붉그죽죽해진 사기꾼은 백리의강의 허리춤에 매인 검과 동료로 보이는 이를 보고 씩씩거리며 좌판을 접었다.
백리의강이 천아란을 보고 고개를 살짝 숙여 인사한 후, 피해를 볼 뻔한 자를 향해 주머니를 건넸다.
"이 돈을 가지고 의원을 찾아가게."
"어디 사는 공자님이신지 모르겠지만, 가, 감사합니다."
"너는 변함이 없군."
천아란의 말에 살짝 입꼬리만 올린 백리의강이 도망가려던 사기꾼을 향해 말했다.
"기다리게."
"뭐, 뭐, 뭐! 무슨 말을 하려고! 강호인이 어? 이렇게 일반 백성을 핍박해도……!"
버럭 소리를 질렀으나 흔들리는 눈빛은 겁에 잔뜩 질린 듯했다.
"만병통치약이라고 파는 건 그만두게나."
"뭐?"
"절실한 이들이지 않나."
사기꾼이 어처구니없다는 듯 소리쳤다.
"뭐라는 거야? 그게 제일 돈 되는 거거든! 굶어 죽으면 네가 책임질 거야? 쓸데없는 소리 할 거면 그냥 돈으로 주든가! 카악 퉤!"
"대신 정말로 치료 효과가 있는 향 제조법을 알려 주겠네."
그렇게 치료 향 제조법을 받은 사기꾼은 백리의강이 이를 다시 뺏어 갈까 두려운 것처럼 재빨리 도망갔다.
내내 지켜보던 천아란이 말했다.
"장담하건대 다른 곳에서 만병통치약이라고 팔아 댈 것이네."
언두 또한 그동안 말리지는 못했지만 계속 그렇게 생각해 왔다. 알려 줘 봤자 예전 천아란 말처럼 사기꾼 좋은 일만 하는 것이 아닌가? 그랬기에 저도 모르게 천아란을 응원하는 마음이 들었다.
백리의강은 사기꾼의 뒷모습을 바라보며 고개를 저었다.
"나도 아네."
천아란이 그럼 왜 알려 줬냐는 듯이 백리의강을 바라보았다.
"하나 만병통치약으로 알고 사 간 이들이 조금이라도 효능을 볼 수 있다면 그걸로 족하네."
"그렇게까지 할 이유가 있는지 모르겠군."
"이유가 필요한가? 나는 이곳에 있고, 내가 할 수 있는 일이니까. 한 사람이라도 도울 수 있다면 그것만으로도 족하다네."
"……."
"……."
정오의 별 때문일까? 언두는 제 도련님에게서 빛이 뿜어져 나오는 것만 같다고 생각했다.
그때 천아란이 말했다.
"그러면 다음에는 약재를 좀 바꿔 보지. 자네가 쓴 약재 중 하나는 저런 일반인은 구입할 수 없을 정도로 비싸니."

"……그런가?"

살짝 민망한 표정으로 얼굴을 매만진 백리의강이 이내 살짝 웃는 표정으로 말했다.

"그보다 오랜만이네. 한동안 빠져나오기 힘들 거라지 않았나?"

오, 그런 말을 했나? 하긴 그는 몰라도 되지만 도련님께는 알려 드려야지. 그래서 도련님이 꽤 오랜 기간 만나지 못해도 태연했던 모양이었다.

천아란이 짤막하게 답했다.

"시간이 나서."

"만약 빠져나오기 힘들다면 무리할 필요 없네."

"괜찮아. 어차피 거기서도 내가 빠져나가는 걸 모를 리 없어."

"괜찮나?"

"괜찮지, 그럼. 어차피 너랑 만나는 것까지 다 알고 있을 텐데. 하지만 언젠가 도움이 될 일이 있을 거라 여겨서 눈감아 주는 거겠지."

"……."

이 말의 의미는 언두도 이해할 수 있었다.

천아란의 사문이 언젠가 백리의강과 천아란의 인연을 이용할 날이 올지도 몰라 눈감아 주고 있다는 얘기였다. 그리고 이를 이해하지 못했을 백리의강은 희미하게 웃음 지었다.

"잘됐군. 내게 그만한 가치가 있는지 모르겠지만, 다행일세. 그 덕에 자네와 이리 시간을 보낼 수 있으니."

점차 경험이 쌓인 백리의강은 아주 작은 일부터 큰일까지 하나하나 진심을 담아 처리했고, 이름이 나날이 높아졌다.

그리고 마침내 천하제일 비무 대회에서 우승까지 거머쥐며, 도련님이 나간 뒤 연락 한번 없이 콧대 높던 가문에서도 이만 돌아오라고 연락할 정도였다.

"뭐야, 왜 혼자야?"

늘씬하고 준수한 외모에 거만한 태도의 청년이 말에서 훌쩍 뛰어내렸다. 언두가 놀라 말했다.

"남궁 공자님? 여긴 어쩐 일이십니까?"

"누이가 이걸 주면서 의강이랑 같이 먹으라고 하더군."

남궁완이 잔뜩 짜증이 난 얼굴로 준수하고 화려한 차림새에 전혀 어울리지 않는 걸 들어 올렸다.

"어…… 수박…… 아닌가요?"

"그러니까. 무슨 수박을 나눠 먹으라고 귀찮게! 받아."

"으헉!"

언두가 날아온 수박을 간신히 받아 들었다.

"사람한테 수박을 던지면 어떡합니까!"

"받았으면 됐지."

언두는 홀로 구시렁거리다 말했다.

"그런데 누이라면, 단목 세가가 이 근방에 있었습니까?"

언두는 남궁완의 누이인 단목 부인을 딱 한 번 뵌 적 있었는데, 저 같은 하인에게도 친절하고 상냥하기 그지없어, 남궁완에게 저런 누이가 있다니 사실 거짓말하고 있는 거 아닌가? 하는 생각이 절로 들게 만드는 분이었다.

"바로 옆이잖아. 아니, 백리의강을 따라다니면서 그것도 몰라?"
"제가 그런 걸 어떻게 압니까?"
"하, 개인 임무에 이런 멍청한 하인 하나로 되는 거야? 됐고, 의강은 어디 가고 왜 너 혼자 있냐니까?"
"도련님은 잠시 나가셨어요. 아니, 그런데 도련님은 무림맹 개인 임무를 받고 오신 건데, 남궁 공자님이 어떻게 아신 겁니까? 그거 기밀 아니에요?"
"꼬우면 너도 맹주 아버지 두든가."
"제 부모님은 돌아가신 지 오랜데요."
"……백리의강 이 자식은 내가 왔는데 어디 간 거야!"
남궁완이 갑자기 버럭버럭 소리를 지르며 걸어 나갔다. 언두가 다급히 뒤쫓으며 "여기서 기다리시면 돌아오실……."까지 말했을 때 갑자기 남궁완이 언두의 입을 틀어막으며 수풀 뒤로 몸을 숨겼다.
언두는 영문을 몰라 어리둥절한 낯을 하다가 남궁완의 시선이 향한 곳을 바라보고 어처구니없는 표정으로 남궁완을 바라보았다. 남궁완의 시선이 향한 곳에는 백색과 흑색으로 선명하게 대비되는 두 신형이 천천히 걸어오고 있었다. 백리의강과 천아란이었다.
남궁완이 황당하다는 표정으로 헛웃음을 흘리며 중얼거렸다.
"백리의강한테 여자가 있었어?"
고개를 거세게 저어 틀어막혔던 입에 자유를 찾은 언두가 작게 중얼거렸다.
"여자는 무슨. 그냥 지인입니다, 지인."
남궁완은 언두의 변호를 귓등으로도 듣지 않았다.
"얌전한 고양이가 부뚜막에 먼저 올라간다더니? 허, 참!"

"거 말이 좀……."

그러고는 언두가 말을 끝마치기도 전에 백리의강 앞으로 뛰어나겠다.

"어이, 의강. 여기서 다 보는군?"

"완? 자네가 여긴 무슨 일인가?"

"그보다 내게 먼저 소개해 줄 분이 있지 않나? 이 아리따운 소저는 누구신가?"

"자네, 갑자기 그 난봉꾼 같은 말투는 무엇인가? 이쪽은 남궁 세가의 남궁완. 이쪽은……."

백리의강과 천아란의 모습이 사나이의 자존심을 건드리기라도 했는지, 혼인에 전혀 흥미 없어 보이던 남궁완이 갑자기 혼인하겠다고 여인을 찾기 시작했다.

하여간 정말 이상한 사람이었다.

남궁세가의 가주인 남궁무철은 평생 혼인 안 할 것처럼 굴던 아들이 갑자기 마음을 바꾼 것에 매우 감동하며 아들이 또 마음을 바꿀까 서둘러 혼사를 진행할 의지가 있는 가문과 여인을 물색했다. 그리고 남궁완이 대략 오십 번 정도의 맞선을 파투 냈을 때쯤, 남궁 세가주가 무림맹 중앙각에서 검을 들고 남궁완을 쫓아다녔다는 소문이 퍼졌다.

무림맹주의 체면이 있으니까 다들 말도 안 되는 소문이라고 생각했지만, 언두는 그 일이 실제로 있을 법하다 여겼다.

그런 소문이 퍼진 지 한 일주일 후.

언두는 갑자기 발걸음을 멈춘 백리의강의 모습에 함께 걸음을 멈췄다. 백리의강과 동행하던 아직 풋풋한 기가 남은 소년이 맞은편을 보고 말했다.

"남궁 선배님?"

"뭐야, 악중해? 네가 왜 여기 있어?"

"오늘 선배님이 검술 봐주신다고 하셨거든요! 그래서 같이 식사하고 오는 길이에요!"

"그래? 그런데 어쩌나? 오늘은 내가 의강한테 볼일이 있어서. 넌 이만 가 봐."

"예? 제가 의강 선배님과 먼저 약속한 건데요?"

"그래서?"

"……."

악중해가 입을 다물고, 대화를 듣던 백리의강이 말했다.

"완, 무슨 일인가? 중해와는 선약을 했다네. 급한 일이 아니면 다음에 보지."

"선약? 그래, 그럼 나도 따라가지 뭐. 설마 내가 따라가는 것도 안 된다고 하진 않겠지, 중해?"

"의, 의강 선배님, 다음에 부탁드리겠습니다……."

남궁완이 의기양양한 표정을 지으며 거보라는 듯 백리의강을 바라보았다. 백리의강이 어처구니없다는 표정으로 입을 여는 순간, 언두는 갑자기 느껴지는 향긋한 꽃 내음에 저도 모르게 고개를 돌렸다.

눈이 번쩍 뜨일 만큼 아리따운 여인이었다. 주인을 따라 강호를 돌아다니며 많은 미인을 구경한 언두가 자신의 안목이 아직 짧다고 절로 감탄을 했을 정도였다. 미인은 언두 옆을 지나쳐 정확히 남궁완 앞에 멈춰 섰다. 누가 봐도 남궁완에게 볼일이 있어 보이는 모습이었다. 남궁완이 무슨 일이냐는 듯이 여인을 돌아보았다. 그리고…….

짜악!

그 자리의 모두가, 심지어 백리의강조차 놀란 듯이 눈을 크게 뜬 채 그대로 굳었다. 다들 이게 무슨 상황인지 제대로 파악조차 하지 못할 때. 미동도 없던 남궁완이 살짝 짜증 섞인 태도로 말했다.

"뭐 때문인지는 모르겠지만, 한 대 맞아 줬으니 이제 됐지?"

"……."

그러고는 곧장 태연한 낯으로 백리의강과 악중해를 향해 고갯짓 했다.

"뭐 해? 가자."

그렇게 남궁완은 아무 일도 없다는 듯 여인에게서 몸을 돌렸다.

"하, 하하하, 하하."

여인에게서 음산한 웃음소리가 들렸다. 언두는 왠지 불길한 예감을 느꼈고, 이내…….

"……!"

달려든 여인이 그대로 남궁완의 머리채를 붙잡았다!

언두는 입을 쩍 벌렸다.

"이, 무슨 짓이오! 이거 놓지 못해?"

남궁완은 차마 여인에게 힘을 쓰진 못했고 여인은 가녀린 몸으로 어디서 그런 힘이 나오는지 황소처럼 남궁완을 이리저리 흔들어 댔다.

"이거 놓으라고 말했소!"

"왜, 이것도 한번 넘어가 보시지? 어?! 네가 뭐가 그리 잘났어!"

남궁완의 머리채를 잡고 흔든 여인은 호북성 삼 대 부자인 만금전

장의 늦둥이 외동딸이자 호북제일미라 불리는 양소옥이었다.

어릴 적부터 외모가 남달랐던 그녀는 일곱 살 때부터 혼담을 청하는 이들로 문지방이 닳을 정도였고 수시로 납치를 당할 뻔했다는 사실로도 매우 유명했다.

그녀가 남궁완을 찾아온 이유는 친우 때문이었다. 친우가 맞선을 보았는데 그 과정에서 남궁완에게 막말을 듣고 마음에 큰 상처를 입었고, 이에 여인이 복수를 하러 온 것이었다.

'대체 남궁 공자님은 맞선에서 무슨 말을 하고 다니시는 거야…….'

하여튼, 정말 대단한 여인이었다.

그날 길거리에서 남궁완은 제대로 체면을 구겼다. 남궁완에게는 한동안 그날의 일이 꼬리표처럼 따라다녔다.

그렇게 한동안 양– 소리만 들어도 살기등등해지던 남궁완은 대체 어디서 어떻게 된 건지 모르겠지만 양소옥과 연인 관계로 발전하게 되었고, 결국 혼인까지 하게 되었다.

백리의강은 당연히 그 혼례식에 초대되었다. 언두가 본 혼례식 중에서 가장 화려하고 으리으리한 혼례식이었다.

백리의강이 헤벌쭉 웃고 있는 남궁완에게 축하주를 따라주는 모습을 보며 언두는 아무에게도 말하지 못하는 불만을 품었다.

'남궁 공자님, 도련님 연애는 망쳐 놓고 본인은 연애에 성공해 저렇게 행복하다니! 흥, 벌 받으실 거요!'

그렇다. 대체 남궁완이 백리의강과 천아란을 만난 날 무슨 말을 한 건지, 적어도 최소 석 달에 한 번은 얼굴을 보이던 천아란이 완전히 모습을 감추고 말았다. 백리의강은 속내를 내보인 적 없었으나, 언두는 알았다. 천아란을 걱정하고 기다리고 있다는 것을.

그리고…… 단목 세가의 멸문 사건이 벌어졌다. 범인은 누가 봐도 마교. 하지만 마교는 제가 벌인 일이 아니라며 발뺌하였고, 남궁 세가는 복수를 천명하며 흉수를 쫓았다.

백리의강은 친우가 겪은 비극적인 사건에 지원을 위해 달려갔다. 남궁 세가주가 무림맹주인 만큼 무림맹은 꽤 많은 병력으로 남궁 세가를 도왔고, 한동안 조용하던 무림에 피바람이 몰아치기 시작했다. 사람들은 이러다 정마 전쟁이 다시 벌어지는 것이 아니냐고 수군거릴 정도였다.

하지만 전면전을 피하려는 듯한 마교의 행동에 싸움의 양상은 지지부진하게 흘러가기 시작했다. 아마도 사람들은 몰랐을 것이다. 이렇게 시작된 전투가 몇 년이나 지속될 거라고는.

산발적인 소규모 전투만 벌어졌다 소강상태가 되기를 반복했다. 그럼에도 수없이 많은 사람이 죽어 나갔다. 오늘 이름을 날렸던 이가 바로 다음 날 싸늘한 시신으로 발견되던 나날들. 그런 비극 속에서도 누군가는 명성을 쌓았다. 백리의강, 남궁완, 화산의 명진 등.

그리고 흉수를 쫓던 남궁 세가가 마교의 함정에 빠지고 말았다.

남궁 세가 일원을 비롯하여 지원을 온 맹원들과 남궁 세가주인 맹주까지 마교의 교묘한 함정에 빠져 위기에 처했을 때, 그들은 때마침 지원을 온 위지백의 도움으로 위기에서 빠져나올 수 있었다.

그 일로 남궁 세가와 무림맹은 상당한 병력을 잃어 잠시 물러나 전열을 가다듬을 수밖에 없었고, 위지백의 명성은 누구도 범접할 수 없게 드높아졌다.

나중에 이 상황부터가 위지백의 음모였음이 밝혀지고 그가 마교와 내통하고 있었다는 사실이 밝혀져 맹주직에서 쫓겨나게 되었으나, 그것은 먼 훗날의 일.

당시의 언두는 돌아가는 상황을 파악할 정신이라고는 하나도 없었다. 그도 그럴 것이…….

"도련님이…… 그러니까 도련님이 실종되셨다고요?"

남궁 세가가 함정에 빠졌던 혈사에서 백리의강이 그대로 실종된 것이었다. 반악귀가 된 남궁완은 말이 통하는 상태가 아니었다.

"그게, 나도 정확한 사정은 몰라."

악중해가 죄책감 가득한 목소리로 말했다. 언두는 악중해의 옷자락을 붙들고 거의 무릎이라도 꿇을 기세로 물었다.

"그래도 부탁드립니다. 이대로라면 가주님께 뭐라고 말씀 올린단 말입니까!"

몇 번 입술을 달싹이던 악중해가 천천히 말을 시작했다.

"그게…… 처음에는 선배님도 위 단장님 지원으로 잘 빠져나오고 계셨는데……."

위지백의 지원으로 수세에 몰린 마교 무리를 지원하러 온 이들이 있었고 갑자기 그때부터 이상해졌다고.

"모르겠어. 선배님이 뭐 이상한 걸 보신 것 같았는데……."

"이상한 걸 보셨다고요?"

"응. 근데 나도 정신이 없어서 뭘 보셨는지는 모르겠어."

위지백의 지원에 밀리게 된 마교 무리가 빠져나갈 때 백리의강 혼자 그들을 쫓았다고 했다.

"나랑 완 선배님이랑 다른 분들은 부상을 입거나 다른 동문들을 살펴야 해서……."

백리의강을 쫓을 수가 없었다고.

악중해가 위로하듯 말했다.

"곧바로 맹주님이 수색대를 보내셨으니까 찾을 수 있을 거야."

"……예."

그러나 악중해의 희망 어린 말과는 다르게 도련님의 흔적은 어느 순간 뚝 끊겨 버렸다. 남궁 세가와 무림맹, 그 전투에 참여했던 지인들 또한 백리의강을 찾는 걸 도왔으나 그들도 입은 피해가 상당해 소득이 없는 일에 인력을 계속 쓸 수는 없었다.

"미안하네. 우리도 이만 귀환하라는 명령이 내려왔네. 일주일 내로 소득이 없다면 이만 돌아오라는 명일세."

"자, 잠시만요. 하지만……!"

"언두, 걱정하지 마. 나는 남을 거니까. 선배님께 구명받은 은혜를 저버릴 수야 없지."

"아니, 너 그게 정말……!"

그때 누군가 그들의 대화에 끼어들었다.

"의강을 찾는 일은 걱정하지 마십시오."

다들 살짝 얼굴을 찡그린 채 끼어든 이를 돌아보았다. 평범한 인상이었으나 태도와 말투에서 자신감이 느껴지는 청년이었다.

"대화에 끼어들어 죄송합니다. 다만 저희 가문에 관한 이야기 같아 무례를 무릅쓰고 끼어들었습니다."

"자네는 누군가?"

언두가 눈을 부릅뜨고 말했다.

"크, 큰 도련님?"

"백리 세가의 백리의묵입니다. 의강이 제 동생이지요. 지금껏 의강을 찾는 데 주신 도움만으로도 백리 세가를 대표해 감사를 표합니다. 이제부터는 저희가 찾겠습니다. 그러니 걱정하지 마십시오."

다행히 백리 세가에서 백리의강의 실종 소식에 장자인 백리의묵과 수하들을 보내 수색을 이어 갔다.

그 모습을 보며 언두는 생각했다.

'그래도 혈육이라고 백리 세가에서 사람을 보내긴 하는군.'

수색을 이어 나간다는 점에서는 다행이었으나, 백리의묵이 오고 나서 언두는 오히려 도련님 수색에 관한 소식을 더 전해 들을 수 없었다.

"그래도 제가 도련님을 모신 세월이 있는데 너무한 거 아닙니까?"

"모신 세월은 무슨, 네가 제대로 모셨으면 지금 이 상황이 됐겠어?"

"그쪽은 뭐 얼마나 신경 썼다고! 도련님께서 이름을 알리시기 전엔 없는 자식 취급할 땐 언제고……!"

"뭐라고? 감히 하인 자식이 건방지게……!"

그때 객잔에서 비슷한 차림새의 무사가 나와 말리듯 어깨를 붙잡았다.

"야야, 그만해. 뭐 하인 말에 하나하나 발끈하고 있어? 괜히 소란 키우지 마."

"……장 무사 덕분에 목숨 건진 줄 알아! 당장 꺼져!"

퍽! 소리와 함께 걷어차인 언두가 객잔 밖으로 데굴데굴 굴러 나왔다. 구경하듯 둘러싼 사람들 앞에서 몸을 일으킨 언두는 아무렇지도 않은 듯이 흙투성이가 된 옷을 탁탁 털고 몸을 돌렸다.

그리고 골목으로 들어간 뒤에 얼굴을 찡그렸다.

"아야야, 살살 좀 걷어차지. 나쁜 새끼들."

웃통을 까자 발자국이 선명했다. 고개를 숙인 채 잠시 그대로 있던 언두가 옆구리를 문지르며 다시 걸어 나가기 시작했다.

"흥, 네놈들 아니면 못 찾을 줄 알아? 도련님이 그동안 얼마나 착실하게 사셨는데. 도와줄 사람 널리고 널렸다고!"

그렇게 끊임없이 중얼거리고 있을 때였다. 갑자기 튀어나온 손이 언두의 입을 틀어막았다.

"……벌 받을, 읍!"

깜짝 놀라 돌아보려 했으나 그 전에 먼저 입을 틀어 막힌 채 얼굴에 무언가 뒤집어씌워지며 시야가 차단됐다.

"읍읍읍읍!"

언두는 무력하게 어디론가 끌려갔다.

언젠간 나한테 이럴 일이 생길 줄 알았지!

도련님께 그동안 생긴 적이 한둘이 아니었으니! 젠장! 이제 그를 지켜 줄 도련님도 없으니, 이렇게 실종되면 누가 그를 찾아 줄까? 아, 도련님은 찾고 가야 하는데…… 라고 생각할 때 갑자기 얼굴에 뒤집어쓴 두건이 벗겨졌다.

갑자기 들이닥친 빛에 인상을 찡그렸던 언두는 눈앞에 있는 사람을 보며 눈을 부릅떴다.

"……천 소저?"

"따라와."

"어딜요? 제가 소저를 왜 따라갑니까? 아, 설마! 설마 소저, 도련님이 어디 계신지 아는 겁니까?"

"조용히."

언두가 흥분을 애써 억누르면서 말했다.

"도련님은 괜찮으신 겁니까? 어떻게, 소저가 어떻게 찾으신 거죠?"

천아란은 대답하지 않고 힐끔 보고 앞서 나갔다. 언두는 허둥지둥 천아란을 뒤따라갔다.

"어디 가는 겁니까!"

언두가 천아란을 따라간 곳은 외딴곳의 오랫동안 머문 사람이 없는 것 같은 객잔이었다. 길은 있지만 지나다니는 사람은 찾아보기 힘들었는데, 과연 이런 곳에 객잔을 세우니 망하는 게 당연하지 싶을 정도였다. 대문 밖에서도 싸움 소리가 들려왔다.

챙- 카캉!

언두는 움찔 놀라며 들어가도 되느냐는 눈빛으로 천아란을 보았다. 그러나 천아란은 굳은 표정으로 언두를 바라보지도 않고 성큼 객잔 안으로 들어갔다.

언두는 화들짝 놀라며 재빨리 천아란을 따라갔다. 그리고 객잔의 잡초가 우거진 뒤뜰에 그가 그토록 찾아 헤매던 이를 발견할 수 있었다.

뒤뜰에 들어온 천아란은 곧장 손을 휘둘렀고, 흑의인을 향해 검을 휘두르던 백리의강이 갑자기 움찔하며 손에서 검을 떨어트렸다.

"도련님!"

언두는 거의 구르듯이 백리의강을 향해 달려 나갔다. 천아란이 고갯짓하자 백리의강과 검을 나누던 흑의인이 스르륵 뒤로 물러났다. 백리의강이 팔뚝에서 기다란 침을 뽑아 떨어트렸다. 고생이 많았는지 목소리가 잔뜩 잠겨 거의 들리지 않을 정도였다.

"천아란."

"이 상황에서 날뛸 기운이 있다니."

조롱하는 듯한 어조에 언두는 깜짝 놀라 천아란을 바라보았다. 백리의강은 담담한 낯으로 말했다.

"지금이라도 늦지 않았어."

천아란은 정말 짜증 나고 지긋지긋한 표정이었다.

언두는 깜짝 놀랐다. 그가 천아란을 본 이래로 그녀에게서 본 가장 선명한 표정이었기 때문이다. 그리고 그 뒤에 무슨 일이 있었는지 언두는 지켜볼 수 없었다. 흑의인이 그를 객잔의 뒤뜰 밖으로 끌고 나갔기 때문이다.

그를 붙잡고 있던 흑의인이 떠나고 난 뒤에야 언두는 다시 뒤뜰로 향할 수 있었고, 그곳에는 정신을 잃은 백리의강만이 남아 있었다.

그것이 언두가 기억하는 천아란의 마지막이었다.

도련님은 입을 열지 않았지만, 언두는 여러 가지 상황을 조합하여 어떤 상황인지 추측할 수 있었다.

천아란은 마교의 인물일 것이다. 도련님은 마교를 지원 왔던 세력에서 소저를 발견했을 것이고. 그래서 모두가 퇴각할 때 홀로 천 소저의 뒤를 쫓은 것이 아닐까.

그리고 그 뒤, 둘 사이에 무슨 일이 있었는지는 당사자들 말고는 영원히 알 수 없을 거라는 걸 언두는 알았다. 그렇기에 언두는 백리의강이 백리연을 데려왔을 때 정말 기절하는 줄 알았다.

'대체…… 언제?'

언젠가는 잊어버리고 새 출발 하지 않을까 싶었던 도련님이 발목을 제대로 잡혔다는 사실에 내심 분통이 터지고 억울했다.

아이는 죄가 없다지만…… 그래도 딱히 그 아이를 돌보고 싶지는 않았다. 그래서 백리 세가에서 아이가 어떤 취급을 받을지 뻔히 알면서도 그냥 도련님을 따라다녔다. 물론 그 일이 벌어진 후에는 저라도 가문에 붙어 있었어야 했다고 후회했지만.

그런데 그 후회를 들은 백리연의 말이 가관이었다.

"언두가 있었다고 뭐 바뀌었겠어? 괜히 사람 목숨 하나 날아가는 거지."

그때는 제대로 못 모셨다고, 하인이었던 자기가 죽는 걸 걱정했다고 생각했는데, 나중에 생각해 보니 그 뜻이 아니라 진짜 쓱싹해 버린다는 뜻이었다 걸 알고 소름이 끼쳤다.

귀엽고 사랑스러운 아이였지만, 가끔 저렇게 사람을 소름 돋게 만드는 느낌은 친모를 닮았다는 생각이 절로 들고는 했었다.

"언두."

백리의강의 목소리가 언두의 상념을 깨트렸다. 언두가 서둘러 물러서고, 한 어멈이 집무실에 들어와 조심스럽게 인사했다. 소녹 아래서 일하는 어멈이었다.

"오늘 오전에 맹주님께서 보내신 물건이 도착했습니다."

"……연이가?"

"예. 이것저것 있는데, 현재 목록은 지금 정리 중입니다. 그중에 이것을 먼저 가져다드리라고 하여서요."

어멈이 옆의 어린 하인에게 눈짓하자 눈처럼 새하얀 털가죽과 함께 서신을 건넸다.

"맹주님께서 직접 사냥하신 설표 가죽이랍니다. 꼭 가주님께 전해 드리라는 전언이 있어 가져왔습니다."

굳어 있던 백리의강의 표정이 서신을 읽어 내려가며 점차 풀어졌다. 부드러운 눈빛으로 백리의강이 서신을 다시 접는 것을 본 언두가 물었다.

"아가씨는 잘 지내고 계신답니까?"

"그래."

"가죽이 색이 곱고 윤기가 흐르네요. 이참에 이걸로 새 피풍의를 짓는 게 어떻습니까? 딱 지금 겨울옷 지을 시기네요."

"그렇지 않아도 그런 말이 있더구나."

"역시 아가씨입니다. 언제나 가주님을 생각하고 계시네요."

필시 남궁희 일로 심기가 언짢을 백리의강의 기분을 풀어 주기 위해 물건을 확인하자마자 서둘러 어멈을 보낸 것이 분명했다.

풀어진 분위기 속에서 이야기할 때였다. 또다시 손님의 방문을 알리는 목소리가 들렸고, 집무실에 들어온 무사는 급하게 달려온 듯이 숨을 가다듬으며 살짝 땀을 흘리고 있었다.

언두는 반사적으로 불길한 기분이 들었다.

"무슨 일이지?"

"패보방이라는 곳에서 찾아왔습니다."

"패보방?"

이제 이래저래 들은 바가 많은 언두에게도 처음 듣는 이름이었다.

"예. 아마 모르실 겁니다. 해남 지역에서 정사지간의 경매와 유통을

주 사업으로 하는 방파입니다."

"해남 지역의 방파가 여기까진 대체 무슨 일로 왔단 말인가?"

부관은 말하기 곤란한 듯이 이마의 땀을 연신 닦아 냈다.

어떻게든 줄을 대 보려는 방파와 문파는 늘 줄을 섰다. 일일이 백리의강에게 모두 보고하다간 일을 처리할 시간조차 없을 지경이거늘, 이렇게 직접 보고한 것을 보면 무언가 일이 있는 것이 분명했다.

"작은 아기씨가 패보방이 운영하는 경매장에서 물건을 하나 가져가셨다고 합니다."

"뭐라? 세란이가 해남에 있다고?"

백리의강이 자리에서 벌떡 일어났다. 어찌나 급하게 일어났는지 내려놓은 붓에서 옷자락에 먹물이 몇 방울 튈 정도였으나, 백리의강은 그 사실조차 모르는 듯했다.

그도 그럴 것이, 작은 아기씨인 백리세란이 계례를 치르자마자 여행을 간다고 쪽지만 하나 남기고 훌쩍 떠났던 것이다.

그래도 언두를 데리고 갔던 백리의강이나, 진진을 데리고 갔던 백리연과 달리 백리세란은 사람 한 명 데려가지 않고 정말 홀몸으로 훌쩍 떠났다.

아니, 그런데 경매장에서 물건을 하나 가져갔다니? 그거 훔쳐 갔다는 말 아냐?

부관이 말을 이었다.

"예. 마지막으로 목격된 지점과 가문에서 추적한 행로를 보면 패보방의 이야기는 꽤 신빙성 높은 얘기로 보입니다. 다행히 패보방의 말에 따르면 작은 아기씨는 건강하신 듯합니다."

백리의강이 다소 안도한 듯 한숨을 내쉬었고 부관이 말을 이어 나갔다.

"패보방에서는 작은 아기씨가 여기 계신다고 생각하여 찾아온 모양입니다. 그들이 말하길 작은 아기씨께서 가져가신 호랑이를 돌려주든지 대금을 지급하라고 요구하고 있습니다."

"……호랑이?"

귀를 의심하게 만드는 단어였다.

"예. 아기씨께서 경매장에서 가져가셨다는 물품이 새끼 호랑이라고 합니다."

"대체 호랑이를 왜 훔친…… 아니, 그래서 얼마를 치르면 되는 것이지?"

"그것이……."

부관이 말하는 가격을 들은 언두는 귀를 의심했다. 백리의강도 잠시 말을 잃은 표정이었다. 부관이 설명을 덧붙였다.

"패보방 측에서는 영물 호랑이 새끼라서 그 가격이라고 합니다."

"영물……?"

"영물 같은 소리. 그냥 아무 호랑이 새끼나 잡아서 영물이라고 하는지 그걸 우리가 어찌 안단 말입니까!"

이건 사기가 틀림없었다.

하지만 백리세란이 가출했다는 사실은 대외적으로 비밀이었다. 언젠가는 퍼지겠지만 최대한 소문을 틀어막고 있는 상태로, 혹시나 모를 위험을 최대한 위험을 줄이기 위해서였다.

그런데 만약 패보방에서 시시비비를 따지기 시작한다면……. 가문에 백리세란이 없다는 사실이 밝혀지기 쉬웠다.

"일단…… 고 총관을 불러오게."

"알겠습니다."

결국, 패보방과의 일은 돈을 지불하는 것으로 조용히 마무리했다.

한바탕 소란을 처리한 백리의강은 다시 두통이 이는 표정으로 머리를 짚었다. 언두가 조심스럽게 물었다.

"가주님, 일단 작은 아기씨가 무사하신 걸 알았으니 얼마나 다행입니까."

"……방금 일로 두 아이에게 들어간 돈이 중형 장원에서 나오는 한 해 수익이네."

"……."

언두는 그저 마음을 가라앉히는 차를 조심스레 따라 주었다.

찻잔을 반쯤 비운 백리의강이 다시 보고서를 들고 업무에 집중한 지 한 다경도 지나지 않아 고개를 들었다. 그리고 밖에서 방문을 알리는 하인의 목소리가 들렸다.

"큰 아기씨를 뵙습니다. 가주님을 뵈러 오셨습니까?"

"화아는 들어오너라."

백리의강의 말에 문이 열리고 사뿐사뿐한 걸음걸이로 들어온 백리세화가 공손하게 인사를 올렸다. 걸음 하나, 손짓 하나가 그야말로 선녀 같은 자태였다.

큰 아기씨가 뱃놀이라도 가면 발을 헛디뎌 물에 빠지는 사내들이 속출했다.

"무슨 일로 왔느냐?"

연년생 동생인 남궁희와 달리, 백리세화는 어릴 적 검을 좋아하지 않아 무공을 늦게 익히기 시작한 것을 빼면 사고 한 번 치지 않고 속 썩이는 일 없이 매우 바르고 번듯하게 자라 백리 세가의 자랑이나 다름없었다.

“이번에 섬서 지역 경매 시장에 대악가였던 설랑 부인의 악보와 그녀가 아끼던 칠현금이 나올 거라고 해서요.”

백리세화의 취미는 고서나 서화 등을 수집하는 것으로 그중에서도 악기를 가장 좋아했다. 언두가 기억하기로는 한 달 전에 어떤 자색 옥피리를 구입했다. 그리고 그 피리가…… 대형 장원 한 채 가격이었다고 백리의강과 고 총관이 머리를 싸매고 얘기하는 것을 들었다.

백리세화가 말을 이었다.

“그걸 사러 갈까 해서요. 할아버지, 예산을 받을 수 있을까요?”

“…….”

“…….”

언두는 먹구름이 낀 듯한 백리의강의 낯을 보고 웃음을 참았다.

누가 예상했을까. 어차피 내 돈도 아니라며 가문의 재산을 펑펑 낭비하던 도련님이 그 재산 때문에 이렇게 머리 싸매고 고민하게 될 거라고. 하하, 정말로 사람의 앞날은 아무도 모르는 것이다.

그러니 마음 깊이 바랄 뿐이었다. 앞으로도 이런 나날이 계속 이어지기를.

〈무림세가 천대받는 손녀 딸이 되었다〉

외전 완결